La alianza del converso

La alianza del converso

Agustín Bernaldo Palatchi

rocabolsillo

© Agustín Bernaldo Palatchi, 2010

Primera edición: junio de 2011

© de esta edición: Roca Editorial de Libros, S.L.
Marquès de l'Argentera, 17. Pral.
08003 Barcelona
info@rocabolsillo.com
www.rocabolsillo.com

Diseño de cubierta: Mario Arturo

A CPI COMPANY

Impreso por Black Print CPI Ibérica, S.L.
Energía 11-27
08850 Gavá (Barcelona)

ISBN: 978-84-92833-42-9
Depósito legal: B. 13.852-2011

A Raquel. Gracias a su inspiración la novela
supo encontrar su camino.

A mi madre. Sin ella, nada hubiera sido posible.

A Francesc, un hombre tan generoso
que sólo es capaz de aportar lo mejor.

Lista de personajes

Lorenzo de Medici
Su extraordinario carisma y sus múltiples talentos le permitieron gobernar la república de Florencia con mayor autoridad que un rey. Fino poeta de verso admirado, impuso el comercio en lugar de la espada y acogió bajo su protección a los artistas más brillantes de la época.

Leonardo da Vinci
Polifacético creador y genio renacentista adelantado a su tiempo, las alas de su mente planearon con igual deleite sobre artes y ciencias. Pintor, ingeniero, músico, inventor y mucho más. Sus obras son el mejor reflejo de su brillante y ecléctico pensamiento.

Marsilio Ficino
Sacerdote, médico, filósofo, y alma de la Academia Platónica, donde se daban cita las mentes más preclaras de Florencia. Tradujo el *Corpus Hermeticum*, de Hermes Trimegisto, y los *Diálogos* de Platón. Reintrodujo la antigua sabiduría en el orbe cristiano.

Pico della Mirandola
Prodigioso erudito de noble cuna y precoz defensor de la libertad humana, se atrevió a desafiar a Roma proclamando que las grandes religiones, egipcia, hebrea, griega y cristiana, compartían las mismas verdades esenciales.

Girolamo Savonarola
Ascético fraile visionario, impuso su voluntad sobre Florencia. Su odio hacia la vanidad femenina, los sabios de la Antigüedad, la música festiva, el lujo huero y los cuerpos desnudos exhibidos en esculturas y cuadros transformaron la ciudad por completo.

Cristóbal Colón

Uno de los personajes más conocidos y estudiados de la historia. Pese a ello, persisten numerosas incógnitas sobre su vida, debido a que el gran navegante ocultó sus orígenes y los verdaderos motivos que guiaron sus acciones.

Abraham Abulafia

Influyente cabalista aragonés del siglo XIII, recorrió Galilea, Sicilia y Grecia antes de instalarse en Barcelona. Cultivó fructíferos contactos con las tradiciones orientales, incluida la sufí, y sus obras tuvieron gran predicamento en la península itálica.

Otros personajes históricos

Francesco Pazzi

Impulsivo y carismático miembro de la noble familia Pazzi, cuyas enormes riquezas y elevados contactos rivalizaban con los de la familia Medici.

Jacopo Pazzi

Patriarca de los Pazzi.

Francesco Sasseti

Director general de la Banca Medici.

Bernardo Rucellai

Banquero y humanista, casado con Lucrecia Medici, hermana de Lorenzo.

Piero Medici

Hijo primogénito de Lorenzo, no heredo ninguno de los talentos de su padre.

Giovanni Medici

Segundo hijo de Lorenzo,, diplomático e inteligente, llegará a se Papá con el nombre de León X.

Personajes de ficción

Mauricio Coloma

Hijo único de un comerciante barcelonés, su mundo se desmorona cuando su padre, antes de ser ajusticiado, le revela inquietantes secretos familiares. Obligado a huir, viajará a Florencia con la esperanza de vender una sortija singular a Lorenzo de Medici.

Lorena Ginori
Joven e impetuosa florentina, condenada a casarse con un hombre que le repugna. Francesco, su padre, no está dispuesto a consentir que los sentimientos de su hija se interpongan en un matrimonio tan conveniente para el ascenso social de la familia.

Luca Albizzi
Ambicioso noble venido a menos, ansía recobrar la grandeza perdida de su apellido y ser el estilete que vengue el honor familiar que le arrebataron los Medici cuando expulsaron a sus antepasados de Florencia.

Cateruccia
Comprada como esclava con motivo del nacimiento de Lorena, es mucho más que una exótica criada procedente del mar Negro, pues gracias a sus esmerados cuidados se ha ganado un lugar en el corazón de los Ginori.

Galeotto Pazzi
Miembro de la noble familia Pazzi.

Bruno
Vivaz asistente del director de la Tavola Medici en Florencia.

Pietro Manfredi
Prominente mercader florentino, oculta numerosos secretos tras su elegante fachada.

Sofia Plethon
Hija de Gemisthos Plethon, uno de los eruditos que se salvó huyendo a Florencia antes de que los turcos conquistaran Constantinopla.

Francesco Ginori
Acaudalado comerciante. Esposo de Flavia y padre de Lorena.

Flavia
Distinguida dama florentina. Esposa de Francesco y madre de Lorena.

Maria Ginori
Hermana menor Lorena.

Alessandro Ginori
Hermano mayor de Lorena.

Elías Leví
Prestigioso rabino.

Michel Blanch
Nada se puede revelar sobre este personaje, ni siquiera si finalmente hará acto de presencia.

PRIMERA PARTE

1

Cardona, 3 de abril de 1478

—Mi vida ha sido una sucesión de errores y mañana voy a morir.

Su hijo no comprendió el significado último de tales palabras hasta muchos años después. Y es que la verdad era demasiado terrible para que Mauricio Coloma pudiera aceptarla sin más. Encadenado en aquella claustrofóbica y maloliente celda del castillo de Cardona, su padre era la viva imagen de la derrota, la amargura y el sufrimiento.

La tortura, supuso Mauricio, era la causa de que hubiera quedado reducido a tan lastimosa condición. Le habían rapado la cabellera, y el cráneo se hallaba salpicado de costras resecas teñidas de sangre. La nariz quebrada le obligaba a respirar por la boca, y cuando hablaba, se ahogaba con sus propias palabras. La mandíbula desencajada y el rostro hinchado desfiguraban completamente su expresión. Tan sólo sus ojos claros le recordaban al hombre que siempre había conocido, y aun éstos brillaban con una intensidad mucho mayor que la habitual, como queriendo devorar la atención de su único hijo en aquellos instantes en los que hasta la muerte debía esperar.

La semana anterior, Pedro Coloma, su padre, había acudido al castillo de Cardona para reclamar el pago de un importante pedido de telas. Durante su estancia en la fortaleza, el conde de Cardona apuñaló a un heraldo del rey tras una acalorada comida regada con demasiado vino. El asunto no hubiera debido afectar a un modesto propietario de telares en Barcelona…, de no haber presenciado el asesinato. Elegido como chivo expiatorio por tan inoportuna circunstancia, acusaron a Pedro Coloma de perpetrar dicho crimen con la intención de alentar una nueva revuelta de los remensas, los siervos de la gleba cuyas justas reivindicaciones ya habían provocado diez largos años de guerra civil. Así, añadiendo esa otra muerte, el irascible conde de Cardona proyectaba librarse, a un tiempo, de la furia real y de la antigua deuda contraída con su padre.

—¡Tiene que existir algún medio de evitar tu ejecución! —exclamó Mauricio, como si las meras palabras tuvieran el poder de cambiar lo inevitable.

Devastado por un dolor penetrante que le agujereaba el alma como si ésta fuera una tela rasgada, consumido por el fuego abrasador que bullía triunfante entre las grietas de su impotencia, conmocionado por el terremoto de emociones que le nublaba el entendimiento como si una explosión de pólvora hubiera destrozado su cabeza, Mauricio se resistía a no poder ayudar a quien tanto quería. La madre de Mauricio, la única mujer a la que su padre había amado, murió al darle a luz, y en su fuero interno sentía que no había cumplido nunca las esperanzas depositadas en él. Además, ahora, cuando más le necesitaba, volvía a fallarle.

—Hijo mío, tienes ya veintiún años. Desde tu infancia he consentido que tu pasión por los libros fuera el refugio de una realidad que preferías evadir. El tiempo durante el que podías seguir soñando ha terminado.

La admonición de su padre sacudió abruptamente su conciencia, removiendo una suerte de neblina que, cual muro defensivo, le había protegido siempre del contacto directo con sus más dolientes emociones, aquellas que no deseaba afrontar. Escapar de la angustia sumergiéndose en las brumas de su imaginación ya no era posible. La mirada de su padre, firme y retadora, se lo impedía.

—En cuanto salgas de esta celda confesaré el crimen que no he cometido —afirmó Pedro Coloma—. Nadie puede soportar la tortura prolongada aplicada sin piedad. Si he resistido sin ceder ha sido gracias a mi irreductible deseo de lograr mantener un encuentro contigo a cambio de inculparme, pues hasta verte por última vez me negaban. Ahora escúchame atentamente, ya que tenemos poco tiempo. Mañana, al alba, me ejecutarán por alta traición. Además de cobrarse mi vida, confiscarán todas mis posesiones. Por ello, quedarás en la miseria y te verás forzado a vivir como un mendigo, a menos que hagas exactamente lo que voy a decirte.

En la mente de Mauricio no había espacio para preocuparse de su incierto futuro. Huérfano de madre y sin hermanos, cuanto era se lo debía a quien desde su niñez había cuidado de él con ternura, paciencia y amor. De ser posible no hubiera titubeado en ocupar el puesto de su padre, pues no deseaba otra cosa que la salvación de quien todavía intentaba guiarle desde el pozo de amargura que el destino le había asignado como última morada. Sin embargo, lo único que estaba en su mano era escuchar las instrucciones que le llegaban a través de aquella voz paterna que presagiaba naufragio en cada palabra.

—Debes buscar una joya de valor incalculable. Como sabes, el suelo del recibidor de nuestra casa en Barcelona está compuesto de baldosas alineadas en ocho filas de color blanco y negro al modo de un tablero de ajedrez. Pues bien, bajo la baldosa donde situarías al rey blanco hallarás un anillo coronado por la esmeralda más bella que puedas imaginarte. Ni el rey Salomón en el cénit de su gloria debió de poseer gema más preciosa.

Mauricio se quedó estupefacto. El negocio de tejidos era próspero, pero no lo suficiente para adquirir una joya tan fabulosa. Ahí se escondía un gran secreto. El secreto por el que su progenitor había sido capaz de resistir tormentos atroces hasta doblegar el ánimo de sus captores. El secreto que le quería transmitir antes de morir. El secreto cuyo fulgor marcaría la vida de Mauricio. Su padre, que estaba hablando lenta y entrecortadamente merced a un enorme esfuerzo, respiró hondo varias veces antes de retomar la palabra.

—Cuando encuentres la sortija, cruza raudo los Pirineos sin volver la vista atrás. No te demores, o serás incriminado por estar en posesión de una propiedad familiar que debería haber sido confiscada junto con el resto de los bienes. Tampoco intentes venderla de modo clandestino o te la comprará un usurero por un precio ridículo a cambio de no delatarte. Sigue mi consejo y acude a Florencia, la ciudad prodigiosa —le apremió mientras, tras la puerta, resonaban cercanas las risotadas de los guardianes—. En esa ciudad gobierna Lorenzo, *el Magnífico*, el magnánimo príncipe sin corona, cuya enorme pasión por las piedras preciosas es bien conocida. Allí podrás empezar una nueva vida.

—¿De dónde procede esa piedra, padre? ¿Hay algo más que deba conocer? —quiso saber Mauricio, que ya oía rechinar los goznes de la puerta.

Su padre tosió y continuó entre jadeos con sus sorprendentes aseveraciones, ignorando las pisadas de los celadores.

—Debería haberte explicado tantas cosas cuando aún tenía tiempo… Desciendo de judíos y, aunque pueda no gustarte, ciertos antepasados hebreos de nuestra familia fueron prestamistas. Es posible que se apropiaran del anillo como garantía de una deuda que no les pagaron, pero no estoy seguro, pues la joya ha ido pasando de padres a hijos desde hace siglos. Acostumbrados a persecuciones, los judíos siempre han tenido la costumbre de guardar objetos de gran valor que fueran fáciles de transportar y ocultar. Así, en caso de éxodo forzoso, podían rehacer su vida en otro país tras vender lo que disimuladamente se habían llevado consigo, tal como tú deberás hacer.

—Vuestro tiempo ha concluido —anunció la voz de un carcelero.

Su padre rompió a llorar y Mauricio se abrazó contra su pecho queriendo trasmitir a través de aquel postrer contacto todo el amor que no siempre había sabido expresarle: un amor que brotaba con más fuerza de la que jamás había sentido, como un manantial incontenible que anegara en sus aguas cuanto encontrara a su paso. Allí ya no había una letrina repleta de inmundicias, ni ratas que olisquearan la muerte, ni una masa viscosa en un cuenco de barro que pretendió pasar por comida, ni el rostro desfigurado de su padre.

Allí sólo había amor. Un amor inmenso que se elevaba como una canción, como si aquella lóbrega cárcel fuera en verdad la catedral del espíritu.

—¿Sabes? —musitó su padre—, he llegado a pensar que el

gran rabí Abraham Abulafia me ha castigado por ser el primero de sus descendientes en traicionar la fe judía. Reza mucho por mí, te lo ruego.

Las preguntas restallaron como flechas lacerantes en la mente de Mauricio, que, no obstante, prefirió ahorrarle sufrimientos a su padre y guardar para sí las inquietudes que le invadían. ¡Nunca había sospechado que por sus venas fluyera sangre hebrea! Aquella confesión implicaba que sus abuelos no habían sido cristianos de corazón, sino marranos: falsos conversos que practicaban en secreto los ritos judíos. Mauricio sintió las pesadas manos de los guardianes asiéndole por detrás, y se aferró a su padre con más fuerza.

—No desfallezcas, padre. Dios te espera al final de este infierno.

Cuando los carceleros consiguieron separarle de su progenitor, Mauricio supo que era la última vez que le veía. Sus postreras palabras resonaron en su interior como una bendición.

—Mi muerte será un nuevo principio, hijo mío. La mala suerte que ha perseguido a nuestra familia será sepultada junto a mi cuerpo sin vida. Cualesquiera que fueran nuestros pecados pasados quedarán saldados. Empezarás una nueva vida en Florencia acompañado de la buena fortuna. En tu persona, el único Coloma vivo de nuestra casa, se cifra el futuro de toda una estirpe. Que nuestro pasado no haya sido un viaje en vano. Recuerda estas palabras, mis últimas palabras, y haz cuanto te he dicho. Acepta mi voz moribunda como la de uno que sabe.

2

Florencia, 26 de abril de 1478

*E*l quinto domingo de Pascua, Mauricio entró temprano en el interior de Florencia. A su espalda, las enormes torres de vigilancia y las impenetrables murallas que protegían la ciudad parecían señalarle que ya no había vuelta atrás. El pasado yacía enterrado en Barcelona. Aguas más turbulentas que las surcadas durante la travesía marítima desde la ciudad condal le aguardaban en su nuevo destino. Para labrar su futuro disponía tan sólo de un anillo y de dinero suficiente para malvivir unos cuantos días.

Con paso vacilante se introdujo en la iglesia del Santo Spirito, descansó en sus bancos de madera gastada, cerró los ojos y rememoró con nostalgia recuerdos de infancia, cuando su padre le narraba historias de la Biblia antes de acostarse: la creación del universo en siete días, la expulsión del Edén, el arca de Noé, la torre de Babel, la epopeya del pequeño José y su don para interpretar los sueños… El Libro Revelado había resultado la mejor invitación a bucear más allá de lo visible. ¿Qué existía antes de que Dios creara la luz, el firmamento y las estrellas? ¿Eran infinitos los brillantes astros que iluminaban las noches de la Tierra? Esas y otras preguntas semejantes eran las que el pequeño Mauricio se formulaba en la oscuridad de su dormitorio después de que su padre apagara el candil de aceite. Entonces solía encontrar consuelo en la madre que nunca había conocido, que le sonreía desde el Paraíso y le animaba a alcanzar las respuestas ocultas. Su padre, unido acaso por un puente invisible con los Cielos, siempre le había protegido, y le había permitido escapar del taller para sumergirse en la lectura de las obras que se amontonaban en casa de su viejo amigo Joan, un reputado librero de Barcelona. Allí había aprendido a vivir otras vidas y a viajar hasta lugares distantes desde el silencio de un solitario desván. Aquel mundo, repleto a partes iguales de misterio y seguridad, se había acabado irremisiblemente.

Como una cáscara sin fruto zarandeada por los vientos, como un grano de arena perdido en el desierto, como una trémula gota de rocío amenazada por el sol... Ninguna comparación era capaz de describir el estado de confusión y pérdida que la injusta muerte de su padre le había provocado. El pasado en el que había crecido estaba repleto de secretos y mentiras, y el futuro se presentaba tan incierto como una tormenta en la mar. La esmeralda era su única esperanza de no acabar sepultado en un pozo de miseria, y aun este pensamiento le provocaba amargos remordimientos.

De no ser por la resplandeciente alianza, no habrían torturado a su padre con un suplicio reservado a los peores criminales. De no haber brillado más que las estrellas, su padre no habría pasado los últimos días de su existencia quebrantado por insoportables dolores. De no parecer una piedra sagrada forjada en la fragua de los dioses, su padre se hubiera despedido de la vida en un suspiro, el tiempo necesario para que el verdugo se ganara unas botas y algunas monedas manchadas de sangre. Sin embargo, la esmeralda estaba compuesta de la misma sustancia que los cuerpos celestes, su padre había luchado hasta el límite de lo improbable por revelarle su existencia y, cumpliendo su papel en el drama, él había acudido a Florencia a vender aquella piedra misteriosa.

¿De dónde procedía una joya tan excelsa? ¿Por qué su padre nunca le había hablado de ella? Le había ocultado deliberadamente una parte importante de su historia familiar, necesariamente relacionada con su inesperada filiación hebrea. Mauricio comprendía la renuncia de su padre a hablar de un pasado del que, él personalmente, se avergonzaba. Descender de marranos era un golpe muy duro para su orgullo cristiano:

de alguna manera sentía como si una parte de su ser estuviera contaminada por la mentira. Por otro lado, había tantas cosas que desconocía sobre sus orígenes… ¿Y si las omisiones de su padre respondían a otra razón ignorada? Tal vez existía un peligro mortal en descubrir lo que con tanto empeño había silenciado…

Aunque la incomprensión, la angustia y la tristeza le acompañaban en aquellas horas sombrías, un deseo invencible se abría paso entre las tinieblas de su alma como una letanía mil veces repetida: cumplir la misión que su padre le había encomendado en su última mano, arrancando de las fauces de la muerte una carta llamada esperanza. No permitiría que su sacrificio resultara baldío. Por primera vez en su vida, se dijo, debía estar a la altura de las esperanzas que habían depositado en él.

«Cualesquiera que fueran nuestros pecados pasados quedarán saldados. Empezarás una nueva vida en Florencia, acompañado de la buena fortuna.» Aquellas palabras resonaron en su mente y le infundieron confianza. Rogó a Jesucristo que la bendición póstuma de su padre guiara sus pasos, y después salió de la iglesia.

Al cruzar el puente Santa Trinità, Mauricio rememoró viejas imágenes del negocio de telares situado en Barcelona. Y es que en ambas orillas del río Arno se amontonaban hombres que limpiaban lana con una mezcla de líquidos desinfectantes y orina de caballo cuyo penetrante olor impregnaba el aire, mientras otros aclaraban entre las aguas los pelos de oveja desborrados. Los vareadores apaleaban sobre bastidores de mimbre la lana ya remojada, y los peinadores finalizaban el proceso a pie del río separando los filamentos.

Todos ellos realizaban un trabajo muy pesado y mal retribuido. Tampoco estaban bien pagados los cardadores ni las hiladoras. Si algún buscavidas le robara el anillo, también él estaría condenado a vivir en la pobreza. Temeroso de perder la joya en un lance de mala fortuna, Mauricio decidió dirigirse al palacio Medici sin demora.

Se había vestido para la ocasión con el traje con el que su padre le había obsequiado el año anterior con motivo de su vigésimo cumpleaños. Era su mejor atuendo: camisa blanca de lino, jubón de seda azul y unas elegantes calzas rojas. Una faja de terciopelo ocultaba los nudos que unían la parte superior de las calzas con el jubón. Sin duda parecía un floreciente mercader. Pero no florentino. Los gentilhombres de aquella ciudad rasuraban cuidadosamente sus barbas y portaban sobre su testa sombreros escarlatas o fajas de tela semejantes a turbantes. Por contraste, su melena al viento y una barba poblada le delataban como extranjero. Si se mostraba desorientado o dubitativo atraería sobre sí a los rufianes que merodeaban en todas las ciudades en busca víctimas propiciatorias. El peligro acechaba por doquier, incluso en el hostal donde había dejado sus pertenencias; el dueño de ese lugar, de mirada rapaz, le había inspirado una profunda desconfianza al informarle sobre el mejor modo de llegar hasta el palacio Medici.

Por ello, pese a deambular extraviado entre un laberinto de callejones, aparentó seguridad y, manteniendo el paso, prefirió no curiosear en las pañerías empotradas en la antigua muralla romana ni en las numerosas tiendas y talleres donde comerciantes y artesanos ofrecían un festín de cautivadores productos. Ni siquiera los sabrosos olores del colorido mercado detuvieron su marcha, pese a no haber almorzado. Los tiernos capones, los jugosos venados, las frutas frescas, la dulce miel y los quesos rodeados de moscas deberían esperar a que vendiera el anillo.

Cuando unas gallinas ganaron alborotadamente la calle tras salir desde un portal en forma de arco, Mauricio esbozó por primera vez una sonrisa. Tal vez, se dijo, las desorientadas aves domésticas estuvieran huyendo de los ruidosos martillazos que resonaban tras aquella entrada abovedada. Probablemente se hallaba ante alguna de las renombradas bodegas de arte florentinas, cuya importancia podía medirse por la cantidad de gallinas que poseían, pues, al igual que en Barcelona, la yema de huevo fresca se empleaba profusamente para fijar los colores de las pinturas al temple. Mauricio no había visto nunca tantos talleres de artistas ni tiendas tan exquisitas. Ciertamente se hallaba en la ciudad de las artes y la moda, aunque tal distinción no podía evitar que, como en Barcelona, el empedrado de las calles estuviera salpicado por los excrementos de caballos, burros, mulas y demás animales de carga. Era inevitable, reflexionó, que cuanto más rica fuera una ciudad, más apestara a bosta. Y Florencia era inmensamente rica...

Al divisar la inmensa cúpula de la catedral, que dominaba los rojizos tejados de la ciudad, no pudo evitar que su cara mostrara una expresión maravillada de asombro. ¡Jamás hubiera imaginado que pudiera construirse una cúpula tan colosal! Mauricio se preguntó si sería suficientemente grande como para cobijar bajo su sombra a los cuarenta mil habitantes de aquella urbe, una de las más pobladas de la cristiandad. No obstante, se obligó a no demorarse y siguió caminando. Continuando por la Via Larga, a unos cuantos pasos, se hallaba el palacio Medici. Ya no podía perderse.

Efectivamente, en el siguiente cruce se encontró no sólo con el palacio Medici, sino con el mismísimo Lorenzo, *el Magnífico*. Estaba casi seguro de no equivocarse. Con semblante sereno departía tranquilamente en la calzada, frente a la puerta del palacio, con quien debía de ser un jovencísimo cardenal. La sotana de paño rojo, el capelo que coronaba su cabeza y el fajín de seda púrpura así lo proclamaban. En cuanto a Lorenzo, no era posible identificarle por su atuendo. El jubón de terciopelo que portaba, largo hasta los tobillos, únicamente revelaba que gozaba de una posición social excelente en comparación con los hombres menos afortunados cuyos jubones de telas inferiores no sobrepasaban la altura de las rodillas. Sin embargo, la fisonomía irregular de su rostro coincidía exactamente con la descripción que había llegado hasta sus oídos.

Alto y de complexión atlética, su enorme nariz, con el puente hundido y torcida sobre la derecha, hacía difícil ubicar los restantes rasgos de su semblante, que parecían pertenecer cada uno de ellos a diferentes personas: los ojos grandes y hundidos estaban demasiado separados de su alargada nariz; su fuerte barbilla, de mentón prominente, era desproporcionada en comparación con el resto del rostro; la frente ancha y despejada parecía cortada abruptamente por unas cejas compactas y anguladas; por último, los labios de finas líneas se contraponían a la exuberancia de sus otros atributos. Probablemente aquella asimetría contuviera el secreto de Lorenzo, pues el Magnífico era muchos hombres en uno.

Príncipe de Florencia en todo menos en el título, puesto que la ciudad era formalmente una República, sus virtudes eran incontables. Político sagaz, descubridor y protector de artistas, tan hábil en las justas a caballo como esgrimiendo la pluma, era considerado uno de los mejores poetas de Italia. Propietario de la banca Medici, la más renombrada de Europa, era además el alma de la Academia Platónica, donde se daban cita los filósofos y las mentes más preclaras de la cristiandad. Atleta, espadachín, orador y erudito, amaba también las fiestas, donde destacaba con su talento como músico y bailarín. De cómo le recibiese ese hombre genial, dependía por entero su futuro.

Mauricio sopesó dirigirse en latín al príncipe sin corona, pero descartó tal ocurrencia. Aunque había estudiado latín, únicamente lo empleaba para leer libros, rezar y escuchar misa. Por fuerza, su hablar le resultaría tosco a quien, educado por los mejores profesores, utilizaba diariamente el latín en sus conversaciones y epístolas. Afortunadamente sabía hablar la lengua de la Toscana. Hacía años, su padre había incluido como socio en el negocio familiar de telares al maestro tintero Sandro Tubaroni. Aquel tunante florentino le había hurtado a la casa Rucellai ciertos secretos comerciales relacionados con el liquen *oricello*, gracias a los cuales el negocio de la ciudad condal había aumentado notablemente sus ventas. Ahora bien, Sandro Tubaroni no era un vulgar ladronzuelo de secretos ajenos, sino un simpático y teatral italiano tan amante de la buena vida como del arte. Fascinado por el hermoso ejemplar ilustrado de *La divina comedia* que Sandro había portado consigo desde Italia, Mauricio se afanó en copiar con su pluma la obra maestra de Dante Alighieri. Así, imitando las hermosísimas grafías del libro y gracias a la buena predisposición del maestro florentino a enseñarle su idioma, había acabado por aprender una lengua cuya musicalidad le gustaba casi tanto como las espectaculares imágenes que el genio del poeta había creado. Paradójicamente, caviló Mauricio, las actividades aparentemente inútiles practicadas por puro placer podían resultar a la postre más productivas que las realizadas por obligación.

El tiempo de reflexión había acabado. Ahora era el momento de actuar. Los pies de Mauricio, sin hacer caso de las dudas de su mente, le condujeron frente a Lorenzo. Ya no había marcha atrás.

—Distinguido Lorenzo —saludó Mauricio sobreponiéndose a sus miedos—, tu fama traspasa fronteras y alcanza todos los rincones del mundo. Es por ello por lo que he venido desde Barcelona para ofreceros una joya digna de un emperador.

El joven cardenal le hizo un gesto con la mano indicando que no estaban interesados en escucharle. Pese a ello, Lorenzo sonrió y le dirigió la palabra.

—Me complace tu ofrecimiento, pero yo no soy más que un simple ciudadano. No soy emperador, ni siquiera noble.

La modestia de Lorenzo era fingida, pues todo el mundo sabía que era él quien manejaba los hilos del poder en Florencia. Su respuesta era, por tanto, una invitación a seguir hablando. El cardenal, por el contrario, parecía tener mucha prisa.

—Lorenzo, te lo ruego —le conminó el prelado—. No nos demoremos, o llegaremos tarde.

Mauricio entendió que si quería retener al prócer de Florencia, debía acertar con las siguientes palabras. Tenía que seguir arriesgando aun a costa de ser ignorado.

—Señor, la joya que porto es un talismán único. También es muy orgullosa. Si le dais la espalda, tal vez se ofenda, y no quiera beneficiaros con su luz.

Mauricio había sido atrevido, y tal vez esa audacia consiguiera captar la atención de Lorenzo. Su desmesurada afición por las joyas y los amuletos, por los que llegaba a pagar pequeñas fortunas, era ampliamente conocida.

El Magnífico volvió a sonreír e hizo ademán al cardenal para que no se impacientase.

—Nunca es bueno ofender si se puede evitar. Mostradme, pues, lo que de tan lejos habéis traído.

Mauricio se llevó la mano al cinto y desató el cordel de una bolsita de cuero que llevaba colgando. Cuando extrajo el anillo, su belleza volvió a embelesarle, como si fuera la primera vez que la veía. Sobre una base cuadrada de oro viejo se alojaba una esmeralda tan bella que más se antojaba un fruto de los Cielos que de la Tierra. De un verde profundo y brillante, el cristal parecía latir con vida propia. Tallado por una mano maestra, la piedra parecía una suerte de cubo cósmico montado sobre dos broches de oro blanco en los que se habían incrustado pequeños diamantes. En el reverso de su base se podía leer la siguiente leyenda en castellano: «Luz, luz, más luz».

Lorenzo devoró ávidamente la sortija con la mirada y la cogió entre sus manos. Sus ojos, muy abiertos, mostraban un interés extraordinario.

—Jamás había visto nada semejante. Es absolutamente excepcional. ¿Cuánto pedís por él, señor...? —preguntó Lorenzo después de acomodar la joya en su dedo anular, como si ya fuera su nuevo propietario.

—Mauricio Coloma, natural de Barcelona, servidor vuestro en Florencia, y de la justicia en cualquier lugar —respondió solemnemente, intentando calcular mentalmente cuánto estaría dispuesto a pagar Lorenzo. Estaba frente a un hombre de unos treinta años, poderoso, seguro de sí mismo y poseedor de una fortuna incalculable. De hecho, ya tenía el anillo en su poder. Si decidía no pagarle ni un florín, ¿qué podría hacer contra el hombre más importante de Florencia?

—Cardenal Raffaele, perdonad nuestro atrevimiento —interrumpieron dos recién llegados—. El arzobispo de Pisa os ruega que no tardéis más en llegar a la catedral. La ciudad entera se halla esperándoos.

Mauricio miró a aquellos hombres. Ambos vestían ajustadas chaquetas verde oscuro de mangas largas y diseño sencillo. Sobre aquella librea lucían una túnica sin mangas y sin adornos. Por su aspecto y actitud, debían de ser criados del cardenal que cumplían funciones de heraldos.

El joven Raffaele dirigió una mirada suplicante a Lorenzo, que reaccionó con prontitud.

—No es propio de un buen anfitrión hacer esperar a sus huéspedes más distinguidos. Y menos todavía a una ciudad. Partamos entonces sin demora. Haced el favor de acompañarnos, Mauricio. Tiempo tendremos cuando haya finalizado la santa misa de tasar esta fabulosa joya que habéis tenido la delicadeza de llevar hasta mi puerta.

«Los florentinos son tan elegantes con las palabras como traidores en sus acciones», le habían advertido a Mauricio. Y ahora se encontraba andando camino del Duomo, la catedral de Florencia, junto a un cardenal y un príncipe poeta. Pero el anillo ya no lo tenía él, sino Lorenzo. ¿Le ofrecería un precio justo o decidiría quedárselo sin pagarle ni un florín? Mauricio no andaba sobrado de motivos para confiar en la nobleza.

La miseria se hospedaba muy cerca del lujo. Tan sólo un corto paseo separaba el grandioso palacio Medici de los campesinos y trabajadores que había visto aquella mañana al otro lado del río Arno. Habitualmente vivían hacinados en pequeñas casas de adobe y arenisca, sin apenas ventanas ni luz, con una sola cama para toda la familia y una camisa roída de lienzo como única muda. ¿Quién era libre de elegir su destino? El suyo dependía por entero de la gema que Lorenzo lucía tan despreocupadamente en su dedo anular.

3

Florencia, domingo, 26 de abril de 1478

«$\mathcal{M}$i rostro me parece el de una extraña que nunca hubiera conocido», pensó Lorena Ginori mientras se veía reflejada en el gran espejo ovalado de su dormitorio. ¿Era posible que a tan temprana edad le esperara un destino tan amargo?

La fiel Cateruccia la estaba acabando de peinar con aquellas tenacillas calientes que conseguían dar el toque maestro a su cabellera castaña y realzar sus ondulaciones naturales. Aquél era el rasgo físico del que más orgullosa se sentía: casi no necesitaba cepillarse el pelo para que sus rizos formaran esos tirabuzones por los que todas las mujeres suspiraban. Su hermana pequeña, por el contrario, podía estar horas aplicándose las tenacillas, y sólo obtenía un resultado menos vistoso que el que ella lograba al cabo de unos pocos minutos.

Hoy no le importaba ni el peinado ni su precioso vestido azul, de un brillo tan intenso que únicamente los telares de su padre habían conseguido crear tras múltiples probaturas. Mantenido en secreto, aquella mañana lo iban a exhibir por primera vez ante la flor y nata de la sociedad florentina durante la solemne misa dominical, a la que acudirían Lorenzo de Medici, el arzobispo de Pisa y el cardenal Girolamo Riario, sobrino del Papa.

Tan sólo dos días atrás le hubiera costado conciliar el sueño ante la emoción de un acontecimiento tan importante. Pero si apenas había dormido aquella noche no era por la misa que se iba a celebrar en la soberbia catedral de Florencia, sino por el llanto que le provocaba el triste futuro al que la condenaba su padre. A ese destino no deseado le achacaba Lorena el haberse sobresaltado por una macabra pesadilla en la que sangre inocente teñía de rojo el altar mayor del Duomo. Poco podía imaginar que sus pesadillas se convertirían en realidad aquella misma mañana, como consecuencia de un complot para asesinar a Lorenzo de Medici en la catedral de Florencia aprovechando el solemne momento de la eucaristía.

Durante su infancia, Lorena había tenido premoniciones recurrentes que se le presentaban súbitamente, como un fogonazo de luz, y que le anticipaban ciertos acontecimientos. Su padre jamás había creído en ellas, sino que, por el contrario, había castigado con dureza lo que en su opinión eran peligrosas mentiras compulsivas. Su madre, temerosa de que tan anómala circunstancia pudiera llegar a oídos de autoridades religiosas partidarias de exorcizar a su niña, le había aconsejado que guardara un prudente silencio. Lorena, angustiada, había aprendido a callar; con el paso del tiempo, las molestas visiones se habían ido espaciando hasta desaparecer de su vida y de su memoria. Al menos, eso creía Lorena.

Así, ajena a los acontecimientos que marcarían el rumbo de Florencia y el suyo propio, bajó las escaleras que le conducían de los aposentos a la planta baja, donde sus padres y hermanos la estaban esperando. Al ver a sus progenitores, únicamente pudo sentir el frío de su corazón. Ningún sentimiento, ni cálido ni amoroso, anidaba en su pecho.

—Tus ojos están muy rojos —comentó su madre con preocupación.

—Y estás más pálida que un cadáver de tres días —remachó su padre con la «delicadeza» que le caracterizaba.

Lorena notó que las lágrimas volvían a sus ojos, pero antes de romper a llorar sintió que una emoción de intensidad inaudita recorría su cuerpo y la hacía vibrar con una fuerza que parecía poseerla como si dispusiera de vida propia.

—¡Ya os dije ayer que no me quería casar con Galeotto Pazzi! —se oyó gritar, sorprendida de su propia reacción.

—¡No empecemos otra vez! —le recriminó su padre—. Ya has cumplido los dieciséis años y eres toda una mujer. La cuestión no es lo que te guste, sino lo que debe hacerse. Dentro de tres meses, se celebrará el enlace, tal como he acordado con los Pazzi.

—Galeotto acabará gustándote, hija mía —intervino su madre con voz suave—. ¡Cuántas jovencitas suspirarían por desposar a semejante caballero! Los Pazzi son una familia de aristócratas. Su riqueza es casi igual al de la poderosa familia Medici, y su linaje es, sin duda, superior. No sería descabellado que en tiempos no muy lejanos el gobierno de Florencia acabara recayendo en sus manos.

Lorena seguía invadida por esa poderosa energía que surgía desde lo profundo y se adueñaba de su personalidad. Aunque sabía que no era apropiado, necesitaba protestar y proclamar a gritos que era injusto lo que pretendían hacer con su vida.

—¡Pues que se casen esas jovencitas con Galeotto! ¿Es que debo padecer su fétido aliento en mi boca cada vez que le plazca? ¿Yacer con un hombre que me repugna y servirlo? Ni hablar.

—¿Cómo puedes ser tan egoísta? —le interpeló su padre. En sus ojos, Lorena podía leer la fiera determinación que le animaba cuando estaba convencido de tener razón, es decir, siempre—. Tú sabes —prosiguió— lo que me ha costado alcanzar la prominente posición que ocupo en el gremio de la *Calimala*. Incluso hemos conseguido comprar este pequeño palacio. Si tus abuelos vivieran, sus ojos brillarían de orgullo. Y ahora se nos ofrece una oportunidad inmejorable. ¡Desposarte con un acaudalado miembro de la nobleza! ¿Es que no ves las puertas que se abren ante nosotros? Quizá tus hijos, mis nietos, puedan llegar a formar parte del Gobierno de Florencia. ¿Cómo puedes pensar sólo en ti misma cuando está en juego el futuro de nuestra familia? ¡Es inconcebible!

Lorena comprendía muy bien aquellas razones, y se avergonzaba de que su actitud pudiera obstaculizar el encumbramiento social de la familia. No obstante, todo su ser le gritaba que debía oponerse hasta el último aliento. Asombrada de su propia osadía, replicó una vez más.

—Galeotto Pazzi es barrigón y su boca huele siempre a vino. No es únicamente vulgar, sino también engreído. Si tuviera que casarme con un apellido no lo dudaría. Pero vosotros queréis que me despose con un hombre mayor cuya intimidad me repugnará. En el nombre de Dios, ¿es que no hay otras opciones?

—Ninguna tan conveniente como ésta —le explicó su madre—. Tu padre ya ha concertado esta alianza con los Pazzi, por lo que no cabe discusión al respecto. La compañía de Galeotto no te resultará tan desagradable como piensas. Sus juegos y negocios le mantendrán ocupado la mayor parte del tiempo. En cuanto tengas hijos podrás dedicarte a gobernar la casa y a educarlos en la forma que consideres más apropiada. Ahora eres joven e impetuosa. Cuando madures y veas a tus retoños crecer, con todas las posibilidades al alcance de su mano, comprenderás que el destino que ha elegido tu padre no es tan malo como piensas.

Lorena se preguntó si su madre hablaba por experiencia propia. Su voz tenía el timbre de la sinceridad. ¿Tenía alguna escapatoria o era mejor resignarse? El rostro de su padre era inflexible. Sabía perfectamente que su gran ilusión era saltar la barrera que separaba a un próspero mercader de la influyente oligarquía que dirigía Florencia. Y ese enlace lo podía permitir. Su padre jamás cedería. Los sentimientos de su madre no cambiarían el futuro que le habían reservado. Ni tampoco la opinión de su hermana pequeña, que observaba la escena con los ojos desorbitados, paralizada y muda por el asombro. Maria, de tan sólo doce años y medio, era una niña grande que jamás se quejaba ni protestaba. ¿Cómo iba a entender su hermana aquella reacción desesperada si ella misma era la primera sorprendida? En cuanto a su hermano mayor, Alessandro, su mirada indignada y reprobadora no necesitaba ser traducida en palabras. Él, que como único hijo varón tenía la obligación de continuar engrandeciendo el apellido Ginori, parecía casi tan enfadado como su padre.

—Este matrimonio es una cuestión de honor para toda la familia —la amonestó su progenitor con voz severa—. Deberías estar orgullosa, en lugar de discutir. ¿O es que los libros que lees reblandecen tu cerebro? Ya le he dicho mil veces a tu madre que no es apropiado para una distinguida señorita dedicar tanto tiempo a la lectura. El mundo real no es el de los estrafalarios trovadores que tanto celebras. Tú vives en Florencia y no en un idílico poema. Se hará como yo digo. Y ahora partamos hacia la catedral, o llegaremos tarde a misa.

Lorena se derrumbó. ¿Qué podía hacer? Con dieciséis años recién cumplidos era todavía casi una niña y no disponía de ningún recurso para oponerse a la voluntad paterna. Se sentía tan pequeña e insignificante… Incapaz de seguir de pie, se sentó y, sin poder contenerse, rompió a llorar escondiendo la cabeza en el regazo de su falda.

—Es inútil, Francesco —le oyó comentar a su madre—. Es mejor que Lorena no venga con nosotros a la catedral. Tiene los ojos demasiado hinchados y rojos.

—Pero el vestido…

—No es conveniente, Francesco. ¿No ves cómo está la niña? Todo su rostro está desfigurado. ¿Qué iba a comentar la gente? Es preferible que permanezca en casa, desahogándose. Le hará bien. Cateruccia se quedará cuidando de ella.

Cuando sus padres se hubieron ido, Lorena se arrodilló ante el crucifijo de su habitación e imploró al Redentor que obrara un milagro:

—Señor, tú lo puedes todo, tú sabes que te amo, impide este matrimonio y tráeme otro esposo.

¿Escucharía Dios sus plegarias o las consideraría demasiado egoístas para atenderlas?

4

*C*uando el cáliz consagrado se alzó en el Duomo a la vista de los feligreses, únicamente tuvo ojos para el anillo que Lorenzo exhibía en su mano. Mauricio se juzgó mezquino por no prestar la debida atención al milagro de la conversión del pan y del vino en la carne y sangre de Jesucristo. Pero de no haber estado tan preocupado por la joya tampoco hubiera visto que un sacerdote extraía un cuchillo de su sayo y agarraba por el hombro a Lorenzo, mientras otro cura se abalanzaba para apuñalarlo.

Sin vacilar ni un instante, saltó como un resorte empujando violentamente al agresor, que cayó con estrépito al suelo. «¡Peligro, *sire*!», gritó mientras arremetía contra el clérigo. Quizá gracias a ello Lorenzo tuvo tiempo de reaccionar y se zafó del sacerdote que le sujetaba. En el cuello, justo bajo el oído derecho, presentaba un corte que sangraba. Haciendo caso omiso de la herida, el Magnífico se envolvió el brazo izquierdo con su capa a modo de improvisado escudo y repelió otro embate de aquel cura que pretendía matarlo.

¿Qué estaba ocurriendo? No era momento de especular. Si Lorenzo moría, todo estaba perdido, incluso la esperanza. Un nutrido grupo de hombres armados con dagas y espadas aparecieron a la carrera gritando: «¡Muerte al tirano!». Unos parecían ciudadanos prominentes y otros meros sirvientes, si bien compartían idénticas ansias asesinas. Un atacante, ataviado con fastuosos ropajes, cojeaba ostensiblemente. Su cara estaba desencajada y sangraba a la altura del muslo. Lorenzo cruzó una mirada de odio con aquel hombre.

—Francesco Pazzi —murmuró el Magnífico—. Así que los Pazzi son los oficiantes de la traición.

Gritos, llantos y resonar de pisadas retumbaron bajo la enorme cúpula de la catedral. Embajadores, comerciantes, magistrados, damas, niños y criados huían en desbandada presas del pánico. Abriéndose paso a golpes en mitad del tumulto, aparecieron cuatro hombres que blandían dagas y estiletes.

—¡Mantente firme, Lorenzo! —gritaron.

Los decididos aliados llegaron con suficiente rapidez como para formar un escudo humano alrededor de Lorenzo. La embestida fue sorda y fiera. Uno de los defensores, de noble aspecto, fue alcanzado en el estómago por un puñal de largo filo. Su rostro expresó sorpresa y dolor antes de desplomarse. Otro de los rescatadores, un joven sirviente, logró zafarse del ataque de un sacerdote armado con espada.

—¡Huye, Lorenzo, debes salvarte! —gritó otro de los que habían acudido en su ayuda tras recibir un profundo tajo en el brazo diestro.

El Magnífico saltó ágilmente sobre una barandilla de madera, alcanzó el coro octogonal y cruzó corriendo frente al altar mayor, donde el joven cardenal Raffaele oraba encogido al amparo de los canónigos de su séquito, que le rodeaban protectoramente. Mauricio acompañó en la carrera a Lorenzo. No todos huían de la catedral. Numerosos hombres, divididos en pequeños grupos, corrían hacia el lugar donde los agresores estaban siendo contenidos.

—¡Aquí estaréis a salvo, *sire*! —exclamó un hombre ataviado con un elegante jubón rojo de terciopelo. Su dedo señalaba el interior de una sacristía de altos techos y macizas puertas de bronce.

Mauricio acompañó a Lorenzo junto con otros cinco individuos, que, una vez dentro, atrancaron con presteza el batiente de las pesadas puertas. Mauricio se preguntó, angustiado, si no sería aquello una nueva y mortal emboscada. El Magnífico parecía confiar en ellos, aunque estaba muy nervioso y casi fuera de sí.

—¡Un asesinato ritual! —vociferó—. ¡Quieren derramar mi sangre en suelo sagrado! Ya mataron al duque de Milán durante la misa de San Esteban y ahora quieren acabar también con nosotros.

«¿Asesinato ritual en una iglesia?», se dijo Mauricio. Nunca había oído nada semejante. Parecía algo demoniaco. ¿Qué fatal coincidencia le había llevado hasta Lorenzo en la peor hora? Si esta terrible mañana hubiera llegado al palacio Medici un poco más tarde no se encontraría en peligro de muerte. Le hubiera bastado con permanecer extraviado en las callejuelas de Florencia sin alcanzar tan rápidamente el mercado próximo al Duomo o demorarse unos instantes contemplando alguna de sus seductoras tiendas. Mauricio alejó de sí tales pensamientos. Lamentarse no le iba a servir para cambiar la realidad.

—¿Y mi hermano? ¿Está bien mi hermano? —preguntó Lorenzo por tercera vez.

Nadie le respondió, ya fuera por ignorancia, ya fuera por no desesperar a Lorenzo en tan difícil trance. Uno de los allí presentes, de armoniosas facciones y pelo rizado, miró al Magnífico con un brillo de inteligencia. Como si súbitamente hubiera comprendido algo, se abalanzó sobre él y, antes de que nadie pudiera reaccionar, hundió su boca en el cuello herido de Lorenzo. Mauricio no sabía si le estaba mordiendo o besando, pero ante lo escabroso de la escena se aprestó a separarlos.

Dos hombres le agarraron inmediatamente.

—Tranquilo amigo, tranquilo —le advirtieron.

El individuo de cabellos rizados escupió en el suelo la sangre del Magnífico.

—¿No lo entiendes? —le preguntó uno de los que le sujetaban—. Está extrayendo sangre de la herida por si la hoja del puñal traicionero hubiera sido emponzoñada. Aunque el corte es superficial, el veneno podría ser mortal.

Tras ser liberado, Mauricio reflexionó sobre el tipo de hombre que debía de ser Lorenzo. Alguien capaz de crear unos lazos de afecto tan grandes que sus amigos no dudaban en arriesgar su vida por él. O alguien de cuyos favores y dinero dependieran para vivir. O todo al mismo tiempo, pues, ¿no era el Magnífico muchos hombres en uno?

Sólo los esputos de sangre que el fiel camarada de Lorenzo escupía sobre el suelo rompían el tenso silencio de la sacristía. Los demás estaban concentrados en intentar escuchar qué ocurría tras las compactas puertas de bronce. ¿Habrían sido reducidos los conspiradores? ¿O por el contrario habrían triunfado y deberían prepararse para resistir un asedio?

Cuando empezaron a distinguir las primeras voces, Mauricio había perdido por completo la noción del tiempo. No sabía si había transcurrido una eternidad o unos pocos minutos.

—¡Lorenzo, salid! ¡Estáis a salvo! —exclamaron desde fuera golpeando con ímpetu la puerta.

¿Verdad o tan sólo una trampa mortal? ¿Cómo saberlo? Otro apuesto compañero de Lorenzo se ofreció para solucionar el misterio. El nombre al que respondía, Segismundo della Stufa, le pareció divertido. La burla mental se le trocó en admiración al contemplar que trepaba ágilmente hasta la nave del órgano desde la escalera de caracol de la sacristía. Desde allí podía divisar sin dificultad toda la escena y distinguir a los hombres que aporreaban la puerta. Con el corazón encogido se preguntó qué estarían viendo los ojos de Segismundo.

5

*L*orena se calzó aquellos zapatos imposibles, forrados de cordobán, cuya plataforma de corcho era más alta que la palma de su mano. Aunque no era fácil andar con ellos, resultaban imprescindibles tras un día lluvioso como el de ayer. Únicamente con esos chapines y con ayuda de su fiel Cateruccia podía aspirar a mantener su falda y sus delicados pies alejados del barro.

—¿Cómo es posible que pretendas salir a pasear? —preguntó Cateruccia—. ¡Si te has negado a ir a misa!… Sé razonable. Una falta tan grave no quedará sin castigo.

Lorena se sentía rebelde. Quería ser libre, pero sus padres la obligaban a casarse con un hombre que le repugnaba. Según Platón, la libertad sin conocimiento era una mera ilusión. Lorena ignoraba, entre otras muchas cosas, que en aquellos instantes el arzobispo de Pisa, flanqueado por treinta hombres armados, avanzaba por la Via Calzaioulo hacia el desprevenido palacio de Gobierno para tomarlo bajo su control, mientras conjurados a sueldo de los Pazzi se aprestaban a acabar con la vida de Lorenzo de Medici. De haberlo sabido, hubiera elogiado la sabiduría del filósofo griego en lugar de pronunciar las siguientes palabras:

—Ya me han condenado al castigo más execrable. No se me ocurre nada peor que vivir para siempre con ese gordinflón de Galeotto Pazzi. No hay peligro, por tanto, en explorar las calles sin permiso.

—¿Y qué pasará conmigo? Sólo soy una pobre criada. Todas las culpas recaerán sobre mí.

La familia la había comprado como esclava dieciséis años atrás, con motivo del nacimiento de Lorena, pero Cateruccia era mucho más que una simple criada. Había sido su amada niñera primero, y de su hermana Maria después. Les mostraba tal afecto que a veces parecían ser sus propios retoños. Unos mercaderes genoveses la habían traído desde el mar Negro, y su padre la había adquirido como un artículo de lujo que podía exhibirse con orgullo. La esclavitud no había sido infrecuente entre los florentinos ricos tras la peste negra del siglo anterior, cuando la muerte había reducido tanto la población que incluso era difícil conseguir siervos para los hogares. Actualmente no eran tantos los prestigiosos apellidos que se permitían tales lujos. Y aunque no podía considerarse que su familia estuviera entre las más ilustres de la ciudad, el negocio de las telas había bastado para afrontar el pago de una lujosa mansión y una esclava de gran valor. Las esclavas caucasianas eran preferidas a las turcas y tártaras porque se adaptaban mejor a las costumbres florentinas. Y Cateruccia era, además, hermosa. En otras familias era habitual que el *pater familias* dejara preñada a una sirvienta joven y atractiva. Su padre no había seguido la norma. Lorena no sabía si atribuirlo a la fidelidad hacia su esposa, al respeto por el cariño con el que Cateruccia había acogido su labor de niñera, o a una mezcla de ambos factores. En cualquier caso, Cateruccia se había convertido ya en un miembro menor de la familia, hasta el punto de que compartía mesa y mantel con ellos. Así que no iba a impedir su pequeño acto de rebeldía con la falsa excusa de que era una sirvienta desamparada sobre la que recaerían espantosos castigos.

—No te ocurrirá nada, Cateruccia. Soy yo la que he decidido salir. La única opción que tienes es acompañarme y protegerme hasta que vuelva sana y salva a casa. Juraré sobre la Biblia que has intentado detenerme por todos los medios y que te has pasado las horas recordándome que debía regresar al hogar. Sabes muy bien que mis padres únicamente se enfadarían contigo si me dejaras vagar sola por unas calles tan peligrosas como las de Florencia.

Lorena sonrió. Había ganado la discusión. Cateruccia se moría de ganas de salir y le había ofrecido una excusa perfecta para cumplir sus deseos. Los domingos en Florencia eran días repletos de emociones, donde las calles, convertidas en un carrusel de inagotables sensaciones, rebosaban de vida, colores y gente. Nunca había explorado la ciudad un día festivo sin familiares que la vigilaran. ¡Quién sabía lo que podían ver y descubrir! ¡Lástima que nada de lo que pudiera suceder fuera a evitar la sentencia que pesaba sobre ella: la boda con Galeotto Pazzi!

6

*C*on el pretexto de poner a salvo al orondo embajador de Ferrara, Luca Albizzi se abrió paso entre la multitud tratando de ganar la puerta secundaria de la catedral que daba a la Via Servi. El desconcierto era absoluto. Los gritos de pánico se mezclaban con el ruido sordo de las pisadas luchando por avanzar entre la abigarrada multitud que, como un rebaño sin pastor, huía sin orden, con riesgo de aplastar a quienes trastabillaran en su carrera. Algunos hombres desenvainaron sus armas y, en lugar de marchar hacia las salidas, se dirigieron hasta el altar mayor, donde Lorenzo había repelido en primera instancia el ataque de dos sacerdotes. Entre aquéllos se encontraba Francesco Pazzi, que cojeaba notoriamente a causa de una herida en su pierna derecha. ¿Pretendían ayudar a Lorenzo, o por ventura deseaban ajusticiarlo? En aquella desconcertante algarabía de carreras, alaridos, curas asesinos, y resonar de espadas, era imposible saberlo.

El cuerpo cosido a puñaladas de Giuliano, el único hermano de Lorenzo, le reveló la verdad. Tendido sobre el frío mármol de la iglesia en posición fetal, su esplendoroso vestido —desgarrado y empapado en sangre— hacía las veces de inesperado lienzo funerario. El bello hermano de Lorenzo, el amado por todos, yacía solo en su última hora, sin otra compañía que el charco de sangre que bañaba sus vísceras.

Aquélla era la prueba inequívoca de que se trataba de un inmisericorde golpe de Estado meticulosamente preparado. Si

Lorenzo moría, los Pazzi serían los nuevos dueños de Florencia antes de que la noche cayera sobre la ciudad. Animado por tales pensamientos, Luca sopesó abandonar la compañía del embajador de Ferrara, volverse sobre sus pasos y ayudar a rematar a Lorenzo. Sin embargo, el instinto de conservación se impuso a sus ansias de venganza. En caso de que el tirano de Florencia sobreviviera a la conjura, todos los implicados morirían en medio de atroces tormentos. La más elemental precaución aconsejaba retirarse sigilosamente del teatro de operaciones. Si los Pazzi triunfaban, él sería el primero en celebrar con entusiasmo su victoria. Pero si los Medici prevalecían, no deseaba encontrarse entre los perdedores.

La Via Servi era un hervidero de gente asustada que tampoco sabía qué carta jugar. Un paso en falso que mostrara apoyo público al bando perdedor podría acarrear la muerte. Conocedores de tal circunstancia, Luca y el embajador de Ferrara guardaron silencio y se encaminaron discretamente a sus casas procurando no llamar la atención. La muchedumbre optó también por alejarse de la iglesia, dispuesta a inclinarse posteriormente ante los vencedores, y evitar así innecesarios peligros.

De regreso a su sobrio *palazzo*, una amarga punzada recorrió el estómago de Luca al evocar el glorioso pasado de su familia. Por culpa de los Medici ya no eran, como antaño, una de las poderosas familias que gobernaban Florencia. Hacía más de cuatro décadas que Rinaldo Albizzi, utilizando sus influencias en el Gobierno, había intentado acabar con el progresivo ascenso de Cosimo, el abuelo de Lorenzo, al que había acusado de conspirar contra la República. La Signoria, pusilánime, se limitó, decretar su exilio en lugar de condenarle a muerte, lo que a la postre ocasionó la ruina familiar cuando Cosimo, reclamado por la mayoría de los ciudadanos, regresó triunfalmente a Florencia. ¡Qué fácil era engañar al pueblo repartiendo favores y dinero con calculada paciencia y patrocinando la construcción de edificios emblemáticos como el *Ospedale degli Innocenti*, el orfanato donde las monjas cuidaban a los niños abandonados! ¡Así habían comprado los Medici las lealtades que no se merecían por nobleza!

En cualquier caso lo cierto era que, valiéndose de tales arti mañas, había sido Cosimo —un arribista, descendiente de humildes prestamistas— quien, a la postre, había vencido. Los Albizzi fueron obligados a abandonar Florencia, y él mismo, nacido en el destierro, no había podido pisarla hasta cumplir los quince años. ¡La mitad de su vida había transcurrido fuera de la ciudad que sus antepasados habían hecho grande! Y lo peor era el humillante precio que tenía que pagar por vivir en Florencia: la adulación constante hacia Lorenzo, al que en público y en privado trataba como si fuera un genio y un benefactor de la humanidad. Demasiado bien sabía que, de otro modo, los inspectores de tributos le hubieran atacado como perros rabiosos. Así de innoble era la *pax Medici*. Nada de justas ni duelos singulares. Tan sólo unos grises funcionarios que aplicaban el máximo rigor tributario a los que osaban contrariar los designios Medici. Cuando ello ocurría, a los desafortunados sometidos a la inspección únicamente les quedaban dos alternativas: la ruina vergonzosa o el exilio.

Luca se arrodilló ante el Cristo crucificado de su dormitorio e imploró que Lorenzo ya hubiera exhalado su último suspiro. No obstante, una imagen le inquietaba: la esmeralda que portaba Lorenzo en su mano izquierda. Desde el pasillo lateral del Duomo la había visto refulgir mientras Lorenzo manteaba su capa para desembarazarse del primer atacante. Sin duda era la mítica gema de la que le habían hablado los Pazzi, la poderosa familia que tantos secretos custodiaba a la sombra de su glorioso pasado.

Cuando los cruzados conquistaron Jerusalén en el año 1088, el primero en coronar sus murallas fue un Pazzi. En recompensa por su gesta recibió tres piedras del Santo Sepulcro, que los Pazzi aún frotaban el sábado de Pascua alumbrando el fuego sagrado que un carro de bueyes transportaba en procesión hasta el baptisterio de San Juan, frente a la catedral de Florencia. A través de los siglos, los Pazzi se habían apropiado de antiquísimos documentos aprovechando las amistades que su presencia en Jerusalén les habían granjeado. Entre aquéllos, se encontraba un viejo pergamino enrollado por un lazo de raso granate, con extrañas referencias del Génesis y el dibujo de un anillo idéntico al que portaba Lorenzo.

¿Cómo y por qué había llegado hasta Lorenzo? Los Pazzi le habían relatado una leyenda según la cual, la esmeralda incrustada en el anillo era una piedra de gran poder que perteneció a Lucifer. Por lo que a él respectaba, los Medici, los grandes mecenas del paganismo, eran los embajadores de Satanás en la Tierra. Un sudor frío atravesó a Luca mientras un pensamiento le alcanzaba con el impacto de la certeza: o el anillo provocaba la muerte de Lorenzo en esa soleada mañana de abril, o le encumbraría a las cimas del poder más absoluto.

7

*L*os labios de Lorena se torcieron con un mohín de espanto al contemplar al ilustre ministro de la Iglesia colgado de una de las estrechas ventanas del Palacio de Gobierno. La mitra que reposaba sobre su cabeza y la capa pluvial ricamente bordada que le recubría el cuerpo lo distinguían como un altísimo dignatario eclesiástico. De la misma ventana pendía también el cuerpo desnudo de otro hombre que se balanceaba en un baile macabro que Lorena observó con una confusa mezcla de asco y fascinación.

¿Cómo era posible que tan horrible espectáculo estuviera siendo seguido ávidamente por la multitud que se apelotonaba en la inmensa plaza de la Signoria?

No se había consumado el mediodía cuando Lorena y Cateruccia entraron a comprar productos de embellecimiento en una botica que solían frecuentar. Lorena adquirió sangre de murciélago, zumo de cicuta y ceniza de col con vinagre: los ingredientes idóneos para evitar que le creciera pelo en la parte superior de la frente, que tan cuidadosamente había depilado Cateruccia. Lucir una cabeza ensanchada y brillante constituía un signo de belleza imprescindible en cualquier dama: agrandaba los ojos y permitía que la raíz del pelo adoptara la sugerente forma de una corona. Y justo cuando el boticario le ofreció un polvo compuesto por alas de abeja, cantárida, nueces asadas y cenizas de erizo, el mundo se volvió loco.

Lorena aún podía oír el redoble de campanas llamando al

estado de excepción: su peculiar sonido, grave como el de un mugido, hacía que la señal de alarma fuera conocida como «la vaca». De forma inexorable su eco resonaría en la campiña y unos campanarios llamarían a otros hasta que todos los pueblos de la Toscana supieran que la República de Florencia se hallaba en peligro. ¿Quién les podía estar atacando? ¿La Serenísima Venecia, el reino de Nápoles, los turcos? Lorena se quedó inmóvil, temblando de miedo. El boticario tampoco se apresuró a salir a la calle dispuesto a ofrecer su brazo armado a la República, sino que atrancó la puerta con un grueso travesaño de hierro y esperó ansioso la llegada de noticias. Los primeros rumores, todavía confusos, apuntaban que tanto Lorenzo como su hermano Giuliano habían sido asesinados durante la celebración de la misa y que Jacopo Pazzi, al frente de más de cien hombres armados, se dirigía hacia la plaza de la Signoria al grito de: «Pueblo y libertad».

¡Si eso era cierto, los Pazzi iban a hacerse con el control de Florencia! A Lorena le costaba imaginar a su futuro marido, el barrigón Galeotto, montando a caballo espada en mano. ¿Habría participado activamente en el golpe de Estado? Lo dudaba. En cualquier caso, resultaba evidente que, de llegar la operación a buen puerto, su posición social se vería incrementada de manera notable.

Lorena y Cateruccia esperaron durante dos o tres horas en el interior de la tienda. El silencio era el sonido predominante. Existían combates en la plaza de la Signoria, donde se hallaba el almenado palacio de gobierno protegido por sus matacanes, pero el ruido exterior de la calle no delataba que el pueblo se hubiera levantado en armas.

—Hasta que no esté claro cuál es el bando ganador, la gente no se atreverá a pronunciarse —pronosticó Niccolò, el boticario.

«Ya sabemos quién ha vencido», diría más tarde con indisimulada satisfacción, cuando los gritos de «¡*Palle! ¡Palle! ¡Palle!*»[1] resonaron con fuerza incontenible desde calles y ventanas.

1. «¡Bolas! ¡Bolas! ¡Bolas!»: hace referencia a las bolas del escudo de armas de los Medici.

Sólo entonces, con el resultado ya decantado, se atrevieron a salir a la calle. Presas de la euforia, ni Lorena ni Cateruccia quisieron dirigirse al abrigo de la mansión familiar. Por el contrario, contagiadas por la emoción embriagadora del momento, se unieron a la vociferante multitud que empuñando cuchillos, azadones, martillos y hasta utensilios de cocina se dirigía a la plaza de la Signoria.

El pavoroso espectáculo las dejó sin habla. Decenas de hombres ataviados con ricos ropajes pendían colgados de las ventanas geminadas del palacio de Gobierno. Esa impúdica exhibición en pleno centro era algo impensable, puesto que las horcas públicas estaban situadas cerca de la puerta de la Justicia, en las afueras de la parte este de las murallas de Florencia. Sus padres nunca habían querido que presenciara ninguna ejecución. No obstante, una vez había logrado convencer a Cateruccia de que le acompañara a ver los patíbulos. Únicamente el contemplarlos, pese a que no había ningún ajusticiamiento programado, le había bastado para inquietar su sueño durante semanas.

En ninguna de sus pesadillas había imaginado Lorena a la agitada muchedumbre bramando como animales furiosos. Sin embargo, los allí congregados gritaban, reían y se deleitaban contemplando las últimas bocanadas de los condenados. Lorena ni siquiera pudo distinguir si aquellos hombres ya habían fallecido cuando les desanudaron la soga del cuello, lo que les precipitó hacia el empedrado de la plaza.

La multitud se agolpó sobre los cuerpos tendidos pugnando por apropiarse de sus llamativos ropajes. Calzas, jubones, medias, cintos y zapatos fueron retirados de sus cuerpos en medio de riñas y golpes. No había más que echar un vistazo a sus extraños atavíos para comprender que no eran naturales de Florencia.

Por lo que había escuchado Lorena, la mayoría de ellos eran mercenarios de Peruggia que bajo el mando del arzobispo de Pisa habían entrado amistosamente en el palacio de Gobierno para tomarlo por sorpresa. Sin embargo, habían sido sus hombres los sorprendidos al quedar atrapados dentro de la cámara de la cancillería, merced a un ingenioso sistema de cerrojos automáticos instalados en sus robustas puertas en previsión de situaciones como aquélla. Y es que el astuto *gonfaloniere* había sospechado desde el principio del errático proceder del arzobispo, visiblemente nervioso ante la ausencia de noticias sobre la muerte del Magnífico. Advertidos a tiempo de la conspiración, los guardias de palacio, bien pertrechados tras los matacanes, habían podido repeler el ataque posterior de las huestes lideradas por Jacopo Pazzi lanzándoles piedras, flechas y aceite hirviendo.

Lorenzo, *el Magnífico*, había sobrevivido a la terrible maquinación, y ahora el pueblo estaba sediento de sangre y venganza. «¡Muerte al Papa, muerte al cardenal, viva Lorenzo, que es quien nos da el pan!», gritaban en la plaza, todos a una, señalando al arzobispo de Pisa y a Francesco de Pazzi, dos de los principales conspiradores. Los gritos se trocaron en expectante silencio cuando los priores cortaron las sogas con las que los habían colgado. Unidos en la traición, ambos se despeñaron juntos desde la misma ventana.

El arzobispo de Pisa, aún con vida, se arrastró penosamente por el suelo hasta alcanzar a Francesco. Los ojos de éste se movían, pese a que el resto de su cuerpo, tumbado boca arriba, yacía inmóvil. El arzobispo reclinó la cabeza sobre el pecho desnudo de aquél y repentinamente le mordió con tal fuerza que sus dientes permanecieron clavados en su torso mientras comenzaba a sangrar. El cuerpo de Francesco continuó petrificado, sin movimiento alguno, pero Lorena descubrió que sus ojos habían perdido de vista el cielo y dirigían su mirada al arzobispo.

—Ya es hora de volver a casa —le sugirió Cateruccia, tras cogerle la mano.

8

Mauricio intentó serenarse contemplando nuevamente la capilla del palacio Medici. Ya habían transcurrido cuatro días desde el fallido golpe de Estado y todavía no había podido hablar con Lorenzo acerca del anillo. Hoy, por fin, volvería a verlo. Sería a la hora de comer y compartiría mesa con otros invitados. ¿Le haría una oferta por la sortija? ¿O no mencionaría ni siquiera el asunto? Tras escapar con vida de la catedral, Lorenzo le había agradecido su decisiva actuación y le había invitado a residir en su palacio, pero no le había dicho nada respecto al anillo. Tampoco se lo había devuelto. Inmerso en un torbellino de dificultades crecientes era probable que ni siquiera se hubiera acordado de algo tan nimio para él. Mauricio no había dejado de pensar en ello. Y es que su destino estaba, literalmente, en manos de Lorenzo, *el Magnífico*.

¿Quién era realmente el Magnífico? Mauricio observó nuevamente la capilla del palacio en busca de alguna pista que desvelase su personalidad. Jamás había visto ningún oratorio parecido a aquél. Las vívidas pinturas que cubrían por entero las paredes asaltaban los sentidos del espectador por su intenso colorido. En ellas, los tres Reyes Magos, acompañados por una espectacular comitiva, avanzaban por el camino que lleva a Belén rodeados de verdes montañas.

La composición no había sido elegida al azar. Todos los personajes vestían al elegante modo florentino. Obviamente, los reyes simbolizaban a los propios Medici. Curiosa paradoja.

Florencia era una República. Los representantes del Gobierno eran elegidos mediante sorteo y renovados periódicamente. Lorenzo, nominalmente, no era más que un ciudadano particular. No obstante, a nadie se le escapaba que su influencia era decisiva en la resolución de los asuntos importantes, incluido todo lo relativo a la política exterior de la República. Aquel fresco pretendía hacer ver a los embajadores de otros países que los Medici eran auténticos reyes, y el Papa colaboraba en cierta medida, pues únicamente concedía dispensas especiales para disfrutar de capilla particular a los más altos dignatarios de la cristiandad.

Los Medici... ¿Se consideraban a sí mismos reyes? ¿Se creían magos? ¿Eran realmente portadores de prodigiosos regalos? Mauricio se sintió vacilar, alternando su mirada entre el techo y el suelo. Los armónicos contrastes geométricos en forma de círculos, cuadrados, rombos y rectángulos poseían una cualidad hipnótica. Nada había sido dejado al azar, pero no era el momento de profundizar en las enigmáticas claves de la capilla.

Lo que realmente necesitaba era cobrar una pequeña fortuna por aquel anillo y comenzar su vida en otro lugar menos peligroso. Aunque Lorenzo había sobrevivido, su posición era en extremo vulnerable. En el complot para asesinarlo estaban implicados nada menos que los Estados Pontificios, el reino de Nápoles, la república de Siena y el conde Girolamo, señor de Imola y Forli. El papa Sixto —indignado por la ejecución del arzobispo de Pisa y por la detención de su sobrino, el cardenal Raffaele— estaba decidido a ir a la guerra. Roma y el resto de los aliados, que ya habían iniciado represalias contra los mercaderes y banqueros florentinos instalados en sus dominios, eran enemigos demasiado poderosos, incluso para el Magnífico.

La estrella de Lorenzo no podía seguir resplandeciendo mucho tiempo. ¿Y la suya propia? ¿Estaba condenada a extinguirse antes siquiera de haber comenzado a brillar? ¿Es que su sino estaba marcado por algún genio maligno que se complacía en sembrar su camino de asesinatos y muertes? Sin padre, madre, abuelos ni hermanos... ¿Acaso había sido maldito desde su nacimiento? Como en un destello se le apareció el rostro de una joven mujer agonizando. Era la misma imagen que se le repetía en sueños desde que era un niño.

Aunque la visión de la cruz sobre el altar solía tranquilizarle, esta vez sólo provocó que aumentara su ansiedad. Mauricio se santiguó, rogó por la salvación de su alma y se aprestó a compartir mantel con Lorenzo. Mientras abandonaba la capilla le vino a la mente la bendición de su padre: «En tu persona, el único Coloma vivo de nuestra casa, se cifra el futuro de toda una estirpe. Que nuestro pasado no haya sido un viaje en vano».

9

—*C*riamos animales para robarles sus hijos y llenar con ellos nuestro estómago, que es la tumba donde son enterrados —sentenció Leonardo da Vinci.

Mauricio miró con asombro a tan extravagante comensal. Era guapo, de unos veinticinco años, bien proporcionado y elegante. Su cabello rizado, esmeradamente cuidado, le llegaba hasta la mitad de la espalda. Tanto los rizos de la melena como el color rosa de la túnica que portaba le conferían un toque femenino. Sus maneras eran tan suaves como sorprendentes sus juicios.

¿Estaría en contra ese Leonardo de que se castrase a los pollos al poco de nacer? ¿Se opondría a que fueran generosamente cebados durante su cría y degollados cuando su carne aún era tierna? Por sus palabras y hechos parecía capaz de sustentar tan insólitas opiniones. Quizá por ello estuviera comiendo dos insulsas mitades de pepinillo sobre una hoja de lechuga en lugar de disfrutar de aquellos deliciosos capones. ¿Cómo era posible comer lechugas y pepinillos en una mesa principesca donde abundaba la carne de caza vedada al pueblo llano? ¡En su casa paterna tal proceder se hubiera considerado una falta de educación!

—Interesante comentario —apuntó Marsilio Ficino—. Más de una vez he pensado que del mismo modo que comemos animales, también nosotros somos cebados, y nos degustan como alimentos otras entidades.

Mauricio observó con desconcierto al otro comensal invitado por Lorenzo. Su aspecto, aunque grave, transmitía serenidad. Era mayor. Tendría al menos cuarenta y cinco años. Delgado y de frágil constitución, vestía una sotana negra bajo la que se podía adivinar una pequeña joroba. Al igual que Leonardo, tampoco había probado los riñones, capones, lenguas de buey, salchichas ni el resto de las carnes especiadas que tan tentadoramente se desplegaban sobre las bandejas de la mesa. Ambos compartían perfiles singulares. De Leonardo se decía que era un prometedor artista cuyo talento igualaba, e incluso superaba, sus excentricidades. Por su parte, Marsilio Ficino era sacerdote, médico y, según había oído, el alma de la Academia Platónica que reunía las mentes más preclaras de Florencia.

—¿Y quiénes son esas entidades que nos van a devorar? —preguntó Mauricio sin alcanzar a entender la reflexión de Marsilio Ficino.

—«Los demonios», cuando uno se deja llevar por la ira o la crítica intolerante hacia otros seres humanos —contestó con voz suave y amable Marsilio—. Creo que esas entidades infernales se alimentan de nuestras bajas pasiones y buscan por todos los medios que tienen a su alcance hacernos adictos a ellas.

—En ese caso, deseo que los demonios se estén dando un festín con los Pazzi y el resto de los conspiradores —apuntó Mauricio, llevando la conversación a un lugar en el que se sentía más seguro.

Las ideas que se daban cita en aquella mesa eran completamente inesperadas, extrañas y, a menudo, fascinantes; sin embargo, al hallarse tan distantes de la tradición en la que le habían educado, Mauricio prefería no adentrarse en territorios desconocidos. A juzgar por la familiaridad con la que les trataban, los tres hombres eran amigos. Lorenzo disfrutaba con los comentarios de ambos comensales sin que pareciera importarle su desprecio hacia las sabrosas carnes que su cocinero había preparado. De hecho, Lorenzo dirigía cómplices miradas a ambos invitados, en las que Mauricio creía adivinar un secreto divertimento cuando algunas de sus opiniones le desconcertaban. ¿O acaso esas medias sonrisas eran suscitadas por haber escogido el mantel de lino para limpiarse las manos en vez de esos pañuelos azules que utilizaban los demás? En su hogar solían limpiarse las manos con los manteles cuando la mesa se adornaba con ellos, pero debía reconocer que quizás el que cubría la mesa fuera demasiado bonito para ensuciarlo. Así pues, era aconsejable utilizar, como el resto, los pañuelos azules para limpiarse de la grasa que resbalaba sobre sus manos.

—Que se pudran en el Infierno —intervino Lorenzo, trocando su relajado rostro por uno de gesto adusto—. Y para que nadie olvide el destino que aguarda a los siervos de Satanás, he decidido que su agonía final se vea a diario por toda la ciudad. A tal objeto, se pintarán sus muertes a tamaño natural sobre los muros del Bargello. Quiero que todo el mundo contemple cómo trata Florencia a sus traidores.

—Si deseáis retratos que reflejen con detalle la crudeza de la ejecución, difícilmente encontrarás a un pintor tan observador de la realidad como el maestro Leonardo —sugirió Marsilio.

—Mis buenos amigos —fintó Lorenzo—, no soy yo quien decidirá la mano que realice el trabajo. Si se acepta mi propuesta, será el Consejo de los Ocho el que elija al pintor que les parezca más adecuado. Y pese a que conozco mejor que nadie las extraordinarias cualidades de Leonardo, tampoco nos debería extrañar que optaran por Sandro Botticelli. Ya sabéis el enorme afecto que le profesaba Sandro a mi hermano Giuliano. Tal vez los Ocho, conocedores de ese amor fraternal, prefieran finalmente a Sandro, que es también un gran pintor.

—Y gran amigo tuyo…, como yo mismo me honro de serlo —añadió Leonardo.

Mauricio no podía menos que deleitarse ante la sutileza de los comentarios. Lorenzo había dicho entre líneas que el encargo iría a parar a Sandro Botticelli. Sin embargo, lo había expresado tan sólo como una posibilidad cuya decisión no dependía de él, al tiempo que elogiaba a Leonardo. Éste, sabedor que tras los Ocho se hallaba la alargada mano del Magnífico, había sugerido que prefería a Sandro por ser más amigo suyo, pero también afirmaba en última instancia lo contrario: que ambos eran igual de amigos. Ya había oído hablar de las diplomáticas dagas florentinas, capaces de matar con elogios y sonrisas. Si esto pasaba entre amigos…

—Ya veremos qué ocurre —intervino Marsilio—. Lo único seguro es que a Leonardo no le faltarán ideas ni proyectos. Precisamente antes de la comida me estaba comentando los ingenios con los que pensaba levantar el baptisterio del suelo, sin dañarlo, para que reposase sobre andamios.

Marsilio había cambiado hábilmente de conversación. Lorenzo volvía a sonreír. Parecía evidente que aquellos hombres eran amigos y que el Magnífico había organizado la comida para poder relajarse de la enorme tensión que le acompañaba desde la muerte de su hermano.

—Desde luego es una idea excelente —aseguró Leonardo—. El baptisterio de San Juan quedaría colocado al mismo nivel que la catedral, lo que favorecerá la estética del conjunto, al tiempo que lo protegeremos de las recurrentes inundaciones del río Arno.

—Afortunadamente tampoco soy yo quien puede aprobar este proyecto —dijo el Magnífico—. Si hay alguien capaz de elevar el baptisterio en el aire y depositarlo suavemente sobre un armazón de tablones, sois vos. Pero si por desgracia ocurriera algún imprevisto y la iglesia más antigua de la ciudad sufriera graves daños, tanto quien propuso la idea como quien dio la aprobación a su ejecución deberían abandonar Florencia con los pies por delante.

—Se diría que te sientes feliz por tener tan pequeño margen de decisión —señaló irónicamente Leonardo.

—Me siento feliz por vivir en una República donde los asuntos públicos se deciden por cargos elegidos democráticamente y donde los ciudadanos de a pie deciden sobre sus propios bienes. Ahora bien —añadió guiñando un ojo—, eso no implica que carezca de poder de decisión o que no sea generoso.

—Si os conozco en algo, diría que vas a hacernos partícipes de un anuncio —pronosticó Marsilio.

—En efecto —prosiguió el Magnífico—. Hace mucho que nos conocemos y os considero mis amigos. Pero ¿es el tiempo el que forja la amistad o más bien se hacen los hombres amigos por una afinidad espiritual que no guarda relación con el tiempo? ¿No ocurre que cuando encontramos un amigo verdadero al que no habíamos visto durante semanas, meses y hasta años al poco estamos hablando con él como si nunca hubiéramos dejado de tratarlo? ¿Y no es Mauricio el mejor ejemplo de que la amistad no requiere más que unos breves instantes para que los amigos se reconozcan el uno al otro?

—Bien sabes, Lorenzo, que tu abuelo Cosimo me encomendó traducir los libros de Platón del griego al latín con el propósito de que los hombres cultos de Europa pudiera al fin leer su obra. También tuve el privilegio de iniciarte en su lectura, por lo que conozco muy bien tu afición por el insigne filósofo. Mas te ruego que no te recrees en tu habilidad oratoria, emulando las preguntas retóricas de Platón, y nos reveles sin demora la noticia que esconde tu mente.

—En otras palabras: abrevia —rio Leonardo.

Mauricio y todos los presentes estallaron en carcajadas ante la intervención de Leonardo. Éste se disculpó entre risas por su falta de tacto, alegando que, aunque instruido en múltiples saberes prácticos, no había recibido una adecuada educación humanista. Por eso tenía la fea costumbre de resumir con sólo una palabra lo que un filósofo podía razonar durante un día entero.

—Acepto tus disculpas —dijo Lorenzo con una sonrisa aún en los labios—, a cambio de no sufrir más interrupciones. Mi anuncio es muy simple: quiero agradecer públicamente a Mauricio que me salvara la vida; por eso le realizaré una oferta por su anillo, una oferta que superará cualquier cifra que hubiera imaginado en sus más locos sueños. Pero no aceptaré un no por respuesta, ya que desde el atentado perpetrado contra mi persona duermo cada noche con el anillo, al que considero mi talismán protector.

Mauricio miró expectante a Lorenzo. ¿Cuál sería esa oferta fabulosa? ¿Podría vivir como un acaudalado prohombre el resto de sus días sin necesidad de ganarse el pan con el sudor de su frente? El Magnífico guardó un teatral silencio. Sin duda le gustaba ser el centro de atención. Al fin, sus labios se abrieron.

—Te ofrezco entrar como socio de nuestra *tavola*, el banco Medici en Florencia, con derecho al cinco por ciento de sus beneficios anuales y el cargo de subdirector, tras un periodo de preparación previa, con un sueldo de doscientos florines anuales. De tu residencia también me encargo yo. De momento el primer año te alojarás en mi palacio, un lugar tan cómodo y seguro como conveniente para aprender todo lo que merece saberse en Florencia.

Lorenzo miró al auditorio sabiendo que los había dejado sin habla. La cabeza de Mauricio funcionaba a una velocidad desconocida. La oferta era fabulosa y sobrepasaba todos sus cálculos, pero ¿era realidad o polvo de estrellas? Si, como parecía probable, los enemigos de Lorenzo triunfaban, ¿en qué se traduciría aquella proposición? En la ruina. Si el régimen Medici caía, declararían el banco en quiebra y valdría menos que un florín. No había que ir muy lejos para encontrar un caso similar. La incalculable fortuna de los Pazzi se había evaporado como el rocío de la mañana en tan sólo unas horas. Sus negocios y propiedades habían pasado a las manos de otras familias presuntamente acreedoras de los Pazzi. Que dichos créditos fueran reales o simulados era una cuestión irrelevante. La victoria es avara de su éxito y no sabe de justicia. El poder todo lo justifica. Demasiado bien lo sabía Mauricio. Así pues, buscó la manera de rechazar la oferta sin parecer descortés.

—Tu generosidad me abruma, pero no puedo aceptarla. Lo que me ofreces vale mucho más de lo que yo te vendo. Y la amistad no debe cegarnos ante lo que a cada uno le conviene. Carezco de los estudios adecuados y de experiencia en la banca. Por ello me conformaría con una modesta cantidad de dinero que me permitiera fundar un negocio de tejidos, ya que por tradición familiar conozco ese tipo de industria.

El rostro de Lorenzo permanecía inescrutable. Era imposible saber si sus palabras habían podido convencerle.

—¿Dos más dos? —le preguntó de improviso en latín.

—Cuatro —respondió automáticamente Mauricio, sin detenerse a pensar.

Pese a que no había recibido una esmerada educación humanista ni había acudido a ninguna universidad, conocía el latín tan bien como la aritmética. En efecto, a la formación recibida por el párroco de su iglesia, su padre había sumado el coste de contratar tutores particulares que le instruyeran en tales enseñanzas. Entusiasmado, había ampliado sus conocimientos devorando con fruición las obras que Joan, el amigo librero de su padre, almacenaba en bellos anaqueles de madera. La expresión triunfal de Lorenzo le advirtió que había caído en una suerte de trampa.

—Eres demasiado modesto, Mauricio. Sabes sumar, conoces varios idiomas, dominas al dedillo un negocio tan importante como el de las telas, y hasta sabes cómo funciona el espionaje industrial.

El Magnífico realizó una pausa y le dirigió una significativa mirada.

Mauricio captó al instante que Lorenzo se refería a los secretos robados por Sandro Tubaroni y utilizados por su padre para hacer prosperar su negocio en Barcelona. ¿Cómo lo había averiguado? Aún sin reponerse de la sorpresa y con la cara roja por la vergüenza, Mauricio se intentó defender.

—Saberes insuficientes para trabajar en la banca —adujo—. Soy ignorante en asuntos financieros, que nunca me han atraído.

Mauricio no se atrevió a añadir algo que también le preocupaba: la usura, prestar dinero a cambio de un interés, era un pecado terrible condenado por la Iglesia. ¿Y no era ésa una práctica habitual de los bancos aunque lo camuflaran bajo complicadas fórmulas legales?

—No te preocupes por nada de eso. Ya irás aprendiendo poco a poco los entresijos de las finanzas. Lo que no se aprende ni se enseña es la lealtad. Y eso es lo que verdaderamente aprecio en estos tiempos inciertos. Yo no puedo estar en varios sitios a la vez, pero sí puedo colocar a hombres de mi entera confianza en los lugares que considere oportunos para ver a través de sus ojos. Tiempo habrá para que te explique los detalles. Ahora únicamente quiero que aceptes mi propuesta.

—Lorenzo ya te había advertido que no admitiría un no por respuesta —comentó socarronamente Leonardo.

Todos se rieron con ganas, menos Mauricio, que esbozó una sonrisa forzada.

10

*L*uca Albizzi olisqueó el penetrante olor a alcanfor que impregnaba el despacho principal de su *palazzo*, ahuyentando con sus efluvios a las polillas. ¡Ojalá fuera tan fácil alejar los malos pensamientos que le sacudían!

La conspiración contra Lorenzo había fracasado. Los Pazzi habían labrado su propia desgracia al ignorar la estrategia de Renato, el más inteligente de toda la familia. Éste sabía que Lorenzo era brillante en muchísimos aspectos, pero un verdadero desastre en cuanto a las finanzas. Al contrario que su abuelo, Cosimo Medici, no tenía la paciencia de sopesar los pequeños detalles que permiten que un banco funcione con la precisión de una máquina bien engrasada. Lorenzo había nacido para lo grandioso: las fiestas espectaculares, el arte en cualquiera de sus manifestaciones, la alta diplomacia… Y todo ello requería dinero, mucho dinero, que Renato Pazzi le había ido prestando generosamente. Con la generosidad —había llegado a decir— de quien regala a un hombre la cuerda con la que se acabará ahorcando. Porque el tiempo en el que el Banco Medici, que tenía más deudas que dinero en custodia, no podría hacer frente a sus obligaciones y se vería abocado a presentar la quiebra estaba ya muy cercano. En ese momento, inevitablemente, los Medici habrían perdido el prestigio junto con los apoyos necesarios para permanecer en el poder. Y los Pazzi, con sus florecientes finanzas, sus contactos internacionales y el apoyo del Papa, se hubieran erigido sin dificultades en los dirigentes de la ciudad. Por eso Renato Pazzi se había opuesto al asesinato de Lorenzo y de su hermano Giuliano, y había reclamado un poco de paciencia. La fruta estaba ya tan madura que no era necesario más que esperar a verla caer del árbol. No le habían escuchado y ahora todos los hombres importantes de la familia Pazzi estaban muertos o sufrían el destierro.

Luca inhaló nuevamente el olor del alcanfor importado de las lejanas tierras orientales de Catay, y permitió que pensamientos más agradables circularan por su cabeza. Aunque el golpe de Estado había fallado, la situación de Lorenzo era muy inestable. Enfrentado a enemigos más poderosos, su derrota parecía inevitable. Y la caída de los Pazzi le proporcionaba una inesperada oportunidad. Lorena Ginori volvía a quedar libre. El enlace que sus padres le habían preparado con Galeotto Pazzi se había roto. Y esa muchacha era una fruta muy apetecible. Hacía meses que la miraba con deseo. Su cuerpo ya había adquirido las turgentes formas de una mujer, y el negocio de su padre había prosperado mucho en los últimos años. Sin duda era un gran partido. Sabedor de que no podía competir con Galeotto Pazzi, había mantenido un prudente silencio sobre sus intenciones. Afortunadamente volvía a tener posibilidades. Si jugaba bien sus cartas, Lorena sería suya.

11

*L*orena se encontraba radiante. ¡Por fin le habían levantado el castigo! Sus padres se habían enfadado muchísimo con ella por estar paseando sin permiso el mismo día en que la ciudad se teñía de sangre a causa de los violentos disturbios provocados por la conspiración Pazzi. Probablemente la reacción de sus progenitores obedecía más al miedo sufrido por no saber nada de ella durante aquellas largas horas que a su rebelde travesura. En cualquier caso, tales consideraciones no habían impedido que la castigaran por tiempo indefinido sin salir de casa. Incluso le habían prohibido que subiera a la terraza del segundo piso, desde donde solía ver pasear a la gente e imaginar, por sus atuendos, gestos y actitudes, qué ocurría en sus vidas.

La duración del encierro se le había antojado eterna y ardía en deseos de salir a la calle. Lorena se concentró en elegir el mejor vestido para la ocasión. Salir de compras era la aventura más excitante que pudiera imaginar. Nobles, sirvientes, mercaderes, artesanos, caballeros, cuadrillas de amigos y peñas de *brigati* adornados con sus cucardas se mezclaban en una especie de baile ensayado en un colorido escenario: el mercado y las tiendas del centro de Florencia. Allí todo era posible. Desde comprar los más extravagantes productos recién traídos de Asia, hasta escuchar de boca del tendero los últimos cotilleos de la ciudad. Cateruccia le había contado que tras las puertas de ciertas tabernas, hombres y mujeres se sentaban en mesas de madera para hablar, beber y jugar. Naturalmente ella tenía estrictamente prohibido entrar en lugares tan poco recomenda bles. Ahora bien, nadie le podía impedir disfrutar de los vendedores ambulantes, que, llegados de lejanas ciudades, animaban a comprar sus productos mediante ingeniosos espectáculos, ni tampoco vedar las miradas admirativas con la que los ojos masculinos acompañaban sus andares. Ése era, sin duda, su placer preferido. Cuando algún galán le gustaba, solía obsequiarle con una tímida mirada. Aún recordaba al apuesto y descarado joven que un día gris y encapotado había exclamado al verla: «Hoy el sol se oculta entre las nubes porque ha palidecido al contemplar tu hermosura». Las mejillas de Lorena se habían sonrojado, y sus labios habían esbozado una sonrisa. Por supuesto, no le había contestado, aunque ahora se preguntaba si lo volvería a ver.

—Buen mozo es el hombre al que tu padre hoy ha invitado a comer —le comentó Cateruccia mientras le ayudaba a ajustar su traje por debajo del pecho, arrastrándolo hasta el suelo.

—¿Luca Albizzi? —inquirió Lorena—. Tiene buena planta, pero hay algo en él que me pone nerviosa. Y no es su cara picada ni esa nariz aguileña que me recuerda a un ave rapaz presta a abalanzarse sobre su presa.

—Buena señal, buena señal —rio Cateruccia—. Los hombres morenos de ojos oscuros suelen provocar hormigueos cuando son tan varoniles como Luca.

—No me entiendes —replicó Lorena—. Tengo un mal presentimiento con respecto a él. Si estuviera en mi mano, preferiría no volver a verle.

—Tú sabrás. Indudablemente tus padres opinan lo contrario. Se han quedado tan contentos con la visita de Luca que te han levantado el castigo.

Un ligero temblor recorrió a Lorena al oír aquel comentario, pero intentó que no enturbiara su recobrada alegría. Galeotto Pazzi, exiliado de Florencia tras el fallido golpe de Estado, nunca sería su marido. Su hermano Alessandro le había perdonado su acto de rebeldía y volvía a estar tan amable y atento con ella como antes. Y hasta Maria, su hermana pequeña, le había dejado de asaltar con preguntas tan comprometidas como difíciles de responder.

—Vamos. Dejemos de parlotear y salgamos a comprar antes de que cierren las tiendas. Tengo prisa por celebrar mi liberación con una pequeña locura.

Lorena rio divertida ante la cara de espanto de Cateruccia, pero no se dejó amedrentar por sus quejas y advertencias. Había pasado demasiado tiempo recluida en su habitación y una idea había ido cogiendo fuerza dentro de ella durante los últimos días.

Tras visitar la especiería en la que habían permanecido refugiadas durante la conspiración Pazzi, rememorando con el boticario los avatares de aquella extraordinaria jornada, Lorena reveló la temeraria idea con la que había fantaseado.

—¿Por qué no entramos a comprar en la botica de enfrente? —preguntó Lorena cándidamente.

—¿La de Lucrecia? Ya te imaginas lo que piensan tus padres de esa tienda.

—Siempre he deseado entrar. Desde fuera se ve tan bonita…

—No te hagas la tonta, niña —le riñó Cateruccia—. Ya sabes por qué no es apropiada para una señorita como tú. No tiene mostrador que separe al tendero de los clientes. Las frutas y las verduras están esparcidas sin ton ni son sobre las mesas y el suelo. No sólo venden comida, sino también zuecos, medias, cintos… Todo está dispuesto para que hombres y mujeres se paseen sin pudor toqueteando cuanto ven. Por eso siempre hay tanta gente. En un comercio así, es fácil encontrar pretextos para hablar con desconocidos. Desde que enviudó, esa Lucrecia perdió la vergüenza, si es que alguna vez la tuvo.

Lorena sabía que cuando Cateruccia iba a comprar no se privaba de entrar en aquel establecimiento y en otros lugares menos recomendables. Más de una vez se lo había contado. Así que, sin darle tiempo a reaccionar, cruzó la calle y se dirigió a la botica de Lucrecia. Como las mejores tiendas de la ciudad, estaba situada en los bajos de una casa. El piso superior era también de la propia Lucrecia, que había heredado la vivienda cuando murió su marido, Giuseppe. Malas lenguas decían verla ahora mucho más risueña que cuando aún vivía el bueno de Giuseppe.

El gran portón central de madera estaba abierto y el establecimiento rebosaba de gente. Cuando cruzó el umbral, Cateruccia no pudo hacer otra cosa que acompañarla sin protestar. Otra cosa hubiera supuesto un escándalo mayúsculo.

—Si sigues comportándote así, me negaré a salir de casa contigo, a no ser que nos acompañe un guardaespaldas —comentó Cateruccia en voz baja.

—Te prometo que después regresaremos tranquilamente a casa —la tranquilizó Lorena mientras ojeaba unos zuecos que colgaban de un madero clavado en la pared.

Un atractivo joven se puso a su lado cogiendo uno de los pares de zapatos de caballero que colgaban de los ganchos del madero. Eran de terciopelo verde liso con pasamanería de seda y puntas de plata. Lorena se preguntó qué extraño azar había llevado esos zapatos hasta la tienda de Lucrecia, ya que el resto de los calzados expuestos eran mucho más sencillos.

—Pruébatelos si te gustan, hermoso —la animó con descaro la dueña de la botica.

Lorena observó de reojo a aquel hombre. Rondaría los veinte años. Lucía flequillo y una melena lacia de color negro que, ocultando sus orejas, le llegaba hasta los hombros. Sus labios eran gruesos, sensuales, y la prominente nuez de la garganta denotaba masculinidad. Por contraste, sus delicadas cejas onduladas tenían unas formas redondeadas casi femeninas. Los enormes ojos azules evocaban la profundidad del mar. La nariz, grande y proporcionada, provocaba un efecto de armónico equilibrio entre la parte superior e inferior de su semblante. El perfecto afeitado de su rostro sugería un hombre aseado que solía frecuentar al barbero.

—Siento como si mis pies llevaran guantes en lugar de zapatos —comentó el joven tras probarse el calzado.

Una sola frase le bastó a Lorena para saber tres cosas de aquel hombre: era extranjero, sincero y no estaba acostumbrado a regatear. Su acento no era italiano, aunque parecía hablarlo con fluidez. Y por sus palabras se delataba como un pésimo negociador. En una ciudad de precios tan fluctuantes como Florencia, nada era peor que mostrar un gran interés por lo que uno deseaba comprar.

—Son exclusivos —anunció teatralmente Lucrecia—. No encontrarás en Florencia otros semejantes. Te los dejo por dos florines de oro.

—¡Dos florines por unos zapatos! —exclamó el joven, escandalizado.

—Son tan cómodos como elegantes, y los ribetes son de plata de primera calidad —adujo Lucrecia—. Pero me has caído bien y no me gustaría que te llevaras de Florencia la impresión de que no somos hospitalarios. Te haré una oferta inmejorable. Un florín de oro por ellos. No puedo bajar más el precio o perdería dinero.

El extranjero parecía convencido. Lorena decidió intervenir. Aquello era una estafa.

—Los zapatos son preciosos, pero mi padre compró unos muy parecidos por menos de la mitad. Y por supuesto no pagó en florines de oro, sino en liras de plata, la única moneda de cambio que utilizamos los florentinos cuando compramos en las tiendas.

—Mi nombre es Mauricio —intervino el joven—, y mi acento me delata como extranjero, aunque me gustaría ser tratado como un florentino, puesto que mi propósito es vivir aquí muchos años.

—¡Ah! Haber empezado por ahí —replicó Lucrecia rápidamente—. Para residentes en Florencia, precios florentinos. Cuatro liras *di piccioli* por los zapatos, que equivalen a medio florín —sonrió con picardía, guiñándole un ojo—. Disculpa mi equivocación. Es mera cuestión de negocios. Los extranjeros pasan y se van. A ti, en cambio, espero verte a menudo. Acepta esto como un regalo que repare el malentendido —añadió mientras le entregaba dos melocotones que extrajo de un cesto.

«Menuda mujer más desvergonzada», pensó Lorena. A continuación reflexionó sobre su propio comportamiento. ¿No había irrumpido en la conversación porque el extranjero irradiaba una inusual combinación de candidez, vitalidad y atractivo físico? La mirada de Cateruccia era inequívocamente recriminadora, pero difícilmente les diría nada a sus padres. Si la acusaba, corría el riesgo de que se le acabaran las salidas como acompañante. Y a Cateruccia le gustaba la vida de la calle tanto como a ella. Sus cavilaciones quedaron interrumpidas cuando el joven Mauricio le dirigió la palabra.

—Ya veo por qué florecen tantos artistas en esta ciudad. Con musas como vos no es posible alegar falta de inspiración. Mis más efusivas gracias por vuestra intervención.

—No se merecen —dijo Lorena, notando como los colores le subían por las mejillas—. Espero que os agrade la vida en nuestra ciudad. Ya me contaréis cómo os va si nos volvemos a encontrar. Sed bienvenido.

Mauricio inclinó la cabeza cortésmente y Lorena le dio la espalda para dirigirse hacia la salida. Ya se había excedido demasiado con su primera intervención y no era conveniente continuar conversando con un desconocido.

No obstante, al traspasar el umbral de la tienda se cercioró de que Cateruccia miraba hacia la calle mientras dejaba caer un pañuelo rosa perfumado.

12

Como cada noche antes de acostarse, Mauricio rezó con fervor por el alma de su padre. Si penaba en el Purgatorio, sus oraciones le aproximarían a las puertas del Cielo. De estar ya en el Paraíso, sería su progenitor quien velara por él desde lo alto. No obstante, la inesperada confesión de haber sido el primer familiar en traicionar la fe judía le llenaba de amargura.

Muy a su pesar debía admitir que había vivido en el engaño desde su más temprana infancia. ¿Cómo era posible ignorar los sentimientos reales de las personas amadas, aquellas con las que uno había crecido, compartiendo gozos, sufrimientos y cuitas? ¿Acaso era el amor una fuerza cegadora que cegaba con su luz? Quizás ahí residiera la respuesta. Le habían engañado, sí, pero no sin prestar cierto consentimiento. Su padre había acertado al advertirle desde la cárcel que su pasión por los libros era también un refugio, una forma de eludir una realidad que no se ajustaba a sus deseos. El tiempo para soñar había acabado.

Al igual que existen leyes escritas de arduo cumplimiento, hay normas no habladas que nadie discute ni cuestiona. Las primeras se imponen por la autoridad y la fuerza, mientras las segundas se obedecen sin saberlo. Así había ocurrido en su hogar, donde los silencios actuaban como muros invisibles. Mauricio reconoció que jamás había intentado atravesar los densos muros de vacío, ni escuchar los gestos en lugar de las palabras.

De haber osado romper las reglas inscritas en su mente, no le hubiera sido difícil adivinar la verdad.

Sus tíos paternos acudían a misa casi diariamente, pero sus rictus solían mostrar más respeto que fervor, más atención que devoción. Incluso, ahora caía en la cuenta, ¡rara vez les había visto realizar actividad alguna durante los sábados, a menos que fuera imprescindible! ¿Cómo no se había percatado de que en su propia familia había falsos conversos?

Sus abuelos paternos, fallecidos prematuramente, también debían de haber practicado en secreto la religión hebrea, pese a yacer enterrados en un cementerio cristiano. ¿Cómo asumir que aquellos de quienes procedía hubieran llevado una vida de falso disimulo coronada con una profanación del suelo sagrado en el que yacían enterrados? Ahora contemplaba con una nueva luz la relación con sus tíos. Aunque su padre solía hablar de sus hermanos afectuosamente, lo cierto es que el trato con ellos siempre estuvo presidido por un halo de educada frialdad. Mauricio había atribuido tal distanciamiento al desigual reparto de la herencia, en la que su padre recibió la mejor parte por ser el primogénito, aunque obviamente existían otros motivos...

La mentira anidaba en las mismas raíces del árbol que le había engendrado. Aquello le producía la sensación de estar andando sobre una tupida hojarasca que ocultara bajo su manto larvas putrefactas. Bajo sus pies se abrían oscuros abismos, pero lo que más le angustiaba era que su padre hubiera afirmado que su doloroso final pudiera ser consecuencia del vengativo castigo decretado por un lejano rabí muerto siglos atrás. Mauricio rogó para que tales aseveraciones respondieran tan sólo a un fugaz momento de desesperación, por más que el luminoso rostro de su padre se le apareciera ahora salpicado de sombras. Siempre había estado convencido de que su padre no se había vuelto a casar por el amor que le profesaba a su mujer, fallecida en el parto del que había nacido él. Ahora se planteaba si no existirían otros motivos, como el temor a ser descubierto por una nueva consorte practicando en secreto los ritos judíos.

Mauricio desechó tales pensamientos. Su progenitor trabajaba los sábados, comía tocino, iba a misa diaria y oraba con fervor, probablemente, pensó, con la vehemencia de los nuevos conversos que ocultaban así el íntimo temor a dudar de su nueva fe...

Cuando finalmente consiguió dormirse, soñó con un cielo repleto de rocas enormes en lugar de estrellas. Las piedras se multiplicaron hasta formar una impenetrable capa multiforme que descendió lentamente sobre él, aplastándole bajo su peso. Mientras sentía la asfixia de la muerte, un rayo claro explotó en su cabeza. Las amenazadoras piedras desaparecieron y una amorosa luz dorada le envolvió, transmitiéndole una paz nunca antes conocida. Los verdes ojos de Lorena le miraban desde el firmamento con el amor que proviene de más allá del tiempo. Mauricio se despertó, se incorporó como en trance, se dirigió al escritorio, mojó la pluma en tinta y escribió su verso más bello como quien cabalgara sobre una ola.

13

*L*uca Albizzi recibió en su villa de Pian di Mugnone, en las afueras de Florencia, a los dos caballeros que habían solicitado verle. Les ofreció un *chianti* excelente cultivado en sus propios viñedos junto con algunos dulces y les rogó que le explicaran el motivo de su visita.

Mientras los escuchaba notó que el frío recorría su alma. En resumen, le estaban ofreciendo dinero y otros favores a cambio de mantenerlos al corriente de los movimientos de Lorenzo, si bien lo que más les interesaba, según dedujo, era la maravillosa gema engastada en el anillo que Lorenzo lucía en su mano el día que los Pazzi habían intentado asesinarle.

Luca los observó detenidamente. El más alto, por su forma de hablar, era inequívocamente romano. El otro, casi con toda seguridad, de los Países Bajos. A lo largo de su vida, Luca había tratado con infinidad de comerciantes y se preciaba de distinguir sus acentos. Los vestidos de seda y terciopelo, los cinturones con hebillas de bronce remachados con perlas y amatistas, la forma de hablar y la seguridad de sus movimientos corporales indicaban que aquellos hombres eran gente importante. No obstante, también podían ser espías a sueldo, unos embaucadores cuya única intención fuera desenmascarar a enemigos ocultos del Magnífico para entregarlos a la horca.

—Lo siento, no estoy interesado en estos negocios —anunció Luca mientras se levantaba, dando por concluida la reunión.

—Aguardad un momento —insistió Domenico Leoni, el romano—. Los Albizzi fueron grandes en Florencia hasta que Cosimo, el abuelo de Lorenzo, los expulsó. Si los Medici os permiten vivir actualmente en Florencia es sólo como una muestra de su magnanimidad, que recompensa así vuestra pleitesía. En el fondo, sois un recordatorio público de que los sumisos al poder Medici pueden disfrutar de una vida plácida, en tanto quienes se atreven a echarles un pulso son tratados con puño de hierro. Es decir, os utilizan como un simple elemento propagandístico. ¿O no sabe toda la ciudad que los descendientes de Rinaldo Albizzi no pueden poner un pie en Florencia? Vos habéis sido dispensado por no descender en línea directa de ninguno de ellos y por reconocer públicamente la preeminencia de Lorenzo. A cambio, disfrutáis de la belleza de la ciudad y podéis ir tejiendo una red de contactos que esperáis que os sirvan algún día para encumbrar nuevamente el apellido Albizzi hasta lo más alto. Nosotros podríamos ayudaros a lograr tan noble propósito.

Luca reflexionó sobre las palabras de Leoni. En efecto, su padre era el hijo de uno de los primos de Rinaldo Albizzi. Lorenzo había considerado que existía suficiente lejanía para mostrar un gesto de buena voluntad y permitir que se estableciese en Florencia. Sin embargo… ¡Cómo le gustaría ser el estilete que vengara el honor familiar! ¡Cuántas veces había soñado con recuperar la preeminencia que su apellido había tenido en Florencia años atrás!

Acabar con los Medici… no era exclusivamente un asunto personal, sino un deber moral, pues, estaba convencido, habían vendido su alma a Satanás. ¿Cómo, si no a través de un pacto con el diablo, podía explicarse que los Medici hubieran pasado de ser pequeños prestamistas a respetados e influyentes banqueros y dueños virtuales de la ciudad? ¿Por qué, si no, habrían enviado mensajeros alrededor del mundo para hallar los libros perdidos de Hermes Trimegisto, Platón y otros idólatras de la Antigüedad, y los habían traducido del griego, esa antigua lengua sumida en el olvido? Si alentaban y protegían a tantos artistas y hombres de letras era por un ignominioso motivo: promover revolucionarias ideas paganas contrarias a la verdadera fe. ¡También toleraban la homosexualidad e, incluso, a los asesinos de Cristo! El propio Lorenzo había protegido al joven Leonardo da Vinci de una acusación fundada de sodomía y alentaba a que los judíos se instalaran en Florencia brindándoles su protección.

—No hay afecto entre vosotros —continuó Leoni—. Tan sólo buenas maneras que camuflan hipócritamente el interés mutuo que os liga. No nos envía Lorenzo para tender una celada. Si quisiera arrestaros, ya lo habría hecho bajo una falsa acusación. Pese a ello, comprendemos vuestra negativa a colaborar con nosotros. Puede que el tiempo os haga cambiar de opinión. En ese caso, no tenéis más que visitarnos.

Luca examinó el documento que le tendió Domenico Leoni. El vaso de vino tinto que bebió después no calentó el frío que le helaba el alma.

14

Mauricio oía distante la cercana voz del barbero contándole los últimos cotilleos de la ciudad. Desde que se había instalado en el palacio Medici había adquirido la costumbre de afeitarse dos veces por semana, al igual que el resto de los prohombres florentinos. Mientras veía reflejada en el espejo la afilada navaja que le rasuraba el rostro, reflexionó una vez más sobre la proximidad entre la vida suntuosa y la muerte. Un brusco movimiento del barbero podía seccionarle el cuello, en lugar de dejar su faz tan suave como la de un niño. Del mismo modo, cualquier amanecer podía anunciar la crónica de su ruina.

La caída de Lorenzo de Medici precipitaría la suya propia. Las noticias no eran alentadoras precisamente. Lorenzo y el Gobierno en pleno habían sido excomulgados por el papa Sixto. Acusados de ser «hijos de la iniquidad», se les negaba el acceso a los sacramentos de la Iglesia y se ordenaba a los cristianos no tener ningún trato social con ellos. En Roma habían encarcelado por breve tiempo a los mercaderes florentinos que, pese a ser liberados, tenían prohibido abandonar la ciudad o enviar a otros destinos los productos y dineros allí depositados. El Papa estaba jugando sus triunfos ofreciendo la plena remisión de los pecados a cuantos se levantasen en armas contra Florencia. Y en una jugada diplomática concertada con el rey Ferrante de Nápoles, éste había amenazado con la aniquilación total de Florencia si los propios ciudadanos no expulsaban a Lorenzo de su seno. El mensaje era claro: la guerra era contra

Lorenzo, no contra Florencia. «Mantenedlo si deseáis derramar lágrimas. Deponedlo y se acabarán vuestros problemas», era el recado que enviaban a los florentinos. ¿Cuál sería el resultado? Las tropas pontificias y las napolitanas estaban decididas a utilizar el acero si las palabras no bastaban.

Cuando Paolo, el barbero, le recomendó con entusiasmo los servicios de una meretriz que trabajaba en un burdel muy cercano, Mauricio ni siquiera le prestó atención. Ya estaba suficientemente preocupado por la suerte de su alma como para cometer un pecado tan flagrante. ¿Y si la prohibición de ofrecer sacramentos se extendía a los colaboradores de Lorenzo? En ese caso, si pecaba, no habría perdón a través de la confesión y, si moría, ardería en el Infierno durante toda la eternidad. Bastante riesgo estaba corriendo desobedeciendo al Papa por mantener relaciones cordiales con Lorenzo. Nunca había utilizado los servicios de una mujer de fácil virtud, y de ningún modo estaba dispuesto a empezar ahora.

Satisfecho con su aspecto, Mauricio recorrió apresuradamente los estrechos callejones que le llevaban hasta la tienda de Lucrecia, sorteando mulas cargadas con alforjas, jóvenes pastores que ofrecían en los soportales la leche fresca de sus cabras, y vociferantes buhoneros que pregonaban las excelencias de sus baratijas. Hacía ya más de una semana, que día tras día, regresaba a la tienda a la hora exacta en que se había producido el encuentro con aquella joven exquisita. Como si hubiera sido víctima de un hechizo, no podía olvidar sus ojos almendrados de claro color verde y estaba dispuesto a desafiar todas las reglas con tal de saber más sobre ella. Durante los últimos días, mientras realizaba distintas compras, había cultivado la amistad de Lucrecia, la dueña de la tienda. Ésta le había asegurado que aquella jovencita, de quien no tenía más que un pañuelo y el recuerdo de su mirada, no era una clienta habitual. Por el contrario, su criada, Cateruccia, sí solía pasarse por la tienda un par de veces cada mes. Mauricio había ideado un osado plan, pero no se fiaba de que su doncella le hiciera llegar su única esperanza. Necesitaba entregárselo a la dama personalmente.

Cuando la vio entrar, le pareció que el resto del mundo se apagaba, como si la paleta del Creador, queriendo ensalzar la aparición de la musa, retirara súbitamente los colores de cuanto la rodeaba. Su rostro era delicado, de piel suave y blanquecina como la nieve recién caída. Los rizos se deslizaban alegremente hasta la base del cuello, cuya piel era parcialmente visible gracias al cuello festoneado de su elegante vestido de seda rojo. Las mangas rasgadas hasta el codo, según la última moda, mostraban la blusa que asomaba por debajo, y la falda, alta y ceñida, descendía hasta sus pies en una sugerente cascada de pliegues.

Mauricio sintió flaquear sus piernas, pero no por ello dejó de avanzar hasta encontrarse frente a ella. Tras saludarla con la máxima amabilidad, le devolvió el delicado pañuelo que se le había caído días atrás. Su criada, la tal Cateruccia, no pudo evitar un mohín de sorpresa y desaprobación. Lorena, por su parte, se mostró sumamente educada y le reveló su nombre. Después de una breve conversación se despidió formalmente.

Mauricio ya había jugado sus cartas. Cuando Lorena abriera su pañuelo, se encontraría una sorpresa.

15

*L*orena recitó mentalmente la nota que Mauricio le había dejado dentro del pañuelo. Contenía un poema de extraordinaria belleza y una indicación: estaría todos los días en la misma tienda a la hora nona.[2]

Allí la aguardaría impaciente, deseando volver a verla. La propuesta era inaceptable. Una distinguida dama en edad de merecer no podía frecuentar habitualmente la tienda de Lucrecia. Mucho menos hablar en público con aquel extranjero un día tras otro. Ni siquiera una vez por semana. En ese caso, su reputación quedaría en entredicho y le sería imposible encontrar un marido adecuado. Por otro lado, Mauricio debía de ser un hombre acaudalado, a juzgar por sus ropas. El que ignorara totalmente las costumbres florentinas —lejos de disgustarle— le confería un punto atractivo a sus ojos. Y existía una posibilidad honorable que valía la pena explorar…

Al principio, Cateruccia se había resistido, pero, tras ofrecerle un pequeño soborno, había aceptado cumplir el encargo.

—La tarea que me encomendaste ha sido más fácil de lo previsto. Me ha bastado con preguntar a Lucrecia, que está al

2. En la época, el tiempo se computaba del alba al ocaso dividiéndolo en doce horas reagrupadas en cuatro periodos de tres horas cada uno (tercia, sexta, nona y vísperas) que no se pueden equiparar con precisión a horas concretas por las oscilaciones solares en las diferentes estaciones.

corriente de todos los cotilleos que circulan sobre sus clientes. Resulta que el tal Mauricio es el hombre que salvó la vida de Lorenzo de Medici cuando iban a apuñalarle en la catedral. Su persona está llena de misterios. Se rumorea que fue él quien regaló a Lorenzo ese fabuloso anillo que luce en algunas apariciones públicas. Hay quien afirma que se trata de un poderoso mago que está enseñando sus técnicas al mismísimo Marsilio Ficino. Otros dicen que, por el contrario, es él quien tiene mucho que aprender de los sabios que rodean al Magnífico. Pocas cosas se conocen de su origen. Únicamente sabemos por cierto que es natural de Barcelona. De cualquier modo, ahora es uno de los hombres de máxima confianza de Lorenzo. Se aloja en su palacio, y a no mucho tardar será nombrado subdirector de la Tavola Medici en Florencia, sobre la que ya ostenta una pequeña participación.

La cabecita de Lorena se trasladó al mundo de los sueños y los cuentos. Mauricio, el milagroso salvador del Magnífico. Un hombre de extraordinarios poderes llegado de lejanas tierras para evitar que triunfara la perversa conspiración de los Pazzi. ¿Sería acaso un héroe como el Percival descrito por el trovador Wolfram Eschenbach…? Lorena se rio de sí misma y bajó nuevamente a la arena de la realidad.

—¿Cuánto te ha costado averiguar todo eso? —preguntó, intentando que su rostro no reflejara el enorme interés que hervía en su interior. Cuanto más ansiosa se mostrase, más caro le saldría el próximo favor que le iba a solicitar de Cateruccia.

—Lucrecia siempre está muy bien informada, pero se hizo de rogar. Me tuve que comprar un par de zuecos a un precio muy superior al habitual. Casi no he podido traerte dinero de vuelta.

Lorena suspiró con resignación. Era imposible engañar a Cateruccia. La había cuidado desde que era una niña. ¿Cómo no iba a darse cuenta de cómo le subían los colores cuando hablaba de Mauricio? Así que recogió las pocas monedas *di piccoli* que le devolvió Cateruccia y reflexionó sobre cómo enfocar su siguiente petición. Finalmente decidió que lo más adecuado era una táctica ofensiva, dando por supuesto que sus deseos no admitían discusión.

—La próxima tarde que salgamos a pasear sin mi hermana, haremos algunas compras en la tienda de Lucrecia alrededor de la hora nona.

—Señorita Lorena —replicó Cateruccia, alarmada—, ya hemos ido más lejos de lo que el decoro permite. No puedo continuar siendo cómplice de este juego. Es demasiado peligroso.

—No te preocupes tanto —la tranquilizó Lorena—. Todavía no me he vuelto loca. La próxima visita será la última. Lo único que te pido es que mientras hablo con Mauricio recorras la tienda buscando algo que te gustaría comprarte.

Lorena esperaba haber calculado bien. Cateruccia no sólo la quería muchísimo, sino que era una mujer extremadamente práctica. El nuevo regalo que tan sutilmente le estaba ofreciendo era un incentivo no desdeñable. No obstante, la baza verdaderamente decisiva era que el futuro de Cateruccia estaba ligado al suyo propio. Descartado el enlace con Galeotto Pazzi, sus padres ya estaban considerando nuevos pretendientes. Era muy probable que en el plazo máximo de un año se viera obligada a contraer matrimonio. En tal supuesto, de reclamar a Cateruccia como gobernadora de la nueva casa, nadie se lo iba a negar. Y dirigir una gran mansión —si el enlace se ajustaba a las aspiraciones de sus padres— era mucho más interesante que cuidar de dos hermanitas.

—La próxima visita será la última —sentenció Cateruccia.

16

—No creo que nunca jamás se hayan oído insultos tan feroces contra el Papa en una iglesia —comentó Marsilio Ficino—. Tu antiguo tutor, el obispo de Arezzo, no ha escamoteado improperios en el sínodo celebrado en el Duomo.

El Magnífico meneó la cabeza mientras continuaba paseando por el jardín de su palacio. Hacía días que Mauricio no podía hablar con él. Lorenzo permanecía constantemente ocupado redactando cartas y presidiendo reuniones. ¡Ojalá estuviera inspirado! Todo dependía del acierto con que utilizase las palabras.

—Cuando el Papa sólo tiene en cuenta los intereses terrenales de su familia, se olvida que debe cuidar de las ovejas y, en su lugar, intenta devorarlas como un lobo salvaje.

—El obispo de Arezzo, al igual que nosotros, comparte tu diagnóstico —concedió Marsilio—, si bien ha recurrido a metáforas menos poéticas: ha tildado al papa Sixto de vicario del diablo y de chulo que prostituye a su propia madre, la Iglesia; de Judas que arroja venenos a los peces desde su barca; de mujerzuela que, aun siendo puta, llama a los demás fornicadores…

—Si tu antiguo tutor se muestra tan contundente en público, prefiero no preguntarte lo que te dice en privado —dijo Leonardo da Vinci con sonrisa irónica.

—Si prefieres no saberlo, respetaré tu voluntad —respondió socarronamente Lorenzo.

Mauricio contempló cómo el agua fluía armónicamente de la fuente del patio de Lorenzo, mientras escuchaba estupefacto tan graves palabras pronunciadas en un tono tan ligero. Muchos de los pilares sobre los que había crecido se estaban tambaleando desde la muerte de su padre. En su hogar, la palabra de cualquier sacerdote era sagrada, y hubiera resultado impensable juzgar maliciosamente ni el peor sermón del párroco más humilde, mucho menos albergar dudas sobre el representante de Jesucristo en la Tierra. Sin embargo, se hallaba en mitad de una conversación que no sabía si tildar de herética o de cínico realismo.

En efecto, el Papa no era únicamente la cabeza espiritual de la Iglesia, sino también la de un poderoso Estado terrenal que le garantizaba su independencia frente a otros monarcas. Las críticas sobre su nepotismo eran irrebatibles. Seis de los cardenales investidos por el papa Sixto IV, más de la quinta parte de los designados durante su mandato, eran sobrinos suyos. La cascada de favores dispensados a sus familiares gracias a las prerrogativas de su cargo eran innumerables: tierras, rentas eclesiásticas, honores, matrimonios concertados... Cualquier prebenda era poca a los ojos de Sixto IV, especialmente si se trataba de su sobrino predilecto, el conde Girolamo, de quien se rumoreaba que era su propio hijo. En esa desmedida ambición se hallaba el germen del conflicto con Florencia. El Papa había removido cielo y tierra a fin de que el conde Girolamo se convirtiera en señor de Imola y de Forli, dos ciudades independientes desde las que aspiraban a construir un nuevo Estado que, de consolidarse, trataría de expandirse amenazando los territorios de influencia florentina.

El Magnífico siempre se había opuesto a estas aventuras, peligrosas para Florencia y para el inestable equilibrio entre los Estados italianos. Finalmente las subterráneas hostilidades habían emergido por fin a la superficie, hasta explosionar con fuerza. No obstante, una cosa era que el Papa favoreciera descaradamente a sus allegados, y otra bien distinta tacharle de Judas, ramera y representante de Satanás. La guerra de las palabras había llegado tan lejos que el papa Sixto había prohibido a los sacerdotes florentinos administrar los sacramentos.

—A mí me preocupa sobremanera —reconoció Mauricio— no poder ir a misa ni confesarme. ¿Acaso a vosotros no?

—No tienes por qué inquietarte —le confortó Lorenzo—. Podrás ir a misa y ser absuelto de tus pecados como cualquier cristiano. Hemos sometido a la consideración de los más destacados juristas las excomuniones e interdictos que pesan sobre Florencia. La respuesta ha sido unánime: no tienen validez alguna. Ya existe jurisprudencia, basada en dos decretos de derecho canónico, según la cual los sacerdotes pierden las atribuciones inherentes a su cargo cuando son descubiertos en el acto de llevar armas con el propósito de asesinar a sus congéneres. Por tanto, las prohibiciones y excomuniones del Papa, basadas en haber ejecutado a un arzobispo y varios sacerdotes, no tienen fundamento, puesto que portaban armas con la intención de verter sangre. Caso diferente es el del joven cardenal Raffaele, sobrino de Sixto, al que en vez de ejecutarle hemos liberado, ya que no estaba al corriente de la conspiración. Ello demuestra que nosotros sí actuamos movidos por la justicia. Por esta razón, con el apoyo del rey de Francia, hemos apelado las decisiones del Papa ante el Consejo General Eclesiástico. Mientras se convoca, los sacerdotes de Florencia continuarán asistiendo a los fieles y harán caso omiso a los dislates de Sixto. Es más, el sínodo florentino excomulgó ayer al Papa. Así que ninguno de sus interdictos os debe alterar el ánimo, toda vez que sus disparates ya no representan a la Iglesia.

Lorenzo, como siempre, transmitía una confianza total. Mauricio consideraba sorprendente que, pese a tener una voz marcadamente nasal, debido a los problemas de tabique de su nariz, sus palabras fueran invariablemente persuasivas. Ya fuera por su magnetismo personal, ya fuera por sus excelentes dotes de orador, lo cierto es que ese defecto en el timbre de voz pasaba desapercibido tan pronto como había completado la primera frase.

—Tus palabras serenan mi ánimo —comentó Mauricio—. Pese a ello me turban los insultos tan graves proferidos contra el Papa. Por muchos errores humanos que cometa, continúa siendo el vicario de Cristo en la Tierra.

—Comparto la opinión de Mauricio —secundó Leonardo—, aunque quizá por motivos distintos a los suyos. Tu liderazgo, Lorenzo, depende por entero del apoyo popular, puesto que vivimos en una República. Y Florencia es una ciudad católica. Injurias tan graves contra el Papa podrían incomodar a una parte de la población y predisponerla contra ti.

—No os azoréis, queridos compañeros. Estos comentarios sobre el Papa se hicieron a puerta cerrada en el sínodo, donde únicamente pudieron escucharlos unos eclesiásticos previamente seleccionados, como mi buen amigo Marsilio.

—Sin embargo —replicó Leonardo—, otro amigo tuyo, el obispo de Arezzo, ha escrito un pasquín en el que reproduce las acusaciones y comentarios que se hicieron en el Duomo. Gracias a las tres nuevas imprentas de la Via de Librai, las críticas de tu antiguo tutor podrían estar al alcance de demasiadas personas. Y, lógicamente, pensarán que eres tú el que habla por boca ajena.

—No te falta algo de razón —concedió Lorenzo—. Pero el libelo está escrito en latín, por lo que sólo será leído por las mentes cultivadas con espíritu crítico.

—Pues alguna medida propagandística habrá que adoptar con el pueblo —señaló Marsilio—. Porque, sepan o no latín, ya ha llegado a sus oídos que el Papa ha excomulgado a todos los ciudadanos de Florencia por no haberse levantado en armas para derrocarte y que ha prohibido a nuestros sacerdotes administrar los sacramentos.

—La mejor propaganda —concluyó el Magnífico con seguridad— es que los florentinos podrán continuar yendo a los oficios religiosos, tal como han hecho siempre.

El despliegue verbal de Lorenzo era tan convincente como de costumbre, pero Mauricio no estaba completamente satisfecho, ya que una última duda le carcomía por dentro.

—Te pido disculpas anticipadamente por atreverme a realizar una pregunta tan personal, pero ¿realmente crees que quien está sentado en la silla de san Pedro, el papa Sixto, es el representante de Satanás?

Lorenzo midió a Mauricio con la mirada antes de contestar.

—Claro que no. Antes de ser elegido papa, Sixto era un hombre erudito y pío, sin demasiada experiencia ni interés en los asuntos mundanos. Sin embargo, una vez aposentado en el trono, sus familiares y allegados le han inducido a transitar por la vía del nepotismo corrupto que conduce hasta el crimen. Los vínculos de sangre a menudo son más fuertes que uno mismo. Y las tentaciones del poder son difíciles de resistir. Créeme: hablo por experiencia propia.

Lorenzo había bajado el tono, como si se estuviera confesando en voz alta. Miró a los ojos a Mauricio como si dudara entre continuar o callarse. Finalmente volvió a hablar.

—Una cosa es que el Papa no sea Satanás y otra cosa distinta es que no esté influenciado, sin sospecharlo, por el mismísimo diablo. ¿O acaso no pretendían darme muerte en el más sacrosanto momento de la celebración eucarística? De hecho, a mí debía asesinarme el conde de Montesecco, un militar profesional que sin duda hubiera conseguido el objetivo. Cuando le ordenaron que me apuñalara durante la misa que se celebraba en la catedral, se negó en redondo a derramar sangre en suelo sagrado. Quienes manipularon a Sixto para que diera su tácita aprobación a tan infausto golpe de mano no lograron engañar al conde de Montesecco, que confesó haber visto y oído cosas terriblemente siniestras. Los que mueven desde las sombras los hilos de la partida son ciertamente poderosos, pero también David venció a Goliat con una honda.

Mauricio contempló la espléndida escultura de bronce que adornaba el jardín del palacio: el *David*, de Donatello. Desnudo, lleno de gracia y con el cuerpo de un adolescente. Había en esa escultura algo que le inquietaba. La belleza de David era masculina y femenina a un tiempo. Donatello, pensó Mauricio, había querido representar a un ser andrógino. ¿Por qué? Y todavía le sobrevenía otra pregunta: el pequeño e ingenioso héroe había dado muerte al gigante Goliat; los Medici habían elegido esa estatua a modo de símbolo, ya que se veían a sí mismos como un David, que, luchando por la libertad, es capaz de afrontar y derrotar a colosales adversarios; ahora bien, ¿luchaban realmente por la libertad, por alguna otra causa desconocida, o simplemente para salvar la vida? Una cosa era cierta: Lorenzo se enfrentaba a enemigos gigantescos.

—Pasando a temas más prosaicos —dijo Lorenzo, tocándole amistosamente el hombro—. Me encontré ayer en misa con el padre de Lorena. Le hablé tan favorablemente de ti que se mostró muy interesado en conocerte. Te esperan en su casa para comer hoy al mediodía.

El corazón de Mauricio dio un vuelco. Todas las preguntas e inquietudes anteriores desaparecieron de su cabeza como por ensalmo. Dos semanas atrás se había encontrado con Lorena en la tienda de Lucrecia. Le había explicado que si deseaba volver a verla era ineludible respetar las normas sociales de Florencia. Es decir, debían ser presentados formalmente con conocimiento de sus padres. Mauricio, sin perder nada de tiempo, había solicitado a Lorenzo que utilizara su red de influencia para concertar una cita con la familia de Lorena. Pese a que el Magnífico estaba abrumado por muchos problemas, no se olvidaba de sus amigos y había intervenido personalmente para satisfacerle. Lorenzo de Medici era su mejor carta de presentación. Ahora bien, ¿qué impresión les causaría a los padres de Lorena?

No era todavía un avezado banquero ni un insigne comerciante. Al menos, se consoló, sus modales se habían refinado durante su estancia en el palacio Medici. Ya no se limpiaba las manos en el mantel, sino que utilizaba esos pañuelos llamados servilletas y, si la ocasión lo requería, podía utilizar el tenedor y hasta la cuchara sin excesiva torpeza. Lo que se negaba a hacer, porque le parecía una cursilada, era lavarse las manos con agua de rosas, como Leonardo da Vinci. La comida en casa de Lorena era una gran oportunidad, pero tenía que aprovecharla. Mauricio subió presuroso a su habitación y eligió el traje más elegante. La ocasión lo merecía.

17

La comida había terminado. Sus hermanos, Alessandro y Maria, habían salido a refrescarse al patio. Los criados estaban ocupados limpiando el comedor y la cocina. ¿Qué impresión habría causado Mauricio a sus padres?, se preguntó Lorena.

Con mucho sigilo, subió las escalinatas hasta el piso superior. Una vez que estuvo arriba, llegó hasta la habitación que compartía con su hermana, pero no se detuvo allí. Solamente se descalzó para no hacer ningún ruido mientras caminaba hasta el cuarto de sus padres. Había oído voces y la puerta estaba entornada. Se situó estratégicamente procurando no ser vista al tiempo que aguzaba el oído. Tenía que estar muy pendiente no sólo de las palabras de sus padres, sino también del más mínimo ruido que anunciara pasos procedentes de la escalera. Si alguien la descubría descalza, junto a la puerta, se iba a ver en una situación muy comprometida. No obstante, su curiosidad era más fuerte que el miedo.

—Me ha parecido un buen hombre este Mauricio —dijo su madre.

—Pero, Flavia, ¿no te has fijado en cómo miraba a Lorena?

—Desde luego, Francesco. Es obvio que le gusta mucho nuestra hija mayor.

Estaban hablando en voz suficientemente alta como para escucharles nítidamente, sin problemas. Lorena reflexionó nuevamente sobre los nombres de sus hermanos. Alessandro, como su abuelo paterno, y Maria, como su abuela materna.

¿Por qué a ella, en contra de la tradición, no la habían bautizado con el nombre de alguno de sus familiares? Lo lógico es que fuera ella quien se llamara Maria, puesto que había nacido tres años y medio antes que su hermana. La cuestión le había rondado la cabeza durante mucho tiempo; en cierta ocasión había reunido el suficiente valor como para preguntárselo a su madre. «Tuve un sueño tan claro con tu nombre y me empeñé de tal manera que Francesco dio finalmente su brazo a torcer», le había contestado. ¿Desde cuándo un sueño pesaba lo suficiente para inclinar el fiel de la balanza contra una tradición de generaciones? La voz de su padre le devolvió al presente.

—¡Pues que se olvide de ella! En ningún caso será suya. No vamos a tirar por la borda todos nuestros esfuerzos con un matrimonio tan azaroso. El tal Mauricio no parece que tenga fortuna propia. Su posición en el Banco Medici se debe exclusivamente al aprecio que por él tiene Lorenzo. Y ojalá el Magnífico continúe al frente de nuestra República. Sin embargo, ya sabes que no todos piensan como yo. Los enemigos que persiguen su ruina son muy poderosos. Si Lorenzo cayese, Mauricio no sería más que un extranjero sin dinero en una ciudad que no es la suya.

—Aunque debe reconocerse —intervino su madre— que el chico parece inteligente y emprendedor. Si el Magnífico resistiera esta crisis, Mauricio podría subir muy alto a hombros de un padrino como él.

—Eso tan sólo es una posibilidad que depende más de la buena fortuna que de cualquier otra consideración. Y nuestra hija se merece realidades sólidas en lugar de un boleto para el sorteo. Pongamos el caso de Luca Albizzi. Él sí es un valor seguro. De noble cuna, es también persona acaudalada. Lorenzo le respeta, y Luca es suficientemente listo para bailar al son que toque el Magnífico. Pero si Lorenzo desapareciera del mapa, Luca sería uno de los beneficiados por el cambio de régimen.

—Sí. Ya hemos hablado varias veces de ello. Nosotros siempre hemos sido pro Medici. No obstante, el día en que caigan regresarán la mayoría de las familias exiliadas durante su mandato. Y en Florencia, cuando unos pierden, otros ganan.

Las familias principales allegadas a los Medici serán desterradas. No es nuestro caso, pues, aunque ricos, no somos todavía suficientemente importantes. Sin embargo, será inevitable que perdamos privilegios y prestigio social. Todo será más difícil para nosotros.

—Exactamente —enfatizó su padre—. Nuestro linaje, en vez de seguir ascendiendo, bajaría de categoría. Con Luca sucedería lo contrario. La mayoría de los Albizzi regresarían del exilio y se instalarían de nuevo en Florencia. Uniendo su fortuna y contactos se convertirían rápidamente en una de las familias dirigentes de la ciudad. Y Luca sería uno de ellos. Estoy seguro de que, pese al amor que afirma profesar por Lorenzo, tiene puntualmente informado al clan Albizzi de cuanto se cuece en el interior de Florencia.

—Y tú piensas —prosiguió su madre— que una alianza matrimonial con Luca Albizzi nos garantizaría un lugar destacado en el nuevo régimen que está por llegar.

—Naturalmente. Con la ventaja añadida de que si finalmente Lorenzo continúa en el poder tampoco perderemos nada, puesto que ambos mantienen buenas relaciones. Al ser Luca un pariente lejano de Rinaldo Albizzi, el antiguo enemigo de Cosimo de Medici, Lorenzo no lo ve como un peligro, sino como una demostración palpable de que todo el que se someta a la *pax* Medici puede vivir prósperamente.

—Es decir —concluyó su madre—, que podríamos jugar con dos barajas a la vez.

—No sólo «podríamos», sino que «debemos» actuar así. Aunque ésta es la ciudad del comercio y de las artes, nadie puede subir por encima de cierto techo sin contar con el beneplácito de los que gobiernan. Luca Albizzi parece interesado en Lorena. ¿No ves que en las circunstancias actuales es un milagro enviado por el Cielo? Rechazarlo supondría un insulto a nuestras familias. Sería como enterrar con paletadas de tierra las ilusiones por las que tanto lucharon nuestros antepasados. Si actuáramos tan negligentemente no me extrañaría que se removerían indignados en sus tumbas. Por eso no me importaría pagar una dote espléndida por nuestra hija si Luca es el elegido.

—No te faltan razones, Francesco, pero sería preferible que el enlace matrimonial fuera del agrado de nuestra hija.

—Por supuesto que lo será —afirmó rotundamente su padre—. Luca no es un hombre viejo ni tampoco un joven atolondrado. Es atractivo y galante. Un hombre afortunado y sin vicios. ¿Qué más puede querer una mujer?

Lorena oyó unos pasos que subían por las escaleras junto a las inconfundibles voces de sus dos hermanos. Se desplazó rápidamente hasta su cuarto y llegó mucho antes que su hermana asomara la cabeza entre las escalinatas. Ya había oído bastante. Sus padres no querían saber nada de Mauricio. Únicamente tenían ojos para Luca. Y aunque sus palabras estaban cargadas de sentido práctico, había algo que no podía quitarse de la cabeza. Durante la comida con Luca le había parecido captar un brillo siniestro en sus pupilas. No sabía explicarlo racionalmente; por un momento había tenido funestos presentimientos respecto a él. Era como si durante un fugaz destello su mirada perdida le hubiera permitido atisbar negras simas ocultas en el alma de Luca. Y lo que había visto no le había gustado. Hablar de sus extrañas intuiciones no serviría de nada. Eso ya lo había aprendido de niña. Tenía que desagradar a Luca a toda costa para que éste no la pretendiera como esposa.

18

Mauricio marcó el final del capítulo con el cintillo de raso granate, cerró el libro y dejó vagar su mirada por los altos techos artesonados de la biblioteca particular de Lorenzo. *La apología de Sócrates* era una obra apasionante, mas sus pensamientos se apartaban una y otra vez del diálogo platónico para reencontrarse con Lorena. Por momentos creía sentir su presencia junto a él, y la imagen de sus ojos chispeantes se le aparecía incluso en sueños, transmitiéndole una paz insondable que disolvía sus angustias; era una suerte de amor extático que parecía conocerle desde antes de haber nacido, como si ambos pertenecieran a un lejano hogar olvidado de un mundo anterior. ¿Era ése el misterio de amor al que cantaban los poetas? Durante el almuerzo los padres de Lorena se habían mostrado amables, pero habían establecido límites tan invisibles como impenetrables. Era comprensible. Al fin y al cabo, Mauricio era un extraño introducido artificialmente en un mundo que no era el suyo.

Se hallaba hospedado en el mejor palacio de Florencia sin ser noble. Asistía a reuniones de la Academia Platónica, donde abundaban los sabios y hasta los genios, aunque él mismo estaba lejos de ser un erudito o siquiera un modesto artista. Podía compartir mantel con el mismísimo Lorenzo de Medici, pero cualquier mediocre cortesano hacía gala de mejores modales en la mesa. Tenía participaciones en la Tavola Medici de Florencia pese a ignorar cualquier asunto relacionado con las finanzas. Y por más que estuviera rodeado de grandes fortunas, no disponía de otro dinero que el sueldo asignado por Lorenzo.

En suma, si mañana el Magnífico desaparecía, su mundo prestado se desvanecería junto a él. En tal supuesto únicamente habría algo que nadie le podría arrebatar: el conocimiento. Mauricio posó sus ojos en los anaqueles de la biblioteca. Ninguna librería o monasterio europeo podía ofrecer una colección semejante a la reunida por los Medici. Agentes enviados por Cosimo, el abuelo de Lorenzo, habían rastreado Constantinopla, Egipto, Palestina y los más recónditos monasterios europeos en busca de antiguos manuscritos. Entre ellos destacaba *El Corpus Hermeticum*, escrito por el sabio egipcio Hermes Trimegisto en la infancia de la humanidad. Habían hallado una copia griega en un remoto monasterio de Macedonia, y Cosimo había ordenado a Marsilio Ficino su traducción inmediata, tras instarle a que abandonara cualquier otro trabajo. Así, las obras de Platón, redescubiertas poco antes, habían debido aguardar pacientemente su turno antes de ser legibles en latín. Y es que Cosimo, temiendo ser alcanzado por el rayo de la muerte, quiso conocer los misterios egipcios en el otoño de su vida. ¿Qué conclusiones habría transmitido el viejo Cosimo a Lorenzo, su nieto favorito?, se preguntó Mauricio, intrigado. La respuesta no era baladí, porque Hermes Trimegisto abordaba cuestiones tan fascinantes como los ritos y las fórmulas mágicas de la religión egipcia, la ascensión del alma a través de las esferas, o diversas experiencias extáticas en las que se accedía a niveles superiores de entendimiento. Mauricio había temido que tales enseñanzas fueran contrarias a las de la Iglesia, pero Marsilio Ficino, apoyándose en la autoridad de respetados padres de la Iglesia, le otorgaba el marchamo de profeta comparable a Moisés argumentando que sus escritos, lejos de ser contrarios al cristianismo, permitían ahondar en sus misterios.

A Mauricio se le hacía difícil contener la emoción y se sentía vibrar con una intensidad desconocida. En aquel universo que le ofrecía Lorenzo, obtener respuestas a los grandes misterios de la creación parecía al alcance de su mano. Tantos años soñando despierto, tantas noches tratando de asir la verdad desde la soledad de su dormitorio, para acabar apareciendo en la única ciudad en la que todo era posible: Florencia.

Porque Florencia no sólo significaba filosofía, sino también la belleza en cualquiera de sus manifestaciones. La biblioteca Medici era un buen ejemplo de ello, pues sus anaqueles de caoba acogían colecciones de los mejores poetas, en especial de aquellos que, como el Magnífico, gustaban de utilizar su lengua vernácula en lugar del latín. Lorenzo tenía en especial aprecio los originalísimos versos de san Francisco de Asís cantando libremente al hermano sol y a la hermana luna, sin someterse a la dictadura del latín ni de la métrica. También ocupaban un puesto de honor las obras de Petrarca, pionero en la utilización lírica del idioma toscano y en la introducción de elementos paganos dentro del cristianismo. No obstante, el entusiasmo del Magnífico por la poesía se extendía más allá de la península Itálica. El *Lancelot*, de Chretién de Troyes, o el *Perceval*, de Wolfram von Eschenbach, así lo atestiguaban, como también lo hacían los manuscritos enfajados en los que se recogían los maravillosos poemas compuestos por los trovadores de la Occitania francesa desde el siglo XII. Escritos en la lengua de oc, muy parecida al catalán, Mauricio había aprendido a amarlos y cantarlos desde muy pequeño. En ellos, los amores eran tan imposibles como anhelados. ¿Sería también su pasión por la inaccesible Lorena un verso condenado al infortunio?

19

—*P*asear por los alrededores de la villa nos irá bien después de una comida tan copiosa —propuso Francesco, el padre de Lorena.

Luca se sintió ligeramente mareado al levantarse de la mesa, percatándose por vez primera de que la bebida se le había subido a la cabeza. El vino que le habían servido, delicioso, tenía más cuerpo que el elaborado en su villa y, por mucho que le pesase, debía reconocer que su calidad era, asimismo, superior. En cualquier caso, ya fuera por su distinta composición o por la gran cantidad ingerida, Luca experimentó una sensación parecida al vértigo mientras recorría el jardín que adornaba la entrada principal de la finca.

A tan sólo unas pocas millas[3] de Florencia, la villa de los Ginori ofrecía una estampa magnífica. El padre de Francesco había comprado en su vejez un antiguo caserón junto con sus tierras adyacentes por un precio muy razonable. Francesco, con el paso de los años, lo había transformado en un espacio de ensueño. La vieja casa destartalada era hoy una mansión regia y los viñedos ofrecían uno de los mejores caldos que había probado. También los olivos eran excelentes, a juzgar por el aceite.

---

3. En aquella época era frecuente utilizar la milla de mil pasos para calcular distancias, si bien, para la mejor comprensión del texto, se utilizará en adelante el sistema métrico.

De la cebada cultivada en la villa daban testimonio las ufanas aves de corral, y hasta los cerdos exhibían con orgullo sus carnes orondas, generosamente alimentadas con bellotas de las numerosas encinas que poblaban su hacienda.

Caminando por un pequeño caminito de tierra en compañía de Lorena, Luca reflexionó sobre cómo los tiempos actuales permitían a los nuevos ricos adquirir lo que antaño era propiedad exclusiva de los nobles. Sus padres y sus hermanos se habían detenido unos pasos atrás, admirando el paisaje. Difícilmente podía atribuirse dicha circunstancia a la casualidad. La distancia era suficiente para que ambos pudieran hablar íntimamente sin ser escuchados, al tiempo que sus movimientos eran vistos por toda la familia.

—Hace un día magnífico —dijo Luca tratando de romper el hielo—. Ideal para pasarlo en tan hermoso y agradable paraje, aunque en honor a la verdad debo reconoceros que ninguna vista es tan bella ni grata como vuestra compañía.

—Sin duda es una suerte poder sortear los calores del mes de agosto en esta villa, donde la arboleda de los montes nos obsequia con su refrescante brisa.

Luca se enojó al comprobar que Lorena había ignorado deliberadamente su galantería. Durante la comida, había estado muy silenciosa y no se había reído con ninguna de sus ocurrentes bromas. Luca había atribuido ese proceder al nerviosismo de estar en presencia de quien probablemente se convirtiera en su futuro marido. Sin embargo, debía rectificar esa opinión. Su respuesta al piropo había sido un desaire sutil; y toda su actitud anterior, una señal soterrada del poco aprecio que sentía por él.

—¿Habéis oído hablar de los ataques que están sufriendo los campos y las villas del sur de Florencia? —preguntó Luca—. Las tropas enemigas —continuó sin esperar respuesta— han logrado avances significativos hacia nuestra ciudad. Y en su camino queman cuanto encuentran a su paso. Para empeorar las cosas, bandas organizadas de criminales, aprovechándose de la confusión, bajan de las montañas y saquean por sorpresa las haciendas. ¿No teméis que eso mismo pueda suceder en esta finca? Obtendrían un buen botín si fijaran sus ojos en vuestras tierras…

Luca disfrutaba atemorizando a esa jovencita, aunque no creía que el peligro fuera inminente. ¿De dónde le venían esas ínfulas de grandeza? Tendría que besar el suelo por donde él pisaba en lugar de mantener esa pose de distante superioridad. Ya la pondría él en su lugar…

—Como bien decís, el enemigo ataca por el sur y nosotros nos hallamos justamente al norte de Florencia. Además, hoy mi temor es menor, pues contaríamos con vuestra ayuda en caso de necesitarla.

Luca se convenció de que aquella arpía intentaba ridiculizarle. Tiempo habría de devolverle la moneda… Aunque sin mencionarlo explícitamente, el matrimonio con Lorena estaba pactado. Luca les había comentado a sus padres que para cualquier florentino sería un orgullo desposarse con unas hijas como las suyas. Alessandro le había respondido que en caso de fijarse en ellas un caballero honorable, sería feliz contribuyendo a dicho enlace con una dote de dos mil florines de oro, si bien de momento sólo Lorena estaba en edad de merecer. Dos mil florines de oro constituían una pequeña fortuna que necesitaba como el agua. Pese a que todo el mundo creía que su posición en Florencia era en extremo solvente, la realidad era muy distinta. En secreto tenía numerosas deudas contraídas en otras ciudades, tanto con familiares como con prestamistas. Los hechos acaecidos en Florencia habían puesto nerviosos a sus acreedores y muchos de ellos no le querían conceder nuevas moras. Si le reclamaban las deudas, se vería obligado a malvender sus propiedades, y la ruina sería su única compañía. Así pues, era preferible adaptarse a los nuevos tiempos y casarse con aquella fierecilla salvaje. Él sería su inflexible domador. Observó que su fresco vestido de seda se ajustaba debajo del pecho y se ceñía a la cintura con un bello cinturón de oro trenzado. Luca se excitó. Muy pronto le podría quitar el vestido para poseerla.

—Me alegro de que no sintáis miedo —mintió Luca—, porque he oído cosas terribles. Según me han dicho, los soldados no se limitan a saquear propiedades. Cuando encuentran mujeres de su agrado las violan sin misericordia. Luego se jactan en las tabernas de que, procediendo de un modo tan vil, habían gozado más con ellos que con sus maridos.

—¿Cómo podéis contar tan desagradables falsedades? —contestó Lorena, mientras se le subían los colores a la cara.

Luca sintió que el vino y la reacción de Lorena le provocaban una euforia muy tonificante. Escandalizar a aquella jovencita era una delicia.

—No son falsedades. Amigos míos me han relatado lo que han visto y oído.

—¿Y vos creéis de verdad que esas desgraciadas mujeres forzadas han podido disfrutar de un crimen tan perverso?

Luca rio alborozadamente.

—No. Por supuesto que no. Tan sólo he reproducido lo que algunos amigos míos han oído en tabernas de dudosa reputación. Meras bravatas propias de borrachos sin alma, supongo. Aunque —prosiguió bajando la voz en tono confidencial— he oído que cuando es la mujer la que se resiste al marido, el gozo del amor es mayor para ambos.

Luca leyó el pavor en los ojos de Lorena. Demasiado tarde se daba cuenta de que había ido excesivamente lejos con aquel juego. Ciertamente, el vino le había achispado en demasía la cabeza. Con todo, un perverso placer le recorría el cuerpo. Pronto sería su marido y único dueño.

20

*M*auricio escuchó a Marsilio Ficino leer en latín el libro VII de la *República,* de Platón, mientras sopesaba lo mucho que le quedaba por aprender todavía si pretendía ejercer cargos de responsabilidad en la banca Medici. Únicamente en ese caso podría aspirar a que los padres de Lorena le consideraran digno de ella. Bruno, como asistente del director de la Tavola de Florencia, le enseñaba pacientemente durante horas todo lo necesario para que ese sueño fuera realidad algún día lejano. Ni la doble entrada contable, ni las letras de cambio y de crédito, ni siquiera las comisiones que cobrar por permutar monedas, le resultaban ya conceptos desconocidos. Al menos en teoría. La práctica era mucho más compleja. Un buen banquero debía saber muy bien cómo funcionaban los sutiles engranajes de la amistad, el interés y el poder dentro de la ciudad a fin de autorizar o denegar operaciones. No sólo eso. También era necesario conocer dónde invertir el dinero depositado; cuándo actuar con prudencia y cuándo arriesgar, dominar las complejas relaciones financieras entre las sucursales Medici diseminadas por Europa… Su padre, que siempre había criticado su escaso entusiasmo para implicarse en la gestión del comercio barcelonés de telares, hubiera sonreído irónicamente de conocer el trabajo que estaba llamado a desempeñar. Era una tarea digna de un Hércules moderno, pero de algún modo debía conseguirlo. De momento, debía centrarse en dar pequeños pasos, ir alcanzando objetivos relativamente modestos. Por ejemplo, perfeccionar su latín bajo la guía de Marsilio, un maestro inigualable, tanto por sus conocimientos como por lo ameno de sus enseñanzas.

Mas ¿cómo podía concentrarse si su mente la llenaba Lorena con sus sonrisas, gestos y palabras? Hacía una semana que compartía mesa y juegos con ella gracias a la poderosa mano del Magnífico, que para aliviarse de los rigores del verano había organizado unas jornadas de descanso en su villa de Fiesole, en las colinas del norte de Florencia. Hombres de Estado, consejeros, amigos, artistas y familias allegadas a Lorenzo habían constituido una suerte de corte en su finca del campo. Los Ginori no gozaban del grado de proximidad suficiente para haber sido escogidos, pero el Magnífico, en atención a su amistad con Mauricio, había decidido invitarlos. Y los maestros de ceremonia, debidamente aleccionados habían organizado los diferentes actos de tal modo que estuviera frecuentemente cerca de Lorena.

Comidas, juegos, concursos de relatos y poesía, conciertos, bailes, paseos a caballo... Cualquier actividad o lugar donde estuviera Lorena era para Mauricio una fiesta iluminada por fuegos artificiales danzando al son de exquisitos acordes musicales. Lorena, Lorena, Lorena... Al verla, el mundo resplandecía con unos colores que anteriormente no había llegado a saborear. Mauricio se sentía pleno de vitalidad en su presencia y, espoleado por una euforia embriagadora, había sacado lo mejor de sí mismo en cada uno de los encuentros con Lorena, que habían propiciado momentos extraordinarios. Al menos así lo había experimentado él. ¿Compartiría Lorena sus mismas sensaciones?

Su amor por los relatos de los trovadores le había permitido improvisar, en los concursos de cuentos, sentimentales historias de caballeros andantes que desafiaban aterradores peligros con tal de rescatar a la mujer amada, ya estuviera encerrada en el torreón más alto de un castillo inaccesible, ya permaneciera secuestrada en la sima de una inhóspita gruta por el más terrorífico de los dragones. Mientras escenificaba dichas historias, amenizadas con la música de su laúd, podía adivinar en los ojos de Lorena la inocente fascinación con la que seguía el transitar de los personajes a través de los sinuosos recovecos de su imaginación. Al final, el amor siempre salía triunfante y la feliz sonrisa de Lorena le producía un vértigo semejante al que habría sentido Dante al contemplar a Beatriz.

—Imaginaos unos hombres recluidos en una cueva desde niños —propuso Marsilio—, con las piernas y el cuello encadenados de tal modo que únicamente pudieran contemplar el interior de la gruta sin poder percibir la luz de un fuego que brillara tras ellos. Ésa es la imagen que describe Platón en el mito de la caverna. Pues así somos nosotros —afirmó Marsilio—. Tan limitados como los hombres de las cavernas, no vemos otra cosa que sombras de la realidad.

Mauricio, que enfrascado en sus pensamientos no había atendido a la lectura, encontró en aquella frase oída al azar la oportunidad para hablar y fingir estar prestando atención a Marsilio.

—Nosotros no estamos encadenados —protestó Mauricio—. Ningún grillete nos retiene por el cuello impidiendo volver nuestra cabeza hacia el sol. Todos vemos las cosas tal como son.

Marsilio esbozó una media sonrisa antes de replicar.

—Cuando soñamos por la noche, ¿no estamos convencidos de que cuanto sucede es real? Y, sin embargo, no es más que una imaginación de nuestra mente. A veces hay quien, incluso, sueña despierto a plena luz del día…

Mauricio se quedó mudo mientras observaba a Leonardo esbozar una divertida mueca entornando los ojos hacia el cielo. Aquella respuesta indicaba bien a las claras que no había engañado a Marsilio con su comentario a vuela pluma.

—¿Cómo podemos entonces —preguntó Marsilio— estar seguros de que estamos plenamente despiertos? Puede que estemos en otra ensoñación, antesala de una vigila que dé paso una realidad más auténtica.

Mauricio admiró como siempre la elegancia de Marsilio, pues en vez de pretender dejarle en ridículo había preferido aprovechar su estado de distracción para captar la atención del auditorio y, de paso, plantear una pregunta de gran trascendencia.

—Sigamos con la alegoría de Platón —propuso Marsilio—. Si uno de los prisioneros fuera liberado y forzado a marchar hacia la luz, ¿qué ocurriría?

—Después de tantos años en la oscuridad quedaría deslumbrado —apuntó Leonardo—. Cuando mirara, siquiera brevemente, a la luz, los ojos le dolerían enormemente y sería incapaz de ver bien.

—Efectivamente —concedió Marsilio con satisfacción—. Habría que proceder de manera suave y progresiva; de otro modo, el prisionero suplicaría volver al interior de la cueva, donde los ojos no le molestarían y podría continuar percibiendo las sombras con las que ha convivido desde su nacimiento. Supongamos que finalmente tenemos éxito en nuestro empeño. El prisionero es ya un hombre libre: ha salido de la caverna. Puede contemplar el cielo, las nubes y las estrellas como cualquiera de vosotros. ¿Qué sucedería si ahora lo obligáramos a sentarse nuevamente junto a sus viejos camaradas?

Mauricio se identificó con el prisionero liberado, pues, a semejanza de aquél, desde la llegada de Lorena a la finca Medici veía el mundo brillar con una luminosidad desconocida hasta entonces. En realidad, ésa era la parte mejor de las charlas con Marsilio. Por abstractas o lejanas que parecieran las ideas, siempre se acababa discutiendo tan apasionadamente como si se tratara de asuntos que atañeran de forma personal a los interlocutores.

—Provocaría un gran avance en sus viejos amigos —observó Mauricio, dejándose llevar por sus sensaciones personales—. Podría explicarles cómo es el mundo de verdad. Les hablaría primero del fuego, de las montañas, los campos, los bosques… Persuadidos con tales imágenes —concluyó—, tratarían de hallar las fuerzas y el ingenio suficiente para romper sus grilletes.

—Por Zeus que eres más idealista que el propio Platón —bromeó Leonardo—. Considera que si nuestro héroe regresara para ocupar de nuevo su asiento, sus ojos quedarían ofuscados por las tinieblas. Vería confusamente hasta que sus ojos se reacomodaran, y no podría discriminar las sombras con la precisión de quienes habían permanecido en la cueva. ¿No sería entonces ridiculizado por sus compañeros? A buen seguro le reprocharían que salir de la cueva hubiera nublado su visión. ¿Y con qué palabras explicaría lo que había contemplado? Sus antiguos amigos le tomarían por loco y, si intentara liberarlos, probablemente le darían muerte.

A Mauricio le gustaba e intrigaba ese Leonardo. Elegante y de gran brillantez, tenía una forma extremadamente original de enfocar cualquier asunto sobre el que dedicase su atención. Solía acudir al palacio Medici, donde siempre tenía las puertas abiertas, una o dos veces por semana. Lorenzo también le había invitado a pasar aquellos días en su villa de Fiesole. No era de extrañar, puesto que al Magnífico le encantaba rodearse de poetas, pintores y filósofos humanistas. Por su parte, se sentía orgulloso de que Lorenzo le hubiera integrado en tan distinguido círculo. ¡Cómo le gustaría dedicar su vida al estudio, la enseñanza y a la escritura, al modo del gran Marsilio Ficino!… Tal pretensión no era sino polvo de estrellas. Marsilio gozaba de tal privilegio por su innegable talento, pero sobre todo porque los Medici le permitían vivir desahogadamente en su villa del campo sin más obligaciones que las de afilar su espíritu con la meditación y la palabra escrita. Si Mauricio hubiera podido elegir un oficio entre todos los posibles, no hubiera dudado en emular al sacerdote filósofo, pero, al contrario que Marsilio, su mayor deseo era crear una familia, y para ello necesitaba el dinero que los libros no daban.

—Exactamente —aplaudió Marsilio—. Tus palabras, Leonardo, son las del mismísimo Sócrates, el maestro de Platón. Cuando le condenaron a muerte por «pervertir» a los atenienses iluminando las sombras con la luz de sus preguntas, comentó que se maravillaba de haber vivido tantos años. Y esa afortunada circunstancia la atribuía a no haberse dedicado jamás a la política, pues en ese caso le hubieran ejecutado mucho antes por atreverse a señalar la verdad públicamente.

—Política y filosofía. Una mezcla explosiva —comentó maliciosamente Leonardo—. ¿No es la filosofía pura especulación, y la política, pura práctica? Ni político ni filósofo soy, sino únicamente un artista amante de la naturaleza. Espero, por tanto, mantener mi cabeza sobre los hombros hasta fallecer, ya anciano y canoso, de muerte natural.

Leonardo acompañó su último comentario con una divertida mueca que hizo reír al grupito de contertulios. En aquellas reuniones —reflexionó Mauricio—, la sabiduría, el buen humor y las ideas más inesperadas se daban la mano con frecuencia. ¡Cómo había cambiado su vida desde que había salido de Barcelona! La rueda de la fortuna era tan caprichosa como variada en sus giros. ¿Sería posible que diera una nueva vuelta y le ofreciera la oportunidad de compartir su vida con Lorena? Parecía una quimera, pero si Marsilio tenía razón y la vida era una especie de sueño, ¿por qué no atreverse a soñar con lo imposible?

21

*L*orena se había divertido más que nunca con las historias y canciones que Mauricio había interpretado durante la mañana: en el alma de aquel joven extranjero habitaba un original trovador que con su voz, su música y sus gestos la transportaban a un espacio imaginario que no alcanzaba con otros poetas. Hoy, por añadidura, era un día singular. Su padre y Alessandro habían tenido que volver anticipadamente a Florencia por un asunto de negocios, y tanto Cateruccia como su madre estaban cuidando de su hermana, aquejada de fiebres. Así que, libre de vigilancia, Lorena había ido degustando el vino dulce que acompañaba a las pastas con la misma alegría y despreocupación con la que vivía las aventuras narradas por Mauricio.

Quizá por eso asintió cuando Mauricio le propuso mostrarle un bello lugar que había descubierto en las afueras de la villa. Tal vez por el vino y quizá por lo bien que se lo había pasado durante aquella semana en la finca Medici: cenas a la luz de la luna donde los mejores músicos de Florencia envolvían los jardines de Lorenzo en una atmósfera de ensueño, bailes de salón en los que hombres y mujeres exhibían sus coloridos trajes de fiesta, juegos florales en los que participaba Mauricio, cuyos poemas le recordaban los versos provenzales en lengua de oc que había aprendido a amar desde niña… ¿Qué más se podía pedir? ¿Pasar un rato a solas con su trovador favorito? ¿Por qué no? Era el último día de su estancia en la villa, nadie la controlaba, se sentía feliz y lucía un sol espléndido.

Así que cuando el grupo con el que habían compartido cuentos y canciones se dispersó, Lorena y Mauricio se escabulleron discretamente y se alejaron de los jardines hasta tomar un pequeño sendero flanqueado por cipreses que, apenas marcado por las pisadas, ascendía hasta llegar a un pequeño bosque. Allí, en un minúsculo claro, una balsa de aguas cristalinas nacidas del subsuelo se ofrecía como una tentación casi irresistible en un día tan caluroso como aquél.

—Desde que lo descubrí —explicó Mauricio—, he venido cada mediodía a bañarme. Es una maravilla sentir estas frescas aguas bajo las caricias del sol. ¿Quieres probarlo por ti misma?

Lorena ardía en deseos de sumergirse dentro de aquel estanque natural después de la fatigosa caminata, pero, pese a sentirse más osada que nunca, existían otras consideraciones que no podía ignorar, como el decoro que le habían inculcado desde niña.

—Apenas sé nadar —se excusó Lorena tímidamente.

—No te preocupes, yo te enseñaré —se apresuró a decir Mauricio—, mientras se descalzaba y se quitaba la camisa de lino blanco.

Lorena se sorprendió de la desenvoltura de Mauricio, pero también de su propia reacción. Lejos de sentirse incómoda, le gustó ver su franca sonrisa y su pecho desprovisto de ropa.

—Es más agradable sentir el agua sobre la piel desnuda —explicó Mauricio entre risas—, aunque delante de una señorita como tú haré un sacrificio y me bañaré sin quitarme ninguna otra prenda.

Lorena observó las ceñidas calzas de Mauricio que le cubrían sus torneados muslos y el largo de la pierna sin poder evitar imaginárselo desnudo. Para su sorpresa, se sintió excitada.

Sin tiempo para reflexionar, él se lanzó de cabeza en el interior de la balsa y formó un remolino del que pronto emergió eufórico moviendo despreocupadamente brazos y piernas.

—¿Ves? Es muy sencillo. No tengas miedo.

Lorena no tenía intención de zambullirse con Mauricio, pero le agradaba contemplar sus cabriolas y no veía ningún peligro en descalzarse para que sus pies se refrescaran en el agua del estanque. Sin embargo, al pisar sobre una roca con musgo resbaló y cayó al agua completamente vestida. Al instante Mauricio, nadó entre risas hasta alcanzarla.

—Ya estamos listos para la primera lección —dijo guiñándole un ojo mientras la sujetaba firmemente con sus brazos.

Lorena no sabía si reír o llorar ante lo ridículo y embarazoso de la situación, aunque finalmente optó por lo primero. Sus ropas estaban totalmente mojadas, no sabía nadar y dependía por completo del buen hacer de Mauricio. No obstante, el agua la refrescaba del enorme calor que había padecido hasta entonces, y los brazos de Mauricio eran tan cálidos como seguros. Una desconocida sensación de libertad la invadió. ¿Por qué no abandonarse al placer y disfrutar de la situación? Salir del agua inmediatamente no cambiaría el hecho de que el vestido estuviera empapado. Así que Lorena rompió a reír mientras disfrutaba del improvisado baile acuático. Jamás había cometido una locura semejante, y la sensación de alborozo era indescriptible. Las reglas se habían roto en mil pedazos y la vida le ofrecía a cambio su lado más risueño. El agua, los juegos, el cuerpo de Mauricio tan cerca del suyo como jamás lo había estado el de ningún hombre, las bromas mutuas... Todo transcurría como en un sueño donde uno es libre de experimentar cualquier cosa sin sentirse culpable por pecar. Tal vez fuera la mezcla de sensaciones, el atractivo físico de Mauricio, su cómplice amistad o los efectos embriagadores del vino... Lo cierto es que cuando salieron del agua, Lorena se sentía por primera vez en su vida completamente feliz y libre para hacer cualquier cosa.

Pese a ello, por lo pronto debía secar la ropa antes de regresar a la villa.

—No abras los ojos —dijo Lorena mientras se desnudaba detrás de unos matorrales para poder extender sus prendas al sol sobre alguna roca.

Lorena oyó crujir una ramita y sintió tras de sí una presencia. Era Mauricio, que con los ojos cerrados le ofrecía su camisa blanca.

—No te preocupes, prometo no abrir los ojos —aseguró él—, pero si vas a esperar a que se sequen tus ropas, será mejor que te abrigues con algo. Y mi camisa es la única prenda que no está mojada.

Lorena comprendió que cualquier alternativa era preferible a estar desnuda en mitad del bosque. ¿Y si de repente acudía más gente a aquel lugar?

—Déjame ayudarte —sugirió Mauricio, desplegando su camisa—. Tal como estoy, sólo tienes que introducir tus brazos por las mangas.

Ella lo contempló con los brazos abiertos, los ojos cerrados y el torso desnudo. La imagen le parecía muy erótica. Un varón guapo, de cuerpo fuerte y esbelto, permanecía inmóvil frente a ella aguardando a sus palabras sin poder verla. Y Lorena estaba completamente desnuda, a pocos pasos de aquel hombre, bañada por el sol y una suave brisa. Sin poder evitarlo, Lorena notó que sus pezones se enderezaban y que una oleada de sensualidad recorría su piel. Tenía el poder de decidir cualquier cosa, pero lo que más deseaba era volver a sentir la proximidad de Mauricio.

Cuando ya tuvo puesta la camisa, Mauricio la ayudó a abrochársela, rozándole con las yemas de sus dedos. Lorena se dejó hacer mientras un ligero temblor recorría su epidermis. Las manos de Mauricio tocaron sus senos como si fueran la prolongación ineludible del cálido viento del estío. Lorena ladeó ligeramente la cabeza. Él continuaba a su espalda con los ojos cerrados. Temblaba ligeramente; sus manos habían notado la excitación de sus pechos y habían comenzado a tantear los pezones. El placer la recorrió con la impetuosidad de una lluvia torrencial. Los cuerpos de ambos se apretaron atraídos al igual que dos imanes. El calor del sol no era menor que el ardor de Mauricio, y las voluptuosas sensaciones que experimentaba eran tan fuertes y naturales como la naturaleza que los arropaba. Una mano de Mauricio exploró debajo de su ombligo mientras otra proseguía acariciando sus pechos. Lorena se abandonó mientras su vista se perdía en el paisaje, fundiéndose con la humedad que nacía dentro de ella.

22

*L*orena tembló de miedo al recordar lo sucedido y las dramáticas consecuencias que se vería obligada a afrontar. Aquella misma mañana habían regresado temprano de Fiesole. Aprovechando el trasiego provocado por las mulas, las cajas y los baúles, había logrado escapar de su casa en un descuido de Cateruccia. Deambular sola por las calles era algo impensable para una dama de su condición, pero actuando de modo tan temerario pretendía encontrar el valor para confesar lo sucedido, pues al regresar a casa se le exigiría una explicación de la que no podría sustraerse. ¿Conseguiría relatar su vergonzosa aventura o le fallarían las fuerzas? Ya no había marcha atrás en el camino recorrido. Lo quisiera o no, su locura de amor había cambiado su destino de forma irremisible. Ella tenía la loca esperanza de que fuera para bien. Sin embargo, ser repudiada y vivir miserablemente el resto de sus días no era ninguna fantasía, sino una probabilidad muy real, como pronto podría constatar.

Al ver el palacio del Podestà, el encargado de administrar justicia, le recorrió un escalofrío. Inmediatamente acudieron a su memoria los cuerpos sin vida colgados en el palacio de Gobierno. También las ventanas del palacio del Podestà habían sido lugares elegidos para ejecutar a los rebeldes el día de la conjura de los Pazzi. Unos metros más hacia la derecha se encontraba la Stinche, la temida prisión para deudores y demás delincuentes, que formaba una larga masa rectangular en medio de las vías del Diluvio, del Palagio, del Mercatino y del La-vatoi. Los muros exteriores eran extremadamente altos y sin ventanas. Sin luz, sin escapatoria. ¿Sería así su vida de ahora en adelante?

Lorena quiso rezar a la Virgen María para que intercediese ante Dios Padre Misericordioso, pero cambió de idea. ¿Cómo iba a entender la Purísima un comportamiento tan indecoroso como el suyo? En vez de eso, se dirigió al mercado. Estaba dando un pequeño rodeo para llegar a su destino, mas ¿qué importaba? Tal vez éste fuera su último paseo, como el de los criminales que, atados sobre un carromato, eran exhibidos por las calles antes de ser ejecutados. Al menos hoy no se privaría de las imágenes y los olores que tanto le gustaban.

El sol estaba en su cénit: ya era mediodía. Los campesinos empezaban a guardar los frutos del campo en sacos gastados y canastas remendadas. La campana del mercado indicó que ya podían entrar las *treccole*, es decir, aquellas mujeres que revendían productos del campo no cultivados por ellas. Lorena las vio entrar con los canastos sobre la cabeza y los racimos colgando de varas de madera apoyadas sobre sus hombros. Cebollas, ajos, frutas, ensaladas, panes, huevos, aves de corral... Incluso platos ya cocinados como tortillas de queso, anguilas estofadas o trozos de cerdo rellenos de romero. Aunque las *treccole* vendían todo tipo de alimentos, su padre tenía prohibido a los sirvientes comprarles nada. Para él las campesinas del mercado —madres casadas, que vendían sus géneros en lugares y horas establecidas de antemano— eran dignas de respeto. No así las *treccole*, que merodeaban por las esquinas de la ciudad atrayendo sin pudor la atención de los viandantes. Su progenitor opinaba que la mayoría de los compradores de sus productos eran hombres que pagaban un precio superior al del mercado por esa indecorosa proximidad entre hembra y cliente. Inflexible, su padre la había hecho callar airadamente cuando en cierta ocasión se había atrevido a sugerir que ese sobreprecio también podía deberse precisamente a que el mercado estuviera cerrado. Lorena se preguntó cómo reaccionaría cuando supiera que había perdido la virginidad dos días atrás en la villa de los Medici.

Guardar silencio no era una opción, pues implicaba casarse con Luca Albizzi, una posibilidad cuya mera evocación le producía náuseas y una sensación de ahogo, máxime sabiendo que el matrimonio acabaría en tragedia cuando Luca la acusara de impura por no sangrar durante la noche de bodas. Lorena no sabía cómo iba a encontrar el temple para explicar lo que había ocurrido, pero debía hacerlo, evitando así una situación todavía peor en la que Luca fuera su juez y verdugo. Y tal vez la historia tuviera un final feliz, tal como las narradas por Mauricio. ¿O acaso no se habían jurado amor eterno mientras se intercambiaban unas ramitas con las que habían armado unos simbólicos anillos?

«Pedir y se os dará, llamad y se os abrirá; porque quien pide recibe, quien busca encuentra, y a quien llama se le abre.» La cita del Evangelio llegó a su mente como un relámpago. ¿Era el demonio quien la tentaba con la manzana de un mundo feliz o había en verdad esperanza para ella?

23

Cuando Lorena llegó a las puertas de su casa, en la Via dei Pandolfini, había resuelto confesar la verdad. Se habían trasladado a vivir allí cuando era tan pequeña que no recordaba cuál había sido su hogar anterior. No obstante, era muy consciente del orgullo que su padre sentía desde que, mudándose a esta nueva residencia, habían subido peldaños en la escala social. Aunque codearse con los acaudalados comerciantes que tenían como vecinos era ya una rutina, la envidiable posición de la que gozaban había sido posible únicamente gracias al esfuerzo continuado de varias generaciones. Por eso, cuando entró en el palacio familiar, no albergaba esperanzas de que su padre la pudiera perdonar.

El primer rostro que vio fue el de Cateruccia. Su mirada era reprobadora. «¿Qué has hecho?», parecían preguntarle mudamente los ojos de la fiel criada. Haber pasado tanto tiempo fuera de casa era una falta inconcebible de la que ella era en parte responsable. Y aquella loca escapada no era nada comparada con su delito de amor.

Lorena se echó a llorar. Desde que era niña había recibido el cariñoso apoyo de toda la familia. Sin embargo, en el momento de la verdad no los había tenido en cuenta y se había dejado llevar por sus deseos personales.

—¿Dónde demonios has estado? —preguntó a gritos su padre, rojo de ira.

A través de las lágrimas, Lorena contempló a su voluminoso progenitor. Más que nunca le pareció estar frente a una gran muralla infranqueable: jamás conseguiría traspasarla. Sus hermanos asomaron la cabeza por la escalera y dos criados acudieron al recibidor alertados por los gritos. Solamente su madre, con la expresión tan grave como atenta, parecía mantener el control sobre sí misma.

—Francesco —dijo su madre—, baja la voz y envía a todo el mundo a sus aposentos. Este asunto lo resolveremos en privado.

Mientras su padre mandaba retirarse a criados y hermanos a sus cuartos con cajas destempladas, Lorena sintió que se le encogía el corazón. Cuando al fin se quedó a solas con ellos, comenzó a oír el retumbar de sus propios latidos mientras buscaba en su interior las fuerzas para hablar. El enfado de su progenitor por haberse escapado a deambular por la calle sería una menudencia cuando se enterase de lo que había ocurrido el último día en la villa Medici. Finalmente, con pocas y entrecortadas palabras, Lorena relató sollozando lo acontecido.

—¡Mala pécora! ¡Ramera! —le insultó su padre, que se abalanzó sobre ella con intención de pegarle.

Sentada en la silla que su madre le había ofrecido, a Lorena le pareció que un gigante se disponía a matarla. Su madre se interpuso entre ella y el gigante.

—Si le vas a pegar, golpéame a mi primero —dijo en un tono tan suave como firme.

Su esposo se quedó petrificado. Después su madre la abrazó y le acarició la cabellera mientras seguía hablando.

—Baja la voz y contén tus impulsos, Francesco. Montar un escándalo y perder la cabeza no ayudará a nadie.

Lorena se sentía miserable, incapaz de articular palabra. Estaba en el salón, pero una parte suya, en lugar de enfrentarse a la situación, deseaba salir flotando por el techo. Lo que había hecho era terrible. En su mente perder la virginidad siempre había implicado un sacrificio obligado por pertenecer al género femenino; una obligación inherente al matrimonio con el que satisfacer las apetencias del hombre y las necesidades de la sociedad para procrear. Sin embargo, ella había hecho el amor sin estar formalmente casada. Había pasado miedo, es cierto, pero las caricias y el contacto con el cuerpo de Mauricio le habían gustado más de lo que nunca hubiera imaginado, derribando sus prevenciones y anulando sus pensamientos. Naturalmente, su madre había sospechado algo al ver cómo habían quedado sus ropas tras su chapuzón en el estanque. Lorena había jurado que tan sólo se había caído al agua accidentalmente. Su madre la había amonestado en privado, pero se había abstenido de comentar a nadie más aquel incidente, evitando así la ira del padre, que recorría el salón con grandes zancadas, absolutamente indignado.

—¿Cómo puedes hablar sin que se te caiga la cara de vergüenza? ¡Has actuado premeditadamente como una vulgar ramera deshonrando nuestra casa! Una mujer únicamente se acuesta con su marido. Al proceder como una prostituta has echado por la borda el futuro. Ningún hombre honorable aceptará casarse contigo. Mejor será que ingreses en un convento, porque ya sólo querrán desposarte contigo quienes no tengan buen techo dónde caerse muertos. ¡Y eso jamás lo aceptaré!

Lorena respiró profundamente. Tenía que luchar y no dejarse arrollar por el huracán que la arrastraba al abismo. En cualquier otra circunstancia, la mera perspectiva del matrimonio, incluso con Mauricio, la hubiera llenado de aprehensión, pero si su padre no la autorizaba a casarse, la alternativa ineludible era el convento, que era lo más semejante a ser enterrada en vida.

—No es como tú crees, padre —dijo Lorena con un hilo de voz—. Intercambiamos alianzas con Mauricio. Es casi como si estuviéramos casados. Cuando la iglesia bendiga nuestra unión, todo estará bien.

—¡Esto es inconcebible! —tronó su padre fuera de sí—. ¡Ya te lo advertí, Flavia! La educación que le hemos dado a esta niña ha sido un error. Ya desde antes de nacer la hemos tratado diferente. Te empeñaste en que debía llamarse Lorena en vez de María, el nombre de tu abuela. ¡Y luego seguimos por el mal camino! Mucha poesía francesa y muy pocos azotes. ¿De qué nos ha servido la exquisita educación humanista que le hemos proporcionado? Para descarriarla.

Su padre maldijo por lo bajo, resopló con furia y se dirigió nuevamente a ella.

—Intercambio furtivo de alianzas, fornicadores bendecidos «a posteriori» por la Iglesia… El diablo habrá puesto en tu cabeza esas fantasías majaderas con las que pretendes justificar tu terrible ofensa a la virtud. ¿O tal vez has estado leyendo al libertino de Boccacio a escondidas?

Lorena agachó la cabeza y se calló. En efecto, en uno de los primeros relatos del *Decamerón*, la protagonista evita un matrimonio no querido perdiendo la virginidad con su amado. En el cuento, los amantes intercambian anillos antes de hacer el amor. Al final la heroína convence al propio Papa de que al estar ya personalmente comprometidos a los ojos de Dios, es preferible unir públicamente a los pecadores mediante el sacramento del matrimonio. De ahí había sacado Lorena su descabellada idea. No obstante, era mejor mantener la boca cerrada, porque su lectura había venido precedida de un hurto a su propio padre, que guardaba *El Decamerón* escondido en un cajón de su despacho. Lorena había encontrado la llave y había leído a hurtadillas algunos relatos del libro prohibido de Boccacio. Dios tenía mucho que perdonarle. Lorena deseó que al día siguiente en el confesionario de Santa Mónica estuviera aquel sacerdote mayor tan duro de oído. Estaba convencida de que estaba tan sordo como una tapia, puesto que invariablemente le imponía siempre la misma penitencia al acabar su confesión: un padrenuestro y tres avemarías. Más le valía estar en lo cierto, pues de otro modo la pena impuesta por tan graves pecados sería terrible.

Su padre volvió a andar en círculos, como tratando de contener su ira con el movimiento. Cuando se detuvo, la expresión de su cara reflejaba determinación y la mirada en sus ojos era tan fría que a Lorena se le antojó la de un extraño.

—Nos has engañado, mentido y ultrajado. Por tanto, no voy a recompensar tu comportamiento autorizándote a que te cases con nadie. Tu futuro está en el convento. Allí tendrás tiempo de reflexionar y expiar tus pecados.

La madre de Lorena dio un respingo.

—Francesco, el comportamiento de Lorena es incalificable.

Sin embargo, puede haber más personas involucradas de las que vemos en estos momentos. ¿Y si Lorena estuviera embarazada? ¿Qué culpa tendría el bebé que estaría por nacer? ¿Le privaríamos de una madre y un padre? Los designios del Señor son inescrutables. Quizá su voluntad, incomprensible para nosotros, sea la de que Mauricio y Lorena formen una familia. ¿Y quién sabe? Si Lorenzo sigue gobernando la ciudad, tal vez sea un enlace muy conveniente para nuestra casa…

El rostro de su padre parecía más de piedra que de carne, pero una duda se había instalado en sus ojos.

—Si Lorena está embarazada, lo tomaré como señal de que nuestro Señor permite el matrimonio entre Lorena y Mauricio. Si no, irá al convento. Es mi última palabra.

24

*L*uca Albizzi entró en la botica en busca de algún remedio con el que aliviar su malestar. Niccolò Landuci, el boticario, siempre le recetaba las hierbas o pócimas más apropiadas para aliviar sus dolencias. Sobre el mostrador exhibía en atractivos recipientes de vidrio galletas de piñones, caramelos, mazapanes y pastelitos de azúcar. Tentaciones irresistibles para los niños y los adultos golosos como él. Luca recordó un sermón que había escuchado la semana pasada. El predicador había arremetido con vehemencia contra los dulces advirtiendo sobre su gran peligro, pues su degustación estimulaba las pasiones de la carne. Luca sonrió para sí. Hoy tendría que combatir una tentación menos. La gula no era rival para su dolor de estómago.

—Hola —saludó Niccolò—, ¿qué te trae por aquí en un día tan aciago?

—¿Qué ha ocurrido? —preguntó alarmado Luca.

—¿No te has enterado de las trágicas noticias?

—¿Acaso las tropas enemigas han realizado avances significativos? —preguntó Luca, súbitamente animado, aunque sin dejar traslucir la esperanza en el rostro, a fin de no delatar su animadversión hacia los Medici.

—Peor todavía. La peste cabalga de nuevo en Florencia —sentenció el boticario.

—¿Estás seguro de lo que dices? —preguntó Luca mientras se santiguaba.

—Desgraciadamente sí. Una sobrina mía trabaja de enfermera en el hospital de La Scala. En la prisión de la Casa del Capitano han muerto ya algunos prisioneros a causa de la peste. Los que todavía viven han sido trasladados hoy al hospital de La Scala. Agnolella, mi sobrina, me lo ha contado hace menos de una hora.

—¿Y no cabe la posibilidad de que se trate de una enfermedad diferente? —preguntó Luca, intentando buscar un resquicio por el que escapar de nuevas tan funestas.

—Ojalá. Por desgracia, los signos no admiten un diagnóstico distinto. Todos los afectados descubrieron en las ingles o bajo las axilas unos pequeños bultos que fueron creciendo hasta alcanzar el tamaño de un huevo o incluso el de una manzana media. Al poco, esas bubas se habían esparcido por diversas partes del cuerpo. Después, manchas negras o lívidas salpicaban los miembros de los condenados, sellando su suerte. Ninguno se ha salvado.

—Dios mío —se alarmó Luca—. Esto es terrible. Se asegura que la peste se expande con el viento.

—Nadie sabe a ciencia cierta cómo se contagia —afirmó el boticario—, si bien muchas de las personas que tratan con enfermos de la peste acaban contrayéndola. E incluso el tocar la ropa o cualquier objeto usado por los afectados puede ser suficiente para caer en las garras de la muerte. Algunos médicos aseguran que la nuez moscada es la única protección segura contra el traicionero enemigo. Precisamente hoy me ha llegado una importante remesa de las islas Malucas. Ya sabes que los precios son desorbitados, pero dadas las circunstancias...

Visiblemente nervioso, Luca se aprovisionó de los exóticos frutos recomendados por el boticario y salió tan rápido como pudo de la botica. Si su sobrina trabajaba en el hospital donde se trataba a los apestados era posible que sin ella saberlo estuviera ya infectada. ¡Y hacía menos de una hora que había estado en la botica hablando con su tío Niccolò! La prudencia aconsejaba poner tierra de por medio.

Todo su ser era presa de una gran angustia. Durante el siglo pasado, la peste había aniquilado a casi dos tercios de los habitantes de Florencia. Desde entonces se habían sucedido diversas plagas de menor alcance. ¿Cuán virulenta sería la peste esta vez? Imposible saberlo. La peste podía ser una fugaz tormenta de verano que arrebatara unos cuantos centenares de vidas o un diluvio interminable que diezmara por completo la ciudad. El dolor de barriga se le había pasado como por ensalmo y hasta su disgusto por el asunto de Lorena le parecía de menor importancia. Francesco, el padre de Lorena, le había comentado que quizá la vocación de su hija fuera el convento en lugar del matrimonio. El enfado de Luca había sido mayúsculo, aunque delante de Francesco se había mostrado exquisitamente cortés, ensalzando a las mujeres virtuosas cuyo único compromiso es para con Dios. Sin embargo, la rabia le carcomía por dentro. ¿No había sido vista Lorena andando sola hacia las afueras de la villa Medici acompañada por ese despreciable extranjero llamado Mauricio? No era ése el comportamiento de las novicias ni de las monjas. Florencia era una ciudad donde todo se acababa sabiendo…

Ya se vengaría adecuadamente de semejante afrenta. No obstante, ahora debía enfrentarse a peligros inminentes. Por un lado, no podía contar con la dote de Lorena para pagar sus deudas. Por otro lado, si la peste se extendía por la ciudad, los muros de su palacio no le protegerían de la muerte.

Haciendo de la necesidad virtud, Luca tomó una determinación: se trasladaría inmediatamente a su villa del campo, para evitar así tratar con gente que pudiera contagiarle la enfermedad. Y pasados unos días se desplazaría discretamente a la ciudad de Urbino para visitar a Leoni, el romano. Si le ofrecían suficiente dinero, se arriesgaría a colaborar con ellos para acabar con Lorenzo de Medici.

25

—¿*N*os vamos a morir? —le preguntó Maria.

Lorena se removió en la cama que compartía con su hermana. ¿Así que ella tampoco podía conciliar el sueño? Eso sí que era una noticia. Su hermanita solía caer en redondo nada más meterse en el lecho. Especialmente cuando, como hoy, habían pasado el día en la villa del campo.

—Si Dios quiere, viviremos.

—Cuando hay peste, se muere mucha gente, ¿verdad? —preguntó Maria con la voz aguda e inocente propia de una niña.

—Todo depende de la voluntad del Señor. En ocasiones la plaga no es tan violenta y su guadaña siega tan sólo la vida de unos cuantos desafortunados. Papá y mamá opinan que en la villa del campo estaremos seguras.

—Me alegro. Si muriésemos iríamos al Cielo, donde viviríamos felices, pero prefiero visitarlo cuando sea mayor.

Lorena sonrió con tristeza, protegida por la oscuridad de la noche. No había ninguna vela encendida y hacía tiempo que había anochecido. ¡Ojalá ella tuviera la fe de su hermana en alcanzar el Paraíso!

—Vamos a rezar un padrenuestro y tres avemarías —propuso Lorena—, para pedirle a Dios que nos lleve al Cielo cuando ya seamos muy mayores.

Mientras rezaban las dos juntas, Lorena se acordó del sacerdote con el que se había confesado. Había quedado claro que estaba sordo como una tapia, pues le había impuesto la misma penitencia que de costumbre, cuando sus peores pecados solían consistir en enfadarse con su hermana y robar dulces de la despensa. Lorena había recibido la absolución con alivio, aunque ahora, en mitad de la noche, dudaba de si una confesión así era válida. En cualquier caso, pensó Lorena, el rezar junto con su hermana las reconfortaría a ambas. Al acabar, sólo el canto de los grillos rasgaba el silencio. Maria descansaba adormecida, tranquilizada por las oraciones.

Lorena se quedó con el concierto de los ruidosos insectos como única compañía. Era reconfortante sentir que su hermana la quería y le deseaba lo mejor. Como Alessandro, el mayor, había sido el hijo más celebrado, ambas habían competido desde pequeñas por los restos del amor de sus padres. Las dos eran muy diferentes. Desde pequeñita su hermana había sido mucho más obediente y buena. Quizás era menos rápida en los estudios, pero Maria tenía un sexto sentido que le hacía adivinar lo que cada persona de la familia deseaba de ella. Su hermana hubiera sido capaz de tirarse de un barranco con tal de hacer feliz a su padre. A veces esa actitud hacía que Lorena perdiera los estribos. Y la razón, debía confesarlo, eran los celos. Celos de que su hermana se ganara mayores elogios y afectos de su padre, lo que ocurría frecuentemente. Y es que Lorena consideraba, contrariamente a su hermana, que la debían querer por sí misma con independencia de que no siempre hiciera lo que más complaciera a sus padres. ¿Habían escogido Maria y ella papeles opuestos para sentirse diferentes, aunque en realidad ambas buscasen lo mismo? Más allá de sus frecuentes disputas, Lorena debía reconocer que quería mucho a su hermana. Estuviera o no embarazada, pronto dejaría de compartir cuarto y de dormir con ella. La iba a echar mucho de menos.

26

—¡Vaya seductor tenemos en palacio! —exclamó Lorenzo de Medici, en tono jocoso—. A partir de ahora deberé llamarte *messer* Irresistible.

Lorenzo no sólo trataba de rebajar la tensión con sus comentarios desenfadados, sino que aquello parecía producirle auténtica hilaridad. El Magnífico le dio fraternales golpecitos en la espalda mientras apuraban otro vaso de vino.

—Así que Lorena te ha preferido a ti en lugar de al noble Luca Albizzi. Brindemos por ello. ¡Que no se diga que nos falta encanto a los hombres que habitamos en este palacio!

Mauricio observó a Lorenzo a la luz de las antorchas que iluminaban el comedor. Su sonrisa era franca y sus ojos brillaban con inteligencia, aunque de ningún modo era un hombre guapo. Pese a ello, era *vox populi* que las mujeres encontraban en la fealdad animal del Magnífico un afrodisiaco irresistible.

—Me temo —dijo Mauricio— que el padre de Lorena no me encuentra encantador precisamente.

—No me extraña. Si algún hombre se atreviera a hacer algo así con mis hijas —comentó teatralmente Lorenzo—, le colgaría después de haber ordenado que le quebrantaran los huesos con el *strappado*. Mas no te alarmes. Francesco Ginori no osará ni pensar en algo semejante, pues sabe que eres mi protegido. Y aunque no lo fueras, tampoco le conviene decir ni hacer nada si quiere salvaguardar el honor de su familia.

Mauricio estaba contento de haberse atrevido a solicitar de

Lorenzo unos minutos de conversación cuando el resto de los comensales se levantaban de la mesa. Necesitaba contarle a alguien lo que le había sucedido. ¿Y quién mejor que el Magnífico para escucharle y aconsejarle?

—Por cierto, ¿estás seguro de querer casarte con Lorena? —preguntó Lorenzo—. Lo digo porque eres aún muy joven para contraer matrimonio. Te habla la voz de la experiencia…

—Sí, sí —exclamó Mauricio con entusiasmo—. Tras lo ocurrido entre nosotros, es la única alternativa honorable para una dama. Además, no dejo de pensar en Lorena, y su ausencia me sumerge en la zozobra. Tales emociones no se pueden controlar ni elegir, son ellas las que mandan.

—A ver si al final vas a resultar un poeta que me haga sombra —bromeó el Magnífico, conocido por ser una de las mejores plumas de Italia—. Te lo preguntaba porque en Florencia no es usual que alguien como tú se case a los veintiún años. La mayoría de los gentilhombres esperan hasta haberse labrado su fortuna antes de acceder al mercado matrimonial, lo que suele ocurrir pasados los treinta años. Y es que el enlace marital define el honor tanto de la persona como de su familia ante la sociedad. Por eso son tantas las cualidades que un florentino busca en una mujer: juventud para que le bendiga con muchos hijos; una buena dote que mida la valía que le dispensa la familia de la esposa; hermosura que alegre la casa con su belleza; y buenas conexiones familiares, imprescindibles para prosperar y, a veces, hasta para sobrevivir. Lógicamente la familia de la novia, a cambio de ceder semejante joya, exigirá que el pretendiente tenga riqueza, carisma y las mejores relaciones entre la sociedad florentina. Un hombre de talento puede lograr todo lo anterior, pero difícilmente antes de los treinta.

—Tú tienes veintinueve y hace ya varios años que te casaste —señaló Mauricio.

—Bueno —sonrió Lorenzo—. Mi caso es diferente. Mi familia era riquísima y gobernaba Florencia. Podía aspirar a cualquier esposa y debía casarme por el bien de la familia. Era una cuestión de Estado, no una decisión personal. Como tristemente has podido comprobar, nuestra seguridad se basa también en el número. Si en vez de ser dos hermanos hubiéramos sido siete, por ejemplo, nadie se hubiera planteado eliminarnos del poder asesinándonos a todos a la vez. Era vital que yo asegurara la descendencia Medici cuanto antes.

Mauricio detectó cierta amargura en la voz del Magnífico, que, al modo de Dante Alighieri con Beatriz, tenía desde muy joven una musa a la que platónicamente le dedicaba hermosos poemas. El poder también impone sus grilletes, reflexionó Mauricio. Y es que Cosimo de Medici había educado a su nieto Lorenzo desde niño para que fuera el continuador de la dinastía. Los muchos talentos que pronto mostró Lorenzo, junto con las enfermedades físicas de su padre, el infortunado Piero de Medici, apuntaban en esa dirección. De hecho, Lorenzo comenzó a gobernar con tan sólo veintiún años, tras la prematura muerte de su padre. Sin embargo, había una pieza que no encajaba: ¿por qué Lorenzo no había permitido que su hermano Giuliano se casara, pese a haber cumplido ya los veinticinco en el momento de su asesinato? Si la familia Medici necesitaba nuevos miembros, el matrimonio parecía la solución óptima. Mauricio se abstuvo de formular una pregunta tan incómoda y se centró nuevamente en su problema personal.

—¿Qué me aconsejas? —inquirió, como una mera fórmula de cortesía que mostrara su respeto por el Magnífico, pues su corazón no albergaba dudas. Sus abuelos paternos, a los que nunca había llegado a conocer, habían fallecido a manos de salteadores de caminos; su madre, al darle a luz; y su padre, que había guardado luto hasta su triste final, no le había regalado ningún hermano. Pese a ello, o precisamente por ello, la máxima ambición de Mauricio era formar una gran familia. Desposarse con Lorena y empezar una nueva vida en Florencia colmaba sus más profundos anhelos.

—Si me permites aconsejarte, te diría: espera, no te apresures, la vida es muy larga. Mas si contra mi sugerencia deseas casarte, entonces te ordeno guardar silencio.

Mauricio, sorprendido, no dijo ni una palabra mientras un sirviente portaba una nueva jarra de vino y retiraba la que ya estaba vacía.

—Las paredes oyen —comentó Lorenzo cuando el camarero se hubo retirado—. En tus ojos leo la locura del amor. Discreción. Ésa es la primera cautela que debes tener si deseas casarte. Lorena te dijo que su familia quería desposarla con Luca Albizzi. No lo dudo, pero en ese caso era un secreto entre los Ginori y Luca Albizzi. Es más, estoy absolutamente convencido de que se habían tanteado, aunque sin comprometerse explícitamente a nada.

—¿Cómo puedes estar seguro de lo que afirmas? —preguntó Mauricio, extrañado.

Lorenzo bebió un vaso del vino recién traído y le miró con ojos pícaros. Parecía que la conversación con Mauricio le sirviera para evadirse de la terrible tensión a la que estaba sometido en aquellos días tan difíciles.

—Ya te he dicho que, en Florencia, las paredes oyen: yo tengo oídos en casi todas ellas. Entre las clases altas no se celebra ningún matrimonio sin que, con la máxima discreción, lo vea con buenos ojos. Así impido que se produzcan alianzas familiares potencialmente peligrosas para el buen gobierno de esta ciudad. Siempre hay algún amigo de las familias implicadas que me comenta, a mí o a alguien de mi máxima confianza, la posibilidad de tal o cual enlace. Una sonrisa, una mirada o un ligero comentario son suficientes para que sepan si el matrimonio es o no de mi agrado. No existe ninguna ley al respecto, si bien nadie se arriesgaría a desafiarme con un enlace que pudiera enojarme.

—¿Qué ocurriría en un caso semejante? —quiso saber Mauricio.

—El matrimonio se celebraría, desde luego, porque yo no soy más que un simple ciudadano particular. No obstante, pudiera acontecer que las familias que así hubieran actuado dejaran de ser elegidas en los cargos institucionales de Florencia que, como ya conoces, rotan por sorteo periódicamente. Y tampoco sería de extrañar que por pura coincidencia un inspector de tributos descubriera que no han venido declarando lo debido. Ya se sabe: Florencia es una República que se mantiene gracias a las contribuciones equitativas de sus ciudadanos. En casos de fraude, el Estado debe ser inflexible, aunque ello signifique la ruina de alguna prestigiosa familia florentina. La ley es dura, pero es la ley.

Mauricio se sintió un tonto por haberle planteado aquella pregunta al Magnífico. Ya llevaba el suficiente tiempo en Florencia para estar al corriente de cómo funcionaban las cosas. Los Medici gobernaban sin portar corona gracias a un engranaje delicadísimo en el que centenares de favores y conexiones mutuas les aseguraban el apoyo de las familias más poderosas. El resultado final era mucho mejor que el de otros Estados, pues Lorenzo dependía en última instancia del favor popular, contrariamente a otros reinos donde los tiranos se imponían por la fuerza de sus armas.

—Comprendo —afirmó Mauricio, que se sirvió otra copa de la nueva jarra de vino—. Ahora bien, ¿no sería posible que los Ginori y Luca hubieran pactado ya todos los pormenores del matrimonio y todavía no lo hubieran sometido a tu consideración?

—No —afirmó rotundamente Lorenzo mientras sus dedos tamborileaban sobre la mesa de roble—. Los Albizzi fueron expulsados de Florencia por mi abuelo Cosimo. A Luca Albizzi le he permitido regresar, pero no puede cometer errores. En Florencia no hay nada más importante que el honor. Proponer matrimonio a alguien y no tener éxito es una afrenta que provoca gran deshonra. Luca sabe que antes de adquirir un compromiso debe consultar discretamente mi parecer. De lo contrario se arriesgaría a que una vez comprometido no diera satisfacción a sus deseos. Jamás querría pasar por una humillación tan terrible. Por eso te recomendaba cautela. No comentes a nadie ni tu lance con Lorena ni el posible interés de Luca por ella. Así el honor de ambos permanecerá intacto. Según el Talmud es tan grave matar a una persona como asesinar su fama. Y, en mi opinión, quizás esto último sea peor.

A Mauricio le extrañó la referencia al Talmud, un texto judío, pero comprendió perfectamente lo que quería decir el Magnífico. Sin embargo, la discreción no iba a ser suficiente para casarse con Lorena.

—Hoy he ido a su casa y un criado me ha comunicado que Francesco Ginori no deseaba verme. Al menos, he podido averiguar que Lorena está en la villa del campo junto con su hermana, aunque no sería prudente por mi parte acudir allí.

—No —confirmó Lorenzo—. Si esta empresa ha de acabar bendecida en el altar, necesitas el consentimiento del padre. Es con él, y no con Lorena, con quien debes tratar. Una cosa tienes a favor: la mercadería ha perdido su valor. Ya no podrán conseguir un enlace adecuado para Lorena. Yo, si lo deseas, intervendré a tu favor. Por desgracia mi posición no es tan sólida como antes. En los últimos días han caído las villas de Radda, Meletuzzo y San Paolo; nuestro capitán, el marqués de Ferrara, demanda más dinero del que tenemos para pagar a los soldados; Florencia sigue excomulgada por el Papa; y ahora la peste... ¿Cuánto tiempo aguantará el pueblo sin volverse contra mí? Mauricio, tú como yo, sólo podemos acometer nuestro mejor combate, aceptando que no está en nuestras manos decidir el resultado...

27

—*M*e alegra mucho volver a verlo —aseguró Domenico Leoni, el romano que le había visitado junto con otro caballero en su villa de Pian di Mugnone.

—Es un placer —mintió Luca cortésmente—. Le agradezco que reforzara mi escolta durante el viaje, con el envío de algunos hombres.

—Los caminos siempre han sido peligrosos, pero hoy en día lo son más que nunca.

«Vivir siempre es peligroso», reflexionó Luca mientras atravesaban el patio interior del *palazzo*. Las numerosas columnas que soportaban los pisos superiores proporcionaban al paseo un elemento adicional de misterio. El lugar elegido para el encuentro era el palacio del duque de Urbino, tradicional aliado a sueldo de los Medici, aunque ligado al Sumo Pontífice por vínculos de sangre más estrechos y provechosos que el oro florentino. Al final del recorrido llegaron a un fantástico jardín poblado de naranjos, limoneros, rosas, jazmines, lirios y árboles del amor. El árbol del amor, conocido popularmente con el nombre de «algarrobo loco» o «árbol de Judas», había sido el elegido por el apóstol traidor para suicidarse, pensó Luca con aprehensión. Ajeno a cualquier conspiración, un pavo real se contoneaba exhibiendo ufano su colorido plumaje.

—¿Qué le ha hecho cambiar de idea? —preguntó Leoni.

—Los tiempos cambian, los hombres también. Su vestimenta, por ejemplo, no se parece demasiado a la que portaba semanas atrás.

En efecto, Leoni había trocado su elegante *lucco* de seda por una sotana de color rojo púrpura cuyo uso estaba reservado a los cardenales.

—Demasiados clérigos muertos en Florencia últimamente, para mi gusto. Me pareció más seguro visitar la Toscana vestido como cualquier rico mercader. La discreción exige diferentes etiquetas en cada situación. Entre nosotros no es necesaria.

—Seamos francos, entonces. Estoy dispuesto a colaborar siempre que la oferta esté a la altura del trabajo.

—Desde luego, señor. De acuerdo con nuestras averiguaciones, tiene usted deudas ya vencidas por importe de dos mil florines. Es una cifra respetable que nosotros asumiremos con mucho gusto. Por su parte, nos mantendrá informado de cuanto suceda en Florencia. Ya disponemos de otros infiltrados en la ciudad elaborando planes en los que quizá se le pida que colabore.

—¿Qué tipo de planes? —quiso saber Luca.

Leoni demoró su respuesta, contemplando una pequeña gacela que mordisqueaba unas plantas. Cerca de ella había dos avestruces que picoteaban semillas. Definitivamente al duque de Urbino le gustaban los animales exóticos, pensó Mauricio. ¿Qué otras aficiones tendría? Las conspiraciones, probablemente, los juegos a dos y tres barajas... Luca rezó para no acabar siendo cazado en una trampa.

—Planes muy interesantes, señor. Asesinar a Lorenzo y robarle ese anillo del que ya hablamos en nuestra anterior reunión.

Luca tragó saliva. Se estaba embarcando en un viaje sin retorno. Si algo de esto salía a la luz, nadie le iba a ahorrar la muerte tras una dolorosa tortura. Desgraciadamente ya no le quedaba otra salida. La ruina, la vergüenza y la cárcel eran su seguro destino si no saldaba sus deudas. Su apellido, Albizzi, merecía un futuro más glorioso, aunque para ello tuviera que correr graves riesgos.

—Como buen cristiano —dijo cautelosamente—, mi corazón se inclina siempre a complacer los deseos del Papa.

—No se equivoque. La enemistad del papa Sixto con Lorenzo se debe fundamentalmente a ambiciones familiares y territoriales. Nuestra animadversión hacia Lorenzo tiene causas más profundas.

—¿Nuestra? —preguntó Luca, deseoso de saber quiénes eran los que le encargaban tan tenebrosas tareas.

—Como le he dicho antes, la discreción es una virtud muy útil. Comprenderá que sería algo precipitado revelarle otros nombres. Sí puedo adelantarle una opinión de la que todos participamos: los Medici son un peligro para la fe cristiana tal como la entiende la Iglesia. Por eso hay que detenerlos antes de que causen daños irreparables.

Luca no acabó de creerse que Leoni, un cardenal romano, actuara de espaldas al Papa. En cualquier caso, compartía los juicios de Leoni sobre los Medici.

—Yo también considero que muchas de las actividades de Lorenzo no se avienen con las propias de un buen cristiano.

Leoni asintió con satisfacción.

—Eso suponía. Los que estamos unidos en el pensamiento también debemos estarlo para pasar a la acción.

—Una última pregunta —solicitó Luca—: esa gema del anillo de Lorenzo, no es importante únicamente por su gran valor, ¿verdad?

—Cierto —aseveró Leoni dirigiéndole una atenta mirada—. Mas no es el momento de hablar de asuntos arcanos que no son de su incumbencia. Bástele saber que el anillo es un objeto de poder. ¿No es eso lo que todos buscamos?

Tal como sospechaba desde el principio, anotó Luca, el anillo jugaba un papel importante en la conspiración contra Lorenzo.

—Por cierto —prosiguió Leoni—, le estaría muy agradecido si le hiciera llegar esta carta a Pietro Manfredi cuando vuelva de Londres.

Luca encorvó ligeramente los párpados.

—No se preocupe, señor. Pietro Manfredi es uno de los nuestros.

Luca cogió con decisión el sobre con su mano derecha. Ya era demasiado tarde para echarse atrás.

28

*M*auricio solía acudir cada mañana temprano a escuchar misa en la basílica de San Lorenzo, reformada por entero gracias al patrocinio de los Medici, y situada frente a su palacio. Hoy, sumido en pensamientos tan espesos como la pegajosa niebla que ocultaba caprichosamente la silueta de algunos edificios, dejó atrás la basílica y continuó andando hasta llegar a la imponente iglesia de Santa Maria Novella.

Mauricio decidió unirse a los fieles que allí acudían a celebrar los santos oficios, traspasó la puerta principal, flanqueada por mendigos a los que ofreció el consuelo de unas monedas. Sintiéndose abrumado por las enormes medidas de la nave central, buscó refugio en la recogida capilla financiada por el banquero Tommaso Strozzi como expiación de sus pecados. Sobre la pared principal se representaba el Juicio Final, y en sus laterales se exhibían los dos posibles destinos del ser humano: el Infierno, con los nueve círculos concéntricos descritos por Dante, y el Paraíso anhelado. Naturalmente, en el fresco se podía admirar como san Miguel conducía hasta el Cielo a Tommaso Strozzi y a su amada esposa.

A Mauricio también le hubiera gustado expiar sus pecados erigiendo una capilla a costa de su caudal. De momento, a falta de otros recursos, debía sufrir en silencio la ausencia de noticias sobre Lorena, rogando que su particular purgatorio fuera un camino de castigo que le condujera pronto a un buen final. Hasta la fecha, los criados de Francesco Ginori le habían comunicado invariablemente la misma respuesta: «El señor está ocupado. Si desea verle, ya le mandará recado». Mauricio se aferraba a tan ambigua contestación, y cimentaba en ella su esperanza. Si Francesco estuviera completamente seguro de prohibir su enlace con Lorena, o bien ya se lo hubiera hecho saber, o bien los criados le hubieran comunicado de manera más taxativa que no volviera por allí. El dejar esa puerta abierta, la posibilidad de mandarle recado, quería decir que no estaba todo decidido.

Mauricio salió nuevamente a la espaciosa nave central de la iglesia, se arrodilló ante el sagrario y se santiguó. Ya era hora de acudir al banco y afrontar los desafíos del día. Últimamente tenía la impresión de que Francesco Sassetti, el director general, estaba boicoteando sutilmente sus intentos de profundizar más en el funcionamiento real de la *tavola*. Incluso Bruno, inicialmente muy entusiasta, se mostraba parco en sus respuestas cuando el director estaba presente. Continuamente le escamoteaban explicaciones detalladas sobre algunos asientos contables que no le acababan de cuadrar y —estaba seguro de ello— también le vedaban el acceso a determinados contratos o cartas financieras.

Mauricio prefería simular que no se daba cuenta de las maniobras de Francesco Sassetti. Antes de dar ningún paso en falso debía aprender más sobre las prácticas financieras para averiguar qué podía estar ocultando el director de la *tavola*, y sólo entonces denunciar con fundamento su turbio proceder ante Lorenzo. De otro modo, el Magnífico, inmerso en un mar de problemas, podría interpretar sus quejas como las de un niño incapaz de valerse por sí mismo. Mientras Francesco Sassetti no le considerara un peligro, Mauricio podría continuar cultivando en secreto su amistad con Bruno sin levantar sospechas. En efecto, Bruno era siempre el primero en llegar a la *tavola*, mientras que el director se tomaba su tiempo. Por dicho motivo, Mauricio se había acostumbrado a madrugar, pues cuando Bruno se hallaba a solas con él, se mostraba mucho más amistoso y predispuesto a compartir sus valiosos conocimientos.

Al salir a la calle le deslumbraron los primeros rayos de sol de la mañana. Mauricio alcanzó la principal Via della Scala, que conducía hasta la *tavola*, cuando un espectáculo inusual le detuvo. A la altura del cruce con la Via della Porcellana, tres hombres ayudaban a andar a una mujer que, súbitamente, se desplomó al suelo.

Mauricio se acercó rápidamente al grupo, para averiguar qué había ocurrido. Los tres hombres tenían los rostros desencajados. Uno de ellos meneó la cabeza y se dirigió a Mauricio

—No hay nada que hacer. La peste se ha llevado su vida. ¿Nos podrías ayudar a transportarla hasta el cementerio del hospital de La Scala?

Mauricio retrocedió instintivamente. Asustado, pensó que tocar las ropas de aquella mujer le podía acarrear la muerte. El hospital estaba a menos de quinientos pasos, pero ese pequeño trayecto le podía conducir a un lugar del que los vivos no vuelven.

Los tres hombres empezaron a levantar a la difunta sin esperar ayuda. En ese momento, Mauricio cambió de parecer. Tal vez, allí, en la salida de la iglesia, Dios le estuviera esperando para probar su fe. ¿O acaso rezar mucho y ayudar poco era propio de buenos cristianos? Debía actuar con valor. Si Dios le miraba con buenos ojos, quizá le concedería la gracia de permitir su enlace con Lorena. Mauricio se animó recordando que según Marsilio Ficino no estaba comprobado que la causa del contagio fuera el contacto físico, pues había personas que, pese a convivir con enfermos de peste, no la contraían.

Mauricio se encomendó a Jesucristo mientras sus manos entraban en contacto con el cadáver.

29

—*B*uenos días, Lorena. ¿Cómo te encuentras esta mañana?

Lorena se sobresaltó. Sentada en un banco del jardín de la villa, absorta en la contemplación de una abeja recién posada sobre una bella flor púrpura de malva, no había oído llegar a su madre. Aquella mañana lucía un sol magnífico, apenas había nubes, y en la soledad del jardín había encontrado un lugar en el que refugiarse de su angustia.

—Sigue sin venirme el periodo —contestó Lorena.

El rostro de su madre se relajó ligeramente mostrando satisfacción.

—Ya hace más de un mes desde tu última pérdida, hija.

—Sí, casi cinco semanas, pero ni engordo ni tengo sensación de vómitos. Más bien he adelgazado un poco.

—Cada mujer es diferente. Algunas notan mucho los efectos del cambio corporal al principio, mientras que otras lo acusan más a partir del tercer mes. Con los nervios que estás pasando sería normal que perdieras peso, aunque estuvieras en estado de buena esperanza. Tienes que comer mejor, descansar y cuidarte lo máximo posible. De todos modos, aún es prematuro cualquier diagnóstico. En épocas de mucha tensión, yo he llegado a tener retrasos superiores a las ocho semanas.

Lorena miró a su madre. Llevaba un traje rosa de falda larga, y los hombros recubiertos por un delicado pañuelo de seda. Su cabeza estaba protegida por una fina faja de tela blanca con largas orejeras que ocultaban su pelo. Posiblemente

—pensó Lorena—, le había dado pereza peinarse. Era ya una mujer madura a la que le quedaban pocos años para cumplir los cuarenta. Inevitablemente había perdido la lozana hermosura de la juventud, si bien poseía esa serena elegancia que le confería otro tipo de belleza.

—Mamá, ¿qué ocurrirá si finalmente no estoy embarazada?

—Tu padre, una vez que empeña su palabra en algo, siempre la mantiene, incluso si se arrepiente después. Además, en este caso está muy dolido contigo. Para Francesco el enlace con Luca Albizzi era como un seguro en el caso de que el régimen Medici cayera. Ya sabes que muchos ricos comerciantes se han arruinado cuando las familias gobernantes a las que apoyaban han caído en desgracia. Y nosotros somos conocidos pro Medici. Así que, en opinión de Francesco, tu audaz aventura es una traición a la familia. No creo que le pudiera hacer cambiar de idea si no estuvieras embarazada, pero ten por seguro que lo intentaría.

Lágrimas de emoción corrieron por el rostro de Lorena. Su madre la amaba más de lo que ella imaginaba. Se había interpuesto entre ella y su padre cuando éste, fuera de sí, se disponía a pegarle; también se había abstenido de recriminarle su alocada conducta; y finalmente estaba dispuesta a luchar hasta el límite de sus posibilidades en pos de su felicidad. ¿Qué fuerzas ocultaba en secreto el alma de su progenitora? Lorena siempre la había juzgado como madre y señora de su casa; ahora comprendía que estaba también ante una mujer como ella, con sus pasiones, anhelos y desdichas.

Su madre se sentó en el banco, junto a su hija, y la abrazó.

—No llores más, hija mía. Te prometo que te casarás con Mauricio.

30

*E*l Magnífico miró las estrellas que cubrían el techo de la capilla Medici en la iglesia de San Lorenzo, «su iglesia». Los astros le habían elegido para ser el abanderado de los Medici, y su abuelo Cosimo, *pater patriae* de Florencia, le había explicado desde muy pequeño los términos en los que se desarrollaba la partida. Le habían educado desde niño para que recayera sobre sus hombros el peso del poder y la responsabilidad. Lo había asumido con naturalidad y jamás le había temblado el pulso a la hora de tomar decisiones.

No obstante, en días como aquél, el ejercicio del poder se le antojaba un manto demasiado pesado, como si debiera portar sobre su cabeza una corona de oro repleta de espinas.

Habían encontrado muerto a Adolfo Bennedetti, su amigo, el joven y prometedor artista. Su cadáver flotaba en el río Arno. Nunca más compondría una canción, ni jamás volvería a pintar. Sus manos ya no llenarían el silencio con exquisitos acordes musicales, ni plasmarían en un lienzo en blanco las imágenes evocadas por su fértil imaginación. Sobre su pecho, alguien había grabado a fuego: «Tus horas están contadas». Lorenzo sabía quiénes habían sido sus verdugos. Días atrás, el joven Adolfo había asegurado poder averiguar algo importante sobre los «resplandecientes».

Lorenzo había atribuido las palabras de su amigo a su conocida propensión a fabular, aunque, por si acaso, le había advertido que fuera prudente y que no diera ningún paso sin consultarle antes. Lamentablemente, no le había hecho caso y ahora estaba muerto.

Ese execrable asesinato era también una puñalada a distancia dirigida contra él. Lorenzo ansiaba acabar con aquella siniestra sociedad secreta. Los resplandecientes, estaba convencido de ello, eran los titiriteros que habían manipulado a los Pazzi, y al mismísimo Papa, para acabar con los Medici. Por su culpa, su hermano Giuliano y el joven Adolfo habían muerto.

Si quería hacer honor a su apodo no debía permitir que sacrificaran a ningún otro inocente. Xenofon Kalamatiano, su temido jefe de espías, debería intensificar su red de escuchas entre las principales familias florentinas, e incluir entre su lista de protegidos a todos los artistas y humanistas de la Academia Platónica. Aquél era un trabajo titánico que requeriría enormes recursos, pero si se atrevían a intentar otro golpe, estarían preparados, los detendrían y tirarían del hilo hasta desmantelar a esa escurridiza organización. Lorenzo consideró la posibilidad de que Mauricio estuviera también en su punto de mira… Hasta el momento, los resplandecientes se habían agazapado bajo las sombras y sólo habían actuado guiando la mano de los Pazzi para asestar un golpe decisivo, y más recientemente para protegerse de lo que Adolfo hubiera podido revelarle. No parecía probable que cambiaran repentinamente de estrategia y comenzaran a cometer violentos crímenes sin necesidad.

Sin embargo, tampoco se podía descartar que intentaran desestabilizarle atacando a sus amigos. Lorenzo resolvió dotar a Mauricio de una protección tan discreta como eficaz. Le había mostrado su favor de muchas maneras, y tal como estaban las cosas, eso podía ser suficiente para convertirle en un objetivo. Sin ir más lejos, recientemente se había implicado personalmente para que Francesco Ginori diera su consentimiento al matrimonio de su hija con Mauricio y había recurrido a sus influencias para encargar un regalo tan espectacular que convertiría a Lorena en la envidia de todas las novias de Florencia.

31

*L*os recargados trajes de cola bordados con pedrería dificultan los movimientos tanto que acelerar el paso suele desembocar en el ridículo. Consciente de ello, Lorena caminó muy lentamente, mostrando el gesto sereno de quien no tiene necesidad de apresurarse.

La alegría era tan inmensa que temió que las lágrimas se derramaran sobre su rostro con la impetuosidad de un torrente. Haciendo acopio de valor, contuvo sus emociones, puesto que cualquier pequeña vacilación hubiera sido malinterpretada por el escaso público asistente a su boda. Y es que en Florencia las mujeres realizaban la exhibición pública más importante de sus vidas durante el corto trayecto que iba desde la puerta hasta el altar nupcial de la iglesia. Habitualmente, el interior estaba repleto de invitados, y los familiares se esforzaban hasta el límite de sus posibilidades para que el vestido de la novia reflejara el honor de su linaje. Ése no era el caso, pese al carácter casi sagrado de ambas tradiciones.

Su padre, contraviniendo las normas sociales, no se había gastado ni un florín en su atuendo, y había dejado que fuera Mauricio quien se hiciera cargo de tan delicada tarea. Lorena estaba segura de que con tal proceder Francesco pretendía dejar en ridículo a su prometido, ya que no era posible confeccionar un vestido digno en el brevísimo lapso de tiempo con el que había contado: ¡tan sólo una semana! Ni siquiera los talleres de su padre, trabajando día y noche, hubieran conseguido más que un resultado mediocre. Aquél era el otro motivo por el que su progenitor se había desentendido del vestido de novia. Una cosa era consentir un enlace apresurado, para eludir así el escándalo de un hijo nacido antes de cumplirse seis meses desde la boda, y otra muy distinta dejar en mal lugar el prestigio de la firma Ginori.

Sin embargo, Mauricio había asombrado a todos, y hasta Lorena dudaba de que no fuera en realidad un mago, puesto que le había regalado un vestido capaz de encandilar a la más vanidosa y exigente de las mujeres. La mayoría de las novias solían lucir *giorneas* con mangas cosidas, en lugar de *cioppas* de una sola pieza cuya confección requería mucho más tiempo y habilidad. Lorena no sólo portaba una elegante *cioppa* de seda carmesí, sino que el brocado de la tela conformaba un bellísimo espectáculo visual en la que se fundían el día con la noche.

En la parte central, un pequeño sol de oro bordado bajo los hombros iluminaba el vestido con su fulgor. Emulando tal brillo, gemas incrustadas simulaban el vuelo de un águila hacia el astro rey. Diseminadas alrededor del dorso de la *cioppa*, numerosas perlas representaban el trazado de la constelación Acuario, el signo zodiacal de su nacimiento. Sobre la cabeza, un delicioso tocado compuesto de plumas y plata realzaba la belleza de su pelo trenzado. Un cinturón de seda satinada y unos zapatos de terciopelo completaban la vestimenta.

Únicamente otra firma, aparte de la de su padre, podría haber realizado un trabajo tan exquisito: la bien conocida y estimada casa del maestro Giovanni Gilberti. Mauricio, sopesó Lorena, estaba adquiriendo maneras florentinas. Por un lado, su padre no tendría más remedio que admirar y alabar el fabuloso vestido que tan orgullosamente exhibía. Por otra parte, que su máximo rival comercial hubiera confeccionado el traje de novia de su hija constituía una vergonzosa afrenta. Nadie hubiera podido prever una jugada tan refinada, porque la elaboración de una obra de arte semejante implicaba necesariamente muchas semanas de duro trabajo, amén de una verdadera fortuna. ¿Cómo había conseguido Mauricio algo así? Esa misma pregunta debía perturbar el ánimo de su padre, cuya rabia sólo se vería mitigada al considerar los escasos testigos de tamaña humillación.

En efecto, en el día de su boda, Lorena no había acudido paseando sobre un corcel blanco desde su casa a la de su futuro esposo tal como indicaba la tradición. Las concurridas calles de Florencia, acostumbradas a ser testigosde las alianzas matrimoniales, habían permanecido ajenas a su nueva condición. Tampoco estaban presentes en la iglesia ni el color ni la alegría con las que tanto había disfrutado en otros enlaces. Ni siquiera sus mejores amigas habían acudido. Con la excusa de que la peste y la premura no aconsejaban celebraciones multitudinarias, su padre había resuelto celebrar una sencilla ceremonia en aquella pequeña y apartada ermita; únicamente habían invitado a los familiares más cercanos.

No era la boda soñada por ninguna mujer, pero el lóbrego convento en el que se hubiera marchitado sin otra compañía que las monjas de clausura ya no era más que un edificio en el que nunca entraría. Mauricio la aguardaba al final del pasillo. Ahí estaban depositadas sus esperanzas, ilusiones y anhelos; aunque también el miedo ante un futuro tan incierto como desconocido.

Mientras avanzaba hacia el altar, Lorena observó de reojo al único invitado del novio: Leonardo da Vinci captó su fugaz mirada, sonrió imperceptiblemente y continuó dibujando en uno de aquellos cuadernos envueltos en cuero que siempre portaba consigo. ¿Estaría retratando las expresiones de los presentes, los pequeños detalles del oro entretejido en la seda o, acaso, el movimiento de los pliegues de su falda? Probablemente estuviera registrando todas las imágenes captadas por su penetrante mirada con esa precisión y meticulosidad tan características de Leonardo, puesto que era el propio Lorenzo de Medici quien le había encargado un cuadro que inmortalizara la ceremonia nupcial.

A Lorena le hacía muchísima ilusión conservar un recuerdo pictórico de su boda. Su padre, por el contrario, no compartiría el entusiasmo por una pintura en la que toda Florencia pudiera contemplarla vestida por la casa Giovanni Gilberti.

Todavía le gustaría menos averiguar que había consentido en que su hija se casara a partir de una mentira.

Y es que su madre había engañado a Francesco: le había asegurado que la falta no era de cinco semanas, sino de dos meses. Por consiguiente, su padre había concluido que sólo una boda apresurada podía salvar a los Ginori de una vergüenza mayor. Lorena se preguntó qué ocurriría si finalmente no estaba embarazada.

El futuro traería sus propias respuestas, se dijo. La única pregunta que debía responder ahora era la que le formulaba Dios a través del sacerdote. ¿Aceptaba a Mauricio como esposo en las alegrías y en las penas, en la riqueza y en la pobreza, en la salud y la enfermedad, hasta que la muerte los separase?

32

—Aquí se vive maravillosamente bien —dijo Bernardo Rucellai mientras degustaba unas suculentas lenguas de pavo asadas.

Luca asintió con satisfacción. Estaba muy orgulloso de su villa y había preparado la visita del acaudalado Rucellai con especial esmero. Capones asados, faisanes con champiñones, codornices a la pimienta y el mejor vino de la bodega conferían a aquella comida la categoría de auténtico festín.

—Desde luego. ¿Por qué no compras terrenos por aquí? Estas tierras son fértiles como ninguna, el río nos bendice con su presencia y sólo seis millas separan Pian de Mugnone de Florencia. Es un lugar ideal para construirte otra villa.

—No te lo niego, pero creo que me voy a decantar por comprar terrenos en Poggio a Caiano aunque estén más alejados de Florencia.

—¿Por qué? —se interesó Luca.

—Lorenzo de Medici está erigiendo allí una villa tan espectacular y novedosa en su estructura que hará palidecer al resto de las construidas hasta ahora. Además, y he aquí lo más interesante, está dedicando recursos ingentes para estabilizar la ribera del río y dotar a la zona de canales que controlarán el flujo de las aguas. ¡Un pueblo entero ha nacido de la nada para cobijar a los que están trabajando en ese proyecto! En cuanto tengan éxito en su empresa, las tierras multiplicarán por tres su valor, porque aquello será un paraíso terrenal. Hay que saber rentabilizar las inversiones, amigo.

Luca contuvo una mueca de disgusto. Lorenzo era un recordatorio permanente de cuán por encima estaban los Medici. Paciencia. Las cosas podían variar con el girar de la rueda de la fortuna.

—Consideraré invertir en Poggio a Caiano —mintió Luca—. Por cierto, ¿cómo evoluciona la plaga en Florencia? No he vuelto a pisar la ciudad desde que se detectaron los primeros casos de apestados.

—Hay casi un centenar de enfermos en el hospital de La Scala y cada día mueren no menos de diez personas. Aunque estamos habituados a que la peste haga su aparición periódicamente, en esta ocasión su incidencia es mayor de la acostumbrada. Parece que todos los males han concentrado su mirada en Florencia al mismo tiempo.

—He oído comentarios malintencionados de que la plaga es un castigo divino al pueblo florentino por oponerse al Papa y defender a Lorenzo. E incluso hay quien se atreve a expresar en privado que el bienestar de un solo ciudadano está causando demasiados sufrimientos a toda una ciudad. Quienes así murmuran no tienen en cuenta lo que ha hecho el Magnífico por Florencia, ni que si hincáramos la rodilla en un asunto tan crucial, nuestra República perdería su independencia. En fin, ya sabes cómo son algunas personas. Cuando la cosa va bien, todo son adulaciones, y en cuanto vienen mal dadas…

Luca había utilizado su técnica favorita de poner en boca de otros las opiniones propias y disentir al mismo tiempo de las críticas que aquellas supuestas voces anónimas expresaban. De esta manera conseguía introducir en la conversación las ideas que le interesaban sin poder ser acusado de estar de acuerdo con ellas.

—No te inquietes —comentó Bernardo con suficiencia—. La gente se desahoga en privado, pero sabe de qué lado hay que estar a la hora de la verdad.

Luca observó con suma atención a su interlocutor. De hecho, el principal motivo de invitar a comer a Bernardo era extraerle la máxima cantidad de información, ya fuera a través de sus palabras o de sus expresiones. No en vano, Bernardo Rucellai estaba casado con Lucrecia Medici, hermana de Lorenzo.

Por tanto, debía conocer a la perfección los entresijos de lo que estaba ocurriendo en el corazón del poder. La faz de Bernardo únicamente reflejaba disgusto, mas no preocupación. Ni siquiera le había preguntado el nombre de los críticos para incluirlos en su lista negra. Probablemente los hombres del temible Xenofon Kalamatiano ya se estarían encargando de elaborar esas listas. En cualquier caso, parecía más prudente cambiar de conversación. Luca escanció vino en las dos grandes copas de cristal de Venecia y adoptó una pose cómplice, sonriendo irónicamente.

—¿Te has enterado de la fulgurante boda entre Lorena Ginori y ese extranjero llamado Mauricio Coloma? Dicen que la ceremonia ha sido tan reducida que ni siquiera estuvieron presentes todos los familiares de Lorena. De la familia de ese español no acudió nadie a la boda. No se sabe si porque no tiene o porque le hubiera resultado vergonzoso presentarla en sociedad. O tal vez porque el enlace ha sido tan precipitado que no les ha dado tiempo a venir. Tú ya me entiendes...

Bernardo rio mientras apuraba su vaso de vino.

—Ya sé por dónde vas, bribón. Tal vez Lorena ya conociera el cuerno con el que embisten los toros hispanos antes de lo que el decoro aconseja —dijo haciendo un gesto obsceno con su dedo índice—. Sin embargo, Lorenzo no me ha comentado nada, y estoy seguro de que le hubiera faltado tiempo para explicarme con pelos y señales un chisme semejante. Y hospedándose Mauricio Coloma en su palacio, nadie estará mejor informado de sus andanzas que él. Pero razón no te falta. El no haber organizado una boda fastuosa se entiende por lo de la peste. No obstante, un enlace así, sin previo aviso... Y desde luego, la familia Ginori podía aspirar a bastante más, por mucho que Mauricio tenga en Lorenzo a un inmejorable valedor. En fin, no me extrañaría que Mauricio le hubiera robado la honra a Lorena, porque su padre ya era un consumado ladrón.

—¿A qué te refieres? —preguntó Luca con sumo interés.

—Verás, hace ya muchos años un experimentado oficial de nuestra casa vendió al mejor postor algunos de los secretos de nuestro próspero negocio del tinte. El comprador fue un catalán: el padre de Mauricio.

—O sea, que de casta le viene al galgo.

—Sí, sí —rio Bernardo—. Mas te ruego que no se lo cuentes a nadie. Al fin y al cabo, si Lorenzo vive, es gracias a Mauricio. Por eso el Magnífico me pidió que mantuviera mi boca sellada. De todas maneras, sé que puedo confiar en ti como si fueras un hermano.

Luca reflexionó. El vino parecía que le había soltado la lengua a Bernardo; su voz sonaba con el timbre de la sinceridad. Al ser de la misma edad y compartir aficiones como la caza y la buena mesa, entre ellos se había ido forjando una amistad espontánea a lo largo de los años. Gracias a las influencias de Bernardo, Luca había sido elegido en varias ocasiones para cargos de cierta relevancia en las instituciones florentinas. Por supuesto, él había correspondido votando siempre incondicionalmente a favor de los intereses de los Medici. Siendo un Albizzi, todo lo que no fuera un apoyo entusiasta a Lorenzo le convertiría en una persona non grata. Así que de momento no comentaría nada sobre los turbios negocios del padre de Mauricio, pero ya encontraría el modo de utilizar esa información del mejor modo posible. Por otra parte, su propio honor estaba a salvo. Nadie se había enterado de que había planeado casarse con Lorena para finalmente quedarse compuesto y sin novia. De hecho, Francesco nunca había mencionado expresamente que Lorena fuera a convertirse en su esposa, aunque más de una vez lo habían sugerido a través de subterfugios inequívocos. Por eso el viejo zorro, al anunciarle el enlace con Mauricio, le había comentado que ojalá pudiera casar a su otra hija, cuando ya fuera mujer, con alguien que le gustara más, alguien por el que sintiera un sincero afecto, alguien, en definitiva, que se llamara Luca Albizzi. Al menos, Francesco había tenido la delicadeza de avisarle personalmente antes de que se enterara por terceras personas. Además, le había asegurado que el matrimonio de Lorena con Mauricio no era la unión que él hubiera preferido. Los motivos por los que se consumaba un enlace así, por supuesto, no se los había revelado. Y tampoco había preguntado. Sin embargo, a Bernardo sí debía formularle ciertas preguntas comprometidas, no de índole personal, sino militar.

—¿Qué ocurre con nuestro *capitano*, el marqués de Ferrara? Hemos perdido ya Lamole, Castellana, Radda, Meletuzzo y Cachiano sin que nuestras tropas acudieran en su ayuda. Parece que la táctica principal de nuestro *capitano* es no acercarse al enemigo. Si ellos saquean una ciudad, nuestras tropas se alejan inmediatamente hostigando localidades desguarnecidas que no puedan oponer resistencia. «Yo saqueo aquí y tu allá. No hay necesidad de que nuestros ejércitos se acerquen demasiado.» Ésa es la única regla que se respeta en esta guerra.

—Sí —confirmó, cariacontecido, Bernardo—. Esta dinámica es peligrosa. Los continuos pillajes están empezando a provocar desabastecimientos de comida. El pan, por ejemplo, ya vale cuatro veces más de lo que valía en abril. Cuando el *popolo minutto* comienza a preocuparse de si podrá comer mañana, existe el peligro cierto de una revuelta.

—Y entonces, ¿por qué el marqués de Ferrara no se enfrenta abiertamente a nuestros enemigos? ¿Acaso ha pedido más dinero del que ha recibido? —preguntó Luca, ávido de información relevante.

—Cincuenta mil florines es más que suficiente para mantener a su ejército motivado. Lo cierto es que estamos investigando. Xenofon Kalamatiano sospecha que puede estar siendo sobornado, pero todavía no tiene pruebas. Conociendo sus métodos, no creo que tarde demasiado en obtenerlas.

Luca tragó saliva. Si Leoni le había entregado a él dos mil florines sin pestañear, ¿cuánto podría llegar a pagar al capitán del Ejército florentino? Un escalofrío le recorrió el cuerpo cuando recordó la carta que le habían entregado en Urbino para que se la hiciera llegar a Pietro Manfredi. Luca, prudentemente, había abierto el sobre lacrado sin dejar huellas, valiéndose del vapor. Su sorpresa había sido mayúscula al comprobar que la misiva estaba ¡en blanco! ¿Qué fuerzas eran las que libraban esta guerra?, se había preguntado Luca mientras sellaba nuevamente la carta con ayuda de una esponja y una pasta sabiamente mezclada con cera y resina.

33

Mauricio pugnaba por cuadrar los asientos contables del año en curso mientras su imaginación volaba hacia la villa Ginori, donde se encontraba su amada. Sus padres y él mismo opinaban que era más seguro para Lorena permanecer en el campo en tanto no remitiera el brote de peste. Sin embargo, la añoraba tanto… Desde sus esponsales casi no habían podido estar juntos, puesto que no sólo debía atender sus obligaciones en la *tavola*, sino que Francesco Ginori le había sugerido que no se prodigara en visitas a su villa mientras la plaga continuara sembrando Florencia de cadáveres.

De hecho, casi no había tenido tiempo de disfrutar de su mujer, ni siquiera durante la boda, ya que ésta había sido tan breve como precipitada. El padre de Lorena le había comunicado una fría mañana, con gesto seco y amenazante, que su hija estaba embarazada y que el honor exigía que se desposara con ella inmediatamente. Mauricio, eufórico, había abrazado efusivamente a Francesco sin que éste mudara ni un ápice su semblante adusto. La ceremonia se había celebrado una semana más tarde, en un ambiente tan íntimo que los escasos invitados a la pequeña capilla habían sido familiares de los Ginori, cuyas graves expresiones parecía más propias de un funeral que de una boda. Leonardo había sido la única y colorida excepción. Pese a ello, la felicidad de Mauricio sólo se veía enturbiada ante el temor de que la peste acabara con sus sueños. Era ya el esposo de la mujer que amaba y, además, pronto sería padre, si Dios lo permitía. Mauricio reflexionó sobre los giros de la fortuna, tan raudos como inesperados. Y es que en muy poco tiempo había pasado de ser un desheredado sin familia a tener la suya propia. No obstante, debía prosperar económicamente si quería hacer honor a su esposa y ser aceptado por su familia y la sociedad florentina. Por el momento, el vestido de novia que le había regalado a Lorena no le ayudaba a granjearse las simpatías de Francesco Ginori, aunque sí su respeto.

—Te veo pensativo. ¿Hay algo que no entiendas?

Mauricio miró a Bruno, su interlocutor, un hombre de unos treinta años, huesos grandes y complexión ancha. De cara oronda, expresión simpática y ojos escrutadores, era la mano derecha de Francesco Sasetti, el director general, que ese día no había acudido a la *tavola*, sino que se había quedado trabajando en el palacio de Lorenzo Medici, donde se hallaban las oficinas centrales de su imperio financiero y comercial. La *tavola*, emplazada en el palacio Calvantini, cerca del mercado antiguo, se ocupaba exclusivamente de las operaciones bancarias concernientes a Florencia. Animado por el buen humor que desprendía Bruno aquella mañana, Mauricio decidió probar suerte con una pregunta que le rondaba por la cabeza desde hacía mucho tiempo. Francesco Sassetti no estaba, y un par de jóvenes garzones que solían rondar por allí habían salido a entregar documentación diversa. No encontraría momento más propicio para que Bruno le respondiera a aquella cuestión, que no era nada técnica.

—Llevo días repasando los asientos una y otra vez. Hay algo que falla. Las salidas de monetario superan a las entradas, y no consta que existan fondos suficientes para cubrir ese desfase. ¿De dónde procede ese dinero?

Bruno se recostó en su silla adoptando una expresión satisfecha.

—Has hecho al fin la pregunta correcta. Si el dinero no proviene de nuestros depósitos, ni de otras sucursales, ni de nuestras inversiones, ¿cuál es su misterioso origen?

—Eso es lo que desearía saber. La contabilidad únicamente refleja que se pagan a los acreedores con florines que salen de la nada.

—La contabilidad no te dará las respuestas. Verás. Te contaré una historia. A finales de noviembre de 1477 atracó en el puerto francés Port-du-Bouc un galeón bajo estandarte Pazzi repleto de joyas, oro, plata, piedras preciosas, sedas y especias. El destino final de aquel auténtico tesoro era Roma, donde se utilizaría para mantener el esplendoroso estilo de vida de los Pazzi, así como para diversos pagos que debían realizarse al papa Sixto IV. Una caravana escoltada recorrería discretamente, por tierra, el camino hasta la ciudad de San Pedro. No obstante, alguien con oídos de largo alcance conocía la gran fortuna que cargaban las mulas de la caravana. Cuando el grupo se hallaba entre Casola in Lunigia y Castelnuovo di Garfagnana, cayeron en una emboscada. No hubo supervivientes que pudieran relatar lo sucedido. Lorenzo de Medici envió un mensaje solidario a Jacopo Pazzi, en el que se mostraba sumamente afligido y en el que ofrecía toda la ayuda que pudiera necesitar. Lo único cierto es que un fabuloso cargamento, valorado en ciento treinta mil florines, desapareció junto con los asaltantes, de los que nunca más se supo.

—¿Insinúas que tras ese crimen estuvo la mano de Lorenzo? —preguntó Mauricio, que dudaba de que el Magnífico fuera capaz de ordenar algo semejante.

Lorenzo era el amigo más poderoso y espléndido que jamás hubiera tenido. ¿O no había sido el Magnífico, pese a los enormes desafíos a los que se enfrentaba, quien había encargado en secreto la confección del traje de novia a la casa Giovanni Gilberti en cuanto Mauricio le confesó su pretensión de desposar a Lorena? ¿No era también Lorenzo un generoso protector de artistas y él mismo un gran poeta? Sin embargo, no era menos cierto que tras la conspiración de los Pazzi su venganza había sido implacable.

—Yo no he dicho eso —precisó Bruno—. Aquí únicamente se guarda la contabilidad de las operaciones relacionadas con Florencia. Existe un libro secreto, al que no tengo acceso, donde se resume la actividad de las sucursales y del resto de las industrias en las que participan los Medici. Sin esa información, todo son puras especulaciones. Eso sí, el Magnífico disponía de excelentes motivos para asestar el golpe que te he relatado. Verás, el Papa había solicitado tiempo atrás un préstamo a la banca Medici, con el objeto de comprar la ciudad de Imola e imponer como gobernante a su sobrino Girolamo Riaro. Lorenzo se negó, al considerar que desde esa base podría verse amenazada la zona de influencia de la República florentina. Pese a su oposición expresa, los Pazzi le concedieron el préstamo a Sixto IV. Como consecuencia, ellos pasaron a ser los nuevos banqueros papales. De este modo, los Medici quedaron excluidos, tras más de un siglo de actividad, del negocio que suponía gestionar las finanzas de la Iglesia romana.

—Ya veo —reflexionó Mauricio—. Si el Magnífico hubiera sido el ejecutor del golpe, se habría vengado del Papa y de los Pazzi al mismo tiempo.

—Exactamente —confirmó Bruno, señalándole con el dedo índice mientras arqueaba su ceja derecha—. Si así hubiera sucedido, existiría un remanente de dinero para ir pagando las obligaciones contraídas por la Tavola Medici de Florencia. Naturalmente, los florines aparecerían, pero nunca podría explicarse su origen real.

—Lo que dices tiene sentido. Sin embargo, también el Papa y los Pazzi podrían haber sospechado de Lorenzo.

—Por supuesto que lo hicieron, mas no pudieron encontrar prueba alguna. El golpe había sido perfecto. Sixto IV contraatacó exigiendo una auditoría del monopolio del alumbre papal que gestionaban los Medici, una medida tan humillante como insólita.

«El alumbre», pensó Mauricio. Conocía bien aquella sal blanca y astringente por el negocio de telares de su padre. Se extraía mediante cristalización o disolución de determinadas tierras y rocas, y resultaba imprescindible para fijar los colores en las telas. Durante muchísimos años, los cristianos tuvieron que comprarla a los turcos hasta que se descubrieron en Tolfa, localidad cercana a Roma, enormes reservas de alumbre. El Papa prohibió inmediatamente, bajo pena de excomunión, seguir comprándosela a los infieles al tiempo que se creaba una sociedad consorciada con los Medici. A través de dicha sociedad, éstos dirigían todo el negocio.

—¿Y qué detectaron los auditores del Papa? —quiso saber Mauricio.

—Nada. Las cuentas cuadraban hasta el último florín. No había la más mínima irregularidad formal que pudiera poner en entredicho la gestión de los Medici. Aunque eso no quiere decir que el astuto Lorenzo, en vista del enfriamiento de sus relaciones con el Papa, pudiera haber realizado una serie de operaciones imposibles de detectar.

—¿Cómo cuáles? —preguntó, con los ojos tan abiertos como su mente.

Bruno había cruzado deliberadamente una línea sin retorno al pasar de ilustrarle sobre las mejores prácticas financieras, siempre en ausencia del director, a suministrarle información confidencial sobre asuntos tan sensibles como secretos.

—Escucha con atención. No todos respetaron la prohibición de comprar a los turcos. Por otro lado, las reservas de alumbre descubiertas en territorio papal eran enormes. Como consecuencia, el mercado se saturó y los precios cayeron hasta llegar a un nivel irrisorio. Hasta aquí, ¿dirías que hay otra cosa diferente al riesgo inherente a cualquier negocio?

—No —respondió Mauricio.

—Ahora imaginemos algo más. Lorenzo conoce y controla la producción de alumbre de toda la cristiandad. Podría haber decidido vender menos cantidad para mantener el precio del alumbre. ¿Y si en vez de eso hubiera hecho lo contrario? ¿Y si se hubiera dedicado a vender por encima de lo razonable? En ese caso, una vez desplomados los precios, podría haber adquirido cantidades ingentes de alumbre a través de sociedades controladas por él mismo e ir almacenando pacientemente el producto tan económicamente adquirido. En el momento en que se produjera escasez en el mercado, las sociedades dominadas por Lorenzo podrían vender alumbre a precios muy superiores. De esta manera, los Medici serían los únicos beneficiarios del negocio, y su socio, la *Depositaria della Camera Apostólica*, se quedaría a dos velas.

—Pero los auditores habrían detectado un fraude semejante —protestó Mauricio.

—Sólo si se ejecutara burdamente —afirmó Bruno con

gran convicción—. Si los socios y los administradores de las sociedades que compraban grandes cantidades de alumbre no tenían nada que ver con los Medici, ¿a quién reclamar? El truco consistiría en que dichos socios y administradores serían meros testaferros, es decir, hombres de paja controlados por el gran titiritero: Lorenzo, *el Magnífico*.

—¿Y tienes alguna prueba de lo que afirmas? —inquirió Mauricio.

—Dios me libre —sonrió Bruno—. Te estoy hablando siempre de meras hipótesis, si bien es cierto que existen algunas casualidades que llaman la atención. Me explicaré. Durante un año trabajé a las órdenes de los Medici como contable de la sociedad que gestionaba el monopolio del alumbre. Al poco tiempo me percaté de que muchas compañías que compraban grandes cantidades de alumbre estaban administradas por personas físicas a las que la banca Medici en Florencia les había dejado grandes sumas de dinero. ¿Comprendes? No tengo pruebas, pero sí sé cómo sumar.

—¿Y por qué me cuentas todo esto? —preguntó Mauricio, aunque sospechaba cuál era la respuesta.

—Porque eres inteligente, quieres prosperar y cuentas con Lorenzo como padrino. Te he estado observando desde que entraste a trabajar aquí y estoy convencido de que podrías llegar muy lejos si estás bien asesorado. Precisamente por ello, el director está interesado en que no aprendas demasiado. Teme que seas capaz de averiguar sus numerosos errores y revelárselos a Lorenzo con el propósito de arrebatarle el puesto. Por el contrario, yo no tengo posibilidades de subir más en el escalafón, ya que no soy de buena familia ni tengo fortuna personal, aunque sí una buena cabeza. El año que viene cumpliré treinta años. ¡Todavía puedo soñar con prosperar! Y tú podrías ayudarme.

—¿Ocupando un día el puesto de Francesco Sassetti? —preguntó Mauricio, un tanto sorprendido de que Bruno descubriera tan abiertamente sus cartas.

—No necesariamente… Hoy en día existen miles de posibilidades de hacerse rico si uno sabe observar e invertir bien. A mí me faltan dinero y contactos, y a ti, experiencia. Podríamos formar una buena sociedad. Con mis consejos, pronto podrías demostrarle a Lorenzo lo mucho que has aprendido y las buenas ideas que tienes. Créeme. No te faltarán florines con los que invertir. Lo que realmente deseo es que, cuando surjan oportunidades, me admitas como socio en los negocios que vayas a emprender. Y una cosa más: no menciones nuestras conversaciones privadas a Francesco Sassetti. Me despediría inmediatamente.

Mauricio reflexionó. La sofisticación de la vida florentina era algo que se le escapaba. La familia de Lorena —bien lo había demostrado durante la boda— no le apreciaba demasiado. Esa frialdad con la que le trataban se trocaría por admiración y aceptación en caso de alcanzar prestigio social. Si quería ser considerado un hombre honorable, debía convertirse en un hombre rico. Hasta ahora se había limitado a ambicionar el cargo de subdirector de la *tavola*. No obstante, invertir con éxito en el complejo mundo de los negocios podía resultar mucho más provechoso. Para ello era imprescindible aunar conocimientos, experiencia e imaginación. Tal vez Bruno fuera su hombre. Mauricio extendió su mano amistosamente.

—Trato hecho. Desde hoy, somos socios.

34

Villa di Ginori, 2 de noviembre de 1478

—Ayer cayó Monte Sansovino —anunció Francesco dramáticamente.

Lorena, como su padre, lamentaba haber perdido otro enclave defensivo, pero estaba feliz por compartir el almuerzo junto con Mauricio. Con él se encontraba más segura. Y es que ahora sentía que era tres personas: ella, su futuro hijo y Mauricio.

—Nuestro *gran capitano* ni siquiera acudió a defenderla —se lamentó su hermano Alessandro—. Me pregunto quién le paga más: si nosotros o nuestros enemigos.

Lorena consideró que el engaño era inherente al ser humano. De hecho, ella se había casado gracias a un ardid de su madre, quien se arriesgó a mentir a su esposo asegurándole que llevaba ya dos meses sin pérdidas, cuando ni siquiera habían transcurrido cinco semanas. Ante un escándalo semejante, su padre había maniobrado velozmente para concertar el matrimonio con Mauricio. La ceremonia había sido más que íntima, cicatera, y más lóbrega que solemne, pero el matrimonio había sido bendecido a los ojos de Dios. Para que la alegría fuera absoluta, finalmente se había confirmado su deseado embarazo.

—¿Por qué os fiáis de ejércitos mercenarios? —preguntó Mauricio—. Su única lealtad es el dinero. Si los propios florentinos fuéramos los que combatiéramos, a buen seguro que ya hubiéramos plantado cara a los ejércitos papales y a los napolitanos.

—Tú no eres florentino —comentó despectivamente Alessandro.

—Nosotros somos comerciantes, no soldados —apuntaló el padre de Lorena—. Siempre hemos pagado a quien combate en nuestro nombre, y hasta el momento nos han bastado las armas contratadas.

Lorena sufría por el trato que su familia le dispensaba a Mauricio. Aunque era su marido, le menospreciaban. Para ellos, era un joven extranjero sin categoría ni mérito. Afortunadamente, su esposo estaba imbuido de un optimismo inexpugnable. Comprendía que su azaroso embarazo no le hubiera granjeado demasiadas simpatías, y que su posición social no era la ambicionada por su padre. No obstante, estaba persuadido de que ese resentimiento soterrado era una tormenta de verano que escamparía a no mucho tardar, en cuanto les demostrase su auténtica valía.

—Pero hay que reconocer —apuntó Flavia, su madre, tendiendo un puente con Mauricio— que en esta contienda nuestros defensores no están a la altura de nuestros florines.

—Es por culpa de ese traidor, el duque de Urbino —se lamentó su padre—. Florencia siempre le había contratado a él para dirigir nuestros ejércitos. Es el mejor condotiero. Desgraciadamente los oros del Papa brillan más que nuestros florines, por lo que ahora el conde es nuestro adversario en lugar de nuestro aliado.

—¿Y qué ocurrirá en el caso de que el enemigo alcance las murallas de Florencia? —preguntó Mauricio.

—Eso no sucederá —afirmó Alessandro—. Pero si así fuera, sabríamos defender bien nuestra ciudad.

—Siempre que no alcanzáramos antes un acuerdo con los sitiadores —comentó irónicamente Flavia, su madre—. No por nada los florentinos somos admirados por nuestra habilidad negociadora.

Lorena sintió cómo disminuía la tensión de su espalda cuando los sirvientes retiraron la sopa de verduras, zanahorias y nabos. Mauricio había conseguido alzar la cuchara con elegancia hasta su boca, sin inclinar demasiado la cabeza, pero sólo ella sabía el esfuerzo que había tras su aparente naturalidad.

—De momento podemos darnos con un canto en los dientes —afirmó Alessandro—. Es un milagro que con este *capitano*, preocupado exclusivamente en mantenerse siempre a dos días de distancia del temible duque de Urbino, no estén aquí ya las tropas enemigas.

—Quizá los florentinos no sean los únicos que sepan de negocios —sugirió Mauricio—. Al fin y al cabo, el duque de Urbino es también un mercenario que se vende al mejor postor. Cuanto más dure la guerra, más le tendrán que pagar.

—El tiempo, y no nuestras especulaciones, pondrá a cada quién en su sitio —cortó Alessandro—. Cambiando de tema. ¿Has pensado ya dónde comprarte una villa?

Aquello era un golpe bajo, pensó Lorena. Alessandro sabía perfectamente que Mauricio no disponía de dinero suficiente para adquirir una casa en el campo.

—Todavía no la necesitamos —respondió Mauricio, como si pudiera adquirirla en cualquier momento—. Lorenzo precisa de mí en Florencia. Además, mientras dure la peste, considero que mi esposa estará mejor atendida con vosotros que en otra villa donde no pudiera brindarle compañía. Sobre todo teniendo en cuenta su estado de buena esperanza.

La respuesta agradó a Lorena. Su marido demostraba autocontrol al no picar el anzuelo, y así evitaba abrir nuevas batallas en la guerra familiar, que terminaría sin necesidad de insultos ni disputas, tan pronto como tuviera a su primer hijo y Mauricio se hiciera perdonar el pecado de no contar con fortuna ni prestigio de la única manera admisible: escalando peldaños en la endogámica sociedad florentina. Ya se encargaría ella de seguir enseñando a Mauricio las mejores maneras en la mesa, que en lo demás podía dar clases de señorío al maleducado de su hermano.

—Esperemos que acabe pronto la peste y también la guerra —terció su madre, introduciendo otro tema de conversación destinado a aunar voluntades.

—Sí —convino Francesco—. Porque de otro modo no sé cuánto tiempo resistiremos. Para poder pagar a nuestro ejército, Lorenzo se ha visto obligado a subir los impuestos. Y teniendo en cuenta la crisis que estamos padeciendo, algunas familias lo están pasando muy mal.

Lorena pensó que, en realidad, la idea de Mauricio de contar con un ejército propio era excelente, puesto que así Florencia no tendría que dedicar enormes cantidades a mercenarios extranjeros, cuya única lealtad reconocida era el dinero. Sin embargo, se abstuvo prudentemente de realizar ninguna observación.

—Desde luego la situación es grave —corroboró Alessandro—. Con las tropas pontificias y napolitanas rodeando nuestro territorio, los comerciantes no podemos transportar nuestras mercancías por tierra. Y fletar barcos es más peligroso cada día que pasa, ya que atacar navíos bajo bandera florentina se considera un acto legítimo de guerra. Si esto sigue así, muchos comerciantes quebrarán y los empleados se quedarán sin trabajo.

—Tú trabajas en la banca Medici y tienes acceso a Lorenzo —apuntó Francesco dirigiéndose a Mauricio—, ¿qué cartas escondidas puede jugar el Magnífico?

Lorena se sintió enormemente satisfecha de que por primera vez su progenitor se dirigiera a Mauricio en busca de respuestas que ellos ignoraban. Eso significaba, implícitamente, un reconocimiento a su posición.

—Como bien sabéis, Lorenzo está pagando de su propio bolsillo a tres mil mercenarios. No obstante, su atención se centra en convencer a Milán y a Venecia para que nos envíen tropas adicionales de ayuda. La energía y tiempo que dedica a este propósito es incesante. De momento los resultados son escasos, pero si hay alguien capaz de convencer a cualquiera, ése es Lorenzo.

Lorena miró a Mauricio y deseó más que nunca sentir sus abrazos. Gracias a Dios hoy podría ver cumplido su deseo al acabar la comida. Ojalá en un futuro próximo pudiera disfrutar de esa dicha diariamente. Se encomendó a la Virgen y le prometió que sería su más fiel y humilde servidora si todos los que estaban comiendo en aquella mesa se salvaban de la peste y la guerra.

35

Florencia, 7 de diciembre de 1478

Mauricio contempló ensimismado el bello juego de luces que iluminaba el salón principal del palacio de Lorenzo Medici. Decenas de velas perfumadas ardían lentamente en las grandes lámparas de bronce que colgaban del techo. Sobre la mesa, cilindros de vidrio rodeados de esferas llenas de agua contenían candelas elaboradas con cera de abeja. El diseño, obra del desconcertante Leonardo da Vinci, lograba que la luz tuviera una mayor difusión. Mauricio era incapaz de calcular las astronómicas cifras que costaba mantener alumbrado el palacio en invierno. Los días eran breves, y las noches, oscuras y frías. Por fortuna, la magnífica chimenea situada junto a la mesa de roble ardía con la suficiente intensidad como para calentar a las cuatro personas allí sentadas.

—Ya he completado mis estudios de Derecho Canónico en la Universidad de Bolonia y por fin he podido trasladarme a Ferrara para iniciar el aprendizaje de la filosofía. Particularmente, considero extraordinario descubrir en autores del pasado, anteriores a la venida de Cristo, fogonazos de luz capaces de disipar la oscuridad con la verdad, esa realidad que nunca somos capaces de contemplar en toda su grandeza.

Quien así hablaba era Giovanni Pico della Mirandola, hijo menor de los condes de Mirandola y Concordia, y un portento intelectual según lo que había oído Mauricio. Sólo tenía quince años, pero ya dominaba el latín, el griego y otras lenguas romances. De nariz recta, larga y delicada, labios sensuales, frente alta y pelo rizado, su físico hablaba tanto de su belleza como de su noble cuna. Las calzas bicolores que vestía, sujetas por un cinturón recamado de piedras preciosas, mostraban bien a las claras que era alguien que prefería destacar antes que pasar desapercibido.

—Compartimos, pues, intereses comunes —dijo Lorenzo—. Mi abuelo Cosimo era de la misma opinión. Por eso no reparó en gastos hasta que consiguió traer a Florencia los maravillosos escritos perdidos de Platón y del mismísimo Hermes Trimegisto. Marsilio Ficino fue el encargado de traducirlos. Lástima que hoy se encontrara indispuesto y no haya podido acompañarnos. En cualquier caso, mi biblioteca está a tu entera disposición para cualquier consulta que desees hacer durante los días que permanezcas con nosotros.

Lorenzo era también una estrella que deseaba brillar. Sin embargo, por contraste, su atuendo era mucho más discreto que el del joven Pico della Mirandola. Se conformaba con portar jubón y calzas del mismo color azul, aunque, eso sí, del mejor terciopelo. Fiel a los ideales teóricos de la República en la que ningún ciudadano es superior a otro, el Magnífico vestía con cierta sobriedad, sin hacer demasiada ostentación de oro ni de joyas ni de atrevidas combinaciones de colores. El fabuloso anillo que le había comprado era la única excepción. Mauricio admiraba a Lorenzo por su versatilidad. Hacía pocas horas había estado despachando con Tommaso Soderini, instruyéndole sobre su papel como embajador en Venecia, misión vital para conseguir los anhelados refuerzos. Y ahora, cambiando de registro, se disponía a hablar distendidamente de los autores clásicos, como si Florencia no estuviera en guerra. Afortunadamente, el gélido frío había obligado al ejército enemigo a retirarse a sus cuarteles de invierno. Era necesario aprovechar aquel paréntesis para reorganizarse mejor, pues de otro modo estarían perdidos.

—Os agradezco mucho vuestro ofrecimiento, del que haré buen uso —respondió Pico—. Desde niño siempre he pensado que hallaría la sabiduría en los libros, aunque fuera en una nota a pie de página. Sin embargo, empiezo a vislumbrar que las bibliotecas albergan universos de conocimiento, mas la sabiduría con mayúsculas bien pudiera hallarse fuera del alcance de la palabra escrita.

—Un punto de vista muy interesante que compartes con Marsilio Ficino —dijo Lorenzo sonriendo—. ¿Te refieres a algo en concreto o es algo que te ha inspirado el Cielo?

—En verdad son muchos los indicios que me llevan a una afirmación tan osada. Así, dos de nuestros insignes padres de la Iglesia, Orígenes e Hilario, escribieron que Moisés recibió en la montaña no sólo la ley de Dios, sino también una interpretación veraz sobre su sentido último. Según ambos obispos, el Señor ordenó a Moisés que proclamase la ley entre la gente, pero le prohibió que escribiera acerca de su interpretación secreta, que se revelaría únicamente a quienes estuvieran preparados.

—¿Y cómo justificarías esa restricción en la información? —preguntó Lorenzo con gran interés.

—Leyendo los santos Evangelios topé con un pasaje donde el propio Jesucristo es el que nos ofrece una respuesta: «No deis a los perros lo que es santo, ni echéis vuestras perlas a los cerdos, no sea que las pisoteen con sus patas y después os despedacen a mordiscos». ¿No será que ocultar los arcanos de la excelsa divinidad al vulgo y mostrarles tan sólo el ropaje de las palabras fue una providencia del propio Yahvé, por motivos que desconozco? No deja de llamarme la atención que el gran Pitágoras no dejó escrito alguno, como tampoco lo hizo Sócrates, el maestro de Platón. Y aun nuestro reverenciado Jesucristo no escribió sino una sola vez sobre la arena, a fin de que el viento borrara sus palabras.

—En verdad sería una pena que te marcharas de Florencia sin conocer a Marsilio Ficino, aunque tal vez tu audacia le resultara excesiva —señaló Lorenzo, cuyos ojos expresaban una enorme satisfacción—. ¿Qué opinas tú, Elías, de lo que ha comentado este talentoso jovencito?

Mauricio ya conocía a Elías Leví, un prestigioso rabino que aparecía por palacio con cierta frecuencia. Buen amigo del Magnífico, de unos cuarenta y cinco años, su cabeza irradiaba inteligencia. Calvo, de frente amplia, barba cuidada y ojos vivaces, sus palabras eran siempre enérgicas al tiempo que amables.

—Ha planteado de forma brillante una discusión que es tan vieja como la propia humanidad. En cualquier religión nos encontraremos con individuos que afirman tener un conocimiento superior. De hecho, los sacerdotes, rabinos e imanes serían los encargados de instruir a cristianos, judíos y musulmanes en la recta interpretación de su respectiva fe. Pico hila más fino. Sugiere que tras la letra de cada religión se puede esconder una sabiduría mayor conocida sólo por unos iniciados. Posiblemente así sea. Pongamos por ejemplo la religión judía que yo practico. Existe un libro hebreo, el Zohar, donde se revelan importantes secretos, aunque su interpretación es harto difícil. Pues bien, he escuchado a eminentes rabinos quejarse amargamente de que cualquier persona pueda leerla, siempre y cuando esté en condiciones de adquirirla. Según afirman, ello entraña dos peligros mortales. El primero consiste en que lo lea quien no esté preparado para entenderlo, en cuyo caso lo interpretará erróneamente. El segundo riesgo, mayor que el anterior, sería que lo estudiara quien pudiendo comprenderlo no tuviera una conciencia suficientemente desarrollada, y que utilizara lo aprendido de forma egoísta, en perjuicio de los demás.

—¡La eterna discusión entre libertad y seguridad! —declamó Lorenzo teatralmente—. ¿A partir de qué edad debemos permitir que alguien maneje un cuchillo? ¿Cuando aún es un bebé, cuando es todavía un niño, o cuando ya es un adolescente? Algunos no deberían empuñar dagas ni siquiera de adultos y, sin embargo, en ciertos casos, es conveniente que un niño sepa utilizar cuchillos y hasta puñales. Como siempre, las grandes preguntas no tienen respuestas sencillas.

Mauricio estaba desconcertado con la conversación. Una cosa era que Elías creyera que tras su religión existía una doctrina oculta, pero que Pico y Lorenzo insinuasen algo parecido respecto a todas las religiones, incluida la cristiana, no tenía cabida en su rígida educación, donde el mero hecho de plantearse preguntas era sospechoso.

—¿Queréis decir que también el cristianismo contiene secretos que nos son desconocidos? —inquirió Mauricio.

—No nos malinterpretes —dijo Lorenzo sonriendo afablemente—. Es bien sabido que los grandes santos han estado más cerca de Dios que nosotros, pobres pecadores. Incluso en los Evangelios se habla de que cuando el Espíritu Santo visitó a los apóstoles, su discernimiento de las cosas aumentó extraordinariamente. Picolo, tú y yo compartimos la misma religión, pero nuestro conocimiento del cristianismo no es el mismo que el de los santos ni los apóstoles, porque ellos tuvieron más presencia de Dios. A esa mayor sabiduría, a la que es imposible acceder a través de la palabra muerta, es a la que nos estamos refiriendo.

La verdad, reflexionó Mauricio, podía tener diferentes niveles de comprensión.

—En mi caso —intervino Pico—, quería expresar otro matiz. Aunque resulte sorprendente, en distintas religiones aparecen elementos, como el misterio de la Trinidad, que confirman los misterios revelados posteriormente por Jesucristo. Y estoy seguro de que si profundizáramos en las doctrinas secretas de egipcios, judíos, o griegos como Pitágoras y Platón, encontraríamos todavía más elementos maravillosos en los que se demostraría que Dios, en su infinita misericordia, ya insertó los elementos esenciales del cristianismo en las religiones anteriores. Entonces, ¿para qué pelearnos unos contra otros? Sería preferible honrar a amigos como Elías celebrando lo que nos une, aunque de momento no comparta nuestra fe, en lugar de matarnos por lo que nos separa.

—Agradezco profundamente vuestras palabras —dijo sentidamente Elías mientras inclinaba ligeramente su cabeza—. Vuestro credo es distinto del judío, pero me parece hermosamente bella la imagen de un mundo donde, tal como ha señalado Pico, un príncipe de la concordia, pudiéramos respetar nuestras diferencias y reverenciar lo que nos une. Desgraciadamente eso queda muy lejos de la realidad. La historia de nuestro pueblo es la de la intolerancia, el desprecio, el odio y la persecución. Hoy, por la gracia de Lorenzo, los judíos somos respetados y aceptados en Florencia. Mas, ¡ay de nosotros si faltara el Magnífico! Sin su protección, el pueblo ya nos hubiera echado la culpa del brote de peste, y tal vez mi voz ya hubiera sido acallada para siempre.

Algo profundo se removió en las entrañas de Mauricio al escuchar las emocionadas palabras de Elías. El sabio rabí tenía razón. ¿O no habían sido exterminados casi todos los judíos del *call* de Barcelona a finales del siglo pasado con el pretexto de ser los causantes de la peste que asolaba la ciudad? Sus abuelos paternos habían practicado el cristianismo, pero no de corazón. Y desde la distancia, cada vez le parecía más comprensible que hubieran profesado externamente una religión que no sentían como propia, impelidos por el miedo. Miedo a perecer de un modo horrible, como tantos lo habían hecho. Y en ese caso, ¿merecerían sufrir eternamente en el Averno durante toda la eternidad? Si de él dependiera, no los enviaría al Infierno, y si en la ciudad condal la mayoría de las personas hubieran sido como las allí reunidas, no se hubiera linchado a los judíos del *call*. ¿Era posible que en el corazón de aquellos hombres hubiera más piedad que en el de Dios? Mauricio se asustó de sus propios pensamientos. Discurrir así iba contra lo que con tanto ahínco le habían inculcado. Si el Señor había creado el Infierno, ¿quién era él para ponerlo en duda? ¿Acaso no se había sacrificado Jesucristo para que la salvación de todos los hombres estuviera al alcance de la mano?

—En el mundo conocido, los judíos no disfrutaremos de la paz sino temporalmente —afirmó Elías—. Demasiados odios se acumulan contra nosotros. Tarde o temprano siempre acabamos siendo perseguidos. No obstante, los límites del mundo son desconocidos. Tal vez exista una tierra distante donde alguna de las diez tribus perdidas de Israel haya creado un reino en el que pudiéramos vivir sin miedo. O puede también existir una tierra lejana donde no vivan cristianos, judíos ni musulmanes. Una tierra sin historia, libre de odios ancestrales. Tal vez allí, hombres como nosotros, pudiéramos vivir en paz sin enfrentarnos por ser de diferente raza o religión.

—Un bello ideal por el que soñar —dijo Pico della Mirandola.

—Caballeros —anunció Lorenzo—, ya sólo nos queda encontrar la Tierra Prometida. ¿Quién sabe?, tal vez en alguno de esos antiquísimos pergaminos que compró mi abuelo Cosimo se halle el mapa del tesoro.

Lorenzo había hablado de forma ligera y burlona, pero Mauricio creyó detectar un matiz sincero en su voz. El Magnífico era un hombre con demasiadas lecturas como para tomarle a risa, ni siquiera cuando hablaba en broma. Mauricio se acordó de lo que Lorenzo había dicho durante los trágicos sucesos de la catedral: «¡un asesinato ritual!», había exclamado. Días más tarde había sugerido que la conspiración formaba parte de un plan diabólico de cuyos entresijos prefería guardar silencio. Y esas alusiones a conocimientos secretos a los que no se podía acceder a través de la palabra escrita incrementaban el misterio. Era como si estuviera contemplando una partida en la que podía vislumbrar algunas piezas, pero no conocía ni el objetivo ni las reglas del juego.

Mauricio posó su vista perdida en uno de los escudos de armas de los Medici que colgaban de las paredes del salón. Su divisa eran seis bolas. Bajo la luz tintineante de las velas se percató por vez primera de que aquellas bolas redondas podían dividirse en dos bloques. El de arriba estaba compuesto por tres círculos que formaban un triángulo cuyo vértice apuntaba al techo. El de abajo, por los otros tres círculos, que formaban un segundo triángulo cuyo vértice se dirigía al suelo. Aquello, estaba seguro, tenía un significado, aunque también se le escapaba.

Tal vez fuera mejor así. Bastante tenía con enfrentarse diariamente a los enigmas del banco como para añadir otros diferentes. Lo único importante era que la plaga hubiera terminado cuando Lorena diera a luz. Hasta ese día sus esfuerzos debían centrarse exclusivamente en adquirir una residencia en Florencia que estuviera a la altura de su esposa y en la que pudieran vivir orgullosos y felices. Mientras tanto, alojarse en el palacio Medici, en el que estaban situadas las oficinas centrales de su imperio comercial y financiero, era muy conveniente, puesto que podía mantenerse en contacto directo con Lorenzo. No obstante, su mayor ilusión era ser el señor de su propia casa. Ya lo había hablado con Lorenzo, y éste le había propuesto un acuerdo que, estaba seguro, complacería tanto a Lorena como a su adinerada familia.

36

*L*uca sintió frío cuando se quitó la túnica forrada de piel de conejo, pese a los gruesos maderos que ardían en la chimenea del salón de Pietro Manfredi. Tanto la camisa como las calzas, tejidas en el convento de San Martino, eran de la mejor lana inglesa. Y el estrecho jubón de terciopelo que se ajustaba a su pecho sobre la camisa estaba reforzado con piel de ardilla. Así que tal vez el frío que notaba en su cuerpo tuviera sus raíces en el miedo. Al fin y al cabo no sería la primera vez que un heraldo portara el mensaje que ordenaba su propia muerte.

Pietro Manfredi se había mostrado circunspecto al recibirle. Acababa de llegar de Inglaterra y era posible que continuara malhumorado por haber tenido que ordenar el cierre de una sucursal en Londres, por lo que había asumido cuantiosas pérdidas. Notoriamente ansioso por examinar la carta que Leoni le había entregado en Urbino, no había tardado en retirarse del salón musitando unas palabras de cortesía. Luca dudaba de que pudiera leer nada, ya que el interior del sobre únicamente contenía un papel en blanco. No obstante, una carta en blanco podía ser una señal previamente convenida entre Leoni y Piero que indicara algo acerca del mensajero.

Cuando un solícito sirviente entró y le ofreció unos dulces de miel, Luca consideró más prudente esperar a que Pietro comiera alguno antes de probarlos él mismo. La espera fue breve, pues el anfitrión tardó poco en volver.

—¡Vaya, vaya!—exclamó Piero—. Parece que debo encargarme de instruirte en ciertas cosas. ¿Has oído hablar del código de Simonetta?

—No.

—Mejor —afirmó Pietro mientras cogía un dulce de miel—. Se trata de un pequeño manual donde Cecco Simonetta, canciller de la poderosa familia Sforza de Milán, enseña cómo descifrar las claves utilizadas en las cartas y mensajes escritos por diplomáticos. Te dejaré una copia para que la estudies en casa. Cuando lo hayas aprendido, te enseñaré otros códigos de mayor complejidad. Si tienes que escribir cartas en las que informar sobre la situación en Florencia, debes conocer los métodos de cifrado más avanzados, incluido el uso de la tinta invisible que se revela ante el resplandor de la lumbre. Nuestra mutua seguridad así lo exige.

—¿De qué tendré que informar exactamente? —preguntó Luca, aliviado al constatar que no se había urdido ninguna trampa contra él y que, después de todo, la carta en blanco contenía un mensaje escrito.

—Tu trabajo consistirá en informar acerca de la situación general en Florencia y sobre ciertas personas en particular. En algunos casos será conveniente que utilices el correo. Debido a los muchos contactos que tienes en otras ciudades no resultará sospechoso que envíes determinadas cartas, las cuales irán convenientemente cifradas por si cayeran en manos no deseadas. Por el contrario, habrá otra información de la que únicamente me darás cuenta a mí personalmente, sin que ningún rastro quede escrito. Tu amistad con Bernardo Rucellai, casado con una hermana de Lorenzo de Medici, puede ser especialmente útil.

—¿En qué sentido? —se interesó Luca, que alargó su mano hacia la bandeja de dulces.

—Digamos que nos interesan todos los aspectos que rodean a Lorenzo. A veces detalles tan nimios, como si le gustan los faisanes a la crema de alcachofas o la *pannaccota* con salsa *di fragole*, pueden ser vitales. ¿Sabías que el eléboro blanco, una liliácea, es una planta inofensiva que sabiamente destilada en un alambique produce un poderoso veneno que provoca en la víctima vómitos, diarreas, espasmos musculares, delirios, asfixia y, finalmente, una parada cardiaca? Si se mezcla en la medida adecuada con crema de alcachofas o salsa *di fragole,* su sabor es indetectable.

Al oír estas palabras, Luca retiró instintivamente la mano de la tentadora bandeja.

—¿Estás hablando de matar a Lorenzo de Medici? Nada me complacería más que su muerte, pero debemos tener en cuenta el enorme precio que se cobraría el fracaso.

—Sí, por supuesto. No emprenderemos ninguna acción demasiado arriesgada, por la cuenta que me trae. Si tú o cualquier persona implicada en una conspiración de ese tipo fuera descubierta, no me cabe duda de que bajo los métodos de tortura de Xenofon Kalamatiano revelaríais cualquier cosa, incluido mi nombre. Del mismo modo, debes tener muy presente que traicionar a nuestro bando se paga siempre con una muerte lenta. Leoni tiene un sexto sentido infalible para elegir a los nuestros, pero yo prefiero advertir igualmente por anticipado sobre las consecuencias de tan vil felonía para evitar tentaciones.

—En mi caso sobran las advertencias —afirmó con rotundidad Luca—. Si no confías en mí, es preferible que no me expliques nada.

—No te lo tomes personalmente. Es sólo un aviso para navegantes, algo que siempre menciono. Como te decía, matar a Lorenzo en Florencia es una tarea demasiado peligrosa. Tras el atentado fallido es el único ciudadano que tiene derecho a llevar guardaespaldas armados dentro de la ciudad. Y si las medidas de seguridad entre su servidumbre ya eran excepcionales antes de la conjura Pazzi, intentar burlarlas ahora es correr un riesgo insensato. El propio Kalamatiano se encarga desde hace años de infiltrar entre los sirvientes a espías muy capacitados. Intentar sobornar a cualquiera de ellos es una invitación a caer en una trampa. También habíamos pensado en la picadura de la viuda negra, pero de momento es una idea que hemos descartado.

—¿Qué es la picadura de la viuda negra? —preguntó Luca.

—¡Ah! Una muerte deliciosa… ¡Lástima que sólo dispongamos de dos especialistas, y ninguna de ellas en Florencia! Se trata de bellas asesinas que camuflan, en anillos o broches, puntas untadas de venenos mortales. Tras seducir a la víctima y mientras están entregados a excitantes juegos sexuales, la viuda negra le pincha accidentalmente. El hombre, embriagado por el placer, apenas lo nota. Sin embargo, al cabo de unas horas, muere sin remedio. Por desgracia, se podría establecer fácilmente la conexión entre la extranjera, que sería detenida, y la súbita enfermedad de Lorenzo. Ninguna de nuestras asesinas aceptaría venir a Florencia en una misión suicida.

—Por no hablar de que no es tan fácil seducir a Lorenzo —añadió Luca—. Pese a las grandes pasiones que levanta entre las mujeres, a las que su fealdad animal les parece una suerte de afrodisiaco, es hombre de una sola amante.

—Sí —gruño Pietro—, el Magnífico tiene demasiados libros y ocupaciones en la cabeza para entretenerse con frivolidades. Es preferible esperar a que la fruta esté madura antes de comerla.

—¿A qué te refieres?

—Ya has visto las calles estas Navidades. La mayoría de las tiendas estaban cerradas y hay carestía de casi todos los productos. Los impuestos, la guerra, la peste y una crisis económica como no había conocido nuestra generación están desmoralizando a la población. Es sólo cuestión de tiempo que se produzca una rebelión contra la tiranía de Lorenzo. Así que nos resultará muy sencillo captar las opiniones de la gente con la que tratemos sin levantar sospecha alguna. Cuando exista una masa crítica de familias importantes que opinen que sacrificar a un hombre es preferible a perder una ciudad, será el momento de pasar a la acción. Mientras tanto, debemos continuar apoyando públicamente a Lorenzo, al tiempo que procedemos con el máximo sigilo. Lo último que necesitamos es que los espías de Lorenzo nos apunten en su lista de hombres sospechosos contrarios al régimen.

37

Mauricio se levantó empapado en sudor. Nuevamente había tenido esa pesadilla que le perseguía desde niño: una hermosa y delicada jovencita agonizaba en la cama hasta morir presa de horribles dolores. Angustiado, se cambió rápidamente y salió a la calle en busca del aire que parecía faltarle en los aposentos del palacio Medici. Apenas había amanecido cuando, enfundado en su gruesa túnica de lana, se encaminó hacia la Via Porta Rosa, donde se hallaba la Tavola Medici, para tratar de olvidar esas inquietantes emociones que le hacían respirar entrecortadamente, como si pudiera ahogarse entre las sábanas de su propio lecho. Paradójicamente, la humedad del Arno que le calaba los huesos, el repicar invisible de un caballo cercano sobre el empedrado, o incluso los fantasmagóricos ladridos de los perros callejeros envueltos en niebla, le ayudaban a cerciorarse de que ya había despertado y a dejar atrás aquella claustrofóbica sensación que le provocaban los sueños.

Al entrar en la *tavola* no le sorprendió hallar a Bruno, que estaba examinando unos documentos a la luz de un candil.

—Buenos días, Mauricio. Veo que tampoco podías dormir. Como bien sabes, cuando me despierto demasiado temprano suelo venir aquí a revolver papeles. Es el mejor momento para mirar ciertas cosas tranquilamente, sin que nadie te moleste —añadió Bruno, guiñándole un ojo.

Mauricio se alegró de tener a alguien con quien conversar,

especialmente tratándose de Bruno, a quien ya consideraba un amigo.

—Yo he tenido una pesadilla horrible, aunque prefiero no hablar de eso.

—Hablemos entonces de temas más agradables, como el que esté disminuyendo el número de afectados por la peste. Ésa sí es una noticia esperanzadora.

—Efectivamente —corroboró Mauricio con recobrado optimismo—. Parece que ni las plagas resisten el frío florentino. Ojalá desaparezca completamente en poco tiempo. Nada me entusiasmaría tanto como vivir plácidamente en Florencia junto con mi mujer y nuestro futuro hijo. Lorenzo ya me ha prometido alquilarme un elegante *palazzo* por un precio simbólico antes de que Lorena regrese a la ciudad. Ahora ya sé por qué le llaman «el Magnífico». Aun así, me sentiría más seguro si contara con un pequeño capital propio. Afortunadamente, Lorenzo me convirtió en socio de la Tavola Medici de Florencia con derecho a un cinco por ciento de los beneficios anuales. ¿Sabes en qué fecha se suelen repartir y qué cantidad podría percibir aproximadamente?

—De acuerdo con los contratos, tanto esta *tavola* como todas las sucursales y sociedades controladas por los Medici deben cerrar sus cuentas el 24 de marzo, fecha en la que se calculan los beneficios anuales. Como cualquiera puede comprobar, apareces inscrito en el registro del arte del cambio como socio de la Tavola de Florencia. Desgraciadamente, y me gustaría equivocarme, este año no cobrarás nada.

—¿Por qué? —preguntó casi en tono de protesta Mauricio.

—Por algo tan elemental como que la Tavola de Florencia tiene pérdidas. Además, antes de repartir beneficios, las prácticas contables exigen restar los importes de aquellos préstamos cuya recuperación sea dudosa. A la vista de los libros oficiales, es probable que hasta dentro de mucho tiempo no sea posible repartir ni un florín. Y llegado el momento serán los socios mayoritarios quienes decidirán si es más conveniente distribuir el dinero sobrante o reinvertirlo.

Mauricio se sintió tan abatido como confuso.

—Aunque los números de esta *tavola* arrojen pérdidas, la

banca Medici tiene intereses y sociedades por toda Europa. Es un imperio comercial y financiero. No puedo creerme que sus números sean negativos.

—Vayamos por partes, Mauricio. Tú sólo eres socio de la *tavola* florentina. El resto de los bancos y los negocios donde Lorenzo Medici ostenta una participación mayoritaria son entidades jurídicamente independientes unas de las otras. Es una ingeniosa fórmula legal que le permite al Magnífico controlar todas las sociedades al tiempo que limita los riesgos. Así, pongamos por ejemplo, en caso de que la Tavola de Brujas cayera en la bancarrota y los acreedores pudieran reclamarle miles de florines, los únicos bienes que podrían ejecutar serían los que poseyera esa sucursal. El resto de las entidades en las que participa Lorenzo no responderían de las deudas que hubiera dejado el banco de Brujas. ¿Entiendes? En lo que a ti respecta, eso significa que te interesa exclusivamente la marcha de esta *tavola*, porque en las otras sociedades no posees participación alguna.

Mauricio se hundió en oscuros pensamientos. Su actual nivel de vida dependía por completo de la generosidad de Lorenzo. Siempre había sospechado que no era únicamente oro lo que relucía en la oferta de Lorenzo por su anillo y ahora ya lo había descubierto. Más le valía que el Magnífico resistiera en el poder, porque de otro modo no le podría ofrecer a Lorena y a su hijo más que la miseria. Mauricio respiró hondo e intentó encontrar algo a lo que agarrarse. Necesitaba desesperadamente un negocio o dar con una idea con la que ganar dinero, en previsión de que Lorenzo desapareciera. Montar una industria de telares semejante a la que su padre tenía en Barcelona era una opción, pero necesitaba un capital del que carecía, pues sin una fuerte inversión inicial era imposible enfrentarse a la competencia en Florencia, la capital de la moda. Por otro lado, si Lorenzo era derrocado, él sería inmediatamente destituido de su puesto en el banco, un negocio que cada vez le inspiraba más y más dudas.

—Llevo viviendo aquí algunos meses —dijo Mauricio en tono pausado—. Gracias a ti ya puedo transcribir asientos contables, analizar balances y las últimas cartas comerciales que he redactado no han precisado ninguna corrección. No obstante, hay algunos asuntos que me preocupan.

—Aprovecha que estoy de buen humor y pregunta, en vez de quejarte tanto —le reprendió Bruno amistosamente.

—Prestar dinero con interés es un pecado de usura castigado con el Infierno. ¿No es algo así a lo que se dedica nuestro banco?

—No te equivoques —sonrió Bruno—. Yo también soy cristiano y no querría exponer mi alma a permanecer chamuscada durante toda la eternidad, particularmente en estos días tan peligrosos que vivimos. Afortunadamente, estamos inscritos en el muy honorable gremio del «Arte del Cambio». Cambiar moneda, que es lo que nosotros hacemos, no es dejar dinero. Pongamos que un comerciante quiere cobrar una cantidad en Brujas. Ningún problema. El comerciante nos deja aquí el dinero en florines y nosotros le expedimos una letra de cambio a su nombre en moneda flamenca. Cuando llegue a Brujas no tiene más que presentar la letra en nuestra sucursal y hacerla efectiva. Naturalmente, por el servicio de cambiar monedas a través de letras de cambio cobramos una comisión, habitualmente el 25 por ciento, pero el comerciante obtiene un beneficio inestimable: el dinero viaja sin riesgo, ya que al ser la letra nominativa, en caso de robo los salteadores no pueden cobrarla. Si viene un comerciante extranjero a Florencia y quiere cambiar al momento su moneda en florines, también le cobramos una comisión. En este caso sería más barata, entre el 8 y el 10 por ciento, puesto que no ofrecemos el servicio de letra de cambio. Observa que aquí tampoco hay préstamo, por lo que es imposible que exista la usura. Puedes estar tranquilo, porque estos argumentos los respaldan la mayoría de los teólogos.

—¿Y las casas de empeño? —inquirió Mauricio.

—¡Ah, eso es algo completamente diferente!—exclamó Bruno—. No están inscritas en el «Arte del Cambio» y sus prácticas sí incurren en el pecado de usura. Como los prostíbulos, las casas de empeño son un mal necesario en nuestra sociedad, pero los prestamistas son peor vistos que las meretrices. Dejan dinero a cambio de un interés y se quedan en prenda joyas, ropas, muebles y hasta los útiles de trabajo. No pueden pertenecer a ningún gremio y la mayoría de las licencias se conceden a judíos, pues, ¿qué cristiano querría trabajar en contacto permanente con el pecado mortal? No encontrarás a un sólo florentino de bien que no desprecie a los prestamistas. Por el contrario, los banqueros que practican el arte del cambio son respetados por toda la sociedad. Incluso el Papa y la curia trabajan con ellos, y no es infrecuente que a los familiares de los banqueros más prominentes se les nombre cardenales u obispos.

Mauricio se vio sacudido por ciertos pensamientos que acudían en tropel a su cabeza. Él estaba trabajando en una institución honorable, gracias a que antepasados judíos suyos habían obtenido un valiosísimo anillo, probablemente a través del préstamo con usura. ¿No era eso semejante a estar encaramado sobre la rama de un árbol cuyas raíces estuvieran podridas por el pecado? Y en ese caso, ¿qué castigo le esperaba? Irónicamente, si Lorenzo caía y deseaba abrir un pequeño negocio, debería recurrir a las denostadas casas de empeño, pues había observado que los bancos sólo concedían préstamos a las personas solventes.

—Los grandes bancos, como el de los Medici, dejan grandes sumas de dinero a emperadores y al mismísimo Papa. ¿No hay ahí usura? —preguntó Mauricio, buscando la trampa que tan bien solían ocultar los florentinos bajo el manto de las bellas palabras.

—En absoluto. Cuando la banca Medici presta miles de florines a los poderosos, lo hace siempre sin interés alguno. Es más, habitualmente ni siquiera solicita la devolución de lo prestado. Ya el gran Cosimo de Medici prohibía reclamar esas cantidades, argumentando que en tal caso se corría el riesgo de perder tanto el dinero como la protección del amigo. Y no le faltaba razón. Porque quizá ni el Papa ni el duque de Milán reintegren el dinero recibido, pero sus favores superan muchas veces el importe de lo prestado. ¿O no se beneficiaron los Medici cuando el Papa les concedió la gestión exclusiva del monopolio del alumbre? ¿O no han estado a disposición de los Medici las tropas de Milán cada vez que ha existido riesgo de revuelta interna en Florencia? Amigo, a veces pienso que los préstamos sin interés esconden un interés mayor que el de la usura. Sin embargo, el intercambio de favores entre poderosos no está prohibido. Ahora bien, si hablamos de pecado yo estaría menos tranquilo en caso de ser uno de los grandes clientes que depositan importantes sumas a plazo fijo en los bancos, aunque doctores tiene la Iglesia...

—¿A qué te refieres? —inquirió Mauricio, al que la sofisticación de las altas finanzas empezaba a recordarle la frase de Jesucristo en la que advertía de que es más fácil que un camello pase por el ojo de una aguja que un rico entre en el Reino de los Cielos.

—En Roma, donde el dinero corre a raudales, muchos cardenales depositan su capital a plazo fijo, habitualmente un año, en una entidad bancaria. Legalmente es un préstamo sin interés. La realidad es que antes de finalizar el año, el banco les suele obsequiar con regalos que casi nunca bajan del diez por ciento de la cantidad de dinero depositada. Naturalmente es un regalo discrecional, pero si los clientes no están contentos, al finalizar el plazo pactado retiran su dinero y lo ingresan en otro banco. Es decir, que gente muy rica, entre la que se cuentan prohombres de la Iglesia, prestan dinero a los bancos y reciben una remuneración (llámale interés) con su mano izquierda, sin que la derecha se aperciba de lo que ocurre. Ahora bien, si los propios cardenales coinciden en que eso no es un pecado, porque únicamente reciben regalos discrecionales, ¿quién soy yo para opinar lo contrario?

Mauricio constató que la banca, la teología y los intereses de los poderosos configuraban un sistema financiero un tanto arbitrario. Tal vez no hubiera pecadores, sino personas mal asesoradas.

—Ya veo —musitó Mauricio, no del todo convencido—. Nosotros únicamente cambiamos monedas, ya sean de otras ciudades o de la propia Florencia, ¿no es así?

—Exacto. Por cambiar florines de oro a *piccioli* de plata o viceversa también cobramos una comisión, sin que exista rastro de usura por dicho servicio.

Mauricio ya se había acostumbrado al doble sistema monetario establecido en Florencia: los florines de oro empleados por las clases altas; y los *piccioli* de plata, utilizados por el *popolo minutto*. Para las operaciones de cierta entidad se empleaba el florín oro, mientras que la mayoría de los sueldos y las compraventas al por menor se pagaban en *piccioli* de plata.

—Quizá no hay usura —replicó Mauricio—, pero como el tipo de cambio es fluctuante y lo decide la Signoria, cuyos cargos copan las clases altas, he comprobado en los registros oficiales que periódicamente se devalúa el *piccioli* de plata en beneficio del florín oro. Así, con esta trampa legal, los pobres son cada vez más pobres, y los ricos, más ricos.

—Ya lo dijo Jesucristo: «Siempre habrá pobres entre vosotros». Es cierto que el sistema no es justo, pero nunca en la historia han existido tantas posibilidades de ascender en la escala social como en el presente. No tienes más que observar: artistas independientes que cobran sus trabajos a precios exorbitantes, familias que iniciaron pequeños negocios uniendo capitales o pidiendo prestado a las casas de usura y que ahora nadan en la abundancia, pequeñas sociedades que fundaron bancos con cantidades modestas y que hoy son imperios comerciales... Hay que arriesgar para ascender, porque los sueldos sólo permiten malvivir.

El problema, se dijo Mauricio, era disponer de un pequeño capital inicial, encontrar una buena oportunidad y que la suerte fuera propicia. Su ánimo se contagió del optimismo de Bruno. Debía ser positivo, aprender y estar atento para poder aprovechar las oportunidades. Si otros lo habían conseguido, ¿por qué no él? Lorena y su futuro hijo lo necesitaban. No podía defraudarlos.

38

Villa Ginori, 9 de marzo de 1479

*L*orena sonrió cuando creyó oír el sonido de las botas de Mauricio, que resonaban sobre el suelo del salón. ¡Por fin volvía su amor, sano y salvo, a pasar unos días con ella!

—¡Buenas tardes, hermanita! Será mejor que te levantes, si no quieres despertar de la siesta cuando ya sea hora de acostarse.

Lorena entreabrió los ojos con esfuerzo. Tras la comida se había sentado en una mullida poltrona del salón para descansar un poco, y se había quedado profundamente dormida. A sus casi siete meses de embarazo tenía tanto apetito como dos personas, pero también necesitaba el doble de descanso. Dormir le hacía bien y la alejaba temporalmente de las preocupaciones que le asaltaban día tras día. Infelizmente, los sueños no siempre se correspondían con la realidad: frente a ella no se encontraba Mauricio, sino su hermano Alessandro. ¡Cuánto echaba de menos a su esposo! Sólo él la hacía sonreír tan plenamente como para que todas sus inquietudes se evaporasen como agua bañada por el sol; sólo él le contaba fantásticas historias que hacían desaparecer con su magia el resto del mundo, mientras escuchaba fascinada las aventuras que con tanta pasión relataba; sólo él la abrazaba de tal modo que los problemas dejaban de serlo en cuanto fundían sus cuerpos; sólo durmiendo a su lado descansaba tranquila. Y sin embargo, de momento, debía conformarse con disfrutar de Mauricio únicamente un día a la semana.

—¿Qué noticias traes de Florencia? —le preguntó Lorena, desperezándose con la ilusión de recibir nuevas alentadoras.

—Esta mañana he visto cómo colgaban a un hombre. El muy rufián había robado en el Mercado Nuevo, a plena luz del día, una bolsa de florines que un cambista tenía sobre su mesa. Nada pues de lo que tengas que preocuparte. Tu amorcito, cuando cambia dinero, al menos lo hace cómodamente dentro del palacio Calvantini y no en plena calle, como otros.

—¿Has hablado con Mauricio esta semana? —preguntó Lorena, ignorando el tono despectivo con que su hermano se había referido a su marido.

Quizá cambiar dinero, aunque fuera dentro de un palacio, no era la más prestigiosa de las ocupaciones, pero Mauricio no era un mero cajero. Si todo iba bien, estaba segura de ello, Lorenzo le recompensaría generosamente por su fidelidad. El Magnífico también había enviado fuera de Florencia a su mujer y a sus hijos procurando alejarlos de la peste. Que Mauricio permaneciera en la ciudad apoyándole lealmente en cuanto pudiera necesitar era un gesto que Lorenzo sabría agradecer. Ojalá que, con el cambio de estación y el nacimiento de su hijo, Dios permitiera que los amargos sinsabores del presente se trocaran en dulces frutos.

—No he coincidido con Mauricio —respondió Alessandro—. Supongo que subirá el domingo aquí, como cada semana. ¡Ay, hermanita! Espero que tu marido sea un hombre fiel, y no como otros, que cuando se encuentran alejados de su esposa no tienen reparo en catar manjares de mesas ajenas.

Las mejillas de Lorena se inflamaron de indignación y vergüenza ante el malicioso comentario de su hermano, quien todavía no le había perdonado su matrimonio con Mauricio. Aunque le doliera, bien sabía que el adulterio era una práctica habitual entre los comerciantes que, por mor de los viajes, pasaban demasiado tiempo sin ver a sus mujeres. Muchas veces había escuchado predicar sermones en misa contra las tentaciones que acechaban a los mercaderes cuyas ausencias del hogar se prolongaban en exceso. Sin embargo, la sociedad no condenaba tales prácticas. Lejos de ello, las consideraba algo natural. El mismísimo Cosimo de Medici, *pater patriae* de Florencia, había tenido un hijo con una bella esclava; de hecho, lo habían educado bajo el mismo techo que al resto de sus hijos, nacidos de su legítima esposa. Lorena confiaba en Mauricio, pero prefería que no estuviera expuesto a tentaciones innecesarias. Tan pronto como diera a luz se iría a Florencia a vivir con su marido.

—¿Qué ocurre? —le pinchó su hermano—. ¿Se te ha comido la lengua el gato?

Le dolía mucho que su hermano, antaño tan solícito con ella, le hubiera declarado la guerra por amar a Mauricio, pero intentaba que no se le notara por no darle el placer de verla rabiar.

—Simplemente es que no estoy de humor para contestar a tus bromitas sobre Mauricio. Ya tenemos suficientes preocupaciones reales, como la peste, para discutir sobre las maldades imaginarias que desfilan por tu mente. Por cierto, ¿ha seguido remitiendo la enfermedad en Florencia?

—Desgraciadamente, no —respondió en tono contrito Alessandro—. Durante esta semana han muerto más de treinta personas. La Signoria incluso se está planteando aislar los barrios pobres, donde se han detectado el mayor número de apestados, para evitar que se propague la enfermedad, aunque nadie sabe si una medida tan extrema surtiría algún efecto.

Los aguijones de la realidad eran más punzantes que las puyas de Alessandro. Lorena recogió lentamente del suelo el manto con el que solía cubrir su cuerpo en los días de invierno. Se le había caído mientras dormía, pero no se había enfriado. Su blusa de lino y la *gamurra* de lana le habían bastado para proporcionarle el calor que necesitaba durante la siesta. El frío comenzaba a remitir. Por tanto, los ejércitos ya estarían en condiciones de reemprender las hostilidades tras la tregua invernal. Lorena rogó a la Virgen María que protegiera a toda su familia, incluido el idiota de su hermano.

39

Florencia, 18 de abril de 1479

*L*uca no pudo evitar dar un respingo al pasar frente al palacio de la Signoria. Sobre la pared donde habían sido ajusticiados los partícipes de la conspiración Pazzi se podían contemplar los cuerpos pintados de sus principales cabecillas. Sandro Botticelli los había retratado a tamaño natural en su agonía final, con un realismo estremecedor. Los testículos encogidos del cuerpo desnudo de Francesco Pazzi contrastaban con las fastuosas dignidades que revestían al arzobispo Salviati como un indeleble recordatorio público sobre los riesgos de rebelarse contra los Medici.

Una vez superado el miedo que le embargaba cada vez que veía aquellas pinturas, Luca recobró nuevamente la calma. Si le descubría la Policía secreta de los Ocho o los espías de Lorenzo, sufriría una muerte atroz. Por suerte era poco probable que sucediera tal cosa. De momento su única misión era mantener bien abiertos los ojos y oídos para informar sobre cuanto se fraguaba en Florencia.

Y tal como se estaban desarrollando los acontecimientos, ni siquiera sería necesario ningún nuevo complot para asesinar a Lorenzo. La soga que ahogaría al Magnífico se estaba tejiendo con el mismo material que día tras día configuraba un sombrío cuadro para los Medici.

Bernardo Rucellai le había confesado que Lorenzo recibía diariamente mensajes anónimos que le recriminaban la situación de Florencia. El precio del pan estaba por las nubes y había escasez de todo tipo de productos. Se mascaba en el ambiente una revuelta del *popolo minutto*. Muchos ciudadanos se habían quedado sin trabajo por culpa de la crisis económica y estaban pasando graves penurias. Pese a ello el Gobierno exigía impuestos cada vez más elevados para poder pagar a los soldados.

Si la guerra continuaba alargándose, los días de Lorenzo de Medici estaban contados. Y por lo que Luca sabía, mientras continuaran confiando en el duque de Ferrara como capitán general del Ejército florentino, la guerra podía prolongarse por tiempo indefinido. El conde Carlo de Montone, enviado por los venecianos en ayuda de Florencia, había derrotado a las tropas papales pocos días atrás. De habérsele unido el duque de Ferrara y cargar rápidamente contra las fuerzas napolitanas, el ejército enemigo hubiera quedado diezmado por completo. Lejos de ello, el duque de Ferrara se había enzarzado en una agria discusión con el conde Carlo y había perdido un tiempo tan precioso como necesario. Ahora los ejércitos enemigos se habían reagrupado en Colle y la oportunidad había pasado. De continuar todo así, pronto borrarían los dibujos de Botticelli de las paredes del palacio.

$\mathcal{M}$auricio desmontó de su agotado caballo y se precipitó hacia el interior de la villa. Un criado de los Ginori había cabalgado hasta Florencia para avisarle de que Lorena estaba sufriendo contracciones.

Sudoroso y hecho un manojo de nervios, Mauricio subió las escaleras resoplando en busca de su amada. En el pasillo del piso superior se encontró a Francesco, el padre de Lorena, junto con sus dos hermanos, Alessandro y Maria. La puerta del cuarto de Lorena estaba cerrada.

—Tranquilízate —le dijo Francesco—. Lorena está bien, acompañada por un médico, dos comadronas y su madre. Será mejor que nosotros esperemos fuera hasta que vuestro retoño haya nacido.

Los hermanos de Lorena no parecían compartir la tranquilidad predicada por su padre. Alessandro recorría el pasillo a grandes zancadas retorciendo nerviosamente los dedos de sus manos. Maria permanecía muy callada, con los ojos rojos y humedecidos.

Un grito desgarrador atravesó la gruesa puerta de madera. Lorena estaba chillando salvajemente. Maria rompió a llorar profusamente, incapaz de contenerse. Mauricio se abalanzó sobre la puerta, pero Francesco le cerró el paso.

—Ya hay cuatro personas ayudando a Lorena. Es mejor permanecer fuera y no distraer a quienes la están asistiendo.

Mauricio se contuvo, aunque era presa de gran ansiedad.

Precisamente hoy se había levantado aterrorizado en mitad de la noche a causa de una pesadilla que no lograba recordar. Su corazón era como un corcel desbocado sin jinete que pudiera frenarlo.

—¿Cuándo han empezado las contracciones? —preguntó Mauricio.

—Hará unas tres horas —contestó Francesco.

—Pero hace sólo un rato que chilla como una poseída —añadió Alessandro—. Probablemente el niño está a punto de nacer.

Por primera vez, Mauricio no detectó desdén ni afectado distanciamiento ni en su suegro ni en su cuñado. Posiblemente recibir a un nuevo miembro de la familia Ginori, junto con el sufrimiento de Lorena, suscitaba en ellos emociones tan profundas que cualquier otra consideración carecía de importancia en ese momento. Los gritos de Lorena se convirtieron en un aullido aterrador.

Mauricio, incapaz de esperar fuera, corrió a abrir la puerta. Francesco ya no intentó impedírselo, sino que, por el contrario, le siguió. Alessandro se quedó fuera sujetando a Maria, que lloraba como si fuera ella la que estuviera sufriendo las contracturas del parto.

Cuando entró en la sala, se quedó paralizado por el impacto de la escena. Su primer pensamiento fue que estaban matando a su mujer. Tumbada en la cama con las piernas abiertas, dos mujeres fornidas le sujetaban los brazos y los pies. El médico, empuñando unas gruesas tenazas de metal, ejercía presión entre los muslos de Lorena sobre un feto informe cubierto de un líquido blanquecino y grasiento. La cama se hallaba tan empapada de sangre que más semejaba el féretro rojo de la muerte que un mullido lugar de reposo. Lorena parecía estar exhalando su último aliento. Con los ojos cerrados, la cabeza de su esposa estaba reclinada sobre la almohada e incluso había dejado de llorar, posiblemente por falta de fuerzas. Un débil gemido continuado indicaba que todavía estaba viva.

El médico reclamó ayuda de una comadrona para empujar hacia fuera a la criatura. Con manos y tenazas ambos estiraban con nervio de las piernas del bebé sin que su cabeza acabara de aparecer. Lorena ya no chillaba ni se movía, aunque su rostro denotaba un gran sufrimiento. Cuando finalmente salió la cabecita del bebé, un cordón de carne ensangrentado estaba anudado alrededor de su cuello. El médico y la partera se aprestaron a desenredar el cordón. A Mauricio se le antojó que la operación duraba una eternidad.

En cuanto terminaron, el médico cogió bruscamente al niño boca abajo y le dio unos cachetes en el trasero. El recién nacido no rompió a llorar ni expresó inquietud alguna.

—Está muerto —dictaminó el médico tras examinarlo cuidadosamente—. Ha nacido ahogado por el cordón umbilical de la madre.

Mauricio arrebató al niño de las manos del galeno y le cubrió de besos mientras lloraba. El bebé continuó tan inmóvil e inexpresivo como antes. Mauricio devolvió la criatura al médico y acudió a la cabecera de la cama para consolar a su esposa. Lorena entreabrió los ojos.

—¿Ha sido niño o niña? —preguntó, apenas con un hilo de voz.

—Niño, pero no ha sido la voluntad de Dios que tuviera una larga vida —respondió Mauricio sin poder contener las lágrimas.

—Comprendo —murmuró Lorena, que volvió a cerrar los ojos y perdió la conciencia.

Mauricio la abrazó y apoyó la cabeza sobre la suya.

—Será mejor que la deje descansar, si quiere que su esposa continúe entre nosotros —le recomendó el médico.

Ya fuera de la habitación, Francesco le trajo una botella de garnacha, uno de los vinos que tenía en más aprecio.

—La vida no siempre nos trae lo que queremos —le dijo Alessandro—. Esto te ayudará.

Mauricio se sentó cabizbajo, en silencio, y se sirvió una copa de garnacha. En cuanto apuró la copa, se sirvió otra y después otra más. El dolor era tan grande, tan difícil de asumir… Lo único que deseaba era dejar de sufrir, que su cabeza dejara de funcionar… Cuando acabó la botella, entre los vapores del alcohol, Mauricio recordó el sueño que había tenido: una bella y joven mujer moría agonizando en su cama dando a luz. Su mente se oscureció y las tinieblas del olvido le concedieron su gracia misericordiosa.

41

*L*orena se encontraba muy débil y abatida. Habían transcurrido ya más de dos semanas desde el parto, pero todavía se sentía tan decepcionada como el primer día. Los dolores de su cuerpo maltrecho tampoco habían desaparecido totalmente, y sin motivo aparente el llanto cubría su rostro de lágrimas en momentos insospechados. Afortunadamente, desde hacía un par de días se había trasladado a vivir a Florencia con su marido. Después del dramático alumbramiento del bebé muerto, los recuerdos no le permitían seguir viviendo en la villa Ginori. Además, la peste se había propagado también por el campo, de tal suerte que ya no quedaban salvoconductos con los que burlar a la guadaña exterminadora. Si alguien más debía morir por sus pecados, debía asumirlo; Lorena únicamente rogaba a Dios ser ella la víctima propiciatoria y no un inocente recién nacido.

—Lorenzo de Medici se ha portado muy bien al alquilarnos este *palazzo* por una renta tan baja —dijo Lorena, buscando en la conversación alivio para su dolor.

—Desde luego —asintió Mauricio, mientras se llevaba a la boca un buen bocado de codorniz a la trufa—. Nada menos que la antigua mansión de Tommaso Pazzi. Para nosotros ha sido una suerte que el tribunal saldara la deuda reclamada a Tommaso por una de las sociedades del Magnífico y le entregara este magnífico *palazzo*. Gracias a eso podemos disfrutar del privilegio de vivir aquí y, si le place a Dios, quizás en el futuro tengamos el suficiente dinero como para comprarlo.

Lorena pensó que no dejaba de ser paradójico que estuvieran viviendo bajo el techo de uno de los familiares de Galeotto Pazzi, del que hubiera sido esposa de no ser por la conjura fallida. Al no ser miembros principales de la familia Pazzi, tanto Galeotto como Tommaso habían sido condenados a la menos cruel de las penas: el exilio. Tanto mejor. Ya había corrido demasiada sangre.

—Lástima que tras la conspiración Pazzi, la multitud, enfurecida, saqueara esta mansión —se lamentó Lorena.

—No fue la única —intervino Mauricio sirviéndose una copa de vino *chianti*—. Todas las mansiones familiares del enclave Pazzi, entre Borgo di San Pier Maggiore y Via dei Balestri, fueron asaltadas, hasta que las fuerzas del orden lograron aplacar la ira del pueblo. Pese a ello, gracias a la generosidad de tu familia, no echaremos en falta los objetos robados. En tu ajuar han incluido todos los que necesitamos.

Lorena dudó de si Mauricio estaba utilizando o no la ironía. Como dote matrimonial su padre únicamente había aportado los muebles y útiles imprescindibles de la casa. Cualquier familia de prestigio hubiera considerado una propuesta tan pobre como un insulto premeditado al honor del pretendiente. Sin embargo, él se había mostrado tan entusiasmado con el consentimiento matrimonial que todo lo que viniera por añadidura le había parecido un inesperado regalo dispensado desde el Cielo. Así que probablemente Mauricio estuviera contento con los muebles recibidos, aunque la dote ni siquiera incluyera la restauración de los frescos pintados en las paredes, sumamente dañados durante el saqueo. Tiempo habría de rehabilitar el *palazzo* cuando los ejércitos del Papa y del rey de Nápoles fueran derrotados.

—¿Cuáles son las últimas noticias del campo de batalla? —preguntó, esperanzada, Lorena.

—Malas —respondió Mauricio—. El duque de Ferrara se ha enemistado de tal manera con el marqués de Mantua que ha sido necesario dividir las tropas florentinas en dos partes casi iguales. Y como los ejércitos papales y napolitanos se han reunificado en uno, resulta que, siendo nuestras fuerzas muy superiores en número, divididas por la mitad son inferiores al enemigo.

—¿Y es tan grave esa absurda fragmentación del ejército como para poner en riesgo nuestra victoria?

Mauricio calló mientras una criada retiraba los platos y otra servía los postres acompañados de una nueva jarra de vino. A Lorena le hubiera gustado que la fiel Cateruccia hubiera vivido con ellos, pero sus padres preferían que se quedara cuidando de su hermana pequeña.

—Divide y vencerás —dijo Mauricio, parafraseando a Julio César—. Las tropas enemigas se han situado entre el territorio de Siena y el de Valdichiana, justo a mitad de camino de donde están emplazados los dos ejércitos florentinos. Así, con esta táctica tan simple, nuestras fuerzas permanecen inmovilizadas, porque si salieran de sus plazas fuertes las tropas papales y napolitanas combinadas les podrían sorprender en campo abierto. Y siendo cada uno de los ejércitos florentinos inferiores por separado, podrían resultar masacrados si abandonaran sus posiciones defensivas.

Por pésimas que fueran las noticias, Lorena prefería hablar de la guerra o de la peste que de la terrible pérdida de su pequeño. De alguna manera era un recordatorio para ambos de que su matrimonio, fraguado en el pecado, después de todo, no había sido bendecido por Dios. Tal vez por eso ninguno de los dos había hablado del parto desde su llegada a Florencia. Tampoco habían vuelto a hacer el amor.

—Parece mentira que nuestro propio ejército se mantenga dividido en lugar de unirse para vencer al enemigo —observó Lorena.

Lamentablemente ahora les resultaba más fácil hablar de temas políticos que de aquellas pequeñas cosas con las que tanto reían antaño. Mauricio ya no cantaba, ni relataba historias, ni bromeaba animadamente, y todos aquellos gestos cómplices con que se deleitaban en el pasado resultaban recordatorios de un gran dolor. Probablemente por ello, su marido no hubiera vuelto a componer poesía ni a tañer el laúd, recluido en un armario junto a su sonrisa.

—Es una verdadera infamia —se quejó Mauricio mientras bebía otra copa de vino, ignorando el arroz con leche que los criados habían traído de postre—. Sobre todo teniendo en cuenta que la situación de tablas nos garantiza la derrota. Las cosechas se echan a perder por culpa de los continuos pillajes; el comercio se resquebraja debido a lo aventurado que resulta transportar mercancías con destino o llegada a Florencia; los impuestos no hacen más que aumentar para poder pagar a los soldados… Son muchos ya los ciudadanos humildes que no saben si podrán comer la semana que viene. Y lo peor es que el Papa y el rey de Nápoles aseguran no tener nada contra Florencia, sino contra Lorenzo, de tal suerte que si fuera depuesto firmarían la paz inmediatamente.

Lorena sabía perfectamente lo que eso significaría en sus vidas.

—¿No es posible que el duque de Ferrara y el marqués de Mantua olviden sus rencillas por el bien de Florencia?

—No. Tras la derrota del ejército papal a manos de Carlo de Montone, enviado por los venecianos, nuestra superioridad era manifiesta. Sin embargo, tras tomar Peruggia y ocupar Cásoli sobrevino el desastre. Durante el saqueo, las discusiones por el botín entre los ejércitos liderados por el duque de Ferrara y el marqués de Mantua fueron tan violentas que poco faltó para que se aniquilaran entre sí. Por tanto, es menester que mantengan las distancias, para evitar un disparate mayor.

—¿Y qué piensa hacer Lorenzo?

—Está tratando desesperadamente de incrementar la dotación de nuestros dos ejércitos para que, incluso por separado, sean superiores al adversario. Dudo que lo consiga. No queda dinero suplementario con el que contratar más mercenarios, y los aliados milaneses y venecianos se resisten a enviarnos refuerzos adicionales.

Lorena se quedó meditabunda mirando a Mauricio, mientras éste saboreaba un nuevo vaso de vino. Las noticias no invitaban a la esperanza, aunque al menos hoy sentiría el calor de su marido confortándola mientras dormía.

—¿Por qué no vamos a descansar, amor mío?

—Déjame acabar la última copa.

Lorena había terminado ya su delicioso arroz con leche y no le apetecía beber. Él, en cambio, ni siquiera había probado el postre, aunque ya había dado buena cuenta del vino recién servido. No recordaba haber visto beber tanto a Mauricio jamás, pero desde que vivían juntos en Florencia las jarras de *chianti* se acababan más rápidamente que las de agua. Lorena no le dio más importancia. Por culpa suya había nacido un niño muerto. Mauricio cargaba demasiada tensión sobre sus espaldas. Tal vez el vino le hiciera bien. Lorena se reconfortó recordando que hoy dormiría abrazada a su amor.

42

$\mathcal{M}$auricio se levantó con la cabeza dolorida y embotada. Torpemente, se mojó la cara con el agua fría de la jofaina, se puso las calzas, una camisa blanca de algodón y se encaminó hacia la despensa sin acabar de vestirse. Tenía una fuerte sensación de malestar y se le hacía una montaña ir a trabajar. A decir verdad, ni siquiera le apetecía ver a nadie, por lo que además de coger pan y manteca de cerdo, llevó una jarra de vino a la mesa del salón principal para elevar su ánimo.

No quería pensar en nada, pero la vida pensaba por él. Aunque hacía tiempo que se había desprendido del anillo, su destino seguía ligado a la esmeralda y al secreto por el que su familia había sido maldita. Sirviéndose de su torpeza, el hilo que une todas las cosas le hizo trastabillar, y provocó que su mano derecha empujara un delicado jarrón de porcelana ricamente decorado con incrustaciones de jaspe y marfil. Aquella pieza única importada de las lejanas tierras de Catay se rompió en pedazos al estrellarse contra el suelo, revelando lo que se escondía en su interior: un antiguo pergamino enrollado por un lazo de raso granate. Mauricio, sumamente sorprendido, se aprestó a examinarlo. Lo que vio no le sobresaltó menos de lo que lo hubiera hecho un fantasma.

Sobre la vitela alguien había dibujado un anillo idéntico al que le había vendido a Lorenzo y trascrito enigmáticas citas del Génesis. Un pasaje iluminado en letras doradas captó su atención.

Se trataba del versículo 22 del capítulo 3, donde Yahvé, tras percatarse de que Adán y Eva han comido del fruto del árbol del Bien y del Mal, exclama alarmado:

¡Resulta que el hombre ha venido a ser como uno de nosotros, en cuanto a conocer el bien y el mal! Ahora pues, cuidado, no alargue su mano y tome también del árbol de la Vida y comiendo de él viva para siempre.

¿Quiénes y por qué habían ilustrado aquél extraño pergamino? ¿Acaso pretendían sus autores dar algún crédito al demonio cuando sedujo a Eva asegurándole que si comían del árbol prohibido serían «como dioses»? ¿Y qué pensar del capítulo seis del Génesis, reproducido en letras rojas, donde se narraba cómo los hijos de Dios se unieron con las hijas de los hombres, y concibieron después una raza de gigantes?

Mauricio no recordaba que ningún sacerdote le hubiera explicado nada sobre aquellos asuntos. Quizás Henoc —el patriarca antediluviano, que desapareció en el aire transportado por Dios— tuviera alguna respuesta, aunque sólo fuera porque era el único nombre propio iluminado en aquel Génesis. Desgraciadamente no era probable que Henoc bajara de los Cielos para aclararle sus dudas…

Y Mauricio necesitaba respuestas, porque aquellos pasajes debían tener una conexión con el anillo guardado durante generaciones por su familia. Las respuestas, si las había, debía hallarlas en Florencia, una ciudad prodigiosa que guardaba más secretos de los que mostraba su voluptuosa belleza. Tal como la neblina del Arno era capaz de ocultar bajo su manto las barcazas que navegaban el río, los puentes que lo atravesaban y hasta las fachadas remozadas de mármol de las iglesias principales, Mauricio estaba persuadido de que tras los nobles muros de algunos palacios se escondían poderosos secretos capaces de moldear el curso de la historia.

En Florencia, nada era lo que parecía a simple vista. El enorme palacio Medici ofrecía externamente un aspecto austero y robusto porque Cosme, el abuelo de Lorenzo, descartó el suntuoso proyecto arquitectónico de Brunelleschi para no provocar la envidia de sus compatriotas. Sin embargo, los elegidos que accedían al interior traspasando el portón, se encontraban inmersos en un lujo exquisito que embriagaba los sentidos y que difícilmente podían superar reyes, emperadores o califas.

Mauricio sospechaba que los secretos de las más ilustres familias florentinas apuntaban a los cielos. La iglesia de San Lorenzo, la más antigua de la ciudad, contenía su propia ventana al firmamento en la capilla privada de los Medici, diseñada por Brunelleschi. Enterrado bajo su suelo, el padre de Cosimo, el fundador de la dinastía, se aseguró de que el techo abovedado de la capilla contuviera una representación exacta de las constelaciones y los planetas que gravitaban sobre Florencia el día 4 de julio de 1442. Los Pazzi tenían su propio cielo estrellado en la capilla de una iglesia próxima a la de Santa Croce. Andrea Pazzi, no quiso ser menos que los Medici, y también encargó a Brunelleschi un mausoleo familiar, cuyos techos guardaban un notable parecido con los de la vieja capilla de San Lorenzo.

Las estrellas parecían lejanas, pero sus designios regían los destinos humanos; no se podía jugar con ellas a la ligera. Los Pazzi lo habían descubierto demasiado tarde, muy a su pesar. Mauricio contempló con miedo el pergamino que tenía en sus manos. Tal vez lo mejor fuera entregárselo a Lorenzo. Mauricio rogó no equivocarse, pues las apuestas en Florencia se pagaban muy caras. Una nueva copa de vino calentó su cuerpo en un vacuo intento de mitigar su angustia. De algún modo, aquel extraño hallazgo había contribuido a aumentar la irracional ansiedad en la que zozobraba desde el trágico parto de Lorena.

*L*orena estaba ya semidormida cuando Mauricio se metió en la cama. Tras haberse encontrado ligeramente indispuesta durante el día, había preferido no acompañarle a la cena organizada en casa de los Castellani. Los banquetes en la mansión Castellani eran famosos por la abundancia de platos y bebidas con que obsequiaban a sus invitados. Precisamente por ello había decidido excusar su presencia, ya que la barriga le dolía desde hacía días y sentía frecuentes retortijones en forma de alfilerazos. Aunque lo cierto era que ni aun encontrándose bien le hubiera apetecido acudir a ninguna fiesta.

Cuando Mauricio se le acercó, notó que, en contra de su costumbre, se había acostado desnudo. Su aliento olía exageradamente a vino. Hacía semanas que bebía más copas de las que podía contar, pero indudablemente en la fiesta de los Castellani había superado sus últimos registros. Al abrazarla por detrás Lorena percibió la gran erección con la que Mauricio había entrado en el lecho conyugal.

Lorena no deseaba hacer el amor. De hecho, desde el trágico parto había perdido por completo el apetito sexual. Aparentemente a su marido le había ocurrido otro tanto. Hasta hoy. El cuerpo de Lorena, siguiendo los mandatos de las manos de Mauricio, se dio media vuelta para encontrarse con el abrazo de su esposo, que comenzó a acariciarla mientras le quitaba el camisón.

Lorena no se resistió. Aunque no tenía ganas, esa tarea estaba incluida dentro de sus deberes como esposa. Además, era la única manera de concebir otro hijo. «Ojalá no le oliera tanto el aliento», pensó en el mismo instante en que la boca de Mauricio besaba sus labios. ¿Qué había cambiado en tan poco tiempo?, se preguntó Lorena. En el pasado siempre había deseado a su marido. Hoy, no. Su cuerpo permanecía rígido y frío, con el único deseo de que todo acabara cuanto antes.

Al sentir el miembro de Mauricio penetrar en su carne, Lorena sintió un dolor desconocido anteriormente. Su feminidad estaba tan seca como su alma. El peso de su marido la asfixiaba. Mauricio sudaba copiosamente y su respiración era entrecortada. Lorena permaneció inmóvil, como si observara lo que le estaba ocurriendo a otra persona. Cuando su esposo acabó de saciarse, ella se dio media vuelta y fingió dormir. Unas lágrimas humedecieron sus mejillas. Algo estaba yendo muy mal, pensó, pero no sabía qué.

—*E*l Génesis iluminado que encontraste en la antigua casa de Tommaso Pazzi es muy revelador —comentó Lorenzo de Medici, mientras se lo daba a Elías Leví para que éste lo examinara.

Mauricio paseó sus ojos por el jardín de Lorenzo con la mirada ligeramente perdida. Se despreciaba a sí mismo. La forma en la que había poseído a Lorena la noche anterior le había dejado un sabor amargo que le corroía las entrañas y le envenenaba el cuerpo y el alma. ¿Cómo podían haber cambiado tanto las emociones y los sentimientos en tan breve espacio de tiempo? ¿Cómo había sido capaz de actuar como una bestia embrutecida con la persona que más amaba en este mundo? Mauricio apuró la copa de vino que Lorenzo le había ofrecido sin encontrar en ella consuelo a su dolor. Sumido en la tristeza, poco le importaban los pasajes del Génesis, pero debía esforzarse en mantener la atención delante del Magnífico, y hablar de cualquier asunto era preferible que seguir torturándose por su incompresible comportamiento.

—Pues yo no sé cómo interpretarlo —reconoció—. ¿Por qué cuando Yahvé averigua que Adán y Eva han comido del árbol del Bien y del Mal exclama que «ahora el hombre ha venido a ser como uno de nosotros»? ¿No hay un solo Dios? —preguntó, dirigiéndose a Lorenzo.

—Hace tiempo que me planteé este asunto al percatarme de que la Biblia se refiere en varios lugares a los *elhoim*, es decir, a los dioses. Verás —explicó Lorenzo—, de acuerdo con nuestra fe, existen ángeles, arcángeles, querubines, tronos, potestades, virtudes y dominaciones. Estas entidades no terrenales tienen encomendadas multitud de funciones de acuerdo con su jerarquía, entre las que se encuentran gobernar el espacio y las estrellas ejecutando las órdenes del Creador. Así lo reconoce nuestra Iglesia y la tradición. De ahí se infiere que Dios no actúa directamente en nuestro universo, aunque podría hacerlo, sino por mediación de otras entidades que tienen encomendada esa misión. Podemos así suponer que cuando el Señor creó el universo, las estrellas y la Tierra, se sirvió de seres tan esplendorosos a nuestros ojos que los escribas del Antiguo Testamento se refirieron a ellos como los *elhoim*, es decir, los dioses. Potestades, tronos, dominaciones o *elhoims*... ¡Qué más da el nombre utilizado!

Mauricio quedó admirado del razonamiento del Magnífico. Nunca se lo había planteado de aquel modo: la exposición era coherente y se armonizaba bien con la doctrina cristiana, pero seguían existiendo piezas que no encajaban. ¿Eran dioses menores los que expulsaron a Adán y Eva del Paraíso? Sólo así podía entenderse que tras exclamar sobresaltados que los humanos se habían hecho como «uno de nosotros» por comer del árbol prohibido, se aprestaran a desterrarlos del Paraíso para que no pudieran acceder al árbol de la Vida. ¿Es que acaso temían que si el hombre aunaba conocimientos y tiempo pudiera superarlos? Aquellos «dioses» no eran lo que parecían.

—Los hijos de los dioses fornicaron con los descendientes de Adán. Por tanto, no podían ser entidades meramente espirituales, como los *elhoim*, sino que debían de tener también un cuerpo físico —quiso saber Mauricio.

—Para eso yo acudiría al Libro de Henoc, que es el único nombre que aparece iluminado en la vitela que hallaste en casa de Tommaso Pazzi. Perdonad mi intromisión —se disculpó Elías Leví, el rabino amigo de Lorenzo—, pero, a pesar de ser judío, mi opinión también os puede ayudar, pues conozco bien el Génesis, uno de los cinco libros que componen la Tora.

—Sé quién es Henoc: el único patriarca anterior a Noé, que en lugar de morir desapareció de la Tierra transportado por

Dios; sin embargo, nunca había oído hablar de un libro suyo —confesó Mauricio.

—Porque el libro desapareció tras el Concilio de Laodicea en el siglo III —explicó Elías—. No obstante, los enviados de Cosme hallaron una copia en el norte de África, y éste lo incorporó a su biblioteca privada. Gracias a Lorenzo he tenido el privilegio de poder leerlo. En dicho libro, Henoc se refiere a los hijos de Dios como «los vigilantes», porque su función era precisamente ésa: vigilar el correcto desarrollo de la humanidad. Grande debía de ser su poder y sabiduría para que fueran llamados «hijos de los dioses». Sin embargo, traicionando su sagrada misión, hicieron exactamente lo contrario de lo que se esperaba de ellos. Abandonaron su papel de observadores y protectores, e interfirieron en la evolución natural del planeta al aparearse con las hembras humanas. Los hijos mestizos de dicha unión fueron los *nefilim*, que quiere decir «gigantes», pues su altura era mucho mayor que la media de los humanos.

—¿Qué ocurrió con ellos? —preguntó Mauricio, aguijoneado por la curiosidad.

—Según el Libro de Henoc, los gigantes llenaron la Tierra de sangre. Los arcángeles Miguel, Sariel y Gabriel observaban el mundo desde el santuario de los Cielos y no les gustaba lo que veían. Sin embargo, no se les había conferido autoridad para intervenir sin órdenes superiores. Finalmente, el Señor dio instrucciones a sus servidores. A Gabriel le encomendó la misión de ahogar a los gigantes bajo un diluvio torrencial; Sariel avisó a Noé de lo que se avecinaba, y le advirtió de que, a través de su descendencia, se debía restablecer el sentido de la humanidad; y Miguel se encargó de «encadenar» a los vigilantes en las profundidades de la Tierra hasta el día del Juicio Final.

Mauricio observó la luz solar que bañaba el patio interior desde lo alto. ¡Cómo habían cambiado las cosas en un año! El patio y el sol eran los mismos que el verano pasado, pero todo le parecía distinto. Pensó que lo que cambiaba no eran las cosas, sino la mirada. Los acontecimientos se sucedían con tanta rapidez que no era capaz de asimilarlos. En su cerebro resplandeció como un fogonazo el brillo de la esmeralda engarzada al anillo.

—¿Y cómo se relaciona todo esto con el anillo? —inquirió Mauricio. Al fin y al cabo, pensó, era bajo el dibujo de la esmeralda donde se hallaban reproducidas las misteriosas citas del Génesis que estaban comentando.

—A través de Lucifer —anunció Lorenzo—. En estos pasajes del Génesis se habla de la gran rebelión. Y tras estas rebeliones de hombres e hijos de los dioses estaba Luzbel, el «resplandeciente». Su belleza, poder y majestad no debían de tener parangón, puesto que logró convencer a la tercera parte de las jerarquías celestiales para que se opusieran a los planes de Dios. Acaso fuera el más brillante de los *elhoim*… Pues bien —añadió el Magnífico tras una pausa—, la esmeralda del anillo perteneció a Luzbel.

—¿Qué? —exclamó Mauricio abriendo desmesuradamente los ojos.

—De acuerdo con la tradición, cuando Luzbel se precipitó a la Tierra, de su frente se desprendió una esmeralda. Y no hay más que contemplar la esmeralda que trajiste para ver que su tamaño y brillo supera todo lo conocido.

—Tal vez el brillo de la gema oculte un oráculo siniestro, Lorenzo. Las vidas de mi padre y de sus mayores estuvieron marcadas por la desgracia, como si una maldición fatal los hubiera perseguido. Quizá debería habértelo contado antes, pero no había relacionado hasta ahora la esmeralda con mi desafortunado pasado familiar.

—No sería quien soy si creyera en maldiciones, Mauricio, aunque sí me interesaría que hablaras del secreto que encierra el anillo. ¿Qué te contó tu padre al respecto?

—Mi padre no me reveló nada. En la base del anillo está inscrita la leyenda: «Luz, luz, más luz» —recordó Mauricio—. Podría ser una clave encriptada, pero ignoro su significado.

—Posiblemente sea vital averiguarlo. Debes saber que el mundo está inmerso en una guerra invisible. Como diría Platón, somos prisioneros que vemos las sombras pasar. Sombras en forma de conspiraciones, guerras, y maldades decretadas por reyes y jefes de Estado. Como los cautivos de la caverna, no vemos a quien mueve los hilos de las marionetas. La mayoría de los duques, condotieros y demás hombres de aparente poder no son más que muñecos en manos de titiriteros ocultos tras las bambalinas. Por eso, san Pablo, en su carta a los Corintios, ya advirtió a los suyos: «Porque nuestra lucha no es contra la sangre y la carne, sino contra los principados, contra las potestades, contra los dominadores de este mundo de tinieblas, contra los seres de maldad que están en las alturas». Nosotros, los humanos, nos encontramos en mitad de la guerra. Está profetizado que, el día del Juicio Final, Lucifer y sus servidores serán arrojados a la Gehena. Entre tanto las huestes de Luzbel son libres de tentar y manipular a los hombres desde dimensiones invisibles a nuestros ojos.

—¿Por qué habrá permitido Dios algo así? —se preguntó Mauricio en voz alta.

—Tal vez por algo llamado libertad —respondió Elías—. El Libro de Henoc expone que Dios no ordenó inmediatamente a sus lugartenientes que acabaran con los vigilantes, sino que les concedió tiempo para que rectificaran su conducta. Así puede estar ocurriendo con los rebeldes encabezados por Luzbel. Dios les estaría concediendo un margen de tiempo durante el que pudieran reconsiderar su postura.

—Tal vez —añadió Lorenzo—, nosotros, los hombres, estemos capacitados para intervenir decisivamente en este drama cósmico, por insignificante que parezca nuestra condición. Y tal vez este anillo no haya venido a parar a Florencia por casualidad. Mi intuición me dice que la gema, junto con las palabras del anillo, encierra un secreto importantísimo. Del mismo modo, Mauricio, no creo que tus antepasados llegaran a poseer esta joya tan extraordinaria por pura coincidencia. Relátanos cuanto sepas sobre tus orígenes. En el pasado de algún lejano familiar tuyo debe residir una clave oculta que deberíamos tomar en consideración.

Mauricio sintió vértigo y deseó que algún extraño sortilegio le permitiera desaparecer como el agua evaporada al contacto con el fuego. La circunstancias en las que había muerto su padre y la filiación hebrea de sus ancestros era algo que siempre había callado por vergüenza. Sin embargo, la intensidad de la mirada del Magnífico no admitía discusión. Mauricio bebió otro vaso de vino y comenzó a relatar su vida, o al menos la parte que conocía.

—La historia es apasionante —concluyó Lorenzo—, mas ¿cómo llegó la esmeralda a manos de tu progenitor?

—No tuvo tiempo de contármelo, ni yo atiné a preguntarle. Siempre he supuesto que mis ancestros judíos debieron de quedarse aquel anillo en prenda de un préstamo que no les fue devuelto.

—Es posible, pero poco probable —observó el Magnífico—, ya que ni tan siquiera sabes a ciencia cierta si algún antepasado tuyo fue prestamista. Y quien poseyera una esmeralda tan extraordinaria no podía ser una persona corriente. Dudo que su propietario la cediera a cambio de dinero, ni siquiera en el supuesto de que lo necesitara. Debemos, pues, examinar otras vías. Haz un esfuerzo y concéntrate en algún detalle de la conversación con tu padre que te resultara chocante, o en alguna pieza suelta que no sepas encajar dentro de tus raíces familiares.

Mauricio inspiró hondo. Cuanto más cavilaba sobre su historia familiar más se le aparecía envuelta por una misteriosa bruma que deformaba las verdades en las que había creído hasta hacerlas irreconocibles.

—Mi padre pronunció una frase que hubiera preferido no escuchar: «Creo que el rabí Abraham Abulafia me ha castigado por haber traicionado mis creencias», murmuró en prisión, ofuscado por la amarga copa que le había servido el destino.

—¿Abraham Abulafia? ¿Qué tiene que ver con tu padre? —preguntó Elías.

—Según me dijo, descendemos de su linaje —reveló Mauricio con cierta vergüenza.

—Abraham Abulafia —continuó Elías— ha sido, en mi opinión, uno de los mayores místicos de la historia. Sus métodos para alcanzar el éxtasis, muy diversos, huían siempre de la vana erudición, y se centraba en ejercicios de meditación y contemplación que permitieran abrir las puertas de la conciencia a lo divino. Fue precisamente en tu ciudad natal donde, según él mismo relata en sus escritos, se sintió inundado por el espíritu de Dios. Viajero infatigable, antes de llegar a Barcelona, donde se instaló en la segunda mitad del siglo XIII para estudiar la cábala, recorrió Galilea, vivió un tiempo en Sicilia, se casó con una griega y cultivó fructíferos contactos con las tradiciones orientales, incluida la sufí. Conozco bien sus enseñanzas porque también recorrió Italia, donde creó escuela y escribió algunas de sus mejores obras.

—He ahí la clave que nos faltaba —señaló el Magnífico con entusiasmo—. De algún modo, tu sabio antepasado debió haberse hecho con la esmeralda. Wolfram von Esenbach habla de ella en su poema Parsifal y la identifica como *lapsit exilis*: la gema caída del Cielo, la piedra filosofal de los alquimistas, el grial anhelado por los poetas... ¿Qué no daría un cabalista o cualquier buscador de la verdad por tenerla en su poder? Probablemente fuera el propio Abraham Abulafia, aragonés de nacimiento, quien inscribiera en el anillo las palabras «Luz, luz, más luz» en castellano.

»Las relaciones familiares nos podrían aportar valiosas pistas adicionales —sugirió el Magnífico—. Explícanos, Mauricio, ¿cómo percibías los lazos de mutuo afecto entre tu padre y el resto de sus parientes?

El rostro de Mauricio palideció. La realidad que había preferido ignorar se le presentaba tan clara como el agua de la fuente.

—Lo cierto es que la relación con los abuelos y los tíos paternos siempre fueron frías, distantes..., algo forzadas, diría yo, pese a que mi padre siempre me habló con afecto de ellos. Además, varios de sus hermanos se marcharon de Barcelona por diferentes causas.

—Si el resto de su familia continuaba practicando el judaísmo en secreto —apuntó Elías—, es posible que le despreciaran por haber abrazado el cristianismo, pero que al mismo tiempo le temieran, puesto que podía denunciarlos ante la Inquisición. No olvidemos que los delatores obtienen como premio una parte de los bienes confiscados a los condenados por el Santo Tribunal. Eso explicaría que, por un lado, no quisieran romper relaciones con tu padre, al tiempo que éstas se tornaban rígidas y tirantes. Y esa desconfianza hacia tu progenitor podría haber influido en algunos hermanos para que marcharan hacia tierras donde nadie conociera su secreto.

Mauricio sentía como si una venda se le cayese de los ojos para permitirle tener una nueva visión donde las sombras revelaran la verdadera forma de lo que anteriormente permanecía escondido.

—Nunca lo había querido reconocer, aunque tiene sentido. Por eso los abuelos maternos se ocuparon de manera tan insistente, casi obsesiva, diría ahora, de inculcarme la fe cristiana. Siempre existió un halo inaprensible de miedo y suspicacia que los acompañaba permanentemente mientras observaban mis muestras externas de devoción. De hecho, hasta el último día de su muerte no dejaron pasar la oportunidad de recordarme los terribles tormentos que sufrían por toda la eternidad quienes renegaban de Cristo. No es algo de lo que me pueda sentir orgulloso, pero probablemente mi padre fue un judío que acabó convirtiéndose al cristianismo. En ese caso, ¿qué fuerza o qué acontecimiento le impulsaría a dar ese paso?

—El miedo o el amor —contestó Lorenzo con voz segura—, las dos fuerzas que se disputan el dominio del alma humana. En el caso de tu padre, dudo que fuera el miedo. Alguien que es capaz de soportar la tortura y conservar la presencia de ánimo para forzar de los interrogadores una última entrevista con su hijo es un auténtico héroe, te lo aseguro. Y si tuvo la entereza de sufrir el vacío y el reproche soterrado de su familia sin que nunca oyeras de su boca ni un reproche, estamos ante un hombre impecable templado por el fuego del amor.

—¡Ah, el amor puede ser también algo terrible, bien lo sé yo! —exclamó Mauricio—. Mi padre me lo demostró con su vida, pues jamás pudo superar el dolor que le abrasó el corazón tras la muerte de mi madre. Nunca se volvió a casar y jamás le oí hablar de otra mujer.

—Entonces puede que hayamos encontrado el catalizador de la auténtica conversión de tu padre —anunció Lorenzo—. Si tu madre era cristiana, jamás habría aceptado a un esposo que practicara el judaísmo en secreto. Y el amor,

Mauricio, es más sagrado que cualquier rito, creencia o convención social.

Mauricio pensó en Lorena. Nunca había amado a nadie como a su esposa y, sin embargo, le estaba haciendo daño. ¿Qué era lo que fallaba en su interior? ¿Cuál era la pieza que no encajaba?

45

*L*orena abrió el arcón donde guardaba sus objetos más preciados, cogió una muñeca de porcelana con la que solía jugar cuando era niña y rompió a llorar.

Nada estaba saliendo como ella había soñado. Mauricio bebía demasiado y su comportamiento era errático. Tan pronto podía estar hablando durante largos ratos como hundirse en prolongados silencios. Pasaba de una euforia artificial a una actitud huraña y deprimida con la misma rapidez que vaciaba las copas. Lorena tenía la certeza de que cuando ella hablaba su marido no la escuchaba. ¡Ojalá pudiera abrir el corazón de Mauricio con la misma llave que había introducido en la cerradura del arcón! A Lorena se le antojaba imposible acceder a los pensamientos de Mauricio, ya que, tanto si hablaba como si callaba, su cabeza era un cofre cerrado con siete candados.

¡Qué ironía que uno de los motivos para no querer casarse con Galeotto Pazzi fuera el considerarle un borrachín gordinflón! Ahora Mauricio bebía como cuatro Galeottos. La vergüenza que sentía en su interior era enorme. Aunque Mauricio toleraba muy bien el alcohol, cada día era peor que el anterior. Su peor temor consistía en que se embriagara en exceso delante de su familia. Ya había soñado con ello en más de una ocasión, si bien confiaba en que nunca llegara a hacerse realidad una pesadilla tan humillante, pues, de momento, lograba mantener la compostura en las reuniones sociales. Lorena sabía que tanto su padre como su hermano sentirían una íntima satisfacción en caso de que Mauricio resultara un fiasco. Al fin y al cabo, ella había osado quebrantar tradiciones y reglas siguiendo la voz de sus egoístas deseos.

Todo había sido culpa suya: desde desafiar a su familia perdiendo la virginidad con Mauricio hasta haber concebido un hijo muerto como castigo por su pecado. Por el momento ocultaba su infelicidad bajo la máscara de una falsa sonrisa. ¿Cuánto tiempo podría seguir aguantando?

Lorena acarició el pelo raído de la muñeca y rezó a la Virgen María como cuando era una niña. Todo mejoraría. El pobre Mauricio estaba soportando una presión excesiva ante el incierto futuro de Lorenzo. Si derrotaban a los ejércitos papales y napolitanos las aguas volverían a su cauce. Su marido se tranquilizaría y volverían a ser felices. De momento tenía que ser dulce, cariñosa y paciente con su esposo. Brindarle un apoyo constante se le antojaba imprescindible, ya que lo último que deseaba era que Mauricio se hundiera. Lorena rogó a la Virgen que le concediera fuerzas para sobrellevar el peso de sus culpas.

46

Florencia, 15 de noviembre de 1479

—Ayer cayó finalmente Colle de Valdesa —anunció Pietro Manfredi.

—Entonces ya nada se interpone entre las tropas enemigas y Florencia —afirmó Luca.

—Efectivamente —confirmó Pietro—. Es tan sólo una cuestión de tiempo que comience el sitio de Florencia.

—En cuanto eso ocurra —aseguró Luca—, se producirá una revuelta interna contra Lorenzo. Todo el mundo sabe que si el Magnífico es depuesto, el Papa negociará una paz honrosa para Florencia. Lo único que mantiene en el poder a Lorenzo son las treinta o cuarenta familias más allegadas a los Medici. Estas familias principales tienen motivos para temer la pérdida de sus posesiones en caso de que se produzca un cambio de régimen. Sin embargo, cuando las tropas del Papa y del rey de Nápoles se divisen desde las murallas de Florencia, nada impedirá que el clamor popular contra Lorenzo se transforme en abierta rebelión. Llegado el caso, y por lo que he oído, clanes muy poderosos pedirían a Lorenzo que se entregara voluntariamente.

—Así pues, únicamente nos resta esperar para ver pasar el cadáver de nuestro enemigo por delante de la puerta de casa —sentenció Pietro.

Luca, disfrutando del momento, paseó su vista por el salón del *palazzo* de Pietro Manfredi. Sus ojos se detuvieron en dos ángeles de bronce encaramados a sendas columnas de mármol.

La mano izquierda de cada uno de ellos estaba apoyada en la cintura en actitud desafiante, mientras que sus brazos derechos apuntaban hacia lo alto sosteniendo antorchas en sus puños.

—Parece que quisieran iluminar los cielos —comentó Luca.

—Yo los llamo «los resplandecientes». ¿Son bellos, verdad? —dijo Pietro, que abrió una cajita de cristal azul de Murano remachada con acabados en plata y oro. Su anfitrión le ofreció uno de los dulces que se ocultaban en su interior.

Luca lo saboreó con gran placer. ¡Cómo habían cambiado las cosas en menos de un año! Hacía diez meses, durante su primer encuentro en aquella misma casa, no se había atrevido a comer los dulces de miel por miedo a ser envenenado hasta que Pietro los hubo probado. Asustado, temía verse envuelto en peligrosas conspiraciones. No obstante, todo había resultado de lo más sencillo, si exceptuaba el aprendizaje de los códigos secretos para narrar epistolarmente determinados acontecimientos que ocurrían en Florencia. Finalmente, su trabajo se había centrado en intentar obtener, sin levantar sospechas, la máxima información posible del entorno de Lorenzo, para transmitírsela a Pietro. Y ahora, sin haber incurrido en riesgo alguno, sin haber cambiado sus costumbres ni su forma de vida, el triunfo estaba al alcance de su mano.

—¿Y cómo está el asunto con Maria Ginori? —preguntó Pietro.

—Aunque de aquí a pocas semanas la opinión de los Medici importará menos que un pimiento, Bernardo Rucellai me ha confirmado que no ven con malos ojos ese enlace. Nada se opone, pues, a que se formalice ya el compromiso matrimonial entre nosotros dos.

Luca reflexionó sobre los giros de la fortuna. Lorena Ginori le había despreciado, al casarse con ese don nadie llamado Mauricio Coloma. Ésa era una herida que todavía no se le había cerrado, pero que pronto tendría la oportunidad de vengar. Afortunadamente tal humillación jamás había llegado a los oídos de nadie, puesto que las conversaciones preliminares con el padre de Lorena no habían trascendido a terceras personas. Él sí sabía lo que había ocurrido. Por ello, imaginar a Lorena sufriendo y lamentándose por una elección tan desacertada era un placer con el que se recreaba frecuentemente, en especial durante los últimos tiempos.

Maria, la hermana de Lorena, estaba a punto de cumplir los catorce años, y en su cuerpo ya estaban apareciendo las curvas propias de una mujer. Los Ginori, como el resto de los comerciantes, habían sufrido graves quebrantos durante el último año, pero, a diferencia de otros, continuaban siendo muy ricos. El dinero de la dote le vendría muy bien para unos negocios que había proyectado. Y Maria era una bella mujercita con un carácter más dulce y dócil que el de su hermana. A buen seguro sería una buena esposa que no le causaría el más mínimo problema. Francesco, su padre, estaba tan entusiasmado con el interés mostrado por Luca que había incrementado por dos la dote prometida. Además, le había asegurado que Maria estaba deseosa de casarse con él.

Sin embargo, Luca buscaba algo más: la guinda del pastel. Una venganza completa a la medida de la sinrazón de Lorena. ¿Qué ocurriría si Mauricio falleciera? En ese caso, Lorena languidecería en soledad como una viuda sin hijos, mientras él disfrutaba con su hermana de una vida colmada de bendiciones. A buen seguro, Lorena acabaría maldiciendo la hora en la que se entregó a los brazos de Mauricio y despreció los suyos. ¡Ah, qué venganza tan deliciosa! La despreciable arpía se sentiría torturada por siempre jamás en cada uno de los encuentros familiares en los que su hermana estuviera presente. Lorena, la mala, envejecería estéril, sola, despreciada por su familia, y se acordaría sin cesar del tremendo error que cometió en su juventud. Maria, la buena, disfrutaría de una vida lujosa y plena de hijos.

—Veo que los dulces os complacen de tal manera que habéis perdido el interés en hablar —observó Pietro.

—Disculpad —se excusó Luca—, es que estaba pensando en aquellas viudas negras de las que me hablasteis en nuestro primer encuentro. Según me dijisteis eran expertas en asesinar a sus víctimas mediante un imperceptible pinchazo con alguna de sus sortijas envenenadas mientras sus cuerpos se solazaban lujuriosamente.

—Así es. Pero recuerda que descartamos esa opción con Lorenzo. Si entonces no era conveniente, ahora sería una auténtica tontería correr riesgo alguno.

—No estaba pensando en Lorenzo, sino en Mauricio, el marido de Lorena.

Los ojos de Pietro se mantuvieron fríos, sin mostrar emoción alguna al oír la revelación de Luca. Con un gesto de la mano invitó a Luca a continuar hablando.

—Aquí no habría riesgo —continuó él—. Casi cada tarde Mauricio acude a la misma taberna. Bastaría que apareciera por allí una atractiva mujer que se le insinuara y le invitara a acudir con ella a alguna de esas posadas de dudosa reputación. Embriagado por el vino y sus encantos, Mauricio sería una presa fácil. Al cabo de pocas horas, moriría y la mujer abandonaría la ciudad sin dejar rastro.

—No os preguntaré por vuestros motivos —señaló Pietro—. Los amigos estamos para ayudarnos unos a otros. Hoy por ti, y mañana por mí... Os diré lo que haré: facilitaros la forma de poneros en contacto con una viuda negra, con la única condición de no mencionar mi nombre. Decidle que sois amigo de «los resplandecientes». Eso bastará. Bueno, eso y un buen puñado de florines de oro.

47

*M*auricio se tomó otro vaso de vino mientras esperaba a Lorenzo en una de las estancias cercanas al salón principal del palacio Medici. Pese a que le habían citado a primera hora de la tarde para una audiencia con el Magnífico, la caída de Colle de Valdesa tenía prioridad. Por ello, Lorenzo llevaba ya algunas horas encerrado con sus asesores analizando la situación. A diferencia del salón principal, en cuyos muros lucían frescos, las paredes de esta sala se hallaban decoradas con bellos tapices importados de Flandes. Los paños flamencos estaban de moda en Florencia, no sólo para cubrir las paredes y las puertas con sus dibujos, sino también las sillas, los cojines, los cubrecamas y hasta los doseles… Bruno, que conocía a un joven maestro de Brujas, había barruntado la idea de introducir en Florencia sus excelentes paños tejidos con seda, plata y oro, pero habían pospuesto el proyecto hasta que acabara la guerra. Mauricio se disponía a contemplar por penúltima vez los *Triunfos*, de Petrarca, que adornaban la habitación cuando Lorenzo, acompañado de Elías Leví, entró en la sala.

—Siento haberte hecho esperar —se disculpó—. Las noticias del campo de batalla son tan graves que pronto me veré obligado a tomar decisiones que hubiera preferido evitar. Sin embargo, no te he hecho venir para hablar de la pérdida de Colle de Valdesa, sino para continuar la inconclusa conversación del otro día sobre tus orígenes. Precisamente hoy me han llegado los informes que había mandado recabar sobre tu pasado hace ya algunos meses. Nuestros hombres han hecho un excelente trabajo y han comprobado todos los archivos. Coloma no es más que el apellido que adoptó tu abuelo paterno cuando se convirtió al cristianismo. Eres efectivamente descendiente del gran cabalista Abraham Abulafia y, por tanto, nuestra gran esperanza.

—¿Gran esperanza? —repitió Mauricio, sumamente confuso y más bien receloso de que uno de sus antepasados se hubiera dedicado al dudoso estudio de la cábala. Una cosa eran las ansias de saber, y otra muy distinta, traspasar la puerta que lindaba con el Infierno.

—Para descifrar el significado del anillo, por supuesto. No creo en las coincidencias. Tu familia tenía en su poder la gema que se desprendió de la frente de Luzbel y resulta que «casualmente» descendéis de uno de los más grandes cabalistas de todos los tiempos. Desconozco cómo llegó hasta él y cuál es el secreto que esconde, pero lo descubriré con tu ayuda.

—Yo ni siquiera le conocí —protestó Mauricio—. ¿Por qué estaría más capacitado que cualquier otro para desentrañar un misterio semejante?

—Sangre de su sangre corre por tus venas —respondió Elías—: en tu cuerpo se hallan grabadas las experiencias de Abraham Abulafia. Bastaría tan sólo que recordaras…

Mauricio se sentía mareado. Posiblemente a causa del vino, ya que últimamente no le proporcionaba la claridad ni la alegría de antaño, sino un consuelo parecido al provocado por las esponjas somníferas impregnadas de mandrágora y beleño empleadas por algunos médicos. No obstante, aquella conversación, lejos de aletargar sus sentidos, le estaba provocando un vértigo mental semejante a estar al borde del abismo.

—No entiendo bien lo que afirmas, Elías, pero, en cualquier caso, ahora me da pavor pensar siquiera en ese anillo. ¡Si realmente contiene la gema de Lucifer, no sería de extrañar que la piedra estuviera maldita…!

—Tranquilízate, Mauricio —le calmó Lorenzo—. Lejos de estar maldita, la piedra sería sagrada. Una tradición persa, que a buen seguro conoció Abraham Abulafia, habla de una gran esmeralda de brillo insuperable que se desprendió de Luzbel en el momento de su caída. Sus custodios conocían sus virtudes mágicas y la consideraban capaz de otorgar claridad interior a su portador. Tal vez por ello, Luzbel la arrojara fuera de sí al ser incapaz de aceptar la verdad sobre sí mismo. Estaríamos hablando, por tanto, de un objeto tan santo que incluso el trovador Wolfram von Eschenbach, en su famoso poema *Parsifal*, identificó el Grial con esa piedra preciosa caída del Cielo: probablemente la misma esmeralda que custodió tu familia. Y si bien somos meros peones en esta partida de ajedrez cósmico, quizá con la ayuda de la sortija podamos transformarnos en reinas.

—¿Partidas de ajedrez cósmico? ¿A qué te refieres exactamente? —preguntó Mauricio.

—Ya que estás en medio del tablero, tienes derecho a saberlo —afirmó el Magnífico—. En el Apocalipsis de san Juan se relata cómo las huestes de Lucifer son derrotadas en los Cielos y encadenadas a la Tierra hasta el día del Juicio Final. Nadie sabe cuándo llegará ese final de los tiempos, pero, entre tanto, las fuerzas de Lucifer tienen libertad para seguir interactuando sobre nuestro mundo. Y lo están haciendo desde dimensiones ocultas al ojo del ser humano, fomentando nuestros pecados en sus más diversas formas. También existen hombres cuya maldad no tiene nada que ver con aquellos que nos dejamos arrastrar por nuestras bajas pasiones. Si los conocieras se te helaría la sangre. No son malos porque se precipiten al abismo impelidos por la lujuria, la ira o la estupidez. Por el contrario, tienen un perfecto dominio sobre sí mismos y han abrazado la causa del mal de manera muy consciente, con la misma frialdad con la que un avezado banquero analiza una transacción financiera. Esas personas son adeptos de Luzbel, al que ellos consideran el portador de la luz. Por eso se conocen entre sí como los resplandecientes.

—Luzbel, el ángel cuya luz brillaba más intensamente —susurró Mauricio—. ¿Y qué sabemos de sus seguidores terrenales? —preguntó Mauricio, con los ojos muy abiertos y el corazón encogido.

—Mi red de espías se ha dedicado en cuerpo y alma a investigar sobre los resplandecientes, pero no han encontrado nada que no fueran sombras. Entre ellos se reconocen, pero son una sociedad tan hermética que es imposible desenmascararlos. Prefieren actuar indirectamente utilizando a personas que desconocen sus verdaderos propósitos. El intento de asesinarme se produjo en el interior de la catedral, en el preciso momento en que se alzaba el cáliz consagrado a la vista de todos, como parte de un ritual satánico del que sus ejecutores materiales desconocían su auténtica naturaleza. Ya hablaremos de ello otro día. Yo estoy cansado, y tú, confuso. Basta con que sepas que contamos contigo y que estás protegido. Aunque te parezca increíble, estoy convencido de que el destino te ha puesto aquí por un motivo muy especial.

48

*L*orena no paraba de llorar. Cateruccia la abrazaba como si todavía fuera una niña pequeña. Se había alegrado extraordinariamente cuando su padre había dado su brazo a torcer dos semanas atrás al permitir que aquella mujer entrara a su servicio. No obstante, la presencia de su antigua nodriza había provocado un aumento de sus ataques de llanto sin motivo aparente.

—Tranquila, niña, que todo se arreglará —le decía Cateruccia pausadamente, acariciándole los cabellos.

A Lorena le gustaba contemplar la tez blanca y rubicunda de Cateruccia, iluminada por esos ojos azules tan claros. Sus abundantes carnes le aportaban una seguridad terrenal de la que ella carecía. Tal vez si sollozaba al verla, sospechó, era porque le recordaba tiempos más felices.

—¿Qué es lo que se va arreglar, Cateruccia? ¿La peste? ¿La guerra?

—Tu corazón, cariño —le respondió—. A mí no me puedes engañar. Recuerda que te he criado desde que naciste. La peste nos preocupa a todos, pero no es como la del siglo pasado, que exterminó a casi toda la población, sino una de esas plagas que se suceden periódicamente. Sí, es cierto, cada semana mueren un puñado de personas, mas no es eso lo que provoca tus lágrimas. La guerra también nos atemoriza, aunque lo peor que nos puede suceder es que Lorenzo de Medici acabe colgado como un vulgar bandolero. Todos estamos agitados, pero a ti te ocurre otra cosa: tu corazón no se ha recuperado de tu primer parto. La muerte es parte de la vida. Con el siguiente embarazo recuperarás la alegría.

Lorena no quería confesar a Cateruccia que sus penas eran mayores. Aunque continuaba encontrando muy atractivo a Mauricio, ya no lo deseaba. Y creía que a él le pasaba otro tanto. Ahora sólo hacían el amor cuando su esposo, embriagado por el vino y la lujuria propia de los hombres, no podía contenerse. Era un acto salvaje, doliente, preñado de culpabilidad. Su cuerpo se quedaba rígido. Mauricio, sin mirarla a la cara, explosionaba en una ola tan efímera como la espuma del mar. Después, sin hablar, se daban media vuelta en la cama. Su marido roncaba, y ella fingía dormir.

—Y con respecto a tu esposo —dijo Cateruccia como leyéndole el pensamiento—, no te preocupes demasiado. Los hombres son así, aunque reconozco que Mauricio tiene algo especial. Si no bebiera tanto…

—No bebe tanto —le defendió Lorena—. Debería darte vergüenza hablar así de él.

No podía aceptar de ninguna manera que alguien que no fuera ella criticara a su marido. Aunque Cateruccia llevara parte de razón, había cosas que nadie debía expresar en voz alta. Ojalá que se disiparan las oscuras nubes que ensombrecían el futuro y que su marido dejara de buscar refugio a su angustia en el vino.

—Disculpa, Lorena —rectificó Cateruccia—. A veces hablo sin pensar y digo lo que no quiero.

—No te preocupes —concedió Lorena, restando importancia a sus palabras—. Hay otro tema que me preocupa. Mi madre me informó ayer de que se están planteando la posibilidad de un enlace matrimonial entre mi hermana Maria y Luca Albizzi. ¿Qué sabes tú de eso?

—¡Ay de mí! ¡Qué ha de saber una pobre criada! Tu padre seguro que bendice esa unión. Si derrocan a Lorenzo, como parece probable, la unión con Luca traerá grandes beneficios a la casa Ginori. Y respecto a Maria, la conoces mejor que yo. ¡Es tan buena! Estará encantada de hacer feliz a sus padres y a su futuro marido, que no sólo es joven y de noble familia, sino apuesto y gallardo.

Lorena calló. Sí. Era cierto que Luca le había producido una animadversión tan intuitiva como inexplicable. Y que, achispado por el vino, le había hecho un comentario soez y de mal gusto en su villa del campo. Como aseguraba Cateruccia, tal vez «todos los hombres fueran así»; tal vez todos tuvieran sus prontos extraños, como las mujeres. Mauricio tampoco había resultado ser el príncipe encantador de los cuentos infantiles que le narraba su madre.

—Lorena, a ti te pasa algo y no sé lo que es —le dijo Cateruccia—. Si no te hubiera cuidado desde que naciste y no te quisiera tanto, no me atrevería a hablarte así. Sin embargo, prefiero que te enojes conmigo antes que guardar un silencio cómplice y culpable. Mira, no me expliques tus secretos, pero sigue el consejo que voy a darte. Acude un día a visitar a mi amiga Sofia Plethon. Ella te ayudará. Posiblemente sea la mujer más sabia de Florencia. Escucha y te contaré su historia. Seguro que no te arrepentirás.

*D*esafiando el gélido viento, Mauricio había recorrido las callejuelas florentinas enfundado en una túnica escarlata forrada de cuero. Ni la túnica ni el sombrero de lana que le cubría las orejas habían impedido que el frío propio del mes de diciembre calara en sus huesos. Como cada tarde, pidió una jarra de vino en la taberna Victoria, para entrar en calor. Desde la pequeña mesa de madera en la que se había acomodado podía ver cuanto sucedía en la cantina. En las dos mesas más grandes, hombres y mujeres compartían las alargadas banquetas donde se sentaban. Algunos conversaban, otros jugaban a las cartas y a los dados. Sobre ellos, colgados en las paredes, pendían ballestas, cuernos, flechas, corazas, tambores y otros motivos guerreros con los que Tommaso, el dueño de la taberna, adornaba el local.

Mauricio bebía en silencio recordando la discusión que había tenido al salir de casa. Lorena había afirmado estar harta de su comportamiento; le había dicho que si el vino era más importante que ella tal vez debiera haberse casado con una botella. Al no contestarle, su mujer se había enfurecido más y había acabado por decir que envidiaba a su hermana por tener la fortuna de casarse con Luca Albizzi y que maldecía el día en que había cometido la locura de bañarse con él en el estanque. Después, había roto a llorar mientras él abandonaba la mansión.

La entrada de una mujer bellísima interrumpió sus cavilaciones. Todos los hombres giraron la cabeza para verla. Morena, de grandes ojos y labios carnosos, sus pómulos eran rosados y sus andares sensuales. Cuando se sentó frente a él, Mauricio se quedó sin respiración. Su vestido, remachado con botones de plata, dejaba entrever una blusa blanca. Sus brazos estaban enfundados en unos guantes negros. Mauricio sintió que una incontenible excitación le invadía, pese a saber perfectamente que esos guantes la señalaban como una prostituta. Por la delicadeza de sus rasgos debía de ser una cortesana al alcance de muy pocos.

—Me llamo Andrea. ¿Puedo compartir una copa contigo?

Mauricio decidió compartir vino y conversación con tan atractiva aparición. Era el pecado encarnado en cuerpo de mujer, una tentación superior a sus fuerzas. Sin embargo, cuando la bella mujer le propuso irse a un lugar más íntimo, sucedió algo asombroso. Como en una alucinación, el vino de la copa se transformó en sangre a los ojos de Mauricio. A su mente acudió la imagen que siempre le había perseguido: la de una angelical jovencita agonizando. Acto seguido se le apareció el rostro de su esposa. Sin detenerse a pensar, Mauricio se levantó, pagó la cuenta y se fue.

50

*L*orena había dejado atrás la lujosa zona residencial donde vivía, y se había sumergido en el barrio populoso y artesano de Sant'Ambrosio. Mientras andaba por la Via dei Pentolini, repleta de alfareros que vendían las ollas provistas de dos asas que daban nombre a la calle, repasó mentalmente los acontecimientos que la habían llevado allí.

Se sentía avergonzada de lo que le había dicho a su marido en un ataque de rabia, pero tampoco sabía qué hacer para arreglarlo. Desesperada, había resuelto seguir el consejo que días atrás le había dado Cateruccia: ir a ver a Sofia Plethon, pues no perdía nada probando algo nuevo. Por lo que había inferido de su conversación con Cateruccia, aquella mujer era una especie de brujita tan inteligente como culta. Desde luego, la historia de cómo había ido a parar a Florencia era interesante.

En 1439, Constantinopla, seriamente amenazada por los turcos, solicitó el auxilio de los cruzados. El papa Eugenio IV estaba dispuesto a conceder esa ayuda siempre que con carácter previo se solucionaran las diferencias doctrinales que habían separado durante los últimos siglos a la Iglesia griega ortodoxa de la Iglesia romana. A tal efecto se inició un concilio entre las dos iglesias en Ferrara. Sin embargo, nada más empezar, surgió un brote de peste en esa ciudad. Cosimo de Medici, con gran habilidad, propuso que Florencia fuese la nueva sede.

Y así fue como la ciudad floreciente acogió a los distinguidos pensadores escogidos para solventar las diferencias irreconciliables entre las dos Iglesias: ¿debía llevar o no levadura el pan utilizado en la comunión? ¿Existía o no el Purgatorio? Y sobre todo, la cuestión más trascendente: ¿el Espíritu Santo había nacido del Padre y del Hijo o sólo del Padre? Finalmente, tras arduas discusiones, los representantes de la Iglesia ortodoxa aceptaron los puntos de vista de Roma y el Papa se comprometió a enviar ayuda militar.

Pese a ello, la historia no tuvo final feliz para los cristianos. Cuando la delegación de la Iglesia ortodoxa volvió a Constantinopla, el pueblo, indignado por lo que consideraba concesiones intolerables, se rebeló. El acuerdo no fue ratificado y la ayuda militar nunca llegó. Los turcos, a sangre y fuego, conquistaron Constantinopla en 1453.

Gemisthos Plethon, el padre de Sofia, fue uno de los eruditos que se salvó huyendo a Florencia antes de que los turcos entraran en Constantinopla. En su nueva ciudad de acogida había podido ganarse la vida como respetado profesor de griego. Su hija se había casado con un especiero que residía en la Via della Salvia, donde se vendían esa y otras hierbas. El característico olor que percibió Lorena le indicó que ya había encontrado la calle. Ahora sólo le restaba dar con Sofia.

51

—*Q*uizá sea la voluntad de Dios —expuso Lorenzo—, que puesto que esta guerra se inició con la sangre de mi hermano y con la mía, concluya también conmigo. Lo que más deseo es que mi vida y mi muerte, y lo que sea bueno y malo para mí, redunden siempre en beneficio de nuestra ciudad. Por eso he decidido partir mañana a Nápoles para entrevistarme con su rey e intentar negociar una paz honrosa para Florencia.

Cuando Mauricio se encontró a Elías tras salir de la taberna y éste le indicó que Lorenzo había convocado en su palacio a los amigos y a los representantes de familia más importantes, no pudo imaginar que llegaría a escuchar algo así. Acudir a Nápoles equivalía a ofrecer su cabeza al enemigo.

—Os he mandado llamar —continuó el Magnífico— para informaros de esta decisión, no para recabar vuestra aprobación; sólo quería que lo supierais. Nuestra ciudad necesita la paz, pero con sus únicas fuerzas no puede defenderse. Los aliados no quieren cumplir sus compromisos y los adversarios afirman que no odian a Florencia, sino únicamente a mi persona. Por estas razones he decidido acudir a Nápoles. Considero este viaje como el remedio más eficaz; si es cierto que los enemigos únicamente desean mi ruina, me tendrán en sus manos, y al desquitarse conmigo, ya no tendrán que seguir hostigando esta ciudad.

Un murmullo general recorrió el salón principal del palacio. Habría allí congregadas unas cien personas, calculó Mauricio. Algunas voces se alzaron reclamando a Lorenzo que no abandonara la ciudad. El Magnífico solicitó silencio gesticulando con las manos.

—Soy perfectamente consciente del peligro que corro —aseguró—, pero es preferible la salvación pública antes que el interés particular, ya sea porque todos los ciudadanos en general deben cumplir con la patria, ya sea porque yo en particular he recibido de ella más beneficios y honores que cualquier otro. Tengo la absoluta seguridad de que, cualquiera que sea el resultado de este envite, los aquí presentes no cejareis de defender nuestro Estado y nuestra Constitución. Os encomiendo mi casa y mi familia. Y sobre todo confío en que Dios, considerando la justicia de la causa, favorezca mi propósito, de modo que se detenga esta guerra que empezó con la sangre de mi hermano y la mía propia.

La emoción era palpable en los rostros de todos los presentes. Aquella decisión parecía inamovible.

Al salir del palacio, Mauricio advirtió que su cuerpo temblaba ligeramente. Al percibir un molesto dolor en las axilas supo que aquel estremecimiento no guardaba relación alguna con la conmovedora intervención del Magnífico. Aterrorizado, Mauricio palpó con su mano las zonas afectadas por el dolor; unas bubas duras infectadas con pus le anunciaron su sentencia de muerte: tenía la peste.

Mauricio sintió como si su cuerpo estuviera ya descomponiéndose por dentro. Una súbita debilidad le dificultaba incluso caminar. No había duda. La guadaña del olvido pronto segaría su vida, que ya no sería sino un recuerdo en quienes le habían amado.

Pensó en Lorena y sus ojos se llenaron de lágrimas. Ya no tendría otra oportunidad de manifestarle su amor. Si no había sido capaz de demostrarle su cariño en vida, al menos lo haría en su muerte. No regresaría a su hogar, pues corría el riesgo de contagiar a su esposa. Se encaminó al hospital de La Scala con paso lento, contemplando por última vez la tenue luz crepuscular que bañaba Florencia aquella tarde.

52

*L*uca salió muy sorprendido por cuanto había visto y oído en el palacio Medici. ¡Lorenzo se atrevía a ir Nápoles, donde quedaría a merced de los caprichos del rey Ferrante! Era un movimiento espectacular pero muy arriesgado, comprensible tan sólo por lo desesperada que se había vuelto su posición en Florencia.

Con toda seguridad, el rey Ferrante le habría prometido salvaguardar su vida mientras permaneciera en Nápoles. Mas ¿qué valor tenía su palabra? Todos temían el carácter voluble del rey Ferrante, de quien nadie era capaz de adivinar si realmente se hallaba satisfecho o enojado. ¡Incluso se aseguraba que guardaba los cadáveres embalsamados de sus peores enemigos en una habitación que hacía las veces de museo de los horrores! Luca no estaba seguro de que esto fuera cierto o un mero rumor, si bien era sobradamente conocido que no mucho tiempo atrás el rey Ferrante había prometido un salvoconducto al condotiero Jacopo Piccinio: nada más llegar a Nápoles, el confiado condotiero había sido apresado y ejecutado. Si Lorenzo regresaba algún día a Florencia, aventuró Luca, sería en un ataúd.

A Luca le pareció gracioso haber contribuido a que se produjera ese viaje suicida. En efecto, meses atrás, Lorenzo le había utilizado como intermediario para concertar una cita con Filippo Strozzi. El propósito de ese encuentro no había sido otro que encomendar a Filippo el inicio de conversaciones secretas con el rey de Nápoles para hallar el modo de poner fin a la guerra.

Luca y Filippo tenían una excelente sintonía, puesto que los dos habían sufrido la desgracia de que sus padres fueran expulsados de Florencia tras el triunfal regreso de Cosimo del destierro instigado por Rinaldo Albizzi. Tanto Luca como Filippo encarnaban casos excepcionales, ya que, aunque eran descendientes de los exiliados por Cosimo de Medici en 1434, los habían autorizado para establecerse en Florencia. Desgraciadamente, la mayoría de sus familiares todavía estaban obligados a residir en otras ciudades.

La historia de Filippo Strozzi era ejemplar, pues pese a verse forzado a iniciar una nueva vida en Nápoles, había sabido ascender hasta convertirse en banquero del rey Ferrante y en un prestigioso hombre de negocios. Finalmente, tras años de infructuosas gestiones, Lorenzo había permitido que volviera a Florencia. Y ahora lo había utilizado para tender puentes con el rey Ferrante, que tenía en gran aprecio a Filippo.

Jamás hubiera imaginado que las gestiones de Filippo acabaran desembocando en un viaje de Lorenzo a Nápoles. Sin embargo, así había sucedido. Luca no conocía suficientemente bien a Filippo: existía una buena conexión entre ellos, pero nunca habían fomentado una amistad tan íntima que pudiera resultar sospechosa a los ojos de Lorenzo. No obstante, creía adivinar un doble juego en el mayor de los Strozzi. Si asesinaban a Lorenzo en Nápoles, los Medici caerían y el nuevo régimen acogería con los brazos abiertos a los Strozzi desterrados. Si por el contrario, contra toda lógica, regresaba triunfante de su viaje, Filippo sería recompensado y, probablemente, Lorenzo aceptaría que algunos de sus familiares retornaran a Florencia, como muestra de gratitud. Pues bien, él —Luca Albizzi— estaba apuntado al mismo juego, ya que si Lorenzo era capaz de escapar victorioso de las garras del diablo en el mismísimo infierno napolitano, al menos podría alardear de haber propiciado una reunión clave en tan inesperado éxito.

La tarde había resultado pródiga en sorpresas, pues Mauricio también se hallaba presente en el palacio Medici, escuchando el anuncio de Lorenzo, cuando, según sus cálculos, a esa hora debía estar atareado dándole trabajo a la viuda negra. Se preguntó qué demonios había podido ocurrir para que la bella asesina no lo hubiera atrapado en su tela de araña. ¡Sólo faltaría que tuviera que soportar en su boda a Lorena sentada en la mesa nupcial junto a Mauricio! Porque el compromiso matrimonial con Maria Ginori ya se había cerrado. La boda sería el 25 de abril del año próximo. Luca esperaba que, para entonces, Lorenzo y Mauricio estuvieran muertos.

$\mathcal{M}$auricio constató que aquella cámara del hospital de la Scala era el vestíbulo de la muerte. Encerrados por sólidos muros de piedra, los enfermos esperaban su última hora sin esperanza de salvación, sabedores de que se hallaban en un siniestro recinto funerario cuyo propósito principal era evitar que propagaran su enfermedad al resto de los ciudadanos.

La sala era grande, pero no había colchones para todos. A Mauricio le había tocado en suerte un trozo de suelo, en el que un montón de paja hacía las veces de improvisado camastro.

Tal vez la fiebre fuera la responsable no sólo de sus temblores, sino también de esa peculiar sensación de estar viviendo una suerte de sueño. Probablemente, caviló, ésa fuera la causa de que hubiera podido acostumbrarse al horror tan rápidamente. La naturaleza era implacable, pero también piadosa.

La caridad de los hombres, en cambio, apenas llegaba hasta la sórdida y oscura cámara en la que penaban. Un boquete excavado en el frío suelo era el lugar indicado para defecar, aunque eran muchos los que ni siquiera intentaban llegar hasta el inmundo agujero, incapaces de contener los temblores de su bajo vientre. El hedor de los cuerpos transmitía a su olfato, mejor que cualquier imagen, la descomposición de la carne, esa nauseabunda corrupción que nacía en los órganos internos y se abría paso hasta irrumpir en la piel bajo la forma de bultos, pus y negruzcas placas gangrenosas.

La sensación de sed era tan apremiante que nada podía saciarla. Y menos aquellos cubos de agua sucia que compartían como toda bebida. En la mayoría de ellos el agua se hallaba entremezclada con el vómito emponzoñado de los moribundos.

Varias lombrices asomaron de la boca de una mujer, como si su cuerpo fuera una madriguera de gusanos. Evidentemente, aquella desgraciada había fallecido muchas horas atrás, pero ni médicos ni enfermeros tenían prisa por darle sepultura cristiana.

Hacía ya tiempo, le resultaba difícil calcular cuánto, que dos hombres fornidos protegidos con guantes, mascarillas de hilo y hierbas aromáticas atadas al cinto lo habían transportado en una tabla de madera al interior de la cámara y lo habían dejado caer sobre su duro suelo. Mauricio ya no esperaba más atenciones. Tan sólo rogaba por que le hicieran llegar a Lorena la carta que le había escrito.

Perdóname por no haber sabido expresar siempre el inmenso amor que siento por ti. No sé en qué me equivoqué, ni dónde erré mi camino, ni por qué me comporté de un modo tan injusto contigo desde que perdimos a nuestro hijo. La claridad de la muerte me revela demasiado tarde la verdad. No he sabido amarte, no he sabido cuidarte, mi tesoro, y ahora es demasiado tarde para otra cosa que no sea protegerte de mi enfermedad recluyéndome en el hospital de La Scala. Cuando pienses en mí, te lo ruego, olvida mis últimas semanas y recuérdame tal como soy: aquel que te amó en el estanque con toda su alma. Siempre te querré y velaré por ti desde el Cielo. Con todo mi amor, se despide,

MAURICIO

*L*orena se desesperó al leer nuevamente la carta. Sin embargo, ella todavía no pensaba en despedidas, sino en salvarle.

—Lo más probable es que muera —explicó Marsilio Ficino—. La peste que padece Florencia está provocando el fallecimiento de todas sus víctimas, si bien, gracias a Dios, no se ha propagado con demasiada rapidez hasta el momento. No obstante, cabe albergar alguna esperanza, pues en ocasiones los enfermos sanan.

Lorena se aferró a la esperanza: existían casos de enfermos que se habían curado.

—¿Qué podemos hacer para salvarle? —preguntó Lorena con ansiedad.

—En primer lugar, sacarle cuanto antes del hospital —respondió Marsilio rotundamente—. Las condiciones higiénicas de la cámara donde se hacinan los enfermos son tan funestas que ni siquiera un hombre sano tendría posibilidades de sobrevivir allí si pasara un día entero.

—Entonces lo trasladaré a mi casa inmediatamente —dijo Lorena sin vacilar. No se planteaba ninguna otra opción que no fuera ayudar a Mauricio hasta el límite de sus fuerzas. Y desde luego no iba a permitir que su esposo muriera como una rata encerrada en un inmundo agujero.

Marsilio Ficino miró a Lorena con orgullo y admiración.

—Durante la peste del siglo pasado, muchos hombres abandonaron a sus mujeres, y no fueron pocas las madres que hicieron lo mismo con sus hijos enfermos, por temor al contagio. Tu gesto es ejemplar, pero comporta enormes riesgos y sacrificios. Por el bien de la comunidad debes comprometerte a permanecer encerrada en tu *palazzo* durante las próximas dos semanas, incluso si tu marido se salvara.

—¿Y al cabo de sólo dos semanas habrá pasado el peligro? —inquirió Lorena.

—Indudablemente, siempre que continuéis vivos hasta esas fechas. Verás: la mayoría de los afectados suelen morir entre los tres y los cinco días, algunos llegan al sexto; raramente, al siguiente. Si tu marido sobrevive al séptimo día, sanará, pero necesitaremos una semana más para comprobar que ningún otro morador de vuestro *palazzo* ha contraído la enfermedad. Son reglas desagradables, pero necesarias para impedir que la enfermedad se propague.

Lorena comprendió perfectamente lo que Marsilio quería decirle.

—Nadie sabe cómo se transmite la peste. Unos dicen que por el aire; otros, que por la mirada; otros, que a través del tacto… ¿Qué opinas tú, Marsilio?

—Si se transmitiera por el aire o a través de la mirada estaríamos todos muertos, y son muchos los casos de gente que ha tocado a los enfermos sin contraer la peste. Ahora bien, es cierto que quienes mantienen un contacto estrecho con los apestados suelen acabar contrayendo la terrible enfermedad.

—¿Qué me aconsejas? ¿Cuál es el mejor modo de cuidar a mi marido? —preguntó Lorena.

Aquel hombre enjuto, de pelo blanco y con una pequeña joroba, representaba su máxima esperanza de sobrevivir a la peste, pues no sólo era un médico excepcional, sino un sabio eminente, un asceta del espíritu presto a poner su erudición al servicio de los demás.

—La vida de Mauricio está en manos de Dios, pero hay unas pocas cosas que los hombres podemos hacer. Aprovisiona bien tu casa para dos largas semanas, sobre todo que no falte agua fresca de la que pueda beber Mauricio. Ni medicinas, ni sangrías, ni pócimas milagreras. Si algo puede salvar a tu esposo es el agua y la limpieza. Desinfecta la casa sin descanso, pues he constatado que la peste siempre se concentra en las zonas miserables y sucias donde la gente más pobre duerme hacinada entre las ratas.

—En mi casa no se hospedan las ratas —afirmó Lorena con orgullo.

—Pues no permitas que entren —dijo Marsilio con un brillo intensísimo en la mirada—. Desinfecta la casa sin descanso, y vivirás. Las ratas negras son el ejército de la peste. No puedo probarlo, pero no me extrañaría que la enfermedad viajara de los animales a los hombres a través de la picadura de las pulgas. Y esos insectos son capaces de sobrevivir incluso entre la ropa, especialmente en la lana. Por eso te aconsejo que lleves un lienzo de lino con el que envolver el cuerpo desnudo de tu esposo; y exige que quemen todas sus mudas en el hospital.

—Temo que los médicos no obedezcan los deseos de una mujer sin conocimientos médicos ni autoridad sobre el hospital —objetó Lorena.

—Lo harán en cuanto lean la carta que estoy redactando. El destino de Lorenzo en Nápoles es incierto, pero todavía existen jerarquías en Florencia que nadie en su sano juicio se atrevería a discutir.

Una carta, los consejos de un sabio, la invocación de Sofia Plethon, una casa limpia y su fe inquebrantable: tales eran los elementos en los que confiaba Lorena para arrancar a su esposo de las garras de la peste.

55

*L*os sueños pueden traer felicidad incluso en el Infierno. Mauricio imaginó que regresaba a su casa, donde su esposa le cuidaba con dulzura. La calentura le abrasaba por dentro, no podía controlar los constantes temblores y la sed incesante no le abandonaba ni de día ni de noche. Pero cuando abría los ojos veía a su esposa limpiándole el sudor con un pañuelo y ofreciéndole agua fresca de una copa que siempre estaba repleta. Mauricio lo interpretó como un buen augurio. Nada era imposible. Después de todo, algunos enfermos habían sobrevivido.

Después los sueños empeoraron.

Los dolores se volvieron tan intensos que ni siquiera tenía fuerzas para gritar. Oía gemidos a su alrededor y no sabía distinguir si brotaban de su boca o de los otros enfermos a los que ya no era capaz de ver. La cabeza le ardía como si diablos malignos se complacieran en quemarle el interior de su cráneo. Flechas invisibles parecían clavarse en los huesos de su espalda, que amenazaba con quebrarse. Su pecho crujía por dentro, temía ahogarse con los continuos ataques de tos, y cuando vomitaba, le parecía que sus vísceras corrían peligro de ser arrancadas de cuajo. La sed era tan inmensa que ni siquiera el agua podía saciarla. Mauricio había oído hablar del delirio. Ahora ya lo conocía, al menos tanto como le era posible en su estado.

Había perdido el control de su mente, que alternaba imágenes sin sentido con la oscuridad del vacío, como si se hubiera precipitado dentro de un negro pozo sin fin. Tan pronto sudaba copiosamente como tiritaba de frío. El tiempo había dejado de existir. Le resultaba imposible seguir luchando. Mauricio se abandonó a su suerte, como si fuera una ramita arrastrada por la corriente de un río.

Al finalizar el quinto día, Lorena se persuadió de que su marido iba a morir. Sus cuidados no habían surtido efecto: enjuagarle el sudor, obligarle a beber, recoger sus vómitos, desinfectarle las heridas… Nada había sido suficiente, ni siquiera la ayuda de Cateruccia. La fiel criada se había negado a abandonarla, y se había dedicado a limpiar la mansión con la eficiencia de un ejército. Lorena, por su parte, había seguido escrupulosamente los consejos de Marsilio: portar una mascarilla de lino siempre que estuviera en presencia de su marido, limpiarse las manos con vinagre después de tocarle y bañarse en agua templada todos los días.

Indiferente a sus cuitas, la enfermedad había avanzado de forma inexorable: las bubas habían crecido hasta alcanzar el tamaño de un huevo antes de transformarse en manchas negruzcas esparcidas a lo largo de su cuerpo; la calentura había aumentado sin cesar junto con los vómitos y las diarreas; al fin, su marido había perdido definitivamente la conciencia. Los lastimosos gemidos y las palabras ininteligibles eran los únicos sonidos que emitía su boca.

Durante el transcurso de tan aciagas jornadas, Lorena no había pensado, ni por un momento, en lo que le había hecho sufrir su marido las últimas semanas. En sus recuerdos tan sólo había espacio para el muchacho guapo e inocente del que se había enamorado en la tienda de Lucrecia, el mismo que la había hecho reír y soñar con sus trovas en los jardines de Lorenzo, el Mauricio con el que se había bañado despreocupadamente en el estanque. El otro Mauricio debía haber padecido una extraña enfermedad. Del mismo modo que la peste mermaba las facultades físicas de las personas hasta inutilizarlas por completo, podían existir enfermedades del alma que nublaran el entendimiento de los hombres.

Sofía Plethon le había asegurado que practicaría un ritual secreto capaz de liberar a su marido de la peste. A esa esperanza se aferró cuando, tras pasarse la noche en vela, constató que su marido todavía respiraba en el sexto día. Y al séptimo, Lorena concilió el sueño por primera vez al llegar la medianoche: Mauricio viviría. Dios había bendecido sus desvelos.

57

—Ninguna de mis palabras vale nada al lado de tus actos —dijo Mauricio—. Arriesgaste tu vida por quien no siempre había sido un buen esposo, por un apestado que sólo esperaba a la muerte como compañera de viaje, por quien tanto te había hecho sufrir últimamente sin saber por qué… Creo que la pérdida de nuestro primer niño me afectó sin mesura, ya que desde ese día se apoderó de mí el miedo, la angustia y la tristeza. Seguramente con el alcohol intenté llenar ese vacío, o lo que es peor, disolverme en él. He sido un cobarde y un egoísta, un miserable que no pensó en ti lo suficiente. Y sin embargo, cuando creí descubrir mi sentencia de muerte inscrita en el cuerpo, únicamente lamenté no haber sabido ofrecerte todo el amor que sentía mi corazón. Por favor, perdona mi conducta pasada. Te amo con locura, aunque no te merezca. Podemos ser felices pese a los obstáculos que tenemos por delante.

Habían pasado ya dos meses desde que Lorena rescatara a Mauricio del hospital de La Scala. El júbilo del séptimo día, cuando Lorena se durmió convencida de que su marido sanaría, había dado paso a otra semana de tensa espera. Lorena y Cateruccia temían haberse contagiado de la peste: cada sudor, escalofrío o incluso el más ligero cosquilleo las llenaba de terror, pues temían palparse y descubrir en su cuerpo las temibles bubas.

Sobreponiéndose a su angustia, Cateruccia continuó limpiando la casa con una pulcritud obsesiva, y Lorena cuidó de su convaleciente esposo, que mostraba evidentes síntomas de mejora jornada tras jornada. Al final, sus temores se esfumaron junto con el paso del tiempo. El inicio de la tercera semana indicó que el peligro había sido conjurado y que eran libres nuevamente de abrir al mundo las puertas de su casa.

Desde su curación, Mauricio le había dado mil veces las gracias, y otras tantas le había pedido perdón con palabras cargadas de amor. Lorena siempre se emocionaba al escucharlas, pues sabía que eran la verdad más profunda de Mauricio.

Sin embargo, hoy no era un día cualquiera. Su marido se encontraba tan recuperado que había comenzado a trabajar en la *tavola*. Y si el cuerpo de Mauricio volvía a estar bien, Lorena pensaba poner en práctica una de las atrevidas ideas sugeridas por Sofia.

—Estoy de acuerdo contigo, Mauricio: podemos ser muy felices. Esta noche, para celebrarlo, después de la cena haremos algo diferente: ¡nos bañaremos juntos con agua caliente en la tinaja de latón!

Lorena estaba sorprendida de su propio atrevimiento, pero Mauricio no puso ninguna objeción. Tras la cena, en la que su esposo la informó de las últimas noticias que circulaban, se trasladaron a la habitación donde se hallaba el barreño. Siguiendo las indicaciones de Sofia, Lorena había llenado de velitas blancas la habitación. Los criados vaciaron el agua caliente en la cuba, y Lorena añadió pétalos de flores y plantas aromáticas.

A Lorena esta situación le resultaba muy novedosa, pues, por pudor, evitaba que su marido la viera desnuda. Dormía siempre con camisón y la mayoría de las veces habían hecho el amor a oscuras. Sin embargo, aquella noche se desnudaron a la luz de las velas, se introdujeron en el agua caliente de la tina y se acariciaron mutuamente. Al terminar el baño, se secaron y suavizaron su piel utilizando ungüentos. La sensación de relajación era maravillosa.

Cuando se retiraron a sus aposentos, la enorme cama matrimonial de colchón de plumas los estaba esperando. Aunque fuera hacía frío, las sábanas, las mantas y el edredón aseguraban un cálido resguardo. Además, el cuerpo de Mauricio también le procuraría su calor. El deseo por su esposo había resurgido...

Cuando acabaron de hacer el amor, Lorena sintió que la paz había renacido dentro de ella. Una gratísima sensación de plenitud la invadió. Mauricio y ella volvían a ser uno. No obstante, los problemas que acechaban el horizonte eran colosales, pues si Lorenzo perecía en su arriesgado viaje a Nápoles, a su marido se le cerrarían las puertas que ahora tenía abiertas en Florencia. Por eso se durmió rezando a la Virgen para que intercediera por el éxito de la misión del Magnífico en tierras enemigas.

$\mathcal{N}$i siquiera las almas perdidas se quedaron en casa aquel 21 de marzo de 1480. Las calles estaban pobladas de hogueras y las campanas repicaban sin cesar anunciando la increíble noticia: Lorenzo regresaba a Florencia tras alcanzar un acuerdo de paz con el rey de Nápoles. Lorena sintió que el júbilo la desbordaba. ¡Por fin se presentaba un futuro despejado! Había sufrido tanto que le parecía imposible rebosar de felicidad. Y sin embargo, en apenas dos meses, todo había cambiado. Al regresar Lorenzo victorioso se abrían de par en par las puertas de las oportunidades para su esposo, que, tras la peste, había abandonado completamente la bebida y había vuelto a ser el hombre del que se había enamorado.

Las mujeres y los caballeros se habían puesto las mejores galas para tan señalada ocasión. Oficialmente no estaba bien visto hacer ostentación en el vestir, de acuerdo con los ideales republicanos de Florencia, si bien hoy era uno de esos días en los que había que exhibir el atuendo más suntuoso que cada cual pudiera permitirse. Lorena nunca había logrado entender las reglas sociales que regían en Florencia. Las damas tenían que ser modestas y obedientes para evitar caer en la frivolidad, aunque en la vida social las mujeres más celebradas eran las más brillantes e ingeniosas. El orgullo de cualquier familia era que sus mujeres, bellamente ataviadas, resplandecieran por encima de las demás, pero como el vestir debía ser parco, después eran criticadas por su vanidad. Con reglas tan contradictorias no era de extrañar que al final una siempre se sintiera culpable. Sin embargo, no era hoy día de expiación, sino de fiesta. Por eso Lorena se había puesto una *cioppa* de terciopelo bordada con perlas: una elegante prenda en forma de manto con largas mangas, cuya principal misión era señalar la importancia social de su portadora al tiempo que ocultaba las curvas femeninas.

—Es increíble que Lorenzo haya salido victorioso de las mismísimas fauces del león —señaló, emocionada.

—Parecía imposible, pero lo ha conseguido. Este hombre es realmente «magnífico».

—¿Cómo ha podido convencer al rey Ferrante? —preguntó Lorena.

—Le ha prometido que mientras él gobierne, Florencia será fiel aliada de Nápoles. Le ha hecho ver que ahora el Papa le corteja, pero que, tan pronto como su poder se agrande, Nápoles podría ser su siguiente víctima. Asimismo le ha proporcionado pruebas inequívocas de que Francia estaría dispuesta a apoyar las reivindicaciones de los Anjou sobre su corona. Lorenzo ha prometido usar su influencia en la corte francesa para que eso no ocurra. Por otro lado, los napolitanos se enfrentan a las ambiciones turcas en el mar Adriático. Ante esta amenaza, Lorenzo ha advertido que es más sensato velar por una Italia unida que dividir fuerzas luchando entre nosotros.

—Los argumentos son juiciosos —aventuró Lorena—, aunque para ese viaje no hacían falta tantas alforjas. Las reuniones entre diplomáticos hubieran surtido el mismo efecto sin necesidad de exponer la integridad física de Lorenzo.

—En la vida siempre puedes razonar a favor de diversas opciones, pero es la emoción la que te empuja hacia un lado del camino, y no a otro. El carisma de Lorenzo habrá sido el factor decisivo para inclinar la balanza en este asunto. El rey Ferrante, aunque de carácter reservado y volátil, habrá acabado por coger simpatía y afecto a nuestro Lorenzo, ya que también disfruta con la poesía, la buena mesa, las conversaciones cultas e ingeniosas, la caza… En fin, todo aquello en lo que el Magnífico destaca sobremanera.

—¿Desde cuándo estás al corriente de las aficiones del rey Ferrante?

—Francesco, el director de la banca Medici, y Bruno me habían explicado algunas cosas recientemente. Según ciertos informes confidenciales, Lorenzo parecía dos hombres distintos. Durante el día, pleno de confianza y brillante, participaba en todas las fiestas y reuniones con un aplomo y una vitalidad que maravillaba a propios y extraños. Sin embargo, al caer la noche y retirarse a sus aposentos se envolvía en un silencio melancólico y sus ojos brillaban con la desesperación de quien no ignora que el más mínimo cambio de humor de su anfitrión conllevaría su muerte. ¡Dios sabe la tensión que habrá pasado!

—¡Pues podrías haberme hecho partícipe de cuanto te iban contando! —se quejó Lorena—. Me habrías ahorrado mucho sufrimiento.

—Tampoco sabía más de lo que te acabo de relatar. Como la buena sintonía con el rey era un matiz de esperanza dentro de un cuadro muy sombrío, había optado por no comentarte aquellos detalles que pudieran alimentar falsas esperanzas. Y desde luego me he enterado al mismo tiempo que tú del regreso de Lorenzo.

El rugido del gentío devolvió a Lorena al espectacular momento que estaban viviendo. A lo lejos ya ondeaban, alumbrados por antorchas, los estandartes y las banderas con los escudos Medici y de Florencia. A ambos lados de la Via Porta Rossa, la multitud prorrumpió en vítores espontáneos. El sonido de las campanas se mezclaba con el de las trompetas de la comitiva. Definitivamente no era momento ni lugar para recriminaciones pueriles. Al cabo de unos momentos, Lorenzo y su séquito se abrirían paso camino del palacio de la Signoria, entre una multitud apasionada. Lorena se unió al griterío ensordecedor que resonaba en toda Florencia: «¡*Palle, palle, palle! ¡Palle, palle, palle!*».

59

—*B*rindemos por el regreso de Lorenzo —propuso Bruno.

Mauricio chocó su vaso contra el de Bruno y bebió. Giovanni, el dueño de la taberna, les había procurado una mesita apartada desde la que podían hablar tranquilamente sin que el bullicio les molestara demasiado.

—Poco a poco ya vamos conociendo más detalles de lo ocurrido —dijo Mauricio.

—Desde luego —concedió Bruno—, aunque no todos. Nadie se atreve a calcular el dinero que se ha gastado Lorenzo. Lo primero que hizo al desembarcar en Nápoles fue comprar la libertad de los esclavos remeros de la galera en que había viajado y se asegura que la cola de sirvientes con regalos para el rey Ferrante era más larga que una milla de mil pasos. La antigua sede de la banca Medici en Nápoles, un magnífico palacio, fue redecorado con esmero para convertirlo en una embajada de lujo: banquetes, ágapes, recepciones... Cada día era una fiesta. Y Lorenzo todavía sacaba tiempo para repartir generosamente los florines en todo tipo de obras de caridad. ¡Si hasta pagaba las dotes de las chicas pobres para que pudieran casarse!

—Bueno, la fortuna de Lorenzo es prácticamente ilimitada.

—Eso es lo que Lorenzo pretendía que el rey Ferrante creyera. Y al derrochar el dinero a espuertas posiblemente consiguiera su propósito. Sin embargo, apreciado Mauricio, la realidad es muy distinta. Para poder gastar así, Lorenzo ha utilizado parte de la fortuna de sus primos menores y ha tenido que hipotecar su villa en Cafaggiolo y sus tierras en Mugello.

—¡No me querrás convencer de que Lorenzo está en peligro de bancarrota!

—Lo estaría si no fuera el dueño de Florencia —advirtió Bruno—. Sólo por ese motivo no me preocupan demasiado las finanzas personales del Magnífico. No obstante, sí me producen gran inquietud las cuentas de la banca Medici. A no ser que se produzca un cambio de gestión, creo que es una mera cuestión de tiempo que el banco de Florencia quiebre junto con todas sus sucursales.

—¿Estás seguro de lo que dices? —preguntó Mauricio alarmado.

—Completamente. Francesco Sassetti, el director general, es incapaz de poner orden en las filiales de la banca Medici. Según he podido enterarme, los directores de las sucursales en el extranjero se dedican a entregar generosos préstamos sin garantías a reyes y nobles con el único propósito de que éstos los promocionen a ellos regalándoles tierras y títulos. Si el dinero tan alegremente prestado no se devuelve, la supervivencia de la banca Medici será una quimera. Ya han desaparecido muchos bancos quebrados por motivos muy parecidos.

—Pues Lorenzo confía ciegamente en Francesco, y no tiene interés en controlar su gestión, pues está seguro de no tener problemas financieros mientras gobierne Florencia. Probablemente, esté en lo cierto. No obstante, ahora que la guerra ha finalizado, quizá sea el momento idóneo de iniciar negocios por nuestra cuenta.

—Precisamente, me acabo de enterar de que podríamos adquirir en Valencia quinientos sacos de almendras a un precio excelente. Francesco, cegado por su miopía habitual, no ha autorizado la operación. ¡Compremos nosotros las almendras!

—¿Sin verlas? —preguntó Mauricio, preocupado.

—El agente en Valencia que ha enviado el informe es de la máxima confianza. Asegura que son de gran calidad y que el único motivo de que se vendan tan baratas es que la recolección en tierras levantinas ha sido excepcional esta temporada. Aquí la guerra ha arruinado la campiña, por lo que se podrán revender con un buen margen de beneficio, ya que hasta julio no volverán a florecer los almendros.

—¿Y si hay más gente que tiene la misma idea y Florencia se ve inundada de almendras? Entonces el precio bajaría en picado y nosotros perderíamos el dinero.

—Por eso creo que debemos comprar todos los sacos, y así ser nosotros los que decidamos la cantidad que ponemos en circulación. Mi idea consiste en enviar la mitad a Brujas, donde tengo un buen contacto, y almacenar aquí la otra mitad. El envío a Brujas nos bastará para recuperar lo invertido, y con el resto doblaremos el capital inicial. Por supuesto, deberemos pedir un préstamo para asumir la inversión, y en esta vida no hay nada carente de riesgo, pero mi olfato me dice que es una gran oportunidad.

—Aprovechemos, pues, la oportunidad —resolvió Mauricio—. Como diría Leonardo: cuando aparezca la fortuna, agárrala con fuerza por delante, que por detrás es calva.

Bruno se rio de la ocurrencia mientras escanciaba otra copa de la jarra. Mauricio se abstuvo de beber más. Había brindado con Bruno por cortesía, pero apenas había mojado sus labios con el vino. Tras haber sanado de la peste, se había restablecido sin ninguna secuela, pero ya no le apetecía consumir ningún tipo de alcohol, y, a decir verdad, se alegraba de ello.

60

—Vengo de besar la mano de Lorenzo —dijo Pietro Manfredi.

—Yo ya lo hice ayer —comentó Luca—. ¡Menudo espectáculo! Hombres y mujeres de todas las clases sociales haciendo cola a las puertas del palacio Medici para tener el honor de besuquearle la mano.

—¡Qué le vamos a hacer! —apuntó Pietro resignadamente—. ¡Lorenzo es un héroe!

—Parece mentira que haya salido vivo de Nápoles —se lamentó Luca.

—Y eso que se organizaron hasta tres intentos de asesinato a espaldas del rey Ferrante. Lamentablemente, Xenofon Kalamatiano, el jefe de espías de Lorenzo, consiguió evitarlos. Hemos desperdiciado el momento propicio, así que no tiene sentido continuar intentándolo.

—¿Ya no interesa que Lorenzo muera? —se extrañó Luca.

—De momento, no —contestó Pietro, secamente—. Ahora Lorenzo es un héroe. Su muerte lo convertiría en un mito. Matarle sería la forma más segura de que sus ideas se propagaran, pues no es posible luchar contra los mitos.

—Así que se cancelan los planes contra el tirano —concluyo Luca.

—Yo no he dicho eso. Lo que ocurre es que tras su inesperada gesta ya no tenemos prisa en que muera: lo que nos interesa realmente es que viva el tiempo suficiente hasta que logremos arruinar su prestigio. Pero eso no ocurrirá ni hoy ni mañana. Por consiguiente, nuestro plan de acción ha de ser necesariamente lento. Y secreto. No puedo contarte nada, aunque te avisaremos cuando necesitemos algo de ti.

Luca miró la sala donde había recibido a Pietro, la más elegante de su casa. El suelo era de mármol blanco y las paredes exhibían tapices con distintas escenas bíblicas, pero tenía que reconocer que la mansión de Pietro era más lujosa y distinguida que la suya. Luca debía resignarse tanto al hecho de que Pietro fuera más rico que él como a que perteneciera a una organización de la que apenas sabía nada.

—Sin embargo —observó Luca—, no todo ha terminado, puesto que el Papa insiste en que Lorenzo vaya hasta Roma a pedirle perdón.

—A lo que Lorenzo responde que sólo acudiría encadenado y acompañado de un notario y un sacerdote para poder testar sus últimas voluntades y recibir la extremaunción. Es cierto que todavía quedan flecos: hay que pagar indemnizaciones y existen territorios en manos del enemigo que deben devolver, pero lo esencial ya está negociado. Aunque el Papa es un viejo tozudo, es mera cuestión de tiempo alcanzar un acuerdo honorable. Fíjate que, por lo pronto, ya ha levantado el interdicto que prohibía a los florentinos recibir la eucaristía durante la Pascua.

Luca sabía que Pietro tenía razón. Los tiempos habían cambiado y se imponía la prudencia. El mes próximo se casaría con Maria Ginori e iniciaría una nueva vida. También él renunciaría temporalmente a emprender ninguna acción vengativa contra Mauricio. Con el dinero de la dote, sabiamente invertido, se podían obtener muchos beneficios. Tal vez fuera una buena idea asociarse con los Ginori en su negocio de telas. Sus buenas relaciones con los Medici garantizaban a los Ginori que, tras casi dos años de guerra, las cosas volverían a irles muy bien. De momento era aconsejable poner buena cara al mal tiempo y dedicarse a cultivar todas aquellas relaciones que pudieran serle de ayuda en el futuro.

61

*L*orena recibió a Sofia en el salón principal de su *palazzo*. Hacía ya cuatro meses desde que la visitó por primera vez en su casa del barrio de Sant'Ambrosio. Aquella tarde, Cateruccia, descompuesta y temblando, había irrumpido en el hogar de su amiga portando la carta escrita por Mauricio desde el hospital de la Scala. Sofia le había ofrecido esperanza: le había asegurado que conocía un poderoso ritual capaz de sanar la enfermedad de su esposo. Al final todo había sido para bien: Mauricio se había salvado y volvían a amarse con pasión; hasta la peste, localizada en pequeños focos, estaba remitiendo.

—Siento haberme retrasado —se excusó Sofia—, pero ni la botica ni los niños me dan un respiro.

Lorena miró a su interlocutora. Tendría unos treinta años, tez morena, cuerpo robusto, frente despejada, nariz griega y grandes ojos azul cielo. Vestía un sencillo traje de lana que le cubría desde el cuello hasta las muñecas y los tobillos. Lorena había visto muchos vestidos parecidos a aquél entre las mujeres trabajadoras. Solían ponerse un generoso delantal encima para protegerlo de los rigores de sus oficios. Aun así era inevitable que el uso diario acabara provocando desgarrones, de tal modo que era muy normal observar remiendos en aquellos trajes. Sin embargo, el de Sofia presentaba un aspecto impecable. De color azul claro, contrastaba muy bien con las tiras blancas de lana que se enrollaban sobre su cabeza al modo de los turbantes. Lorena concluyó que Sofia no utilizaba aquel vestido para trabajar, sino para visitas o celebraciones especiales.

—En ocasiones lo mejor se hace esperar, pero siempre vale la pena cuando llega —comentó amablemente Lorena mientras le acercaba una bandejita con dulces de miel.

Cateruccia había salido aquella tarde, y Lorena prefería que ningún criado interrumpiera la conversación, pues deseaba hablar de temas muy íntimos que le causaban cierta vergüenza.

—Ante todo —continuó Lorena— quiero agradecerte nuevamente el ritual que practicaste para que mi marido sanara.

—Me limité a hacer una invocación —dijo modestamente Sofia—. Si tu esposo mejoró, sencillamente fue porque así lo había contemplado Dios, que es quien dispone de nuestras oraciones y no al contrario.

—Pero cuando quien pide tiene el corazón puro —repuso Lorena—, es posible que encuentre antes audiencia. Ése sería al menos mi deseo, ya que un temor me preocupa sobremanera sin saber de quién recabar buen consejo. Tal vez tú puedas ayudarme.

—Habla sin miedo, que no hay peor temor que el sobrellevado en silencio.

La mirada tranquila y poderosa de aquella mujer irradiaba paz y serenidad. Lorena dejó que las palabras salieran de su boca y revelaran su pesar.

—Hace ya un año que perdí a mi hijo durante el parto y desde entonces no he vuelto a quedarme encinta. A veces pienso que Dios me condena así por un pecado que cometí en el pasado y de cuya naturaleza preferiría, discretamente, guardar silencio. Acaso uniendo tus oraciones a las mías podamos invocar el final de este árido desierto que padezco. Porque una mujer sin hijos es como una fuente sin agua.

—Desde hoy mismo me uniré a tus plegarias, aunque dudo de que sufras ningún castigo. Un año sin descendencia no es algo inusual. Déjame, no obstante, formularte algunas preguntas con el máximo respeto, por si pudiera ayudarte con algún consejo. ¿Hacéis el amor con frecuencia? Porque sin sexo no hay niños.

Lorena notó que su cara se sonrojaba, como si estuviera ardiendo.

—Sí, cumplo con las obligaciones conyugales de una buena esposa. Por eso creo que puedo estar siendo castigada por mi comportamiento en el pasado.

—Obligaciones conyugales, castigos por conductas pasadas... ¡Humm! Déjame hacerte otra pregunta: ¿disfrutas profundamente cuando haces el amor con tu esposo?

Lorena se quedó boquiabierta ante tan descarada cuestión. A cualquier otra persona la hubiera despedido con cajas destempladas. Sin embargo, se contuvo. Los padres de Sofia eran de una cultura diferente y su entorno social en Florencia también era muy distinto al suyo. Para ella podía no ser una falta de tacto inquirir sobre algo así. Y lo que era más importante: quizá Sofia pudiera ayudarla a tener hijos.

—Sofia, yo no hago el amor con mi marido para procurarme placer, sino para concebir hijos, tal como siempre me ha enseñado mi familia y la Iglesia.

—Y siguiendo todos esos consejos resulta que no tienes descendencia, ¿verdad?

—Así es.

—Entonces escucha con la mente abierta a esta humilde mujer que ya es madre de cinco retoños.

Lorena sentía que dos fuerzas contrapuestas luchaban dentro de sí. Una quería interrumpir aquella conversación, que se le antojaba escandalosa. La otra aguardaba detrás, expectante, deseando absorber todo lo que Sofia tuviera que explicar.

—Así como el amor es sagrado, el sexo también lo es. Así como amar nos conduce a Dios, también el disfrutar en éxtasis de la unión conyugal es una puerta abierta a la divinidad.

Lorena escuchaba en silencio, con los ojos escrutadores e inexplicablemente atraídos ante el nacimiento de un mundo desconocido para ella.

—Quizá tu confesor y tu familia te hayan prevenido reiteradamente contra los peligros de la lujuria. Pero sin el sexo y el placer que le acompaña no nacerían niños. ¿Es que acaso Dios iba a crear algo intrínsecamente malo? Es cierto que acarrea peligros. Una doncella soltera que ceda a tales impulsos podría encontrarse con una vida truncada. Mas aquí no estamos hablando de eso. Estamos hablando de un matrimonio bendecido por Dios y por la Iglesia, en el que el amor se respira en cada una de las estancias de la casa. Dime, ¿disfrutasteis más de vuestra mutua compañía tras bañaros juntos y acariciaros con los ungüentos que te sugerí?

—Sí —respondió Lorena, que volvió a sonrojarse.

—Pues presta atención a mis palabras, porque te voy a dar una serie de consejos que facilitarán que alcances el Cielo en la Tierra. Y si los sigues, no verás al demonio, sino a Dios. Y cuando veas su luz pura, pide que tu vientre sea recipiente de un alma buena, porque encontrarás quien te escuche.

Lorena había dejado de luchar. Ya sólo quería escuchar atentamente lo que Sofía le iba a revelar.

62

$\mathcal{M}$auricio escuchaba ensimismado la música que emanaba de las liras *da braccio* que tocaban Marsilio Ficino y Leonardo da Vinci. El nombre, «lira de brazo», había hecho fortuna por describir gráficamente un instrumento musical de cuyas cuerdas podían surgir notas parecidas a la lira tradicional al contacto con un arco, pero cuyo cuerpo de madera podía sostenerse con un solo brazo. Tenía siete cuerdas y dos bordones que corrían paralelos por fuera del diapasón y que se pulsaban habitualmente con el pulgar de la mano derecha, aunque Leonardo utilizaba la mano izquierda. Mauricio ya se había acostumbrado a Leonardo, que siempre llamaba la atención tanto por su genialidad como por sus extravagancias. Sin ir más lejos, él mismo había diseñado aquella lira *de braccio* en forma de cabeza de caballo, un animal cuyos movimientos le fascinaban.

Mientras disfrutaba de la música, Mauricio repasó la conversación que había mantenido con Lorenzo momentos antes en el patio interior de su palacio. El Magnífico se encontraba de tan excelente humor que Mauricio había aprovechado la ocasión para preguntarle otra vez por un asunto que nunca había dejado de inquietarle.

—Durante la conjura en la catedral —comenzó Mauricio—, exclamasteis que se trataba de un asesinato ritual. Y antes de partir hacia Nápoles lo relacionasteis con los resplandecientes. Me gustaría saber más.

—Y a mí también. Quizás un día seas tú el que me lo explique. En cualquier caso, desde tiempos inmemoriales, los asesinatos rituales han pretendido utilizar las energías del enemigo muerto en provecho propio. No es algo tan infrecuente. Existen personas convencidas de poder adquirir cualidades del adversario fallecido devorando ciertos órganos de su cuerpo mientras aún palpitan. Así explico yo el mordisco postrero del arzobispo de Pisa en el pecho de Francesco Pazzi, cuando ambos agonizaban en el suelo de la plaza de la Signoria. El arzobispo no sólo estaría dando rienda suelta a su rabia hacia quien le había convencido de participar en la conspiración. ¡También estaba intentando adquirir el valor de Francesco Pazzi para su viaje al otro lado de la vida!

—¡Qué horror! —exclamó Mauricio.

—Yo no creo que comerse el cuerpo de un enemigo aporte algo diferente a una indigestión. Sin embargo —prosiguió Lorenzo con una expresión sombría, en la que se mezclaban la pena y la rabia—, existen personas execrables que perpetran crímenes sangrientos con tales propósitos.

—¿Y el intento de asesinarte era parte de un macabro rito satánico? —preguntó Mauricio.

—Probablemente. Lo único cierto es que el asesino designado para apuñalarme, el conde de Montesecco, rehusó derramar mi sangre en lugar sagrado. Obviamente el conde era un honrado mercenario católico que no sabía de la misa la mitad. Pese a que lo interrogamos no pudimos obtener detalles adicionales. Como te dije, estoy convencido de que quienes están detrás de todo esto son los resplandecientes, pero hasta ahora ha sido imposible llegar a ninguno de esos titiriteros, ya que tienen la habilidad de manejar los hilos sin dejar que se vean ni las huellas de sus manos. Desde mi triunfal regreso de Nápoles no han vuelto a actuar, quizá por temor a ser descubiertos, pero estoy convencido de que permanecen al acecho.

Tras unos segundos de reflexivo silencio, el rostro del Magnífico cambió de expresión.

—Ya está bien de pensamientos tenebrosos. Entremos prestos dentro del palacio, que Leonardo y Marsilio deben de estar a punto de empezar a tocar. Verás como vale la pena escucharlos. Marsilio afirma que la música es la voz de las cosas invisibles.

—¿Y qué opina Leonardo?

—Bueno, Leonardo es más cáustico. Según él, la música es… música.

Mauricio se dejó llevar por el encanto de los acordes y, tal como le había aconsejado Lorenzo, apartó los presentimientos sombríos. Apaciguado, entornó los ojos. Por un instante creyó ver dentro de su mente los ojos de su esposa, que brillaban con mayor intensidad que la esmeralda de Luzbel.

63

*T*odo había tenido un aureola mágica aquel día. Cuando Mauricio regresó de su visita al palacio Medici, Lorena creyó percibir en su esposo un halo de luz invisible repleto de amor. Ni sus palabras ni sus gestos habían sido distintos en apariencia, pero, de algún modo sutil, Mauricio irradiaba una luminosa vibración. No era algo que pudiera explicar ninguna señal externa. Una suerte de cualidad superior había ido llenando los momentos que compartían de un gozo interior que la desbordaba.

Quizá por ello, Lorena no sintió vergüenza ni miedo de sus cuerpos desnudos cuando yacían en el lecho. Al entrar en contacto sus pieles, notó su epidermis mucho más sensible de lo habitual. Cualquier roce o caricia le provocaba una oleada de sensaciones. Tal como le había aconsejado Sofia, esa noche había dejado dos velas blancas prendidas cerca de la cama, de modo que sus cuerpos se desvelaban mientras se tocaban.

Mauricio se colocó encima para poseerla, pero hoy Lorena se sentía audaz. La especial sintonía entre ambos que impregnaba el ambiente la ayudó a dar un paso tan osado. Con delicadeza apartó el cuerpo de su esposo, besándolo y acariciándolo mientras lo colocaba debajo del suyo. Tenía algo de miedo, pero estaba más excitada que atemorizada. Con mano firme cogió el miembro erecto de Mauricio y lo introdujo en su intimidad. Lorena había pensado que tal vez a su esposo le parecería contrario al decoro que ella se montara encima. Lejos de protestar, Mauricio bullía de placer y había comenzado a gemir.

Lorena movió sus caderas lentamente; luego, con mayor confianza. Tal como le había comentado Sofia, comenzó a explorar los ángulos y los ritmos que le producían más placer. La sensación era maravillosa. Mauricio la miraba extasiado con una sonrisa en el rostro. Lorena se sentía bien y dejó que su cuerpo tomara el control. Al poco sintió como el placer se ensanchaba por todos sus poros subiendo por el ombligo hasta sus pechos. Lorena siguió cabalgando aquella ola. La serpiente de gozo se instaló en su garganta y en su cabeza, donde se produjo una especie de fogonazo de luz. Sofia tenía razón. Allí estaba Dios. Lorena y Mauricio sonreían mirándose a los ojos. Aunque habían hecho el amor muchas veces, ésta era la primera vez que sentía algo semejante. Las palabras se quedaban cortas y no tenían sentido. Lorena se dejó invadir por la energía invisible del amor y continuó cabalgando la ola.

64

Aquella mañana, Mauricio, radiante de vitalidad tras una maravillosa noche de amor con su mujer, recorrió las calles de un modo especial. No era sólo que estuviera paseando sin un rumbo concreto, sino que hasta los ladridos de los perros le transmitían la sensación de que algo trascendental estaba a punto de suceder. Sin saber por qué, comenzó a andar hacia el Ponte Vecchio, el puente más antiguo de Florencia. Dos barcazas recorrían el río Arno. A su vera, decenas de trabajadores de la lana cumplían con sus pesadas tareas. El olor a orín, utilizado como desinfectante, subía hasta el puente y se mezclaba con el olor de la carne putrefacta que los carniceros habían tirado al río. Por contraste, Mauricio apreció el olor a cera ardiendo que desprendían las cererías apostadas a ambos lados del puente, alineadas junto a las marroquinerías, herrerías y carnicerías. Se impregnó de los diferentes efluvios mientras se dirigía a la zona situada en la ribera sur del Arno, sin detenerse en ninguno de los pequeños comercios. Ya conocía aquello, pero hoy le parecía distinto. La luz que atravesaba todas las cosas parecía querer decirle algo que anteriormente no hubiera sabido escuchar.

El barrio de Oltrarno, al otro lado del río, era la frontera de otra Florencia más parecida a un pueblo grande que a la sofisticada ciudad de los Medici, los artistas y los magnates. Aquí la ropa se colgaba entre árboles, las gallinas picoteaban en las puertas de las casuchas, y los vestidos de las gentes estaban llenos de remiendos. Al contrario de la zona privilegiada donde él vivía y trabajaba, en Oltrarno los casos de peste eran más frecuentes. Sabedor de que nadie que hubiera sobrevivido a la peste contraía nuevamente la terrible enfermedad, continuó avanzando. Los olores de excrementos de vaca y arcilla húmeda que desprendían algunos hornos se mezclaban con el fresco aire de la mañana.

Una mole enorme, el palacio que estaba construyendo Lucca Pitti, contrastaba con las chabolas de alrededor, donde muchas mujeres se dedicaban a hilar y tejer la ropa por encargo de acaudalados comerciantes, mientras sus hijos jugaban semidesnudos entre los charcos que habían dejado las lluvias.

Mauricio entró en la iglesia del Santo Spirito, la primera en la que había orado al llegar a Florencia dos años antes. Después continuó su marcha hasta dejar atrás Oltrarno. Más allá, el campo y los árboles se veían salpicados por pequeñas casitas aisladas unas de otras. Mauricio respiró profundo y siguió andando hasta llegar a un verde prado desde el que se divisaban, en todo su esplendor, las colinas circundantes. Admirando tanta belleza, sucedió algo inefable.

Mauricio empezó a tomar conciencia de que algo estaba ocurriendo en su interior. Ya mientras andaba había tenido la sensación de estar despertando de un largo sueño. Ahora sentía como si empezaran a caérsele velos que hubieran estado empañándole la visión durante toda su vida. No era posible describir aquel proceso en el que una parte suya le pareció ser la divinidad misma, plena de luz, sabiduría, amor y poder. Era como un círculo de luz que pendiera de otra dimensión y ¡ese círculo era él!

De alguna manera, Mauricio sería el personaje de una obra de teatro, pero también el actor que aprendía a través de la representación. Así había sido desde su nacimiento. Lo increíble era que él, se había identificado tanto con su propio personaje que había olvidado por completo al actor que lo estaba interpretando.

De hecho, el mundo era un gran escenario en el que millones de actores interpretaban dramas y comedias. Los seres humanos tomaban tan en serio su papel que realmente creían ser únicamente los personajes. Así estaba planeado desde las alturas porque, de otro modo, sería imposible que hombres y mujeres lucharan tanto por lo que no era más que una ficción. Y era en esa mezcla de alegría, dolor, esperanza y miedos donde se aprendían experiencias valiosísimas. Por ejemplo, tener fe en medio de la oscuridad era una práctica admirable, como también lo era luchar por la verdad aun a costa de perder la vida. O seguir esforzándose, pese a que los miedos y las dudas atenazaran al personaje. También equivocarse y descubrir las decisiones que traían dolor a uno mismo y a los demás. Todas las experiencias servían a ese círculo de luz superior que absorbía las vivencias humanas. Y dentro de la maravilla, otra sorpresa mayúscula. Ese centro de luz estaba estancado en su viaje infinito. Feliz y dichoso pero varado, sin saber cómo proseguir su travesía hacia Dios. ¡Y era a través de sus experiencias mundanas como pretendía dar un paso al frente y seguir avanzando!

Mauricio se acordó de la charla sobre el mito de la caverna de Platón que había escuchado en la villa Médici. Ciertamente guardaba muchas analogías con lo que le estaba ocurriendo. «Lo que consideramos real no es más que una sombra refleja de la realidad superior.» También recordó que, en el mismo pasaje, el filósofo griego comentaba que ver demasiada luz de golpe podía producir ceguera en quien estuviera acostumbrado a la oscuridad.

El sol comenzaba a declinar. No sabía cuánto tiempo había pasado en la campiña. Era hora de regresar a la ciudad. La experiencia extática había acabado. Aquel contacto con lo divino le había llenado de dicha, pero ya había perdido la conexión con aquella fuente de sabiduría, amor y poder.

Con creciente confusión por una experiencia tan desconcertante, llegó a las casuchas que indicaban que volvía a adentrarse en Oltrarno. Sintió miedo y aceleró el paso. No quería encontrarse allí cuando cayera la noche. Podía ser peligroso. Además, ¡había quedado con Lorenzo esa tarde! Por mucho que corriera, iba a llegar con retraso a la cita. Un pensamiento le asaltó la mente: ¿y si se estaba volviendo loco?; ¿y si su mente desvariaba? Al poco sintió dentro de él un odio intensísimo. Mauricio reconoció con sorpresa que ese sentimiento era un gran odio hacia sí mismo.

65

—¿*N*o estoy loco? —preguntó Mauricio.

—Desde luego que no —respondió Elías Leví—. Lo que nos has contado se corresponde con lo que tu antepasado Abraham Abulafia hubiera descrito como una experiencia extática.

Mauricio no estaba seguro de si aquella conexión con sus ancestros judíos era una buena o mala señal.

—El hecho de que Abraham Abulafia describiera algo parecido a lo que me ha ocurrido a mí no significa que sea algo normal.

—Simplemente —observó Lorenzo— es algo que el resto de las personas no experimentan habitualmente. Tampoco la mayoría de la gente es capaz de expresar la belleza a través de la pintura o la escultura, sino tan sólo unos pocos dotados con una gracia especial.

Mauricio se sentía reconfortado por haberles explicado a Lorenzo y a Elías lo que le había ocurrido. Ambos le habían escuchado sin tildarle de alucinado. No obstante, seguía sin estar tranquilo.

—Pero ¿por qué me ha sucedido algo así? —inquirió Mauricio.

—De acuerdo con Abraham Abulafia son diversas las circunstancias que pueden propiciar las experiencias extáticas —expuso Elías—. Algunas incluyen la observación de las letras hebreas según cierta disposición. Otras son tan sencillas como la contemplación de la naturaleza, la música, el baile y hasta hacer el amor con la persona amada.

Mauricio se quedó pensativo. La tarde anterior, la música interpretada por Marsilio y Leonardo le había inducido a una dulce relajación. Por la noche se había fundido con su esposa en una unión de amor sin igual. Y esta mañana se la había pasado contemplando la naturaleza. Por pura coincidencia había practicado varias de las técnicas recomendadas por su antecesor. ¿O no era puro azar?

La vista de Mauricio repasó la lujosa estancia donde se encontraban. En lo alto, un fresco de vivo colorido exhibía ángeles y figuras mitológicas paseando entre nubes y jardines. Las paredes, recubiertas de un tapiz rojo, mostraban espléndidos cuadros enmarcados en oro. Varios escudos de armas de los Medici pendían del techo escalonados armónicamente. ¡Entonces Mauricio se percató de la geometría que ocultaban las seis bolas del escudo Medici!

—¡Uniendo las seis bolas surge la figura de la estrella judía! —exclamó sin pensar.

—Unos dicen que las seis bolas son la representación de las seis abolladuras que mellaron el escudo de un antepasado nuestro luchando contra Carlomagno —indicó Lorenzo—. Otros arguyen que no son más que píldoras medicinales, un recuerdo de nuestros orígenes como boticarios. Y hay quien sostiene que son besantes, monedas bizantinas, que nos relacionan con el gremio del arte del cambio. Pero es la primera vez que escucho que las bolas forman la estrella de David.

—Y sin embargo, es así —replicó Mauricio—. No hay más que unir las líneas de esta manera —añadió, trazando líneas imaginarias con los dedos.

—Es cierto —admitió Lorenzo—. Aunque para mí la estrella de David no es un símbolo exclusivamente judío. Es la representación geométrica del equilibrio entre lo divino y lo humano, entre lo alto y lo bajo. Si te fijas, se trata de dos triángulos superpuestos. El triángulo, con sus tres lados, representa el número 3. Dos triángulos, dos veces tres, el número 33. Y el 33 es un número clave para toda la humanidad, no sólo para los hebreos.

Mauricio miró al Magnífico. Aquel hombre sabía más de lo que decía. Pese a ello, consideró oportuno no preguntarle, ya que, de ningún modo, Lorenzo añadiría algo sobre lo que no considerara conveniente hablar. Se acercó hasta él y lo cogió afectuosamente por el hombro.

—Ya te lo dije hace tiempo. Estoy convencido de que el destino te ha puesto aquí por un motivo muy especial: confiamos en ti.

Mauricio se sintió tan complacido como abrumado al recibir aquel elogio amigable y sincero.

—Por eso creo —continuó Lorenzo— que llegarás a conocer el significado oculto de esta alianza.

Mauricio admiró nuevamente la joya que había vendido a Lorenzo: «Luz, luz, más luz».

—Me parece imposible que yo pueda resolver algo así, por mucho que un antepasado mío pudiera haber sido un custodio del anillo.

—Tiempo al tiempo —dijo Lorenzo—. Cada cosa tiene su momento y su lugar bajo el cielo.

—Hay otra cosa que me preocupa mucho —confesó Mauricio.

—¿De qué se trata?

—Me inquieta haber percibido una sensación de intenso odio hacia mí mismo justo después de haber experimentado lo que Elías califica de «experiencia extática». Si hubiera contactado de verdad con la divinidad, ¿no tendría que haber sentido únicamente amor en lugar de odio?

—Eso tiene una explicación —se apresuro a decir Elías—. El tener una experiencia puntual de comunicación con lo divino no implica que uno haya desarrollado en su personalidad todas las virtudes propias de un gran maestro. Es algo que ocasionalmente le ocurre a ciertas personas, especialmente a las que, como es tu caso, han estado muy cerca de la muerte a través de la enfermedad. En cualquier caso, lo que has experimentado ha sido intenso y necesariamente ha aportado luz a tu conciencia. Que después hayas sentido odio hacia ti mismo se debe a que ese deprecio ya estaba en tu interior. La única diferencia es que antes no lo percibías. Ahora has sido capaz de verlo. No lo pierdas de vista, porque no hay peor enemigo que el ignorado, ni rival más peligroso que el odio hacia uno mismo. Si no eres capaz de enfrentarlo a cara descubierta y vencerlo, te destruirá cuando menos te lo esperes. Ten muy presente el viejo adagio: «Lo que saques de dentro de ti, te salvará; lo que no saques, te destruirá».

Mauricio consideró su comportamiento tras el parto de su esposa. Ciertamente había bordeado el desastre. ¿Tendría razón Elías? En ese caso, ¿qué debía descubrir sobre sí mismo?

—Los alquimistas —explicó Elías— hablan de transformar el plomo en oro como una metáfora del duro proceso de alumbrar nuestras sombras interiores: el *opus nigrum*. Ésa es la obra en la que deberás trabajar durante los siguientes años, porque no es algo que se consiga de un día para otro.

—Así es —confirmó Lorenzo—. Sólo quienes han sido capaces de un logro tal comulgan de manera constante con el espíritu de Dios. El resto podemos tener experiencias luminosas de manera puntual, pero es fácil que vayamos dando bandazos de un extremo al otro.

Mauricio escuchaba sin lograr asimilar la información que le estaban brindando.

—Y una cosa más —le advirtió el Magnífico sin dejarle tiempo ni de coger aliento—: no hables de lo que te ha ocurrido con nadie. No sólo podrían tomarte por loco, sino algo peor: podrías ser acusado de herejía.

Mauricio recordó nuevamente el pasaje de la caverna del que habían hablado tiempo atrás. Platón advertía, a quien hubiera visto la luz, de las consecuencias de volver al interior de la caverna para explicar la verdad a los compañeros que seguían encadenados. Según Platón, todos se burlarían de él. Y si además tuviera la osadía de intentar desatarlos para conducirlos hacia el exterior, sus antiguos compañeros de prisión no dudarían en matarlo con sus propias manos.

—Confiamos en ti, Mauricio, confiamos en ti —le volvió a decir el Magnífico mientras le daba una afectuosa palmada en el hombro.

66

*L*a Piazza Santa Croce rebosaba de público el primer domingo del mes de septiembre. Lorenzo había querido mantener el estado de euforia desatado tras su triunfal regreso de Nápoles, celebrando innumerables espectáculos gratuitos para el pueblo. Sus ansias de satisfacer al *popolo minutto* habían llegado tan lejos como para organizar por primera vez partidos públicos de *calcio*, un deporte que apasionaba a Luca, pero que, en su opinión, debía de estar reservado para el solaz de las clases altas en sus jardines. Permitir que los desharrapados de los barrios marginales pudieran jugar en aquel magnífico marco era ir demasiado lejos. El terreno de juego había sido cubierto con arena del río Arno, y en ambos lados del campo se habían construido gradas de madera. Luca Albizzi y Maria Ginori ocupaban uno de los palcos donde las familias privilegiadas podían disfrutar del partido cómodamente sentadas.

Un jugador de la Santa Croce dio una patada al balón, que avanzó volando sobre el campo hasta que otro compañero se hizo con él en dura pugna con los adversarios. Sin embargo, el receptor fue inmediatamente agarrado por dos contrincantes del Santo Spirito, mientras un tercero le propinaba una fuerte patada en el estómago. La pelota cayó mansamente de las manos del jugador agredido antes de que éste se desplomase sobre el suelo. El campo rugió: unos aplaudiendo la jugada y otros abucheando.

—¿No es demasiado brusco este juego? —preguntó Maria Ginori.

—Déjame disfrutar del espectáculo y no me distraigas —le recriminó Luca—. Ya te lo he explicado antes. Hay tan pocas reglas que es imposible no acordarse de ellas. Son veintisiete jugadores por equipo y han de conseguir, como sea, trasladar el balón hasta el lugar marcado en el campo contrario. Sólo están prohibidos los puñetazos y las patadas a partir de la altura del bajo vientre.

En algunos aspectos, Maria era insufrible, pensó Luca. No obstante, al menos era obediente y nunca le llevaba la contraria.

El árbitro había pitado falta, y habían tenido que sustituir al jugador de la Santa Croce.

Ojalá que en la vida fuera tan fácil hacer cambios, reflexionó Luca. A menudo todo dependía de la suerte. Lorenzo de Medici era sin duda el niño mimado por la fortuna. Tras el acuerdo con Nápoles, también el Papa estaba dispuesto a reconciliarse con él a cambio de unas mínimas concesiones. La culpa de aquella claudicación la tenían los turcos, que con sus grandes avances habían conseguido lo imposible: la península Itálica había tenido que dejar atrás sus guerras internas para unirse contra un enemigo común. ¡Justo lo que siempre había propuesto Lorenzo! Ahora era inútil esperar un cambio de régimen, por lo que sólo le quedaba seguir medrando y adulando a los Medici para conseguir sus favores.

Un jugador del Santo Spirito corría con la pelota en las manos cuando un gigantón de la Santa Croce le alcanzó por detrás, barriéndole con una zancadilla brutal. Ya en el suelo le pisó el tobillo. El público gritó apasionadamente mientras cinco jugadores del Santo Spirito se lanzaban encima del agresor. En un momento se había formado una melé formidable.

—¡Qué horror! —exclamó Maria.

—¡Ya está bien de molestar! —gritó Luca fuera de sí—. Te he traído aquí para que disfrutes del espectáculo, no para escuchar quejas ni lamentos.

A veces Maria era tan insoportable… Luca volvió a concentrarse en el terreno de juego. Los del Santo Spirito contaban en su equipo con los batidores y cardadores de lana: no eran muy técnicos, pero sí los jugadores más violentos, irresponsables y salvajes. Es decir, el fiel reflejo de su vida cotidiana en el campo de juego. Luca no era de ninguno de los dos equipos, sino del Sant Giovanni, el de su barrio, que jugaría después contra el ganador de dicho encuentro. Respecto a este partido, sólo deseaba una cosa: que se lesionasen el mayor número de jugadores. Observó la arena del campo con satisfacción.

El árbitro no había sabido poner orden y los dos equipos la habían emprendido a guantazos unos con otros. El partido acababa de empezar, pero pintaba bien. Luca miró el rostro silencioso y resignado de su esposa y suspiró. Aunque le gustaba exhibir a su mujer en el palco, engalanada con sus mejores ropas, si mantenía ese comportamiento tan estúpido, la amenazaría con dejarla en casa.

67

*E*l sol se apagaba sobre el horizonte en aquel primer domingo de septiembre y la fiesta estaba a punto de comenzar. Lorena caminaba cogida de la mano de Mauricio entre los jardines de Villa Careggi, la magnífica villa de Lorenzo Medici, estratégicamente situada sobre la cercana colina Monterivecchi.

Durante la estación estival, Lorena y su esposo se habían convertido en habituales invitados de las celebraciones de la villa, un hecho que sin duda había aumentado su consideración social. ¡Hasta su propia familia ya miraba con otros ojos a Mauricio! Pero Lorena no acudía únicamente por el prestigio de estar entre los favoritos del Magnífico, sino que también disfrutaba inmensamente de esas veladas.

Habitualmente el jardín se cubría de antorchas que iluminaban las distintas mesas de invitados. La comida siempre era deliciosa y el tiempo acompañaba la conversación. Las noches eran cálidas y estrelladas, lo que propiciaba ese ambiente de ensueño que envolvía aquellas reuniones. Tras la cena solían leerse unos versos, algunos de los cuales eran del propio Lorenzo, que además de perfecto anfitrión era un gran poeta. Posteriormente los asistentes comentaban los poemas: era uno de los momentos preferidos de Lorena, ya que los oradores solían exponer ideas tan bellas como originales. También amenizaban la gala los acróbatas, malabaristas, saltimbanquis y tragafuegos que Lorenzo contrataba asiduamente. Y en todas las ocasiones, una orquesta dispuesta a tocar cuando los invitados desearan bailar, redondeaba la velada.

—Será mejor que no le comentes hoy a Lorenzo el nuevo negocio que queréis empezar con Bruno —le dijo Lorena a su esposo en voz baja, mientras se iban acercando a la mesa.

—¿Por qué no? Bruno siempre tiene excelentes ideas. ¿Recuerdas aquellos sacos de almendras que insistió en que compráramos? Al final resultó ser una excelente inversión, pese a que una parte de los sacos se echaran a perder por empaparse de agua durante la travesía en barco.

—Hoy es un día festivo —replicó Lorena—. Ya sabes que a Lorenzo le gusta más hablar de arte, amor, literatura, relaciones, filosofía, o de cualquier tema banal tratado con humor... Creo que sería más elegante que le plantearas el asunto mañana. ¿No necesitáis que invierta una parte del dinero con vosotros? Pues no le importunes esta noche con asuntos económicos. Lo importante, Mauricio, es estar en el corazón de las personas. Después, todo lo demás, incluido el dinero, viene por añadidura.

—Sí, tal vez tengas razón —concedió él.

Lorena flotaba de felicidad. Estaba más enamorada que nunca de su marido, hacía tres meses que estaba embarazada, y la paz había llegado. Además, Mauricio comenzaba a labrarse un futuro muy esperanzador en el seno de una sociedad tan difícil como la florentina. Ya conocía al socio de su marido, Bruno, y le parecía un hombre de mente despierta y vivaz para los negocios. La combinación parecía excelente. Bruno aportaba su experiencia acumulada en el mundo financiero y Mauricio participaba sirviendo en bandeja los mejores contactos. Afortunadamente sus inquietudes intelectuales y artísticas habían propiciado que se integrara naturalmente en la aristocrática familia platónica que rodeaba a Lorenzo de Medici: Giorgio Antonio Vespucio, Luigi Pulzi, Sandro Botticelli, Agnolo Poliziano, Paolo del Pozzo Toscanelli o Marsilio Ficinio eran sólo algunos de los ilustres nombres con los que Mauricio se codeaba habitualmente.

Incluso el último enemigo, la peste, había remitido notablemente, pese a los calores propios de aquellas fechas. Continuaba localizada en algunos focos, pero Lorena confiaba en que con la llegada del frío se acabara aquella plaga. De todos era sabido que cada tantos años surgían brotes de peste: era una enfermedad crónica que aparecía y desaparecía periódicamente. Dos años seguidos eran demasiados. Era ya tiempo de que la enfermedad se alejara definitivamente de Florencia y sus alrededores.

Lo cierto es que todo estaba marchando tan maravillosamente bien que Lorena no imaginaba que nada pudiera ir mal.

SEGUNDA PARTE

(1492-1498)

Doce son los signos del Zodiaco.

Doce, los planetas que nos rigen.

Doce son las tribus de Israel.

Doce, los apóstoles elegidos.

Doce son las tareas de Hércules.

Doce, las pruebas del hombre.

Doce años es tiempo suficiente para
que un mundo se desmorone.

68

Florencia, 5 de enero de 1492

—«El séptimo ángel derramó su copa en el aire. Y salió del santuario una gran voz que decía: "Hecho está". Dios se acordó de Babilonia, la grande, para darle de beber la copa de su terrible ira. Se hundieron las islas, los montes desaparecieron y una enorme granizada, como de talentos, cayó del cielo sobre los hombres…»

La voz de Girolamo Savonarola tronó en la catedral de Florencia sobrecogiendo a los asistentes. El severo sacerdote estaba leyendo un pasaje del Apocalipsis de san Juan con la intención de relacionarlo con los inusuales acontecimientos climatológicos de las últimas semanas. Las terribles tormentas no sólo destrozaban árboles y cultivos, sino que también azotaban la ciudad. Las casas habían permanecido cubiertas por la nieve hasta el primer piso, mientras que en los tejados el agua congelada formaba inmensas estalactitas que pendían en cascadas desde lo alto. La nieve del suelo, transformada en hielo negro y resbaladizo, impedía el habitual trasiego de carretas, caballos y mulas. En aquellos días, la luz duraba menos que un padrenuestro y los vientos gélidos amenazaban con forjar una alianza perenne con la oscuridad. Un miedo reverencial latía en los corazones de los florentinos y Savonarola quería asegurarse de que ese temor de Dios perdurase dentro de cada uno de ellos.

El miedo, consideró Lorena, era una pasión fácil de inflamar. Bastaba con imaginar lo que uno podía perder: el respeto de la opinión ajena, el amor, la vida, o el patrimonio... Lorena tenía muchos motivos para sentir temor, pues los últimos años habían sido pródigos en regalos. La riqueza se había instalado en su casa, estaba más enamorada que nunca de Mauricio, y Dios les había bendecido con tres hijos maravillosos. Sin embargo, últimamente, los malos presagios asaltaban su mente con frecuencia. Quizás el aborto natural padecido meses atrás fuera consecuencia de que el viento hubiera comenzado a soplar en otra dirección. Y quizás el eco que encontraban las palabras de Savonarola en el corazón de los florentinos fuera el augurio de los nuevos tiempos por venir.

—¿Acaso creéis que las Sagradas Escrituras son una obra literaria de ficción como las de ese Sófocles, al que algunos admiran más que a los profetas? —preguntó Savonarola, encaramado desde lo alto del púlpito de la catedral—. ¡No! ¡De ninguna manera! Cuando los profetas hablan de la plaga de granizo se refieren a una realidad palpable. Los árboles se quedan sin frutos, los campos pierden su cosecha, la gente muere de hambre... No se puede pecar alegremente y esperar que los dioses paganos os protejan de vuestras malas acciones. No juguéis a ser astutos con el Señor. O se está con Dios, o se está contra él. Ya lo dijo Jesucristo: «Quien tenga su casa dividida perecerá». ¿Quién es capaz de servir a dos señores al mismo tiempo? Aunque uno sea el ciudadano más acaudalado de Florencia, no puede adorar a Dios durante el día y complacer al diablo durante la noche. Porque la muerte llega como un ladrón, cuando menos se la espera.

A Lorena no se le escapó que la referencia al hombre más acaudalado de Florencia era una alusión a Lorenzo de Medici. Dentro de poco se cumplirían doce años de su triunfal regreso de Nápoles. Entonces nadie se hubiera atrevido a insinuar algo semejante en público. Sin embargo, hoy un sacerdote se permitía censurar a Lorenzo en plena catedral de Florencia. Girolamo Savonarola era un hombre más bien bajo, de complexión nerviosa. De labios gruesos en forma de pez, enorme nariz de gancho y frente pequeña, tal vez sus ojos grandes y sus cejas pobladas fueran los únicos rasgos atractivos de aquel rostro. No obstante, sus palabras quemaban como el fuego. Por algún motivo inexplicable, su presencia enardecía las emociones de cuantos le escuchaban. No era tanto lo que decía, sino la energía invisible que acompañaba su discurso. La inconmovible convicción con que hablaba producía, por un efecto de simpatía o contagio, la misma certeza en quienes le oían. Era casi imposible escucharle predicar desde el púlpito y disentir, en el fuero interno, de sus palabras, aunque uno no compartiera sus visiones.

Sólo a esa cualidad sobrenatural podía deberse la ascensión de aquel ascético cura. Hacía menos de tres años que, tras ser llamado a Florencia, había comenzado su oscura tarea de instructor de novicios en San Marcos. Allí, en el jardín del convento, impartió lecturas diarias sobre el Apocalipsis a los frailes, con tanta pasión que pronto acudieron oyentes seglares ajenos a las órdenes clericales. Llegó un momento en que el público no cabía en el claustro, por más que se apiñaran hasta casi ahogarse. Ante esta afluencia sin precedentes, sus superiores le invitaron a predicar desde el púlpito de San Marcos. En poco tiempo, el templo también se quedó pequeño. Para entonces su fama había crecido tanto que el pueblo rogaba que predicara en el Duomo de Florencia. Savonarola se negó humildemente a tan gran honor, pero al final cedió a las súplicas de los ciudadanos. Y ahora, desde el escenario más impresionante que existía en la ciudad, flagelaba sin descanso a los descarriados florentinos.

—«Después vi otro ángel que bajaba del Cielo —declamó Savonarola, citando nuevamente el Apocalipsis de san Juan—. Tenía gran poder y su gloria iluminó la Tierra. Gritó con voz potente diciendo: "Cayó, cayó Babilonia, la grande". Se había convertido en morada de demonios. Porque del vino de su lujurioso desenfreno bebieron todas las naciones; con ella fornicaron los reyes de la Tierra y los mercaderes se enriquecieron con su desenfrenada opulencia. "¡Ay, ay de la gran ciudad de Babilonia, de la ciudad poderosa! ¡En una hora ha venido tu castigo!" Y los mercaderes lloraban y se lamentaban por ella, porque ya nadie compraba su cargamento.»

Savonarola calló y un silencio absoluto llenó la iglesia. Parecía un milagro que ningún niño llorase ni que nadie se moviera.

—¿Acaso creéis que san Juan habla de algunos de esos mitos que tanto gustan a algunos? —continuó—. ¡No! San Juan describe el castigo final para los fornicadores, los herejes, los usureros y los comerciantes corruptos. Todos ellos se consumirán en la Gehena entre horribles dolores. Y yo os digo que el castigo de esta ciudad podrida se halla cercano. Cuando la espada flamígera del Señor actúe, no servirán de nada vuestras riquezas, los libros paganos no os protegerán, vuestra sabiduría será vana; vuestros mejores vestidos, ridículos ante la gloria de Dios… ¡Cambiad! ¡Arrepentíos antes de que sea tarde! ¡Regresad a la senda del bien mientras haya tiempo!

Lorena miró fascinada a aquel sacerdote y a su audiencia. No mucho tiempo atrás las mujeres y los hombres acudían a la catedral de Santa Maria del Fiore ataviados con sus galas más elegantes. Hoy no se veía una joya ni un vestido que pudiera considerarse demasiado recargado. Los ataques reiterados de Savonarola contra la vanidad y el lujo huero habían calado ya entre los feligreses, independientemente de sus convicciones. Por ello, aunque algunos continuaran exhibiendo esplendorosos ropajes en las fiestas, ni un solo florentino osaba dejarse ver en un sermón de Savonarola con un traje que pudiera ser tildado de ostentoso.

—Hasta los príncipes y los rectores de ciudades como ésta son incapaces de evitar la muerte cuando Dios llama a su puerta —aseveró el sacerdote—. También a Lorenzo le llegará su hora. Cuando esto ocurra, no penséis que vosotros estaréis mejor protegidos. Aprovechad este día para desprenderos de vuestros vicios y pecados, no sea que mañana el peso de vuestro propio fardo os precipite al abismo sin remedio.

Lorena no podía creerse lo que había oído. ¡Savonarola había pronosticado de modo velado la muerte de Lorenzo delante de media Florencia! Si eso llegaba a ocurrir, Dios no lo permitiera, el prestigio de Savonarola como profeta se acrecentaría hasta límites insospechados.

Lo cierto es que los tiempos estaban cambiando. Incluso con el Magnífico vivo, la influencia de Savonarola era incontestable. Hacía ya meses que el ascético sacerdote y Lorenzo convivían en la misma ciudad dentro de un equilibrio inestable. Lorenzo seguía acaparando los resortes del poder en las instituciones de Gobierno, pero era Savonarola quien estaba ganando las voluntades de las gentes con el único don de la palabra. Sí, incluso entre el círculo más íntimo del Magnífico, eran muchos los que comulgaban con Savonarola. Por dicho motivo, aquel monje enjuto era intocable y se podía permitir criticar a quien le placiera, incluyendo a Lorenzo.

69

*M*auricio había acompañado a Lorena a la catedral de Santa Maria del Fiore, pero no había entrado con ella. De algún modo, escuchar a Savonarola le producía una inquietud difícil de definir. En su lugar, había continuado andando hasta llegar a la casa de su amigo Bruno, en la Via dei Pandolfini, justo detrás del Bargello, el palacio de justicia del *Podestà*.

—Me alegra encontrarte aquí, viejo bribón —le saludó Mauricio—. Temía que estuvieras también en el Duomo, escuchando a Savonarola.

—Ya sabes lo que opino de ese sacerdote. Su influencia, que se acrecienta cada día que pasa, no traerá nada bueno para los negocios. Tanto empeño en predicar contra el lujo nos hará más pobres a todos.

Mauricio contempló el largo pasillo mientras avanzaban hacia el salón principal de la planta baja: suelos de noble madera, tapices de vivos colores, candiles de bronce que colgaban de las paredes, techos artesonados labrados con láminas de oro… Las cosas les habían ido muy bien durante los últimos años. Bruno había podido construir aquella espléndida mansión y él había adquirido la casa de Tommaso Pazzi, de tal modo que ya no vivía en ella de prestado por gentileza de Lorenzo, sino que ahora era su legítimo propietario. Mauricio y Bruno también habían invertido en villas y granjas en el campo. Fuera de Florencia, las propiedades inmobiliarias eran mucho más baratas y presentaban grandes ventajas, puesto que se cedía su uso a familias trabajadoras que pagaban el arriendo entregándoles una quinta parte de los frutos allí cultivados. Y aquel gran salto económico había sido posible gracias al comercio. Empezaron con almendras, y luego siguieron con todo tipo de productos: aceite de oliva, pimienta, jengibre, nuez moscada, cardamomos, limones, lana, brocados, plomo, estaño, cuberterías de plata... En definitiva, cualquier mercadería que pudiera venderse a buen precio en Florencia o en otras ciudades.

—Qué extraño oír tan poco bullicio en tu casa —comentó Mauricio.

—Es que mi mujer se ha ido a la iglesia con nuestros hijos y un par de sirvientes.

—Pues ahí se encontrarán nuestras esposas, pero no mis retoños, que se han quedado en casa bien abrigados y cuidados por Cateruccia.

—Habéis hecho bien. Salir del hogar con este frío es una heroicidad, aunque mi mujer sería capaz de atravesar montañas de hielo con tal de no perderse un sermón de Savonarola. Está persuadida de que es el nuevo guía de Florencia, y hasta se ha enfadado conmigo por no acudir al Duomo. Nunca habíamos discutido tanto como por culpa de ese falso profeta.

Mauricio miró a su amigo. Desde que lo conoció en los magros tiempos de la *tavola*, Bruno había sabido labrarse su fortuna: se había casado con una bella florentina y había gozado del tipo de existencia con el que siempre había soñado. Aunque nada de eso había podido evitar que se le cayera el pelo. Por más que hubiera comprado ungüentos y pócimas milagrosas, finalmente se había quedado calvo. Pese a ello, Bruno era un hombre satisfecho hasta con su barriga de buen vividor. También él tenía motivos para sentirse feliz, pues el destino había colmado sus sueños, lo cual le permitía disfrutar de una familia maravillosa, honor, amigos y riqueza. Mauricio agradeció mentalmente a su progenitor que le hubiera guiado hasta Florencia bendiciéndole con su último aliento. ¡Cómo le hubiera gustado compartir sus éxitos con él!... Se consoló pensando que su padre se sentiría orgulloso de cuanto veía desde el Cielo.

—Por cierto, ¿cómo está Lorenzo? —preguntó Bruno.

—Mal —contestó Mauricio con preocupación.

—Me temo —dijo Bruno meneando la cabeza— que cuando falte el Magnífico todo será más difícil, especialmente para nosotros.

—Sí —reconoció Mauricio—. Lo cierto es que Piero, el hijo mayor de Lorenzo, no me profesa el afecto de su padre.

—Lorenzo ha sido muy generoso con nosotros —reconoció Bruno— al dejarnos utilizar gratuitamente los almacenes del banco Medici en cualquier ciudad. Por no mencionar que sus corresponsales también nos facilitaban el papeleo en los puertos y en las aduanas. No creo que los agentes y representantes Medici en las diferentes ciudades europeas continúen a nuestra disposición cuando Piero de Medici suceda a su padre.

—Razón no te falta —concedió Mauricio—, aunque la banca Medici ya no es lo que era. Tal como pronosticaste, bajo la dirección de Francesco Sasseti las cosas no han podido ir peor. Ya han cerrado las filiales de Venecia, Aviñón, Milán, Londres, Brujas, Pisa…

—Sólo resisten —prosiguió Bruno— las de Roma, Nápoles, Lyon y, por supuesto, la de Florencia: veremos lo que ocurre con ellas.

—Afortunadamente nosotros sí podemos permitirnos ser optimistas —aseguró Mauricio—. Del mismo modo que acertamos dejando nuestro trabajo en la Tavola de Florencia para dedicarnos al comercio, también obtendremos buen fruto de ese negocio de telas que compramos el año pasado. ¡Si nos hubieran dejado dirigir la banca Medici, a buen seguro que todavía conservaría intacto su prestigio!

—Aquello era una batalla perdida, Mauricio. En todos los puestos clave se hallaban individuos que concedían los préstamos para promocionarse a sí mismos y a sus familiares a costa del banco. Que lo hiciera Lorenzo, que al fin y al cabo es su dueño, era comprensible. Pero con los directores de todas las *tavole* siguiendo su ejemplo, lo sorprendente es que el banco no haya quebrado todavía, aunque es una mera cuestión de tiempo. A Lorenzo le queda el consuelo de que, gracias a los muchos favores prestados al papa Inocencio, éste ha concedido a su segundo hijo, Giovanni, generosas mercedes desde que fuera ordenado sacerdote. De hecho, las cuantiosas rentas que le generan a Giovanni Medici las abadías de Passignano, Monte Cassino y Morimondo, junto con los beneficios de las iglesias diseminadas por las zonas de Mugello, Prato y el valle del Arno, suman una pequeña fortuna anual.

—Desde luego —asintió Mauricio—. Los Medici no pasarán hambre aunque la banca no remonte el vuelo. No obstante, Lorenzo está preocupado. El papa Inocencio VI nombró cardenal a su hijo Giovanni cuando sólo tenía trece años, algo que contraviene las leyes canónicas. Por eso el nombramiento fue secreto, si bien a Lorenzo le faltó tiempo para proclamarlo a los cuatro vientos. Sin embargo, hasta que Giovanni no cumpla los dieciséis años no se le puede proclamar oficialmente cardenal. Y si al papa Inocencio le ocurriera algo, su sucesor no estaría obligado a investirlo como tal.

—Especialmente porque el nuevo Papa no debería nada a los Medici —observó Bruno—. De todos modos, dentro de apenas dos meses, Inocencio VI entregará el capelo a Giovanni.

—Exacto. Y últimamente no me puedo quitar de la cabeza que Lorenzo está librando una postrera batalla contra su cuerpo con el único propósito de ver a Giovanni investido oficialmente como cardenal. Creo que ése es su último deseo en esta vida.

—Y puede que tenga razón en darle tanta importancia —aventuró Bruno—. El nombramiento conferirá gran honor no sólo a la familia Medici, sino a toda Florencia. Además, ¿quién sabe lo que puede llegar a ocurrir si los Medici ponen un pie en la Iglesia de Roma?

—¿Y quién sabe lo que puede ocurrir con Piero, el hijo mayor de Lorenzo, dirigiendo Florencia? —preguntó a su vez Mauricio.

—En principio no debería tener problemas, ya que a las familias dominantes de Florencia les interesa que se mantenga el *statu quo* actual.

—Lo sé, Bruno. Desgraciadamente, Piero no tiene ni la inteligencia ni el encanto de su padre. Y lo que es peor, su arrogancia le incapacita para percatarse de sus necedades.

—Entonces no le pediremos genialidades como a su padre. Nos limitaremos a confiar en que no haga tonterías. Oye, cambiando de tema: ¿sigue Lorenzo tan interesado en el viaje que proyecta ese tal Cristóbal Colón?

—Más que nunca. Pese a estar postrado en cama, está dedicando mucho tiempo y energía al asunto. Por lo que he oído, en un breve plazo una comisión científica dictaminará si el proyecto es viable. Ahora bien, parece ser que a los Reyes Católicos, como a Lorenzo, tampoco les sobra el dinero en estos momentos. No obstante, Luis Santángel, uno de los principales valedores de Colón ante la corte española, está dispuesto a prestar de su bolsillo un millón de maravedíes. Aun así faltaría otro medio millón para financiar la expedición.

—¿Y la banca Medici proporcionaría el dinero necesario? —inquirió Bruno.

—Tal vez si dispusieran de una tesorería más saneada. Lorenzo, que siempre halla soluciones, ha convencido a algunos comerciantes florentinos y genoveses, entre los que se encuentran Gianetto Berardi y Jacobo de Negro, para agruparse en un consorcio que preste el dinero que falta si el proyecto se aprueba. Incluso está apalabrado con Colón que sea Berardi quien aprovisione sus naves.

Al oír aquellas palabras, Bruno comenzó a andar nerviosamente de un lado a otro de la habitación. Parecía sumamente excitado.

—Escúchame, Mauricio, Lorenzo no da puntada sin hilo. Si en el pésimo estado de salud en el que se halla está dedicando su energía a este asunto es porque le concede una importancia colosal. No olvidemos que el Magnífico es uno de los hombres mejor informados de Europa. Mi instinto me dice que nosotros también deberíamos invertir en este viaje.

—¡Es una aventura demasiado arriesgada! —protestó Mauricio—. Figúrate: ese Colón quiere llegar a las Indias por poniente, cruzando el mar océano, algo que nadie ha intentado jamás. Para lograrlo se deben dar demasiadas carambolas. Primera: toda la hipótesis se sustenta en que la Tierra es redonda, por lo que aun partiendo en dirección contraria a las Indias alcanzarán felizmente su destino, pero ¿y si resulta que la Tierra no es una esfera como afirman los sabios? En ese caso, las naves nunca llegarán a buen puerto. Segundo inconveniente: supongamos que efectivamente la Tierra es redonda. Pero nadie ha medido sus dimensiones. Paolo Toscanelli calculó que las Indias debían de distar 750 leguas marítimas de las islas Canarias. Cristóbal Colón mantuvo correspondencia con el cosmógrafo florentino e incluso dispone de un mapa suyo. Pero ¿y si esos cálculos son erróneos? ¿Y si la Tierra es mucho más grande? Entonces el osado aventurero y sus naves perecerían sin provisiones en alta mar. Tercero: admitamos que esos cálculos teóricos se correspondan con la realidad, aunque nadie los ha comprobado personalmente. ¿Qué hay de los vientos y las corrientes traicioneras que nadie conoce? ¿Cómo se orientarán en alta mar? Sin puntos cercanos de tierra costera como referencia es fácil perderse. Por no hablar de los monstruos marinos que pueden poblar esas aguas desconocidas. En pocas palabras, le deseo a don Cristóbal la mejor de las suertes, pero no es aconsejable arriesgar dinero en tan improbable empresa sin ser príncipes ni potentados.

—¡Podríamos llegar a serlo! —exclamó Bruno con tanta vitalidad como optimismo—. Hoy en día la ruta de las especias es lenta, peligrosa y cara. Las caravanas deben soportar el sol del desierto, sortear a los piratas beduinos, pagar costosos peajes a cada uno de los sultanes de las tierras por las que pasan. Al llegar a Constantinopla, las mercancías quedan bloqueadas por los turcos, que revenden los productos al precio que les viene en gana. En caso de desviarse hacia Egipto, es la flota veneciana la que exige un tributo desorbitado por embarcar las especias. Y nosotros pagamos religiosamente el precio impuesto por los sucesivos intermediarios, pues, ¿qué familia acomodada cocinaría hoy en día sin pimienta, macis, canela, clavo o azafrán? Si Colón tuviera éxito, esa ruta será un filón de oro. Nos bastaría fletar un buque compartido con los Negro y los Berardi para ser más ricos de lo que nunca soñamos. Y si fueran varias las travesías que culmináramos con éxito, nos codearíamos con los príncipes y la nobleza en la misma mesa.

A Mauricio la cabeza le daba vueltas. Palacios, capillas dedicadas a su familia, obras de mecenazgo, una vida principesca para sus hijos… Ya no debería preocuparse más por el dinero, podría patrocinar a jóvenes artistas y, al modo de Marsilio Ficino, consagrar su tiempo a estudiar y escribir libros. A estas alturas, estaba convencido de que nunca destacaría como poeta, pero le rondaban en la cabeza originales proyectos literarios que deseaba explorar… Ahora bien, debía tener la precaución de no dejarse arrastrar por sus sueños, ya que el honor de su familia y el futuro de sus hijos dependían de la fortuna que tanto le había costado alcanzar.

—Eso que dices, Bruno, es lo mismo que deben de pensar Gianetto Berardi, Jacobo de Negro y el resto de los comerciantes, puesto que una de las condiciones ineludibles del préstamo es que en las siguientes expediciones a través de la nueva ruta pudiera representarles un agente comercial de su entera confianza. Sin embargo, sabes muy bien que, en caso de que la empresa fracasara, nadie nos devolverá ni un florín.

—¿Dónde está el beneficio sin riesgo? —inquirió Bruno con ojos brillantes—. Justamente ahora estamos en una disposición óptima para afrontar tan ambicioso proyecto. Podríamos aportar una décima parte del dinero necesario y, aunque el viaje acabara en fiasco y perdiéramos hasta el último florín prestado, continuaríamos siendo ricos. Por el contrario, si Colón llega a las Indias nuestra posición social daría un salto inimaginable. Así que, como ves, no arriesgamos casi nada y podemos ganarlo todo.

—Hombre, desde ese punto de vista…

—No hablemos más, Mauricio. Déjalo en mis manos. Yo los persuadiré de que nos acepten como socios partícipes del préstamo a Cristóbal Colón. Al fin y al cabo, estarían limitando sus pérdidas en el supuesto de que la aventura fracasara, sin que fueran a dejar de ganar fortunas si Dios bendijera la empresa. Los negocios, Mauricio, son buenos cuando todas las partes ganan…

70

—¿Cómo se encuentra Lorenzo de Medici? —preguntó Lorena, inquieta por la alusión a su muerte anunciada críticamente por Girolamo Savonarola durante su prédica en el Duomo.

—Esta tarde le he visto peor que nunca —respondió Mauricio—. Tiene muy hinchados los codos y las rodillas, y los dedos tan retorcidos… Ni siquiera podía mover las manos. También le han salido pequeños bultos en la piel, e incluso en los oídos.

Indiferente a tan graves noticias, Agostino, su hijo mayor, jugueteaba con las lenguas de pavo asadas antes de llevárselas a la boca. Menos mal que sus otros hijos estaban en la cama, pensó Lorena. Cuando los tres coincidían en la mesa, cada uno competía a su manera por la atención de los padres y era imposible mantener ninguna conversación coherente. Que Simonetta, con sólo cinco años, ya estuviera durmiendo entraba dentro de lo normal. Que Alexandra, a sus nueve años, no hubiera resistido despierta hasta que regresara su padre era ciertamente extraño. Como hacía dos días que el frío era extremo, Lorena le había tocado la frente para comprobar su temperatura. Aunque no parecía tener fiebre, la había obligado a tomarse un tazón de leche caliente con miel, y Alexandra no había tardado en caer presa de un profundo sueño.

—El estado de Lorenzo parece grave —comentó Lorena con preocupación—, aunque confío en que recobre la salud, tal como ha hecho en tantas ocasiones últimamente.

—Lorenzo se ha encontrado muchas veces impedido por esos achaques recurrentes que sufre para luego recuperarse y continuar su ajetreada vida con tanta energía como siempre. Sin embargo, sus dolencias son cada vez más fuertes y continuadas. El Magnífico sigue siendo capaz de controlarlo todo, pero me da la impresión de que únicamente lo consigue gracias a que su indomable voluntad hace obedecer a un cuerpo que ya no quiere seguir trabajando. Por eso, muchas veces tiene que limitarse a dar instrucciones sin moverse de la cama.

—Rezaremos por Lorenzo —dijo Lorena—. Me apena muchísimo que sufra de esta manera. Ha sido tan generoso con nosotros y le debemos tanto...

Lorena tenía en altísima consideración a su marido. No obstante, era consciente de que sin el apoyo incondicional del Magnífico le hubiera sido imposible obtener un ascenso tan meteórico dentro de la sociedad florentina. Lorenzo le había brindado amistad, protección, influencia y apoyo en sus empresas. Bruno, que había demostrado ser un lince para los negocios, había aportado magníficas ideas, pero sin Lorenzo no hubieran pasado de ser proyectos irrealizables.

—¿Habéis visto las hogueras en la calle? —preguntó Agostino—. Las han encendido unos hombres extranjeros que gritaban mucho. ¿Quiénes eran?

—¡Agostino, no abras la boca así mientras comes! —regañó Lorena a su hijo.

A sus once años era un niño guapísimo, fiel reflejo de su padre, excepto en el pelo, ya que lo tenía rizado y rebelde como ella. Sin embargo, no había que dejarle hacer lo que se le antojara porque fuera una preciosidad. Para Lorena era muy importante que adquiriera las maneras de un príncipe, y lo iba a conseguir por mucho que le costase. Si Mauricio había aprendido a comportarse con modales exquisitos en la mesa, su hijo no iba a ser menos.

—Españoles alojados en Florencia —aclaró Mauricio, tras la reprimenda—. He estado hablando con ellos a la salida del palacio Medici. Están celebrando las últimas noticias: han conquistado Granada y han expulsado a todos los moros que vivían allí.

Sin razón aparente, Lorena tuvo un súbito mal presentimiento. Las dos últimas noches, una fina lluvia que se helaba mientras caía había dejado enormes trozos de hielo puntiagudo sobre las plantas de la campiña. La cantidad de carámbanos era tan grande que los árboles se habían doblado hacia delante. Muchísimos robles y castaños habían sido arrancados de sus raíces. Aquella terrible lluvia había empezado en Fiesole y se había extendido a Mugello, San Godenzo y Dicomano, quebrando las ramas de cuantos olivos había hallado a su paso. Sin duda era un pésimo augurio. La rama de olivo siempre había sido símbolo de paz, victoria, vida… Lorena confiaba en equivocarse. Sin embargo, era posible que, tras doce años de vacas gordas, las vacas flacas estuvieran a punto de llegar.

71

—*L*os días de Lorenzo están contados —dijo Pietro Manfredi—. Puedes apostar doble contra sencillo a que no llegará con vida al verano.

Luca calló. Desconocía si Pietro se había enterado de eso por la indiscreción de algún médico o si, por el contrario, había desempeñado un papel en el desarrollo de la enfermedad de Lorenzo a través de algún veneno de acción lenta. No pensaba preguntar. En según qué asuntos, concluyó, cuanto menos supiera, mejor.

—Afortunadamente los tiempos han cambiado mucho desde que Lorenzo regresó triunfalmente de su viaje a Nápoles —observó Luca—. Lo cierto es que los sermones de Savonarola han traído aire fresco a esta ciudad. ¡Si hasta se ha atrevido a denostar a Lorenzo desde el púlpito presentándolo como un tirano que tiene secuestradas las libertades de Florencia!

—Falta hacía —señaló Pietro—. Gracias a Savonarola las ideas que con tanto ahínco había impulsado Lorenzo están empezando a caer en el descrédito, sin necesidad de cañones ni de espadas.

Luca recordó que, años atrás, Pietro había afirmado que no servía de nada matar a alguien si eso le convertía en héroe ante la eternidad y que para luchar contra las influencias malignas de Lorenzo haría falta cargarse de paciencia. Incluso había dejado entrever la existencia de un plan a largo plazo encaminado a lograr tal objetivo. ¿Era Savonarola parte de ese plan? No pensaba preguntarlo. Sabía que existía una organización secreta a la que él le suministraba toda la información a la que tenía acceso por intermediación de Pietro Manfredi. De poco más estaba enterado. Por las conversaciones que había mantenido con Pietro estaba convencido de que sus ideas y las de esa misteriosa sociedad coincidían plenamente. No obstante, Pietro jamás le había revelado el nombre de ningún miembro ni le había sugerido que su papel pudiera ser otro que el de simple informante. Con el tiempo, Luca había aceptado esa realidad con cierta complacencia, puesto que prefería desconocer ciertas cosas. Lo que pudieran hacer con la información que él facilitaba no era de su incumbencia. Como contrapartida, Pietro le había ido señalando a lo largo de los años diversas oportunidades comerciales que siempre le habían reportado suculentos beneficios. Nunca había vuelto a ver a Leoni, ni tampoco le habían reclamado ni un florín de los dos mil que le habían entregado. Hasta ahora no podía quejarse de nada, pues lo único que debía hacer era hablar regularmente con Pietro, a quien ya consideraba un amigo.

—Lamentablemente, Savonarola no podrá evitar —dijo Luca reanudando la conversación— que Giovanni Medici llegue a ser cardenal. ¡Qué vergüenza! ¡Si su padre le asignó como tutor al humanista Poliziano desde su más tierna infancia! Incluso la esposa de Lorenzo se quejó de que un preceptor tan poco apostólico fuera el responsable de educar a su hijo. Ese Giovanni debe de tener un alma más pagana que cristiana. Y si es nombrado cardenal, ¡hasta podría llegar a ser papa!

—Si el papa Inocencio no muere antes de nombrar oficialmente a Giovanni como cardenal —advirtió Pietro—. Tengo entendido que su salud tampoco es demasiado buena. Y si el nuevo pontífice no fuera pro Medici, podría decidir no investirle como cardenal.

—Dios proveerá —se limitó a comentar Luca.

—Esperemos que cuando la Providencia decida el momento oportuno para que se produzca un cambio en el trono de san Pedro, el nuevo vicario de Cristo no sea tan favorable a los Medici.

—Ojalá que se cumplan tus deseos, porque parece que Lorenzo ha embrujado al papa Inocencio. ¡Si hasta ha declarado públicamente que Lorenzo es el compás que mantiene el equilibrio de toda Italia!

Luca sintió que una oleada de rabia le subía desde el estómago hasta la cabeza. ¡Odiaba a los Medici y todo lo que representaban! Si un advenedizo extranjero como Mauricio había ascendido tanto y le había superado en reconocimiento y riqueza, era exclusivamente por el favoritismo con el que Lorenzo le había tratado. A Luca le producía una gran amargura que un don nadie como Mauricio hubiera sido constantemente invitado a las fiestas y celebraciones de los Medici, como si se tratara de un gran personaje, mientras que él, un Albizzi, era tratado meramente con cortesía. Durante años había tenido que soportar ese agravio poniendo buena cara. ¡Ojalá que la futura muerte de Lorenzo le permitiera vengarse de las muchas afrentas recibidas!

—Sí, demasiada gente ha ensalzado injustamente a Lorenzo —coincidió Pietro—. Sin embargo, tengo la esperanza de que este año de 1492 nos depare muchos cambios y sorpresas.

72

Mauricio observó a Lorenzo con preocupación: permanecía tumbado en la cama del dormitorio y su rostro estaba muy pálido. Realmente el Magnífico debía de ser incapaz de moverse, pues, de otro modo, a buen seguro habría acudido a la planta baja de su palacio, donde se celebraba una de las fiestas más fastuosas que pudiera recordar. Y es que aquel diez de marzo de 1492, Giovanni, el segundo hijo de Lorenzo, había recibido el capelo cardenalicio de manos del Papa en la abadía de San Domenico.

—Te he mandado llamar —dijo Lorenzo— porque hay algo que deseo entregarte.

Mauricio se quedó estupefacto mientras recibía de manos de Lorenzo el mismo anillo que había traído desde Barcelona catorce años atrás.

—Pero Lorenzo, es tuyo —protestó Mauricio.

—A donde yo voy no lo podré utilizar. Además, tengo varios motivos de peso para haber tomado esta decisión. En primer lugar, estoy convencido de que, al morir, los resplandecientes robarían de palacio este anillo.

—¡Los resplandecientes! —exclamó Mauricio—. Hacía años que no hablábamos sobre ellos.

—Los resplandecientes —murmuró Lorenzo—. Una organización tan secreta que es imposible saber ni quiénes la componen ni cuáles son sus planes. Tan sólo hemos podido averiguar que son seguidores de Luzbel, el ángel caído. En sus altas esferas, los líderes podrían estar en contacto, a través de la magia negra, con los ángeles rebeldes a Dios. En sus niveles más bajos tienen miembros que les sirven sin saber siquiera quiénes son sus amos ni sus intenciones. Entre estos últimos estaban un par de sirvientes que trataron de sustraerme el anillo. Les intentamos hacer hablar, pero no manejaban información relevante. Un forastero les había dado dinero y les había prometido una fortuna si conseguían su propósito. Sin embargo, el extranjero desapareció de la ciudad sin que pudiéramos capturarle ni sacar nada en claro. Te cuento esto porque yo he protegido este anillo como si fuera mi propio hijo y dudo que Piero, mi primogénito, sea capaz de hacerlo cuando yo falte.

—¿Por qué piensas así? —preguntó Mauricio, aunque conocía de antemano la respuesta

—Digamos que Piero tiene grandes virtudes atléticas. Le encantan el *calcio*, la caza, las carreras de caballos… Desgraciadamente no ha heredado la cabeza de mi abuelo, el gran Cosimo. Giovanni, mi segundo hijo, es más brillante. Ése es el motivo por el que era absolutamente vital que obtuviera el capelo cardenalicio. Ya sabes cómo son las cosas en Florencia. Hoy eres el primero de los ciudadanos y mañana te condenan al destierro. Florencia todavía ama a los Medici: los negocios van bien, el pan está barato, las artes florecen, no faltan fiestas… Sí, Savonarola me acusa de ser un tirano, pero el pueblo está contento con nuestro gobierno. No obstante, las circunstancias pueden cambiar muy rápidamente y los Medici pueden verse abocados a la ruina. De ahí tantos esfuerzos y anhelos en procurar que Giovanni llegara a ser cardenal. El poder de la Iglesia es enorme, y finalmente mi segundo hijo pertenece a esa fuerza. Mas disculpa, pierdo el hilo de lo que hablábamos por la emoción que siento al ver mi deseo cumplido. Como decía, cuando yo falte, y más tras haber fallecido Xenofon Kalamatiano, mi antiguo jefe de espías, considero inevitable que este anillo vaya a parar a manos de los resplandecientes, a menos que ignoren por completo dónde se encuentra. Así que tú debes guardar la esmeralda. No le digas a nadie que la tienes, ni siquiera a tu esposa. De este modo, todos pensarán, incluidos los resplandecientes, que algún ladrón la hurtó de mi lecho de muerte. Nadie imaginará que ha vuelto a tus manos.

Lorenzo estaba dictando sus últimas voluntades. Le parecía increíble que aquel cuerpo maltrecho fuera el del Magnífico. Desde que lo conocía, había sido un excelente jinete, cazador y deportista. Su musculatura y sus gestos combinaban la fuerza de un atleta con la gracia de un bailarín. Sin embargo, en los últimos tiempos la enfermedad había mermado de tal modo su salud que sus articulaciones hinchadas le impedían siquiera caminar. Tenía cuarenta y cuatro años y estaba a punto de morir. Por la amistad que le profesaba debía cumplir del mejor modo todo aquello que le pidiera.

—Antes hablaste de diversas razones para darme el anillo —dijo Mauricio, que deseaba saber más acerca de los motivos de Lorenzo.

—Sí. Lo que te he contado es sólo la mitad de la cuestión: evitar que el anillo caiga en manos poco apropiadas. La segunda mitad completará el círculo cuando el anillo sirva a su destino. Y ahí también será decisivo tu concurso: quiero que lo devuelvas a sus legítimos propietarios.

—¿Y por qué yo? —preguntó Mauricio, sorprendido.

—Recientemente he averiguado que hace siglos los auténticos custodios del anillo, sometidos a una feroz persecución, optaron por entregarlo en depósito a una persona de su entera confianza para evitar que cayera en manos de los resplandecientes. El ardid funcionó, puesto que sus enemigos jamás sospecharon del elegido: tu ancestro Abraham Abulafia, que se comprometió a devolverlo cuando las circunstancias fueran propicias. Sin embargo, él murió y sus descendientes prefirieron no desprenderse de un objeto tan valioso. Una vez más la avaricia había ganado la partida al corazón.

—Y quieres que yo repare una injusticia histórica; deseas que devuelva la esmeralda a quienes nunca debieron dejar de custodiarla.

—Efectivamente. No puedo entregar tan valiosa joya ni a los más fieles mensajeros. Tampoco confío en nadie de mi familia, ni siquiera en mis hijos. Es demasiado difícil desprenderse de este anillo, bien lo sé yo. Por eso lo hago en mi lecho de muerte y te hago jurar a ti que cumplirás tu cometido. Hoy mismo han partido mis mejores heraldos hacia el sur de Francia con la misión de transmitir un mensaje a quien debería poseer la esmeralda. Él lo comprenderá, y te hará saber cómo devolverle lo que le pertenece.

—Suponiendo que aún conserve el anillo y mi vida. Creo no equivocarme si deduzco que quienes persiguieron y acosaron a los legítimos propietarios de la esmeralda siglos atrás fueron los resplandecientes, los mismos que ahora temes se hagan con ella tras tu muerte. Deben de ser temibles. Durante centurias la esmeralda permaneció oculta, lejos de su alcance. Y, no obstante, tan pronto como la esmeralda ha vuelto a brillar a plena luz, han reaparecido desde las sombras para intentar apoderarse de ella. No hay que ser muy listo para concluir que si todavía no han conseguido su objetivo ha sido gracias a tu extraordinaria astucia y a tu poder.

—Que, sin embargo, no me salvará del sepelio. Me temo que la muerte de mi fiel jefe de espías, Xenofon Kalamatiano, ha permitido a los resplandecientes infiltrarse en mi cocina. Creo que me han ido suministrando un veneno de acción tan lenta y en dosis tan pequeñas que sus efectos no se han hecho evidentes hasta que ha sido demasiado tarde.

—En ese caso, yo sólo estaré a salvo mientras los resplandecientes no averigüen que el anillo ha vuelto a mis manos.

Lorenzo meneó la cabeza antes de contestar.

—El peligro de la muerte es inseparable de la vida, como el peligro de sufrir es inherente a amar. Realmente desconozco cuál es el grado de poder de esos seguidores de Luzbel. Sin embargo, algo sí sé: Dios tiene contados hasta el último de los pelos de nuestra cabeza y no se mueve ni la hoja de un árbol sin su voluntad. No puedo hablar más. ¿Aceptas?

Lorenzo, como siempre, no había dejado margen para disentir. Le debía demasiado como para negarse, por peligroso que fuera lo que le proponía. Mauricio cogió el anillo y lo guardó en una bolsita de cuero que pendía de su cinto. La gema había regresado nuevamente a la familia de Abraham Abulafia.

73

*L*orena paseaba nerviosa por la casa esperando a su marido mientras repasaba los prodigiosos sucesos acaecidos en Florencia a comienzos de aquel mes de abril. Hacía tres noches, un rayo había partido la linterna de la cúpula del Duomo y había provocado que grandes bloques de mármol cayeran a la calle y sobre el propio pavimento de la iglesia. Toda Florencia lo había interpretado como un anuncio de que algo extraordinario iba a ocurrir, porque cuando el rayo cayó, el tiempo estaba calmado y sobre el cielo no se veía una sola nube. En la ciudad corría el rumor de que un genio se ocultaba en el anillo preferido del Magnífico. Quienes así lo creían, aseguraban que el fabuloso genio había tomado la forma del rayo para escapar de la gema engastada al anillo de Lorenzo. Por si no fuera suficiente, al día siguiente se habían peleado los leones del zoo situado tras el palacio de la Signoria. A resultas del combate, el león más bello, el preferido de todos, había muerto destrozado por sus rivales. Y aquella misma mañana, una mujer enloquecida había interrumpido la misa en Santa Maria Novella, profetizando entre gritos desgarrados que un toro de fuego incendiaría la ciudad.

Aquello era absolutamente inusual y no presagiaba nada bueno. Por eso, cuando Cateruccia le anunció que su esposo había llegado, Lorena se sintió inmensamente aliviada.

—¿Dónde te has metido? —le preguntó—. Has llegado tan tarde que los niños ya están durmiendo.

—Nuestro gran amigo Lorenzo de Medici ha muerto en su villa de Careggi.

Lorena recibió la noticia con enorme pesar. Así que las ominosas señales de los últimos días habían estado anunciando la muerte del Magnífico...

—He oído —dijo Lorena— que ayer mandó llamar a Savonarola a su villa de Careggi.

—Es cierto —confirmó Mauricio.

—Eso significa un último triunfo para Savonarola, al menos es lo que dirá la gente. Ambos eran enemigos mortales, representantes de dos modos absolutamente diferentes de entender la vida. En la ciudad se comentará que, al final, Lorenzo, dándose cuenta de que era Savonarola quien estaba en lo cierto, quiso confesarse con él en señal de arrepentimiento.

—Yo no estaba en la villa de Careggi, por lo que no te puedo asegurar qué ha ocurrido. Sin embargo, Lorenzo ya se había confesado y había recibido la extremaunción cuando quiso que Savonarola acudiera a su lado. Es probable, por tanto, que lo llamara por un motivo diferente. En mi opinión, conociendo a Lorenzo, puede que quisiera hablar con Savonarola para concertar un pacto de no agresión contra su hijo Piero, el heredero destinado a gobernar Florencia. El Magnífico llevaba la política y la familia en la sangre. Personalmente creo que intentó alcanzar un acuerdo con su enemigo aprovechando que se encontraba en el lecho de muerte. Un pacto suscrito en tales circunstancias no sería roto jamás por Savonarola.

Lorena pensó que probablemente su marido tuviera razón. Era muy típico del Magnífico aprovechar las situaciones más difíciles para conseguir ventajas inesperadas. Aún recordaba cómo había sido capaz de ir hasta territorio enemigo en Nápoles y convencer allí a su adversario, el rey Ferrante, de que era necesario firmar la paz. Ahora bien, ¿qué habría podido ofrecer al ascético sacerdote para que cesara sus ataques desde el púlpito? Lorena dudaba de que Lorenzo hubiera podido convencer a aquel visionario fraile, pero era admirable que hubiera luchado hasta su último aliento. Con el paso de los años había llegado a cogerle un gran cariño a Lorenzo. Es cierto que era un personaje público que se situaba muy por encima del resto, pero siempre se mostraba encantador, especialmente con ellos. Era mucho lo que le debían a Lorenzo. Si Mauricio había conseguido ser una figura respetada en Florencia era porque el Magnífico lo había tomado bajo su manto protector. Lorena agradeció a Dios las bendiciones con las que habían sido colmados y rogó por que estuviera ya en el Cielo. Sin embargo, sentía inquietud por el alma de Lorenzo.

—Mauricio, a veces pienso que el hijo del rey David tenía razón cuando se lamentaba de que cuanto brilla en este mundo bajo la faz del sol es tan sólo vanidad y correr tras el viento. Precisamente hoy he leído sus palabras en el Eclesiastés y me he acordado de Lorenzo. Durante veintitrés años ha sido el primer ciudadano de Florencia, el más prominente, tal vez el más celebrado de toda Italia. Hoy está muerto y todo su antiguo poder es nada. Será medido por el fiel de la balanza, como cualquiera de nosotros, para discernir si su destino es el Cielo o el Infierno. Yo rezo por que se siente esta noche a la mesa de Dios Padre. No obstante, para mantenerse en el poder durante tantos años, Lorenzo ha tenido que realizar acciones que no pueden ser gratas a los ojos de Dios.

—Ya te entiendo —dijo Mauricio—. ¿De qué le sirve a un hombre ganar el mundo si pierde su alma? ¿No es eso? Es éste un asunto sobre el que hablé con Lorenzo en un par de ocasiones. Su punto de vista era que la lucha por el poder no conoce la piedad. O eres superior, o te destruyen. Él, particularmente, hubiera preferido dedicarse a la poesía y al arte, mas era imposible. Cuando murió su padre, tan sólo tenía veinte años, y tanto su propia familia como los favorecidos por la influencia Medici le rogaron que tomara las riendas de la ciudad. Negarse hubiera significado condenarlos a la ruina, al exilio y, tal vez, a la muerte, puesto que otras familias rivales hubieran ocupado el vacío de poder. Desde ese mismo momento, Lorenzo aceptó no ser inocente ni puro. En la medida de lo posible, ha gobernado ganándose el favor del pueblo, fomentando la bonanza económica y las artes, utilizando la persuasión, los regalos y el reparto de favores a gran escala para crear una tupida malla de intereses mutuos. En caso de necesidad, los inspectores de tributos, con sus minuciosas y arbitrarias investigaciones, podían provocar la ruina, pero no la muerte de sus adversarios. No obstante, el poder exige en ocasiones adoptar decisiones crueles, y Lorenzo era muy desconfiado. ¡Qué duda cabe de que junto con su luminoso rostro, Lorenzo tenía otra faz más oscura! Pese a ello, estoy convencido de que ningún otro gobierno hubiera traído tantos beneficios a Florencia y a Italia entera. Cuando sea juzgado por el fiel de la balanza, no me cabe duda de que sus virtudes pesarán más que sus pecados.

Lorena contempló a aquel hombre. Era su esposo y lo amaba. No con la alocada pasión de una muchachita que todavía vive en un mundo de sueños, sino con el corazón de una mujer madura, madre ya de tres hijos. Tampoco Mauricio era el jovencito que había conocido. Había ganado peso y su cuerpo era ya el de todo un hombre, aunque sus ojos azules todavía mostraban un candor casi femenino. ¡Habían pasado momentos amargos, sobre todo tras la muerte de su primer hijo en el parto, durante la terrible enfermedad de la peste padecida por su marido, y, más recientemente, unos meses atrás, al padecer un aborto natural que casi acaba con su vida! Afortunadamente habían podido superar esas pruebas del camino, y excepto en tan difíciles periodos habían sido un matrimonio muy feliz. Mauricio tenía algunos defectos, pero también una fuerza y una sensibilidad extraordinaria. Lorena estaba enamorada de su marido tal como era. Sin embargo, estaba convencida de que era un diamante en bruto que, convenientemente pulido, podía brillar con un fulgor todavía mayor.

74

*L*a vida no admitía interrupciones y, aunque las exequias de Lorenzo de Medici flotaban todavía en el aire de Florencia, Mauricio había acudido a Orsanmichele para resolver asuntos relativos a los trabajadores empleados en su negocio de tejidos. Orsanmichele era un bello edificio con múltiples funciones. Utilizaban sus pisos superiores como graneros, mientras que su planta baja estaba destinada a los oficios religiosos, donde muchos florentinos acudían confiando en las propiedades milagrosas de una bella imagen de la Virgen María. El espacio que circundaba la iglesia era también lugar de encuentro de los gremios de la ciudad. En el exterior de sus muros podían admirarse las grandes estatuas colocadas dentro de hornacinas que representaban a los diferentes gremios de Florencia. El del arte de la *calimala*, al que pertenecía Mauricio, era inconfundible gracias a la colosal estatua de san Juan Bautista esculpida en bronce por Lorenzo Ghiberti.

Aquella mañana, Orsanmichele era un hervidero de gente y de voces, donde era imposible dar dos pasos seguidos sin recibir algún empujón o ser sorprendido por alguna mula de carga que sea abría paso azuzada por su arriero. La sorpresa de Mauricio fue mayúscula cuando vio frente a sí a Elías Leví, no sólo porque encontrar a un amigo en medio de aquella muchedumbre era como hallar una aguja en un pajar, sino porque no era un lugar que el rabino soliera frecuentar.

—Te voy a presentar a un compatriota tuyo —dijo Elías

tras saludarle afectuosamente—, pero alejémonos primero a donde no corramos el riesgo de morir sepultados por el gentío ni de ser arrollados por bestias de carga malhumoradas.

—Mi nombre es Isaías y soy toledano —saludó el acompañante de Elías, una vez que hubieron conseguido abrirse paso a una zona menos concurrida.

—Me llamo Mauricio y soy originario de Barcelona. ¿Qué te trae por Florencia? —preguntó al individuo que se hallaba frente a él. Tendría unos treinta años, vestía un jubón remendado y no llevaba sombrero. Su castellano siseante, el ladino utilizado por los sefardíes, era inconfundible, pese a que únicamente había pronunciado una breve frase.

—La necesidad, amigo —respondió Isaías—. Los Reyes Católicos han publicado un decreto en el que ordenan abandonar España antes del próximo 3 de agosto a todos los judíos que no se conviertan al cristianismo. Yo he preferido evitar males mayores y no apurar el plazo. Así que he vendido cuanto tenía y me he venido a Florencia, donde los Medici siempre nos han tratado bien.

Mauricio conocía la preferencia de los judíos por tener efectos rápidamente convertibles en dinero para poder abandonar rápidamente su país de residencia en caso necesario.

—Muchos —continuó Isaías— apurarán el plazo intentando sacar el máximo posible de sus propiedades, pero es una necedad. A medida que avance el tiempo, más se aprovechará la gente de su situación y menos les pagarán. Además, corren el riesgo de que antes de agosto se produzcan ataques contra los judíos. No sería la primera ni la última vez que se organicen pogromos contra nosotros.

—En tal caso —preguntó Mauricio—, ¿por qué arriesgarse a quedarse más tiempo del imprescindible?

—¿Amor, esperanza, incredulidad? ¿Quién sabe? —se preguntó Isaías—. Cualquiera de esos sentimientos es capaz de retenernos en países de los que deberíamos huir. Desde que nos expulsaron de Jerusalén, y fuimos reducidos a la esclavitud en Babilonia, la historia de nuestro pueblo ha sido un sufrimiento sin fin en tierras extranjeras. Los rabinos ofrecían consuelo asegurando que algún día acabarían las cuitas. Pues bien, cuando nuestros antepasados llegaron a Sefarad, España para vosotros, creyeron haber alcanzado la Tierra Prometida con la que tanto habíamos soñado. Durante siglos pudimos convivir en paz, tanto con cristianos como con musulmanes. Sefarad llegó a formar parte de nosotros, y nosotros de ella. Allí hemos sido tan felices que asumir la expulsión nos resulta tan duro como aceptar que nuestra propia madre rechace el fruto de su vientre. Por eso son demasiados los judíos que confían que el decreto se anulará o, cuando menos, se aplazará indefinidamente a cambio de dinero. No entienden que pagando más impuestos que nadie y sin hacer ningún mal, deban ser expulsados del seno de Sefarad. Desgraciadamente, la realidad es que mientras estuvimos financiando la conquista de Granada fuimos necesarios. Ahora ya no, al menos ésa es mi opinión.

A lo largo de los años que había pasado en Florencia, Mauricio había ido modificando sus sentimientos sobre los judíos. Cuando llegó de Barcelona los miraba con desconfianza. Luego, a través del contacto con ellos, especialmente con Elías, había llegado a apreciarlos sinceramente. Aunque estuvieran equivocados en su fe, Mauricio, de acuerdo con el ejemplo de Lorenzo, había aprendido a disfrutar de la amistad de las buenas personas con independencia de su credo. Le dolía imaginar el sufrimiento de todos los judíos, obligados a abandonar casas, haciendas, trabajos y oficios. No es fácil abandonar lo que se ama. ¿Qué haría él en caso de hallarse en una situación semejante? Mauricio esperaba no encontrarse jamás en tan terrible estado.

—Ya ves que las malas noticias no han acabado con la muerte de Lorenzo —intervino Elías—. Sin embargo, la vida exige respuestas activas en los momentos más difíciles. Por eso he venido a Orsanmichele, no a rogar a la Virgen María, sino a conseguir las autorizaciones necesarias para que Isaías trabaje como curtidor.

Mauricio miró a Elías. Su barba ya no era recortada como antaño, sino larga, poblada y blanca. Había envejecido, pero su frente, en lugar de marchitarse, parecía haberse hecho más grande. Elías Leví era un personaje imposible de catalogar. Gran erudito y sabio, vivía de forma absolutamente modesta.

El gran aprecio que le profesaba Lorenzo le hubiera podido reportar enormes beneficios. No obstante, Elías siempre se había mostrado indiferente a la riqueza. Sus únicos intereses eran su familia, la religión, los libros y la filosofía, sin que ello le impidiera dedicar el tiempo necesario para ayudar y aconsejar a otras personas. Si lo hubiera deseado, a buen seguro que su comunidad le hubiera nombrado «gran rabino» de Florencia, pero aquel cargo no le interesaba. Para Elías la fortuna verdadera consistía en tener la libertad para hacer en cada momento lo que considerase correcto.

—¿Y qué ocurrirá si arriban a nuestra ciudad oleadas de judíos? —preguntó Mauricio—. Son tiempos difíciles, y tal vez no haya trabajo para todos.

—Nos ocuparemos de cada problema cuando se presente —respondió Elías—, si bien, en ese momento, necesitaremos toda la ayuda posible, incluida la que tú puedas brindarnos.

75

*L*uca resopló con satisfacción desde el palco de madera levantado en la plaza Santa Croce. Piero de Medici, queriendo granjearse las simpatías del pueblo tras la muerte de su padre, había organizado un partido de *calcio* entre el Sant Giovanni y el Santo Spirito. Su barrio, el Sant Giovanni, había logrado reunir el equipo más formidable del que tuviera memoria. Por ello, tan pronto como comenzó el encuentro, Luca tuvo la corazonada de que arrasarían a los patanes del equipo rival.

—Qué lástima que tu marido no haya podido venir —comentó Maria, su esposa.

—Sí, es una pena —dijo Lorena—. Le hubiera gustado, pero Elías Leví quería hablar con él sobre algo urgente.

A Luca le revolvió el estómago oír aquel comentario. ¡Mauricio consideraba más importante hablar con un judío que ver aquel partido en su compañía! Luca estaba convencido de que había declinado su invitación tan sólo para fastidiarle. Aunque no era de extrañar que fuera tan amiguito de algunos judíos. Había investigado el pasado de Mauricio y había descubierto que sus ancestros paternos eran judíos convertidos al cristianismo. Ahora que Savonarola estaba purificando el aire viciado de Florencia, esa información tal vez pudiera ser convenientemente utilizada. Luca dirigió nuevamente su atención al campo.

Un jugador del Santo Spirito corría tras el balón en dura pugna con otro del Sant Giovanni cuando éste lo derribó con una carga de hombro. El campo aplaudió la acción mientras otro miembro del equipo daba un certero puntapié al balón, lanzándolo hacia el campo contrario. Allí, Sandro, la estrella del Sant Giovanni, se deshizo de su marcador de un codazo y cedió el esférico a otro compañero mediante un espectacular cabezazo. Inmediatamente dos jugadores del Santo Spirito se abalanzaron hacia el receptor y lo derribaron sin contemplaciones.

—¡Venga, arriba, que no es para tanto! —gritó Luca, animando al jugador caído.

—¿No es demasiado brusco este juego? —inquirió Lorena.

—A mi marido le encanta —respondió Maria, como si la favorable opinión de su esposo convirtiera en superflua su pregunta.

—Dejaos de tanta cháchara y concentraros en el partido —dijo Luca.

—Lo sentimos —se disculpó Maria.

—Sólo estaba hablando con mi hermana —intervino Lorena—. No sé cómo te podría molestar precisamente nuestra conversación cuando todo el público está chillando.

Efectivamente, el campo era un clamor. El Santo Spirito se había hecho con el balón e iniciaba un contragolpe. Desafortunadamente el equipo del Sant Giovanni se había volcado en el ataque sin dejar a nadie en la retaguardia. Por culpa de ese fallo táctico, un jugador delgaducho del Santo Spirito avanzaba raudo hacia la portería contraria con el esférico entre sus brazos. Los fornidos integrantes del Sant Giovanni corrían con todo su empeño tras aquel esmirriado. Si lo cogían, lo destrozarían, pero no eran suficientemente rápidos. El veloz jugador del Santo Spirito no encontró ninguna oposición para marcar el primer tanto. La mitad del campo celebró el tanto con gritos y cánticos. Luca estaba furioso.

—¡Aquí no se viene a charlar! —se quejó Luca, alzando la voz—. ¡Menuda falta de educación!

—Pues a mí tampoco me parece muy elegante tu comportamiento —replicó Lorena.

—¡Mira quién habla! —señaló Luca fuera de sí—. Nada menos que su santidad Lorena, que con esa cara de no haber roto un plato es capaz de acuchillarte por la espalda.

—No sé de qué estás hablando —repuso Lorena.

—Lo sabes demasiado bien —adujo Luca—. Y si no, fíjate en lo que está ocurriendo hoy. Primero tu marido me humilla al no aceptar mi invitación a la gran final porque ha quedado con un judío. Después tú te dedicas a cuchichear con tu hermana en mitad del encuentro, cuando a buen seguro ya te habrá explicado que no hay cosa que me saque más de quicio. Mi esposa sabe perfectamente que cuando estamos en el campo se puede aplaudir, gritar y hasta comentar las jugadas, pero no hablar de otras cosas, ni mucho menos criticar el *calcio*. Y encima pretendes impartir lecciones de educación con esa lengua viperina que tan bien utilizáis las mujeres desde los tiempos de Eva.

Lorena observó que su hermana le advertía con la mirada que era mejor no replicar. Así pues, no respondió, y Luca se concentró nuevamente en el partido. Sandro, la estrella del Sant Giovanni, había dado otro pase magistral. El campo era un clamor y, por fin, reinaba el silencio entre las hermanas. Hoy el encuentro no se les podía escapar, pensó Luca.

76

*D*espués de que su equipo perdiera en el último minuto, Luca se fue del campo hecho una furia, aduciendo que tenía una cita importantísima. Lorena se quedó sola con su hermana. Ambas estaban sentadas en un palco que se había quedado desierto, puesto que todos sus ocupantes, aficionados del Sant Giovanni, habían abandonado los asientos casi con tanta rapidez como Luca.

—¿Eres feliz con Luca? —le interrogó Lorena, mirándola fijamente.

—¿Por qué me preguntas algo así? —respondió, a la defensiva, Maria.

—Bueno, me ha parecido que su comportamiento era, no sé cómo expresarlo, un tanto violento.

—En el campo se contagia del ambiente pasional y pierde el control. Por eso te indiqué con la mirada que era mejor no hablar ni discutir con él. Aquí se desahoga de sus frustraciones. Es cuestión de seguirle la corriente y pasar por alto sus salidas de tono.

Lorena no estaba segura de que la cosa fuera tan sencilla. Luca siempre había sido amable con Mauricio y con ella, pero de una forma tan educada que, en realidad, levantaba un muro imposible de traspasar. La causa de una conducta tan fría podía hundir sus raíces en que todavía se sintiera despechado porque no había querido casarse con él. Por supuesto, en público jamás se había hablado de algo semejante, ya que hubiera supuesto una gran deshonra tanto para ella como para el propio Luca. Además, Maria hubiera podido sentirse minusvalorada. Sólo lo sabían Mauricio, sus padres y su hermano Alessandro. Así que en los encuentros y las reuniones familiares se había establecido un pacto de silencio muy conveniente entre todas las partes. Tanto Lorena como sus padres y su hermano Alessandro querían muchísimo a Maria, por lo que, siempre habían tenido el más exquisito cuidado en ocultarle que en el pasado, Luca había querido desposar a su hermana mayor. Hoy el corazón de Lorena había palpitado con fuerza cuando su cuñado la acusó de saber demasiado bien a qué se refería con eso de que era capaz de clavar un cuchillo por la espalda a un hombre.

¿Qué había ocurrido para que hubieran perdido la compostura con la que se habían comportado todos esos años? Lo cierto es que la culpa había sido de ella. No sabría decir por qué. Tal vez se había dejado llevar por el ambiente enardecido del campo de *calcio* cuando había contestado abruptamente a Luca, aunque había algo más. En realidad no soportaba la forma tan dominante en la que trataba a su hermana. Bastaba una palabra o un arquear las cejas de su marido para que Maria bajara sumisamente la cabeza o guardara silencio.

—Quizá tengas razón, Maria, pero es que algo ha saltado dentro de mí cuando te has disculpado por hablar conmigo, y más teniendo en cuenta que el campo entero era una estruendosa tormenta de voces desbocadas.

—De otro modo, Luca se hubiera molestado. Él es así, con sus virtudes y defectos.

—Lo sé, hermana. Sin embargo, últimamente observo que cada vez hablas menos en público cuando Luca está presente.

—Así lo desea mi marido, que cada día escucha con más pasión las palabras de Savonarola. Ya sabes que opina que nuestro papel primordial es el cuidado de la casa y que otro tipo de actividades, incluso hablar demasiado en reuniones sociales, puede ser indecoroso.

—Sí, no sea que inflamemos la concupiscencia de nuestros vecinos —continuó Lorena—. Yo también escucho predicar a Savonarola. Según afirma, nosotras somos las culpables de estar en este valle de lágrimas, en lugar de en el Paraíso, ya que fue Eva quien sedujo a Adán para que comiera la manzana del árbol prohibido.

—Así lo explica el Génesis —confirmó Maria—. Ahora bien, son muchas las tareas que podemos realizar las mujeres y que sean agradables a los ojos de Dios. Fundamentalmente, encargarnos de la casa y de la educación de los niños. Y para mí no hay nada mejor que dedicarme en cuerpo y alma a mis cinco hijos, que es exactamente lo que hago.

Lorena miró a su hermana. Siempre había sido así, presta al sacrificio personal con tal de ayudar a los demás, siempre anteponiendo los intereses de los otros a los suyos propios. Había sido un error ser grosera con Luca, aunque no le gustaran demasiado algunas de sus actitudes hacia Maria. A partir de ahora sería otra vez exquisita en su trato con su cuñado, y si era necesario se disculparía humildemente. No obstante, iba a mantener los ojos más abiertos que nunca; vigilaría de cerca el comportamiento de Luca.

—Te quiero, hermanita —le dijo Lorena tras darle un beso—. ¿Qué te parece si te acompaño un momento a casa para saludar a tus niños, mientras Luca permanece ocupado con esa cita tan urgente?

77

*M*auricio se alegraba de haberse quedado en casa en lugar de ir a ver el partido. No le gustaba el *calcio* y tampoco se encontraba cómodo en compañía de Luca. Su cuñado siempre se mostraba muy correcto, pero tenía la sensación de recibir puñaladas invisibles cuando estaban juntos. Por eso no había dudado en aceptar la entrevista que su buen amigo Elías Leví le había solicitado justo a la misma hora en que se jugaba el partido.

—Soy todo oídos —dijo Mauricio cómodamente sentado en el patio interior de su mansión—. ¿Qué es lo que deseabas contarme?

—¿Te acuerdas de cuando nos encontramos en Orsanmichele hace unos meses? —preguntó Elías.

—Perfectamente. ¿Conseguiste que aquel español sefardí pudiera trabajar como curtidor en la ciudad?

—Sí, no hubo dificultad. Sin embargo, tal como vaticinaste, el problema se presenta ahora, porque el plazo para que los judíos abandonasen España ya ha expirado. Como consecuencia, han llegado más sefardíes, y no puedo encontrar trabajo para todos. ¡Y eso que la mayoría de los judíos han elegido otros destinos!

—Debido a Savonarola —conjeturó Mauricio.

—Efectivamente, la influencia de ese predicador es mayor cada día. A este paso acabará gobernando la ciudad. De momento ya ha conseguido que los judíos no sean bienvenidos en Florencia. Eso jamás hubiera ocurrido si Lorenzo continuara vivo. He intentado hablar con su hijo Piero, pero no he logrado mi propósito, ya que ni siquiera se digna a recibirme.

—Me entristece escuchar tal cosa, aunque no me sorprende: la influencia de los consejeros más allegados a su padre ya no es la que fue. Piero se está rodeando de una camarilla de aduladores pendencieros de los que no podemos esperar nada bueno.

—Parece mentira que de un padre tan brillante haya salido un hijo más necio que mediocre —sentenció Elías desdeñosamente.

—Desde luego el proverbio «de tal palo tal astilla» no se aplica a Piero de Medici. En cualquier caso, espero que los judíos sefardíes puedan encontrar mejor acomodo en otras ciudades.

—Lamentablemente no abundan los lugares donde los sefardíes sean bien acogidos en la cristiandad. En Italia, el reino de Nápoles ha sido el único que les ha abierto las puertas amistosamente. En cambio, el Imperio turco los ha invitado con entusiasmo. Turquía, pues, se ha convertido en el principal destino de los judíos españoles. Pese a ello, algunos sefardíes han desembarcado en Florencia, ya sea por vínculos familiares, ya sea para hacer escala en su peregrinaje. Te estaría enormemente agradecido si les pudieras facilitar algún empleo, aunque fuera temporalmente. Lo más probable es que se marchen de la ciudad en cuanto puedan, mas de momento necesitan dinero, aunque sólo sea para costearse el precio del transporte. Y es que la mayoría de ellos han llegado con lo puesto, debido a que los reyes de España prohibieron a los desafortunados judíos españoles llevarse consigo monedas o metales preciosos.

Mauricio escuchaba con atención a su amigo, al que, por el mucho afecto que le tenía, estaba deseoso de ayudar.

—Como ya sabes —expuso Mauricio—, dispongo junto con mi amigo Bruno de un pequeño negocio de telas. Creo que podríamos contratar a tejedores, hiladoras y cardadores. Quizá también a un contable: hasta el momento nos hemos ocupado personalmente de todo el papeleo, pero no nos vendría mal algo de ayuda.

—Te lo agradezco mucho —dijo Elías, mientras le tocaba afectuosamente el brazo a Mauricio—, especialmente porque conozco la crisis por la que está atravesando la industria textil.

Indiferente a cualquier otra circunstancia ajena a su dolor, Simonetta, su hija de nueve años, prorrumpió en el patio con los ojos llorosos, seguida de su hermano mayor.

—Agostino me ha tirado del pelo y me ha hecho daño —se quejó la cría. Tenía el mismo pelo castaño y rizado que su madre. Para Mauricio era la niña más guapa del mundo. Era evidente que no había sufrido ningún percance serio, aunque el mohín de su cara quería expresar lo ultrajada que se sentía.

—Ha sido jugando —se defendió Agostino—. No quería hacerle daño.

—Agostino, eres el mayor y tu misión es proteger a tus hermanos pequeños, en lugar de hacerles rabiar —expuso Mauricio—. Así que hoy te quedas sin limonada durante todo el día. En cambio, tú, Simonetta, puedes pedirle un vaso a Cateruccia para que se te endulce el enfado.

La expresión de Simonetta cambió al instante por otra de satisfacción, como si, de repente, la justicia se hubiera restaurado sobre la faz de la Tierra. Agostino frunció el ceño para deleite de su hermana, pero no protestó. El niño, como su madre, raramente aceptaba un no por respuesta, y solía encontrar el modo de salirse con la suya. Simonetta, por el contrario, era menos práctica y más soñadora; menos rebelde y más feliz, y vivía en su particular mundo de fantasía, al amparo del esplendoroso *palazzo* y la refinada educación que le brindaban. Pese a la regañina, Mauricio sabía perfectamente que Agostino acabaría apañándoselas para hurtar la limonada de la despensa. Su hijo también lo sabía, y de ahí que no se hubiera quejado. Simonetta, en cambio, lo ignoraba, y el castigo impuesto le permitía seguir creyendo que vivía en un reino seguro donde ninguna transgresión quedaba impune. Mauricio estaba satisfecho. Había logrado solventar la discusión entre hermanos con menos complicaciones de las previstas, y podía centrarse de nuevo en los comentarios de Elías.

El sultán Bayaceto II sostiene que el rey Fernando debe de ser un mal monarca cuando empobrece su reino expulsando a los judíos. Sin embargo, los hebreos, en lugar de pagar al rey Fernando con la misma moneda, todavía le hacen un postrer servicio con el viaje de Cristóbal Colón, que si tiene éxito convertirá a España en una potencia más importante.

—Esperemos que así sea —dijo Mauricio, que había acabado invirtiendo junto con su socio una importante cantidad de dinero en dicho viaje—. Ahora bien, ¿qué tienen que ver los hebreos con Cristóbal Colón?

—Todo —afirmó Elías—. Basta reflexionar en algunos detalles. El edicto real de expulsión decretaba que a partir de las doce de la noche del 2 de agosto de 1492 ningún judío podía quedar en suelo español. ¿Y qué día partieron las tres carabelas de Colón? El 3 de agosto de 1492. ¿Casualidad? Yo no creo en ellas. Es más, de acuerdo con la tradición marinera, es sagrado que la tripulación pase la última noche en su casa. Con mayor razón en una travesía tan arriesgada. Pues bien, contraviniendo esa ley no escrita de los marineros, Colón ordenó que toda la tripulación permaneciera la noche del 2 de agosto en las tres carabelas: la *Pinta*, la *Niña* y la *Santa María*. El único motivo lógico es que muchos de los tripulantes fueran judíos y Colón no quisiera arriesgarse a que pudieran ser detenidos cuando las campanas tocaran a medianoche. Además, este viaje nunca hubiera obtenido la autorización real sin el apoyo constante de los hebreos conversos que han ayudado a Cristóbal en la corte de España, material y financieramente, para que su proyecto llegara a convertirse en realidad.

—Había oído rumores de que Luis Santángel, escribano de ración del rey Fernando y principal valedor del viaje con un préstamo personal de un millón de maravedíes, es descendiente de judíos. ¿Te refieres a él, Elías?

—Desde luego, pero Luis Santángel no es el único cristiano nuevo con influencias en la corte española que se ha desvivido por Colón. También han bregado infatigablemente cerca de sus majestades; Juan Cabrero, camarero del rey; Gabriel Sánchez, tesorero de la Corona de Aragón; fray Hernando de Talavera, confesor de la reina; Diego de Deza, tutor del príncipe; Juan de Coloma, secretario de la Corona de Aragón... La lista es tan grande que se podría decir que los reyes no podían dar un paso en la corte sin encontrarse de cara con algún converso valedor de Colón.

Mauricio reparó en que compartía apellido con el secretario de la Corona de Aragón: Coloma. Y entre Coloma y Colón no había gran diferencia. Elías ya le había comentado en alguna ocasión que Colom, Colón, Coullon o Colombo, en sus diferentes variantes, era un apellido propio de cristianos nuevos con sangre judía. Lo que nunca hubiera imaginado es el número e importancia de los apoyos de filiación hebrea que estaban tras aquel viaje.

—Precisamente Juan Sánchez, hermano del tesorero de Aragón, fue una de las personas que nos alentó a invertir en el proyecto de Colón.

—Le conozco bien —asintió Elías—. Juan Sánchez se instaló en Florencia para escapar de la Inquisición, ya que en una causa de fe celebrada en Zaragoza se le declaró culpable de ser un falso cristiano y le condenaron a muerte. Advertido a tiempo, huyó de España antes de que comenzara el proceso, por lo que la Inquisición se tuvo que conformar con quemarlo en efigie.

Mauricio estaba informado de las sutilezas del Santo Oficio: cuando los reos de fe se encontraban en paradero desconocido, se quemaban sus retratos, a falta de algo más sólido con lo que alimentar las llamas. Lo que Mauricio desconocía es que Juan Sánchez hubiera sido condenado en España. Tanto él como su socio Bruno habían quedado persuadidos de que la principal razón por la que se hallaba en la ciudad era para convencer a los ricos mercaderes florentinos sobre los grandes beneficios que la aventura de Colón les podía reportar. En cualquier caso, era lógico que hubiera ocultado tal circunstancia, puesto que podía haber ahuyentado a inversores dubitativos como ellos. Ya era demasiado tarde para echarse atrás: una parte de su fortuna estaba navegando en las carabelas de aquel navegante visionario.

—Así que, como ves —continuó Elías—, los hebreos tienen mucho que ver con el viaje de Colón. Incluso la mayoría de los prestamistas privados florentinos y genoveses que han aportado el medio millón de maravedíes son descendientes de judíos.

—Y resulta que, por pura casualidad, yo también desciendo de judíos —dijo Mauricio.

—Bueno, como bien sabes, no creo en las casualidades.

78

—No se te ve muy contento —señaló Pietro Manfredi.

—Es que hemos perdido el partido en el último minuto —se justificó Luca, que se abstuvo de comentar los otros motivos de su enfado.

Mauricio le había insultado al no acudir al campo, y Lorena se había permitido recriminar su comportamiento durante el encuentro. ¡Precisamente ella, una mujer sin moral ni principios! Había faltado poco para que la acusara de haber perdido la virginidad con su marido antes del matrimonio, pero se había contenido en el último momento. Y es que Savonarola tenía razón. El mejor lugar en el que podía estar una mujer era en casa, y el traje que mejor le sentaba era el del silencio. Al menos, se consoló, Mauricio había perdido el favor de la casa Medici tras la muerte de Lorenzo: ya no le invitaban a palacio ni a fiestas ni banquetes. Por otra parte, Luca estaba disgustado porque recientemente había tenido que cerrar su tienda de telas debido a los malos tiempos que corrían para la economía en general, y la moda en particular, mientras que el afortunado Mauricio, junto con su socio, estaba consiguiendo prosperar en el mismo negocio donde él había fracasado. Se animó un tanto pensando que los alquileres que cobraba por tres tiendas y una casa en Florencia le permitían obtener unos ingresos aceptables sin necesidad de trabajar. De todos modos, hoy la sangre le hervía de rabia tanto contra Lorena como contra su esposo, y quizás hubiera algo que pudiera hacer por intermediación de su amigo Piero.

—Siento que hayáis perdido el partido —le confortó Pietro Manfredi—. Seguro que en el próximo os acompañará la suerte que os ha faltado hoy. Por mi parte puedo ofrecerte vino, dulces, pastas secas… o cualquier otra cosa que desees.

—Quizá sí hay algo que puedas hacer por mí —dijo Luca bajando la voz—. Ya sabes que mi cuñado, ese Mauricio, no me cae especialmente bien.

—Lo sé, lo sé —confirmó Pietro Manfredi.

—Pues bien, me he enterado de que sus abuelos paternos descienden de judíos convertidos al cristianismo.

—O sea, que su sangre no está completamente limpia —comentó Pietro Manfredi.

—Me has quitado las palabras de la boca. ¡A saber si en la intimidad sigue practicando ritos judíos! No dispongo de ninguna prueba, pero no me importaría que corrieran ciertos rumores en Florencia sobre ello. Lógicamente, yo no puedo propagarlos, porque no deja de ser mi cuñado.

A Luca le hubiera gustado añadir que el padre de Mauricio, en el pasado, había robado ciertos secretos comerciales de la casa Rucellai, pero era preferible no decir nada al respecto. Esa información se la había proporcionado Bernardo Rucellai un día que había bebido generosamente, y le había rogado encarecidamente que mantuviera una total discreción. Si empezaban a correr habladurías al respecto, él sería el primer sospechoso. Y la amistad de alguien tan importante como Bernardo era demasiado valiosa como para arriesgarse a perderla.

—No te preocupes, Luca. Te aseguro que todo el mundo se enterará sin que tu nombre salga a relucir.

—Te lo agradezco sinceramente. Si hay alguna cosa que necesites y esté en mi mano, no dudes en pedírmela.

—Pues ya que te ofreces, hay algo que puedes hacer valiéndote de tu buena amistad con Bernardo Rucellai. Como sabes, éste y Paolo Mauricio Soderini se contaban entre los principales consejeros de Lorenzo de Medici. Lo cierto es que son dos de las personas con mejor juicio de Florencia, pero Piero de Medici, el hijo mayor de Lorenzo, está empezando a enemistarse con ellos.

—Algo me había contado Bernardo —confirmó Luca—. Parece que ambos le aconsejan al hijo de Lorenzo que sea prudente, que coloque en puestos destacados de gobierno a gente capacitada en lugar de aduladores sin sesos, y que no sea tan ostentoso en la exhibición de sus riquezas y procure evitar que los florentinos le envidien demasiado. Sin embargo, Piero de Medici no les hace ningún caso y, lejos de usar su poder con moderación, se comporta como un tirano engreído.

—Efectivamente. Ese atolondrado vástago de Lorenzo está más interesado en utilizar sus piernas para jugar a la pelota que en emplear su cabeza para los asuntos de Estado. Así que, de momento, prefiere seguir las indicaciones de gente tan poco preparada como Piero de Bibbiena y Francesco Valori. La indignación de Bernardo Rucellai ha llegado a tal punto que está contemplando la posibilidad de casar a un vástago suyo con una hija de Filippo Strozzi sin consultar la opinión de Piero de Medici.

—¡La unión de dos familias tan ricas y nobles soslayando su consentimiento previo enojaría enormemente a Piero de Medici! —exclamó Luca.

—Exactamente. Y ahí es en donde tú entras en juego. Quiero que cuando Bernardo te comente sus intenciones le animes a concertar ese matrimonio con los Strozzi. De todos los modos posibles, alimenta su ira contra Piero de Medici. Tú eres su amigo, le conoces, y te será fácil.

—¿Y qué ganamos con esto? —preguntó Luca.

—Los grandes acontecimientos de Estado se fraguan a menudo en el silencio de un corazón. Un soplo de aire que alimente una determinada emoción en el hombre adecuado, en el momento preciso, puede cambiar el mundo, y desde luego la forma de gobierno de Florencia. Ahora Bernardo duda, pero si acaba decidiendo casar a un hijo suyo con una Strozzi, las consecuencias son muy previsibles. Piero de Medici jamás volverá a confiar en Bernardo Rucellai y, por extensión, romperá los puentes que todavía le unen con la vieja guardia de consejeros de Lorenzo.

—Eso es cierto —razonó Luca—, por cuanto el primogénito de Lorenzo es tan incompetente como desconfiado, y Bernardo Rucellai es la cabeza visible de los antiguos consejeros de Lorenzo.

—Por eso Piero de Medici se acabará por echar en brazos de esos amigos suyos tan altaneros y poco preparados como él mismo. La maquinaria Medici es hoy por hoy un mecanismo cuyas piezas están perfectamente ensambladas. Pero si se maltratan las máquinas, en vez de cuidarlas, acaban por romperse. Y eso es lo que ocurrirá si Piero deja de escuchar definitivamente a sus mejores asesores. Una a una, las piezas irán fallando hasta que la maquinaria sea inservible. En ese momento Florencia pedirá la expulsión de Piero de Medici, y Savonarola quedará como única referencia legítima para el pueblo. Y nosotros preferimos a Savonarola que a los Medici, ¿no es así?

—Naturalmente.

—Pues si quieres ver pasar el cadáver de tu enemigo desde la ventana de casa, no tienes más que seguir mis consejos y dejar tiempo al tiempo.

Los Medici expulsados de Florencia y Savonarola reinando sobre la ciudad... Aquello, pensó Luca, sonaba muy bien. Miró de soslayo aquellos ángeles de bronce oscuro que exhibían sus puños hacia los Cielos. ¿Por qué motivo llamaría su amigo Pietro a esos ángeles «los resplandecientes»? Su mente divagaba ensoñada en imágenes de humillación para los Medici y de recobrada grandeza para los Albizzi. Tiempo al tiempo, le había dicho su amigo Pietro Manfredi...

79

Florencia 11 de noviembre de 1494

*L*os gritos de «¡*Popolo e libertà*!» resonaron con estrépito en la plaza de la Signoria tocando a *parlamento* a través del inequívoco resonar de las campanas. Sólo se convocaba el *parlamento* en situaciones extraordinarias para que todos los ciudadanos se reunieran en la plaza y expresaran públicamente su voluntad. Cuando esa voluntad era inequívoca, prevalecía sobre cualquier otra institución de gobierno. Y por lo que Lorena veía, estaba muy claro que el pueblo clamaba contra la tiranía de Piero de Medici.

La enorme plaza se fue llenando con todo tipo de hombres y mujeres. Riadas de gente caminaban tras los estandartes de los distintos barrios de la ciudad. Grupos de hombres armados, ricos ciudadanos montados sobre sus caballos, artesanos que empuñaban martillos, agricultores que blandían azadones... Juntos coreaban todos al mismo tiempo la consigna «*Popolo e libertà*». El mismo grito salía de las ventanas de las casas. Ni una sola voz se decantaba por el «*Pale, pale, pale*» de los Medici.

—Parece que los días de Piero están contados —comentó Lorena—. Ni siquiera la suma de sus mercenarios y de sus partidarios podría enfrentarse con esta multitud.

—Creo que tienes razón —concedió Mauricio—, pero en previsión de que se le ocurriese plantar batalla, opino que es mejor regresar a casa. No olvidemos que estás embarazada.

¿Cómo iba a olvidarlo? Llevaba dos meses en estado de buena esperanza, y poco después de anunciar la venturosa nueva, Mauricio había entrado en una extraña crisis: su actitud se había tornado tan melancólica que hasta le costaba salir de casa. Lorena lo atribuía a los catastróficos acontecimientos que estaban teniendo lugar en Florencia, y precisamente por ello era todavía más importante que su marido recuperara su vitalidad. No sabía cómo contribuir a su mejora anímica, pero de momento lo más urgente era regresar al hogar. Con tanta gente armada y los ánimos tan encrespados podía ocurrir cualquier cosa. ¡Incluso que los soldados franceses que ya estaban alojados en la ciudad tomaran partido por Piero de Medici!

Cuando salían de la plaza vieron llegar al cardenal Giuliano, hermano de Piero de Medici, que cabalgaba acompañado de numerosos soldados. Sorprendentemente, sus voces no gritaban «*Palle, palle, palle!*», sino «*Popolo e libertà!*». Sin duda, el cardenal, considerando segura la caída de Piero, prefería dejar constancia pública de que su postura era también contraria a la de su hermano. O tal vez se había acercado hasta allí con el propósito de ayudar a Piero intimidando a los presentes con la presencia de sus hombres, y, al ver tamaña multitud, había decidido apostar a caballo ganador para salvaguardar su integridad física. En cualquier caso, todas las armas se giraron y les apuntaron amenazadoramente mientras la muchedumbre, enardecida, le acusaba de traición. Tras frenar el avance de sus caballos, el cardenal y su séquito dieron media vuelta, sin llegar a entrar en la plaza, y sin que tampoco nadie se atreviera a enfrentarse con una comitiva tan bien pertrechada. Aprovechando el espacio que había quedado momentáneamente vacío, Mauricio y Lorena ganaron el acceso fuera de la plaza.

—Piero de Medici se merece lo que le está ocurriendo —señaló Lorena.

—Ciertamente —confirmó Mauricio—. En tan sólo dos años y medio desde la muerte de su padre ha conseguido exasperar tanto a los humildes campesinos y esforzados trabajadores como a los más distinguidos ciudadanos y comerciantes de toda condición…

—¡Y eso que su padre le dejó un legado tan excelente que no era fácil echarlo a perder en tan poco tiempo! —exclamó Lorena.

—Sí, Piero cavó su propia tumba al enemistarse con los consejeros de su padre, y rodearse de otros, tan pésimos que si hubieran sido seleccionados por sus propios enemigos no hubieran sido peores.

Al llegar a la Via de Martegli, muy cerca del Duomo, heraldos de la Signoria estaban ya proclamando a viva voz que sería condenado a muerte cualquiera que ayudara a Piero de Medici. Asimismo, ordenaban a los extranjeros no portar armas en público.

Emplear el término «extranjeros» era un eufemismo para no aludir directamente a los franceses, que eran los que, sin proponérselo, habían provocado la furibunda reacción popular contra Piero de Medici. Lorena recapituló en su mente los acontecimientos de los últimos meses. El rey Carlos de Francia, espoleado por el duque de Milán, había decidido reclamar sus derechos angevinos sobre el reino de Nápoles. Preparando su marcha, emisarios del rey Carlos habían solicitado de Piero que les dejara paso franco y les facilitara provisiones mientras atravesaban la Toscana. Sin embargo, Piero, en contra de la opinión de los florentinos, había transmitido a los emisarios franceses su negativa más rotunda. Dicha posición había encendido los ánimos de los ciudadanos. En primer lugar, porque podía dar lugar a una terrible guerra con un enemigo formidable en un asunto que debía ser de la estricta incumbencia de Nápoles. Y, en segundo lugar, porque los franceses eran mucho más apreciados en Florencia que los napolitanos, cuyo rey pertenecía a la casa de Aragón. Además, Savonarola había tomado partido desde hacía tiempo por el rey Carlos, y había convencido con su carisma a la mayoría de los florentinos de que el monarca francés era el instrumento del que se valdría Dios para purificar por la espada los pecados de Italia, aunque Florencia se libraría del castigo si se arrepentía de sus pecados. A tal fin, Savonarola se había entrevistado con el rey de Francia y le había aconsejado que invadiera Nápoles primero, y después Roma, que depusiera al perverso papa Borgia y que se abstuviera de causar daños en Florencia.

Lorena dudaba de que Savonarola fuera capaz de ejercer tanta influencia en el ánimo del monarca francés como en la de sus conciudadanos. La misma duda debía corroer a Piero de Medici, porque, tan pronto se enteró de que el rey Carlos había llegado a territorio toscano, entró en un estado de pánico compulsivo. Incapaz de razonar sosegadamente, intentó emular a su padre saliendo de la ciudad para entrevistarse personalmente con el monarca francés. Lamentablemente, Piero había sido tan firme en la distancia como débil en la presencia del rey de Francia, y había cedido sin oponer resistencia las fortalezas de Pisa, Sarzana, Pietrasanta, Fivizziano, Luligiana, así como el puerto de Livorno. Con la pérdida de esas ciudades se perdían los ojos y los oídos de Florencia, que con tanta sangre y esfuerzos habían conquistado en el pasado. Así, Florencia quedaba en una situación de extrema debilidad sin que hubiera sido necesario, porque, si bien el ejército francés era superior, su situación no era tampoco envidiable. En territorio enemigo, sin provisiones, rodeado de montañas nevadas y con el frío viento del invierno azotándoles sin descanso, su estado era precario. Es cierto que hubieran podido asediar las ciudades entregadas, sopesó Lorena, pero sin otra certeza que la de asumir enormes pérdidas. Por si aquellas claudicaciones no fueran suficientes, Piero también había invitado al ejército francés a residir en Florencia hasta que decidieran partir hasta Nápoles.

Con su errático proceder, el hijo de Lorenzo había demostrado que no poseía ninguna de las cualidades de su padre; el resultado había sido llegar a una situación a la que jamás debería haberse llegado, ya que se hubiera podido alcanzar un acuerdo mucho más ventajoso. Aquellos pensamientos no eran otra cosa que llorar sobre la leche derramada. Lorenzo, el compás de Italia, había muerto, y el equilibrio se había quebrado, pues Piero era incapaz de tejer los delicados hilos de la diplomacia con la sutileza de su padre.

No era de extrañar que la ira acumulada contra Piero hubiera explotado finalmente ante tal cúmulo de despropósitos. Al llegar a su mansión, la marca de la puerta recordó a Lorena lo que los aguardaba. Días atrás, emisarios franceses habían entrado en la ciudad y señalado con tiza blanca las casas en las que se alojarían las tropas francesas durante su estancia en Florencia. Ciertamente hubiera sido más rápido marcar las que no iban a ser ocupadas, puesto que la casi totalidad de las viviendas habían sido seleccionadas. Incluso en varias de ellas ya se habían asentado tropas francesas, como avanzadilla del grueso del ejército que pronto entraría en la ciudad. En teoría se habían comprometido a pagar por los gastos que ocasionara su estancia en Florencia, pero la opinión generalizada era que sería una suerte si se marchaban sin saquearla. Abrir de par en par las puertas de la ciudad a un ejército tan colosal era una opción demasiado arriesgada.

Había discutido con Mauricio la opción de ingresar a su hija Simonetta en un convento mientras durara la ocupación. Por desgracia, si los franceses incumplían su palabra y se dedicaban al pillaje, los desmanes y las violaciones de mujeres y niñas estaban casi garantizados. Finalmente habían desechado la idea, pues, si las cosas llegaban tan lejos, los muros de un convento no protegerían a sus ocupantes de la violencia de los soldados.

Mientras entraban en su mansión, que pronto compartirían con mercenarios extranjeros, Lorena reflexionó sobre los silencios de su esposo. Mauricio no había abierto la boca desde que habían dejado atrás la Via de Martegli. Hacía semanas que estaba raro y poco comunicativo. Ella barruntaba que, además de la crítica situación que vivía la ciudad, tal vez existía algún otro motivo oculto de preocupación que Mauricio prefería esconder. Eran tiempos difíciles para el comercio y los negocios en general. ¿Habría contraído deudas que no podía devolver? ¿Quizá los rumores que corrían en la ciudad sobre su ascendencia judía podían estar perjudicándole más de lo que ella creía posible? Su marido era un cristiano ejemplar, pero bajo la batuta de Savonarola cada vez eran más los ciudadanos que expresaban juicios severísimos contra todo lo que no se ajustara con exactitud a la estrecha visión de aquel predicador. ¿Era Savonarola un verdadero profeta, o era más bien un falso iluminado? Aquélla era la cuestión que dividía a los florentinos, aunque para ella sólo había una pregunta verdaderamente importante: ¿qué le estaba ocurriendo a su marido?

Tal vez la respuesta estuviera relacionada con el extraño saqueo de su villa del campo unas semanas atrás. Los asaltantes, aprovechando la ausencia de los cuidadores de la finca, que habían bajado a Florencia para realizar ciertas compras, ocasionaron diversos destrozos en el interior de la casa, se llevaron algunos objetos de valor y, lo que resultaba más inquietante, habían removido con azadones la tierra circundante a la finca, como si estuvieran buscando un tesoro escondido. Su marido la había tranquilizado asegurándole que únicamente se trataba de un robo aislado al que estaba expuesta cualquier propiedad desprotegida, pero Lorena temía que aquel violento suceso tuviera algo que ver con la crisis en la que Mauricio se hallaba sumido.

*L*a noche ya había caído cuando Luca regresó a su casa. *Gonfalonis* armados iluminaban la oscuridad con sus antorchas encendidas. Horas de saqueos indiscriminados en las mansiones de los más allegados a los Medici habían provocado que la Signoria emitiera un decreto en el que se prohibía el pillaje bajo pena de muerte, al tiempo que ordenaba a su guardia vigilar las calles. El día había sido muy confuso, pero Luca se sentía victorioso. Por fin los Medici habían sido expulsados de Florencia.

Aprovechando el caos de las horas iniciales, tras la huida de Piero fuera de la ciudad, el populacho había irrumpido en el palacio Medici destrozando y robando cuanto hallaba a su paso. Luca también había participado en la violación del *palazzo* tomándose cumplida venganza de tantos años de humillaciones. No se había limitado a causar destrozos. A instancias de Pietro Manfredi, había buscado la maravillosa gema que solía exhibir Lorenzo en su dedo anular. Su enigmático amigo le había prometido una fortuna astronómica si la encontraba, pero su búsqueda había resultado infructuosa. Al menos, se consoló Luca, había robado tres pequeños camafeos de ónice que eran auténticas obras de arte. Conocía a un prestamista hebreo que se los compraría sin hacerle preguntas. Aunque los judíos no le caían especialmente bien, a la hora de hacer negocios había que tener amigos incluso en el Infierno.

En todo caso, aquél era un día grande. La caída de los malditos Medici aseguraba el retorno de los exiliados, comenzando por su familia, los nobles Albizzi. Una idea se le apareció como un fogonazo y le provocó un inmenso placer: los Pazzi tendrían derecho a reclamar sus antiguas propiedades de acuerdo con las leyes que se dictaran. ¿Y acaso no vivían Lorena y Mauricio en el antiguo *palazzo* de Tommaso Pazzi? Cuando ocupara un puesto de poder en el nuevo Gobierno, maquinó Luca, tendría mucho campo para actuar…

Unos soldados franceses ocultos en una esquina interrumpieron sus felices cavilaciones. Eran una docena y se limitaban a observar el desordenado movimiento de los hombres en las calles. Afortunadamente, la Signoria había convencido al rey de Francia de que no tomaran partido por Piero de Medici, tras asegurar que se trataba de un asunto interno de Florencia que en nada modificaría lo ya pactado. Lo contrario hubiera provocado un auténtico baño de sangre. No obstante, eso significaba que las tropas extranjeras ocuparían la ciudad dentro de muy pocos días. Habían marcado con tiza su mansión, por lo que debería alojar a varios soldados en ella. Así que sus grandes expectativas quedarían en el aire hasta que los franceses abandonaran Florencia pacíficamente. Luca rogó a Dios que así fuera.

81

Florencia, 17 de noviembre de 1494

*F*lorencia se había vestido como una novia para recibir a su amado. Por orden de la Signoria, todos los ciudadanos debían estar en la calle para aplaudir la entrada triunfal de Carlos VIII, el rey de Francia. Acróbatas con zancos parecían andar en el aire sobre las cabezas de la muchedumbre que se agolpaba en las plazas. Otros funambulistas portaban máscaras y sus altos palos de madera se hallaban ocultos por un enorme vestido que les llegaba hasta los pies, de tal suerte que parecían gigantes. En las calles se habían montado plataformas móviles sostenidas por ruedas de madera. Sobre aquéllas se alzaban numerosas figuras que representaban escenas bíblicas en las que predominaba el arca de Noé repleta de animales. Los artistas habían elegido aquel motivo porque Savonarola llevaba semanas advirtiendo a los florentinos que su situación era similar a la que vivió el patriarca antes del Diluvio, y que únicamente se salvarían si eran capaces de construir un arca mística en su interior.

Como excepción al austero modo de vestir impuesto por el influjo de Savonarola, la Signoria había manifestado la conveniencia de que los florentinos lucieran sus mejores ropas para recibir con la dignidad debida al monarca francés. Lorena había elegido un brocado entretejido con plata que dibujaba diferentes tipos de flores. De momento el bebé que llevaba en sus entrañas tenía menos de tres meses y le permitía exhibir tan espectacular traje sin molestias. Se sentía tan bella como la ciudad, tal vez más, y hubiera disfrutado del día si no fuera por las tristes circunstancias en las que se encontraban. El rey francés no era el novio de Florencia, sino su posible verdugo, y Mauricio seguía comportándose de manera errática. Hoy le había costado convencerle de que saliera a la calle, pese a que era una orden imperativa de la Signoria. Finalmente lo había conseguido argumentando que, si se producía algún disturbio, él podría proteger a los niños. En realidad, dudaba de que en su estado pudiera ser de gran ayuda si ocurría algún percance, pero era preferible que hiciera el esfuerzo de no refugiarse en casa. En realidad, Lorena se sentía más tranquila porque Carlo, el enorme cocinero que habían contratado hacía un año, los había acompañado. También Cateruccia se sentía feliz con la presencia de Carlo, ya que el amor había nacido entre ellos y se habían casado recientemente.

Agostino y Simonetta, sus dos hijos mayores, estaban enzarzados en una animada discusión sobre el significado de las dos grandes columnas con las armas de Francia que se habían erigido en la entrada del palacio Medici. Alexandra, que sólo tenía siete años, contemplaba embobada el espectáculo callejero encaramada a los anchos hombros de Carlo.

La comitiva real ya estaba empezando a llegar a las escalinatas del Duomo, cerca del estratégico lugar elegido por Lorena y su familia para contemplar tan importante acontecimiento. El relinchar de los caballos y el ruido de sus herraduras sobre el pavimento se fundía con los gritos de «¡Viva Francia!» que los espectadores proferían con entusiasmo. El número de soldados montados a caballo parecía que no iba a acabar, pero finalmente llegó el rey acompañado de docenas de criados vestidos con elegantes libreas. En la calle resonaron con más fuerza los gritos de «¡Viva Francia! ¡Viva el rey!». Cerca de ellos, una señora se desmayó, presa de la emoción. Quizás aquella dama fuera una ferviente admiradora de Savonarola. La mayoría de los florentinos consideraban al popular predicador un auténtico profeta, pues había predicho la entrada del rey de Francia en la península Itálica, como un enviado de Dios para purificarla de sus pecados. Lorena era más escéptica respecto a Savonarola. Sí, era cierto que había predicho la muerte de Lorenzo, pero debía de saber que estaba gravemente enfermo. Y en cuanto a la invasión francesa, hacía tiempo que se llevaban a cabo los preparativos para cruzar los Alpes en medio de una intensa actividad diplomática que incluía la ida y venida de embajadores entre Florencia y Francia.

En cualquier caso, cuando el rey de Francia descabalgó de su caballo, Lorena tuvo la certeza de que aquel hombre no podía ser un enviado de Dios. Tenía unos veinte años de edad, su semblante era feo y su cuerpo contrahecho. De frente estrecha, sus ojos eran blanquecinos y miopes. Su nariz aguileña era tan desproporcionadamente grande que parecía que quisiera llegar al suelo. Sus labios eran sensuales, pero el mentón no era firme. De muy baja estatura, sus pasos eran vacilantes, como si tuviera una pequeña cojera en una pierna. Lorena se fijó también en que sus manos se movían en nerviosos movimientos espasmódicos.

¿Era aquel pobre hombre el emisario de Dios destinado a limpiar los pecados de Italia? En tal supuesto, el Señor se valía de instrumentos ridículos para mejor humillar a los pecadores. Lorena pensó que a un jovenzuelo como aquél le venía grande la corona francesa, por mucho que su armadura dorada refulgiera bañada por los últimos rayos de sol. Sin embargo, los caminos del Señor eran inescrutables, y la triste realidad era que estaban en manos de aquel joven que con tan poca elegancia subía los escalones del Duomo. En el preciso momento en el que traspasó las puertas de la catedral, Lorena se santiguó.

82

Al regresar a su casa, Mauricio se sentó en el salón y se despachó un vaso de vino con ansiedad. La cabalgata real había finalizado y en cualquier momento se presentarían los soldados franceses que se iban a hospedar en su mansión. No se sentía con fuerzas para recibirlos, del mismo modo que tampoco había tenido fuerzas para afrontar tareas menores últimamente. Era cierto que la caída de Piero de Medici y la entrada de las tropas francesas eran pésimas noticias. Sin embargo, Mauricio sabía que la causa de su deplorable estado era otra. Hacía ya varias semanas que había perdido no sólo la alegría, sino la capacidad para enfrentarse a las situaciones cotidianas. De hecho, durante ese tiempo no había sido capaz de ir al taller ni a las casas de los trabajadores donde se hilaban los tejidos. El tener que acudir a una cita, del tipo que fuera, le parecía como tener que subir una montaña, hasta el punto de que había anulado unas cuantas. Hablar con gente, hacer el esfuerzo ser amable o enfrentarse a alguien en una discusión eran situaciones que prefería evitar. Mauricio notaba que su cuerpo estaba exageradamente tenso y que su respiración era entrecortada. En su interior sentía un miedo profundo. Incluso había llegado a tener pesadillas recurrentes en las que se intentaba esconder y en las que finalmente le descubrían. Cuando se despertaba temblando, no conseguía recordar quién le perseguía ni por qué se ocultaba.

Cateruccia le indicó que los soldados habían llegado. Mauricio apuró un último trago antes de incorporarse lentamente. Al recibirlos, constató con sorpresa que no eran franceses, sino mercenarios suizos. La cruz blanca bordada a la altura del pecho lo mostraba claramente. Mauricio se sobresaltó al ver que los tres soldados portaban alabardas, de cuyas astas de dos metros de altura pendían en la punta afiladas hojas en forma de hacha. Tampoco eran muy tranquilizadoras las enormes espadas que colgaban por detrás de su cinto. Los mercenarios se presentaron muy educadamente, mas Mauricio no podía ignorar que representaban una grave amenaza. Precisamente por ello trató de ocultar su miedo bajo una expresión hierática.

En una curiosa mezcla de catalán y oc provenzal, Mauricio pudo comunicarse con los mercenarios. Así, entre gestos y frases pronunciadas lentamente, les mostró la cocina, el lugar en el que los soldados comerían junto con los sirvientes de la casa. Posteriormente subieron por las escaleras a la segunda planta, donde les indicó la habitación que compartirían mientras se prolongara la ocupación. Tras algunas dudas, habían decidido alojarlos en el cuarto de su hijo Agostino, y habían habilitado tres camas a tal efecto. Lógicamente, Agostino no dormiría con ellos, sino en la habitación de sus dos hermanas. Por motivos de seguridad, junto a sus hijos dormirían también Cateruccia y su marido Carlo, que se había subido de la cocina un gran cuchillo con el que defenderse en caso de que fuera necesario. Al observar a los mercenarios, Mauricio rezó rogando con fervor que no se produjeran incidentes, puesto que, si bien todos los sirvientes se habían aprovisionado de armas en sus cuartos, ninguno estaba entrenado para luchar. Por el contrario, aquellos suizos habían hecho del arte de matar al prójimo la herramienta con la que se ganaban la vida. Así que, por más que se hubiera quedado la llave del cuarto de los soldados con el propósito de encerrarlos durante la noche si la situación lo requería, Mauricio no tenía motivos para sentirse optimista en caso de que se produjeran altercados violentos.

Los mercenarios agradecieron su hospitalidad y le preguntaron si podían comer algo. Con un gesto de la mano, Mauricio les indicó que lo acompañaran. Los suizos le siguieron tras dejar despreocupadamente las alabardas en la habitación. Cuando llegaron a la cocina, Mauricio les indicó que pidieran cuanto necesitaran a Carlo, el cocinero.

Después se retiró al salón, se sirvió otro vaso de vino e intentó relajarse. Al cabo de un rato, su esposa lo despertó y le indicó que ya era hora de ir a la habitación.

83

*S*i las coincidencias significan algo, la muerte de Pico della Mirandola el mismo día en el que el rey de Francia ocupaba Florencia certificaba la defunción del mundo que Lorena tanto había amado. Las apocalípticas visiones de Savonarola se habían convertido en una realidad innegable para los florentinos, mientras que el humanismo promovido por Lorenzo de Medici era denostado hasta por sus más antiguos y acérrimos defensores.

Precisamente había sido Pico della Mirandola quien había situado al hombre en el centro del universo arguyendo que al no haber sido creado ni ángel ni animal, ni demonio ni dios, ni terrenal ni celestial, disponía de libertad para transformarse en lo que deseara. Al contrario que el resto de las criaturas, predeterminadas de antemano a no mutar su naturaleza, Pico creía que la dignidad del hombre provenía de no estar constreñido por límite alguno, pudiendo así volar más alto que los ángeles o caer más bajo que las bestias. Aquel príncipe de la concordia había sido también el más brillante defensor de un cristianismo capaz de integrar los misterios griegos, la sabiduría egipcia y las tradiciones ocultas del judaísmo, pues, según afirmaba, todas ellas reflejaban el mismo rostro de Dios. Condenadas sus tesis por la Iglesia y arrestado por el Papa, sólo la intercesión personal de Lorenzo le permitió salir de prisión y establecerse en Florencia bajo su protección.

No obstante, el declinar del Magnífico, junto con la simétrica ascensión de Savonarola, había ido derrumbando el edificio humanista donde se pretendía cimentar en el pasado la compresión del presente y el salto al futuro. El mismo Pico della Mirandola había abjurado de sus teorías, había donado sus valiosísimas propiedades y había ingresado en los dominicos, la orden a la que pertenecía Girolamo Savonarola, el gran enemigo de Lorenzo. También Botticelli se avergonzaba ahora de sus cuadros paganos y se afanaba en pintar piadosas escenas religiosas. Marsilio Ficino, el alma de la Academia Platónica, había optado prudentemente por retirarse en soledad a su villa de Careggi. Ángelo Poliziano, amigo personal de Lorenzo y una de las mejores plumas europeas, había fallecido dos meses antes que el príncipe de la Concordia. Paolo del Pazo Toscanelli, Luigi Pulzi, Ermolao Barbaro, y muchos otros insignes humanistas amados por Lorenzo, hacía tiempo que no se contaban entre los vivos. El silencioso cementerio de Florencia era ya el único lugar donde la Academia podía celebrar sus antiguas reuniones.

Sin embargo, no era el declive de la filosofía y el arte lo que más preocupaba a Lorena, sino el naufragio emocional de su marido. Mauricio sufría una insólita enfermedad del alma que le incapacitaba para enfrentarse a los nuevos tiempos, y ponía así en riesgo a toda la familia. ¿Qué extraños pensamientos corrían por su mente? ¿Dónde se hallaba la herida invisible que supuraba incesante y le arrebataba su buen ánimo? ¿Qué sentía realmente su marido? ¿Miedo? ¿Desesperanza? ¿Angustia? ¿Por qué?

Lorena necesitaba saberlo desesperadamente, pero su esposo daba tan pocas pistas como un arcón cerrado bajo siete llaves. Precisamente una llave, la del escritorio de Mauricio, podía ser capaz de abrir los secretos ocultos de su corazón. Su marido, a ejemplo de Lorenzo, solía dedicar largas horas a escribir en su despacho. La correspondencia epistolar, un género muy apreciado entre los hombres cultivados, ocupaba una buena parte de su tiempo, aunque de su pluma también brotaban canciones, poemas, alegres cuentos celebrados por sus hijos… y algo más. Lorena sabía que su esposo anotaba sus impresiones íntimas en un diario personal.

En cualquier otro momento, hubiera considerado una deslealtad traicionar la confianza de su marido, mas no en aquellas circunstancias. Mauricio, embriagado por el vino, roncaba trabajosamente en la cama sin haber reunido las fuerzas necesarias para sacarse los botines. Las corrientes subterráneas, reflexionó Lorena, se esconden bajo la superficie antes de manifestarse abruptamente, tal como sucedía con las inexplicables reacciones de su marido. Por tanto, era legítimo explorar en lo prohibido si con ello conseguía evitar una catástrofe.

Salió de la habitación con las llaves de su marido y una lámpara de aceite. El pasillo que tan bien conocía permanecía oscuro y silencioso. Frente a ella, separado por el espacio vacío del patio interior, estaba la habitación donde se alojaban los mercenarios suizos. La puerta permanecía cerrada y no se oían ruidos. Confiando en que el cansancio de la jornada y el vino aguado que les habían servido en la cena fueran motivos suficientes para que durmieran profundamente, Lorena continuó caminando. Le aterrorizaba imaginar que los mercenarios se despertaran y la encontraran vagando sola por la casa mientras su marido permanecía impedido en el lecho. Las sombras dibujadas por la lámpara parecían presagios de amenazas, las piernas le temblaban y los latidos de su corazón resonaban con más fuerza de la que nunca hubiera creído posible. Intentando olvidar su miedo, Lorena se concentró en andar tan lenta y suavemente como solía hacer de pequeña, cuando espiaba las conversaciones de sus padres.

La puerta del despacho estaba entornada. Lorena entró sigilosamente, depositó la lámpara encima de la mesa, encendió una vela blanca y se encomendó a la Virgen de las Rocas. Sobre la pared del escritorio, la Virgen dibujada a sanguina por Leonardo da Vinci parecía tranquilizarla con su mano. Lorena hubiera preferido tener un cuadro de su boda en lugar de aquel hermoso boceto. Sin embargo, tras el triunfal regreso de Nápoles, Lorenzo, abrumado por las deudas contraídas, no había reiterado el encargo nupcial a Leonardo. El genial artista, conocedor de las dificultades económicas del Magnífico, había optado por abandonar Florencia y buscar mejor fortuna bajo el servicio del duque Ludovico Sforza de Milán.

Lorena apartó su mirada de la Virgen de las Rocas e introdujo la llave en uno de los cajones del escritorio. Su atención se centró de inmediato en un cuaderno de vitela cerrado por una presilla y un cazonete de madera. Sobre las hojas de piel de ternera, la elegante letra de su marido había plasmado en tinta azul lo que tal vez fueran sus pensamientos más íntimos y secretos.

Lorena volvió a su dormitorio un poco antes de que comenzara a amanecer. El diario de Mauricio la había conmovido. Su marido la amaba con devota pasión. De eso no cabía duda alguna. La narración de su vida contenida en aquel cuaderno lo expresaba de todos los modos imaginables. Lo sorprendente es que Mauricio no sólo describía sus experiencias cotidianas, sino que también transcribía sus emociones en forma de poemas o fragmentos de sueños. Más aún, haciendo gala de una sensibilidad exquisita, en ocasiones relataba las impresiones del día tal como habrían sido sentidas por ella misma o por alguno de sus hijos. El resultado era una epopeya vibrante, donde el amor, la belleza, la lucha y el misterio de Dios desbordaban ganas de vivir.

¿Dónde se ocultaba, pues, ese instinto de muerte que enfermaba el espíritu de Mauricio? Imposible saberlo. Durante los periodos en los que su marido había padecido sus extrañas crisis, no había escrito ni una sola línea, por lo que ni siquiera existía una breve anotación sobre el saqueo de su villa de campo o sobre algún otro problema que Lorena ignorara. ¿Era posible, entonces, luchar contra un enemigo invisible?

84

*D*esesperada, Lorena acudió de buena mañana al barrio de San Ambrosio para hablar con Sofia, la mujer que tantas veces le había ayudado en el pasado, cuando la vida le había planteado desafíos que escapaban de su comprensión. Lorena sintió temor al cruzar la ciudad tras la primera noche de ocupación de las tropas extranjeras. Tratando de pasar desapercibida, se cubrió el cuerpo con un manto largo de lana desgastada, y la cabeza, con un velo, prenda muy del agrado de los seguidores de Savonarola. A Dios gracias, Florencia había amanecido sin incidentes, envuelta en una calma tensa. Aunque se podían ver soldados extranjeros rondando por las calles, ninguno de ellos estaba causando problemas. Probablemente el rey Carlos, tras haber recibido informes del reciente alzamiento contra Piero de Medici y concluir que los florentinos eran un pueblo fogoso, presto a empuñar las armas ante las ofensas, habría advertido a sus soldados que cualquier tropelía sería duramente castigada. Sea como fuere, Lorena llegó a la botica del esposo de Sofia sin que nadie la molestara. Encontró a su amiga en el cuarto donde almacenaban las diferentes hierbas, especias y pócimas magistrales que vendían en el establecimiento. Tras ayudarla a desempaquetar unas cajas, Sofia se ofreció a escucharla.

Como el marido de Sofia estaba despachando en el mostrador y la casa estaba repleta de gente, incluidos algunos mercenarios, ambas concluyeron que lo mejor para departir con intimidad era no moverse del lugar en el que estaban. La habitación no tenía ventanas, estaba iluminada por un gran velón, y la mezcla de olores era embriagante. Sofia le explicó que en los recipientes de cristal de aquel cuarto habían destilado diversas plantas al baño María previa maceración en alcohol, obteniendo así aguas y aceites que se podían utilizar para aromatizar y embellecer o curar enfermedades, según los casos. Lorena se intentó abstraer de la intensa mezcla de suaves fragancias y extraños olores que inundaban la estancia, mientras explicaba a su amiga lo que tanto le preocupaba.

—No es la caída del régimen Medici ni la entrada de los franceses en Florencia, ni siquiera la crisis económica, lo que ha desatado ese mal del alma en tu marido, sino tu embarazo —dictaminó Sofia.

—Imposible —protestó incrédula Lorena.

—Sin embargo, tú misma has dicho que la actitud errática de Mauricio comenzó al poco de que le dieras la buena nueva —replicó Sofia.

—Sí, pero justo por aquellas fechas nuestra casa de campo fue saqueada, y cualquiera podía vislumbrar los peligros que acechaban nuestra ciudad —argumentó Lorena.

—Puede que tengas razón, pero, si no recuerdo mal, las dos veces que tu marido sufrió crisis parecidas coincidieron con la muerte de tu primer hijo en el parto y con el aborto natural de hace tres años y medio —apuntó Sofia.

—¡Pero esto es completamente distinto! En los dos casos que mencionas estuve a punto de morir: eso fue lo que afectó tanto a mi esposo. Por el contrario, ahora me encuentro perfectamente. Además, esta vez su reacción está siendo mucho más preocupante: está paralizado hasta el punto de descuidar sus obligaciones en el negocio de telas que comparte con su socio, quien ya me ha confesado que atraviesan problemas financieros. Hay días en los que se excusa de acudir a cualquier compromiso social para abandonarse en los brazos de Baco, hasta que Morfeo le traslada al país de los sueños. Ayer mismo tuve que acompañarle a la cama porque se quedó dormido en el salón, ¡mientras los mercenarios suizos pasaban su primera noche en casa!

—Ciertamente, el comportamiento de tu marido es temerario, dadas las circunstancias actuales, y bien podría deberse a una enfermedad del alma.

—Eso es lo que te estaba diciendo. Mauricio jamás había llegado a estos extremos y no puedo creerme que sea a causa de que estoy encinta. Por favor, Sofia, necesito ayuda desesperadamente y creo que sólo tú puedes ayudarme. ¿Qué puedo hacer? ¿Cuál es la solución?

La mujer se levantó de la silla y se paseó por la estancia mirando los tarros y frascos allí apilados antes de volver a hablar.

—Ni aguas ni esencias; ni ungüentos ni aceites; ni sales ni hierbas; ni plantas ni pócimas. Nada tenemos aquí que pueda curar a tu marido. Su enfermedad no es del cuerpo, sino del alma. La primera vez que diste a luz vuestro bebé falleció al nacer, y la última vez el feto pereció en tu vientre. En ambas ocasiones estuviste a punto de morir. La vida y la muerte son dos caras de la misma moneda. Por ello tengo la sospecha de que tu estado fértil puede haber provocado esta imprevisible reacción en Mauricio, aunque quizá sea otra la causa. Probablemente tras las brumas de Baco se oculte la respuesta, mas únicamente tu esposo puede hallarla. Pregúntale. Yo te prometo rezar esta noche para que Morfeo le revele sus secretos.

Lorena miró a aquella poderosa mujer. A lo largo de los años había ido engordando y envejeciendo, pero sus grandes ojos azules permanecían iguales y su fuerza intacta. Había un halo alrededor de ella que transmitía una enorme fe y confianza. La abrazó y se despidió, al tiempo que su marido la llamaba desde el mostrador con voz potente.

$\mathcal{M}$auricio comenzó el día con la noticia de que su esposa había salido a realizar recados después de desayunar con los niños. Cateruccia también estaba en la calle comprando alimentos para cuando los mercenarios suizos regresaran a cenar. Aquellos soldados eran educados, pero comían como un regimiento. Tras cerciorarse de que sus hijos estaban ocupados con los tutores de baile y gramática, decidió salir a la calle en busca de Elías. Sorprendentemente la vida en la ciudad transcurría con aparente normalidad, pese a la proliferación de soldados extranjeros. Algunas tiendas estaban cerradas, aunque la mayoría de ellas habían abierto. Si bien se veían pocas mujeres andando solas, el número de florentinos que deambulaban por las calles era similar al de cualquier otro día.

Mauricio pasó por los lugares que Elías solía frecuentar tratando de localizarle, pero no lo logró. Fatigado, acabó por encontrarle en el sitio donde raramente dejaba de acudir a la hora de comer: su casa. La familia de Elías se había visto obligada a acoger a dos gigantescos soldados escoceses que tenían unos rasgos tan marcadamente brutales que Mauricio se alegró de que le hubieran tocado en suerte los mercenarios suizos. En opinión de su amigo, la rebelión contra Piero había salvado a Florencia del saqueo, al convencer al rey Carlos de que su ejército sufriría pérdidas demasiado elevadas si se producían enfrentamientos armados en la ciudad. Gracias a ello probablemente se conformara con obtener sin luchar la enorme suma de dinero que le había prometido Florencia: doscientos mil florines.

Terminado el almuerzo, en un aparte, Mauricio le relató a Elías la crisis moral en la que se hallaba sumido. Las palabras del sabio rabino resonaron por la noche en su cabeza, mientras temblaba convulsivamente, pese a las dos mantas con las que Lorena había cubierto la cama matrimonial. «Si sacas lo que hay dentro de ti, lo que saques te salvará. Si no sacas lo que hay dentro de ti, lo que no saques te destruirá», le había recordado Elías citando un evangelio atribuido al apóstol Tomás. Posteriormente le había hablado de lo que denominaba la noche oscura del alma, antesala de lo nuevo que pugnaba por nacer. Finalmente había evocado la experiencia mística que muchos años antes había tenido Mauricio. De acuerdo con Elías, aquella vivencia había sido maravillosa, pero había quedado incompleta, como si fuera un círculo sin cerrar, puesto que tras el éxtasis Mauricio había sentido un gran odio hacia sí mismo. La enfermedad del alma que estaba padeciendo, según Elías, era un grito desesperado de su conciencia que le exhortaba a averiguar de dónde procedía ese odio. «Ten presentes las palabras del apóstol Tomás», le había aconsejado a modo de despedida.

Al regresar a su casa, no sabía si debido a la conversación con Elías o por algún otro motivo, había comenzado a tiritar y a sentirse enfermo. Intentó entrar en calor con uno de sus vinos tintos favoritos, sin obtener el resultado buscado. Lorena, que se percató de lo mal que estaba, le obligó a meterse en la cama. Allí le sirvió tazones de sopa bien caliente y le puso paños humedecidos en la cabeza hasta que los brazos de Morfeo le concedieron la gracia del sueño y del descanso.

Mauricio cayó por un largo pozo negro del que surgió la imagen de una joven mujer agonizando. Sudaba copiosamente y le costaba respirar por la angustia. Había visto a esa chica cientos de veces anteriormente, aunque no podía recordar quién era. ¡Y la estaba matando, pese a que sus propios ojos estaban empañados de lágrimas! ¡Él era su asesino! Al observar otra vez el rostro de esa jovencita, comprendió la espantosa verdad: esa mujer era su madre, que exhalaba los últimos suspiros mientras él la acuchillaba entre sus muslos. La sangre le salía a borbotones, el color rojo cubría las sábanas y también su propia cabeza. Toda la habitación estaba sumergida en sangre y… ¡él era el matarife que la descuartizaba!

—Mauricio, Mauricio, despierta. ¿Qué ocurre? —le preguntó Lorena, que lo zarandeó, sobresaltada.

Él abrió los ojos horrorizado. Al recordar, le contó a su esposa la terrible pesadilla, así como la conversación que había tenido con Elías. Lorena le escuchó con suma atención y guardó un prolongado silencio antes de hablar.

—Amor mío —le dijo Lorena—, tu madre murió de parto el día que naciste. Tú no la mataste.

—Si yo no hubiera nacido, mi madre no hubiera perecido de un modo tan atroz —señaló Mauricio con la vista perdida.— Y mi padre —añadió— habría sido feliz, en lugar de haberse pasado toda su vida añorándola.

—Y si no me hubieras dejado embarazada, no hubiera estado a punto de morir dos veces, pero tampoco hubieran nacido ni Agostino ni Simonetta ni Alexandra. Es Dios quien decide la hora de la muerte de todos nosotros, no tú, Mauricio. Ese odio hacia ti mismo del que alguna vez me habías hablado me parecía un desvarío pasajero provocado por los efluvios del vino, mas ahora vislumbro su verdadero alcance… Existe una parte en ti que se odia porque está convencida de que asesinaste a tu madre, y se culpa también de la infelicidad de tu padre.

—Sí —confirmó Mauricio, que sentía como si un velo se le estuviera desprendiendo de los ojos. De alguna manera, una terrible voz interior susurra que debería ser yo quien estuviera muerto, en lugar de mi madre, y me paraliza sin remisión. Se trata del mismo grito de angustia que no supe afrontar cuando estuviste a punto de fallecer al dar a luz por vez primera y en el aborto natural que sufriste hace tres año y medio. Ahora, con tu nuevo embarazo, no puedo evitar temer lo peor…

—Escúchame, Mauricio. No pienso morirme. Estoy encinta de un hijo tuyo, que será el cuarto. Ellos te necesitan y yo te amo. No lo eches todo a perder por un crimen que no cometiste.

—En mis sueños ese crimen es real.

—Sí, pero ahora has despertado. Pon punto final a las brumas de esta locura y no sigas cargando con una culpa que no te pertenece. Si el sueño se te vuelve a aparecer, abraza a tu madre y ruégale que vele por ti desde el Cielo. Eres su único hijo y estoy convencida de que ya lo está haciendo. Si dio su vida por ti, que no sea en vano. Aunque no esté físicamente a tu lado, su estirpe continúa a través de ti y de nuestros hijos.

—Te quiero —dijo Mauricio, que abrazó a su esposa con lágrimas en los ojos—, y no os pienso fallar.

Después de todo, sopesó Lorena mientras se abrazaban, tal vez Mauricio no tuviera graves problemas económicos que le hubiera ocultado ni enemigos desconocidos. Sin embargo, la imagen de la tierra levantada alrededor de su casa de campo la seguía inquietando. De alguna manera, no podía evitar el presentimiento de que pronto deberían enfrentarse a un gran peligro relacionado con el extraño saqueo de su finca.

86

*H*abían transcurrido once días desde que los franceses ocuparan la ciudad. Finalmente, se estaba oficializando su despedida en la plaza de la Signoria. Desde el balcón del palacio de Gobierno, un oficial público, flanqueado por las banderas francesas y florentinas, leía a viva voz los términos del tratado ante la asamblea del pueblo reunida en la plaza. Lorena calculó que casi dos tercios de todos los ciudadanos debían de hallarse allí presentes. Al lado del pregonero estaban los miembros de la Signoria junto al rey Carlos, cómodamente sentado bajo palio en un trono que Lorena recordaba haber visto en el palacio Medici.

Las cosas parecían ir a mejor. Su marido, tras haber recordado aquel sueño tan extraordinario, parecía estar superando la crisis que le había sumido en la parálisis. Seguía sufriendo tensiones y angustias, pero eso ya no le impedía enfrentarse nuevamente a los desafíos que le planteaba su negocio de tejidos. La situación no era fácil, porque bajo el liderazgo de Savonarola casi nadie quería comprar prendas de lujo en Florencia y las exportaciones también estaban flaqueando. La ocupación francesa había sido nefasta comercialmente hablando, puesto que la mayoría de las tiendas habían optado por cerrar atracando sus puertas ante cada uno de los múltiples rumores sobre posibles enfrentamientos. Sin embargo, estaba esperanzada, porque Mauricio se hallaba en el buen camino para volver a ser él mismo.

La atención de Lorena se concentró de nuevo en el balcón del palacio. El rey Carlos, con el rostro teñido de incredulidad, había saltado como un resorte de su trono, para encararse con el pregonero justo después de que éste proclamara la suma que Florencia pagaría a la corona francesa: ciento veinte mil florines. El monarca, con gesto airado, mostró claramente que no estaba de acuerdo con aquella cláusula.

Lorena sabía que aunque la cifra ofrecida por Piero de Medici al soberano de Francia ascendía a doscientos mil florines, la Signoria había negociado bajar a ciento cincuenta mil. Posiblemente la furia del rey se debiera a esa diferencia de treinta mil florines con respecto al último pago acordado. En aquel preciso momento, el *gonfaloniere* discutía violentamente con el monarca. Lorena se alegró de haber tenido la precaución de dejar a los niños en casa con Cateruccia. En demasiadas ocasiones bastaba una chispa para que prendiera un incendio. Tras un breve y acalorado intercambio de palabras, el monarca francés guardó un tenso silencio; a continuación cogió amigablemente al *gonfaloniere* por el hombro y bromeó amistosamente. El peligro había pasado. El pregonero continuó leyendo, sin incidencias, los demás pactos del tratado.

—¿Cómo habrá conseguido nuestro *gonfaloniere* calmar al monarca francés? —se preguntó Mauricio.

—Me ha parecido leer en sus labios que le decía al rey Carlos: «Si tú haces sonar tus trompetas, nosotros haremos sonar nuestras campanas».

—Sí, es posible. El rey sabe que el repicar de las campanas implica una llamada a las armas, y habrá preferido que su ejército no sufra ninguna baja; se conforma con los ciento veinte mil florines, que, por otro lado, son una auténtica fortuna. En cuanto al comentario jocoso del rey Carlos, aunque no sé leer los labios como tú, me jugaría un brazo a que soy capaz de adivinar sus palabras.

—¿Ah, sí? —preguntó, intrigada, Lorena—. ¿Y cómo es eso?

—Verás. Piero di Gino Capponi, nuestro *gonfaloniere*, fue embajador en Francia durante los tiempos de Lorenzo, *el Magnífico*. En aquella época, el rey Carlos no era más que un niño y Piero solía jugar con él como un tío lo haría con su sobrino. Más de una vez Lorenzo me había comentado carcajeándose que el príncipe heredero de Francia cuando bromeaba con nuestro embajador le decía: «¡Oh, Capponi, Capponi! Eres realmente un buen capón». Por eso apostaría lo que fuera a que el rey, recordando su niñez, habrá repetido aquella ocurrencia para que ambos pudieran recordar su amistad pasada.

Lorena se rio con ganas. Pensar que aquella frase hubiera podido solucionar amistosamente un asunto tan grave…

—Así se escribe la historia —comentó Lorena sonriendo.

—Sí —señaló Mauricio—. Cuando la Signoria eligió a Piero di Gino Capponi como *gonfaloniere*, lo hizo con la intención de crear un lazo emocional con el rey Carlos. Lo que nunca pudieron imaginar es que sería un capón quien salvara a Florencia del desastre.

87

*P*ietro Manfredi observó complacido el tablero de ajedrez sobre el que se desplegaban las piezas de marfil. Tras la retirada del ejército francés, pronto se escenificaría oficialmente el traspaso de poderes en Florencia. Con mucha paciencia y sutileza habían acabado primero con el prestigio de Lorenzo, y luego con su vida, aprovechando el fallecimiento de su jefe de espías y las precisas informaciones de Luca sobre los gustos alimenticios del Magnífico. Su plan había sido lento pero exitoso. Las ideas defendidas por Lorenzo de Medici se batían en retirada, e incluso sus amigos humanistas, los artistas y filósofos de la Academia Platónica, como Sandro Botticelli y Pico della Mirandola, habían renegado públicamente de sus antiguos ideales.

Desafortunadamente no habían podido hacerse con el anillo. Pietro Manfredi estaba convencido de que el cardenal Giovanni Medici custodiaba la esmeralda. Era el más inteligente de los hijos de Lorenzo y estaba predestinado a ser elegido Papa en el futuro, si utilizaba bien su riqueza, el peso del apellido Medici y la agudeza mental que le caracterizaban. Tras la muerte de Lorenzo, habían infiltrado a espías entre el séquito del cardenal Giovanni y en el *palazzo* de su hermano Piero sin resultado alguno. También habían rastreado las casas de empeño, habían contactado con las personas relacionadas con el tráfico de joyas y habían interrogado a criados del Magnífico. Todo en vano. La esmeralda había desaparecido y la podía tener cualquiera, un afortunado ladrón, alguna hermana de Lorenzo o incluso Mauricio Coloma. Esta última posibilidad era insignificante, pero, desesperado ante la falta de resultados, Pietro había ordenado simular un robo en la villa de campo de Mauricio, así como realizar un discretísimo registro en su mansión florentina. Como era de esperar, tampoco allí habían encontrado ni rastro de la esmeralda. Si querían recuperarla, necesitarían más imaginación que la demostrada hasta el momento, o un golpe de suerte inesperado.

En cualquier caso, Pietro sentía cierta inquina por Mauricio Coloma. De no haber sido por la intervención de ese patán, Lorenzo de Medici hubiera muerto acuchillado en la catedral muchos años atrás. Mauricio no era un objetivo prioritario, ni siquiera un peón por el que valiera la pena mover un dedo, pero, personalmente, le complacía saber que su destino era morir después de haber sido torturado física y moralmente. Por supuesto, él no intervendría ni se ensuciaría las manos de sangre. Luca Albizzi se ocuparía de ello dentro de muy poco.

88

*E*ra el tercer domingo de Adviento y nadie en Florencia quería perderse el sermón de Savonarola. Mauricio estimó que con dicho propósito se habían congregado en Santa Maria del Fiore unas catorce mil personas. El número de feligreses desbordaba la capacidad del Duomo, de modo que una enorme multitud se había visto obligada a permanecer a la intemperie, y habían ocupado la plaza que rodeaba la catedral. ¡Y eso que ninguna mujer había acudido a la iglesia! El fraile estaba hablando de política en sus últimos sermones y consideraba que las mujeres no debían escuchar lo que se decía sobre estos temas ni opinar sobre ellos. Mauricio se alegraba de dicha prohibición, aunque sólo fuera porque, de otro modo, se hubiera incrementado el riesgo de morir por asfixia. A fin de protegerse del frío, había elegido una gruesa túnica de lana negra, el color que los españoles habían puesto de moda, y el tradicional sombrero florentino, el *cappucci*, que se podía enrollar sobre la cabeza de diferentes modos, según el estilo personal de cada quien. Unos zapatos de cuero de becerro con una gruesa suela cosida a mano completaban su abrigada vestimenta, que, debido a la nutridísima concurrencia, le estaba haciendo sudar en pleno mes de diciembre.

Savonarola, vestido con una sotana negra y empuñando un crucifijo en su mano derecha, comenzó su sermón:

—Ha llegado la hora de cambiar el corrupto Gobierno de Florencia por otro que ayude a que ésta sea la ciudad del Cielo en la Tierra.

»Predije, y sois testigos de ello, la muerte de Lorenzo de Medici, la caída de su hijo Piero y la entrada en Italia de un ejército extranjero en expiación de vuestros pecados. Pero también os conforté asegurándoos que Florencia permanecería inviolada, porque de ella nacería un nuevo gobierno democrático que sería espejo y faro para el resto del mundo.

Mucha gente consideraba que Savonarola era un auténtico profeta y estaban convencidos no sólo de que había salvado a Florencia de ser saqueada por el ejército francés con su mera presencia, sino de que también había convencido al rey Carlos de que abandonara la ciudad. Mauricio pensaba que la carismática personalidad del monje podía haber ejercido cierta influencia en el voluble y joven monarca; sin embargo, por sus propias fuentes de información sabía que, Begni, el capitán del ejército francés, había exigido al rey marchar de Florencia aprovechando la ausencia de lluvias y nieve. En cualquier caso, lo que constituía un auténtico milagro era el hecho de que durante la ocupación extranjera tan sólo se hubieran producido una decena de muertes en reyertas aisladas, teniendo en cuenta el enorme número de gente armada que había cohabitado en la ciudad.

—Durante demasiado tiempo —clamó Savonarola desde el púlpito—, esta ciudad ha sufrido una tiranía maquillada bajo los falsos ropajes de una República. La Signoria y los consejos eran semejantes a sepulcros blanqueados, que por fuera son bellos, pero por dentro están llenos de huesos, gusanos e inmundicias. Sí, porque los cargos relevantes no se elegían democráticamente, sino en sorteos amañados por los Medici. En verdad os digo que debemos abolir las instituciones del pasado, ahora que estamos iniciando una nueva era para mayor gloria de Dios. Mantengamos la Signoria y creemos un consejo reducido para regir la ciudad, pero que sus miembros sean elegidos con justicia. Y sobre todo, creemos un gran consejo de mil quinientas personas que tenga la última palabra en cualquier asunto. Mil quinientas personas de todos los gremios y estratos sociales no se pueden corromper ni manipular. En la ciudad de Dios será el pueblo quien gobierne. Es la voluntad del Señor: tal como me la comunica os la enseño yo.

Savonarola se estaba alineando claramente con el bando partidario de dotar a la República de un gobierno auténticamente popular, y en contra de quienes consideraban preferible que las instituciones siguieran en manos de una pequeña élite. Mauricio tenía otros problemas más acuciantes sobre los que reflexionar. Con el hundimiento del barco *Santa María* procedente de las Indias Orientales había perdido una buena parte de su patrimonio: pimienta, canela, nuez moscada, seda perfumes, perlas y piedras preciosas por valor de veinte mil florines habían acabado en el fondo del mar tras un combate mortal con piratas berberiscos. Y junto con la *Santa María* también había naufragado la compañía aseguradora, que se había declarado en quiebra. Por otro lado, todavía no les habían devuelto el cuantioso préstamo de Colón, pese a que éste había descubierto una ruta alternativa hacia las Indias. Para empeorar las cosas, el convento de San Marcos había anulado un importante pedido de ropas eclesiásticas cuando los hábitos monacales ya estaban confeccionados. Mauricio sospechaba que el responsable de tal decisión era precisamente aquel fraile que, crucifijo en mano, encandilaba a las multitudes desde el púlpito. En efecto, era sobradamente conocida la animadversión de Savonarola por los judíos, a los que consideraba responsables del martirio de Jesucristo. Y sin que Mauricio supiera el motivo, alguien se había encargado de propagar la historia de que su padre y sus abuelos eran en realidad judíos, y de que él era también un falso converso. Si aquel bulo había llegado a los oídos de Savonarola, el prior de San Marcos bien podría haber anulado el pedido temeroso de que sus ropas estuvieran contaminadas por manos infieles.

Mauricio pensó en la esmeralda que le había entregado Lorenzo en su lecho de muerte. Gracias a ella había podido gozar de una vida espléndida, y tal vez pudiera evitar nuevamente su ruina…, si la vendía, contraviniendo la última voluntad del Magnífico. Durante dos años y medio no había recibido noticias de su desconocido y legítimo propietario. Sin embargo, lo impensable no era menos real que lo cotidiano, y precisamente aquella mañana había llegado una carta en la que se reclamaba la devolución de la gema. La tentación de romper la misiva y olvidarse del asunto era muy grande, casi irresistible. Mauricio resolvió, por lo pronto, demorar su respuesta. Ya habría tiempo para devolver tan valiosísimo objeto cuando su situación económica hubiera mejorado.

—Cambiar el modo de gobierno es necesario, pero no suficiente —bramó Savonarola con voz potente—. Debéis cambiar de vida, o vuestra carne será desollada en el fuego del Averno durante toda la eternidad. Sí, porque el pecado florece en nuestra ciudad. Los peores vicios son tolerados sin que nadie los castigue. Esto debe acabar. Si un ojo te escandaliza, es mejor arrancártelo que ser arrastrado por su causa a la Gehena, al Infierno. Por eso, por vuestro propio bien, voy a proponer una serie de leyes que animen a los pecadores a transitar por la senda apropiada. Si no desean andar por el camino de la virtud de buen grado, llevados por el amor de Dios, que al menos lo hagan por temor al castigo. Son muchos los vicios que anidan en nuestra ciudad; tal vez el peor sea el de la sodomía. Ese abominable vicio ofende a Dios y, aunque no guste de la violencia contra el prójimo, debe ser extirpado de Florencia como una mala hierba. Así que cuando un sodomita sea descubierto, propongo un castigo simbólico: que el culpable sea expuesto en los muros exteriores del Bargello, con sus manos ligadas a alguna de las anillas de hierro y con un letrero sobre su pecho en el que se lea nombre del crimen cometido. Que sea así exhibido para escarnio público durante tres horas mientras tañe la vieja campana de la prisión, para que no peque más. Pero si reincidiera, que su pena sea física también. Que, atado a una columna, el látigo fustigue su espalda a la vista de todos. Y si pese a ello persistiera en su ignominia que sea quemado, pues más valdrá que arda su carne en lugar de su alma.

Mauricio miró a su alrededor. Los rostros de todos los hombres eran graves. La sodomía había sido un vicio condenado públicamente y tolerado en la práctica, hasta tal punto que los franceses empleaban la palabra «florentino» como sinónimo de «homosexual». Las cosas iban a cambiar. Mauricio no albergaba dudas de que la ley propuesta por el fraile sería aprobada, pues cualquiera que se opusiera a ella sería sospechoso de practicar el pecado contra natura. Él, personalmente, no debía preocuparse, si bien tenía la corazonada de que aquél era el inicio de una nueva era: la edad de oro anunciada por Savonarola comenzaba marginando a las mujeres y persiguiendo a los sodomitas, pero luego vendrían las prostitutas, los judíos, los herejes y, al final, se perseguiría a todos aquellos que fueran diferentes a la idea que aquel fraile tenía de un cristiano ejemplar. Era algo inquietante, y más aún si se tenía en cuenta que Mauricio no compartía muchas de las opiniones del monje.

89

A la salida de la iglesia, Mauricio se tropezó con su amigo Bruno.

—Parece que entre las pías virtudes del fraile no se encuentra la de respetar los contratos —dijo Bruno con tono socarrón—. Es una lástima, porque en tal caso hubiera amenazado a los incumplidores con cincuenta latigazos o con alguna otra tortura ideada por su fértil imaginación, y los frailes del convento de San Marcos se hubieran abstenido de anular el pedido de los hábitos monacales que ahora descansan ociosos en nuestro almacén.

Mauricio apreciaba que su amigo Bruno no le hubiera hecho ni el más leve reproche, puesto que, estaba seguro de ello, la única causa de que los frailes hubieran cancelado el encargo eran aquellos rumores que le señalaban como un judío disfrazado de cristiano.

—Al menos nos daremos la satisfacción de querellarnos contra el convento de San Marcos —afirmó Mauricio, dando expresión a su rabia contenida mientras caminaban alejándose de la catedral.

—¡La maldición gitana! —rio Bruno—. ¡Tengas juicios y los ganes! Ya sabes: largos procesos judiciales pagando a letrados para que, al cabo de Dios sabe cuánto tiempo, un juez imponga el fallo que le plazca sin mayor fundamento que su estado anímico o su interés espurio. Déjalo en mis manos e intentaré llegar a un arreglo con los de San Marcos. Hoy por hoy, con Savonarola en su papel de estrella ascendente, me temo que más vale un mal acuerdo que un buen pleito.

Mauricio sabía que su amigo tenía razón. Ante un tribunal, los de San Marcos alegarían que la entrega se quiso realizar cuando el plazo había expirado, que los hábitos no eran de la calidad acordada o cualquier otra excusa que se le ocurriera al picapleitos de turno. En última instancia, los magistrados siempre fallaban a favor de los poderosos. Y en Florencia no había nadie más poderoso que Savonarola.

—Mejor será conformarse con perder el menor importe posible en tan ruinoso negocio —admitió Mauricio—. Lo verdaderamente irrecuperable es el cargamento hundido por los piratas berberiscos.

—Ahí sí hemos echado por la borda una buena parte de nuestra fortuna —sentenció Bruno con semblante taciturno—. En el colmo de la mala suerte, la compañía aseguradora del cargamento se ha declarado en quiebra. Es como si hubiéramos pisado mierda de vaca.

—O algo peor. Porque del dinero que le prestamos a Cristóbal Colón no hemos visto ni un florín ni un mal maravedí.

—Ahí invertimos no tanto pensando en la devolución del préstamo, sino en las oportunidades de negocio si Colón descubría otra ruta más rápida y segura hacia las Indias. Por increíble que parezca, lo ha conseguido, así que tarde o temprano obtendremos beneficios ingentes.

—Ojalá tengas razón, Bruno, porque de momento esas Indias a las que ha llegado Colón no poseen ni seda ni ricas especias con las que comerciar.

—Por eso están enviado plantones de caña de azúcar a las tierras recién descubiertas.

Mauricio sabía lo caro que era el azúcar, la única sustancia más dulce que la miel. En Europa era de difícil cultivo por la falta de agua, pero las islas recién descubiertas parecían idóneas para plantar cañas de azúcar. Sin embargo, ése era un negocio a largo plazo, y Mauricio necesitaba el dinero con premura.

—Los Reyes Católicos premiaron el éxito del Almirante, entre otras mercedes, con mil doblas de oro. Bien nos hubiera podido pagar con las recompensas recibidas.

—Razón no te falta, Mauricio. No obstante, Colón se excusó aduciendo grandes deudas anteriormente contraídas y asegurando que nos pagará con el oro que traiga de regreso tras su segundo viaje. ¿Qué podíamos hacer? Colón es un héroe en España y cualquier reclamación que le hagamos será tan fútil como un puñetazo de aire. Ahora bien, tan pronto llegue hasta la corte del Gran Khan, podremos comprar y vender las especias eludiendo los exorbitantes peajes que tanto encarecen los productos orientales. No dudes de que la riqueza está a punto de entrar por la puerta de nuestra casa.

—Tal vez, aunque no creo que sea a través de esa planta cuyo humo inhalan los indios de esas nuevas tierras.

Bruno se rio con ganas la ocurrencia de Mauricio. Hacía unas semanas habían probado unas hojas secas, que los indios llamaban tabaco, enrolladas en un canutillo. Habían prendido fuego a un extremo del tubito aspirando a continuación por el otro. Inmediatamente habían empezado a toser mientras pequeñas nubes de humo salían por su boca y sus ojos, irritados, se humedecían.

—Desde luego la plantación de tabaco sería el negocio más ruinoso de todos los tiempos —aseveró Bruno—. Quizás a los indios salvajes les guste inhalar ese humo maldito, pero ningún cristiano en su sano juicio los imitará.

90

*L*uca recordaría siempre con orgullo el día 1 de enero de 1495. La plaza de la Signoria estaba repleta de ciudadanos deseosos de ver tomar posesión de su cargo a los encargados de gobernar los asuntos de Florencia durante los dos próximos meses. Eran ellos quienes encarnaban la edad de oro nacida con la aprobación de la nueva Constitución. Y para su deleite, él era uno de los elegidos. Sí, Luca Albizzi había sido designado como uno de los nueve miembros de la Signoria. Finalmente se había hecho justicia con su honor.

Sintió cierta tristeza por que sus padres, ya muertos, no pudieran contemplar la gloria de aquel momento. El pueblo reunido en la plaza los aclamaba como a héroes. No en vano eran los representantes electos del primer Gobierno popular, en el que ya no quedaba ni rastro del influjo Medici. Luca se sentía exultante. Ser prior de la Signoria era el máximo privilegio al que podía optar un florentino, y haber sido elegido en un momento histórico tan emocionante le añadía un plus de significación.

A todas las familias que habían sido desterradas desde 1434 se les había permitido el retorno, de modo que eran ya muchos los Albizzi que, tras haber regresado, estaban contemplando cómo era vitoreado por Florencia. Savonarola, gran partidario de la concordia, estaba dedicando sus mejores esfuerzos para que reinara la paz y evitar así venganzas de antiguas familias exiliadas contra los tradicionales partidarios de los Medici.

Probablemente su gran influencia lograría impedir que se produjeran daños mayores. Sin embargo, existían una serie de situaciones que era de justicia modificar urgentemente. A saber, las propiedades que los exiliados habían perdido arbitrariamente en el pasado debían regresar a sus manos. Luca tenía la secreta esperanza de poder beneficiarse recuperando algunas granjas y una casa que había pertenecido a sus antepasados. Lo que le resultaba indudable era que la mansión donde vivían Mauricio y Lorena les sería reintegrada a los herederos de Tommaso Pazzi, ya que había sido adjudicada en 1478 a una sociedad controlada por Lorenzo de Medici como pago de una deuda inexistente. Posteriormente, Lorenzo se la había vendido a Mauricio, pero el negocio estaba viciado de inicio. Desde luego, Luca pensaba aprovechar su cargo de prior para influir en la redacción de una ley que garantizara el retorno de las propiedades a sus legítimos dueños. No obstante, tenía más planes para vengarse de Mauricio: echarle de su casa sería la primera de una serie de humillaciones que culminarían con su encarcelamiento, su tortura y su ejecución pública. Luca se relamió de placer imaginando los sufrimientos que padecería Lorena. El poder le iba a permitir realizar aquello con lo que había soñado durante tantos años.

Por otro lado, no todo eran ventajas cuando uno era elegido miembro de la Signoria. Durante el tiempo que duraba el cargo, los priores tenían la obligación de alojarse dentro del palacio de Gobierno, y no podían salir. Con este sistema se pretendía evitar que los priores recibieran influencias externas, ya que su actuación debía regirse exclusivamente por el interés común. Aunque una legión de sirvientes se encargaría de que todas sus necesidades estuvieran cubiertas hasta en sus detalles más mínimos, Luca estaba seguro de que iba a echar de menos a su esposa Maria. Lo cierto es que su mujer tal vez no fuera un prodigio de inteligencia, pero estaba dotada de una gran sensibilidad que le permitía anticiparse a los pensamientos de los demás y cumplir sus deseos. Habitualmente era algo que Luca daba por supuesto, sin otorgarle el más mínimo valor. De hecho, era el orden natural de las cosas. Él se preocupaba de enfrentarse al mundo exterior, proveyendo de comodidades el hogar, y su esposa tenía que procurar el contento de los miembros de la casa. Por eso le parecía lógico que aunque él estuviera con un humor de perros, su esposa le correspondiera con sonrisas, silencios o dulces palabras, según requiriera la ocasión. Ahora que estaba a punto de entrar en el palacio de la Signoria, Luca se percató de que viviría peor sin tener a María a su lado.

Igualmente añoraría a sus hijos, pero tampoco había que exagerar. Los cargos en la Signoria eran rotatorios y su duración era tan sólo de dos meses. Por tanto, se imponía actuar hábilmente durante ese tiempo, tratando de obtener el máximo provecho posible, con tal disimulo que posteriormente nadie le pudiera reprochar su proceder. Se había acabado el ser un ciudadano de segunda. Los honores llaman a las riquezas, y éstas acaban siempre redundando en mayores dignidades. Luca Albizzi estaba, por fin, situado en el lugar que le correspondía por derecho de nacimiento.

91

*L*orena había acudido a primera hora de la tarde a la mansión de su hermana aprovechando que Luca permanecía recluido en el palacio de la Signoria. Como los hijos de Maria tampoco parecían estar allí, se alegró de tener ocasión de hablar a solas con su hermana, un lujo del que hacía tiempo que no disfrutaba.

—Qué raro ver esta casa tan callada y con tan poco movimiento —comentó Lorena.

—Sí, de vez en cuando no viene mal algo de tranquilidad —sonrió Maria, complacida—. A las niñas pequeñas las he dejado en el convento de Santa Mónica. Conocemos allí a unas monjas que, además de ser la encarnación de la piedad, bordan como los ángeles. Así las chiquillas no sólo aprenden a rezar en latín las oraciones, sino que adquieren una destreza tal con el hilo y la aguja que pronto serán la envidia de los mejores sastres de la ciudad. En cuanto a los tres niños mayores, están en el convento de San Marcos recibiendo instrucción de fray Girolamo Savonarola. El prior de San Marcos opina que los infantes son la gran esperanza de Florencia, pero también su presente, y por ello quiere formar una especie de milicias cristianas en las que los hijos sean el espejo en el que se miren los padres. Mi esposo está encantado con la formación que los niños están recibiendo de fray Girolamo.

Lorena sabía que muchos apoyaban incondicionalmente a Savonarola por considerarlo un auténtico profeta, mientras que otros lo hacían por cálculo, advirtiendo la oportunidad de trepar en la escala del poder. En efecto, con la nueva Constitución, los cargos de gobierno no recaerían exclusivamente en una pequeña oligarquía dominante, sino que se abrirían a todos aquellos que obtuvieran el respaldo del Gran Consejo. Y en aquellos momentos, ser un fiel seguidor de Savonarola era apostar a caballo ganador. El ejemplo perfecto era Luca, en quien se mezclaba una visión religiosa semejante a la del fraile y la astucia necesaria para aprovechar las oportunidades de ascenso en aquellos tiempos de cambio convulso. ¿Y su hermana? ¿Qué opinaba ella?

—¿Qué te parece Savonarola? ¿Te gusta la forma en que educa a vuestros hijos?

—Fray Girolamo es un hombre recto que predica con el ejemplo. No estoy segura de si es un nuevo profeta, pero sí sé que es un hombre santo consagrado a la misión de convertir Florencia en la ciudad de Dios. Luca está entusiasmado con él, al igual que los niños. Y aunque ya sabes que fray Girolamo considera que un cristiano piadoso e iletrado es más sabio que Platón y Aristóteles juntos, no por ello descuida la educación de los infantes, sino que les enseña latín y griego según sus capacidades. Lógicamente un hombre de tan altas responsabilidades no puede ocuparse de todo, por lo que delega gran parte del trabajo educativo en fray Domenico Pescia.

Lorena no podía compartir el punto de vista de su hermana, pues aunque consideraba a Savonarola un hombre recto que predicaba con el ejemplo, había otros aspectos de sus enseñanzas con las que no se identificaba. Al fin y al cabo, ella había sido feliz en la época de Lorenzo de Medici, cuando la belleza, el arte, la literatura y la filosofía eran celebradas en todas sus formas. Ahora se observaba la belleza con sospecha, como si el pecado estuviera en el objeto en lugar de en la mirada. Hermosísimos cuadros eran tachados de impuros por el simple motivo de no representar escenas religiosas. Y aun estos últimos también eran condenables si existía en ellos algún trazo que incitara remotamente a la lujuria. En tiempos del Magnífico se tendían puentes con los grandes filósofos de la Antigüedad para que sus ideas tuvieran cabida dentro del cristianismo. Con Savonarola, los insignes pensadores del pasado eran poco menos que herejes prematuros nacidos antes de Cristo. Lorenzo se deleitaba con la música, los bailes y los vestidos hermosos. El adusto fraile no admitía más música que la del Miserere y abominaba tanto las danzas como las galas. Sin embargo, tenía que ser prudente con su hermana, pues Savonarola inflamaba las pasiones de sus partidarios y detractores hasta el extremo de que ya se habían roto algunos vínculos familiares por su causa.

—Si estáis contentos con la educación que fray Girolamo imparte a vuestros hijos, yo también comparto vuestra felicidad.

—El disimular nunca ha sido tu fuerte Lorena, pero agradezco tu buena predisposición.

—¿Por qué dices eso, Maria?

—Porque sé perfectamente que fray Girolamo no es de tu agrado. Tu carácter es demasiado rebelde y fuerte como para que puedas aceptar su doctrina, pese a tratarse de un hombre santo que viene a poner humildad en una ciudad demasiado soberbia. Florencia debe aprender a inclinarse sin dobleces ante Dios.

Lorena debía ir con pies de plomo. Por algún motivo, tal vez por la ausencia prolongada de su marido, veía a su hermana con un punto de irascibilidad muy inusual en ella.

—Tienes razón en cuanto a que no me convencen muchas de sus opiniones. No obstante, era sincera cuando decía que lo único que me preocupa es que los niños y tú seáis felices. Por eso, si estáis contentos, yo también lo estoy.

—Ya sé, hermana, que te preocupas por mi felicidad desde hace tiempo. Incluso cuando no dices nada noto que tus ojos vigilan mis movimientos cuando estoy con Luca, esperando encontrar algún gesto que te revele si soy feliz o desgraciada.

—¿Y cómo podría dejar de hacerlo aunque quisiera? Eres mi hermana y te conozco desde que naciste. Es natural que en ciertas ocasiones no pueda evitar preguntarme si eres realmente feliz con tu esposo. Ya sabes que, a veces, me parece un poco cortante en el trato; es difícil de expresar, es como si descargar en ti sus frustraciones fuera una obligación matrimonial que debes soportar con buena cara.

—¿Y te sientes culpable por ello, hermana?

Lorena se dio cuenta de que había ido demasiado lejos en sus apreciaciones. Se había dejado llevar por su animadversión hacia Luca, y su falta de tacto había ofendido a Maria.

—¿Por qué preguntas eso? —inquirió Lorena notando un vacío en el estómago.

—Porque puedo ser ingenua, pero no tonta. Las dos somos mayores, estamos solas y podemos hablar libremente. Aunque lo habéis llevado siempre con el mayor de los sigilos, supe desde el principio que Luca quiso casarte contigo y que tú te las apañaste para impedirlo.

Lorena se quedó petrificada en el sillón sobre el que estaba sentada sin saber qué decir. Su mayor secreto nunca había sido tal cosa, sino un artificio al que todos habían jugado con sus silencios.

—No tiene sentido que finjamos entre nosotras. Pese a que nadie me ha dicho jamás ni una palabra, no estaba ciega ni sorda de niña. Pude ver perfectamente como paseasteis a solas en nuestra villa ante la complacida mirada de nuestros padres. Papá estaba encantado con la posibilidad de vuestro enlace. Nadie me dijo ni media palabra, pero ya sabes que las paredes oyen, que las miradas hablan y que los gestos son más elocuentes que cualquier discurso. Eso sí, te suplico que esta conversación quede entre nosotras y que, de ningún modo, se mencione nada ante otras personas. El honor de Luca no se merecería algo semejante y quizás el tuyo tampoco. Naturalmente, Luca y yo nunca hemos hablado de este asunto. Para nosotros es algo que jamás sucedió.

A Lorena le fallaba la voz para romper el embarazoso silencio que siguió. Finalmente, consiguió hilvanar unas palabras.

—Lo siento. Todo ocurrió de una forma que escapó a mi control. Y, por supuesto, no imaginé que tú podrías casarte con Luca.

—¿Por qué? ¿Acaso no era suficientemente bella? ¿Me faltaba tal vez tu aguda inteligencia?

Lorena estaba sobrepasada por la situación. Jamás había visto a su hermana tan ofendida. Cualquier cosa que decía únicamente servía para empeorar las cosas.

—No me refería a eso, sino que, en aquel momento, te veía como mi hermana pequeña, una niña en edad de jugar a la que no le había llegado el tiempo de florecer como mujer. Mira, cuando actué como lo hice, pensé exclusivamente en mí. Por eso nunca pude imaginar que Luca acabaría siendo tu marido.

—Ése es el problema, Lorena. Tú sólo piensas en ti y después te preocupas de si los demás son felices. Sin embargo, tus actos tienen consecuencias sobre otras personas. No puedes pretender actuar egoístamente y que después todos estén contentos.

—¿Adónde quieres llegar, Maria?

—A tu falsa concepción de la felicidad. Desde pequeña siempre has conseguido salirte con la tuya. No obstante, en muchas ocasiones debemos sacrificarnos por los demás sin pensar en nuestros propios deseos.

—Yo me sacrifico por mis hijos porque es mi deseo, Maria. No es incompatible lo uno con lo otro.

—¿Qué sabrás tú de sacrificios? Yo me refiero a otra cosa. Cuando papá quiso que te casaras con Luca, la caída de Lorenzo de Medici parecía inminente, y su final hubiera podido precipitar a nuestra familia hacia la ruina. Luca Albizzi era un buen partido que nos garantizaba una tabla segura donde agarrarnos si se consumaba el naufragio Medici, y tú no lo podías ignorar. Sin embargo, no tuviste en cuenta el honor ni el bienestar de padres ni hermanos.

—Finalmente resultó beneficioso para todos que me casara con Mauricio —se defendió Lorena.

—La diosa fortuna, que es ciega, así lo quiso. Pero si la moneda hubiera caído del otro lado, bien hubieras podido ver a tus seres queridos sumidos en la ruina, con el trabajo de generaciones echado a perder. ¿Te preocupaste entonces de mi felicidad, de la de tu amado hermano, de la de tu padre o de la de tu madre?

—Maria, no pensé en nada. Fue un impulso en el que los pensamientos eran cáscaras de nuez a la deriva en mitad de una tormenta embravecida.

—Eso es lo que te reprocho, hermana. Cuando se trata de lo que a ti te interesa, el resto del mundo desaparece engullido por el mar de tus deseos. Y después, cuando el mar se calma, te falta tiempo para preocuparte de si la tripulación del barco en que navegas se encuentra dichosa tras la tormenta. Mira, cuando papá me planteó mi enlace con Luca Pazzi, Lorenzo de Medici se había embarcado en un viaje del que pocos imaginaban que volviera con vida.

—Sí, lo recuerdo perfectamente. El Magnífico, con todo en contra, se jugó su última carta yendo a Nápoles para negociar personalmente la paz con el rey Ferrante.

—Exactamente —confirmó Maria—. En una situación muy similar a la que tú te habías encontrado poco tiempo antes, yo no me planteé otra cosa que cumplir con mi obligación. Si Lorenzo hubiera perecido en Nápoles, Mauricio, amigo íntimo del Magnífico, habría sido expulsado de Florencia y nuestra familia hubiera quedado en una situación muy delicada. Mi compromiso con Luca Albizzi era un seguro de vida para todos nosotros. Por el contrario, si Lorenzo conseguía la paz, seguía siendo un matrimonio honroso. Lo que te intento decir, hermana, es que si toca sacrificarse por la familia hay que cumplir la voluntad de Dios sin dejarnos arrastrar por el infierno de nuestros deseos personales. Tú no lo hiciste, no pensaste en la suerte que podríamos haber corrido el resto de los Ginori, debido a tus impulsos. Has tenido suerte y todo ha salido bien. Me alegro, sinceramente, pero me molesta que hagas de buena samaritana y te preocupes ahora por mi bienestar emocional. Luca tiene sus defectos, como cualquier hombre, pero es un esposo tan íntegro como fiel, y nuestros hijos son maravillosos.

Lorena estaba avergonzada. Jamás su hermana había sido tan dura. Tal vez Maria tuviera razón al tildarla de egoísta. Cuando la magia del estanque se apoderó de ella mientras sentía el cuerpo desnudo de Mauricio, no aquilató las consecuencias que hubiera podido acarrear su conducta para la familia. Su hermana sí había tenido a todos en su corazón cuando accedió de buen grado a su enlace con Luca. No obstante, una herida la mortificaba. ¿Estaba realmente su enfado dirigido contra ella por ser una egoísta? ¿O era otra la causa de su resentimiento? ¿Acaso era infeliz con Luca y le consideraba a ella responsable de su desdicha? ¿O tal vez su hermana se había dejado influir por la vehemencia con que Savonarola azotaba a quienes no compartían su sentido de la virtud? Fuere lo que fuese, en alguien tan prudente y cariñosa como su hermana, aquellas palabras preñadas de rabia indicaban un hondo dolor. Quizás en aquel preciso momento se estuviera rompiendo el puente invisible que la unía con su hermana. En el mejor de los casos haría falta tiempo para que la relación volviera a ser como antaño.

92

—*T*engo malas noticias que darte —le anunció Mauricio con expresión grave después de cenar.

Lorena sintió que se le encogía el corazón. Su marido había estado muy poco comunicativo durante la tarde y apenas había prestado atención a los niños.

—¿Qué ha ocurrido?

—Sandro, un amigo que trabaja como secretario en el Tribunal del Comercio, me ha informado de que se ha presentado una demanda en la que se reclama el desalojo de la mansión en que vivimos.

—¡Pero eso no tiene sentido! —exclamó Lorena.

—Desgraciadamente sí —se lamentó Mauricio—. Los herederos de Tommaso Pazzi alegan que la deuda en virtud de la cual se adjudicó esta casa a una sociedad controlada por Lorenzo de Medici era inexistente, lo cual, probablemente, sea cierto.

Lorena se sobrecogió. Había sido inmensamente feliz en ese maravilloso *palazzo*, y ahora quizá deberían abandonarlo. Definitivamente aquél había sido un día nefasto. Primero los terribles reproches de su hermana. Y ahora aquello. Parecía que todas las malas noticias se hubieran confabulado para llegar a la vez.

—Supongo que en ese caso los Pazzi se verían obligados a pagarnos una importante compensación económica.

—Ya veremos. En la demanda alegan que el contrato de

compraventa debe ser anulado completamente, porque, en realidad, fue una donación en la que Lorenzo nos regaló lo que no le pertenecía.

—Eso es falso —protestó Lorena—. Aunque Lorenzo nos la vendió por debajo del precio de mercado, sí que le pagamos una cantidad de dinero considerable.

—Efectivamente, pero únicamente tenemos como prueba el documento de compra y los libros registro del banco Medici, donde, para empeorar las cosas, consta un importante préstamo que me concedieron para adquirir la mansión.

—¡Yo siempre pensé que habíamos comprado la casa sin necesidad de endeudarnos! —exclamó Lorena, sorprendida.

—En aquellos días sólo deseaba verte tan radiante como el sol, así que decidí no informarte de aquellos detalles que pudieran enturbiar tu felicidad. De todos modos fui devolviendo el préstamo poco a poco, aunque posiblemente el tribunal no se crea los apuntes contables que lo atestiguan.

—¿Por qué no? —preguntó Lorena, indignada y molesta.

—Porque el tribunal que juzgará la causa ha recibido un *bolletino* de la Signoria en la que le recomienda que se pliegue a las propuestas de la demanda.

Lorena sabía que en Florencia no existía mejor modo de inclinar el ánimo de los jueces hacia una de las partes. Era una práctica excepcional, pero cuando un juez recibía un *bolletino* prefería seguir sus recomendaciones y no complicarse la vida. Por consiguiente, la causa estaba prácticamente perdida.

—¡Y eso que Luca Albizzi es ahora uno de los nueve miembros de la Signoria! ¡Menudo cuñado tenemos! —se desahogó Lorena.

—Como las votaciones son secretas nunca sabremos con seguridad qué partido tomó Luca.

Lorena conocía el procedimiento. Cada miembro del Consejo de los Priores tenía en su mano un haba blanca y otra negra, y debía depositar una en la bolsa roja de terciopelo. Después, se contaban los votos: habas negras a favor de la propuesta, habas blancas en contra. La mayoría ganaba y se pasaba a otro asunto. Lorena debía mentalizarse de que la cuenta atrás para abandonar la mansión había comenzado.

—¿Cuánto tiempo piensas que durará el juicio, Mauricio?

—Hoy mismo me he puesto en contacto con un abogado para que nos asesore. Intentaremos que el juicio se prolongue lo máximo posible, pero si la Signoria presiona, es imposible hacer previsiones.

—Quizá sería prudente ir haciendo planes para comprar otra casa.

Aunque a Lorena le costaba asimilar tan pésimas noticias, había que empezar a barajar todas las alternativas posibles. Por toda respuesta, Mauricio torció el gesto con preocupación.

—¿Qué ocurre, Mauricio? ¿Hay algo más que no me hayas contado?

—Sí —afirmó él con semblante grave—. No disponemos de fondos con los que comprar otra mansión.

—¿Cómo es posible? —preguntó Lorena alarmada—. Pensaba que teníamos más dinero del que necesitábamos.

—Las cosas han cambiado en muy poco tiempo. Verás, recientemente naufragó un barco en el que había invertido gran parte del dinero que tenía en efectivo. Estaba asegurado, pero la compañía aseguradora ha quebrado. Por otro lado, hemos sufrido serios reveses en el negocio de las telas. Desde que Savonarola condena la ostentación en el vestir, las ventas en Florencia se han desplomado. Y como las desgracias gustan de viajar en procesión, el convento de San Marcos nos ha anulado un importante pedido que ya teníamos casi confeccionado. Por consiguiente, disponemos de muchas existencias almacenadas que sólo podremos colocar si hallamos compradores en otras ciudades.

—¡Eso será muy difícil! —se lamentó Lorena—. Roma está sitiada por el ejército francés, y después le tocará el turno a Nápoles. Por culpa de los franceses, Pisa, Sarzana, Pietrasanta, Fivizziano y Luligiana ya no nos pertenecen. Sin esas plazas fuertes en nuestro poder, las fronteras no son seguras. Transportar mercancías en estas condiciones debe de ser arriesgadísimo.

—Así es —asintió Mauricio—. De momento tendremos que asumir el coste de cuanto hemos producido. Y por si la copa del cáliz no estuviera repleta, la Signoria exige de los ciudadanos un préstamo de cien mil florines de oro para poder cubrir gastos imprescindibles en la seguridad de la ciudad. No sé cuánto tendremos que pagar nosotros, pero, en estos momentos, cualquier cantidad será demasiado.

Lorena percibió que su esposo estaba muy preocupado, pero no hundido. En efecto, Mauricio conservaba la templanza y la lucidez necesaria, pese a la gravedad de la situación. Eso la tranquilizaba. Se trataba tan sólo de encontrar los asideros necesarios para salir de aquel mal trance.

—¿Y tu participación en la banca Medici de Florencia? ¿Por cuánto podrías venderla?

—Tal vez me dieran un par de zapatos usados por ella, pero no apostaría porque alguien quisiera regalarme su calzado. La Signoria ha confiscado todo el dinero que ha encontrado allí.

Otro mazazo, pensó Lorena.

—Al menos nos quedan las tierras que compramos fuera de Florencia.

—Es cierto. Sin embargo, las tenemos arrendadas para los próximos diez años. Aunque las vendiéramos, ni por asomo nos podríamos comprar otra mansión parecida en Florencia. Pese a ello, no debemos desesperar. Aunque perdamos la casa, lo más importante es no perder el crédito ante la gente, para poder continuar haciendo negocios. De otro modo, se tirarán a nuestra yugular como perros rabiosos. Afortunadamente, en caso de vernos obligados a irnos de la mansión, contamos con el suficiente dinero para mantener un nivel de vida similar durante un año, aproximadamente. Mi plan consistiría en alquilar una gran mansión mientras encargamos proyectos para la construcción de un pequeño palacio. Todo el mundo supondrá que seguimos siendo ricos y eso nos permitirá llevar a buen término alguno de los planes que tengo *in mente*.

—¿Cuáles? —preguntó Lorena, esperanzada.

—Bueno, varios. Por ejemplo, ese Cristóbal Colón logró pisar tierras indias tras partir de las islas Canarias, por lo que, seguramente llegue en su segundo viaje hasta Cipango y al país del Gran Khan. En tal caso, gracias a los acuerdos que firmamos, tendremos un trato preferencial que nos permitirá transportar especias hasta Europa, evitando el abusivo peaje que cobran turcos y venecianos. Bastaría entonces, para volver a ser ricos, que solicitáramos un préstamo con el que fletar un barco que volviera cargado de sedas y especias. Por eso es tan importante conservar el crédito ante la gente, si deseamos que nos dejen dinero sin titubear.

—Y si fuera necesario —comentó Lorena con alivio—, podríamos vender discretamente el anillo con el que viniste a Florencia. Es tan espectacular que muchos estarían dispuestos a pagar una fortuna por él.

El rostro de su marido se torció en un gesto de contrariedad, y el silencio se adueñó del salón.

93

¿*P*or qué le había revelado a Lorena años atrás lo que había prometido guardar en secreto? Pero ¿cómo ocultar a su pareja, amor y única confidente que Lorenzo le había entregado el anillo poco antes de fallecer? Mauricio no se había arrepentido nunca de su indiscreción. Hasta hoy. Si finalmente su conciencia le impeliera a devolver la esmeralda y la ruina se cerniera sobre su familia, Lorena podría no perdonarle tan recto proceder.

—No deberíamos vender el anillo —dijo Mauricio en tono contrito—. Ya sabes que el Magnífico me hizo jurar ante su lecho de muerte que lo devolvería a su legítimo propietario.

—No obstante, los años han ido pasando y nadie ha venido a reclamarlo. Obviamente los heraldos del Magnífico nunca encontraron a su destinatario y, por tanto, es inútil esperar a quien no ha de acudir.

La lógica de Lorena era impecable, pero existía una grieta en su razonamiento: aquella misma mañana le habían entregado una carta en la que se reclamaba la devolución de la gema. Cuando se lo explicó a su esposa, ésta no pareció demasiado impresionada.

—¿Una simple carta? —preguntó con escepticismo. El rostro de su esposa, muy atento, expresaba contrariedad y determinación cuando retomó la palabra—. Dinero para tan sólo un año…, que Colón llegue a las tierras del Gran Khan descritas por Marco Polo…, que de ese reino mítico fluyan las especies a

Occidente y nos permitan participar en el negocio... Admítelo, Mauricio: estamos en un gran aprieto, y si nos acaban quitando la casa, estaremos arruinados. Así que te daré mi opinión. Quizá la esmeralda fue propiedad de alguien diferente a Abraham Abulafia, pero de eso hace más de dos siglos. Doscientos años son muchos: las cosas cambian de manos a lo largo del tiempo, y ni siquiera estamos seguros de que tu familia no adquiriera el anillo de acuerdo a la ley. En cambio, sí sabemos seguro que tenemos tres hijos, y otro en camino, que dependen de ti. Tu responsabilidad es respecto a tu familia, Mauricio. Debes quedarte el anillo y venderlo en caso de que sea necesario.

Él frunció el gesto. Se le antojaba una imagen horrible devolver una joya tan preciada mientras su familia se ahogaba en la miseria. ¿Qué buen padre de familia haría algo así? Por otro lado, no cumplir su palabra equivalía a un robo y una afrenta a Lorenzo, el hombre a quien le debía todo.

En cualquier caso, ahora le era imposible devolver el anillo. Michel Blanch, el autor de la carta, vivía en Aigne, una pequeña ciudad del sur de Francia. Sorprendentemente no tenía intención de viajar hasta Florencia, sino que le invitaba cordialmente a que acudiera con la esmeralda a su ciudad tan pronto como tuviera ocasión. Obviamente, el tal Michel Blanch no debía de estar al corriente del enorme valor de la joya. Por su parte, Mauricio consideraba que, con un juicio pendiente y tal como estaban los negocios, no era el momento adecuado para emprender un largo viaje. Demorar la respuesta y no tomar ninguna decisión de la que pudiera arrepentirse parecía la solución más conveniente.

—No te preocupes, Lorena —dijo—. Primero solucionaré los problemas económicos que nos acucian. Y sólo entonces, cuando esté todo nuevamente en orden, cumpliré mi juramento.

Tan pronto como pronunció aquellas palabras, cayó en la cuenta de otra posibilidad. ¿Y si la carta era una trampa de los resplandecientes para averiguar si él tenía el anillo? Es cierto que habían pasado varios años desde que Lorenzo le entregara el anillo, pero recientemente habían saqueado su villa del campo y habían cavado la tierra en busca de algún tesoro escondido. No obstante, los resplandecientes hubieran utilizado métodos mucho más expeditivos si sospecharan que la esmeralda había regresado a sus manos. Mauricio desechó sus temores. No era tan extraño que una banda de forajidos hubiera aprovechado un descuido de los cuidadores de la finca para saquearla durante su ausencia. Así pues, resolvió concentrarse exclusivamente en resolver sus problemas económicos y no preocuparse de amenazas imaginarias.

94

*L*a tradición asegura que los recién nacidos traen un pan debajo del brazo. Sin embargo, el nacimiento de Roberto no vino acompañado de bollos ni panecillos de ajonjolí, sino de una orden judicial de desalojo. Así que, sin apenas tiempo para recuperarse del parto, Lorena tuvo que trasladarse con el resto de la familia a su nuevo hogar: el antiguo *palazzo* de un importante comerciante venido a menos que, ante los reveses económicos de los últimos tiempos, había decidido probar fortuna en Milán junto con su hermano. El dueño del *palazzo*, Marco Velluti, les había firmado un contrato de arrendamiento de un año. Después, todo dependería de cómo le fueran las cosas en Milán.

La mansión se encontraba bien situada en la esquina sureste de la plaza que acogía la maravillosa catedral de Santa Maria del Fiore. Estructurada en tres plantas en torno a un patio interior, era suficientemente amplia para cubrir las necesidades de toda la familia. En la planta baja se encontraban los establos, la cocina, las habitaciones del servicio y unas cámaras abovedadas que podían utilizarse como almacén de existencias o incluso habilitarse para trabajar los productos textiles. En la segunda planta, además de un gran salón y un amplio comedor, había dormitorios de sobra para toda la familia, e incluso algunos de ellos limitaban con pequeños aseos. En la última planta estaba situada la biblioteca, dos despachos de trabajo, diversas estancias vacías y una gran terraza desde la que se podía admirar el ábside de la catedral.

Era un *palazzo* que se había construido con pretensiones de grandeza, pero en el que se notaba la decadencia en la que había vivido su dueño en los últimos años. Los suelos de madera estaban tacados con manchas producidas por el paso del tiempo, los tapices carcomidos por las polillas y las paredes repletas de grietas por las que el frío se colaría sin misericordia en cuanto llegara el invierno. Lorena rogó porque todo ello no fuera un símbolo de su propio declive. Mauricio había insistido en que era imprescindible seguir viviendo rodeados del mayor lujo posible para mantener intactos el crédito y el honor, por lo que había encargado un suelo de mármol ajedrezado idéntico al del recibidor de su anterior *palazzo*. Según le había confesado, la imagen externa era más importante que nunca, puesto que si los acreedores sospechaban que tenía graves problemas económicos se abalanzarían sobre él con mayor fiereza que una jauría de lobos hambrientos. En ese caso, pensó Lorena, sería preferible no recibir visitas mientras no fueran capaces de restaurar el resto de la mansión.

Mauricio se había mostrado muy nervioso y agitado durante los dos meses anteriores al parto. No obstante, después de que el pequeño Roberto naciera sin excesivas complicaciones, Mauricio parecía haber ganado en energía y confianza. Lorena le rogó a Dios que su esposo mantuviera el ánimo templado, porque iba a necesitarlo para superar las crecientes dificultades a las que se enfrentaban.

95

*E*l día había amanecido sin una sola nube que ocultara el intenso azul del cielo tras una semana de copiosas lluvias. Una suave brisa acariciaba las calles de Florencia mientras Luca deambulaba acompañado por su esposa e hijos hacia el Duomo. Muchas de las tiendas y talleres estaban cerrando sus puertas para acudir al primer sermón de fray Girolamo en aquel mes de septiembre. Todo era perfecto. ¿Por qué no se encontraba feliz, pues?

La imagen de Mauricio y Lorena acudió a su mente. Sabía que tenían serios problemas financieros. Pietro Manfredi le había revelado que Mauricio había solicitado en secreto un enorme préstamo poco después de que el Tribunal del Comercio recibiera la demanda en la que los herederos de Tommaso Pazzi reclamaban el *palazzo* de su padre. Era evidente que Mauricio había tenido acceso a esa información antes de que fuera pública, y que había aprovechado dicha circunstancia para obtener el préstamo sin garantía alguna. Tan artero proceder indicaba que no disponía de fondos propios y que, cuando el plazo finalizase, Lorena y su esposo se verían abocados a la ruina si no eran capaces de reintegrarlo. Para complicarles más las cosas, Pietro Manfredi ya se había encargado de filtrar la noticia respecto a la importante suma que Mauricio debía. Lo más probable es que acabara ingresando en prisión por las deudas contraídas. Sin embargo, el proceso podía durar meses, tal vez más de un año, y Luca tenía prisa por paladear el derrumbe de Mauricio. Ser condenado por deudas era una ignominia, pero la pena por un delito de alta traición o por practicar la fe judía en secreto era la muerte. Tan sólo era cuestión de pulsar las teclas adecuadas y urdir las pruebas falsas que llevaran a ese extranjero bien pagado de sí mismo a la perdición. ¡Cómo se arrepentiría entonces Lorena de haberse casado con Mauricio, de haberlo rechazado!

Luca Albizzi, uno de los prohombres florentinos, respetado por el pueblo y la nobleza; Mauricio Coloma, un patán extranjero que, tras una increíble racha de buena suerte, había acabado deshonrado como un vulgar delincuente. ¡Qué imagen más justa! Aunque el Cielo y el Infierno eran la medida final de la valía humana, no había nada de malo en que la vida terrenal ofreciera un pequeño anticipo de lo que cada cual merecía.

Luca elevó su ánimo sopesando las perspectivas de futuro y se alegró de ver al gentío arremolinándose en torno a la catedral. Dios impartía su justicia de forma lenta pero inflexible, y Savonarola era su mejor profeta. Sin duda era reconfortante escuchar a fray Girolamo vociferando desde el púlpito los castigos eternos que soportarían los que no cumplieran rectamente la voluntad del Señor.

96

*A*provechando el buen tiempo reinante, las familias se habían reunido en Villa Ginori a instancias de Flavia para disfrutar de la mutua compañía, aunque, a juzgar por la conversación, parecía que el propósito del encuentro fuera deleitarse en la discusión. Los niños se habían levantado de la mesa tras dar buena cuenta de la comida y se encontraban jugando al aire libre, excepto Roberto, el pequeñín, que dormía plácidamente en el regazo de Lorena.

—Pues el salvador de Italia ha preferido poner los pies en polvorosa antes de concluir su sagrada misión —dijo Mauricio, que se mofó del rey de Francia.

Aquél era un comentario que iba a levantar ampollas en Luca, advirtió Lorena. En efecto, los seguidores de Savonarola eran fervientes partidarios del monarca francés, puesto que el fraile siempre había sostenido que éste era el instrumento elegido por Dios para restaurar las libertades y el orden moral en la península Itálica. Sin embargo, en su fulgurante paseo triunfal por Italia, Carlos VIII había sembrado la semilla de su posterior derrota. Alarmados por los éxitos del ejército francés, las grandes potencias se habían unido en una liga para destruirle: el reino de España, el ducado de Milán, los Estados pontificios, Venecia, Génova y el emperador Maximiliano formaban unas fuerzas tan formidables que el rey Carlos había abandonado Nápoles a su suerte y se batía en retirada hacia su país.

—Así es —concedió Luca manteniendo la compostura—. El rey de Francia, tal como le aconsejó fray Girolamo, debería haber depuesto al Papa cuando entró en Roma y tendría que haber reformado los frívolos comportamientos de los napolitanos, a ejemplo de lo que está sucediendo en Florencia. Por no haber estado a la altura de su misión, Dios le humilla ahora con semejante escarmiento para que recapacite.

—Desde luego el rey Carlos no ha sido un adalid de las reformas morales precisamente. Por lo que dicen —continuó Mauricio—, el monarca francés se sumió hasta tal punto en los placeres napolitanos que su principal preocupación era elegir las más bellas mujeres de entre las que le presentaban en un libro de retratos desnudos. Y es que hoy en día los profetas modernos no aciertan tan frecuentemente como los del Antiguo Testamento.

—¿Cómo te atreves a hablar así? —se indignó Luca—. ¿Qué pretendes insinuar? No es que fray Girolamo haya errado en su pronóstico, sino que ha sido el rey de Francia quien ha traicionado la misión que Dios le encomendó. Además, te recuerdo que cuando regresó de Nápoles, el rey Carlos hubiera podido saquear Florencia a su antojo; si no lo hizo, fue gracias a la entrevista que mantuvo con fray Girolamo.

—Ah, se me olvidaba. Aunque no estoy muy seguro de que le hubiera interesado enfrentarse a la única potencia que no le ha declarado todavía la guerra, gracias, por cierto, a la insistencia de Savonarola. Precisamente tras la entrevista que mencionas, fray Girolamo proclamó en el Duomo que había convencido al rey de Francia para que respetase nuestra ciudad. Y si mal no recuerdo, también aseguró que el rey Carlos mantendría todas sus promesas, lo que incluía la devolución de las ciudades que le habíamos entregado. Cuando Pisa, Pitrasanta y Sarzana vuelvan nuevamente a nuestro poder, mi confianza en los dones proféticos de Savonarola aumentará.

Lorena contuvo la respiración. Aquello era un barril de pólvora listo para explotar. Todo el mundo sabía que el rey de Francia no había cumplido su palabra, pero poner en entredicho la autoridad de Savonarola era una afrenta intolerable para sus seguidores.

—No blasfemes —bramó Luca—. El rey de Francia le aseguró a fray Girolamo que cumpliría sus promesas, lo cual es muy distinto a profetizar que el monarca se mantendría fiel a su palabra. No hay peor ignorante que el que no quiere escuchar. Recordad bien lo que os voy a decir: al llegar a París, el rey Carlos, sopesando que somos los únicos que le hemos sido fieles, dará instrucciones para que nos sean devueltas las ciudades. Allí tendrá tiempo de reflexionar sobre sus errores, arrepentirse y volver nuevamente a Italia a cumplir la voluntad de Dios. No será ni la primera ni la última persona sobre la faz de la Tierra que se resiste a acatar la voz divina para finalmente ceder tras ser castigado por la ira del Señor.

—Propongo un brindis por que Luca lleve razón y pronto recuperemos lo que nos pertenece —terció Alessandro.

Su hermano Alessandro había maniobrado con habilidad, para evitar así que la discusión llegara a mayores, aunque hubiera otorgado la razón a Luca. En los años de esplendor de Lorenzo no hubiera dudado en tomar partido por Mauricio, cuando su estrella brillaba más alta. Sin embargo, bajo la égida de Savonarola, Luca era ahora el predilecto y el objeto de todas las atenciones. Lorena no tenía intención de reabrir la controversia, pese a estar segura de que su marido estaba en lo cierto, ya que había escuchado personalmente las predicciones erradas de Savonarola en la catedral de Santa Maria del Fiore. El fraile había vuelto a admitir la presencia de mujeres en el Duomo, si bien debían vestir recatadamente y permanecer separadas de los hombres en el ala izquierda de la catedral. En cualquier caso, independientemente de quién tuviera razón, para Lorena era más importante la paz familiar que intentar ganar una discusión que podía desembocar en una guerra sin cuartel. Probablemente su hermana Maria pensara lo mismo, pese a que era difícil saber lo que pasaba por su mente, ya que jamás hablaba de asuntos políticos, económicos ni de ningún otro tipo cuando su marido estaba presente, salvo cuando hablaban de los niños. Lorena había imitado la conducta de su hermana durante el almuerzo, aunque dudaba de que esa muestra de modestia sirviera para derretir el hielo que se había formado entre ambas desde su última conversación.

Lorena observó a Francesco, su padre, que presidía la mesa como había hecho desde que era niña. Desde entonces habían transcurrido muchos años. Ella se había transformado en mujer, y su padre, en un anciano. Siempre había sido robusto; sin embargo, de un tiempo a esta parte había adelgazado extraordinariamente y había perdido su antigua complexión. La cara se le había afilado y los huesos de su cráneo parecían adivinarse a través de su piel. Su mirada se apagaba, le costaba hablar, desplazarse y hasta respirar, de tal forma que permanecer sentado durante una larga comida le proporcionaba más sufrimientos que placeres. Quizás ése era el auténtico propósito de aquella comida organizada por su madre: reunir a la familia en torno al patriarca mientras aún conservara fuerzas para presidir la mesa.

Lorena estaba preocupada por su padre, pero también por continuar disponiendo de un techo que cobijara a su familia. Mauricio se había endeudado peligrosamente y en el plazo de un año debían devolver una auténtica fortuna. Lorena brindó con el resto de los comensales, pero interiormente no rogó por la recuperación de Pisa y el resto de las ciudades, tal como había propuesto su hermano, sino para que su marido fuera capaz de salir triunfante de la tormenta en la que se hallaban inmersos.

97

*E*l viento de la noche se había llevado consigo las oscuras nubes, para regalar a Florencia una mañana diáfana. El sol brillaba en lo alto del cielo acariciado por una refrescante brisa. Lorena, contagiada por aquel presente de la naturaleza, había salido a la calle junto con Cateruccia y sus dos hijas pequeñas, Simonetta y Alexandra. Mauricio y su hijo Agostino se habían quedado en casa aquejados de dolores estomacales. Ambos juraban que la cena de la noche anterior les había sentado fatal; según ellos, la salsa de trufa era la culpable de todos sus males. Sin embargo, Lorena estaba convencida de que la salsa estaba en su punto y que su malestar no era más que la inevitable consecuencia de la glotonería con la que habían devorado una bandeja tras otra. Lorena tampoco descartaba que padre e hijo se hubieran compinchado, inventando una excusa con la que librarse de acudir a la misa semanal que oficiaba Savonarola en el Duomo.

Lorena no necesitaba ninguna excusa para escaquearse. Hoy se había levantado rebelde y había decidido no asistir a la catedral, sino a la misa que se celebraba en Santa Croce. ¿O es que los franciscanos no eran tan ministros de Dios como Savonarola? ¿Acaso no convertían ellos también el pan y el vino en el cuerpo y la sangre de Jesucristo? Entonces, ¿qué diferencia había entre recibir la sagrada comunión de unos o de otros? Sabía muy bien que la mayoría de los florentinos le hubieran respondido que la presencia de Dios era mayor en la de Savonarola, puesto que era un profeta, y que incluso los que no compartían esa opinión la hubieran exhortado a ir al Duomo por miedo a la opinión ajena.

Miedo. Eso es lo que sentía Lorena cuando oía a Savonarola predicar desde el púlpito. El brillante pasado en el que había sido tan feliz parecía esfumarse, tachado con una tiza más negra que el carbón. Ni música ni bailes, ni fiestas ni intercambio de opiniones, ni la más mínima concesión a la alegría. Cualquiera de aquellas manifestaciones eran consideradas como inspiradas por Satanás.

Lorena se había sorprendido a sí misma, en ocasiones, sintiendo olvidadas emociones de cuando era niña mientras escuchaba las atronadoras palabras de Savonarola. Sensaciones de no ser suficientemente buena, de que, en cualquier momento, alguien descubriría su falsa virtud y recibiría un vergonzoso castigo. ¿De dónde procedían tan oscuros pensamientos? Lorena lo desconocía, pero en un día como aquél no correspondía flagelarse sino disfrutar. Y para ello lo mejor era andar en dirección opuesta al Duomo.

La estrecha calle por la que deambulaban, habitualmente repleta de gente, estaba desierta. No había ninguna tienda abierta. Artesanos, curtidores, peleteros, forjadores y comerciantes habían cerrado sus puertas para dirigirse hacia la catedral de Santa Maria del Fiore. Allí el profeta del Apocalipsis les anunciaría las desgracias por llegar, al tiempo que los consolaba con la visión de una Florencia llamada a convertirse en la nueva Jerusalén.

Al salir de una bocacalle, Lorena divisó una cuadrilla de mozalbetes vestidos de blanco. Eran la avanzadilla del Cielo. Aleccionados por Savonarola, grupos de niños de entre nueve y dieciséis años recorrían las calles velando por el decoro en el vestir, clausurando tabernas, denunciando los lugares en que se hallaran prostitutas, apedreando a posibles homosexuales y demandando limosnas con las que obsequiar a la Virgen. Vistos de cerca no parecían demasiado angelicales. La mayoría de ellos llevaban sus túnicas manchadas, y ninguno tenía el rostro rubicundo de los ángeles de los cuadros que podían admirarse en las capillas de Florencia.

—¿Qué hacéis yendo en dirección contraria al Duomo cuando falta poco para que fray Girolamo Savonarola inicie su prédica? —preguntó el mayor de ellos en tono reprobador. Sin lugar a dudas era su líder. No debía de tener más de dieciséis años, si es que los había cumplido, pero su cuerpo era el de un hombre. De rostro zafio, Lorena observó que le faltaba un diente frontal, probablemente perdido en el fragor de alguna reyerta.

—Lo sabemos —contestó Lorena con suficiencia—. No pensamos llegar tarde a la misa del mediodía, puesto que nos dirigimos a la iglesia de Santa Croce.

El muchacho que la había interpelado esbozó una mueca de disgusto, se acercó a ella y antes de que pudiera reaccionar le arrancó la diadema de plata que llevaba en la cabeza.

—¿Cómo te atreves? —preguntó Lorena con indignación.

Por toda respuesta, el cabecilla del grupo entregó la diadema a un chaval de la banda. La sorpresa de Lorena fue enorme cuando se percató de que quien sostenía ahora su joya no era otro que Giovanni, el hijo mayor de su hermana.

—Devuélveme el sujetador de pelo —exigió Lorena extendiendo la mano.

El jefecillo del grupo se interpuso entre ella y Giovanni, con sus brazos en jarras de forma chulesca.

—Ese adorno con el que recogías desvergonzadamente tus cabellos hacia atrás es propio de meretrices. La entregaremos hoy como limosna en misa, para que no peques más.

Lorena se sintió tan humillada como indefensa. Aquel rufián le estaba robando e insultando delante de sus dos hijas, que con los ojos completamente abiertos contemplaban la escena sin atrever a moverse. Desgraciadamente, en aquella callejuela no pasaba un alma que pudiera ayudarla. Cateruccia parecía tan enfadada como ella, pero poco podía hacer. Aquella cuadrilla angelical imponía cierto respeto. Sus vestidos blancos estaban manchados y sus rostros mostraban esa estúpida crueldad tan característica de los niños. No le extrañaría que en caso de que la discusión se tornara más violenta fueran capaces de empujarla y tirarla al suelo. De hecho podía leer en sus caras, entre sonrientes y amenazantes, que lo estaban deseando. No obstante, Lorena intentó imponer su autoridad.

—Giovanni, devuélveme mi diadema o se lo contaré a tu madre. No creo que le guste enterarse de que tiene un hijo ladrón.

Giovanni la miró desafiantey se tomó un rato para sopesar su respuesta.

—Mi madre dice que sólo las rameras pasean por la calle exhibiendo su frente desnuda.

Lorena se quedó muda, conmocionada por lo que estaba sucediendo: aquel mequetrefe de doce años la estaba injuriando en público delante de sus propias hijas. Y se notaba que disfrutaba. El cabecilla del grupo le dio unas palmaditas en el hombro a modo de felicitación por haber soltado aquella grosería, mientras el resto de los pequeños rufianes le jaleaban. Por un momento, a Lorena le pareció ver la mirada de Luca en los ojos de su hijo. Estaba claro que cualquier cosa que hiciera empeoraría la situación, puesto que aquellos chavales iban a aprovechar cualquier excusa para humillarla más.

El ruido de pasos acompañados de risas indicó a Lorena que un grupo de hombres avanzaba hacia ellos desde el fondo del callejón. ¡Estaba salvada! Las cosas habían cambiado mucho en Florencia, pero el robo todavía no estaba permitido.

El mayor de la cuadrilla, que se dio cuenta de la situación, reaccionó con premura.

—Corramos, o llegaremos tarde al sermón de Savonarola.

Antes de que Lorena pudiera reaccionar, los niños desaparecieron de su vista, llevándose consigo a la carrera la diadema y parte de su dignidad.

$\mathcal{M}$auricio se olvidó de su dolor de estómago en cuanto Elías Leví le comunicó quién se hallaba hospedado en su casa. Sobrecogido por la emoción, a Mauricio le faltó tiempo para abandonar su mansión a la carrera y dirigirse al encuentro con Jaume Coloma, el hermano menor de su padre, no sin antes encomendar a Agostino que cuidara de su hermanito, Roberto.

Elías le contó durante el trayecto hasta su domicilio cómo, por pura casualidad, dentro de sus tareas habituales de ayuda a los refugiados judíos que huían de España, había conocido a un tío suyo: Jaume Coloma había llegado a Florencia junto con su familia, sin apenas dinero y con la esperanza de encontrar algún trabajo que les permitiera pagarse un pasaje hacia Constantinopla, la capital del Imperio turco rebautizada como Estambul por los otomanos.

Cuando Mauricio vio a su tío, casi se puso a llorar. Aunque muy diferente a su padre, compartían rasgos que eran inequívocamente comunes. Los más señalados eran esa mirada acuosa de un azul transparente, la frente ancha y aquellas grandes entradas en el pelo que ya se le estaban empezando a formar también a Mauricio. Sin embargo, los labios de Jaume eran más delgados y finos que los de su progenitor; la mandíbula, más débil; y la nariz, más pequeña. En todo caso, la estampa de su tío, incluso sin fijarse en el traje raído y sucio que vestía, era mucho peor de la que guardaba en su memoria. El cuerpo se le había contrahecho, la piel de la cara —plagada de arrugas— mostraba anormales manchas rojizas, y parecía haber envejecido mucho más de veinte años. Mauricio, por contraste, vestía camisa de seda, calzas y capa de terciopelo, unos zapatos de cordobán adornados de plata, y se encontraba en la flor de la vida.

Aquellas diferencias le parecieron menores cuando se fundieron en un emocionado abrazo. No había razón para disimular ni ocultar antiguos secretos familiares. Las máscaras habían sido retiradas y podían mirarse cara a cara sin disimulo. Ambos se encontraban en Florencia debido a su pasado común: Jaume Coloma, por temor a ser descubierto, ya que el cerco sobre los falsos conversos era cada vez más estrecho en España; Mauricio Coloma, por la gracia de una esmeralda que había pertenecido a su familia judía durante generaciones.

La conversación no fue fácil para ninguno de los dos. El trato con Jaume y el resto de sus tíos paternos se había caracterizado siempre por ser tan gélido como el viento del invierno. No obstante, debía existir un fuego oculto ardiendo bajo la nieve, puesto que el hielo del pasado se había derretido hasta transformarse en un agua tibia que fluía por sus mejillas.

Así, en aquel cruce de caminos, tan improbable como real, ambos desnudaron sus corazones interrogando al destino sobre el porqué de tanto sufrimiento. Jaume le explicó que sus abuelos paternos eran todavía unos críos cuando el asalto contra el *call* de Barcelona acabó con la mayor parte de su familia. Los supervivientes fingieron convertirse al cristianismo siguiendo los consejos del rabí Ishmael, quien opinaba que ante el dilema de la muerte o la idolatría de culto se debía elegir éste, pues la ley se había dado «para vivir en ella, no para morir por ella». Su padre había sido educado en el judaísmo desde su niñez, pero por amor a su madre, cristiana, abandonó su fe primera y se convirtió al catolicismo. El resto de sus hermanos y hermanas, que seguían practicando la religión hebrea en la intimidad de sus hogares, no aceptaron la decisión. Las conveniencias sociales les impidieron retirarle la palabra, ya que externamente fingían ser devotos cristianos, pero para ellos Pedro Coloma, su padre, había muerto espiritualmente.

Así cobraba sentido tanto la ansiedad de sus abuelos maternos por inculcarle las verdades cristianas como el marcado recelo que siempre habían caracterizado las relaciones entre Pedro y sus hermanos, pues éstos siempre temieron que les pudiera denunciar ante la Inquisición. En cuanto a si su progenitor había permanecido fiel a la fe judía en lo más profundo de su corazón, era algo que ni siquiera su hermano podía esclarecer con certeza. Lo único seguro, en opinión de Jaume, era que la motivación para haberse convertido al cristianismo residía exclusivamente en la ciega pasión por Marina, su primera y única esposa, a quien prometió educar a sus hijos en la observancia de la religión católica. De eso también estaba seguro Jaume, ya que su padre, antes de contraer matrimonio, había comunicado a su familia hebrea las condiciones en las que su bella esposa accedía a desposarse con él.

Todos los hermanos coincidieron en interpretar la temprana muerte de Marina como un castigo del Cielo por haber traicionado su verdadera fe, arrastrado por la concupiscencia de los sentidos. Sin embargo, se habían apresurado en el juicio, pues Pedro Coloma había demostrado con su vida que sentía por su esposa un amor más allá de toda medida: nunca había querido contraer otro enlace matrimonial y se había mantenido fiel a la palabra empeñada, pese a que ello le apartara de la comunión con su propia familia.

Su tío Jaume concluyó sus reflexiones afirmando que habían sido duros de corazón con su padre, y Yahvé los había castigado por ello. Al menos, se consoló Jaume, el resto de los hermanos y hermanas debían encontrarse ya a salvo en Turquía. Por su parte, él, que había dudado hasta el último momento entre emigrar o continuar practicando el judaísmo en secreto, había acabado embarcando en el navío equivocado, ya que el capitán del barco les había robado todo lo que portaban de valor.

Mauricio se abstuvo de realizar cualquier comentario sobre la esmeralda. Aparentemente, su tío Jaime no sabía nada sobre ella, puesto que no la había mencionado. Quizá, conjeturó Mauricio, la esmeralda era una pieza tan extraordinaria que sólo se pasaba secretamente de mano en mano a un único descendiente para evitar disputas familiares. Aquella suposición cobraba sentido si consideraba que su padre había recibido en herencia mucho más que el resto de los hermanos por ser el primogénito, lo que ya había provocado rencillas antes de su conversión al cristianismo. Mauricio sintió que ayudar a su tío no era sólo una oportunidad que le brindaba el destino, sino un acto de justicia.

Así pues, se ofreció a pagar el pasaje de la familia de su tío hacia Estambul y a brindarles la hospitalidad de su casa hasta que zarpara el primer navío disponible, amén de proporcionarles un colchón monetario con el que afrontar sus primeros meses en tierras turcas. Quizá Lorena pusiera el grito en el cielo, pero aquélla era una obligación familiar ineludible.

99

*E*l trayecto hasta la mansión de su hermana era corto, pero más le hubiera valido ahorrarse el viaje. Maria, sin llegar a defender abiertamente el hurto que había perpetrado su hijo Giovanni, alegó que atentaba contra el pudor andar sin velo y con el pelo recogido. Más aún: se permitió echarle un sermón sobre la conveniencia de ofrecer limosna a los pobres. ¿Y qué mejor ofrenda que esa perversa diadema de plata que su hijo iba a entregar a los buenos sacerdotes de San Marcos? Debía, por tanto, alegrar su corazón, pues, aunque el modo en el que habían sucedido las cosas no era el aconsejable, su buen fin lo justificaba a los ojos de Dios. Lorena se enfureció ante tan magras explicaciones, pero la discusión acabó al poco de entrar Luca en el salón. El marido de Maria tuvo la desfachatez de asegurar que pensaba felicitar a su hijo por su buena acción. Lorena optó entonces por emular las palabras de Jesucristo y marcharse de aquella casa sin pronunciar palabra, tras sacudirse el polvo de sus pies.

Por la tarde, las nubes cubrieron Florencia, el aire se volvió plomizo y una gigantesca tormenta descargó su furia sobre la ciudad. La lluvia le recordó a Lorena la historia del arca de Noé. Los truenos resonaron en sus oídos como las campanas del Juicio Final y los rayos fueron la única luz durante aquellas oscuras horas en las que la densidad del agua resultó impenetrable para el ojo humano.

¿Cómo era posible que las cosas cambiaran tan rápidamente?, se preguntó Lorena, consciente de que la comunicación con su hermana se había roto posiblemente para siempre. Lorena cogió la mano de su marido mientras observaba el crepitar de la hoguera. Los maderos, como los sentimientos, se consumen abrasados por el calor del fuego, pensó. Las brasas también se acaban apagando. Pero ¿y las cenizas? ¿Qué ocurría con las cenizas?

Mauricio ordenó sus pensamientos recordando lo sucedido mientras contemplaba el fuego de la chimenea cogido de la mano de su esposa. Una mujer llamada Sara había entrado en casa de Elías Leví aquella mañana y le había recordado al rabino que en breve se iba a celebrar una ceremonia muy singular. Se trataba de una mujer que había concebido mellizos. Sin embargo, uno de ellos había muerto durante el embarazo. El parto había sido complicadísimo y lleno de riesgos tanto para la madre como para el bebé vivo. Afortunadamente todo había salido bien y en agradecimiento se iba a realizar una emotiva fiesta religiosa en la sinagoga.

Mauricio, junto con su tío Jaume, siguieron con pasión el relato. Para Mauricio, cuyo pequeño Roberto había nacido el mismo día que el hijo de Sara, la historia de los mellizos constituía la imagen perfecta de lo próximos que se encontraban la vida y la muerte. Llevado por la emoción, felicitó a la madre y le contó cómo la suya propia había fallecido durante su parto. Juntos barruntaron que en aquellos casos en los que el deseo de Dios implicaba que uno muriera y otro continuara su tránsito en la Tierra, el elegido tenía la responsabilidad de vivir por ambos.

Mauricio sintió que esta interpretación le llenaba de fuerzas. Su madre murió para darle la vida. Su padre confesó un crimen que no había cometido para tener la oportunidad de revelarle el escondite del anillo y aconsejarle con singular clarividencia lo que debía hacer a continuación. Mauricio se juró que ambos se sentirían orgullosos por la oportunidad que le habían brindado con su sacrificio.

La conversación había continuado y la empatía que se había generado llevó a Sara a solicitarle que festejara con ellos la celebración de la vida y la acompañara a la sinagoga. Aquél era un raro privilegio que sólo excepcionalmente se concedía a los no judíos. Mauricio dudó, puesto que en plena eclosión de Savonarola era arriesgado entrar en una sinagoga, especialmente si corría la voz de que había ido acompañado de un tío suyo que profesaba la misma fe que Moisés. No obstante, acabó por ceder a la magia del momento y aceptó la invitación.

Cuando el rabino abrió las dos láminas de un mueble que a, modo de ventanas cerradas, ocultaban los rollos del Talmud, Mauricio contempló el destello de las letras doradas hebreas brillando sobre un fondo oscuro. La contemplación de aquellas letras le llevó a reflexionar sobre la religión de Moisés.

Moisés, el libertador de los judíos, fue un príncipe egipcio cuya magia prevaleció sobre la de los sacerdotes que le enseñaron. Educado como un hijo más del faraón, al cruzar las aguas del mar Rojo, se llevó consigo los secretos milenarios de un gran país cuya sabiduría ya había empezado a perderse. Según Marsilio Ficino, los fundamentos de la religión egipcia no eran una superchería ni una abominación a los ojos de Dios, sino que, por el contrario, custodiaban los más antiguos misterios de la humanidad.

¿Por qué, entonces, los judíos habían abjurado de su fe una vez tras otra desde que se rebelaron contra Moisés en el desierto? La destrucción del templo de Jerusalén, el cautiverio en Babilonia, la diáspora por los cuatro confines de la Tierra, las persecuciones sin fin... ¿Los había castigado Yahvé por no cumplir la misión que se les había encomendado?

Mauricio sintió como propias las miles de muertes sufridas por hombres, mujeres, niños y ancianos en las masacres perpetradas en todas las naciones de la Tierra contra los judíos. El pogromo del siglo pasado en el barrio judío de Barcelona era otro trágico ejemplo de la maldición que los perseguía. Sus abuelos eran de los pocos que habían sobrevivido. Mauricio sintió la vergüenza de estar vivo. ¿Por qué él sí y aquellos miles de personas no? Nada más formularse tal pregunta, se dio cuenta de que esa pulsión hacia la muerte era la misma que sintió cuando soñó con su madre fallecida en el parto.

Mauricio conjeturó que quizás era el propio amor hacia sus ancestros familiares el que impulsaba su alma a sacrificarse por ellos con un instinto suicida. En tal caso, necesitaba tener la suficiente claridad mental como para enfocar este amor por sus antepasados hacia otro objetivo: vivir impecablemente hasta que Dios decidiera que había llegado su hora.

101

*D*urante la época del Magnífico, los carnavales de febrero habían sido un canto a la vida que se regocijaba en fiestas sin fin hasta la llegada de la cuaresma, en la que los cuerpos exhaustos de los florentinos estaban ya prestos a someterse a los rigores del ayuno y la abstinencia. Sin embargo, bajo la férula de Savonarola, los carnavales eran en sí mismos una penitencia, reflexionó Mauricio mientras regresaba a casa. El fraile había sacado sus tropas a la calle y toda la ciudad se encontraba ocupada por un ejército de niños y adolescentes cuya edad oscilaba entre los cinco y los dieciséis años. Miles de infantes con ramas de olivo recorrían las calles acompañados de tamborileros, gaiteros y servidores de la Signoria que gritaban: «*Viva Cristo e la Vergine Maria, nostra regina*». En cada esquina, el ejército de Dios solicitaba limosnas con las que contribuir a su causa, al tiempo que trataba de descubrir a jugadores, bebedores, fornicadores, mujeres vestidas frívolamente o a cualquier otro elemento subversivo. Al menos, Savonarola había conseguido acabar con la costumbre de que los jóvenes montaran barricadas en las calles y que el lanzamiento de piedras fuera el deporte favorito durante los carnavales. Por desgracia, también se había acabado con otras costumbres menos bárbaras: la Signoria había prohibido hablar del Gobierno, de los sacerdotes y del rey de Francia, así como llevar máscaras. Desde luego sin hablar no era fácil criticar, y sin máscara era imposible ocultarse. Ahora bien, ni la falta de crítica ni la milicia de ángeles rubicundos iban a devolver a Florencia las ciudades de Pisa, Sarzana o Pietrasanta.

Al llegar a casa, su mujer —con los ojos empañados por las lágrimas— lo recibió muy alterada

—¡Ha ocurrido algo terrible, Mauricio! —exclamó Lorena, que prorrumpió en sollozos entre frases ininteligibles sobre los niños de Dios y Satanás.

—Todo ha sido culpa mía —interrumpió Cateruccia con aspecto contrito—. Esta mañana, mientras usted y la señora estaban ausentes, un grupito de niños llamó a la puerta solicitando presentes. Como estamos en Carnaval y Carlo había cocinado unos dulces de almendra y miel envueltos en una deliciosa pasta de hojaldre, he querido obsequiarlos con unos pocos. Al abrir la puerta han aparecido dos sacerdotes dominicos flanqueando a esos muchachos. El mayor de ellos, un viejo albino de complexión cadavérica y semblante tan sombrío como pálido, me ha mostrado una denuncia anónima en la que se acusaba a los miembros de esta casa de practicar en secreto ritos judíos. Nos han amenazado, a mí y al resto de los sirvientes, con detenernos por encubridores si no les dejábamos examinar la mansión.

Mauricio había visto ya muchos buzones de piedra con boca de cobre, llamados eufemísticamente «agujeros de la verdad», esparcidos por la ciudad para que cualquiera pudiera introducir en ellos una denuncia anónima. El procedimiento regular consistía en que, tras examinarla, los *ufficiali di notte*, «los oficiales de la noche y custodios de la moralidad», decidían archivarla o abrir una investigación. Aparentemente, los frailes del convento de San Marcos se habían saltado todas las reglas abusando de la credulidad de Cateruccia.

—Por fuerza tenían que estar espiándonos —afirmó Lorena, cuyo enfado había secado sus lágrimas—, porque llamaron a la puerta justo después de que ambos hubiéramos salido. ¡Y uno de los milicianos de Savonarola era Giovanni, el hijo mayor de mi hermana! Estoy segura de que ha sido él, instigado por su padre, quien nos ha denunciado. Las relaciones con mi hermana y su familia se han roto para siempre. No quiero saber nada más de ellos.

AGUSTÍN BERNALDO PALATCHI

Mauricio estaba de acuerdo con su esposa. Seguramente Luca estaba detrás de aquello e incluso podía ser el propagador de los rumores contra su persona. Pese a que Mauricio era cristiano hasta la médula, una sensación absurda le embargaba. ¿Podían los dominicos haber encontrado algo que le incriminara? Aunque quizá sí tuviera motivos para preocuparse. ¿Acaso no había residido el tío Jaume y su familia durante tres semanas en su *palazzo* antes de embarcar rumbo a Turquía? ¿Y si inadvertidamente hubieran dejado algún objeto de culto propio de los judíos? En aquellos oscuros tiempos, presintió Mauricio, cualquier nube pasajera podía desencadenar una tormenta. Al menos, se consoló, el anillo permanecía a salvo, puesto que el suelo ajedrezado del recibidor permanecía intacto.

—Estaba aterrada sin saber cómo proceder —continuó Cateruccia—. Si no les dejaba entrar, temía que nos detuvieran y registraran igualmente la mansión. Por otro lado, hubiera apostado las dos manos y hasta una pierna en contra de quien acusara a cualquiera de los que aquí moran de practicar ritos judíos en secreto. Si después de cuidar a Lorena desde su nacimiento y ser el ama de esta casa durante quince años se me pudiera escapar algo así, bien merecido me tendría perder no sólo las extremidades, sino también la cabeza. Así que me dije: si no puedes con tus enemigos, únete a ellos, y les indiqué a los clérigos que, con mucho gusto, les mostraría la casa, acompañada por mi Carlo, puesto que nada había que ocultar a la vista de sus eminencias. No obstante, exigí con firmeza el regreso de los chiquillos a las calles, ya que no estaba dispuesta a consentir ningún desorden en ausencia de mis señores. Los frailes asintieron satisfechos y procedieron a examinar la mansión con nuestros ocho ojos, que al avanzar a la par evitaban que nadie pudiera encontrar pruebas de objetos que antes no estuvieran, pues bien sabe nuestro Señor que en estos tiempos que corren ni de los ungidos por Dios puede uno fiarse.

—Has actuado del mejor modo posible —la tranquilizó Mauricio, admirando la astucia con la que había afrontado la situación.

—Gracias, señor. Los dominicos, hombres de tan afilada nariz como perspicaz mirada, quisieron inspeccionar la cocina en primer lugar. Ahora bien, si esperaban encontrar allí pan ácimo y ristras de ajo con cebolla, se han tenido que retirar con el rabo entre las piernas, pues nuestra despensa estaba generosamente provista de tocino, con cuya grasa derretida mi buen Carlo había preparado una masa de pasteles tan exquisita que hasta sus eminencias la han elogiado.

Al escuchar aquellas palabras, Mauricio se relajó instintivamente. Por su amigo Elías conocía muy bien que uno de los métodos preferidos en España para descubrir judíos que se hacían pasar por cristianos consistía en escrutar sus hábitos alimentarios. En efecto, los falsos conversos freían la comida con aceite, pero nunca con tocino, ya que sólo probaban el cerdo si su vida corría peligro por negarse a comerlo en público. También gustaban de aderezar los platos con ajo y cebolla, por lo que se los acusaba de oler como judíos. Precisamente habían sido frailes dominicos los creadores de un método muy celebrado con el que atrapar a los marranos españoles. Sabedores de la costumbre de no cocinar en sábado, habían instalado vigías en lo alto de torres y edificios elevados, desde donde anotaban de qué casas no salía humo en tal día. Si conversos bautizados vivían en ellas, eso bastaba para encausarlos. Muchos marranos españoles habían sido descubiertos con tales mañas, hasta que se corrió la voz y procuraron que también en sábado humearan sus chimeneas. Afortunadamente la cocina de su casa, sopesó Mauricio, constituía una inmejorable defensa contra las calumnias de ser un judío camuflado.

—Sin embargo —prosiguió Cateruccia—, los dominicos no se han dado por satisfechos y han insistido en seguir husmeando. ¿Qué pretendían hallar? ¿Candelabros de siete brazos? ¿Un *shofar*, el cuerno de carnero judío? ¿O acaso la Tora o el Talmud? Pues tal vez esto último, ya que tras escudriñar las dos primeras plantas con semblante decepcionado, el mayor de ellos me ha pedido, con ojos taimados, que le mostrara la biblioteca.

«Los libros, por supuesto», se dijo Mauricio. Afortunadamente no sabía hebreo y no poseía ninguno en esa lengua, pero cualquier obra que en vida de Lorenzo hubieran admirado ciertos hombres cultivados podía considerarse como un señuelo de Satanás.

—¿Y qué les ha parecido mi modesta colección literaria? —preguntó Mauricio, disimulando su temor.

—Ambos frailes han ido leyendo los lomos de los libros con expresión sombría mientras se cruzaban miradas reprobadoras. Al acabar su examen, el más joven ha cogido en sus manos dos obras de Boccacio: *El Decamerón* y el *Elogio de la poesía*. El fraile más viejo ha escupido sobre ellos y ha afirmado que tales libros eran una afrenta al cristianismo, por lo que tendrían su merecido destino en las llamas. Acto seguido ha cogido una obra de Ovidio, *Las metamorfosis*, creo recordar, y ha aleccionado a su compañero sobre cómo la filosofía puede ser tan peligrosa como el erotismo. Una no puede dejar de preguntarse en qué clase de personas quieren convertirnos estos santurrones que reniegan por igual de la cabeza y del sexo. Por supuesto, no les he hecho partícipes de mis pensamientos, sino que, por el contrario, me he disculpado asegurando que aquellos ejemplares tan sólo se guardaban en la biblioteca por ser un obsequio de un antiguo camarada fallecido años atrás. «Dime de quién eres amigo y te diré cómo eres. En todo caso, vamos a haceros el favor de limpiar la basura de esta biblioteca. Dile a tus dueños que estos libros serán quemados en la hoguera de las vanidades con la que festejaremos el inicio de la cuaresma», ha dicho el fraile albino.

Mauricio respiró hondo. Tal vez si hubieran rebuscado un poco más hubieran encontrado el Libro de Henoc, una obra apócrifa por la que hubieran podido ponerle en aprietos. Sin embargo, había tenido la precaución de ocultarla tras libros tan poco sospechosos como el de caballería *Attila flagelum dei*, de Incola da Casola, *Los sonetos*, de Gaspare Visconti, el sentimental poema de Luca Pulci, *Cirifo calvaneo*, y *La divina comedia*, obra maestra de la literatura florentina.

—Pero eso no es todo —advirtió Lorena, que continuaba muy alterada—. Se han llevado algo que sé te va a causar un hondo pesar.

—Al salir de la biblioteca —explicó Cateruccia—, el fraile albino, que llevaba la voz cantante, ha insistido en examinar el despacho de trabajo del amo de la casa. Al mostrárselo, ha reaccionado como un poseso al ver el dibujo a sanguina que cuelga de una de las paredes. Entonces ha dicho con desprecio: «Conocemos muy bien a ese Leonardo da Vinci. Ese sodomita reniega de Cristo y de la Iglesia. Suerte tiene de vivir en Milán, porque aquí no se libraría del castigo que merece. No consentiremos bajo ningún concepto que sus apestosas creaciones infecten Florencia. Este dibujo, prueba palpable de su impiedad, será quemado en la hoguera junto con el resto de los cuadros paganos que encontremos».

—Se han llevado el dibujo de tu amigo Leonardo —dijo Lorena, afectada—. Han entrado a plena luz del día y lo han robado impunemente, disfrazando su condición de ladrones con hábitos de frailes. ¡Menos mal que nuestros hijos no estaban en casa esta mañana para contemplar esta nueva humillación!

—Lo siento muchísimo —se disculpó Cateruccia—. La convicción y la fiereza con la que denostaban a ese Leonardo era tan grande que no he sabido reunir fuerzas para oponerme, aunque, eso sí, ya no han sustraído ningún otro objeto de la casa.

—No te preocupes, Cateruccia —la animó Mauricio—. Has obrado prudentemente.

Así que al final no habían encontrado pruebas con las que acusarle. Mauricio suspiró aliviado. Sin embargo, le dolía enormemente que le hubieran despojado del dibujo que le había regalado Leonardo once años atrás, con motivo de su visita a Milán, al poco de que su amigo se hubiera establecido definitivamente en dicha ciudad. Aquel dibujo a sanguina era nada menos que el boceto que Leonardo había utilizado para su primer encargo en Milán. La cofradía de la Inmaculada Concepción le había solicitado un retablo que debía mostrar a la Virgen María, al niño Jesús y a dos profetas rodeados de ángeles tañendo instrumentos musicales entre fastuosos oropeles de pan dorado. Leonardo, fiel únicamente a su propio genio, había hecho caso omiso a las instrucciones hasta el punto de que *La Virgen de las rocas*, el título final de la tabla, poco tenía que ver con el encargo de la cofradía. En él se podía admirar el encuentro entre dos niños pequeños, Jesús y san Juan Bautista, bajo la mirada de María y el ángel Uriel, envueltos en un onírico paisaje rocoso. El dibujo era un prodigio de gracia y delicadeza. Ahora bien, ¿renegaba Leonardo de Cristo? No en público, desde luego. ¿Podía esconder aquel boceto algún mensaje ofensivo hacia la Iglesia tal como habían afirmado los frailes dominicos delante de Cateruccia? Mauricio no lo creía, pese a las peculiaridades que lo envolvían, algo que siempre había atribuido a la extravagante personalidad de Leonardo. Sin embargo, tampoco se hubiera jugado ni las uñas de una mano apostando contra la opinión de los dominicos. Y es que las verdaderas creencias de Leonardo se esfumaban siempre junto con sus paisajes, que dejaban en el aire más preguntas que respuestas.

102

A Luca no le sorprendió que los dominicos no hubieran encontrado ninguna prueba concluyente en la mansión de Mauricio. El taimado marido de Lorena debía de haber eliminado ya cualquier prueba incriminatoria. Habría sopesado que podía ser denunciado no sólo por haberse dejado ver en una sinagoga acompañado de su amigo Elías, sino también por haber acogido a familiares suyos que andaban huyendo de España. Ah, España; ese reino sí sabía cómo preservar la fe cristiana. Los judíos eran expulsados, y los falsos conversos, quemados. Por el contrario, la pusilánime Florencia se conformaba con que los hombres judíos llevaran un círculo amarillo cosido en su ropa; y las mujeres, un velo del mismo color. Sí, se estaba trabajando para redactar leyes que desterraran a los judíos de Florencia, pero mientras tanto seguían contaminando la ciudad con su presencia. En su fuero interno, Luca estaba convencido de que ellos habían provocado el nuevo brote de peste. De momento, la enfermedad estaba confinada en los barrios más pobres, aunque, de no remitir, la llegada del verano podría propagar la enfermedad por toda la ciudad. Para evitar semejante calamidad, Luca era partidario de implantar una medida sanitaria tan práctica como efectiva: el exterminio de los judíos de toda la Toscana, o al menos, su expulsión inmediata de Florencia. Sin embargo, aunque había sido reelegido otra vez como miembro de la Signoria, no contaba con los apoyos necesarios para lograr que se aprobara una ley que solucionara definitivamente el problema hebreo. Felizmente, sí existían otros asuntos en los que su influencia era decisiva. Iban a detener a Mauricio esa misma noche. Su posterior condena y su ejecución corrían de su cuenta. Luca se relajó jugueteando con su gato favorito, que acababa de atrapar a un ratón entre sus garras con tanta facilidad como él iba a cazar a su enemigo. La venganza, se relamió, estaba servida.

103

*E*l mundo en el que había sido feliz estaba siendo enterrado bajo las inmisericordes arenas del desierto. Mauricio se sentía como un nómada desorientado cuya única ruta de viaje fuera confiar en su camello, con la esperanza de que éste encontrase agua antes de que fuera demasiado tarde.

Agua. En aquellos momentos, agua equivalía a florines, porque si en pocos meses no era capaz de hallar oro bajo las piedras, su familia se vería abocada a la quiebra, y él no se libraría de la prisión por deudas. Más le valía que el imaginario camello sobre el que iba montado le transportara hasta un pozo repleto, pues, de otro modo, aunque vendiera sus propiedades, incluido el anillo, quizá pudiera pagar a sus acreedores, pero a costa de quedarse sin crédito ni hacienda.

Lo más terrible consistía en que él era el responsable del bienestar de su esposa y de sus hijos, y estaba a punto de fracasar por completo. ¿En qué se convertía un esposo y un padre cuando no podía mantener a su familia? ¿Cómo podía uno seguir viviendo sin honor ni dignidad?

Su mujer interrumpió sus desazonados pensamientos. Regresaba de amamantar a Roberto, el pequeñín, con sus mejillas todavía inflamadas por la indignación que le había producido la violación de su casa a manos de los monjes dominicos de San Marcos.

—Ese cura reprimido —dijo Lorena, refiriéndose a Savonarola, el prior de San Marcos— podrá prohibir que las mujeres salgamos a la calle con trajes cuya elegancia haga sombra a los sacos de cebollas, podrá reducir a cenizas todo aquello que escandalice a su vista, podrá convertir en delatores de pecados imaginarios a familiares y a niños, podrá incluso enviar a su ejército de inquisidores a desvalijar nuestra casa, pero no podrá impedir que cuando hagamos el amor veamos a Dios.

Mauricio se quedó perplejo ante la contundencia de aquella última frase. En verdad había cambiado mucho su concepción del sexo desde la primera vez que se unió carnalmente con Lorena. En aquella ocasión se había sentido pecador al confesarse, e incluso, posteriormente, ya unidos en el santo sacramento del matrimonio, los placeres de la carne solían ir acompañados de un inaprensible sabor a culpabilidad. Con el paso del tiempo ese sabor amargo había sido sustituido por la satisfacción y la paz profunda que le acompañaba mientras se arrullaban abrazados después de haberse amado. Aun así, la afirmación de su esposa le pareció desconcertante.

—¿Qué quieres decir con eso de ver a Dios cuando hacemos el amor? —le preguntó Mauricio.

—Es tan sólo una manera de hablar. Más que verlo se podría decir que lo siento. Asciende por mi cuerpo, llega a mi cabeza, ocupa mi ser por entero y, a veces, se expande por toda la habitación.

—¿Cómo? —preguntó Mauricio muy extrañado.

Lorena tenía 33 años y él la seguía viendo como una mujer muy deseable. No había conocido a otra, y toda su experiencia estaba ligada a ella, de tal modo que para él lo natural era asociar el sexo con su esposa. Sin embargo, era un tema del que no hablaban. Lo hacían cuando se encendía la llama del deseo, pero no se conversaba ni antes ni después sobre las emociones que provocaba. Mauricio nunca había considerado que fuera necesario. No obstante, podía estar errado, ya que lo que había experimentado su mujer parecía no coincidir en absoluto con sus propias sensaciones.

—Bueno —continuó Lorena con cierta prudencia—, no es algo que me ocurra siempre. Me sucede con mayor frecuencia cuando nos acariciamos y jugamos durante un rato antes de unirnos, de tal modo que mi piel se torna más sensible y todo mi cuerpo se erotiza. Cuando al fin yacemos juntos, el fuego interior arde, me relajo, respiro y me pierdo mientras la flecha de la pasión comienza a ascender desde mi pelvis. Y esa intensidad desbordante me consume a medida que se enrolla por mi cuerpo, cual si se tratara de una serpiente que ascendiera hasta la cabeza. En ese instante, cuando mi ser está incendiado y la mente no piensa, sucede el milagro: es como si mi cerebro comenzara a temblar; percibo entonces lo que se me antoja una luz amarilla que me transmite la calma perfecta para disfrutar de la tormenta. Yo me fundo y ahí está Dios. Por eso dije que ocupaba mi ser y hasta la habitación. Era simplemente una forma de hablar, porque en esos momentos mi conciencia no tiene límites. Soy yo, soy tú y todo es Dios. Nunca te lo había comentado porque es difícil explicarlo con palabras, y pensaba que te sucedía algo parecido.

Mauricio estaba profundamente asombrado. Y pensar que creía conocer hasta la más recóndita intimidad de su mujer…

—No exactamente —dijo Mauricio con cierto pudor—. Yo también me abandono y me pierdo de mí mismo, pero simplemente noto esa dulce pasión en mi sexo.

—En realidad —matizó Lorena—, mis emociones no son tan distintas de las tuyas. Lo que te he relatado antes me ocurre sólo de vez en cuando, aunque es algo tan bonito que me gustaría compartirlo contigo. ¿Por qué no intentarlo esta noche? Ya verás, tú sólo relájate, no tengas prisa, y cuando más excitado estés, respira e intenta expandir ese fuego hacia arriba, sigue respirando, y veremos qué ocurre. Eso es lo que yo hago, si bien la mayoría de las veces simplemente me dejo consumir por el fuego ardiente con enorme placer.

Mauricio se tranquilizó un tanto. Su mujer y él no eran tan diferentes, sino que puntualmente Lorena experimentaba algo así como un éxtasis místico mientras sus cuerpos se unían. Parecía una contradicción, aunque según su antepasado Abraham Abulafia hacer el amor era también una puerta para llegar a Dios, algo muy parecido a lo que había expresado su esposa. ¿Por qué no seguir sus consejos? Hoy deseaba más que nunca a su mujer, y lo peor que podía ocurrirle era que experimentara el placer ya conocido con el que tanto disfrutaba.

Mauricio se sumergió en las lides amorosas con el brío de un pura sangre. Su respiración entrecortada y sus jadeos recordaban a los de un refulgente corcel salvaje que cabalgara desnudo en plena libertad. Lorena ondulaba rítmicamente sus caderas bajo su acometida, con los ojos entornados y una sonrisa iluminándole el rostro. Entonces a Mauricio le vino a la mente lo que le había contado su esposa. ¿Y si probaba algo diferente a lo que estaba acostumbrado? Su cuerpo se resistía, pero su curiosidad pudo más y finalmente domó al caballo con el que galopaba.

Mauricio respiró profundamente y rebajó la intensidad de su carrera. Lorena varió sus movimientos pélvicos transformándolos en algo mágico. Él notó que su miembro viril era succionado dentro de Lorena, incluso cuando apenas movía su cuerpo. Así, con menor esfuerzo por su parte, descubrió que su masculinidad se agitaba espasmódicamente, recorriendo paraísos inexplorados. Mauricio sonrió también en pleno éxtasis, preparándose para que la ola rompiera en la orilla.

—Intenta que la energía circule hacia arriba —le dijo Lorena, justo antes de que desaparecieran las placenteras contracciones que le masajeaban el miembro.

Su decepción fue breve, pues al poco Lorena reinició la danza y su pene volvió a agitarse estimulado por aquel baile tan íntimo. Mauricio controló sus impulsos y en lugar de actuar como jinete que espolea su caballo en pos de la victoria, prefirió seguir los consejos de su esposa manteniendo el mismo ritmo, expandiendo su conciencia hasta el ombligo, el estómago, y más tarde hacia el pecho y la espalda. Para su sorpresa, aquello funcionaba. Seguía estando excitado, pero ahora la ansiedad había desaparecido y la energía erótica se repartía armónicamente a lo largo de su cuerpo. «La serpiente enroscada», había dicho su mujer. Mauricio lo percibió como una vibración que se instalaba en todos sus poros hasta llegar a su cabeza.

Ambos se hallaban enlazados en un círculo continuo donde la mente había dejado de parlotear. Aquel placer no tenía tiempo.

Sin embargo, al acabar de hacer el amor, la oscuridad se cernió sobre sus vidas. Unos golpes en la puerta del *palazzo* anunciaron a los *ufficiali di notte,* los oficiales de la noche y custodios de la moralidad. Quizás en atención a esa moralidad que con tanto celo custodiaban, concedieron a Mauricio unos instantes para que se vistiera decentemente antes de prenderle.

—¿De qué se me acusa? —quiso saber Mauricio.

—De alta traición —respondió uno de los oficiales.

Mauricio no necesitaba ser un experto en leyes para saber que aquel delito se pagaba con la pena capital.

104

*L*orena, que permanecía acurrucada junto a la chimenea del salón, tiritando bajo una manta, se asustó cuando oyó unos nuevos golpes en la puerta. Le parecía imposible que unos oficiales de la Signoria estuvieran conduciendo a su marido a prisión cuando poco antes estaban abrazados en el lecho compartiendo su calor.

¿Estaba su esposo implicado en un delito de alta traición? Lorena dudaba. Quizá Mauricio, desesperado por la situación económica en la que se encontraban, hubiera aceptado participar en una conspiración, con la esperanza de ocupar un puesto relevante en el nuevo Gobierno surgente. La peste había vuelto a aparecer en Florencia, ni Pisa ni el resto de ciudades les habían sido devueltas, y la crisis estaba provocando que fueran ya muchos los que pasaban hambre. Por tanto, no era descabellado que un golpe de Estado bien ejecutado pudiera propiciar un cambio de régimen.

En cualquier caso, Lorena no disponía de ningún indicio que señalara a Mauricio como sospechoso, y lo único que realmente le importaba era encontrar los medios adecuados para liberarle de la cárcel con independencia de su culpabilidad o inocencia. Pero ¿qué hacer? ¿Por dónde empezar? Nuevos golpes en la aldaba de hierro anunciaron que no había tiempo para reflexionar. Mientras las preguntas se le agolpaban en la cabeza, Lorena se desprendió de su manta y bajó con temor las escaleras que conducían hasta el portón del vestíbulo.

El viento que soplaba con fuerza aquella noche continuaba siendo portador de noticias funestas. Un sirviente anunció que Francesco, su padre, acababa de morir. Lorena se quedó boquiabierta unos instantes, como queriendo encontrar rastros de falsedad en el rostro del heraldo, antes de romper a llorar. Hacía ya semanas que su padre permanecía en la cama gravemente enfermo, por lo que su fallecimiento no era algo inesperado. Pese a ello, la noticia golpeó a Lorena con la misma potencia con la que un rayo es capaz de destruir al más robusto de los árboles. Imaginó los instantes finales de su padre, aferrándose a la vida con escasas fuerzas, contemplando el insondable abismo de la desaparición aguardándole al otro lado de la frontera… Su progenitor le había dado la vida, la había educado, había formado siempre parte de su existencia, y ahora, súbitamente, desaparecía para siempre.

Se consoló pensando que, como correspondía a un buen cristiano, estaría ya en las puertas del Cielo. Aun así, las lágrimas se desbordaban incontenibles por sus mejillas. Lorena sentía una honda pena que la ahogaba y no podía quitarse de su mente la última imagen que guardaba de su padre, postrado en cama, enflaquecido y demacrado hasta tal punto que sus rasgos se habían diluido perdiendo su firmeza característica.

¿Era posible que el destino le fuera a quitar en un mismo día a su padre y a su esposo? Dios no lo permitiría, y ella tampoco. Luca era uno de los miembros de la Signoria y, por tanto, su capacidad de influencia era enorme. Pensar que la llave para decidir el sino de Mauricio estaba en sus manos le produjo escalofríos de pavor. Y sin embargo, el voto de su cuñado podía ser decisivo para liberar a Mauricio de los grilletes que le aprisionaban. Así que debía utilizar hasta la última onza de sus recursos para que el ánimo de Luca se predispusiera a favor de su esposo.

Por supuesto, ella no era la persona indicada para convencerle. No obstante, conocía muy bien a alguien que sí tenía suficiente ascendiente sobre Luca: su hermana Maria, con la que había roto relaciones. Sin embargo, ¿acaso un hecho tan conmovedor como la muerte de un padre no era suficiente como para provocar un cambio en los afectos? Lorena resolvió dejar de lado el orgullo, olvidarse de los agravios pasados y suplicar tanto como fuera menester. El primer paso era acudir a casa de su madre, ofrecerse consuelo mutuo y explicarle la dramática situación en la que se hallaba. Sin duda, su madre, con esa mezcla de sensibilidad y convicción que tan magistralmente sabía administrar, sería la mediadora idónea.

105

*L*orena ahogó sus lágrimas y extrajo del pozo de su angustia el agua milagrosa que le permitiera seguir luchando. El precipitado velatorio de su padre había sido necesariamente breve, pues la Signoria, con la intención de luchar contra la peste, había decretado que los muertos debían ser enterrados en el plazo máximo de veinticuatro horas. Pese a tales premuras había sido posible organizar un ostentoso funeral donde medio centenar de portadores de antorchas alumbraron el último paseo de su padre por Florencia.

Las emociones que experimentó Lorena durante el sepelio fueron extremadamente dolorosas. Lo cierto era que la relación con su padre había estado presidida por la frustración. Despechado por lo que consideraba una traición —su matrimonio con Mauricio—, el juicio de su progenitor hacia ella siempre fue crítico. Los silencios ante sus éxitos y los comentarios ácidos ante sus errores eran las dos formas en las que expresaba habitualmente su rechazo hacia ella. Y esa sensación de no ser aceptada por su padre se remontaba más allá de su florecimiento como mujer, alcanzando sus primeros recuerdos de niña. ¿Acaso había truncado todas las expectativas que su padre tenía sobre ella desde su mismo nacimiento? Pues tal vez sí, porque, aun enfermo en su lecho de muerte, Lorena no había conseguido arrancar de su padre más que gestos displicentes ante sus muestras de cariño.

A buen seguro que tampoco habría aprobado que Lorena y

su viuda hubieran mantenido una frenética actividad durante las exequias, sondeando a cualquier persona que pudiera informar sobre la situación de Mauricio. Las noticias no eran alentadoras. Lo habían detenido bajo la acusación de conspirar contra la República, aunque nadie parecía conocer los detalles. Los rumores apuntaban a que Mauricio habría estado preparando en secreto las condiciones para el regreso de Piero Medici, el hijo del Magnífico, que todavía soñaba con regresar triunfalmente a Florencia. En cualquier caso, lo que sí constituía una verdad incontestable era que lo habían encarcelado en una de las dos celdas situadas en lo alto de la torre del palacio de la Signoria, un dudoso privilegio reservado a importantes presos políticos cuyo destino más frecuente era una muerte rápida. Maria había prometido interceder ante Luca, pero el corazón de Lorena estaba lleno de negros presagios.

106

Mauricio se negó nuevamente a probar alimento alguno cuando sus captores le ofrecieron pan y agua, pues temía que lo envenenaran. Razones no le faltaban. El hecho de haber sido encarcelado en lo alto de la torre de la Signoria era tan insólito como su propia detención. En efecto, los edificios de la Stinche o el Bargello albergaban las lóbregas celdas donde permanecían presos los criminales de toda clase y condición. Por el contrario, la torre de La Signoria era una prisión de máxima seguridad reservada para casos de riesgo grave e inminente contra la República. ¿Y acaso alguien podía creer que la falsa acusación que le imputaban constituía una amenaza perentoria para la ciudad? Evidentemente la respuesta era negativa, por lo que debía considerar otra posibilidad: quien hubiera urdido la denuncia contra él ostentaba suficiente poder e influencia para haber conseguido encerrarlo en la torre del palacio de Gobierno. Mauricio no podía descartar que estuviera implicado en la infamia algún magistrado de la Signoria, tal vez el propio Luca. Y si el objetivo de la celada era acabar con su vida, ningún juicio sería más rápido que un veneno mortal camuflado en la comida.

Mauricio observó con nostalgia los andares de algunos viandantes sobre la enorme plaza de la Signoria. ¿Podría él volver a deambular libremente por las calles de Florencia a plena luz del día? Mauricio apreciaba cierta ironía en aquella situación. ¿No había sido también su padre encarcelado por un crimen que no había cometido? Y en caso de ser condenado por un delito de alta traición, ¿no sería ejecutado como su progenitor? ¿No confiscarían todos sus bienes, del mismo modo? Cuando semanas atrás había asistido a la sinagoga judía acompañado de Elías y de su tío Jaume, había concluido que el mejor modo de honrar a sus ancestros fallecidos consistía en vivir impecablemente hasta que Dios decidiera su hora.

En aquellos momentos vivir impecablemente significaba luchar con todas sus fuerzas para sobrevivir, porque Lorena y sus hijos le necesitaban tanto como él a ellos. Mauricio no se hacía falsas ilusiones. Difícilmente iba a salir con vida de ésta, pero si existía alguna esperanza, la tenía depositada en Lorena. Quizá su esposa pudiera movilizar las voluntades necesarias ahí fuera para reclamar su libertad. Por su parte, él intentaría jugar el papel que el destino le había asignado del mejor modo posible: resistiendo.

Mauricio se despertó sediento en mitad de la noche. Su boca reseca le pedía agua y el cuerpo anhelaba calor. En aquella celda húmeda, el frío impregnaba hasta el más diminuto de los rincones y se filtraba en sus huesos de manera inexorable. Por todo abrigo, contaba con un fino sayo de lana que le llegaba hasta los tobillos. Sus carceleros ni le habían proporcionado mantas con las que arroparse, ni lecho en el que dormir. El suelo helado no hubiera resultado tan incómodo de haber podido envolverse con su capa, pero le habían arrebatado su ropa.

No se lamentó. La situación era tan grave que no podía permitirse el lujo de fantasear con nada diferente a la cruda realidad en la que se encontraba. Quejarse de su suerte no le iba a servir de nada. Por el contrario, Mauricio sabía que necesitaba hasta la última gota de su energía para sobrevivir.

De momento todavía podía continuar sin probar alimentos ni líquidos, aunque dentro de un par de días debería empezar a beber unos sorbos cada día, ya que de otro modo moriría deshidratado. Además, debía considerar que no sólo era difícil enmascarar el sabor de un veneno en el agua, sino que había muchos otros modos de matarle, probablemente más del agrado de sus enemigos. Si moría en prisión sin declararse culpable, al menos su esposa heredaría sus propiedades; en caso de que le condenaran al patíbulo como reo de alta traición, le confiscarían sus bienes y Lorena viviría en la indigencia.

Mauricio sonrió al mirar el pergamino, la pluma y la tinta

que le habían dejado sus captores. «Si reconoces tu crimen y delatas como cómplices a Bernardo del Nero, Niccolò Ridolfi, Giannozo Pucci, Lorenzo Tornabuoni, y Giovanni Cambi, la Signoria será benévola contigo y se limitará a condenarte al destierro», le había asegurado un centinela de mirada torva. Mauricio ni siquiera le había contestado. Conocía bien a aquellos cinco eminentes florentinos, ligados a los Medici. No era ningún secreto que el régimen auspiciado por Savonarola no era del agrado de aquellos hombres, mas no tenía noticia de que estuvieran implicados en ninguna conspiración. Y desde luego no iba a utilizar la pluma para firmar la sentencia de muerte de sus amigos.

De proceder de modo tan infame, sospechaba que la primera sangre derramada sería la suya propia. En efecto, ¿qué confianza le podía merecer la palabra de aquel grasiento carcelero? Ninguna. ¿Qué impediría a la Signoria condenarle como reo de alta traición si así lo rubricaba con su puño y letra? Nada. Por consiguiente, no pensaba firmar voluntariamente su propio certificado de defunción. Sin embargo, el pergamino y el papel podían servir para mejores propósitos. Sin pararse a reflexionar, Mauricio sostuvo la pluma en su mano derecha y, tras mojarla en la tinta negra, dejó que las palabras fluyeran suavemente desde el fondo de su alma.

Por mí se va hasta la ciudad doliente,
por mí se va al eterno sufrimiento,
por mí se llega a los corazones perdidos.

Aquellos versos correspondían al canto tercero del Infierno de *La divina comedia*, su obra preferida desde que la leyera cuando aún era un niño. Mauricio se preguntó qué secretos escondían las puertas del Averno. Pronto lo descubriría.

108

Savonarola no había permitido ni fiestas ni bailes durante el carnaval, pero había preparado una gran diversión para despedirlo: nada menos que una gigantesca hoguera que consumiría en su fuego todo aquello que el sacerdote y sus huestes consideraban vanidades y obras inspiradas por el demonio. Lorena opinaba que la influencia satánica no se reflejaba en los objetos, sino en los corazones de hombres despiadados y crueles como Luca.

La Signoria había concedido a Maria una dispensa especial para ver a su esposo con motivo de la muerte de su padre. Aprovechando tal circunstancia, su hermana le había interrogado sobre los cargos que pesaban sobre Mauricio. Luca había señalado que, pese a ser muy graves, haría lo posible por mitigar la condena. ¿Mitigar la condena? ¿No implicaba eso un juicio previo sobre la culpabilidad de Mauricio? Lorena, muy exaltada, había censurado duramente la actitud de Luca delante de su hermana. Maria le había defendido, aduciendo que las actividades sospechosas de Mauricio eran la comidilla de media Florencia: desde sus críticas a Savonarola hasta la cálida acogida a familiares temerosos de la Inquisición española, pasando por el afecto que profesaba a ciertos amigos judíos, y acabando por su reconocida amistad con los Medici. ¿Acaso Luca era responsable de que Mauricio fuera uno de los cabecillas de una conspiración encaminada a derribar al Gobierno de Savonarola e instaurar nuevamente a Piero de Medici en el poder?

Lorena vio así confirmados los rumores sobre los motivos de la detención de su esposo, al tiempo que perdía la esperanza de que Maria pudiera ser una baza en la defensa de Mauricio. Las últimas palabras que cruzó con su hermana fueron tan hirientes que de no estar presente su madre, a buen seguro que hubieran llegado a las manos. Después, Lorena dedicó el resto del día a visitar a todas aquellas personas cuyos contactos pudieran ayudar a su esposo. Agotada, cuando el sol del atardecer comenzaba a ocultarse, acudió a casa de su amiga Sofia en busca de consuelo. Allí compartió cena junto con su familia mientras la oscuridad ganaba su partida diaria a la luz. Al acabar, Sofia se ofreció a acompañarla hasta casa.

Así, hablando durante el paseo, se toparon con el insólito espectáculo que ofrecía la plaza de la Signoria. En el centro se había erigido una pira monumental rodeada de un rectángulo de madera de más de siete metros por lado en la que se amontonaban millares de objetos, entre los que también se encontraban extraordinarias obras de arte. Un coleccionista veneciano había llegado a ofrecer una fortuna a la Signoria por rescatar algunas de aquellas obras de la hoguera. La Signoria había rechazado en tan enérgicos términos la propuesta del veneciano que éste había huido presuroso de Florencia, al temer por su vida.

La cantidad de artículos allí depositados era incalculable, sopesó Lorena, ya que ocupaban toda la base del rectángulo y se alzaban hasta una altura de casi treinta metros.

Las primeras plataformas de la pirámide simbolizaban el adiós definitivo a los pecaminosos carnavales: pelucas, máscaras, barbas postizas, caretas y demás prendas propias de las fiestas aguardaban en silencio su inminente ejecución. También se encontraban en los primeros pisos de la pirámide aquellas vanidades propias de mujeres que el fraile odiaba con tanta pasión: perfumes, pomadas, tenacillas, borlas, espejitos, baratijas de brillante fantasía… No faltaban tampoco libros de Aristófanes, Sófocles, Apuleyo, Ovidio, Boccacio, Poliziano y otros insignes autores cuyos escritos habían sido juzgados como heréticos o licenciosos. Sobre tan excelsas composiciones literarias se desparramaban naipes, dados, bolos, pelotas, partituras musicales, laúdes, flautas, *liras da braccia*... ¿Era acaso la voluntad divina un coladero por el que el diablo se filtraba con más facilidad que el agua? Ésa debía de ser la triste creencia de Savonarola, puesto que consideraba fuente de pecado no sólo todos los juegos conocidos, sino también cualquier música que no fuera sacra. Incluso la pintura y la escultura podían estar contaminadas por el azufre de Satanás. Por eso en los pisos superiores de la pira hallaban acomodo docenas de cuadros y esculturas: dioses griegos, héroes de la Antigüedad, ninfas y figuras mitológicas no habían encontrado perdón a los ojos de Savonarola, ya fuera por encarnar el paganismo, ya fuera por no mostrar el debido decoro en su vestimenta.

Finalmente, en lo más alto de la pirámide, se había colocado la efigie de un Satanás velludo, con pies de cabra, barba de sátiro y cola de caballo, cuya cara deformada imitaba la del mercader veneciano que había pretendido salvar de la quema las obras de arte más valiosas.

—¿Qué rescatarías de la pira si pudieras? —preguntó Lorena a su amiga.

—Las láminas de *La divina comedia*, de Dante, que dibujó Sandro Botticelli, junto con el corazón del pintor. Es una vergüenza que un artista tan grande abomine de sus propias creaciones, por más que la culpa por los pecados ocultos sea un peso difícil de sobrellevar.

Lorena conocía perfectamente los rumores que corrían sobre las inclinaciones sexuales de Botticelli, así como el contenido de esas láminas. Las había visto en casa de Lorenzo di Pierfrancesco de Medici, primo del Magnífico, junto a los cuadros *El nacimiento de Venus* y *La alegoría de la primavera*. Los grabados de *La divina comedia* habían sido trazados con un punzón de metal sobre pergamino de piel de carnero, repasados posteriormente con un lápiz de plomo, y fijados, por último, con tinta. También conocía bien a Sandro Botticelli. Alentado por Lorenzo de Medici, fue uno de los abanderados en la introducción de escenas paganas en la pintura. Sin embargo, con los nuevos vientos de temor propagados por Savonarola, el genial pintor había olvidado su amor por Platón y se había convertido en un «llorón», apodo con el que se denominaba despectivamente a los seguidores del fraile visionario. También Pico della Mirandola había renegado tiempo atrás de sus ideas y se había convertido en una oveja más del rebaño apacentado por el prior de San Marcos. Lorena barruntaba que tan súbitas conversiones pudieran hundir sus raíces más profundas en tóxicos sentimientos de culpa y miedo. Miedo a la muerte, al Infierno y al vértigo que provocaba la libertad. Pico, muerto prematuramente, habría encontrado ya las respuestas verdaderas en el más allá. Los vivos, por el contrario, disponían tan sólo de su conciencia como única guía para orientarse en las turbias aguas de Florencia.

—Sandro Botticelli opina ahora que se le fue la mano al dibujar determinadas escenas del segundo círculo del Infierno de Dante, dedicado a los lujuriosos. Por eso ha preferido que arda en las llamas la representación de tan graves pecados.

—La lujuria, como el amor, provoca reacciones encendidas y, a veces, difíciles de comprender —dijo Sofia—. Por tal razón hombres tan dispares como Dante y Savonarola tienen más puntos en común de los que pudiera parecer a simple vista. ¿O acaso no comparten ambos un corazón roto por el amor a una mujer?

—El amor de Dante Alghieri por Beatrice es legendario, pero no creo que el corazón de Savonarola fuera capaz de alterar su latido por ninguna mujer —afirmó Lorena.

—Pues las malas lenguas aseguraban que Savonarola, en su juventud, se prendó de los encantos de Laodamia Strozzi. No obstante, el joven Savonarola era un hombre sin fortuna, tan feo como tímido, cultivado intelectualmente pero torpe; alguien, en suma, que no estaba destinado a brillar en la alta sociedad florentina. Por eso, cuando declaró atropelladamente su amor a la encantadora Laodamia, ésta se echó a reír como si acabara de escuchar una broma. Seguramente esa risa cristalina resonara en el alma de Savonarola y le convenciera de que él nunca accedería a un paraíso terrenal que le estaba vetado, pero se dio cuenta de que renunciando al mundo y a sus tentaciones podría acabar triunfando sobre él. ¿O acaso su verdadero deseo consistiera en vengarse del mismo mundo que le había excluido?

Los cánticos de «*Te deum laudamus*» anunciaron que Savonarola estaba entrando en la plaza de la Signoria. La multitud guardó un espontáneo silencio mientras el fraile ascendía los escalones que le llevaban a la *ringhiera*, la plataforma que rodeaba la fachada principal del palacio de Gobierno. Savonarola contempló su obra con semblante satisfecho, alzó con su mano derecha el crucifijo hacia los cielos y pronunció las palabras que posiblemente habían pugnado por salir de su interior desde el desengaño amoroso de su juventud: «Prended fuego a todas las vanidades y obras del Averno».

Varios niños vestidos de blanco, tocados de verde laurel en su pelo, avanzaron con teas impregnadas de resina para ejecutar la orden del fraile. El fuego dudó un momento antes de hacer su aparición: gente disconforme con la hoguera o bromistas con ganas de provocar se las habían apañado para introducir gatos y perros muertos en aquella pira monumental. No obstante, el material colocado en la base era altamente inflamable y, además, se había esparcido maleza para que ardiera mejor. De la pirámide empezó a ascender un humo gris que pronto se convirtió en negro. Los heraldos tocaron trompetas, los dominicos entonaron una letanía y en la torre del palacio Viejo repicaron las campanas.

—Dante —continuó Sofia— también fue rechazado por Beatrice, pero su reacción fue complemente distinta. El inmortal poeta florentino, siguiendo la tradición de los trovadores del sur de Francia, no renegó de su amor, sino que lo sublimó, y construyó la escalera que le transportó hasta los cielos de su *Divina comedia*.

—Así que el amor, la fuente de las más sublimes creaciones, puede estar en la raíz del odio —resumió Lorena, que dirigió sus reflexiones internas hacia las motivaciones de Luca Albizzi.

—No lo dudes, pequeña. El amor no correspondido puede propiciar el más amargo de los odios.

Las llamas habían ganado en intensidad; los colores rojo y naranja abrasaban cuanto encontraban a su paso. «El fuego, como las pasiones inflamadas, consume cuanto abraza», reflexionó Lorena. ¡Cómo le hubiera gustado que una enorme tromba de agua apagara aquella pirámide incendiada! Sin embargo, aquella noche, no cayó ni una sola lágrima del cielo.

*F*lavia Ginori acarició el bello arcón nupcial en la soledad de su habitación y una lágrima recorrió su mejilla reflejando la tristeza que sentía. La lágrima, en su transparencia y en su silencio, era la única expresión sincera de dolor que se podía permitir. ¿Era acaso inevitable que sus dos hijas hubieran acabado enfrentadas? Tal vez sí. Y la culpa era exclusivamente suya. El secreto enterrado en lo más profundo de su corazón cobraba caros los tributos de su encierro.

Su mente se trasladó a tiempos más felices, cuando la música de las cítaras y la poesía cantada parecían ser capaces de alcanzar los astros distantes. Sin embargo, las estrellas habían permanecido inaccesibles, brillando hermosas en lo alto, mientras las flores de la primavera se marchitaban en la tierra.

Flavia abrazó su cofre nupcial y lloró desconsoladamente hasta que sus lágrimas se secaron. El eco de sus actos pasados resonaba en el presente.

¿Por qué los sueños más hermosos podían acarrear la tristeza más profunda? ¿Quizá porque el sueño seguía vivo aunque hubiera sido sepultado? Flavia se estremeció y casi quiso olvidar aquel pensamiento; hacía tantos años que no sentía aquella pasión…

Era extraño que las lágrimas de la alegría y la pena estuvieran compuestas por la misma agua. El baile de la vida y la muerte quizá también compartieran partitura. Tras aquellos pensamientos, una calma perfecta apaciguó su espíritu. De alguna manera, supo que todo estaba bien, aunque no entendiera el porqué de tanto sufrimiento. Del mismo modo, Flavia supo que tenía que revelarle el secreto a Lorena más temprano que tarde.

Cuando la puerta de la celda se abrió, Mauricio vio al grueso carcelero portando una bandeja con pan y una jarra.

—Llevas dos días sin probar bocado —le dijo el guardián—. Es mejor que comas.

Mauricio permaneció en el suelo sumido en el silencio. No deseaba hablar con quien tan poca confianza le inspiraba.

—Si temes que la comida esté envenenada, olvida al menos esa preocupación. Yo mismo he comprado el pan y he rellenado el agua de la jarra. Como no tienes razones para confiar en mí, compartiré los alimentos contigo, para demostrarte que no miento.

Tras estas palabras, el celador tomó asiento en el suelo, partió el pan en dos trozos, ofreció a Mauricio una mitad y empezó a comerse la otra.

—¿Por qué haces esto? —preguntó Mauricio.

—Una amiga de la familia, a quien no podemos negarle nada, nos lo ha pedido. Puesto que mi única función es salvaguardar tu seguridad mientras te juzgan, no incumplo ninguna norma procediendo de este modo. Tal vez me reprendieran si descubrieran que también he traído algo más —dijo el celador, que extrajo de su zurrón un muslo de pollo—. Sin embargo —añadió guiñando un ojo—, tal cosa no ocurrirá si nadie sabe que hemos compartido tan sabroso manjar.

Mauricio ya no encontró torva la mirada del carcelero, sino amable, y sus carnes generosas se le antojaron afables en lugar de amenazantes. Mauricio sació su sed y saboreó el delicioso gusto del pan y del pollo.

Cuando el guardián abandonó la celda, las esperanzas de Mauricio habían aumentado. Mientras él permanecía encerrado, Lorena y sus amigos estaban removiendo cielo y tierra para ayudarle, hasta el punto de que sus tentáculos se habían introducido ya dentro de la prisión. No obstante, el celador era un mero peón dentro de la partida. Su absolución dependía de los miembros del Gobierno de la Signoria. ¿Qué pruebas se habían presentado en su contra? ¿Estaban su esposa y amigos en condiciones de influir en el veredicto? Lo desconocía.

Mauricio empuñó la pluma y a su mano acudieron unos versos del canto segundo del Purgatorio, donde Dante se encuentra con almas amigas.

Y yo vi que una de ellas se acercaba
para abrazarme, con tan grande afecto
que me movió en sentido semejante.
¡Ah, vanas sombras, salvo la apariencia!
Tres veces por detrás pasé mis brazos,
y en mi pecho acabaron su trayecto.
Creo que enrojecí, maravillado,
la sombra sonriose y se alejaba,
y yo me fui detrás para seguirla.

Él, al igual que el poeta, estaba dispuesto a perseguir hasta la sombra de un fantasma para acabar con los sufrimientos de su purgatorio particular. Sin embargo, en aquella prisión no había más sombra que la suya.

111

$\mathcal{A}$ Luca le gustaba contemplarse frente al espejo vestido con la *giornea* escarlata de cuello de armiño y el birrete de color grana que reflejaba su condición de prior. También le complacía dar órdenes a los sirvientes del palacio que, trajeados con elegantes libreas verdes, se esforzaban en cumplir sus deseos con la máxima prontitud. La fragancia del poder era embriagadora. Tan sólo nueve priores decidían sobre los asuntos más importantes de la ciudad, dictando normas y decisiones que afectaban a familias y haciendas. Por ello, se intentaba mantenerles al margen de presiones e influencias, y se les aislaba durante dos meses en el esplendoroso palacio de Gobierno. Dicha práctica dificultaba en gran medida las corruptelas y los sobornos, pero no podía evitar determinadas componendas. Así, por ejemplo, el resultado del juicio contra Mauricio estaba amañado de antemano.

Seis habas negras, dos tercios de los votos, bastaban para condenarlo. En el momento de la votación, cada prior introducía en secreto un haba en la bolsa de terciopelo. Si el haba era negra, se computaba como un sí; en caso de que fuera blanca, se contabilizaba como un no. Pues bien, Luca y otros cinco priores se habían comprometido a votar conjuntamente en una serie de asuntos que incluían la condena de Mauricio. Por supuesto, las votaciones eran secretas, pero si no salían al menos seis habas del mismo color en alguno de los sufragios previamente amañados, los confabulados sabrían que existía un traidor entre ellos. De momento no se habían producido sorpresas, y Luca no tenía motivos para temer que un pacto tan ventajoso entre todas las partes fuera a romperse, especialmente en un caso como el de Mauricio Coloma.

La única prueba en contra de Mauricio era endeble: una carta falsificada en la que supuestamente se dirigía a Piero de Medici, el hijo exiliado del Magnífico, donde le relataba la situación en el interior de Florencia y le conminaba a obtener refuerzos con los que presentarse a las puertas de la ciudad cuando la fruta estuviera madura. No obstante, la prueba irrefutable ante cualquier tribunal era la confesión. Y Mauricio confesaría el delito que no había cometido.

Tal vez sin necesidad de violencia. Tan sólo dejándole una pluma y un pergamino en la soledad de su celda, tras prometerle respetar su vida a cambio de testificar falsamente contra cinco amigos cuyas antipatías hacia Savonarola eran sobradamente conocidas. Naturalmente ese escrito, lejos de salvarle la vida, supondría firmar su condena de muerte. Sin embargo, Luca prefería que la voluntad de Mauricio no se doblegara tan rápidamente.

Deseaba que sufriera una larga y dolorosa agonía antes de claudicar. Y siendo la tortura el procedimiento habitual para extraer confesiones de los reos, cuanto más resistiera Mauricio mayor sería su sufrimiento. Porque de lo que no cabía duda era del resultado final: nadie era capaz de resistir el tormento aplicado sin misericordia.

Luca sentía cómo el poder circulaba por sus venas. Estaba más allá de las normas que los débiles acataban por necesidad y le estaba permitido cumplir sus deseos más inconfesables. Lorena lo experimentaría en sus carnes esa misma mañana. Su propuesta sería tan descarnada como falsa: le prometería la liberación de su marido a cambio de que se le ofreciese desnuda para hacer con ella cuanto se le antojase. Lorena no olvidaría nunca las horas que pasara con él. Finalmente, Mauricio sería ejecutado, y ella viviría recordando durante el resto de su vida las humillaciones que le pensaba infligir.

112

*L*orena no alcanzaba a entender por qué se le había concedido el permiso de visita que tan contumazmente se le había denegado antes, pero lo cierto era que sólo una puerta la separaba de su esposo y que, al cabo de pocos instantes, se abriría. La alegría que sentía por poder abrazar a Mauricio venía acompañada de una enorme carga de temor e incertidumbre. ¿En qué estado lo encontraría? ¿Tendría la oportunidad de volver a compartir la vida con su marido o, por el contrario, sería condenado a morir en el cadalso como un criminal? Lucciano, el carcelero, introdujo la llave en el cerrojo y Lorena entró en la celda con el corazón galopando desbocado.

Mauricio estaba sentado en el suelo. Al verla, su rostro mostró el asombro de quien estuviera contemplando una alucinación. Emocionado, se levantó inmediatamente y corrió a abrazarla. Lorena apretó con fuerza su cuerpo contra el de su esposo, queriendo transmitir a través de aquel contacto el inmenso amor que sentía por él.

—¿Cómo te encuentras? —preguntó Lorena.

Mauricio lucía barba incipiente y ojeras pronunciadas. Por toda indumentaria portaba un humilde y delgado sayo de lana. Lorena no vio ninguna manta ni sábana en la pequeña celda. Su esposo debía de pasar muchísimo frío, aunque su aspecto general no era tan malo como pudiera temerse.

—Ya ves. Nada que no puedan arreglar un par de sopas calientes, un buen afeitado y un traje. Incluso me dan bien de comer en esta hospedería —bromeó Mauricio.

—Eso debemos agradecérselo a Sofia, a quien la esposa del carcelero le profesa un profundo afecto.

—¿Y a quién debemos agradecer tu presencia? Me alegro tanto de verte… —dijo mientras le acariciaba las mejillas.

—Solicité el derecho a visitarte la mañana siguiente a tu detención, pero me lo denegaron reiteradamente, pese a mis protestas. Esta mañana, contra todo pronóstico, me lo han concedido. Por desgracia, sólo disponemos de unos minutos. Un chambelán de palacio me ha escoltado hasta aquí y ha puesto en funcionamiento un reloj de arena. Cuando caiga el último grano, me tendré que marchar. Así que no podemos desperdiciar ni un instante. Escucha: esta tarde me recibirá Antonio Rinuccini, el más prestigioso jurista de Florencia. Ya me he reunido con él en un par de ocasiones. Posiblemente se haga cargo de tu defensa, pero antes debemos saber exactamente qué pruebas pueden tener contra ti.

—Ninguna. No he conspirado contra la República, más allá de las críticas que tanta gente profiere en privado para censurar el exceso de celo de Savonarola. Nada, por tanto, que ni remotamente pueda considerarse alta traición.

El corazón de Lorena se alegró y se acongojó a un tiempo. Las palabras de Mauricio confirmaban que no existía ninguna prueba incriminatoria con base real. Sin embargo, también implicaba que alguien muy poderoso había urdido un siniestro plan para acabar con su esposo.

—Te sacaremos de aquí —dijo ella con firmeza—. Con la ayuda de Bruno y de mi familia hemos movilizado al poderoso gremio del Arte y de la Lana, que exige transparencia en el juicio contra uno de los suyos. No estás solo, Mauricio. Estamos luchando ahí fuera.

—No me cabe la más mínima duda. No obstante, el destino es tan caprichoso como incierto, y si la fortuna nos resultara adversa, hay algo que debes saber: el anillo está escondido en el suelo de mármol ajedrezado del recibidor de nuestra casa, bajo la baldosa donde situarías al rey blanco.

Mauricio nunca le había dicho anteriormente dónde ocultaba la esmeralda, y ella nunca se lo había preguntado. Aquella revelación parecía un testamento. A Lorena se le encogió el estómago.

—No te quiero ver triste, Lorena. Yo también espero salir absuelto de esta farsa, pero en caso de que me condenaran por un delito de alta traición, todos mis bienes serían confiscados. Al menos podrías vender el anillo. Hay muchos coleccionistas que pagarían una fortuna por él. ¿Sabes?, me parece estar repitiendo las palabras de mi padre en la prisión del castillo de Cardona: acusado injustamente de un crimen, también salvó la esmeralda del olvido entregándosela a la persona que más quería en este mundo. ¿Es que acaso los hados se complacen en recrear idéntica situación, dándome a probar del mismo cáliz que tomó mi padre? ¿O acaso el anillo es el hilo conductor de una venganza contra la familia que lo usurpó de sus legítimos dueños?

—Basta ya, Mauricio. No quiero escuchar supersticiones relacionadas con la esmeralda. Saldrás absuelto de este juicio. Resiste: no te declares culpable. Con la ayuda de todos, saldrás de aquí. Te lo prometo.

Lorena oyó que el guardián introducía su pesada llave en la cerradura y la hacía girar. Su tiempo en la celda había acabado. Abrazó a su esposo con lágrimas en los ojos, le acarició los cabellos y le despidió con un beso al que no deseaba poner fin.

113

*L*orena bajó las escaleras de la torre y siguió al chambelán a través del pasillo que cruzaba la segunda planta del palacio de los priores sin prestar atención ni a los techos artesonados ni a las estatuas y frescos que jalonaban el recorrido. A ambos lados del pasillo se multiplicaban las puertas, todas ellas cerradas. Lorena pensó que en el interior de alguna de aquellas estancias quizás estuvieran reunidos los priores deliberando sobre la suerte de su marido. Lamentablemente no podría hablar con ninguno de ellos para defender la inocencia de su esposo. ¿O tal vez sí? El enjuto chambelán de librea verde abrió una de las puertas y la invitó a pasar con un ademán de su mano. Una vez dentro, el sirviente le indicó con otro gesto que esperara y cerró la puerta por fuera.

La sala carecía de ventanas y estaba iluminada únicamente por el tintineo de una pequeña vela colocada sobre una bella mesa de nogal cubierta por una tabla de mármol verde veteado. Dos ángeles negros fundidos en bronce sostenían la mesa. Alrededor de ésta se distribuían cuatro sillas plegables de listones de madera que, por su inferior categoría, deberían haber hallado mejor acomodo junto a muebles menos lujosos. En una de las paredes destacaba un gran frente de chimenea tallado en bajorrelieve, si bien no había rastro de cenizas ni de maderas, algo muy extraño teniendo en cuenta el frío que hacía en aquella época del año. Unos viejos baldes de hierro gastado se apilaban desordenadamente sobre una esquina. Lorena concluyó que nadie utilizaba habitualmente aquella habitación. Y sin embargo, la habían conducido hasta ella con algún propósito. ¿Cuál?

La puerta se abrió y ante ella apareció Luca Albizzi, ataviado con la *giornea* escarlata propia de los priores.

—Hola, Lorena —la saludó, cerrando rápidamente la puerta tras de sí—. Toma asiento —le indicó a continuación.

—Gracias, prefiero estar de pie —contestó Lorena con recelo.

El encuentro con Luca era potencialmente peligroso, por lo que prefería no ver limitada su capacidad de movimientos sentándose en una silla. Resolvió que la mejor manera de no dejarse intimidar era adoptar una postura agresiva.

—Tenía entendido que los priores no podíais reuniros con familiares de ningún acusado —dijo Lorena, aparentando seguridad.

—Existen personas, como tú, que deben acatar las reglas, y otras, como yo, que no están sujetas a ellas. Yo creo las normas del juego. No lo olvides. Si has podido visitar a tu marido y comprobar que se encontraba bien, ha sido porque yo lo he autorizado. De lo contrario, tu entrada en prisión hubiera continuado estando vedada. Del mismo modo, Mauricio quedaría absuelto de su crimen si ése fuera mi deseo.

—¡Mi marido es inocente! —proclamó Lorena.

—No me convencerás con palabras, sino con tus acciones —dijo Luca secamente.

—¿Qué puedo hacer para persuadirte? —preguntó Lorena, sin adivinar qué deseaba de ella.

—Desnúdate —exigió Luca como si estuviera dando una orden.

—¿Qué? —preguntó Lorena, sin creerse lo que estaba escuchando.

—Ya me has oído. Desnúdate; es decir, sácate la ropa —dijo Luca, arrastrando lentamente las palabras. Parecía que el marido de su hermana disfrutaba con aquel perverso juego.

—¡Estás loco! —contestó Lorena con desprecio.

—No lo estoy. Si quieres salvar a tu marido de la muerte, debes obedecerme sin replicar. Te gustará. Ya verás…

—¿Y tu mujer? ¿Has pensado en ella? —inquirió Lorena, tratando de abrir una brecha en el siniestro comportamiento de Luca.

—Esto no tiene nada que ver con el amor. Digamos que es, simplemente, un merecido castigo.

A Lorena le temblaba el cuerpo de miedo e indignación. ¿Qué buscaba realmente Luca? ¿Su sexo? ¿Humillarla? Estaba dispuesta a realizar cualquier sacrificio por sacar a su marido de la cárcel. Sin embargo, entregarse a Luca no le garantizaba nada. En la sangre de aquel hombre bullía la venganza y nada le impediría votar en contra de su esposo tras haber abusado de ella.

—Si das un sólo paso más hacia mí, gritaré con todas mis fuerzas. ¿Cómo justificarás entonces haberte reunido conmigo en una habitación en desuso? Por mucho que alardees, un prior debe acatar ciertas normas si no quiere ver perjudicada su reputación. Algo, por cierto, muy peligroso en estos tiempos que corren…

El gesto de Luca se crispó con furia contenida, pero no se movió.

—Ordenaré a un mayordomo que te escolte hasta la salida. De aquí a dos días recibirás una nueva autorización para visitar a Mauricio. Si para entonces persistes en una actitud tan orgullosa como estúpida, tu esposo será condenado.

114

$\mathcal{M}$auricio sintió que sus pies perdían el contacto con el suelo. Le habían atado las manos y le habían colocado hacia atrás sus brazos. La cuerda que le aprisionaba las muñecas pasaba por un anillo acanalado fijado al techo que hacía las veces de polea. Un hombre fornido giró las aspas de un artefacto de madera en el que estaba enrollada la cuerda. Como resultado, Mauricio comenzó a ascender lentamente de un modo muy doloroso. La espalda se le curvó hacia delante mientras su cabeza miraba los pies. Todo el peso de su cuerpo recaía sobre sus hombros, por lo que tensó los músculos de brazos y espalda en un intento de aliviar la presión.

Momentos antes, Lorena le había infundido esperanzas con su inesperada visita. No obstante, al poco rato dos guardias armados le habían conducido a la sala de torturas, el auténtico infierno sobre la Tierra: seres humanos infligiendo el máximo dolor posible a otros congéneres indefensos. No quería morir ni tampoco deseaba sufrir, pero si se derrumbaba ante la tortura su ejecución era segura. La confesión, aunque se obtuviera mediante la violencia, era una prueba de culpabilidad inapelable. Por tanto, si deseaba conservar la vida, debía afrontar un sufrimiento como nunca antes hubiera conocido.

La rueda giró de nuevo y Mauricio se alejó todavía más del suelo. Su cuerpo empezó a sudar, exhalando el miedo que sentía. El dolor en sus muñecas y sus hombros se incrementó. A través de sus piernas, con la cabeza hacia abajo, podía ver al verdugo, que movía las aspas que estiraban la cuerda con expresión vacua, absolutamente insensible a su dolor. Mauricio supo con certeza que a ese hombre tosco le resultaba indiferente recolectar aceitunas de los olivares o torturar a una persona. Tan sólo eran trabajos mecánicos que debía ejecutar. El trajeado notario que tomaba nota apoyado cómodamente sobre una mesa sí tenía un interés personal: dar fe de su confesión de culpabilidad.

Al llegar a la altura de la polea, Mauricio sintió un pinchazo que le recorrió la médula dorsal. Unas gotas de saliva se desprendieron involuntariamente de su boca y descendieron hacia el suelo en un largo trayecto que se le antojó interminable, pese a que no debía haber más de quince metros, suficientes para romperse todos los huesos si le dejaban caer. La cuerda se aflojó y Mauricio se precipitó al vacío. El estómago le bajó hasta la cabeza. Cuando contactara con las frías baldosas del suelo, todo habría acabado.

La caída se detuvo abruptamente a escasos centímetros del pavimento. La primera sensación fue de alivio, pero inmediatamente le sobrevino un dolor atroz en los hombros y en las muñecas. Sin tiempo de asimilar lo que le estaba ocurriendo, volvieron a izarle hasta la polea colgada del techo. Maniatado e indefenso, Mauricio se veía obligado a soportar un sufrimiento superior a sus fuerzas.

—¿Deseas realizar alguna confesión? —preguntó el notario con voz aterciopelada.

No tenía fuerzas para contestar, así que simplemente negó con la cabeza. El notario realizó una leve señal, y Mauricio volvió a sentir el vértigo de la caída, seguida de un frenazo seco cuando estaba a punto de estrellarse contra el suelo. Gritó hasta que su voz se ahogó en un murmullo inaudible. Jamás había imaginado que fuera posible sentir tanto dolor. Miles de terminaciones nerviosas en los hombros y en las muñecas le acuchillaban sin clemencia. Todo se volvió negro a su alrededor antes de desvanecerse.

Un cubo de agua helada que le arrojaron a la cara le devolvió a la conciencia. Le habían atado unas medidas de plomo en los pies y le estaban volviendo a izar.

—¿Te lo has pensado mejor? —le preguntó el notario melifluamente—. No es que tengamos prisa, pero tal vez podrías ahorrarte sufrimientos innecesarios. Unas pocas palabras bastarían.

Mauricio deseaba confesar cualquier cosa con tal de que la tortura cesara. Sin embargo, su amor por Lorena y sus hijos era mayor. No estaba dispuesto a confesar un crimen de alta traición y permitir así que aquellos mal nacidos confiscaran todas sus propiedades, lo que dejaría como única herencia, a sus seres amados, un puñado de deudas y un anillo de difícil venta. Mauricio se tragó su dolor, aunque era consciente de que no saldría de aquélla con vida.

La caída se repitió por tercera vez. Entonces notó que se le rompían las muñecas y los hombros. La cabeza le estalló en un relámpago de luz y la nada le otorgó el anhelado descanso. Mauricio se despertó dentro de un sueño. Estaba sobrevolando la misma estancia en la que había sido torturado contemplando su propio cuerpo maniatado: un carcelero se apresuraba a volcar un cubo de agua sobre su rostro mientras el notario, que se había levantado de la silla, caminaba nervioso de un lado a otro de la estancia. El Mauricio volador no sentía dolor. Tampoco estaba conmovido por lo que veía. Hasta hace poco había sido aquel individuo atado, pero eso era algo del pasado, puesto que ya estaba muerto. Los problemas y los anhelos se le antojaban algo lejano. Una gran sensación de ligereza le animaba hasta el punto de que su nueva forma translúcida atravesó la torre almenada del palacio de los priores buscando la luz de los Cielos. A medida que iba ascendiendo se sentía más ligero y menos apegado a la Tierra. En las alturas, más allá de las nubes, le esperaba un nuevo destino. Desde luego no sentía ningún deseo de volver a ocupar el cuerpo roto que intentaban en vano reanimar con agua.

¿Y Lorena y sus hijos? ¿Qué sería de ellos? ¿Cómo serían sus vidas sin él? Una viuda arruinada y cuatro hijos pequeños sin padre ni medios económicos con los que labrarse un porvenir. Lorena sufriría muchísimo. Un deseo más fuerte que su anhelo de paz lo invadió: el amor. Debía volver con su familia, aunque ello implicara experimentar los sufrimientos descritos por Dante en los siete círculos del Averno.

Mauricio despertó de su sueño tumbado de espaldas sobre el suelo y libre de ataduras. Un hombre se hallaba arrodillado sobre él, presionando con ambas manos a la altura de su pecho, hundiendo así ligeramente su caja torácica. Acto seguido, se inclinó y, unió su boca a la suya. Mauricio notó como una bocanada de aire le llenaba sus pulmones. Aquel hombre fue alternando el suministro de oxígeno mediante el boca a boca con las compresiones sobre el tórax, hasta que Mauricio abrió los ojos y respiró por sí mismo.

—Si continuáis sometiéndole al *strappado*, el prisionero morirá sin remedio —dijo el hombre que le había asistido.

—Tú eres el médico —intervino el notario—. Me parece que todos necesitamos un descanso por hoy. Continuaremos el interrogatorio tan pronto como el reo se recupere un poco.

$\mathcal{M}$auricio sólo era dolor. Los tobillos le quemaban, los hombros parecían contener en su interior antorchas ardiendo, y las muñecas le dolían tanto que hubiera preferido quedarse sin manos. Ninguna posición le aliviaba y era incapaz de pensar. El sufrimiento inundaba su conciencia. ¿Cuántas horas llevaba así? Imposible saberlo. El tiempo, en aquellas condiciones, había dejado de tener sentido.

Ya había anochecido cuando los sueños alucinantes se apoderaron de él, que contempló una solitaria rosa brotando en el desierto.

—Ah, vanas sombras, salvo la apariencia —le dijo la rosa, hablándole con una voz sin palabras que resonó directamente dentro de su cerebro.

Dos cuervos aparecieron de la nada y le arrancaron los ojos. Mauricio reclinó la cabeza sobre la palma de sus manos y se cubrió el rostro. Al apartar las manos de sus cuencas vacías, una luz dorada bañó la celda. El suelo, los barrotes y las paredes emitían reflejos más brillantes que el más refulgente de los oros. Todas las cosas vibraban y vivían al mismo tiempo en Dios.

—Para viajar muy lejos no hace falta cambiar de lugar —señaló la rosa—. Tan sólo es necesario cambiar la mirada.

Como si una venda se le cayera de los ojos y viera por primera vez, Mauricio comprendió súbitamente sin necesidad de palabras ni razonamientos.

—«Luz, luz, más luz» —susurró Mauricio—. La luz de

Dios está en todas partes, pero no la vemos. Desde pequeños nos las apañamos para recluirnos en una habitación y tapiar las ventanas. Más tarde, nos acostumbramos a las tinieblas y el diablo nos invita a recorrer nuestra vida en compañía de la oscuridad.

Mauricio recordó cómo tantas veces le había angustiado una pesadilla en la que asesinaba brutalmente a una mujer sin rostro. En otras ocasiones se había despertado sobresaltado con la imagen de una bella y joven mujer que moría desangrada. Finalmente, había descubierto que la mujer muerta con la que soñaba era su madre, y él, su asesino. ¿Por qué le había perseguido constantemente aquel sueño macabro?

—Porque era una sombra; la sombra que debes seguir, como el hilo de Ariadna, si quieres salir del laberinto y escapar tú mismo de la muerte.

Mauricio buceó sin miedo en el interior de su océano antes de exponer sus reflexiones a viva voz.

—¿Pude interiorizar que había matado a mi madre porque prefería sentir que era malo en lugar de impotente, incapaz de evitar su muerte? ¿Respondía tal fantasía onírica a un desesperado intento de mantener el control de algo que se me escapaba? ¿O simplemente juzgué injusto que ella muriera para que yo viviera?

—La culpa, Mauricio, es la gran trampa que nos aísla de Dios. Asumir los errores propios y tratar de mejorar es una cosa, los niños lo hacen naturalmente cuando aprenden a caminar; sentirse culpable es algo totalmente distinto, puesto que implica odiarse a uno mismo. Especialmente cuando se trata de algo de lo que uno no es responsable.

—«Luz, luz, más luz» —musitó Mauricio.

—Sí, eso dice el anillo. Sin embargo, únicamente puede verla quien desecha el miedo al cambio, a la muerte y a Dios. La mayoría de la humanidad vive en la oscuridad y, de hecho, prefiere seguir en ella, ya que con la aparición de la luz observarían su sombra y descubrirían quiénes son realmente.

—¿No somos quiénes pensamos? —cuestionó Mauricio.

—Preferimos disfrazarnos con una personalidad falsa para que nuestro verdadero ser, que anhela amar, conocer y crear, permanezca oculto. Nos hemos acostumbrado a convivir con nuestras angustias y sufrimientos temiendo vagamente que si la luz rasgara nuestras cortinas descubriría monstruos terribles. Sin embargo, esos monstruos no suelen ser más que juicios y decisiones erradas propias de niños inmaduros e inseguros. Tras ese miedo difuso se esconde el temor a morir. ¿Qué queda de cualquiera cuando la luz desvela que el personaje con quien uno se ha identificado durante su vida es una ficción?

—El terror a ser desenmascarado —reconoció Mauricio— siempre me acompaña, incluso en sueños.

—Porque tu cuerpo es como un depósito que acumula las lágrimas derramadas por tus ancestros, ya fueran de júbilo o de dolor, así como sus deseos, frustraciones y temores. Y es que junto a tu alma individual convive una auténtica constelación familiar. La sangre hebrea que llevas en tus venas ha experimentado persecuciones sin fin desde el principio de los tiempos, y para sobrevivir ha tenido que ocultar a menudo su fe y su identidad. Imagínate el terror de quien debe vivir escondiendo constantemente su verdadero rostro de patronos, vecinos, clientes y hasta familiares. Esa angustia acaba convirtiéndose en una segunda piel que impregna todas las acciones y palabras de quien debe protegerse sin descanso. No es de extrañar, pues, que hayas heredado un gran temor a ser descubierto. Debes encontrar el valor de la semilla que abandona su caparazón protector, atraviesa la tierra y renace como flor. Todo lo que nace, muere. Todo lo que muere, nace. Tú eres yo. Yo soy tú. Sólo la ilusión del tiempo nos separa. Sé que sanarás no sólo tu historia personal, sino la del árbol familiar del que procedemos, porque mientras éste se halle enfermo, no podrás renacer en mí.

—¡Mis padres y mis abuelos han muerto! La tarea que me propones es imposible.

—No es cierto. Hay algo que sí puedes hacer: devuelve el anillo que trajiste de Barcelona y tu historia familiar quedará sanada.

Mauricio sintió que todo a su alrededor se volvía negro antes de despertarse en la celda. El lacerante dolor de su cuerpo le recordó que todo había sido un sueño. No obstante, en mitad de su agonía, una dulce corazonada en su pecho le trajo la convicción de que había todavía alguna esperanza. «Si consigo salir de ésta, prometo devolver el anillo», se dijo.

116

*L*orena respiró aliviada cuando Antonio Rinuccini le comunicó que se haría cargo de la defensa de su marido. No en vano era el letrado más prestigioso de Florencia y únicamente aceptaba aquellos casos que estuviera seguro de ganar. Su buen hacer, unido a sus inmejorables fuentes de información, le habían granjeado fama de invencible, hasta el punto de que la mayoría de sus adversarios preferían negociar a la baja antes que afrontar una derrota segura ante el águila de los abogados. A cambio de sus oficios, tan sólo exigía una pequeña fortuna a sus clientes.

—Si he aceptado poner en juego mi prestigio defendiendo a tu marido contra la todopoderosa Signoria es porque tenemos posibilidades de ganar. He conseguido averiguar que la única prueba contra Mauricio es una carta presuntamente dirigida a Piero de Medici. Ese documento es una falsificación, y lo demostraremos con la opinión de los mejores peritos calígrafos de Florencia, a los que contrataremos.

—Sin embargo —objetó Lorena ejerciendo de abogado del diablo—, temo que las voluntades de la mayoría de los miembros de la Signoria estén decantadas de antemano contra Mauricio.

—Es muy posible —concedió Antonio—. No obstante, la reforma constitucional propiciada por Savonarola permite recurrir al Gran Consejo las sentencias de la Signoria relacionadas con cuestiones políticas, para evitar así posibles *vendettas* personales de los priores. Y si las pruebas son endebles, el Gran Consejo, en el que son mayoría los centenares de hombres procedentes de los gremios de esta ciudad, mirará con simpatía la causa de tu marido, ya que, de otro modo, temerían ser ellos quienes el día de mañana pudieran ser encausados sin motivo.

Lorena desconocía este mecanismo legal, puesto que nunca había sido utilizado, pero bendijo por primera vez a Savonarola. Le agradecía que hubiera incluido tan sabia iniciativa en la nueva Constitución florentina. Pese a ello, un fundado temor le seguía encogiendo el alma.

—¿Quién es capaz de resistir la tortura? —preguntó Lorena—. Si la violencia quiebra el ánimo de Mauricio, su propia confesión se convertirá en prueba irrefutable, incluso ante el Gran Consejo. Y creo que cualquiera preferiría el olvido eterno antes que el suplicio incesante.

—Probablemente. Sin embargo, quizá tu marido esté hecho de una pasta más resistente que nosotros, porque no ha claudicado ante el *strappado*.

Lorena se quedó lívida. ¡El propio peso de Mauricio habría desgarrado sus articulaciones mientras permanecía atado! La imagen era demasiado horrenda como para siquiera imaginársela. ¿En qué estado se encontraría su esposo? ¿Habría podido evitar el tormento de su marido cediendo a las pretensiones de Luca? Lorena se sintió culpable. Quizás hubiera debido claudicar, aun a riesgo de que Luca hubiera disfrutado doblemente, humillándola y ultrajándola primero, para luego incumplir su palabra torturando a su marido.

—La buena noticia —continuó Antonio— es que voy a conseguir que tu esposo no vuelva a ser sometido al *strappado*.

—¿Cómo? —preguntó Lorena con tanta esperanza como asombro.

—Te sorprendería saber lo que se puede conseguir con un buen plan y un farol jugado con convicción. Precisamente esta tarde tengo una cita con la Signoria.

117

Lorena llegó a casa de su madre presa de una gran agitación tras su visita al abogado Antonio Rinuccini. Salvar a su marido no era una quimera, pero el frágil hilo del que pendía la vida de Mauricio podía cortarse en cualquier momento. Su madre parecía más nerviosa que ella. Las manos le temblaban y se había cerciorado por dos veces de que ningún criado estuviera rondando cerca de su dormitorio antes de empezar a hablar.

—He reflexionado largamente —dijo Flavia con voz profunda—, y creo que tienes derecho a saber que tu padre, tal vez, no esté muerto.

—¿Cómo? —exclamó Lorena con incredulidad, temiendo que su madre hubiera perdido la razón.

—Tu verdadero padre no es el que está enterrado en el cementerio de Florencia.

El impacto de aquella frase dejó muda a Lorena.

—Hace mucho, mucho tiempo —prosiguió su madre con una voz cuya recobrada calma le recordó los días lejanos en que todavía le contaba cuentos—, Cosimo de Medici fundó la Academia Platónica. Corría el año 1462. Para celebrar tan singular evento, organizó unas inolvidables veladas en su villa de Careggi, donde sabios, músicos, poetas e incluso nobles venidos de Francia compartieron mantel y juegos. Francesco y yo tuvimos la fortuna de ser invitados por estar bien probada nuestra fidelidad a la casa de los Medici. Ya ves, el viejo Cosimo sabía ganarse el afecto de los comerciantes agasajándolos con fiestas más propias de reyes ilustrados que de acomodados burgueses. Sin embargo, un grave problema con sus socios retuvo a Francesco en Florencia, y yo acudí en nombre de ambos para evitar que nuestra ausencia pudiera entenderse como una descortesía.

Su madre guardó silencio, aunque Lorena ya no necesitaba que continuara hablando para imaginar lo sucedido.

—Allí, en Villa Careggi, me encontré con otro mundo y con un hombre que era más de lo que nunca me hubiera atrevido a soñar: Michel Blanch. La primera vez que mis ojos se posaron en sus pupilas azules tuve la impresión de conocerlo desde siempre. «Nuestras almas guardan recuerdos que nuestra memoria ha olvidado», me dijo leyéndome el pensamiento. Michel Blanch era un trovador que formaba parte de la corte de un conde francés, aunque su gracia y belleza superaba a la de todos los nobles reunidos en la villa de Cosimo. Cuando su voz entonaba una canción y sus manos extraían sonidos maravillosos del laúd de madera, hasta el silencio bailaba al compás de la música. Bastaba un gesto suyo o una sonrisa para que cualquier situación adquiriera una cualidad mágica. No sabría explicarlo, pero cuando Michel estaba presente se abrían puertas a otros mundos. ¿Cuál era su secreto? Nunca lo supe, y tampoco pude evitar enamorarme perdidamente.

Lorena miraba a su madre de hito en hito, absolutamente desconcertada, puesto que se le hacía imposible imaginarla con otro hombre diferente a su marido Francesco.

—Tú, hija mía, puedes entenderme mejor que nadie.

Lorena se acordó del primer beso que le dio a Mauricio en el estanque. La atracción que habían sentido sus cuerpos era semejante al estallido de una tormenta, cuya furia puede ser contemplada, pero no contenida.

—Michel Blanch parecía haber bajado directamente de una estrella lejana. Y como la luciérnaga es atraída por la luz, así me veía yo hechizada por el joven trovador francés. Francesco era la tierra firme y segura. Michel era el cielo. Nada de lo que decía se podía tocar, pero sentía más verdad en sus palabras que en todo cuanto me habían enseñado desde la infancia. Y yo quería volar explorando nuevos cielos. Nunca me arrepentí. Sin esa locura de amor, tú no estarías hoy hablando conmigo.

—¿Estás segura? —preguntó Lorena.

—Hay cosas que una mujer sabe bien. También supe que repetirías mi historia en cuanto te observé escuchando embelesada las trovas de Mauricio en la villa del Magnífico. Preferí no evitarlo. «El único pecado mortal es traicionar al corazón», me dijo una vez Michel Blanch.

El corazón de Lorena sintonizaba muy bien con las atrevidas afirmaciones del poeta francés. Sin embargo, le producía vértigo pensar que no era hija de Francesco.

—Ese saltar al vacío persiguiendo los sueños sin preocuparse por las consecuencias era muy propio de tu verdadero padre… Lorena, la fuerza vital que siempre te ha permitido enfrentarte a las más sombrías situaciones manteniendo íntegra tu conciencia proviene de un árbol llamado Michel Blanch. Por ello, aun a costa del juicio que pueda merecerte mi conducta, es más honrado que te revele cuál es tu verdadero origen.

Por un parte, Lorena deseaba saber más, pero, por otra, condenaba su interés y aquel turbador adulterio como si se tratara de una traición hacia el único padre que había conocido.

—¿Qué importancia tiene que mi padre carnal sea ese tal Michel Blanch? Francesco me cuidó desde pequeña, y pese a las muchas diferencias que nos separaban, siempre lo hizo lo mejor que supo. Con sus defectos y sus virtudes, mi padre es quien siempre ha estado conmigo desde niña. El otro es, a lo sumo, una aventura fugaz, un pecado de juventud que conviene olvidar.

—Entiendo que te sientas dolida por lo que te he contado —dijo Flavia manteniendo la compostura, aunque su rostro mostrara señales de tristeza—. ¿Acaso dudas de que quisiera a Francesco? Piensa que hay muchas clases de amor. ¿Qué hubiera ocurrido si te hubieras visto obligada a casarte con Galeotto Pazzi y después hubieras conocido a Mauricio? Me hubiera resultado más sencillo callarme, pero de esta forma te estoy dando la oportunidad de conocerte mejor a ti misma. Michel Blanch me regaló un bello ejemplar de *La divina comedia* antes de partir. De entre sus miles de versos, únicamente subrayó este fragmento: «¿No veis que somos larvas solamente hechas para formar la mariposa angélica que a Dios mira de frente?». Francesco ha sido un padre para ti, pero tus raíces están forjadas en el oro de las estrellas fugaces. Tu destino es volar hasta ellas: utiliza tus alas, hija mía.

Aunque Lorena continuaba conmovida, una voz interior le susurraba que su madre tenía razón. El hecho de que Michel Blanch fuera su padre biológico establecía una diferencia. Tal vez por eso se había sentido poco amada por Francesco, al contrario que su hermana. ¿Podía hallarse ahí el germen del profundo desencuentro con quien siempre había considerado su padre? De algún modo, Lorena siempre se había sentido diferente. ¿Quién era ella realmente? ¿Tenía Michel Blanch la llave para entender los secretos de su alma?

118

*L*uca salió hecho una furia de la sala de la Audiencia, donde se había reunido con el resto de los priores. Por ridículo que pudiera resultar, Antonio Rinuccini, el aclamado abogado, había logrado persuadir a sus compañeros de que Mauricio no debía sufrir nuevas torturas. Lejos de dejarse intimidar por la magnificencia de la sala, Antonio Rinuccini había actuado con tanto aplomo que más parecía el presidente de la Signoria que un mero letrado.

Con una bien estudiada mezcla de tacto y firmeza, Antonio Rinuccini les había recordado que, de acuerdo con la nueva Constitución, si la Signoria condenaba a alguien y posteriormente se negaba a conceder la apelación ante el Gran Consejo, los priores incurrirían en la misma pena que hubieran impuesto al reo. Hasta aquí, nada que no supieran. Luca jamás había pensado en denegar la apelación. Simplemente estaba esperando a que Mauricio confesara bajo la presión del suplicio para obtener una prueba tan rotunda de culpabilidad que el Gran Consejo no tuviera otra alternativa que ratificar la sentencia.

Sin embargo, con gran habilidad, el descarado leguleyo había dado una vuelta de tuerca a la interpretación de la Constitución, asegurando que si Mauricio fallecía víctima de la tortura y a título póstumo el Gran Consejo lo declaraba inocente, los priores deberían afrontar la misma suerte: es decir, la muerte.

Un murmullo de indignación había recorrido la sala. Por palabras menos graves habían enviado al potro a muchos hombres. No obstante, la legendaria vitola que acompañaba a Antonio Rinuccini había templado los ánimos y se habían limitado a dar por concluida la audiencia sin poner al lenguaraz abogado en el lugar que le correspondía.

Ya a puerta cerrada, varios priores habían expresado sus miedos y dudas. El médico que había examinado a Mauricio aseguraba que su corazón no soportaría otra sesión de tortura. ¿Para qué arriesgarse, pues, a que Antonio Rinuccini les pudiera acusar de asesinar a un inocente? En breve se produciría el relevo en la Signoria y nuevos miembros ocuparían sus cargos. Florencia era una ciudad demasiado volátil en sus afectos. ¿Quién sabía si la diosa fortuna no dispondría que los nuevos priores fueran tan amigos de Mauricio como enemigos suyos? Lo más prudente era evitar riesgos innecesarios, especialmente tomando en consideración cómo se las gastaba Antonio Rinuccini.

Luca apretó con fuerza los puños mientras deambulaba, irritado, por los pasillos de la Signoria. No permitiría que Lorena y Mauricio se salieran con la suya.

$\mathcal{L}$a puerta de la celda se abrió. El mismo médico que le había atendido durante su desmayo en la sala de torturas entró.

—Me llamo Sandro y he venido a ayudarte —se presentó—. ¿Cómo te encuentras?

—Me duelen muchísimo las articulaciones. Siento como si los antebrazos se me pudieran desprender de los hombros, y no puedo mover las muñecas. Los tobillos me molestan, pero mucho menos.

Sandro palpó con cuidado las zonas afectadas.

—Tienes los hombros dislocados, mas no te preocupes: voy a encajar las bolas del húmero en su sitio.

Mauricio sintió un alivio inmediato pese a que persistían los dolores. A continuación, Sandro le colocó una tela debajo del brazo derecho y la pasó por encima del hombro opuesto. Después amarró los dos extremos de la tela por detrás del cuello, mientras el codo se mantenía suspendido sobre el cabestrillo, e inmovilizó el brazo contra el pecho abrochando un cinturón que le recorría el pecho y la espalda. Sin perder ni un momento, el galeno repitió la operación con el brazo izquierdo. Finalmente, le vendó fuertemente las muñecas con dos trapos.

—Necesitarías hielo y nieve sobre los hombros para que te bajara la inflamación, pero ya ha sido un éxito que me permitieran entrar con trapos, telas usadas y un par de cinturones viejos. Los tobillos los tienes lastimados, no rotos. En cambio, las articulaciones de los hombros y las muñecas están destrozadas. Tu trabajo consistirá exclusivamente en no mover ni hombros ni muñecas. El resto lo hará tu cuerpo, que con la ayuda de Dios soldará los desgarros que has sufrido. La naturaleza es sabia, aunque el hombre sea necio. Por eso tus muñecas y tus hombros te envían señales de dolor, para reclamar así el reposo absoluto que necesitan para recuperarse. Los vendajes y el cabestrillo te ayudarán a que permanezcan inmóviles.

—Gracias —dijo Mauricio—. Supongo que nadie se tomaría tantas molestias conmigo si la Signoria tuviera previsto someterme otra vez al *strappado*.

—Supones bien. No quieren arriesgarse a que mueras bajo la tortura y que el Gran Consejo les pueda acusar posteriormente de haber matado a un inocente.

Pese al dolor de sus articulaciones, Mauricio sentía el fuego de la vida renacer en su interior. Aquella buena nueva significaba, por lo pronto, dejar sin trabajo al verdugo y, por ende, que el Gran Consejo podría decretar su absolución aunque la Signoria le condenase. ¡El milagro era posible!

—Espero recompensarte en un futuro próximo por cuanto has hecho por mí. Si no hubiera sido por tu intervención cuando me desmayé, ya estaría muerto.

—No exactamente —afirmó el médico esbozando una media sonrisa—. Fingí que estabas sufriendo un ataque cardiaco, cuando simplemente te habías desvanecido por el dolor. No me gusta mentir, pero espero que Dios no me lo tenga en cuenta, ya que sin ese ardid hubieran continuado sometiéndote al tormento.

—¿Por qué te arriesgaste así por mí?

—Teniendo en cuenta que era el único médico presente —dijo Sandro arqueando una ceja—, el peligro era insignificante. En cuanto al porqué, digamos que había llegado a un acuerdo con cierto abogado que se ocupa de tu defensa.

—¿Quién es? —quiso saber Mauricio.

—Descuida, es el mejor: tú preocúpate sólo de sobrevivir en esta celda sin moverte demasiado. Del resto se ocupará Antonio Rinuccini.

120

*L*orena tuvo que tomar asiento cuando Bruno, el socio de su marido, le comunicó la decisión del Gran Consejo.

—Mauricio ha sido declarado inocente de todos los cargos. Hoy mismo será puesto en libertad.

Un inmenso suspiro de alivio tan grande como la propia vida la inundó. Las piernas le temblaban y no podía controlar los movimientos de su cuerpo, que por fin se liberaba de la enorme tensión soportada desde la detención de Mauricio.

—Gracias a Dios, gracias a Dios… —repitió como una letanía con lágrimas en los ojos—. La única sensación que empapaba su alma era la gratitud, que como una ola gigantesca había barrido cualquier otra emoción o sentimiento hasta fundirse en un océano de dicha desbordante.

—Ha sido algo grandioso —dijo Bruno, exultante de alegría—. Han utilizado la sala del Gran Consejo por primera vez. El suelo estaba sin pavimentar, la puerta de entrada era un agujero en mitad de la pared y faltaban bancos donde sentarse, pero allí estábamos reunidos centenares de personas para poner en tela de juicio la condena de la Signoria.

Lorena había oído hablar de aquella sala, un proyecto personal de Savonarola. Diseñada por Simon del Pollaiulo, un amigo del fraile, la habían ubicado en el ala norte del palacio de la Signoria restando espacio a los almacenes aduaneros.

—El clamor del gremio del arte de la lana ha sido decisivo para que la nueva Signoria autorizara de forma extraordinaria la reunión del Gran Consejo. Rodolfo Patrignami, en nombre de los anteriores priores, ha leído las actas de la condena de Mauricio esgrimiendo las razones por las que, a su juicio, una condena ejemplar desincentivaría futuras traiciones a la República. Acto seguido, Antonio Rinuccini le ha dejado en ridículo llamando a declarar a los más reputados calígrafos de Florencia, que de forma unánime han testificado sobre la falsedad de la presunta carta escrita por Mauricio a Piero de Medici. Sin documentos, sin testigos de cargo y sin confesión del reo, pese a la tortura, los presentes hemos votado por aclamación a favor de la completa absolución de Mauricio. Tendrías que haber visto la cara de los antiguos priores, humillados y rojos de vergüenza. Y es que al pueblo, habitualmente sumiso, le gusta dar una coz a los poderosos cuando tiene la oportunidad.

—Estoy orgullosa de ti y de toda la buena gente que, liderada por tu entusiasmo, ha seguido las directrices del gremio y ha votado a favor de mi marido. Te estoy tan agradecida…

—No se merecen. En realidad ha quedado muy claro que la acusación era un burdo montaje. Eso es lo que más me desconcierta: ¿quién puede odiar tanto a Mauricio cómo para urdir un plan tan siniestro y persuadir a la Signoria de votar a su favor? Quienquiera que sea es muy peligroso. ¿Has conseguido averiguar algo al respecto?

—Nada —mintió Lorena.

De hecho sabía perfectamente que Luca Albizzi era quien había planeado el asesinato legal de su marido. Sin embargo, el abogado Antonio Rinuccini le había aconsejado no revelar a nadie los secretos que escondía Luca tras su apariencia de hombre pío, incluyendo el indecoroso chantaje de que había sido objeto. Según su opinión, en caso de que dichas infamias llegaran a convertirse en *vox populi*, Luca la podría acusar de difamación. Teniendo en cuenta que Lorena no disponía de pruebas y que la correlación de fuerzas en la ciudad era muy favorable a Luca, el sagaz jurista la había advertido de que no asumiría la defensa de un caso que veía perdido de antemano. Por consiguiente, la prudencia más elemental aconsejaba guardar silencio, pues en Florencia bastaba que una sola persona, aunque fuera de la máxima confianza, jurara guardar un secreto para convertirse de inmediato en la comidilla de toda la ciudad.

El celo de Lorena había llegado a tal extremo que, tras meditar cuidadosamente la cuestión, había optado por no decírselo ni siquiera a su familia. ¿Para qué? ¿Por qué aumentar innecesariamente el sufrimiento de sus seres queridos? Maria no la creería y la inquina entre ellas se haría más profunda. En cuanto a su madre, ¿acaso ganaba algo sirviéndole una taza de dolor? Ni siquiera a Mauricio le relataría lo sucedido, velando así por su seguridad. El juicio se había ganado, pero sólo gracias a la estrategia y al acierto de Antonio Rinuccini, que con gran valentía había logrado lo improbable. En caso contrario, Mauricio hubiera sido torturado hasta confesar o hubiera quedado reducido a un guiñapo irreconocible. En Florencia, los poderosos no acostumbraban a perder. De conocer Mauricio el indecente comportamiento de Luca, el deseo febril de venganza se adueñaría de su corazón. No obstante, los apoyos con los que contaba Luca eran más poderosos y la deseada *vendetta* podía volverse fácilmente en su contra. Lo más inteligente, por tanto, era callar.

121

Una vez que hubo acostado a los niños, Mauricio se recostó sobre una mullida poltrona del salón y contempló el crepitar del fuego de la chimenea junto a su amada Lorena. La fría celda era ya un espacio lejano, aunque nunca podría ver con los mismos ojos la torre almenada del palacio de Gobierno. Tardaría muchísimo tiempo en alejar la tortura de su mente, ya que los intensos dolores que sufría difícilmente se lo permitirían. Pese a ello, era inmensamente feliz. Había regresado al hogar, sus hijos habían batido palmas alborozados por su recobrada libertad, podía sentir la dulzura de su esposa acariciándole con la mirada y deseaba continuar disfrutando de su familia en los años venideros. Sin embargo, el futuro no estaba carente de preocupaciones, y debía afrontar una delicada decisión que Lorena difícilmente entendería.

—¿Crees que los sueños son el lenguaje de que se sirve Dios, hablándonos mientras dormimos, cuando no sabemos escuchar su voz durante el día? —preguntó Mauricio, que preparó el terreno para tratar la cuestión que tanto le preocupaba—. San José cambió su voluntad de repudiar a la Virgen María a través de un sueño. Y nuevamente un ángel le advirtió mientras dormía que debía abandonar Nazaret para viajar hasta Egipto. Pese a que el niño Jesús era un recién nacido, José obedeció inmediatamente y así logró escapar de la matanza de niños decretada por Herodes. Yo no soy ningún santo, pero también he tenido un sueño: en él se me indicaba que debía devolver el anillo. En cuanto prometí restituir la gema si salía con vida de la prisión, los milagros se sucedieron: un médico me visitó en la celda, las torturas cesaron y, al poco tiempo, el Gran Consejo decretó mi libertad gracias a un procedimiento legal que nunca se había empleado anteriormente. ¿Debería entonces ser tan soberbio como para ignorar tales señales? Sin embargo, ¿cómo devolver la esmeralda, que es nuestro bien más preciado, y contemplar impávido cómo mis deudas nos abocan a la ruina?

—Ya sabes que estoy en contra de entregar el anillo, Mauricio. De todos modos, si procedieras de esa forma, la quiebra no llamaría a nuestra puerta todavía. Aguardaba el momento en que estuviéramos solos para explicarte que mi madre ha cancelado nuestras deudas, utilizando parte de la herencia de Francesco. Naturalmente, le devolveremos el dinero tan pronto como nuestra situación mejore, pero, de momento, podemos respirar tranquilos.

Mauricio se entusiasmó tanto con la noticia que a punto estuvo de intentar alzar sus brazos en señal de alegría, olvidando los cabestrillos que los sujetaban. Aquella inesperada nueva le concedía el tiempo necesario para llevar a cabo lo que había planeado.

—Tu madre nos ha salvado. Le pagaremos hasta el último florín antes de que transcurra un año. Escúchame: tan pronto como me restablezca, si me das tu aprobación, partiré hacia Francia y devolveré la esmeralda. Después cruzaré los Pirineos para presentarme ante la corte española. Allí demandaré audiencia ante Cristóbal Colón, y no me iré hasta que me reintegre el dinero que le presté.

—Quizás el viaje a España rinda sus frutos, mas no creo que sea justo ni conveniente entregar la esmeralda a quien pudiera ser un mero impostor. Al fin y al cabo, ¿qué sabemos de él?

—No demasiado —reconoció Mauricio—. Tan sólo que en Aigne, una pequeña villa del sur de Francia, un tal Michel Blanch nos conducirá hasta el legítimo propietario. En su misiva aseguraba tener en su poder pruebas inequívocas que acreditan su derecho sobre la esmeralda.

Mauricio observó con sorpresa como el rostro de Lorena alteraba sus facciones. Ésta abrió su boca y sus ojos de una forma tan exagerada que parecía haber visto un espectro. Cuando recobró la compostura, todavía le temblaban las comisuras de los labios.

—No viajarás solo. Yo te acompañaré —afirmó su esposa con gran seriedad.

—¿Por qué? —preguntó Mauricio.

Lorena se tomó un tiempo antes de contestar.

—Michel Blanch es mi verdadero padre. Es imposible que sea una coincidencia. Acudiremos hasta Aigne en busca de nuestra verdad.

122

*E*l viaje no resultó fácil para Mauricio. En cuanto le hubieron retirado los cabestrillos de los brazos insistió en partir hacia Francia. Finalmente, al cabo de poco más de tres meses desde su absolución por el Gran Consejo, Mauricio y Lorena se embarcaron en una carabela que partió del cercano puerto de Livorno hacia las costas de Marsella. Allí se unieron a una caravana comercial cuya ruta les convenía. Siguiendo el trazado de las antiguas vías romanas hicieron altos en Arles, Nîmes, Montpellier y Beziers, donde vendieron con provecho el excelente aceite de oliva que habían traído de la Toscana.

El buen tiempo propio del estío había propiciado la ausencia de tormentas durante la travesía en barco y había aumentado el tiempo de luz diurna durante el que la caravana podía avanzar. Pese a tan favorables condiciones, Mauricio había sufrido mucho, debido a los fuertes dolores que aún sentía. Los huesos se habían soldado, pero su encaje no era tan preciso como antaño, de tal manera que los movimientos de sus hombros y sus muñecas se habían reducido ostensiblemente. Según todos los médicos que habían consultado, los dolores le acompañarían el resto de su vida.

Mauricio tenía fe en lo imposible y confiaba tanto en que sus articulaciones recuperaran una mayor movilidad como en que sus dolencias se mitigaran. Muchos agoreros le habían advertido de que era prematuro arriesgarse a un viaje tan largo sin estar completamente restablecido. No obstante, la ilusión se había impuesto a sus temores y las murallas del Cagarou de Aigne ya estaban a la vista. «*Cagarou*» significaba caracol en lengua de oc, y el motivo de que aquel lugar tuviera tal nombre era el montículo en el que se encontraban. El trazado circular de la villa recordaba al de un caracol, porque sus callejuelas formaban espirales concéntricas con una única salida posible. Allí, dentro del caparazón, se ocultaba un misterio llamado Michel Blanch.

123

*L*o último que hubiera imaginado Lorena es que Michel Blanch fuera el párroco del burgo. Según observó, a simple vista su palabra tenía un gran predicamento; la iglesia estaba tan abarrotada que Lorena y su esposo no lograron entrar en su interior, por lo que debieron conformarse con esperar en una pequeña plaza adyacente, junto con otros individuos, a que terminara la misa. Y es que no sólo las buenas gentes del Cagarou de Aigne estaban allí, sino que también habían acudido numerosas personas procedentes de la cercana población de Minerve. Tan inusual aglomeración decía algo acerca de Michel Blanch. Su madre lo había considerado alguien especial y parecía que sus feligreses tenían una opinión excepcional sobre aquel hombre. La curiosidad y las ganas de conocerlo se acrecentaron en Lorena.

Aún tuvo que aguardar un buen rato antes de ver satisfechas sus ansias. Al acabar la liturgia, la plaza se llenó por completo y los feligreses se disputaron la compañía del cura para departir unos minutos con él. Finalmente, logró acercarse a Michel Blanch. Una honda emoción diferente a cualquier otra sentida anteriormente la recorrió al contemplar frente a sí a la fuente de la que había nacido.

Michel era un hombre cuya mera presencia impactaba. Alto y corpulento, sus facciones eran poderosas. Los ojos grandes, azules y profundos parecían ver en el interior de dónde posaba la mirada. La frente ancha y despejada reflejaba inteligencia. Los cabellos plateados caían en cascada hasta sus hombros formando sugerentes ondulaciones. Sus pobladas cejas, también blancas, denotaban vitalidad, y su cuidada barba, del mismo color que la nieve, inspiraba sabiduría. Su nariz, fuerte y recta, transmitía personalidad; sus labios gruesos y carnosos, afecto. Gracias a su madre, Lorena sabía que aquel hombre rondaría los sesenta años, pero físicamente transmitía una energía inusual para alguien de su edad.

Sobreponiéndose al nerviosismo y a su corazón tembloroso, Lorena le explicó que venían de Florencia con la intención de devolver el anillo a su legítimo propietario. El carismático párroco asintió discretamente con la cabeza y los invitó a su casa para tratar aquel asunto.

—Venís en el tiempo justo —dijo Michel tras escuchar su historia—. Mañana parto hacia Tarascón de Ariège. Tres hombres armados me escoltarán para disuadir a posibles salteadores de cometer violentos pecados. Venid, pues, con nosotros sin miedo, pues cerca de allí se encuentra quien buscáis.

La conversación había fluido naturalmente en una mezcla de la lengua de oc —que Lorena y Mauricio conocían desde niños por su afición a los poetas occitanos— y el idioma toscano, que Michel Blanch conocía. Sin embargo, el diálogo quedó trabado cuando quisieron saber algo más sobre la historia de la esmeralda y el derecho que asistía a quien debía recibir de sus manos tan preciada joya.

—No es el momento adecuado para hablar de ello —se excusó Michel—. Como sabiamente nos recuerda el Eclesiastés: «Hay tiempo de nacer y tiempo de morir; tiempo de construir y demoler; tiempo de tejer y de rasgar; tiempo de hablar y tiempo de callar».

Lorena, insatisfecha con una contestación tan poética como esquiva, había intentado averiguar algo concreto; ya que estaban dispuestos a entregarle una joya de valor incalculable.

—Como os he dicho, todo tiene su momento y, cada cosa, su tiempo bajo el sol. Hoy no es el día ni el lugar adecuado, pero dentro de pocas jornadas vuestras inquietudes encontrarán respuestas. Y si éstas no os satisfacen, nadie os obligará a darme la esmeralda.

La insistencia suele obtener frutos, pero Lorena no consiguió que Michel Blanch añadiera luz sobre aquella cuestión. Aparentemente, aquel hombre no parecía alterado por que fueran a devolver una joya tan extraordinaria, ya que ni siquiera les había pedido que se la mostrasen. Simplemente les había creído con la misma tranquilidad con la que uno recibe noticias intrascendentes de parientes lejanos. La aparente indiferencia de Michel hizo sospechar a Lorena. ¿Y si estuviera interesado en hacerse con el anillo y meramente interpretara un papel con la finalidad de alcanzar su propósito? ¿Y si no existía prueba alguna sobre la propiedad del anillo? ¿Qué pensar entonces de un viaje escoltados por hombres de la confianza de Michel Blanch? ¿No serían acaso corderos conducidos por lobos hacia su perdición? Porque en caso de no querer entregar la esmeralda voluntariamente, no podrían impedir que se la arrebatasen y les dieran muerte en cualquier camino solitario, si ése fuera su propósito.

Lorena resolvió compartir sus dudas con Mauricio, aunque su intuición le decía que podía confiar en aquel párroco, a quien debía nada menos que su vida.

$\mathcal{M}$auricio y Lorena decidieron asumir el riesgo y viajar con Michel. El pueblo entero se despertó para despedir a quien durante veinte años había sido su párroco. El cura de la villa de Tarascón había fallecido y las autoridades eclesiásticas habían decretado que fuera el de Aigne quien ocupara la vacante. Al parecer, el primer destino de Michel Blanch fue Tarascón, y había solicitado que también fuera el último. Otro sacerdote, mucho más joven y muy bien considerado por la jerarquía eclesiástica, lo reemplazaría. Por bueno que fuese, los habitantes de Aigne y de Minerve echarían en falta a quien tanto afecto tenían.

Lorena, por su parte, quería conocer mejor a aquel hombre a lo largo del viaje. Observarle continuadamente durante varios días era una oportunidad inmejorable. Por dicho motivo no le había desvelado que probablemente fuera su hija, ya que prefería forjarse una opinión de su padre sin que éste conociera el íntimo ligamen que los unía. Además, el hecho de que fuera un sacerdote consagrado a Dios la retraía a la hora de revelar lo que podía ser considerado un escandaloso pecado.

Sin embargo, ¿acaso era posible acallar un pasado que podía hablar sin necesidad de utilizar palabras? Lo cierto es que Lorena había leído ya en los ojos de Michel una mezcla de asombro y ensoñación al cruzarse sus miradas por primera vez en la plaza de la iglesia. ¿Asombro por ver a una mujer tan parecida a la que había amado en Florencia cuando aún no era un respetado párroco? ¿Ensoñación por los mágicos momentos vividos con su madre? Imposible saberlo. Michel Blanch se había abstenido de preguntar acerca de su familia, y Lorena se había limitado a mencionar su apellido de casada. No obstante, bastaría con hacer un par de preguntas y echar cuentas para colegir que la semilla de quien un día fue trovador podía haber germinado hasta convertirse en mujer. Sin embargo, tal vez ahora el pastor no quisiera saber nada del antiguo poeta. ¿Y quién sabía? Quizás, a la postre, nadie estuviera interesado en sacar a la luz los secretos del pasado.

125

*L*orena no podía haber estado más equivocada. Todas las casualidades que habían conspirado para hacer posible aquel viaje respondían a un designio ineludible: que fuera capaz de escuchar los gritos de una conciencia que yacía enterrada en el subsuelo de una gruta olvidada.

Nada de eso sospechaba cuando, tras nueve jornadas de marchar a lomos de burro, el cielo oscureció para anunciar una peligrosa tormenta. Los animales enmudecieron, y el viento se calmó por unos instantes mientras negras nubes se avistaban en su avance desde el norte.

—Dentro de poco necesitaremos un refugio seguro —anunció Michel—. Afortunadamente conozco unas cuevas muy cercanas. Acamparemos allí hasta que la tormenta haya descargado su furia.

El tiempo había sido benigno en las nueve jornadas precedentes. El calor había resultado tolerable durante el día, y al anochecer habían podido dormir al raso sin más precaución que la de encender una hoguera a cuya luz los hombres se turnaban haciendo guardia. Sin embargo, las tormentas podían adquirir proporciones apocalípticas en el terreno montañoso donde se hallaban. Los enormes árboles desplomados que había contemplado Lorena en el camino mostraban muy claramente lo que podía ocurrir cuando se desencadenaban tempestades en las montañas del Sabarthès. Por eso, Lorena recibió con alivio la noticia de que cerca de allí había unas grutas donde guarecerse. Su esposo agradecería especialmente el descanso. Pese a que prácticamente no se había quejado, Lorena sabía muy bien que el irregular trajín de las mulas le provocaba mucho dolor en los hombros. Felizmente el viaje tocaba a su fin. Tan sólo los separaba de Tarascón un temporal pasajero y aquel último alto en el camino.

El grupo alcanzó la cueva cuando el cielo parecía ya un campo de batalla donde ejércitos voladores ocultos tras las nubes estuvieran utilizando rayos, truenos y relámpagos a fin de aniquilarse mutuamente. La entrada de la caverna era suficientemente grande para que pudieran entrar sin dificultades junto a las mulas, que estaban más nerviosas que ningún otro día. Tras atarlas con oficio, evitando que alguna coz perdida diera en el blanco, los hombres procedieron a encender un par de fuegos que calentaran el ambiente y ahuyentaran a posibles animales. Lorena, Mauricio y Michel, cuya amistad había ido creciendo a lo largo del viaje, se recogieron espontáneamente en la hoguera más pequeña. El resto de los hombres compartieron el fuego más grande.

—Esta gruta ha sido utilizada por el hombre desde los inicios de la humanidad —explicó Michel Blanch—. Apenas hemos recorrido unas decenas de metros. Si continuáramos avanzando encontraríamos una auténtica ciudad subterránea, más digna de visitarse que Roma, Aviñón o Florencia.

—¿Deberíamos, pues, aprovechar la tormenta para explorarla? —preguntó Mauricio risueñamente.

—Sin duda. Bastaría con que os atrevierais a recorrer unos cientos de metros para que llegáramos a «la catedral», una sala grandiosa de roca viva más alta y espaciosa que el Duomo de Florencia. La acústica del lugar es extraordinaria. En ocasiones he cantado allí junto con algunos músicos intrépidos. No sé cómo sonará la música de las esferas, mas no creo que en ningún otro lugar de la Tierra las notas vibren como en esa prodigiosa catedral subterránea.

Durante el camino, Michel había demostrado ser un excelente líder cuyas indicaciones nadie cuestionaba. Pero también era un hombre de risa contagiosa que sabía extraer dulces frutos del árbol de la vida. Era sacerdote y, a la vez, un poeta inspirado. Gran admirador, como Lorena, de las antiguas trovas occitanas, había cantado junto a su esposo versos que la transportaban a su infancia y más allá.

—Debe de ser impresionante escuchar un concierto en semejante auditorio natural. Ahora bien, ¿no es peligroso adentrase en de las grutas? —preguntó Mauricio.

—No conmigo. Conozco sus recovecos mejor que las arrugas de mi rostro y podría recorrer sus pasadizos con una venda en los ojos sin temor a extraviarme. Confiad en mí y seguidme. Veréis, existe una conexión entre la esmeralda y el interior de esta caverna que sólo puede comprender quien es capaz de entrar en su vientre. Únicamente entonces podré dar, al fin, satisfacción a vuestras dudas sobre el anillo.

Lorena miró a su esposo. En los nueve días de viaje, Michel había ignorado sus preguntas respecto a la esmeralda alegando que no era el momento adecuado. Ahora, según él, se encontraban en el lugar y el momento propicios. A Lorena le daba miedo adentrarse en aquella caverna, cuyo interior albergaba un mundo del que no conocía nada. Un reino subterráneo en las mismísimas entrañas de la montaña que podía extenderse por remotas profundidades del interior de la Tierra. ¿Sería acaso la morada del Maligno? Lorena desechó tan fantasioso pensamiento. Michel Blanch no guardaba ningún temor hacia aquellas cuevas, y de sus palabras se desprendía que las conocía profundamente. Durante el transcurso del viaje, Lorena había ido adquiriendo un gran afecto y una enorme admiración por quien fuera su padre. No era usual lo que les pedía, aunque nada de lo relacionado con la esmeralda lo era. Y Lorena sabía instintivamente que podía confiar en aquel hombre. Mauricio la cogió de la mano y su esposa se la apretó con amor.

126

*L*orena y Mauricio, provistos de palos de madera reconvertidos en antorchas, siguieron a Michel en su descenso al inframundo. El resto de los hombres no habían querido saber nada de tal aventura y habían preferido apurar el odre de sus vinos reconfortados por el calor del fuego.

Toda la montaña retumbaba bajo el estrépito de la tormenta. El agua se filtraba incesantemente a través de las rocas y caía gota a gota. Como si las paredes fueran de arcilla y pudieran derretirse, miles de afiladas columnas de piedra descendían desde las alturas adoptando formas prodigiosas. Lorena apenas prestaba atención a tales portentos, pues era necesario andar muy lentamente para evitar perder el equilibrio al apoyarse inadvertidamente en rocas resbaladizas o en alguna hendidura del terreno. Lo que resultaba imposible era mantener los pies secos, ya que el terreno estaba humedecido y abundaban las zonas con charcos. En determinadas ocasiones, Michel les recomendó andar a cuatro patas, y en otras, tuvieron que arrastrarse por angostos túneles. Lorena creyó ver también oscuros precipicios sin fin apenas alumbrados por la modesta luz de las antorchas. Sin la guía de Michel, Lorena hubiera caído en el desmayo o la desesperación. No obstante, la mera voz de aquel hombre, tan llena de vitalidad y confianza, hacía que cualquier temor pareciera una niñería. La oscuridad que los envolvía era enorme y las sombras parecían ocultar ominosas amenazas, pero Michel sabía atajar los momentos de tensión con bromas o instrucciones precisas.

—¡Ya hemos llegado a la catedral! —anunció triunfalmente Michel.

Lorena cogió de la mano a Mauricio. Fuera del campo de luz proyectado por las antorchas no era posible ver nada.

—Incluso la mayor iglesia del mundo cabría dentro de esta enorme sala, cuyos techos superan los cien metros de altura. Encenderé tres pequeñas hogueras para que podáis apreciar algo de lo que digo.

Michel, iluminado por la antorcha que portaba, anduvo un buen trecho en solitario hasta detenerse en un punto distante, donde encendió un fuego tras sacar de su zurrón hojarasca seca y leña fina. A continuación volvió a desplazarse y repitió la operativa en otros dos lugares muy alejados entre sí. De este modo, las tres modestas hogueras permitían ver la enorme extensión de aquella sala de piedra que la naturaleza había construido sin necesidad de arquitecto humano. Por supuesto, la mayoría de la gruta continuaba a oscuras y no era posible avistar los techos con tan parca iluminación. Sin embargo, resultaba muy sugerente imaginarse la magnitud del lugar contemplando las enormes paredes de roca blanca recortadas contra los fuegos, así como los vastos espacios que permanecían a oscuras. Aquello era sencillamente un mundo diferente al que existía ahí fuera.

Michel regresó a donde estaban ellos y propuso cantar una trova. Poseía una voz tan profunda como sentida, y entonó la primera estrofa. La cueva devolvió los sonidos con un eco, y Mauricio se unió al festival. Era un dueto formidable. Lorena, emocionada por la magia del momento, hizo de tercera voz. El efecto fue sobrecogedor. Allí, entre su padre y su esposo, con las manos entrelazadas, le pareció que los tres se fundían con la música en una única melodía.

Al acabar, continuaron adentrándose en el interior de las entrañas de la Tierra. A la luz de las antorchas se podía apreciar la existencia de mármoles rojos y negros que hubieran causado furor entre los artistas y constructores de Florencia. Lorena pensó que incluso los mejores escultores florentinos no habrían podido superar algunas de las creaciones modeladas por el agua en los bloques de roca. Y es que las antorchas iluminaban con su luz figuras de piedra que adoptaban formas tan variopintas como verosímiles: diablos, brujas, vírgenes en miniatura, capuchas de frailes, turbulentas cascadas, animales diversos... Desde luego, a la naturaleza no le faltaba imaginación.

—Y ésta es la tumba de la princesa Piriné —apuntó Michel Blanch señalando una gran roca blanca en el suelo que imitaba la forma de un antiguo sarcófago—. Cuenta la leyenda —prosiguió explicando— que Hércules se enamoró de la princesa Piriné, hija del dios Atlas, quien a su vez odiaba al irascible héroe. Aquel amor era imposible. Desesperado, Hércules separó con un mazo la tierra que unía entonces el norte de África con el sur de la península Ibérica. Como resultado, las corrientes marinas cambiaron su curso e inundaron la Atlántida. La fantástica civilización de la isla desapareció y tan sólo algunos atlantes consiguieron salvarse en frágiles embarcaciones, que navegaron a merced de las tempestades. Piriné, una de las pocas supervivientes, se refugió en esta cueva tras un accidentado viaje. Desafortunadamente para ella, ni siquiera aquí pudo encontrar protección contra la maldición que pesaba sobre los atlantes: un gran oso blanco, tan fiero como el propio Hércules, se abalanzó sobre la princesa y la despedazó con sus garras. Una antigua civilización desaparecía y un nuevo mundo estaba por nacer. Las pléyades, compañeras de Piriné en el firmamento, erigieron esta tumba en su memoria y lloraron largamente su triste muerte. Desde entonces esta cordillera de montañas recibe el nombre de Pirineos. Las lágrimas derramadas por las estrellas no fueron en vano, pues de ellas nació un bello lago. Venid, os lo mostraré.

Lorena vio un estanque de agua que se le antojó un espejismo en mitad de aquel desierto de rocas.

—Es un lago mágico —comentó Michel—, porque las lágrimas vertidas por las pléyades permiten recordar el pasado a quien beba de ellas.

—Así la Atlántida y Piriné pueden seguir viviendo en la memoria de los viajeros que llegan hasta aquí —señaló Mauricio.

—Es una bella conclusión —concedió Michel—, pero sólo hay una forma de comprobar si la historia es cierta, además de hermosa: bebiendo el agua del lago. ¿Os atrevéis?

—¿Por qué no? —dijo Lorena—. Estamos fatigados. Nos irá bien beber y reposar un rato.

—Excelente idea —alabó Michel.

Lorena no quería quedarse dormida. Sin embargo, después de beber se recostó sobre el pecho de Mauricio y los ojos se le cerraron durante unos instantes.

—Descansad tranquilos —dijo Michel—. Yo os despertaré de vuestro sueño.

Imágenes sin sentido, antesala del sueño profundo, desfilaron incoherentemente dentro de la cabeza de Lorena. Le parecía peligroso despedirse de la conciencia en un lugar como aquél, sin otro vigía que Michel Blanch. ¿Y si hubiera errado en su juicio sobre él? Si les hurtaba la esmeralda y desaparecía, jamás encontrarían el camino de regreso. Tal vez hubiera sido más seguro revelarle que en realidad era su hija. No obstante, en un momento dado, dejó de pensar, porque una apetecible oscuridad se estaba apoderando de su mente sin que la razón pudiera hacer nada por evitarlo.

127

*L*orena se despertó dentro del sueño mientras continuaba dormida. Era aquélla una sensación que ya había experimentado anteriormente, pero sólo durante breves instantes, que finalizaban tan pronto como se percataba de la extraña anomalía y comenzaba a desperezarse sobre su mullido colchón de plumas. A diferencia de tales ocasiones, Lorena siguió soñando de manera consciente, como quien asiste fascinada a una apasionante obra de teatro.

El lugar donde se desarrollaba el drama se hallaba muy próximo a la cueva en la que se habían refugiado, si bien la escena pertenecía a un lejano pasado enterrado casi tres siglos atrás en la cima de Montsegur. Allí, en una pequeña fortaleza incrustada en lo alto de la montaña, los últimos cátaros habían resistido al ejército cruzado con la ayuda del frío invernal. En el sueño, Lorena era una de las mujeres refugiadas en aquel inaccesible nido de águilas suspendido entre el cielo y la tierra.

En la historia urdida por aquel extraño sueño, el invierno tocaba a su fin, y con él las esperanzas de contener al enemigo. Por esa razón, los hombres y las mujeres allí congregados habían pactado entregarse pacíficamente al cabo de tres días, durante el solsticio de primavera. Los cruzados habían ofrecido salvar la vida a todos cuantos abjurasen de su fe. El resto perecería en la hoguera. En tal caso, sólo sobreviviría Pierre Blanch, el maestro elegido para poner a salvo la piedra de las iniciaciones, el santo grial de los buenos hombres. Los sitiadores, conocedores de su inminente victoria, habían relajado su vigilancia y embotado sus sentidos con abundante vino. Aprovechando la densa niebla, Pierre Blanch era suficientemente hábil como para burlar los puestos de control descendiendo en silencio por pasos ocultos.

Lorena oyó en el sueño las pisadas de un muchacho por el que sentía un profundo afecto.

—¿Estás preparada para morir? —le preguntó aquel joven con ojos tristes.

—De acuerdo con las enseñanzas —respondió Lorena—, el mundo no es más que una ilusión, una trampa donde permanecemos atrapados en la tela de araña urdida con el hilo de nuestros deseos. El morir como mártires en el solsticio de primavera, tras haber recibido el *consolament*, nos brindará la oportunidad de liberarnos para siempre de la materia, y evitaremos así recaer en el doloroso ciclo de las reencarnaciones.

—No es eso lo que te había preguntado —le reprochó tiernamente el muchacho, que esbozó una sonrisa comprensiva, una sonrisa que no la juzgaba, una sonrisa tan amada que no la podía engañar.

—Lo sé —reconoció Lorena, avergonzada—. Realmente no quiero dejar de vivir. Al contrario, mi corazón ambiciona satisfacer todos mis deseos incumplidos, incluso los más inconfesables. Por desgracia, no soy suficientemente pura, pues, en lo profundo de mi ser no ansío la salvación, sino tener otra oportunidad para atreverme a ser yo misma.

—En ese caso —le preguntó con una mirada que le desnudó el alma—, ¿qué harías diferente si nacieras de nuevo?

—Si volviera a nacer no sería tan razonable —contestó—. Me bañaría vestida en un estanque y me secaría desnuda bajo los rayos del sol. No me casaría por complacer a nadie, excepto a mí misma. Pecaría a menudo, pero sólo por amor. No aceptaría las reglas sin sentido. En lugar de odiar el sexo, invitaría a Dios a mi lecho. Aprendería a leer, aunque fuera mujer. En lugar de callar, cantaría trovas en bosques, montañas y cuevas. Únicamente entregaría mi corazón a quien me supiera querer. Me equivocaría muchas veces, pero encontraría mi verdad en medio de los errores. Y aun cuando no cumpliera ninguno de mis anhelos, moriría satisfecha por haberlo intentado. ¿Y tú? ¿Qué harías si volvieras a nacer?

—¿Yo? Recorrer el mundo entero hasta encontrarte de nuevo —respondió aquel joven, con idéntico timbre de voz que su marido, Mauricio Coloma.

128

*L*o primero que Lorena vio al despertar fue el destello de luz procedente del choque entre un cuchillo y un pedernal. Las chispas nacidas del hierro herido por la piedra cayeron sobre una base de hojarasca y leña fina. Michel sopló suavemente para avivar el fuego. Al poco, una pequeña hoguera alumbró la oscuridad.

—Buenos días —bromeó, mientras Mauricio y Lorena se desperezaban—. Dicen que viajar ensancha la mente. De ser cierto, acaso vuestra incursión en el país de los sueños os haya preparado para escuchar la increíble verdad sobre el anillo. Una verdad para la que debemos remontarnos hasta los buenos hombres y mujeres que vivieron aquí siglos atrás.

—¿Te refieres a los herejes cátaros? —preguntó Mauricio, todavía confuso por recordar tan nítidamente un extraño sueño en el que él mismo era uno de los herejes sitiados en la montaña de Montsegur.

—«Cátaros» fue un término despectivo que utilizaron los inquisidores con el propósito de estigmatizarlos —explicó Michel—. Ellos se identificaban simplemente como cristianos, aunque también se les llamó «buenos hombres y mujeres», «verdaderos cristianos» o incluso «amigos del bien». Su número e influencia fueron en constante aumento desde el siglo XII en la Occitania francesa, tanto entre el vulgo como entre la nobleza. Muchos fueron los motivos de su rápido crecimiento, pero la clave de su éxito no se puede comprender sin tener en cuenta la energía invisible que irradiaban sus maestros tras ser iniciados en estas cuevas con la ayuda de una esmeralda que conocéis muy bien.

La humedad de la gruta, la oscuridad que la envolvía, el espacio cerrado e inabarcable a un tiempo, el viaje onírico a un remoto pasado... Lorena tuvo la extraña sensación de haber regresado al claustro materno y de que volvía a nacer. La explicación de lo inexplicable, si la había, estaba inscrita en la gema que su marido portaba consigo.

Como si la hubiera escuchado a través del silencio, Mauricio extrajo el anillo de una bolsita de cuero oculta bajo su camisa.

—¿Qué secretos esconde esta piedra preciosa? —preguntó, mostrando la joya en la palma de su mano.

Michel Blanch la miró con reverencia, rozándola suavemente con las yemas de su mano izquierda antes de responder.

—Existe una leyenda según la cual nos hallamos ante la esmeralda que se desprendió de la frente de Lucifer durante su caída. Otra antiquísima tradición persa afirma que esta gema procede del Gran Cristal, el objeto que desató la gran guerra en las estrellas. Aunque todos los mitos y leyendas encierran realidades ocultas, lo único que yo os puedo asegurar es que los buenos hombres la consideraron su bien más preciado.

Michel guardó un pequeño silencio antes de proseguir.

—Según la tradición persa, la esmeralda procede del universo ideal descrito en los diálogos de Platón: allí el tiempo sería semejante a un objeto de dos dimensiones que pudiera contemplarse por entero desde un plano superior. De ser cierto, la conciencia, con la ayuda de la esmeralda, podría elevarse hasta ese plano superior, y viajar al pasado e incluso al futuro...

—Viajar al pasado de mi historia familiar permitiría desvelar muchos misterios —intervino Mauricio—. ¿Qué nexo pudo unir a los herejes cátaros con un rabino judío, hasta llevar la esmeralda a las manos de mi antepasado Abraham Abulafia?

—Los caminos del Señor son inescrutables, Mauricio... A comienzos del siglo XIII, el papa Inocencio convocó la primera Cruzada contra cristianos alegando que los señores feudales de la Occitania francesa toleraban el paulatino incremento de herejes cátaros entre sus súbditos. La espada flamígera de los cruzados, poco proclive al fino análisis, masacró sin distinguir credos, sexo ni edad, y dejó a Dios la engorrosa tarea de reconocer a los suyos en el más allá. Los nobles occitanos fueron derrotados en todas las batallas, y hasta el rey de Aragón, que había acudido en su defensa, falleció en Muret. Aun así, desde Montsegur, la iglesia prohibida protegía la esmeralda sagrada y reorganizaba a su pastoral clandestina esperando días mejores. Años de heroica resistencia sólo trajeron un postrer desengaño. Tras un largo asedio, la primavera del año 1244 anunció la rendición de la última montaña segura. Los buenos hombres, contrarios a la violencia sobre seres humanos y animales, se entregaron pacíficamente. Ninguno renegó de su fe para salvarse de la hoguera.

—Sin embargo, un buen hombre llamado Pierre Blanch escapó del cerco portando consigo la esmeralda —prosiguió Lorena, que recordaba su sueño. Lo onírico y lo real, reflexionó para sí, se entretejían en aquella cueva como en un tapiz de imágenes reflejas.

—En efecto —concedió Michel—. El portador de la esmeralda, buen conocedor de los senderos secretos de las montañas, logró atravesar los Pirineos, y buscó el anonimato en la gran urbe de Barcelona. Pero el peligro rondaba la piedra sagrada. Los resplandecientes, una sociedad secreta luciferina, andaban tras la pista de la piedra que otrora perteneció a Luzbel, el más luminoso de los ángeles. Pronto aparecieron en la ciudad condal oscuros depredadores, ocultos bajo honorables apariencias, que realizaron indagaciones sobre esmeraldas, herejes cátaros y forasteros con acento francés recientemente instalados en la urbe.

El rabino Abraham Abulafia residía en Barcelona, pero no tenía acento francés, y quien profesaba la fe judía no podía ser al mismo tiempo un hereje cristiano. Así que sintiéndose cercado, Pierre resolvió huir de la ciudad y proteger la esmeralda con una jugada de mano insospechada: se la entregó en depósito a Abraham Abulafia. Los resplandecientes, pensó, jamás podrían sospechar que el anillo hubiera pasado a manos de aquel rabino.

—También era arriesgado confiar una joya tan preciada a un cabalista hebreo —apuntó Mauricio.

—Sí, pero Pierre estaba persuadido de que el rabino era un hombre de Dios, pues ambos habían constatado a través de largas conversaciones que, más allá de las creencias religiosas, sus experiencias místicas no se diferenciaban en lo esencial. Por su parte, Abraham Abulafia se comprometió bajo juramento a devolver la esmeralda tan pronto como se le requiriera. Años después, cuando el peligro había remitido, Pierre regresó a Barcelona para reclamarla. Abraham Abulafia, gravemente enfermo, pidió a su hijo mayor que devolviera el anillo a su legítimo propietario. Cegado por la avaricia, su primogénito no respetó la última voluntad de su padre...

—Desde entonces —prosiguió Mauricio uniendo los hilos de sus pensamientos—, la esmeralda ha ido pasando sucesivamente a los primogénitos de cada generación, que junto con el regalo secreto heredaron también una maldición que los acompañó hasta la tumba.

—Tú romperás el círculo de las tragedias pasadas cumpliendo al fin la promesa de tu sabio antepasado —aseguró Michel con firmeza.

Un escalofrío recorrió a Mauricio cuando las palabras que su padre le había dicho en la prisión a modo de despedida resonaron de nuevo en su cabeza.

Lorena, a su vez, desconocía donde acababan los prodigios y comenzaban los milagros, pero estaba persuadida de que el pasado tenía voz en aquella cueva. Tal vez por ello las siguientes palabras brotaron de su garganta con la fuerza incontenible de lo que durante tanto tiempo había permanecido oculto.

—Y por supuesto —intervino Lorena dirigiéndose a Michel Blanch—, tú eres el descendiente de Pierre Blanch. Tú eres la persona que, supuestamente, nos ibas a presentar en Ornolac. Y, sobre todo, eres mi padre.

Michel había sido para Lorena un espejo capaz de reflejar diferentes imágenes con cada cambio de mirada. Sin embargo, nada la había preparado para la desbordante marea de emociones que transmitió el rostro lloroso y descompuesto de su progenitor.

—¿Estás segura? —preguntó al fin con voz temblorosa.

Lorena notó que su mente se quedaba en penumbra, mientras una lluvia de lágrimas arrastraba a su conciencia sentimientos demasiado intensos para ser comprendidos sin la ayuda del llanto.

—Tanto como lo pueda estar mi madre —acertó a responder entre sollozos.

Lorena tuvo la sensación de volver a casa tras siglos de ausencia cuando Michel la acogió entre sus brazos. Mauricio también lloró al pensar en su madre, a la que nunca había podido abrazar, y en su padre, al que tampoco volvería a ver. Al igual que su esposa, sintió que regresaba a su hogar y que una nueva luz le transmitía más amor del que nunca hubiera sentido.

Michel fue el primero en recuperar el temple suficiente como para expresar en palabras los sentimientos que se habían desbordado.

—Eres el fruto de un gran amor, hija mía. Durante estos días no he dejado de pensar en Flavia cada vez que te miraba. Pronto tuve la certeza de que eras su hija, aunque preferí no indagar. Ahora soy sacerdote y no podía siquiera imaginarme que Flavia te hubiera hablado de mí. Tu madre era una mujer casada, y que fueras hija de su esposo, era lo normal y lo probable. Sin embargo, una y otra vez, al ver tus ojos claros, me preguntaba si el Señor no habría creado un ángel utilizando a un pobre pecador. ¿Acaso no hace Dios mariposas de gusanos?

A Lorena no se le escapó que la última pregunta era una referencia directa a los versos de Dante que Michel le había dejado a su madre como recuerdo. Aquellos versos habían acudido a ella reiteradamente durante el viaje mientras observaba a su padre. Ahora, por fin, podía expresar sus pensamientos más íntimos.

—Sólo cuando el gusano es en verdad una mariposa camuflada —respondió Lorena—. Si he podido volar ha sido gracias a tus alas. Ni siquiera sospechaba que existías, pero era tu sangre la que regaba mi cuerpo, y tu savia es la que me ha dado la fuerza necesaria para convertirme en lo que soy. No pudiste cuidarme, abrazarme ni educarme cuando era una niña, mas ahora comprendo que siempre has estado conmigo. Estoy muy orgullosa de que seas mi padre. Te quiero, papá.

El amor difuminó los límites entre padre e hija, que, por un instante, creyeron ser uno.

—Los sacerdotes también necesitamos confesar nuestros pecados —dijo Michel en voz baja—. La fruta del árbol prohibido que probé en mi juventud me quemó las entrañas cuando dejé de ver a la mujer de la que me había enamorado. No deseaba a ninguna otra. La ilusión desertó de mi vida. Tristes eran mis noches y fríos los amaneceres; mi voz no deseaba cantar y mi boca había perdido el apetito. Sin interés por los afanes terrenales busqué en la iglesia mi refugio. Mas las heridas del alma no se curan huyendo del mundo. Las dudas de fe me cercaron sin respetar mi condición de sacerdote. Perdido me hallaba en la selva de mis sombrías emociones cuando me adentré en esta misma cueva esperando ser devorado por alguna fiera salvaje. No hallé dentro ni osos ni lobos hambrientos, sino hombres reunidos alrededor de una hoguera: «¿Por qué presentas tan triste figura? —me preguntaron—. Las nubes pasan, el cielo permanece. Adéntrate en lo profundo de la gruta con nosotros y aprenderás a ver en la oscuridad. Entonces sabrás lo que queda de ti cuando la niebla que te envuelve se haya disipado». No tenía nada que perder. Pasé una semana en el interior del vientre de esta cueva y salí transformado. Aunque no pudiera volver a estar junto a Flavia, resolví que su amor me inspiraría a dar lo mejor de mí mismo ayudando a otros.

Leonardo Da Vinci, pensó Mauricio, también había elegido una gruta muy similar para mostrar el primer encuentro entre Jesús y san Juan Bautista, contraviniendo las órdenes de la congregación que le había encargado el cuadro. ¿Acaso Leonardo se habría arriesgado a desairar a tan importante orden, pese a ser su primer encargo en Milán, por conocer personalmente la importancia de ciertas cuevas? Lo único seguro era que la cofradía de la Inmaculada Concepción no se había quedado finalmente con la obra y que los dominicos florentinos habían arrojado al fuego su dibujo a sanguina, *La Virgen de las Rocas*.

—Más tarde, supe —prosiguió Michel— que había participado en ritos semejantes a los celebrados por los buenos hombres siglos atrás en este mismo lugar y que mi antepasado, Pierre Blanch, había sido uno de sus principales maestros.

—Lo cual enlaza nuevamente —intervino Mauricio— con el anillo que te pertenecería como heredero.

—Así es —confirmó Michel—. Podríamos rastrear mi árbol genealógico a través de archivos eclesiásticos, pero creo que esta carta de Lorenzo, *el Magnífico*, será suficiente.

A la tintineante luz de la hoguera, Mauricio examinó el documento que Blanch había extraído de sus ropas. El sobre y el papel procedían de la casa Medici, de eso no había duda. La letra y la firma también se correspondían con la caligrafía del Magnífico.

> Amigo Mauricio:
> Cuando leas estas palabras, ya no me contaré entre los vivos. Sin embargo, aun desde el reino de los muertos, te hablo para que recuerdes nuestra última conversación. Haz tal como me prometiste. La clave es el 33.

La carta era breve y no contenía nombres concretos ni referencia explícita al anillo, por una cuestión elemental de seguridad. Pese a ello, Mauricio estaba ya persuadido de que Michel Blanch era el legítimo destinatario de aquella joya y no un mero impostor que se hubiera hecho arteramente con la carta. «Todo tiene su momento y, cada cosa, su tiempo bajo el cielo», le había dicho en Aigne como única respuesta a sus ruegos para que revelara lo que sabía sobre el anillo. Exactamente la misma frase que Lorenzo, *el Magnífico*, había pronunciado cuando Mauricio le había expresado sus dudas sobre la posibilidad de llegar a conocer algún día el secreto de la esmeralda. Pues bien, el momento había llegado.

—¿Qué significa la clave 33? —inquirió—. El Magnífico me explicó que el triángulo representa el número 3. Y que los dos triángulos superpuestos del símbolo hebreo configuran el número 33, clave no sólo para los judíos, sino para toda la humanidad. ¿Cómo se relaciona tal cosa con el anillo?

—A través de los buenos hombres, por supuesto. De acuerdo con su cosmogonía, el destino de la humanidad es regresar conscientemente a su morada divina tras haber trascendido las trampas de la materia. Y la humanidad, conforme a su interpretación de El Apocalipsis, estaría compuesta por el tercio de los espíritus celestes arrastrados por la cola del dragón luciferino durante su caída. ¿Qué tanto por ciento representa un tercio? Treinta y tres, más tres..., y así indefinidamente. Dime ahora: ¿qué frase está grabada en el anillo?

—Luz, luz, más luz —respondió Mauricio.

—Abraham Abulafia inscribió esa leyenda en castellano con la intención de ofrecernos una clave. La palabra «luz» tiene tres letras —apuntó Michel—. Así que la traducción matemática de la frase sería: 33 + 3. ¿Comprendéis? Todos venimos de la luz; todos caímos en las tinieblas junto con Luzbel; y el tercio de espíritus celestes barridos de los Cielos por la cola del dragón regresaremos transfigurados a la luz. El 33 encierra así la clave del origen, misterio y destino de la humanidad.

Al igual que la lluvia se funde en los ríos sin esfuerzo, las ideas fluyeron en Lorena con igual naturalidad.

—Así pues, el anillo contiene la misma clave e idéntico mensaje que *La divina comedia*, puesto que las metamorfosis que ha de experimentar la especie humana hasta alcanzar su destino final constituyen el más profundo sentido de la obra de Dante.

—Así es —afirmó Michel arqueando sus cejas en tono admirativo—, aunque no he encontrado demasiadas personas que participen de la misma opinión.

—Será porque no han leído con atención al poeta. ¿O acaso no escribió la pluma de Dante estos versos en *La divina comedia*?

> ¡Oh, soberbios cristianos desgraciados,
> que, enfermos de la vista de la mente,
> confiáis en los pasos atrás dados,
> ¿no veis que somos larvas solamente
> hechas para formar la mariposa
> angélica que a Dios mira de frente?

—¡Los mismos versos que le dejé como recuerdo a tu madre! —exclamó Michel sin poder ocultar su sorpresa.

—Todo encaja, finalmente —comentó Lorena—. Y supongo que, no por casualidad, la estructura matemática de *La divina comedia* contiene la misma cifra del anillo. La obra maestra de Dante se divide en tres libros: «Infierno», «Purgatorio» y «Paraíso». El primero consta de 34 cantos, y los otros, de 33 cantos cada uno. Suman un total de 100. Y si dividimos los cantos entre los tres libros que la componen el resultado también sería treinta y tres más tres…

Mauricio leyó en la mirada de Michel el enorme orgullo que le invadía al escuchar a su hija, y no pudo evitar pensar que Lorena sería digna merecedora de heredar en el futuro la misma joya que pensaba entregar a su padre.

—Nada es casual, como acertadamente has indicado —afirmó Michel—. Dante Alighieri, además de ser un gran poeta, estaba en el secreto de lo inefable. Prueba de ello es su obra de juventud *La vida nueva*, en la que ya nos apunta que el nueve es su cifra predilecta por contener tres veces tres, el número maestro. En dicha obra relata cómo se enamora de Beatriz y cómo, nueve años más tarde, el segundo reencuentro le provoca un sueño insólito reflejado en rimas tan inspiradas que los *fedeli d'amore* lo aceptan dentro de su círculo hermético.

—¿Los *fedeli d'amore*? —preguntó Mauricio intrigado.

—Los «fieles del amor», el grupo secreto al que perteneció Dante, —expuso Michel—, continuaron la tradición iniciada por los poetas provenzales. Como sabéis, los primeros trovadores posaron su deseo sobre lo inaccesible: mujeres hermosas, inteligentes, sensibles… y casadas con nobles señores. Naturalmente tales amores eran imposibles. No lo permitía la moral ni, menos todavía, sus poderosos maridos. Los poetas intentaron hacer de la necesidad virtud y sublimar su pasión hasta transformarla en un amor tan puro que el mero hecho de servir y adorar a la dama sin esperar nada a cambio se convirtiera en el camino de perfección elegido para la salvar su alma. Sin embargo, el camino de los fieles del amor está lleno de riesgos. Y no hablo sólo del pozo de amargura en el que puede caer hasta el más desprendido de los trovadores cuando su amor no es correspondido. Existen también otros abismos en los lindes del sendero por el que transita el osado caminante. ¿Qué sucede cuando el fruto probado no puede olvidarse? ¡Ay, si la felicidad está prohibida! Cuanto mayor placer, mayor sufrimiento. Cuanta más dicha, más profunda es la amargura. El custodio de la culpa guarda la llave maestra bajo siete cerrojos de dolor, y pocos son los que recobran la ilusión.

A Lorena le pareció evidente que Michel había utilizado la digresión sobre los trovadores para hablar sobre su propio sufrimiento, que, de hecho, también su madre compartía. Lorena era consciente de que él se había convertido en un hombre consagrado a Dios, pero ¿era ése un motivo suficiente para que dos personas que se amaban tanto no pudieran volver a encontrarse?

—Alguien dijo hace tiempo que «el único pecado mortal es traicionar al corazón» —susurró Lorena en voz baja.

Michel debió de reconocer al punto la frase que él mismo había pronunciado antes de darle el primer beso a Flavia, pues un visible escalofrío recorrió su cuerpo al tiempo que sus ojos húmedos pugnaban por contener nuevas lágrimas.

—La felicidad nunca debería estar prohibida —le dijo Lorena mientras le acariciaba la mano—. ¿Por qué no regresas con nosotros a Florencia para conocer a tus nietos?

A Lorena le había parecido inadecuado añadir que a Flavia le encantaría volver a verlo, aunque la invitación llevaba implícita esa posibilidad.

—Nada me gustaría más —respondió Michel Blanch—. No obstante, por duro que nos parezca, cada uno de nosotros debe cumplir el papel que le ha reservado la vida. Por el momento, los feligreses de Ornolac necesitarán un pastor. E igual que hizo mi antepasado, es mi propósito devolver la deuda que tengo contraída con la existencia utilizando la esmeralda en estas cuevas para iniciar a quienes puedan alcanzar niveles superiores de conciencia.

¿Debía imponerse el destino de la esmeralda a la felicidad de los hombres?, se preguntó Lorena en tanto Mauricio, que había permanecido en un discreto segundo plano observando emocionado el singular diálogo entre padre e hija, se acercaba a Michel para darle un sentido abrazo antes de entregarle la alianza. La misma joya que siglos atrás había buscado refugio en Barcelona. La esmeralda que su familia había retenido durante generaciones había encontrado, al fin, el camino de regreso a sus orígenes. Con gesto solemne, la depositó en la mano de quien la custodiaría en el futuro. Un nuevo tiempo nacía para todos los allí reunidos.

—Resulta paradójico —comentó— que esta esmeralda sagrada haya pertenecido a herejes cátaros, rabinos judíos, falsos conversos, y que ahora vaya a ser custodiada por un sacerdote cristiano.

—No es paradójico —negó con rotundidad Michel Blanch—, sino una verdadera lección, pues nuestro verdadero ser observa inmutable los nubarrones formados por nuestras ideas y creencias. Por eso a Pierre Blanch no le importó que Abraham Abulafia custodiase la esmeralda, pese a ser un judío. Ambos sabían que estaban unidos en lo alto, por encima de las nubes pasajeras, del mismo modo que nosotros estamos ligados por hilos invisibles que nos volverán a reunir en el futuro.

Lorena comprendió entonces que cuando Michel Blanch concluyese la tarea que le había reservado el destino acudiría a Florencia, donde tenía una cita con su corazón.

129

—«Vendrán en los tardos años del mundo, ciertos tiempos en los cuales el mar Océano aflojará los atamientos de las cosas y se abrirá una grande tierra, y un nuevo marinero, como aquel que fue guía de Jasón que hubo de nombre Thyphis, descubrirá un nuevo mundo, y entonces no será la isla de Thule la postrera de las tierras.»

La cita de Séneca resonó en los labios de Cristóbal Colón con la fuerza de los mares conquistados. Mauricio había trascrito aquel fragmento de *Medea* en la carta que había dirigido al gran almirante tanto para despertar su curiosidad como para halagarle. Aparentemente la misiva había cumplido su cometido, pues aun constituyendo una afortunadísima coincidencia que Cristóbal Colón se hallara en España tras varios años explorando tierras ignotas, ello no garantizaba ser recibido en audiencia, particularmente si el solicitante era, como él, un acreedor.

Mauricio agradeció mentalmente al egregio pensador romano el haberle brindado tal oportunidad. Había salvado el primer escollo, pero lo más arduo estaba por llegar. En efecto, aunque la cicatería del almirante era casi tan legendaria como su fama, Mauricio necesitaba recuperar imperiosamente el dinero que le adeudaba, si no quería vivir de la caridad de Flavia cuando regresara a Florencia.

—La vuestra es, sin duda, una hazaña que perdurará en la memoria de los hombres —afirmó Mauricio tratando de halagar su orgullo, a sabiendas de que la vanidad solía ser el talón de Aquiles de las personalidades más encumbradas.

—Os agradezco los elogios —dijo Cristóbal Colón depositando la carta sobre la mesa—, pero como sabéis no he descubierto otro mundo, sino que he llegado al extremo oriental de las Indias abriendo una nueva ruta a través del océano, lo que también es una gesta excepcional, si me permitís la inmodestia. Mas, decidme, ¿qué os ha podido llevar a imaginar otra cosa?

Resultaba muy difícil no dejarse impresionar por su interlocutor. Frente a él estaba un héroe digno de las legendarias gestas narradas por Homero. El virrey y gobernador de las tierras descubiertas tenía, aproximadamente, cuarenta y cinco años. De regio aspecto y cabellos plateados, su penetrante mirada era del mismo azul que el mar. Ataviado con un jubón de terciopelo tan elegante como sus maneras, aquel hombre rebosaba confianza y autoridad. Mauricio trató de no amilanarse y contestar adecuadamente, pues necesitaba presentarse como alguien absolutamente seguro de sí mismo para aumentar las posibilidades de conseguir sus propósitos.

—En primer lugar, el aspecto de los nativos que trajeron vuestros veleros. El color de su piel es más pálido que la de los negros africanos y más oscura que la nuestra. Tampoco son amarillos como los súbditos del Gran Khan descritos por Marco Polo, ni remotamente parecidos a los habitantes de la India u otros reinos orientales conocidos. ¿Y qué decir de esos pájaros de brillantes colores que parlotean como verduleras? En ninguna zona del mundo se habían visto animales semejantes. Platón narra en el *Timeo* que en tiempos remotos, antes de que la Atlántida fuera engullida por las aguas, era posible atravesar el océano Atlántico partiendo de las columnas de Hércules,[4] tras hacer escala en la mítica isla desaparecida. Desde allí, asegura el filósofo griego, se podía arribar a otras islas y, una vez sobrepasadas, alcanzar la tierra firme de un inmenso continente. ¿Y si vos hubierais recorrido el camino oculto en el que creían los antiguos sabios?

4. El estrecho de Gibraltar.

El rostro de Colón permaneció inescrutable, pero su mirada era más fría que el acero.

—Desvaríos. Los poetas pueden permitirse fabular. Los marineros debemos ceñirnos a la realidad. Os aseguro que si no hubiera seguido el mapa de Toscanelli, el insigne geógrafo florentino, no me encontraría aquí reunido con vos, sino en el fondo del mar. En todo caso, mucho me placería saber quién os ha sugerido semejantes ideas que de tal modo contrarían mi experiencia y mi saber.

Aquellos y otros argumentos opuestos a la versión oficial se los había suministrado Américo Vespucio, encargado del aprovisionamiento de las naves colombinas y sobrino de Giorgio Antonio Vespucio, uno de los más destacados miembros de la antigua Academia Platónica de Florencia. Mauricio resolvió no desvelar el nombre de su confidente en recuerdo a la vieja amistad que le había unido con el difunto Giorgio Antonio, pues era obvio el desagrado que producían en el almirante las revolucionarias suposiciones de su sobrino.

—Son rumores que corren por la corte —contestó Mauricio aparentando desenvoltura.

El rostro de Colón permaneció sereno, aunque su blanca piel se encendió con el rojo de la indignación.

—¡Mentiras y difamaciones! —exclamó—. Muchos son los que en la corte me tienen inquina por haber dejado en evidencia su pobre sabiduría. Y muchos más me la tienen jurada por no aceptar que un extranjero haya pasado de cardar lana en sus mocedades a capitán general de la flota y virrey de cuanto he descubierto. Todos ellos se ven obligados a emplear el título de «don» cuando hablan conmigo, pero conspiran a mis espaldas como lobos con piel de cordero sembrando maledicencias sin reposo.

Mauricio consideró que era preferible cambiar de táctica para apaciguar al almirante y procurarse su simpatía. La posibilidad de ocupar un puesto en la historia como el descubridor de un Nuevo Mundo no despertaba su vanidad, sino su ira. Era evidente que Cristóbal Colón deseaba obviar aquellas evidencias que él, como descubridor de las nuevas tierras, debía conocer mejor que nadie. Y Mauricio no había cruzado los Pirineos para polemizar sobre secretos de Estado, sino para resolver su precaria situación económica.

—Os comprendo perfectamente, don Cristóbal. Cuando llegué por primera vez a Florencia no era más que un pobre extranjero sin amigos ni posición social. La fortuna se alió conmigo y, gracias a la generosidad de Lorenzo Medici, tuve la oportunidad de prosperar, casarme con una distinguida dama y frecuentar las mentes más preclaras de la ciudad. No obstante, ello también me granjeó odios y antipatías. Aunque el menosprecio se encubriera de educada amabilidad, podía percibir la gran distancia que me separaba de las familias con nobles apellidos. Mi rápido ascenso alimentó a mis espaldas rumores, calumnias y maquinaciones urdidas para desprestigiarme. Por eso precisamente me he visto obligado a acudir a vuestra presencia. La envidia no conoce la pereza ni el olvido, y la caída de Lorenzo brindó a mis enemigos la oportunidad de ajustar las cuentas de su odio. Fui encarcelado, torturado y salvé la vida de milagro, pero no pude evitar caer en la ruina económica. Desde entonces mi familia depende de la caridad ajena. La devolución del dinero que os presté me permitiría reiniciar ciertos negocios, y recuperar así la dignidad de valerme nuevamente por mí mismo.

—Creedme cuando os digo que me placería ayudaros, mas yo mismo acumulo aún cuantiosísimas deudas que me impiden por el momento atender vuestra petición.

¿Deudas? ¿Cómo había conseguido deber tanto dinero sin más garantía que una idea indemostrable? ¿Quién era Cristóbal Colón realmente? Según él, un marinero genovés que había ganado la costa de Lisboa a nado tras un naufragio. Mas ¿desde cuándo los simples marineros eran políglotas y expertos en aritmética, álgebra y astronomía? ¿Acaso en el vecino Portugal las jóvenes de familias notables se casaban con náufragos extranjeros sin fortuna conocida? Porque Filipa Moniz de Perestrello, hija del gobernador de Porto Santo, había abierto las puertas de la corte lusa al descubridor tras casarse con él. Sin duda, Colón ocultaba deliberadamente algo sobre su pasado, pero no parecía que rebuscar entre las contradicciones de su biografía oficial pudiera ayudarle a recuperar el dinero prestado.

—Siento decepcionaros —continuó el almirante—, mas no

desesperéis, puesto que en el próximo viaje hallaré la ruta de las especias, y a mi regreso saldaré todas mis deudas.

De poder traficar libremente con el Oriente sin pagar peaje a turcos ni árabes, Cristóbal Colón se convertiría en uno de los hombres más ricos de la cristiandad y, a buen seguro, cumpliría su palabra. Sin embargo, Mauricio temía que Américo Vespucio estuviera en lo cierto y que las tierras descubiertas no fueran el extremo oriental de las Indias, sino otro continente. En ese caso, Cristóbal Colón nunca importaría seda de Catay, incienso de Arabia, damascos de la India, ni perlas de Ceilán. Jamás hallaría los tallos de canela de Tidore, los clavos de Amboina, las nueces moscadas de Banda, ni los arbustos de pimienta de Malabar. Porque lo único cierto era que tras años de exploración no se había encontrado ni rastro de Cipango, ni de las ciudades descritas en el Libro de las Maravillas, ni un solo lugar donde florecieran las especias. Por eso, Mauricio no confiaba demasiado en que las cosas cambiaran en el siguiente viaje.

—Desgraciadamente, mis necesidades económicas son tan acuciantes que no aceptan demora.

—Os comprendo perfectamente, pero, aunque soy rico en honores y títulos, mis arcas están vacías de maravedís. Pedidme cualquier otra cosa que necesitéis y, si está en mi mano, os la concederé.

—Luz, luz, más luz —musitó Mauricio con una media sonrisa—. Eso es lo que necesitaré para no desesperar cuando regrese a Florencia sin dinero.

—Más luz… —repitió Cristóbal lentamente—. ¿Acaso no es eso lo que todos queremos? Me temo que tampoco podré ayudaros, Mauricio. De hecho, debo admitir que ni siquiera conozco al autor de tan bella invocación, que parece obra de algún profeta del Antiguo Testamento. ¿No es así?

Mauricio concibió al instante la más osada de las estrategias: emplear la verdad. De errar en su juicio sobre Cristóbal Colón, se arriesgaba a ser denunciado ante la Inquisición, cuyos métodos de interrogación eran bien conocidos por la brutalidad de sus torturas. Sin embargo, confiaba en que si sus conjeturas eran correctas, el descubridor reconsiderara su negativa a reembolsarle el préstamo.

—En realidad, la frase no la escribió ni Isaías, ni Ezequiel, ni Jonás ni ninguno de los antiguos profetas, sino mi antepasado Abraham Abulafia.

El Almirante debía de ser un hombre acostumbrado a controlar sus emociones ante cualquier circunstancia, porque ni un solo músculo de su cara se alteró al escuchar que Mauricio descendía de judíos.

—Abraham Abulafia —dijo el almirante con voz neutra— fue el máximo representante de la cábala extática en la península Ibérica, aunque su visión mística de la existencia fue mucho más apreciada en Italia. No es de extrañar, pues sé bien, por experiencia propia, que nadie es profeta en su tierra —bromeó el descubridor—. Ahora bien, aunque seáis un cristiano ejemplar, os aconsejo que no vayáis revelando vuestros orígenes judíos por remotos que sean. La santa mano de la Inquisición es muy alargada y nunca podéis estar completamente seguros de con quién estáis hablando en estos tiempos inciertos.

Cristóbal Colón tenía razón. Sólo quien pudiera acreditar pureza de sangre cristiana durante siete generaciones estaba completamente a salvo de ser juzgado por la Inquisición, y cualquier denuncia podía ser suficiente para abrir un proceso. No obstante, Mauricio se había aventurado a desvelar sus raíces al almirante porque estaba persuadido de que sangre hebrea corría por sus venas. En efecto, era una extraña coincidencia que muchos de los principales valedores de la aventura colombina fueran cristianos nuevos descendientes de judíos. Curiosamente, en la primera expedición no había embarcado ningún sacerdote, y como único intérprete figuraba un judío converso: Luis Torres. ¿Descendía Cristóbal Colón de conversos? Su mismo apellido, tan parecido al suyo, apuntaba en esa dirección, y las lagunas y contradicciones que jalonaban su biografía bien pudieran ser producto de un pasado inventado a fin de ocultar deliberadamente sus verdaderos orígenes. La hipótesis no era descabellada, puesto que, tal como había sugerido el descubridor, bastaba tener ancestros hebreos en el árbol familiar para estar en el punto de mira de la temible Inquisición. De estar Mauricio en lo cierto, sería natural que Colón simpatizara secretamente con él, y que la empatía le impulsara a tratar de ayudarle en la medida de sus posibilidades. En ese caso, tal vez no estuviera todo perdido.

—Escuchad, Mauricio. Habéis acudido desde muy lejos para verme, parecéis un hombre excelente, me brindasteis apoyo financiero cuando muy pocos confiaban en mí, y me indigna pensar que años después de haber coronado con éxito mi primer viaje a las Indias no pueda devolveros todavía el dinero que tan imperiosamente necesitáis. Vuestra persona y mi honor no se merecen semejante agravio. Permitidme entonces que os plantee un trato que restablezca la justicia. Veréis: estamos plantando caña de azúcar en las tierras descubiertas, donde el clima es muy favorable para su cultivo. Os propongo trasformar vuestra deuda en un porcentaje de mi participación en el negocio de la caña. Así compensaría los perjuicios que os ha causado mi demora en el reintegro del préstamo con los mayores beneficios procedentes del tráfico marítimo del azúcar. Considerad que mediante este acuerdo podrías obtener monetario de forma inmediata si vendéis vuestra participación en el negocio, aunque no os lo aconsejo. Francamente, os conviene esperar.

Parecía sincero. Nada le hubiera costado mantener su negativa inicial a devolverle el crédito. Por otro lado, el azúcar era tan preciado como las especias, y nadie mejor que el Almirante conocía las condiciones de su cultivo en aquellas lejanas tierras. Mauricio podría delegar en Américo Vespucio el control de las mercancías que arribasen a España y encomendarle la tarea de enviarle a Florencia los sacos de azúcar que le correspondieran a cambio de una comisión. Sintió como si aquella propuesta fuera el modo en que Abraham Abulafia le estuviera ayudando desde las alturas por haber devuelto el anillo a su legítimo propietario.

—¿Trato hecho? —preguntó el almirante ofreciéndole la mano.

—Trato hecho —respondió Mauricio, que, sin embargo, tuvo un mal presentimiento mientras sus manos se estrechaban.

Los capitanes españoles ya conocían la ruta marina hacia las nuevas tierras, y en el futuro Cristóbal Colón no sería imprescindible para los Reyes Católicos. ¿Qué ocurriría entonces con el virrey de las islas y las tierras descubiertas? ¿Dejarían sus majestades tan remotas propiedades bajo el gobierno de aquel orgulloso y enigmático personaje? No era improbable, sopesó Mauricio, que, en el futuro, algún puerto español viera regresar al gran descubridor cargado de cadenas.

TERCERA PARTE

1498

Nada es permanente, excepto el cambio.

Heráclito

130

Florencia, 21 de marzo de 1498

Flavia se arrodilló para orar en una pequeña y solitaria capilla de la iglesia de Santa Croce. Le gustaba aquella hora de la tarde, en la que no había oficios religiosos ni apenas gente. El silencio le permitía meditar sobre aquel día cargado de significado. El 21 de marzo señalaba el inicio de la primavera, un nuevo ciclo de renovación donde todo volvía a florecer.

Flavia ya era una mujer de cierta edad, y no podía pretender volver a ser una jovencita, pero tampoco era una flor marchita. A su modo, ella también se había preparado para el nacimiento de la primavera: se había peinado hacia atrás su pelo recién lavado, perfilado sus ojos, maquillado la cara con blancos polvos de nácar y había elegido una elegante *cioppa* de alegres colores como vestido. A Flavia le gustaba arreglarse, pues consideraba que el aspecto exterior reflejaba la vida y la historia de cada persona. Y es que la belleza tenía mucho que ver con el alma que iluminaba los ojos, con los pequeños gestos repetidos durante años, con ese halo invisible que es indiferente a la regularidad de las facciones. La belleza, a su entender, era también una actitud, una forma de mirar la vida…

Se preguntó por qué la Iglesia se complacía en cubrir sus templos con pinturas sobre el martirio y la crucifixión. Ella prefería contemplar frescos como el que cubría la pared derecha de la capilla, que mostraba cómo san Nicolás de Bari hacía resucitar a tres muchachos injustamente asesinados. Por ello, cada primavera, después de orar, siguiendo un ritual inalterable, consagraba una vela a la resurrección en aquella capilla erigida por los Castellani.

Michel Blanch tembló de emoción al entrar en la capilla. Cuatro mujeres oraban en silencio de rodillas. Una de ellas era Flavia Ginori, la llama que incendió su vida con la herida del amor y cuyo recuerdo siempre le había acompañado. Le bastó distinguir su silueta de espaldas para reconocerla, incluso después de tantos años. Su figura había cambiado, pero no demasiado, y su pelo seguía siendo precioso, aunque hubiera perdido el brillo de antaño. Maravillado, se sentó tras ella en un viejo banco de madera, contempló en silencio a su antiguo amor y esperó a que terminara de rezar antes de ir al encuentro de su alma, la que había permanecido en Florencia desde que se viera obligado a abandonar la ciudad con el corazón destrozado.

Flavia se levantó, caminó lentamente y depositó su vela de la resurrección frente el altar de la capilla. Una mano masculina encendió la vela antes que ella. Al volver la vista hacia el desconocido, su corazón se detuvo. El joven trovador, con el que compartiera risas, canciones y juegos en la villa de los Medici en Careggi, había vuelto a buscarla hasta aquella pequeña capilla. Los ojos se le nublaron de lágrimas, las piernas le flaquearon y creyó desmayarse. Michel le sujetó el antebrazo y la sostuvo con su mano.

Continuaba siendo un hombre alto y apuesto que imponía con su presencia. Su larga cabellera ya no era rubia, sino blanca, y su barba, plateada. Sus rasgos faciales continuaban transmitiendo fuerza y serenidad, su frente despejada no había perdido el brillo de la inteligencia, y sus penetrantes ojos azules le seguían hablando de otros mundos.

En aquellos instantes, nada era menos necesario que las palabras. Juntos salieron de la capilla y unidos atravesaron el largo pasillo de la enorme nave central de la Santa Croce, andando lenta y solemnemente. Ambos sabían que aquel paseo era sagrado, y a Flavia le pareció que no hacía falta más para que Dios los bendijera como marido y mujer.

131

Florencia, 7 de abril de 1498

*T*odo pasa, todo cambia, si uno observa durante el tiempo suficiente, consideró Lorena. Hacía apenas dos años, su marido agonizaba en prisión bajo la tortura mientras la ruina, cual ave carroñera, aguardaba el momento de cobrarse su presa. En aquel entonces, Savonarola gobernaba Florencia desde el púlpito, y su negro manto recubría la ciudad de una oscuridad más opaca que la noche.

En poco más de dos años, las cosas habían cambiado mucho. Cristóbal Colón no se había equivocado al asegurarle a Mauricio que la participación en el negocio de la caña de azúcar importado de allende los mares era preferible a la devolución del préstamo. El azúcar era mucho más preciado que la miel como edulcorante, y los precios que se pagaban por tan escasa mercadería, fabulosos. Así, los dulces ingresos que fluían a sus arcas estaban superando las previsiones más optimistas hasta el punto de haberles permitido adquirir en propiedad la mansión arrendada a Mauricio Velluti. Durante las últimas semanas, un ejército de carpinteros, marmolistas, orfebres, ebanistas y pintores se habían afanado por restaurar el pasado esplendor del viejo *palazzo*. El ruido, el polvo y el incesante ajetreo provocado por los operarios habían sido enormemente molestos, pero, como resultado, el frío ya no se filtraría por las grietas de las paredes, las nobles maderas de suelos y techos refulgían nuevamente sin mácula, los lujosos tapices importados de Flandes reflejaban su recobrado estatus, y recibir visitas en casa volvía a ser motivo de orgullo.

Lo que nunca hubiera sospechado Lorena es que el primer invitado en disfrutar de tan costosas reformas fuera precisamente su padre: Michel Blanch había aparecido por sorpresa una hermosa mañana, adelantándose a una carta extraviada en la que detallaba su propósito de visitarlos durante la primavera y de mantener en secreto su condición de sacerdote. De haber portado sus hábitos consigo, los franciscanos, la orden a la que pertenecía, le hubieran obligado a residir en alguno de los numerosos conventos que poseían en Florencia. Por el contrario, si se presentaba bajo un nombre falso como un culto profesor de latín y francés, nadie podría investigar su pasado y a nadie escandalizaría que se alojara en su renovado *palazzo* como parte del salario por desempeñar el cargo de tutor privado. Lejos de causar extrañeza, la alta sociedad florentina interpretaba como otra muestra de la recobrada prosperidad familiar el incluir entre el servicio a un profesor particular.

A su vez, las clases le brindaban el pretexto idóneo para compartir tiempo con sus nietos. Michel no había desaprovechado la oportunidad: en pocas semanas había conseguido que sus cuatro pupilos le adoraran. Lorena creía que en parte se debía al mágico instinto por el que la sangre reconoce de donde procede. Mas otra parte del respeto que le profesaban no era sino la consecuencia natural de ser un entrañable profesor, de juicios tan excelentes que hasta Lorena se deleitaba aprendiendo mientras escuchaba sus enseñanzas. No obstante, hoy habían disentido por primera vez sobre la lección que debía impartir. Ella creía que sus hijos debían aprender que en Florencia era tan fácil subir hasta la cúspide a lomos de la diosa fortuna como ser despeñado desde lo alto, sobre todo si la cima era tan prominente como la alcanzada por Savonarola. Y para ello nada mejor que contemplar la ordalía de fuego que estaba a punto de celebrarse en la plaza de la Signoria. Michel, por el contrario, opinaba que no debían consentirse muertes gratuitas de sacerdotes, y que el público asistente al morboso espectáculo se convertía en cómplice necesario.

Todo había empezado sin que nadie le diera la más mínima importancia. En pleno apogeo de su poder, Savonarola había proclamado en el Duomo, ante una muchedumbre enfervorizada, que si fuera necesario realizar un milagro, los frailes de San Marcos entrarían dentro de una hoguera y saldrían de ella sin un solo pelo chamuscado. Nadie había osado contradecirle entonces, y el ascético fraile, embriagado por su éxito, se había atrevido incluso a desafiar al Papa públicamente. Indignado, Alejandro VI le había excomulgado y había advertido a los florentinos que quien acudiera a escuchar sus sermones sería también reo de excomunión. El de Florencia siempre había sido un pueblo pío y temeroso del Señor, por lo que ante el riesgo de ver su alma eternamente condenada a las torturas del Averno, habían optado por cambiar de parroquia. De nada habían servido las protestas del prior de San Marcos declamando que la excomunión decretada por un ser tan depravado como el papa Borgia era la prueba más palmaria de su inocencia. Al fin y al cabo, si la excomunión era válida penarían en el Infierno por siempre jamás. En cambio, aunque la excomunión no produjera efectos, las puertas del Cielo continuarían abiertas de par en par si acudían a la misa celebrada por cualquier otro sacerdote. Para un pueblo tan comerciante como el florentino, acostumbrado a sopesar en el fiel de la balanza tanto los beneficios como los riesgos, la cuestión era de puro sentido común.

Por consideraciones bien diferentes, otros muchos ciudadanos se habían ido distanciando notoriamente de los postulados de Savonarola. Así, la mayoría de los comerciantes y de las familias principales de Florencia opinaban que el único poder mágico de Savonarola consistía en que sus bolsas de florines fueran menguando día tras día de manera inexorable. Pisa no se había podido recuperar, y Florencia, enemistada con el resto de las ciudades italianas por culpa de su apoyo al rey Carlos y sin salida marítima, se había convertido en una urbe empobrecida. Tal vez eso no disgustara a Savonarola, tan contrario a los lujos superfluos, pero a la postre le hacía perder respaldo incluso entre el *popolo minutto*. En efecto, el precio de los alimentos había aumentado espectacularmente, y a los ciudadanos que no habían hecho votos de pobreza les exasperaba pasar hambre.

Quizá por ello, reflexionó Lorena, el prelado de San Marcos se había visto obligado a recoger el guante con el que un monje franciscano le había retado públicamente a inmolarse junto con él en una hoguera, para demostrarle al mundo entero que no era un profeta, sino un mentiroso. El prior de San Marcos, inteligentemente, había optado por ignorar el desafío. Fray Domenico, dotado de menor sagacidad que su prior, no había podido soportar las chanzas de que eran objeto y había proclamado durante un emotivo sermón que estaban dispuestos a probar el fuego de la hoguera para que las llamas mostrasen quién estaba en lo cierto.

Tras semejante acto de fe, Savonarola no podía seguir ignorando el reto sin perder el prestigio. Fray Domenico, el hombre que había tirado la primera piedra, e intentado después esconder la mano, había sido finalmente elegido, por unánime aclamación entre los monjes de San Marcos, para salir incólume de la pira.

Lorena estaba segura de que si las llamas mantenían sus propiedades habituales al contactar con el cuerpo de fray Domenico, el próximo en arder sería el prior de San Marcos. A Lorena le hubiera gustado que su madre contemplara con ella tan excepcional ordalía. Sin embargo, Flavia, aprovechando que todos los criados se hallaban en la plaza de la Signoria, se había quedado en su casa disfrutando de la intimidad con Michel, sin ojos ni oídos que pudieran murmurar a sus espaldas.

Nadie podía bañarse dos veces en el mismo río, pero la corriente de amor que había resurgido entre sus padres era tan intensa como la primera vez. De hecho, su madre irradiaba tal felicidad y belleza que parecía haber rejuvenecido varios años de golpe, desde que Michel acudió a buscarla en la capilla donde rezaba habitualmente. Lorena no se había atrevido a preguntar a su madre si mantenían relaciones carnales, puesto que Michel era sacerdote. Precisamente, era su condición de párroco la que le obligaba a retornar a Francia para atender a sus feligreses al finalizar la primavera.

El estruendo de la multitud interrumpió los pensamientos de Lorena. Los franciscanos estaban entrando en la plaza de la Signoria. Debían de ser unos dos centenares. Lorena pensó que la expresión de sus rostros era tan gris como el color de sus hábitos. Cubiertos con capuchas, se fueron abriendo paso en silencio hasta llegar a la hermosa logia de Lanzi, donde se agruparon bajo uno de los tres bellísimos arcos abovedados y aguardaron la aparición de sus rivales.

Los dominicos de San Marco no se hicieron esperar. Venían en procesión, andando en fila por parejas, acompañados de gran pompa y boato. En último lugar, cerrando el paso, marchaban fray Domenico, que exhibía un crucifijo en lo alto de su mano, y Savonarola, el excomulgado, portaba una hostia consagrada, desafiando así la autoridad del Papa. Los seguía una inmensa multitud enarbolando velas, antorchas, y cantando salmos con tal fuerza y pasión que a Lorena se le antojaron apocalípticos. El rostro de Domenico rebosaba determinación. Savonarola, a su lado, miraba ora al cielo, ora a la multitud, expresando a través del lenguaje corporal su privilegiada conexión con las alturas. Lorena observó que entre la fervorosa comitiva se encontraba Luca, flanqueado por sus hijos. Sin embargo, la extrañó sobremanera que junto a ellos no estuviera su hermana Maria. A su cuñado le disgustaba acudir a actos públicos sin su esposa, por lo que únicamente algo extraordinario podría haberla disuadido de estar al lado de su marido en un día tan importante. ¿De qué se podía tratar? Sólo una repentina enfermedad o una gravísima discusión podían explicar tan llamativa ausencia, pero ambas circunstancias se le antojaban tan improbables como que Girolamo Savonarola saliera triunfante de la plaza.

El brillo del sol en lo alto indicó que ya era mediodía, el momento que los dominicos habían elegido para celebrar una misa cantada en el improvisado altar que habían montado en la parcela de la logia que ocupaban. La plaza, completamente abarrotada, guardó un expectante silencio mientas se oficiaba la ceremonia. No obstante, el silencio se trocó en susurros, y la expectación, en nerviosismo, una vez acabada la misa, a medida que avanzaba el día sin que nadie diera el primer paso hacia la pira.

Los florentinos eran expertos en disputar apasionadamente durante horas sobre cuestiones de etiqueta y, ante la inminente perspectiva de ser reducidos a cenizas, los contendientes habían recurrido a lo que mejor sabían hacer: discutir sin llegar a ningún acuerdo. ¿Era admisible que fray Domenico entrara en la hoguera sin despojarse de la capa pluvial dorada con la que había oficiado la misa? ¿Podía tolerarse que portara consigo un crucifijo? Los franciscanos no querían que el símbolo de Cristo ardiera en la pira, y los dominicos alegaban que saldría tan incólume de las llamas como el fraile que Savonarola había designado.

Presionados por la multitud, los de San Marcos habían acabado por ceder en algunos aspectos protocolarios, pero habían impuesto una condición inaceptable para sus antagonistas: fray Domenico no daría ni un paso sin llevar consigo la hostia consagrada.

La tensión en la plaza tuvo su reflejo en lo alto cuando un trueno crujió en el cielo. Negros nubarrones transportados por el viento se habían ido arremolinando durante la jornada, como si esperaran oír la señal del cielo para descargar toda el agua acumulada. El diluvio fue tan fulminante como intenso. La multitud, completamente encharcada, enfrió sus ánimos y comprendió al instante que el espectáculo había terminado: hoy nadie ardería en la hoguera. Sin necesidad de que ninguna campana lo anunciara, la gente comenzó a desalojar la plaza precipitadamente. Lorena intentó apretar el paso en un vano intento de evitar el aguacero. Estaba tan empapada como si hubiera nadado vestida en el río Arno. La naturaleza de las cosas, reflexionó Lorena, era así. Aunque uno intentara acelerar el paso, la vida proseguía a su propio ritmo, indiferente a las urgencias de los mortales: cuando tocaba calarse hasta los huesos, nuestra única libertad era la actitud hacia los elementos. Sus hijos, más sabios que ella, caminaban sin prisa, demostrando así que eran dignos alumnos de su admirado tutor. Lorena recordó que Michel, con su buen tino habitual, había propuesto un desafío alternativo entre dominicos y franciscanos, consistente en intentar cruzar nadando el río Arno sin mojarse. La Signoria no había querido seguir sus consejos, pero sí Flavia, que había acertado quedándose en casa con Michel, en lugar de calarse hasta los huesos por asistir a la pantomima que representaban en la plaza de la Signoria. Cuando al acabar la primavera regresara a Francia, su madre lo echaría muchísimo de menos. Y ella también, a no ser que, de alguna manera, consiguieran retenerle en Florencia.

132

*F*lavia se sentó junto a su amado bajo la sombra del almendro que iluminaba con su centenaria presencia el jardín del *palazzo*. Por una mágica sincronía, recordó, la primera flor de su árbol predilecto había brotado el mismo día en que Michel había regresado a Florencia. Aunque habían pasado pocas semanas desde su retorno, las ramas del almendro ya exhibían sus pétalos blancos y rosados como un canto a la vida. Flavia creyó ver en aquel estallido de color, que renacía cada primavera, una alegoría de sus propios sentimientos. Como el viejo árbol, también ella había experimentado un largo invierno de pasiones aletargadas que nunca creyó que pudieran resurgir con una vitalidad tan desbordante. Hacía tantos años de su primer encuentro con Michel que todo debería haber cambiado, pero lo esencial seguía allí, ajeno al paso del tiempo. Los cuerpos estaban más desgastados, pero lo invisible era más diáfano; lo inaprensible, más sólido; y el amor, más real que cualquier otra cosa que Flavia pudiera ver, palpar o escuchar. Y sin embargo, en el mismo cielo sobre el que flotaba ingrávida, se hallaba la semilla de su futura desdicha. ¿Qué ocurriría cuando su amado volviera a marcharse? El mundo sería muy diferente entonces, pues ya se había acostumbrado a que su universo cotidiano fuera el de los dos. Perder lo más amado era más doloroso que no haberlo conocido jamás.

—¿Qué te ocurre? Pareces triste —comentó Michel.

—¿Y tú? ¿Eres feliz?

—Nunca lo había sido tanto —respondió él mientras le acariciaba la mano—. Mi vida está colmada de bendiciones. Tu amor es una copa repleta de abundancia que, en lugar de menguar, aumenta con cada sorbo. Y por si no fuera suficiente, convivo a diario con nuestra hija y nuestros nietos. Para un hombre acostumbrado a la soledad, que creía no tener hijos y que había renunciado a la vida en pareja, esta oportunidad que me brinda el destino me abre los ojos a un amor que no había conocido. A lo largo de los años he servido, querido y ayudado a mucha gente, pero nada se puede comparar con esto. Siento como si parte de mi espíritu morase dentro de Lorena, y que pedacitos de nuestro ser brillan de distintas formas en cada uno de nuestros nietos. ¿Y no es increíble que este maravilloso prodigio sea fruto de nuestra locura de juventud? Ciertamente, en nuestro caso, se ha cumplido el adagio según el cual Dios escribe recto con renglones torcidos.

—Quizás entonces lo más sabio sea no enmendar la obra del Señor. ¿No somos acaso una familia que comparte carne, corazón y sangre? ¿No ha sido un milagro que nos reuniéramos otra vez gracias a una gema que ha viajado desde tus antepasados hasta las manos del marido de tu hija a través de siglos, guerras, reinos y traiciones? Tal vez sea la voluntad de Dios que te quedes en Florencia. Y si no lo fuera, apelaría contra su juicio, porque yo ya no puedo volver a perderte, Michel. Nadie sabe lo que le falta hasta que lo encuentra, y nadie conoce lo que tiene hasta que lo pierde. Yo ya conozco suficiente, y no preciso saber más. Te amo con locura y te necesito más que todos los feligreses de Ornolac. El joven sacerdote del que me hablaste podrá velar por sus almas, aunque acabe de salir del seminario. En cambio, si te vas, a mí nadie podrá consolarme.

Cuando acabó de hablar, Flavia comprendió que, por fin, había logrado confesar aquello que tanto miedo le causaba. El peso de la angustia, una vez expresada, era más fácil de sobrellevar. Flavia sabía que exigía mucho, pero su corazón no le permitía pedir menos, ya que la felicidad presente se trocaría en un fruto amargo de no existir un mañana con Michel. A su amado le correspondía decidir.

—Llevo muchos días reflexionando en silencio sobre el rumbo que debo elegir, y todos los caminos me llevan siempre de regreso a mi corazón, que late fuerte junto al tuyo. Es necedad luchar contra la corriente de la vida. Durante estos dos últimos años he saldado la deuda que tenía con las cuevas de Ornolac. Y aunque mis feligreses me esperan, tengo plena confianza en que el nuevo sacerdote, al que encomendé la parroquia durante la primavera, continuará cuidando bien de mis ovejas. Lo que realmente me preocupaba era si podía traicionar los votos que hice en mi juventud. Ya sé que existen muchos cardenales que presumen de sus hijos y que bromean acerca de lo bellos que son sus pecados, pero yo no soy un príncipe de la Iglesia, sino un mero soldado de infantería. Por tanto, para quedarme con vosotros debo seguir ocultando mi condición de sacerdote y renunciar internamente a mis votos para siempre.

—¿Estás seguro de dar ese paso? —inquirió Flavia, que le cogió tiernamente de la mano y le miró con ternura. Ella no deseaba otra cosa, si bien le daba miedo que Michel adoptara una determinación de la que pudiera arrepentirse después. De existir la sombra de una duda, su amor podría ser objeto de reproches, y la culpa, un juez implacable con el transcurrir del tiempo.

—Completamente seguro —afirmó Michel—. Hemos de aprender de la naturaleza, que muere y resucita transformada sin cesar. El antiguo sacerdote debe morir para que el hombre pueda vivir. Los feligreses de Ornolac, al comprobar que no regreso, creerán que he fallecido durante el camino, y no se equivocarán, excepto si suponen que ha sido como consecuencia de los habituales ataques de los bandoleros. Por tanto, los votos que juró un fallecido en nada obligan al nuevo hombre que hoy nace. Y ese hombre que ahora te habla es también el trovador que te amó desde el principio y que sabe que el único pecado mortal es traicionar al corazón.

Flavia derramó lágrimas de júbilo, y hubiera abrazado inmediatamente a Michel de no oír a su espalda unos tacones que chocaban sobre el empedrado del jardín. ¿Quién podía ser? Todos los criados habían asistido a la ordalía, y era demasiado pronto para que hubiera acabado. Su sorpresa fue mayúscula cuando vio frente a ella a su hija Maria, que tenía los ojos enrojecidos, la mirada perdida y el rostro abatido.

—¿Qué haces aquí, hija? —acertó a preguntar.

—Me ha ocurrido algo terrible, madre, y necesitaba contárselo a alguien.

133

Un destino cruel aguardaba paciente a Savonarola en la misma plaza de la que había huido calado hasta los huesos el mes anterior. En su centro, un patíbulo rodeado de leña consumiría en breves momentos los cuerpos del prior de San Marcos y de sus dos frailes más allegados.

A Lorena le parecía irónico que el mismo fuego utilizado por Savonarola para atemorizar a los florentinos y destruir las obras de arte que no eran de su agrado fuera también a consumir su cuerpo. La vida —reflexionó— era pródiga en guiños simbólicos, como si toda la existencia hablara en un lenguaje secreto a través de las coincidencias. Así, el mismo día en que Savonarola había caído en desgracia por no celebrarse la ordalía, el rey de Francia, asustado por un trueno, había muerto al derribarle su montura. Parecía que el Cielo había decretado desprenderse a la vez del profeta y de su brazo armado, a través de un trueno cuya voz había retumbado al mismo tiempo en Francia y en Florencia.

La voz de Dios, sopesó Lorena, era tan estruendosa como inescrutable, tan silenciosa como llena de interpretaciones. Por eso muchos florentinos confiaban todavía en un milagro que salvara a Savonarola y a sus dos compañeros de la pena capital. Luca y su hermana Maria, a quienes podía ver al otro lado de la plataforma circular de madera sobre la que se erigía el cadalso, a buen seguro se contaban entre aquéllos. Maria, siguiendo la sobria moda que tanto agradaba al prior de San

Marcos, había cubierto su figura de la cabeza a los pies con un sencillo manto de lana gris. Luca vestía una túnica negra que a Lorena se le antojó presagio de un luto prematuro. Su rostro, por contraste, presentaba una excesiva palidez, más cercana al color blanquecino de un cadáver que al saludable rosado que exhibía el último bebé concebido por Maria. La ruptura de relaciones había llegado tan lejos que Lorena ni siquiera había acudido al bautizo del nuevo retoño, lo que había resultado en gran escándalo de la sociedad florentina.

Su madre se reprochaba esa ausencia de cariño entre sus hijas como una falta propia, pero ni su amargura ni sus protestas habían logrado propiciar el más leve acercamiento. Ocupando una posición equidistante entre las dos, que pudiera servir más adelante como punto de unión, Flavia se esforzaba en no mostrar ningún gesto que pudiera interpretarse como favoritismo. Así, fiel a su estilo, había optado por presenciar la ejecución de Savonarola en compañía de su hijo Alessandro.

Lorena volvió a dirigir su vista hacia Maria. Estaba segura de que algo gravísimo debía de haberle sucedido a su hermana como para ausentarse el mes pasado de la ordalía a la que sí había acudido Luca acompañado de todos sus hijos. Su madre le había acabado confesando que conocía el motivo, si bien no podía revelárselo porque así se lo había prometido a su hermana. Lorena había acabado por respetar su silencio.

Existen silencios que son espacios de paz, ponderó, pero la muda muralla invisible que la separaba de su hermana la carcomía por dentro. Trató de establecer contacto visual con Maria, pero no lo logró. Probablemente su hermana la hubiera visto desde el otro lado del tablado con anterioridad y tuviera previsto no dirigirle la mirada hasta que un ángel bajado del Cielo librara a Savonarola del martirio.

¿Quién podía seguir creyendo en un profeta que renegaba de sus visiones? Eso era exactamente lo que había hecho Savonarola al testificar ante notario que no había escuchado nunca la voz del Señor dentro de su cabeza ni había tenido revelaciones, sino que simplemente había interpretado los signos de los tiempos según su mejor juicio, y los había expuesto en forma de profecías para ganar reconocimiento ante el pueblo, y así poder implantar mejor en la Tierra las virtudes del Cielo. Su deseo de ser admirado y respetado había sido tan grande que la gloria del mundo lo había deslumbrado hasta cegarle. Y finalmente, ante el reto del fuego planteado por Domenico, al no poder retractarse sin perder la honra ante los florentinos, decidió aceptar la apuesta con la esperanza de que los franciscanos se echaran para atrás en el último momento.

Pese a ello, no eran pocos quienes argüían que la confesión que le habían arrancado a Savonarola carecía de validez, por haberse obtenido a fuerza de torturarle con el *strappado*. Un escalofrío atravesó la medula espinal de Lorena al recordar los tormentos infligidos por el *strappado* a su marido, cuyas maltrechas articulaciones aún no se habían recuperado por completo. Estaba segura de que con aquel método interrogatorio tan persuasivo ella misma sería capaz de declarar cualquier cosa. No obstante, de un profeta se esperaba algo más que de una mujer corriente.

En cualquier caso, hoy toda Florencia se había congregado en la plaza pública, tanto sus detractores como sus más apasionados defensores. Una gran mayoría de los asistentes consideraba las ejecuciones públicas como un espectáculo irresistible; sin embargo, aquel día, la gente esperaba ver mucho más que unos cuerpos en plena agonía.

Por lo pronto, Lorena comprobó que la ceremonia había sido concebida no sólo para matar los cuerpos de los tres frailes, sino también para asesinar su espíritu en la memoria de los presentes. Sobre la *ringhiera* se hallaban los Ocho y los enviados papales, ataviados en toda su majestad. Ante ellos se presentaron los tres frailes, que fueron despojados de sus ropas una a una mientras los degradaban verbalmente. Después afeitaron sus caras y sus manos y les cubrieron el cuerpo con un sayo de lana remendado.

—El ritual —dijo Mauricio, que se encontraba a su lado junto a sus hijos— está perfectamente estudiado, y tiene el deliberado propósito de robar a los frailes el respeto de sus fieles. Siglos de tradición han grabado en nuestra mente que somos lo que vestimos, y privándolos de sus dignidades eclesiásticas, la gente deja de verlos como sacerdotes. Además, al aceptar mansamente el castigo verbal y simbólico, se reconocen como culpables. Sin embargo, Savonarola todavía podría salir vencedor de este duelo final, ya que una vez que esté en el patíbulo no lo podrán someter a torturas adicionales a su ejecución, incluso si su voz resonara nuevamente como un trueno en la conciencia de los florentinos. A menudo, el enemigo más letal es el que no tiene nada que perder.

Lorena estaba de acuerdo con su esposo. De un tiempo a esta parte, su marido se había vuelto mucho más observador, tal vez para transcribir mejor con la pluma cuanto veía, puesto que había adquirido el hábito de escribir diariamente, durante largas horas, encerrado en su despacho. ¿En qué empresa se había embarcado? ¿Tendría alguna relación con las innumerables preguntas que le hacía sobre sus sentimientos y recuerdos? Lorena conocía el escondite de la llave que abría el cajón donde guardaba sus escritos, pero del mismo modo que respetaba el silencio de su madre, también hacía lo propio con el de su marido. Robar los secretos de un ser querido, tal como ella había hecho alguna vez en el pasado, estaba permitido para ayudar a la persona amada, no para satisfacer la curiosidad, ese vicio tan feo como seductor. Sin embargo, ¿no era la morbosa curiosidad por presenciar la ejecución de aquellos frailes lo que les había traído a la plaza de la Signoria?

El primero en desfilar por la pasarela de la muerte fue fray Silvestre. Lorena sentía lástima por aquel hombre simple y frugal que, si algún pecado había cometido, era el de haber sido demasiado crédulo. Según se rumoreaba, las supuestas visiones de Savonarola habían sido a menudo hábiles interpretaciones de sueños del cándido fray Silvestre. Lorena se preguntó si en su última noche habría soñado con su propia muerte. Esa cuestión, como tantas otras, se quedaría sin respuesta. Las únicas palabras que salieron de la garganta de fray Silvestre fueron «Jesús, Jesús», justo cuando lo colgaron del gran palo en forma de cruz que presidía el cadalso y sus piernas blandieron el aire. Como la soga que sujetaba su cuello no estaba suficientemente prieta, fray Silvestre tuvo tiempo de repetir en incontables ocasiones el nombre del Salvador antes de poder exhalar su último y liberador suspiro. El siguiente en morir ahorcado fue fray Domenico, si bien en esta ocasión el verdugo realizó mejor su trabajo, por lo que al menos se ahorró un suplicio tan largo como el padecido anteriormente por fray Silvestre.

Savonarola, al fin, tras haber contemplado la muerte de sus compañeros, inició su último paseo por la vida. Avanzando por la pasarela de madera con los pies descalzos, su mirada rehuía las multitudes que en el pasado le habían aclamado. Buscaba el infinito, aquel misterioso lugar que pronto conocería. Sus labios, que antaño habían sido un prodigio de oratoria, permanecían sellados. De entre la muchedumbre sobresalió una voz: «¡Oh, profeta, éste es el momento de obrar un milagro!». Savonarola inclinó ligeramente la cabeza hacia el suelo y siguió caminando sin hacer ademán de responder a la burla. Cuando le pusieron la soga al cuello, masculló algunas palabras para sí en voz inaudible, sin dirigir su mirada a la gente. Después aceptó con resignación su suerte y se encomendó a los buenos oficios del verdugo, que con la práctica parecía afinar sus habilidades. Así, en silencio, Savonarola se despidió de Florencia.

Mauricio estaba equivocado, pues Savonarola sí tenía algo que perder: su alma inmortal. El falso profeta, que había desafiado al Papa al tacharlo de anticristo, se había acabado sometiendo a su autoridad por temor al Infierno.

Lorena miró con cierto disimulo hacia la zona donde antes había localizado a su hermana Maria. La primera cara que vio fue la de Luca, que no ofrecía un aspecto mucho mejor que el de los recién ajusticiados. Había perdido mucho pelo y su rostro le recordaba a un pergamino arrugado cuya antigua prestancia fuera tan sólo un recuerdo del pasado. Por intermediación de su hermano Alessandro, sabía que Luca estaba muy enfermo desde hacía un mes. Lo que en principio eran leves molestias se habían transformado en unas dolencias de las que ningún médico había sabido encontrar diagnóstico ni mucho menos remedio. A duras penas podía hablar; un terrible dolor afligía su organismo y le dificultaba enormemente cualquier movimiento, lo que le obligaba a pasar la mayor parte del día inmovilizado en la cama. Pese a que los sirvientes de casa le ayudaban a cambiar de posición mientras yacía en el lecho, todo su cuerpo se había llagado. Si la información de su madre era correcta, que lo era, Luca había realizado un esfuerzo rayano en lo sobrehumano para ver por última vez a su idolatrado fray Girolamo Savonarola. Lorena podía comprender la decepción que debía embargar ahora a quien tanta fe había puesto en un profeta que no sólo había fracasado en realizar milagro alguno, sino que ni siquiera había negado las acusaciones en su postrer momento, y que sólo había respondido con su silencio. Sin duda no hubiera procedido de tal modo quien estuviera convencido de haber obrado rectamente como transmisor de la voluntad divina. Su hermana Maria quizá compartiera tal opinión, puesto que asiendo con delicadeza el brazo de su marido, cuyos ojos perdidos parecían no querer comprender lo que habían contemplado, le hizo saber que era conveniente abandonar la plaza.

—Ya es hora de que nosotros también nos marchemos —le dijo Mauricio, cogiéndola afectuosamente del hombro.

Sí, tenía razón. Hay cosas, pensó Lorena, que nunca deberían verse, aunque le era imposible apartar la mirada de los tres cuerpos ajusticiados. Lorena se acordó de que cuando era niña jugaba a observar cómo caían las piedras desde lo alto de un precipicio. Los seres humanos y las piedras podían ser diferentes, pero cuando los arrojaban al vacío, caían igual hasta el fondo del abismo.

134

*L*uca creyó que un huracán le succionaba hacia un oscuro túnel por el que se hundía en el vacío. Cuando despertó, se hallaba en la cama de su habitación. Solo. No había nadie. Le costaba mucho moverse y también respirar. Por momentos temió ahogarse, pero un deseo desesperado por vivir le permitió erguirse lo suficiente como para sentarse sobre la cama. Se tranquilizó. El aire entró nuevamente en sus pulmones. Había sido un sueño. Tan sólo un mal sueño en el que su amigo Pietro Manfredi le daba la bienvenida al Infierno.

Sin duda, la extraña enfermedad que padecía era la responsable de sus recurrentes pesadillas. Desde hacía semanas la mera idea de dormirse le angustiaba, ya que sus noches estaban permanentemente pobladas de visiones del Averno y de abismos de aflicción. Tampoco sus días le ofrecían consuelo, puesto que al sufrimiento físico se le añadía el moral de constatar como su otrora solícita esposa se mostraba fría y distante en su hora más amarga. ¿Por qué? Luca lo ignoraba. Todo había empezado a desmoronarse la mañana en la que Maria, desoyendo sus amenazas, acudió a casa de su madre en lugar de acompañarle a la plaza de la Signoria. Al día siguiente se encontró indispuesto, pero no le dio excesiva importancia, sin imaginar que era el inicio de un progresivo y vertiginoso descenso a los infiernos. La dolorosa enfermedad había ido ganando terreno de manera inexorable, y ningún médico había conseguido aliviarla.

Luca tosió, escupiendo un viscoso líquido pastoso de color marrón. ¿Por qué Dios castigaba así a uno de sus mejores siervos? ¿Acaso sus ideas no habían sido siempre cinceladas conforme a las reglas más pías? ¿No había sido por ventura un padre de familia ejemplar? Luca notó cómo las mucosidades seguían invadiéndole, amordazándole la garganta y obturando así cualquier obertura por la que pudiera respirar. Presa del pánico, Luca se incorporó de la cama e intentó caminar. La cabeza le dolía muchísimo, como si allí también se estuviera multiplicando aquella sustancia que le anudaba el cuello por dentro. Su cerebro, incapaz de pensar, se asfixiaba.

Antonio, el mayordomo, abrió la puerta de la habitación. Luca sintió cierto alivio. Mareado y con una extraña sensación de vacío, estuvo a punto de perder pie. Sin casi siquiera percatarse de sus propios movimientos, se abrazó al mayordomo tratando de que éste lo sujetara. A continuación sólo sintió un color negro sin textura, sin sabor ni melodía, y Luca Albizzi dejó de existir.

135

*L*orena sintió como si afiladas agujas se le clavaran en el estómago mientras caminaba lentamente intentando disimular el temblor que la recorría. Acudir al velatorio de Luca Albizzi le provocaba tal aprensión que a duras penas había conseguido reunir el suficiente valor para llegar hasta la casa de su hermana. En realidad se alegraba de que Luca Albizzi hubiera fallecido. Por su culpa habían torturado a Mauricio, y las secuelas le acompañarían durante el resto de su vida. Se acordaba muy bien de cómo había intentado abusar de ella amenazándola con la ejecución de su marido. Tan sólo la brillante intervención del abogado Antonio Rinuccini, junto con el decidido apoyo del gremio de la *Calimala*, habían conseguido librar a su marido de una falsa acusación de traición. Sepultado bajo tierra, Luca ya no podría seguir conspirando, y el mundo sería un lugar mejor para todos, excepto, quizá, para Maria y sus hijos.

Su hermana había demostrado quererle y, probablemente, a su modo, fuera un buen padre. Tales motivos justificaban por sí mismos ofrecerle consuelo, pues Lorena sabía cuán desgraciada sería si Mauricio le faltara. Durante su encierro en prisión había imaginado una y mil veces tan terrible posibilidad, y el mero recuerdo de lo que había sentido aún le angustiaba. Por otro lado, Lorena tenía miedo de que su hermana le reprochara haber acudido al velatorio sin su consentimiento y le solicitara abandonar aquella celebración íntima donde únicamente los seres queridos eran bienvenidos. Tal proceder no sería extraño teniendo en cuenta el mucho tiempo que llevaban sin hablarse, y que sus últimos enfrentamientos le hubieran llevado incluso a ausentarse del bautizo de su último hijo.

Lorena era muy consciente de que podían rechazarla, aunque estaba dispuesta a ser humillada públicamente si con ello dejaba una puerta abierta a la reconciliación. Mauricio, sabedor del estado de nervios en el que se hallaba, la ayudó a traspasar el umbral de la casa y la sostuvo galantemente del antebrazo. Lorena lo agradeció, ya que de otra manera le hubiera costado mantener la compostura. Muchas amistades de Luca le dirigieron miradas glaciares, como recriminándole que se hubiera presentado allí quien tan pésimas relaciones había mantenido con el difunto. La tensión era enorme, pero Flavia solucionó la embarazosa situación saludándola efusivamente y acompañándola a otra habitación donde Maria se hallaba sola. Lorena supuso que su hermana había preferido resguardarse momentáneamente de los invitados para orar en paz por el alma del difunto, y agradeció que aquella intimidad le proporcionara la ocasión ideal para hablarle.

—Lo siento muchísimo, hermana. Te lo digo de corazón.

—¡Ah, el corazón! El mío sufre en más sentidos de los que imaginas —se lamentó Maria. Su rostro mostraba tristeza y cansancio, pero un halo de serenidad la envolvía, a pesar de las lágrimas.

Sorprendida por tan inesperada afirmación, Lorena no supo que decir. Su hermana prosiguió hablando.

—Luca ocultaba siniestros secretos bajo su noble apariencia, y yo he vivido engañada hasta hace pocas semanas, cuando me enteré de que fue él quien urdió la falsa denuncia contra Mauricio. Y también —añadió bajando la voz y apartando la mirada—, del chantaje sexual al que te sometió. Si no hubiera oído tales maldades de su propia boca, jamás lo hubiera creído. Sin embargo, aquella noche, Pietro Manfredi y mi difunto marido habían degustado por primera vez un exquisito vino recién llegado de Borgoña. Creyeron que estaba dormida en mis aposentos y no se percataron de que los escuchaba tras la puerta del comedor. Al día siguiente no tuve fuerzas para acompañarle a la ordalía que debía celebrarse en la plaza de la Signoria y busqué consuelo en casa de mi madre.

—Tu hermana —intervino Flavia— me prohibió que te contara nada de cuanto me confesó aquella mañana.

Lorena reflexionó inmediatamente sobre lo que implicaban aquellas revelaciones. Existían venenos ocultos tras el sabor de las especias, y la enfermedad de Luca se había manifestado poco después de la ordalía. De no conocer tan bien a su hermana y a su madre, hubiera sospechado que una mano cercana podía haber segado la vida de Luca, pero aquello era impensable. La mano ejecutora, concluyó, debía de ser la del destino, que había librado a su hermana de continuar viviendo sometida a quien tal vez no pudiera si no despreciar. El cadáver de Luca yacía ahora en un ataúd, y no había nada más que preguntar o responder. No obstante, los interrogantes sobre su pasado silencio sí requerían una explicación.

—Perdóname, Maria, por no revelarte los pérfidos manejos de Luca. Si no te dije nada, si nunca te hablé de ello, fue porque pensé que no me creerías y que únicamente conseguiría empeorar la situación. En cuanto a ti, madre, intenté ahorrarte sufrimientos innecesarios...

—Actuaste sabiamente, hermana —la consoló Maria, que rompió a llorar. Su rostro se convirtió en un mar de lágrimas y las palabras que pronunciaba golpeaban el ánimo con más fuerza que las olas del mar rugiente—. Es muy doloroso constatar que mis creencias y todo por lo que tanto me he esforzado se sustentaban en la mentira. No conocía el lado oscuro de mi marido, y se ha demostrado que las prédicas de Savonarola, al que seguíamos con fe ciega, tenían menos consistencia que el viento. Mi vida es también, por lo tanto, una falsedad, una suerte de mentira cruel.

Flavia abrazó a ambas hermanas, sin que ninguna de las dos pudiera reprimir el llanto.

—Nosotras te queremos, Maria. Y eso no es ninguna mentira.

—Parece —reflexionó Maria— que sólo el amor es capaz de atravesar desiertos sin morir de sed, teñirse de sangre sin dejar de ser blanco como la nieve y sobrevivir a todas las mentiras para convencernos de seguir viviendo. Te he juzgado con dureza, hermana, y muchos de mis juicios han sido equivocados. Ya es hora de enterrar el pasado. Si he resistido sin quebrarme en mil pedazos como un espejo caído ha sido por el inmenso amor que siento por mis hijos, pero también me ayuda que hayas tenido la valentía de venir aquí.

—En estos momentos —afirmó Lorena—, no veo a nadie más valiente que tú en esta habitación.

Lorena había asistido a muchos milagros en su vida, si bien éste era muy especial. De alguna manera sentía que la sangre de su familia había permanecido coagulada durante generaciones y que, en aquel preciso momento, se regeneraba y rompía el muro que obstruía su avance. Emocionada, las lágrimas se le saltaron en torrente.

«Las maderas se consumen, y las brasas también se acaban apagando. Pero ¿y las cenizas? ¿Qué ocurre con las cenizas?», se había preguntado tiempo atrás, cuando pensaba que la ruptura con su hermana era irreversible. Tal vez, las cenizas de amor fueran semillas indestructibles.

136

—*Q*uizás amar sea tan simple como aceptar a los seres queridos tal como son, sin pretender cambiarlos —afirmó Maria, que cogió dulcemente la mano de su madre.

—Estoy tan orgullosa de ti, hija mía… Me llena de dicha que aceptes de corazón la verdad sobre nuestra familia. Temía tu reacción, pero cuando Michel y yo, tras la muerte de Luca, decidimos vivir juntos, supe que debía contártelo.

Flavia le había confesado su historia con Michel Blanch, e incluso le había desvelado su verdadero nombre, puesto que, a fin de ocultar su pasado y su condición de sacerdote, había adoptado una nueva identidad bajo el disfraz de un culto profesor francés llamado Bertrán Turlery.

—Hiciste bien, madre. Estoy harta de engaños, y no hubiera soportado otro. Además, ya empezaba a sospechar la verdad. Los ojos de Michel son claros como los de Lorena, también se asemejan sus frentes despejadas, y él no puede disimular el enorme afecto que siente hacia ella y sus hijos. Quizá resida ahí la semilla oculta de nuestras diferencias, celos y enfrentamientos. Ahora, al fin, somos libres de nuestros secretos.

Flavia reflexionó un instante mientras contemplaba a su gato favorito, que se desperezaba en el jardín. Su hija siempre había sido más inteligente de lo que mostraba, pues a menudo ocultaba sus pensamientos tras el velo del silencio, pero no se le escapaba ni el detalle más nimio.

—Mi primera reacción fue la de indignarme, al imaginar la

traición de la que fue objeto Francesco, mi amante padre y tu fiel esposo. Ya sabes lo mucho que le admiraba y lo unidos que estábamos. Mas los últimos acontecimientos de mi vida me han mostrado lo fácil que es equivocarse en los juicios sobre los demás. A veces el sentido del deber no es más que un antifaz que nos impide reconocer la realidad, un falso guía del que se sirven los hipócritas de sí mismos. Créeme, sé de que hablo. Bajo el influjo de Savonarola me sentía tan virtuosa, tan superior a cuantos no seguían a pies juntillas sus preceptos... Llegué a tachar a la mitad de los florentinos, incluida a mi hermana, de perversos servidores del mal. Luego mi pequeño mundo se hizo añicos y descubrí que todo era mentira... Todo ha cambiado y yo ya no puedo seguir juzgando a nadie, y menos a ti, madre. Sé que Michel y tú os amáis con locura. Él es un buen hombre y mi hermana, una persona maravillosa. Ya es hora de dejar que los muertos entierren a sus muertos. Una parte de mí yace muerta junto a sus tumbas. Dejémosla descansar en paz, pues la Maria que ahora vive no va a seguir llorando. Es hora de volver a empezar, madre. Te quiero y deseo que seas inmensamente feliz.

Flavia prorrumpió en un llanto que había contenido en las profundidades de su alma durante demasiados años. Maria y ella se abrazaron con emoción. Aquel abrazo sellaba al fin su pasado y abría la puerta de sus corazones.

EPÍLOGO

1500-1503

Lo que es, ya fue.
Lo que será, ya es.

ECLESIASTÉS, 3, 15

Acaso el tiempo sea una ola
que podamos cabalgar.

MAURICIO COLOMA

137

Florencia, 28 abril de 1500

$\mathcal{M}$auricio repasó sus notas sobre la ejecución de Savonarola sentado frente a la cripta de la iglesia de San Miniato. Habían transcurrido dos años desde su muerte, y, por fin, estaba satisfecho con la descripción plasmada en la piel de vellón de su cuaderno. Escribir, en ocasiones, era semejante a observar la realidad a través de los ojos de otra persona, y una inefable sensación de dicha lo invadía cuando consideraba haber sido fiel notario de esa mirada diferente a la suya.

Existían tantos mundos como miradas, y una de las más originales y clarividentes era la de su amigo Leonardo da Vinci: un genio tan extraordinario que hasta había sido reconocido como profeta en su tierra. En efecto, tras la caída de sus protectores, los Sforza de Milán, Leonardo había regresado a su ciudad natal tras una breve estancia en Mantua y Venecia. Muchos florentinos lo consideraban un hombre extravagante y caprichoso, pero todos coincidían en estar orgullosos de que el magistral pintor, consagrado con su extraordinaria *Última Cena*, residiera nuevamente en Florencia.

En el pasado, Mauricio había pasado largas horas con el maestro observando en silencio las figuras geométricas de San Miniato, la iglesia favorita de Leonardo. En una ocasión éste le había dicho en voz queda, contemplando aquellas figuras circulares que parecían moverse como las ondas del agua cuando uno fijaba su vista el tiempo suficiente sobre ellas: «¿Sabes, Mauricio?, sólo es realista quien no descarta lo imposible».

Mauricio albergaba una ilusión imposible de cumplir. Ahora que Leonardo había regresado a Florencia tenía una oportunidad, por remota que fuera, de que su anhelado proyecto se transformara en realidad. ¿Por qué no intentarlo?

138

Florencia, 1 de mayo de 1500

—No existe ninguna otra iglesia que me guste tanto como la de San Miniato —dijo Leonardo da Vinci al salir de ella.

Mauricio sonrió mientras disfrutaba de la arboleda y la magnífica vista de la ciudad desde el terraplén sobre el que se izaba la iglesia. Acceder hasta San Miniato requería buen ánimo y pies habituados a las cuestas, puesto que se alzaba sobre uno de los numerosos montes que envolvían Florencia. Posiblemente un día tan caluroso como aquél hubiera disuadido a muchos caminantes, pero no a su amigo Leonardo, a quien le encantaba caminar y disfrutar de la naturaleza.

—Ciertamente —comentó Mauricio—, la paz que se respira aquí, alejados del bullicio de la ciudad, es extraordinaria. Como extraordinarios son los dibujos geométricos de círculos, cuadrados y triángulos que decoran la iglesia.

—¿Te has percatado —preguntó Leonardo— de que todo está dispuesto para provocar vertiginosas perspectivas ópticas? En cualquier lugar donde poses la mirada, los ojos se sumergen en túneles visuales o en explosiones creadoras que, envolviendo lo más pequeño, se van expandiendo hacia el infinito. No es desde luego obra del azar, como tampoco lo es que las escasas pinturas cristianas de este templo se perciban a simple vista como parches ajenos a su verdadera ornamentación.

Mauricio contempló a Leonardo con profundo respeto. Dieciocho años atrás había abandonado Florencia como un joven artista prometedor, original e imprevisible, y ahora había regresado de Milán como un maestro admirado por todos. Ya había perdido la fragancia de la juventud, pero todavía era hermoso, alto y proporcionado. Su pelo rizado continuaba siendo largo y sus ojos continuaban mostrando esa mirada observadora más propia de las mujeres que de los hombres. Los rasgos de su rostro habían madurado, y le habían conferido un aspecto más viril, realzado también por una barba cuidada, otra de las novedades de su fisonomía. Por lo demás, su forma de vestir no era demasiado distinta a la del Leonardo que había conocido en la época de Lorenzo de Medici: túnica rosa del lino más delicado —que ahora le llegaba hasta los tobillos en lugar de cortarse a la altura de las rodillas—, zapatos del mejor cordobán para sus pies y anillos de jaspe adornando sus manos.

—Hace muy poco que has retornado a la ciudad que te vio crecer —dijo Mauricio—, y me siento un privilegiado por tener la oportunidad de compartir unas horas contigo. No en vano hoy en día eres la figura con la que todo el mundo quiere dejarse ver. Y sin embargo, no tanto tiempo atrás, cuando Girolamo Savonarola dominaba Florencia, la mayoría de los que ahora te adulan hubieran renegado de tu amistad. ¿Sabes que los dominicos de San Marcos me requisaron el dibujo a sanguina que me regalaste en Milán para quemarlo en la plaza de la Signoria? Estaban convencidos de que tu aversión hacia la Iglesia impregnaba ese boceto de la Virgen de las Rocas, aunque no pudieran probarlo. He de confesarte que incluso llegué a sentir miedo de que pudieran acusarme de apostasía por el simple hecho de tener colgado en mi despacho aquel dibujo tuyo.

—¿Y querrías saber si mis pinturas reflejan una visión algo diferente de la propugnada por la Santa Madre Iglesia? —preguntó Leonardo con una sonrisa irónica.

—Desde luego. He reflexionado largamente sobre ese cuadro y no he podido evitar relacionarlo con ciertos rumores que circulan sobre tu persona. No obstante, comprendo que prefieras no comentar nada. Hay temas sobre los que es mejor guardar silencio.

Leonardo rio relajadamente antes de retomar la palabra.

—¿Acaso crees esas maledicencias según las cuales tengo pactos con el diablo y practico la magia negra? ¿Yo, que, como bien sabes, siempre me he burlado de los adivinos, los curanderos y los demás aficionados a las supercherías?

—No exactamente —repuso Mauricio—. Me refería más bien a que no queda claro en el cuadro quién es Jesús y quién san Juan Bautista, puesto que ambos son gemelos. Conociéndote, y sabiendo que siempre dibujas a san Juan con el dedo índice de la mano derecha en alto, deduje que era éste quien adopta el papel dominante y que bendice al niño Jesús, lo cual no sería demasiado ortodoxo.

—Esa observación tuya es muy interesante, pero indemostrable. Y si pudiera probarse, no habría lugar a que ningún inquisidor pudiera intervenir, puesto que fue el propio san Juan quien bautizó a Jesús en el río Jordán, por lo que tampoco sería una herejía que lo hubiera bendecido de pequeño.

—Eso mismo pensé yo —asintió Mauricio—. Sin embargo…

—Sin embargo —continuó Leonardo—, quieres llegar a la verdad del asunto, en lugar de quedarte a las puertas como esos esforzados monjes de San Marcos. ¿No es así? Has señalado antes que hay asuntos sobre los que es mejor no hablar. Hoy voy a hacer una excepción. Por nuestra antigua amistad, por nuestras iconoclastas conversaciones con Lorenzo, *el Magnífico*, y el viejo Ficino, porque no te dejaste arrastrar por la fiebre integrista de Savonarola, al contrario que ese Sandro Botticelli y tantos otros que cambiaron de bando cual frágiles hojas empujadas por el viento, y porque me gusta lo que me has relatado sobre tu vida. Todas ellas son razones suficientes para confiar en ti. Y la verdad es que no tengo la oportunidad de hablar con franqueza demasiado a menudo.

Mauricio aguardó expectante las explicaciones de Leonardo, mientras éste hundía su vista en la arboleda que envolvía los montes, como si les consultara qué podía decir y qué debía callar.

—Al igual que a ti —prosiguió Leonardo—, me educaron en el catolicismo. Eso es algo que cala muy hondo, se filtra en los huesos y siempre permanece en el fondo de nuestro ser de una u otra forma. Ahora bien, desde muy joven descubrí que la Iglesia de los papas y yo resultábamos incompatibles.

—¿Por qué? —inquirió Mauricio.

—Como no ignoras, soy homosexual. Desde que tengo recuerdos he tenido fantasías eróticas con hombres, no con mujeres. No es algo que se pueda elegir ni contra lo que se pueda luchar. Lógicamente, al principio traté de combatir esos pensamientos, que me parecían perversos. No obstante, yo, el gran Leonardo, era incapaz de lograr tales propósitos. Una y otra vez mordía el polvo revolcándome en impuros deseos. De modo análogo a cuando se retiene el agua de un río con un dique demasiado débil, la corriente acababa rompiendo los muros de contención con la irresistible fuerza de la naturaleza. Por supuesto me sentía culpable, ya que estaba traicionando a Jesucristo y condenando mi alma al Infierno. Más adelante, cuando mi razón se afinó, concluí que no podía existir un dios tan miserable que llenara mi alma de deseos incontenibles para luego vengarse condenándome por toda la eternidad a crueles torturas. Si yo, que soy tan sólo un hombre, no condenaría a nadie a tan duraderos suplicios, ¿cómo iba a hacerlo un dios que según Jesucristo es puro amor? Así que me planteé mi primera duda religiosa: ¿era la doctrina de la Iglesia incompatible con el mensaje de amor transmitido por Jesucristo?

»La misma pregunta se la habían formulado muchísimas personas antes que yo. Se trata de personas cristianas que no creen en la infalibilidad de papas tan corruptos y depravados como el Borgia que ocupa actualmente el trono de san Pedro. Personas que aquilatan el peligro de disentir abiertamente de la doctrina oficial de la Iglesia. Por ello, desde hace siglos, tras el culto a san Juan se oculta en secreto una forma diferente de acercarse al cristianismo. ¿Te has preguntado alguna vez por qué los primeros nueve caballeros templarios fueron hasta Jerusalén e iniciaron su viaje en el templo octogonal de Salomón? Nuestro baptisterio, aquí en Florencia, también es octogonal, y no por casualidad está dedicado a san Juan Bautista. ¿Y no te dice nada que cuando detuvieron a los caballeros templarios se les acusara de adorar a una cabeza cortada?

Mauricio conocía perfectamente la historia de cómo la cabeza de san Juan Bautista había sido separada de su tronco por culpa de la bella Salomé, aunque nunca se le había ocurrido relacionarlo con los templarios. Ahora caía en la cuenta de que eran nueve los caballeros templarios que fundaron la orden en Jerusalén, y nueve los años que permanecieron en la ciudad tres veces santa antes de retornar al continente europeo. Dante Alighieri era un acérrimo defensor de los templarios, y el nueve era su número favorito, por contener tres veces el tres.

—La historia —continuó Leonardo— conforma un complejo rompecabezas que no puede llegarse a conocer sin unir laboriosamente las piezas, y no sólo las del presente, sino las del pasado con el futuro o viceversa… Enlazando con el tema que nos ocupaba, baste decir que en determinados círculos la figura de san Juan se ha utilizado para representar las enseñanzas originales de Jesucristo tal como las entendieron los primeros cristianos. Según dicha tradición, lo decisivo es comulgar realmente con Cristo, y hallar en nuestro interior la sabiduría y el amor, algo que nadie, ni siquiera el papa de Roma, puede hacer por nosotros. Muchos de ellos equiparan a san Juan Bautista con el otro san Juan, el evangelista, cuyo evangelio es en esencia gnóstico. Por eso el discípulo más amado fue el preferido por los cátaros, que solían llevar su evangelio en la bolsa de cuero con la que viajaban, y por el mismo motivo en el cuadro de la Última Cena he pintado la cabeza de san Juan como cortada por la mano de san Pedro. Así significo gráficamente que la Iglesia de san Pedro cortó la cabeza de la visión gnóstica de Jesucristo, es decir, la sangre de sus enseñanzas. Todo está a la vista, pero nada se puede demostrar, y así evito el gravísimo riesgo de que se me acuse de herejía ante la Inquisición.

—Son muchos los seguidores de Cristo —reflexionó Mauricio— que no reconocen la autoridad del Papa y cuya visión espiritual difiere de la practicada por la Iglesia. El mismo Dante Alghieri, que pertenecía a los *fedeli d'amore* y admiraba a los templarios, denostaba al Papa por impío, a la Iglesia por corrupta, y no dudó en reflejar por escrito sus personalísimas visiones sobre el misterio cristiano. Visiones tan profundas como místicas, tan metafóricas como bellas. En ese sentido podríamos decir que era gnóstico, como los cátaros y… ¿cómo tú?…

—Podríamos decir que soy gnóstico en cuanto a que únicamente creo en lo que puedo experimentar. No me gusta ir en manada como las ovejas, sino que más bien me identifico con el león solitario que trata de reinar sobre su propio territorio. Y no es fácil separarse del rebaño, ya que el precio que se debe pagar es muy alto: la constante soledad, por más gente que me rodee, y, en ocasiones, la amenaza de la locura.

—Puedo entender la soledad del águila, pero no que me hables de locura. Todos sabemos que tienes una de las mentes más brillantes del mundo conocido.

—¿Y si te dijera que he visto otros mundos? ¿Me tacharías entonces de loco? ¿Y si hubiera visto un mundo donde los hombres surcan los cielos con aparatos voladores, se sumergen en las profundidades de los mares con barcos impermeables al agua y recorren la Tierra en máquinas automáticas con ruedas? ¿Dudarías entonces, como yo he dudado, de mi salud mental?

—Diría más bien que has tenido un sueño increíble, un sueño que está sólo al alcance de un gran creador como tú.

—¿Y si la vida es un sueño de una realidad superior? ¿Qué es sueño y qué realidad? La genialidad se halla separada de la locura por un puente tan estrecho como quebradizo. Por lo que me has contado, tu conciencia también ha contemplado realidades alternativas a las que solemos experimentar habitualmente. Muchos místicos de tiempos y lugares diversos han tenido percepciones semejantes. En ocasiones, la Iglesia los ha reconocido como santos; en otras, los ha condenado como poseídos por fuerzas malignas. Como siempre, caminamos por el filo de la navaja. Pues bien, en mi caso he vislumbrado el futuro. Al principio creí que eran alucinaciones de mi imaginación desbordante. Posteriormente, al constatar que mi mente seguía funcionando correctamente, sopesé que podrían ser visiones de otro mundo diferente al nuestro. Ahora estoy convencido de que ocasionalmente tengo acceso a imágenes de nuestro futuro. Sé que parece imposible, pero cuando me asaltan son tan reales como este ciprés que vemos allí, o como aquella alondra que alza el vuelo en este preciso momento. Por eso, últimamente, he perdido el gusto por la pintura, ya que mi mente hierve con las imágenes de portentosas máquinas inventadas por el hombre del futuro. Yo, Leonardo da Vinci, las he visto. Ahora bien, ¿seré capaz de diseñarlas para que funcionen en esta era? Ése es mi reto, amigo. De ahí que ahora las matemáticas, los tornillos y las tuercas me atraigan más que los pinceles. ¿O acaso puede existir una obra más excelsa que trasladar el futuro al presente?

Mauricio observó atónito al respetado maestro. Máquinas voladoras, barcos sumergibles, vehículos terrestres movidos sin necesidad de animales…Visiones del futuro… ¿No había tenido él también una alocada visión del futuro? ¿No se había visto a sí mismo como una entidad de luz que evolucionaba por el cosmos a través de múltiples experiencias? La curiosidad y la fascinación por las palabras de Leonardo eran más poderosas que la restrictiva razón.

—¿Qué otras cosas has visto, Leonardo?

—Cosas terribles, Mauricio. Guerras espantosas donde morían millones de personas, la misma intolerancia del presente camuflada bajo mil disfraces diversos, angustia, desesperación, odio… Pero también alegría, esperanza, amor, tolerancia, entusiasmo, sabiduría… Parece que Pico della Mirandola tenía razón cuando afirmaba que, de todas las criaturas, el hombre es el único que no ha sido constreñido a límite alguno, de tal modo que según su libre albedrío es capaz tanto de superar en altura a los ángeles como de precipitarse a simas de mayor profundidad que las habitadas por demonios.

Mauricio sopesó las palabras de Leonardo, un genio de la pintura cuyo talento sin par no desmerecía al ejercer de ingeniero, escultor, músico, coreógrafo, inventor… Sin duda, un coloso cuya altura sobresalía por encima de los planos valles que le rodeaban. Y sin embargo, un enigma no falto de sorprendentes contradicciones. Leonardo no probaba carne de animal y sólo vestía prendas como el lino porque le parecía un crimen sacrificar a las bestias. Pese a ello, no había tenido ningún reparo en diseñar innovadoras máquinas de guerra al servicio del duque de Milán. ¿Era compatible tener escrúpulos en cortar la carne de un animal y al mismo tiempo ser la cabeza pensante de artefactos ideados para masacrar a seres humanos? Como leyéndole la mente, Leonardo continuó sus reflexiones en voz alta.

—Observándome a mí mismo he llegado a una conclusión ligeramente diferente a la de Pico della Mirandola. Somos ángeles y demonios al mismo tiempo. Está inscrito en nuestra naturaleza. Por eso somos tan contradictorios, pues nuestra carne es el campo de batalla donde se entremezclan los opuestos. Sí, yo también soy presa de las más extremas contradicciones, y planeo con mis alas por los territorios del Cielo y del Infierno con idéntica curiosidad. Así, por la mañana, soy ángel, y al cabo de un rato, demonio. ¿Hemos de extrañarnos acaso? ¿No comieron Adán y Eva, nuestros padres, del árbol del Bien y del Mal? ¿Cómo negar entonces nuestra naturaleza si somos fruto de su semilla? Y, no obstante, comparto con Pico la idea de que podemos trascender nuestra naturaleza dual para alcanzar lugares diferentes a los hollados por ángeles y demonios. ¿Acaso nuestras propias dificultades nos espolearán a alcanzar cumbres que hoy ni tan siquiera vislumbramos? Mi propia experiencia me indica que una plácida felicidad puede provocar indolencia, mientras que los problemas nos exigen sacar lo mejor de nosotros mismos forzándonos a evolucionar.

»Cuando leo el Génesis me imagino a Adán y Eva viviendo una vida agradable y rutinaria, una vida en la que cada día era igual al anterior. La serpiente acabó con todo aquello alimentándonos con su veneno. Paradójicamente, el veneno puede matar o curar. Sólo depende de las dosis. Pues bien, el hombre del futuro tendrá a su disposición el suficiente veneno para aniquilar a toda la especie, pero también el suficiente conocimiento para transformarlo en la mejor medicina. Y creo que Dios pensaba en esta última posibilidad cuando dejó que la serpiente tentara a nuestros padres. Desde entonces aguarda el día en el que, siendo capaces de volar más alto que los ángeles, descubramos nuevos cielos.

Mauricio se admiró de que, por distintas vías, Leonardo y él hubieran llegado a conclusiones semejantes. ¿O no había atisbado también Mauricio que a través de la existencia humana la conciencia superior era capaz de atravesar las aguas en las que se hallaba estancada para, al modo del almirante Colón, llegar a un nuevo mundo? ¿Acaso la rebelión de Lucifer había sido permitida como parte de un experimento en el que bajo las condiciones más adversas se pudieran forjar libremente los espíritus más innovadores? Ninguna de aquellas cuestiones tenían respuesta, porque la vida es tan misteriosa como la muerte, pero Mauricio sí quería formularle una pregunta a Leonardo que éste podía responder con un sí o un no. Aunque sabía perfectamente que la respuesta sería negativa con casi total probabilidad, quería intentarlo igualmente. ¿Y si de los labios de Leonardo surgía un sí?

139

Florencia, 10 de octubre de 1503

—*E*s un privilegio singular —dijo Mauricio, incorporándose de la silla con gesto solemne— poder celebrar con vosotros el aniversario de nuestros primeros veinticinco años de matrimonio.

La emocionada mirada de Lorena contempló las expresiones de los allí reunidos alrededor de la mesa. Mauricio, su esposo; Flavia, su madre; Michel, su padre; Maria, su única hermana; Cateruccia, la persona que había velado por ella desde su nacimiento; y Bruno, que no había querido perderse una cena tan especial. Los lazos que los unían eran preciosos, estaban urdidos con el hilo invisible de la vida, un hilo tejido con una aguja capaz de rasgar y separar, para luego unir y anudar, y crear una trama cosida a lo largo del tiempo. El resultado era un maravilloso tapiz multicolor del que se sentía orgullosísima de formar parte.

Lorena sintió como si sus hijos también estuvieran allí, como si sus almas hubieran abandonado las habitaciones donde dormían para compartir el sabor de aquella reunión familiar mientras sus cuerpos descansaban de las ajetreadas celebraciones diurnas. Alessandro, su hermano, no había podido unirse a los festejos por estar en Milán debido a un importante asunto de negocios, y la esposa de Bruno había disculpado su ausencia a causa del cansancio acumulado durante aquella jornada repleta de bailes, juegos y emociones. Lo cierto es que a Lorena le complacía acabar un día tan extraordinariamente emotivo con una cena íntima. De alguna manera, Lorena sabía que en aquella mesa la vida había invitado a los huéspedes justos, a los integrantes precisos de su círculo hermético.

—Nuestra vida —continuó Mauricio— ha sido muy especial. Cuando llegué a Florencia, mi máxima aspiración era labrarme una fortuna que me librara de la pobreza. Mi amigo Bruno me hizo ver las oportunidades que teníamos al alcance de la mano, y por ello siempre le estaré agradecido. Sin embargo, de no haber conocido a Lorena, aunque me hubiera convertido en el ciudadano más rico de Florencia, hubiera seguido siendo un hombre pobre.

Los ojos de su mujer se humedecieron al escucharle. Habían pasado juntos tantas pruebas... Su loca aventura de amor juvenil, la incomprensión familiar, el miedo a ser encerrada en un convento de clausura, la pérdida del primer hijo, la enfermedad de la peste, la falsa acusación de traición, la cárcel, la amenaza de ruina... De todas habían salido triunfantes y fortalecidos. Juntos habían conocido la verdad sobre su pasado y se habían arriesgado a viajar a Francia portando consigo la legendaria esmeralda. Juntos habían probado el amor por primera vez. Juntos habían conocido sus heridas, y juntos habían aprendido a sanarlas. Juntos habían concebido cuatro hijos maravillosos. Juntos habían crecido y juntos seguirían. Estaba tan feliz de poder compartir con Mauricio todo aquello... Lorena rompió a llorar al recordar la primera vez que se bañaron juntos en el estanque. Habían pasado tantas cosas... Y sin embargo, todo estaba ya contenido en el primer beso, en la promesa de amor que siguió al amor...

Mauricio, de pie, apenas podía hablar. Los comensales, expectantes y con los ojos enrojecidos, guardaban silencio, conscientes de que aquellos instantes eran sagrados.

—Nunca podré agradecerte bastante lo que ha supuesto compartir mi vida contigo —dijo al fin Mauricio dirigiéndose a Lorena—, pero al menos tengo la satisfacción de poder entregarte algo realmente único para conmemorar nuestras bodas de plata.

La puerta del comedor se abrió, y Carlo, ayudado por otro criado, entró portando con sumo cuidado lo que parecía ser una bandeja envuelta en papel de regalo bordado con hilo de oro. Lorena miró a Cateruccia, tratando de descubrir por su expresión qué podía contener el interior de aquel presente. Se conocían tanto que una mirada solía bastar para adivinarse mutuamente los pensamientos. ¿Sería un pastel con una dulce leyenda elaborada con letras de caramelo en cuyo centro se exhibieran dos anillos conmemorativos del aniversario? Cateruccia, con los ojos fijos en Carlo, sonreía feliz. Lorena se alegraba mucho de que al fin hubiera encontrado el amor en la persona de Carlo, el cocinero que habían contratado años atrás. Un escalofrío la recorrió al recordar cómo la fiel Cateruccia se había negado a abandonar la mansión familiar cuando Mauricio contrajo la peste. Sin duda, en aquella familia excepcional, el amor era más fuerte que el miedo.

La cara de Lorena reflejó asombro cuando un tercer criado desplegó un caballete sobre el que se depositó la supuesta bandeja. Carlo extrajo unas tijeras y rasgó el envoltorio de regalo. Entonces, los comensales pudieron ver una tabla cubierta por una tela.

Lorena se quedó sin habla cuando su esposo se levantó de la mesa y retiró la tela, mostrando una pintura que parecía la obra de un ángel singular. El lienzo, pintado al óleo, medía aproximadamente un metro de alto por medio de ancho, estaba protegido por una elegante madera de álamo y el magistral trazo del rostro, junto con el fascinante juego de luces y sombras, no dejaba lugar a dudas: su autor era Leonardo da Vinci. No obstante, siendo absolutamente pasmoso que su marido le obsequiara con un retrato realizado por el gran maestro florentino, había otra circunstancia todavía más increíble: ¡la mujer dibujada era ella misma!

Lorena se levantó de su silla y corrió a fundirse en un emocionado abrazo con su marido mientras el resto de los presentes prorrumpían en salvas y aplaudían efusivamente al grito de «¡vivan los novios!», como si aquél fuera el día de su boda. Lorena continuó abrazada a su esposo durante mucho tiempo, llorando lágrimas de júbilo. Aquella ceremonia era más auténtica y feliz que la del día de su boda.

Roto el protocolo, todos los comensales se levantaron de la

mesa para abrazarlos, felicitarlos y contemplar en detalle el magistral cuadro.

Lorena se reconoció inmediatamente, aunque la imagen tenía el raro sabor de la intemporalidad. Su semblante, enmarcado por difuminados montes pétreos, se fundía con el entorno de una forma tan sutil que parecía ineludible que formara parte de aquel paisaje de ensueño. Ninguna arruga surcaba su faz, pese a que hacía ya un año que había rebasado los cuarenta. En esto el maestro se había mostrado generoso, puesto que era imposible determinar la edad analizando el rostro. Leonardo, fiel a su estilo, se había tomado diversas licencias al mezclar los pigmentos en su paleta. Así, la frente despejada formaba una curva esférica bañada desde la coronilla por una cabellera ondulada y ocre que encontraba adecuado reflejo en el color de las piedras. El artista también había oscurecido sus ojos y había aclarado sus cejas de tal modo que parecieran translúcidas ¿Y qué decir de la delicada sonrisa que desaparecía si uno observaba exclusivamente los labios ignorando el resto del rostro? Muy típico de Leonardo, pensó Lorena: con el maestro nada era como parecía, existían casi tantos arcanos como miradas, y al final todo dependía del punto de vista desde el que uno contemplara las cosas.

¿Y qué mejor modo de ver que a través de los ojos del amor? Hacía un cuarto de siglo que compartían sus vidas, y Mauricio estaba más enamorado que nunca, de tal modo que cada detalle, cada palabra y hasta cada silenciosa mirada eran un canto al gozo de estar juntos. Aquel amor era como un lago misterioso que se tornara más grande y profundo día tras día con tal sólo procurar la dicha del otro. La íntima comunión que le unía a Mauricio le permitía adivinar habitualmente sus reacciones, de tal modo que rara vez conseguía sorprenderla. Sin embargo, en el día de sus bodas de plata, su esposo la había maravillado con un regalo absolutamente inesperado.

—¿Cómo es posible que el gran Leonardo da Vinci haya accedido a retratarme en un cuadro? —preguntó al fin Lorena, tras enjugarse las lágrimas de felicidad.

—Es bien sabido —intervino Maria sin ocultar su asombro— que desde su regreso a Florencia el maestro se ha enfrascado en complejos estudios de matemáticas y geometría y que ha dejado de lado los pinceles, hasta el punto de que en dos años tan sólo ha dibujado el cartón de *La Virgen y el niño con santa Ana*. ¡Si ni siquiera Isabella d'Este, la poderosa marquesa de Mantua, ha conseguido que Leonardo aceptara retratarla en un cuadro, pese a todas las presiones recibidas!

—La verdad es que la fortuna se ha aliado con el atrevimiento para hacer posible este pequeño milagro —explicó Mauricio—. Hace tres años, en el transcurso de un paseo hasta San Miniato, rogué a Leonardo que en recuerdo de nuestra vieja amistad con Lorenzo cumpliera su palabra de realizar un retrato de Lorena. No me prometió nada, pero me aseguró que lo consideraría.

—Recuerdo perfectamente —señaló Lorena— que Leonardo visitó nuestra casa y tomó apuntes de mi rostro a carboncillo, tal como ya hiciera durante nuestra boda. Me sentí muy halagada, mas no le di importancia, ya que siempre anota cuanto le llama la atención en alguno de esos cuadernos que habitualmente lleva consigo.

—Pues fue precisamente al verte cuando decidió que le complacería pintarte a ti sola, sin ningún acompañante ni ninguna referencia temporal al día de nuestra boda.

—¿Y qué le impulsó a tomar semejante decisión? —inquirió Lorena.

—El destino, el azar o las musas que inspiran a los genios —contestó Mauricio—. Resulta que Leonardo se hallaba cavilando sobre la naturaleza del tiempo y sus misterios. Incapaz de encontrar explicación racional alguna, el maestro pensó en dejarse invadir por lo inefable y expresar sus intuiciones a través de un retrato de mujer.

Aquella respuesta era muy halagadora, pero no explicaba por qué el pintor más celebrado del momento la había elegido a ella entre todas las mujeres de Florencia. Lorena creyó adivinar una sonrisa en los ojos de su padre. Michel había afirmado en la cueva que la esmeralda podía ayudar a la conciencia a viajar al pasado e incluso al futuro. Si el tiempo era la principal preocupación de Leonardo, consideró Lorena, nada le hubiera podido complacer más que examinar personalmente la esmeralda que custodiaba Michel Blanch. ¿Y si hubiera sido su padre quien le hubiera facilitado el acceso a la esmeralda y sus misterios a cambio de pintar su retrato? Esta última posibilidad explicaría mejor que ninguna otra su decisión de acceder a la petición de su esposo. Lorena miró nuevamente a Michel, quien estaba susurrando algo al oído de Flavia con expresión divertida. Ambos formaban una pareja magnífica, en la que la serenidad y la elegancia andaban de la mano de la ternura y la complicidad. Lorena deseó parecerse a ellos cuando cumpliera otros veinticinco años de matrimonio con Mauricio.

—¡En verdad es el regalo más extraordinario que haya visto jamás! —exclamó Maria con entusiasmo.

Lorena agradecía especialmente la presencia de su hermana. Maria era tan generosa que en ocasiones se asemejaba a un ángel ajeno a la Tierra. Cualquier otra mujer joven y viuda se hubiera encontrado incómoda rodeada de parejas tan felices como las allí reunidas, pues no dejaban de ser un recordatorio permanente de lo que ella carecía. La muerte de su esposo y el descubrimiento de sus oscuras maquinaciones eran un peso muy difícil de sobrellevar. Maria había sido lo suficientemente humilde para aceptar la verdad, y además lo bastante sabia como para continuar entregando su corazón a los demás. En muchos sentidos, era la persona más bondadosa y valiente que conocía.

—Es un auténtico privilegio —afirmó Maria— pertenecer a una familia que tiene en su seno a una persona inmortalizada por el mismísimo Leonardo da Vinci en uno de sus cuadros.

—Y yo me siento muy honrado —dijo Michel alzando su copa con la solemnidad de quien mostrara un cáliz sagrado— de que me hayáis aceptado entre vosotros como a uno más. Nunca antes había tenido una familia, y ya no lo esperaba en el otoño de mi vida. Si es cierto que Dios ha esperado «un poco» antes de concederme esta dicha, también lo es que no podía haber elegido una familia mejor. Quiero proponer un brindis de agradecimiento por haberme acogido entre vosotros con tanto cariño.

—Tenerte entre nosotros es una bendición —aseguró Mauricio en voz alta mientras comenzaba a declinar el tintinear de las copas—, aunque no sólo comprendo tu emoción, sino que la comparto plenamente. Sin padres, abuelos, ni hermanos me presenté en Florencia, donde conocí en una tienda a la que hoy es mi mujer. Ya en nuestro primer encuentro impidió que me estafaran. Desde entonces me ha salvado de la peste, la prisión y de mí mismo, me ha dado cuatro hijos y una felicidad que ni siquiera soñé que fuera posible. Vosotros sois ahora mi familia y estoy muy orgulloso de pertenecer a ella, pero nada hubiera sido posible sin mi amada esposa. Por eso quiero ofrecerle otro regalo a Lorena, más modesto que el anterior, aunque más personal.

Lorena, gracias a aquella extraña magia que fusionaba con frecuencia creciente los pensamientos de Mauricio con los suyos propios, adivinó lo que su marido le iba a regalar.

—Se trata de ese libro que llevas tanto tiempo escribiendo, ¿verdad? —preguntó emocionada.

—En efecto. Quería regalarte algo más personal, además de este retrato, que pese a su inmenso valor, no deja de ser un encargo que otro ha llevado a cabo. Creo que, de alguna manera, las dos obras forman parte de un mismo regalo, pues, aunque la de Leonardo es muy superior a la mía, ambas son un paseo por el tiempo y comparten el mismo título.

—¿Cuál es? —preguntó Lorena, expectante.

—Tu nombre, pero no el elegido por tu madre, sino el misterioso nombre por el que mi alma reconoció a la tuya al verte por primera vez.

—¿Y cuál es, amor mío, ese nombre?

—La esmeralda florentina.

Agustín Bernaldo Palatchi

Jurista, nacido en Barcelona en 1967, ha dedicado cinco años a investigar en profundidad una época histórica fascinante sobre la que siempre quiso escribir. El resultado es una obra vibrante y bien documentada que explora el espíritu humano con penetrante mirada.